16	3	2	13
5	10	11	8
9	6	7	12
4	15	14	1

AMBASSADE DE FRANCE AU BRÉSIL

Liberté
Égalité
Fraternité

Cet ouvrage, publié dans le cadre du Programme d'Aide à la Publication 2017 Carlos Drummond de Andrade de l'Ambassade de France au Brésil, bénéficie du soutien du Ministère de l'Europe et des Affaires Etrangères.

Este livro, publicado no âmbito do Programa de Apoio à Publicação 2017 Carlos Drummond de Andrade da Embaixada da França no Brasil, contou com o apoio do Ministério da Europa e das Relações Exteriores.

Obras completas de Rabelais — 2

François Rabelais

TERCEIRO, QUARTO E QUINTO LIVROS DE PANTAGRUEL

Organização, tradução, apresentação e notas
Guilherme Gontijo Flores

Ilustrações
Gustave Doré

editora■34

EDITORA 34

Editora 34 Ltda.
Rua Hungria, 592 Jardim Europa CEP 01455-000
São Paulo - SP Brasil Tel/Fax (11) 3811-6777 www.editora34.com.br

Copyright © Editora 34 Ltda., 2022
Tradução © Guilherme Gontijo Flores, 2022

A FOTOCÓPIA DE QUALQUER FOLHA DESTE LIVRO É ILEGAL E CONFIGURA UMA
APROPRIAÇÃO INDEVIDA DOS DIREITOS INTELECTUAIS E PATRIMONIAIS DO AUTOR.

Imagem da capa:
Ilustração de Gustave Doré para as Oeuvres de Rabelais,
Paris, Garnier-Frères Libraires-Éditeurs, 1873

Capa, projeto gráfico e editoração eletrônica:
Franciosi & Malta Produção Gráfica

Revisão:
Sergio Maciel
Raquel Camargo
Beatriz de Freitas Moreira

1ª Edição - 2022

Catalogação na Fonte do Departamento Nacional do Livro
(Fundação Biblioteca Nacional, RJ, Brasil)

R724t

Rabelais, François, 1483?-1553
Terceiro, Quarto e Quinto livros de Pantagruel
(Obras completas de Rabelais — 2) / François Rabelais;
organização, tradução, apresentação e notas de Guilherme
Gontijo Flores; ilustrações de Gustave Doré. — São Paulo:
Editora 34, 2022 (1ª Edição).
720 p.

Tradução de: Tiers, Quart et Cinquiesme livres
des faictes e dicts heroïques du bon Pantagruel

ISBN 978-65-5525-123-4

1. Ficção francesa. 2. Obras completas
de Rabelais — 2. I. Gontijo Flores, Guilherme.
II. Doré, Gustave, 1832-1883. III. Título. IV. Série.

CDD - 847

TERCEIRO, QUARTO E QUINTO LIVROS
DE PANTAGRUEL

Apresentação, Guilherme Gontijo Flores.. 15
Obras consultadas... 19

Terceiro livro

Nota introdutória, *Guilherme Gontijo Flores* 25

François Rabelais ao espírito da Rainha de Navarra 29
Privilégio do rei.. 31
Prólogo do autor sr. François Rabelais para o
   Terceiro livro de feitos e ditos heroicos do bom Pantagruel 34
1. Como Pantagruel transportou
   uma colônia de utopianos para a Dipsódia.............................. 43
2. Como Panurgo foi nomeado castelão de Salmingondin,
   na Dipsódia, e comia trigo na espiga 48
3. Como Panurgo louva os endividados e mutuários...................... 53
4. Continuação do discurso de Panurgo,
   em louvor dos agiotas e endividados 58
5. Como Pantagruel detesta os endividados e agiotas..................... 62
6. Por que os recém-casados eram isentos de ir à guerra................. 64
7. Como Panurgo ficou com a pulga atrás da orelha
   e parou de usar a magnífica braguilha 67
8. Como a braguilha é a primeira peça do arnês
   entre os homens de guerra 70
9. Como Panurgo pede conselho a Pantagruel
   para saber se deve se casar.. 74
10. Como Pantagruel demonstra a Panurgo
    que coisa difícil é aconselhar sobre casamento
    e sobre as sortes homéricas e virgilianas 77
11. Como Pantagruel demonstra que a sorte dos dados é ilícita 83
12. Como Pantagruel explora nas sortes virgilianas
    como será o casamento de Panurgo 85
13. Como Pantagruel aconselha Panurgo a prever a felicidade
    ou infelicidade de seu casamento por meio de sonhos.............. 90
14. O sonho de Panurgo e sua interpretação 95

15. Desculpa de Panurgo e exposição da Cabala monástica
em matéria de charque 99
16. Como Pantagruel aconselha Panurgo
a conversar com uma Sibila de Panzoult.............................. 102
17. Como Panurgo fala à Sibila de Panzoult............................... 105
18. Como Pantagruel e Panurgo diferentemente explicam
os versos da Sibila de Panzoult 109
19. Como Pantagruel louva o conselho dos mudos 113
20. Como Nasobode por sinais respondeu a Panurgo 117
21. Como Panurgo pediu conselho de um velho poeta francês
chamado Pombichano 121
22. Como Panurgo patrocina a Ordem dos Frades Mendicantes 125
23. Como Panurgo discursou para voltar até Pombichano.............. 128
24. Como Panurgo pede conselho a Epistemão 133
25. Como Panurgo se aconselha com Herr Trippa 137
26. Como Panurgo se aconselha com frei João do Picadinho 143
27. Como frei João alegremente aconselha Panurgo..................... 148
28. Como frei João reconforta Panurgo
sobre a dúvida da chifrada 151
29. Como Pantagruel reuniu um teólogo, um médico, um legista
e um filósofo sobre a perplexidade de Panurgo...................... 157
30. Como o teólogo Hipotadeu aconselha Panurgo
sobre o projeto de casamento 160
31. Como o médico Rondíbilis aconselha Panurgo........................ 164
32. Como Rondíbilis declara que a corneada
é apanágio natural do casamento 168
33. Como o médico Rondíbilis indica um remédio para Corneada.... 172
34. Como as mulheres costumam curtir coisas proibidas 175
35. Como o filósofo Bobinócâ trata a dificuldade do casamento 179
36. Continuação das respostas de Bobinócâ,
filósofo efético e pirrônico 182
37. Como Pantagruel persuade Panurgo
a pedir conselho a um louco 187
38. Como Triboullet recebe um brasão
de Pantagruel e Panurgo 191
39. Como Pantagruel assiste ao julgamento do juiz Bridaganso,
que sentenciava os processos com lances de dados 196
40. Como Bridaganso expõe as causas para examinar
os processos que ele decidia no lance de dados....................... 200

41. Como Bridaganso narra a história
do moderador de processos 203

42. Como nascem os processos e como chegam à perfeição 207

43. Como Pantagruel perdoa Bridaganso
pelos julgamentos feitos com lances de dados........................... 211

44. Como Pantagruel conta uma estranha história
sobre as perplexidades do juízo humano 213

45. Como Panurgo pede conselho a Triboullet................................ 216

46. Como Pantagruel e Panurgo diversamente
interpretam as palavras de Triboullet 219

47. Como Pantagruel e Panurgo decidem visitar
o oráculo da Divina Garrafa.. 221

48. Como Gargântua demonstra que não é lícito aos filhos
se casarem sem ciência e consenso dos pais e mães................... 224

49. Como Pantagruel fez os preparos para seguir ao mar.
E a erva chamada pantagruelião.. 229

50. Como preparar e consumir o célebre pantagruelião 232

51. Por que se chama pantagruelião
e dos seus admiráveis poderes.. 236

52. Como uma certa espécie de pantagruelião
não pode ser pelo fogo consumida... 240

Quarto livro

Nota introdutória, *Guilherme Gontijo Flores* 247

Ao ilustríssimo príncipe e meu reverendíssimo
senhor Odet, cardeal de Châtillon 251

Prólogo do autor sr. François Rabelais para o
Quarto livro dos feitos e ditos heroicos de Pantagruel.............. 256

1. Como Pantagruel partiu ao mar
para visitar o oráculo da Divina Bacbuc.................................... 269

2. Como Pantagruel na ilha de Medámothi
comprou muitas coisas lindas... 273

3. Como Pantagruel recebeu carta do pai Gargântua,
e do estranho jeito de saber num supetão
novidades de países estrangeiros e distantes............................... 276

4. Como Pantagruel escreve ao pai Gargântua
e lhe envia muitas lindas e raras coisas 279

5. Como Pantagruel encontrou uma nau de viajantes
   voltando das terras de Facho 282
6. Como, apaziguado o bate-boca,
   Panurgo negocia com Patétio um dos seus carneiros.................. 285
7. Continua a barganha entre Panurgo e Patétio 288
8. Como Panurgo afogou no mar o mercador e os carneiros............ 291
9. Como Pantagruel chegou à ilha Desnasim
   e as estranhas alianças do país 294
10. Como Pantagruel desembarcou na ilha de Quéli,
    onde reinava o santo rei Panigão 298
11. Por que os monges curtem ficar na cozinha 301
12. Como Pantagruel passou por Procuração
    e do estranho modo de vida dos chicaneiros.............................. 304
13. Como, seguindo o exemplo de mestre François Villon,
    o senhor de Basché louva os seus 308
14. Continuação dos chicaneiros
    espancados na casa de Basché.. 312
15. Como o chicaneiro renovou
    os antigos costumes dos casórios 314
16. Como frei João testa a natureza dos chicaneiros 317
17. Como Pantagruel passou pelas ilhas de Tohu e Bohu
    e da estranha morte de Rasanareba,
    engolidor de moinhos de vento 321
18. Como Pantagruel escapou a uma forte tempestade no mar 325
19. Como se comportaram Panurgo e frei João
    durante a tempestade.. 328
20. Como os marujos abandonam os navios
    à força da tempestade.. 332
21. Continuação da tempestade
    e breve discurso sobre testamentos feitos no mar...................... 335
22. Fim da tempestade 338
23. Como, ao fim da tempestade,
    Panurgo paga de bom companheiro 341
24. Como, por frei João, Panurgo é declarado
    um medroso sem causa durante a borrasca.................................. 344
25. Como, depois da tempestade,
    Pantagruel desembarcou na ilha dos Macréones........................ 347
26. Como o bom macróbio conta a Pantagruel
    sobre a morada e decesso dos heróis.. 349

27. Como Pantagruel raciocina
sobre o decesso das almas heroicas,
e dos prodígios espantosos que precederam
o falecimento do finado senhor de Langey 352

28. Como Pantagruel conta uma lamentável história
que toca ao falecimento dos heróis 355

29. Como Pantagruel passou pela ilha de Tapeação
onde reinava Quaresmeiro 357

30. Como Quaresmeiro é anatomizado e descrito por Xenômanes.... 360

31. Anatomia de Quaresmeiro quanto às partes externas 363

32. Continuação dos traços de Quaresmeiro 366

33. Como Pantagruel avistou um monstruoso fisetério
perto da ilha Feroz 370

34. Como Pantagruel derrotou o monstruoso fisetério 372

35. Como Pantagruel desembarca na ilha Feroz,
antiga morada das linguiças 375

36. Como as linguiças armam uma cilada contra Pantagruel.......... 378

37. Como Pantagruel mandou buscar os capitães
Carcalinguiça e Talhachouriço, com um notável discurso
sobre os nomes próprios de lugares e pessoas 381

38. Como as linguiças não devem ser desprezadas pelos humanos 386

39. Como frei João se alia aos cozinheiros
para combater as linguiças 388

40. Como frei João preparou a Porca recheada
com os bravos cozinheiros 390

41. Como Pantagruel quebrou as pernas das linguiças 397

42. Como Pantagruel parola com Niphleseth,
rainha das linguiças 400

43. Como Pantagruel desembarcou na ilha de Ruach.................... 403

44. Como chuva miúda o vento muda.................... 407

45. Como Pantagruel desembarcou na ilha dos Papa-figos.............. 410

46. Como o diabrete foi enganado
por um lavrador de Papa-figueira 413

47. Como o diabo foi enganado por uma velha de Papa-figueira....... 417

48. Como Pantagruel desembarcou na ilha dos Papímanos.............. 419

49. Como Homão, bispo dos papímanos,
nos mostrou as uranópetas *Decretais* 423

50. Como Homão nos mostrou o arquétipo de um papa.................... 426

51. Papo leve durante a janta em louvor das *Decretais*.................... 428

52. Continuação dos milagres decorrentes das *Decretais*.................... 432

53. Como, por força das *Decretais*,
o ouro foi sutilmente levado da França para Roma 437

54. Como Homão deu a Pantagruel peras de bom cristão 440

55. Como em alto-mar Pantagruel ouviu vários verbos degelados..... 442

56. Como entre os verbos congelados
Pantagruel achou palavras de goles 445

57. Como Pantagruel desembarcou na morada do messer Gaster,
primeiro mestre nas artes do mundo.................................... 448

58. Como na corte do mestre inventor
Pantagruel detestou os engastrimitas e os gastrólatras 453

59. Da ridícula estátua chamada Manduco,
e como e quais coisas os gastrólatras
sacrificavam ao seu deus ventripotente 455

60. Como nos dias magros entrelardeados,
os gastrólatras sacrificavam ao seu deus 460

61. Como Gaster inventou os jeitos
de conseguir e conservar os grãos 465

62. Como Gaster inventou a arte e o meio
de não ser ferido nem tocado por tiros de canhão 468

63. Como perto da ilha de Chaneph Pantagruel tirou um cochilo,
e os problemas propostos ao despertar 471

64. Como Pantagruel não respondeu aos problemas propostos......... 474

65. Como Pantagruel anima o clima com quem é de casa 480

66. Como perto da ilha de Ganabim,
por ordem de Pantagruel, as musas são saudadas 483

67. Como Panurgo se borrou todo de medo
e achou que o gatão Roitoicinus era um diabrete 487

Breve declaração
de algumas expressões mais obscuras contidas no
Quarto livro de feitos e ditos heroicos de Pantagruel 491

Prólogo da versão parcial de 1548 505

Quinto livro

Nota introdutória, *Guilherme Gontijo Flores* 515

Prólogo do sr. François Rabelais para o
Quinto livro dos feitos e ditos heroicos de Pantagruel.............. 519

1. Como Pantagruel chegou à ilha Sonante
   e do barulho que ouvimos 525
2. Como a ilha Sonante tinha sido habitada
   pelos sitícinos que viraram pássaros 528
3. Como na ilha Sonante só tem um papagaio.......................... 531
4. Como os pássaros da ilha Sonante eram todos de arribação......... 535
5. Como os pássaros gourmendadores
   ficam mudos na ilha Sonante 538
6. Como são alimentados os pássaros da ilha Sonante 540
7. Como Panurgo conta ao mestre Edítuo
   o apólogo do corcel e do burro... 543
8. Como a duras penas nos mostraram o papagaio 548
9. Como nós desembarcamos na ilha das Ferramentas 552
10. Como Pantagruel chegou à ilha de Blefe.............................. 555
11. Como passamos pelo postigo habitado por Garrabichano,
    arquiduque dos escritugatos peludos 558
12. Como Garrabichano nos propôs um enigma 563
13. Como Panurgo explica o enigma de Garrabichano............... 566
14. Como os escritugatos peludos vivem da corrupção 569
15. Como frei João do Picadinho
    decide botar no saco os escritugatos 572
16. Como nós passamos Avante
    e como Panurgo quase foi morto 576
17. Como encalhou nossa nau e fomos ajudados
    por alguns viajantes súditos da Quinta 579
18. Como chegamos ao reino da Quinta Essência,
    chamada Enteléquia 582
19. Como a Quinta Essência curava os doentes com canções 585
20. Como a rainha passava o tempo depois de jantar................... 589
21. Como os oficiais da Quinta variadamente se ocupam
    e como a senhora nos reteve na qualidade de destiladores......... 593
22. Como serviram a ceia da rainha e como ela comia 597
23. Como em presença da Quinta
    fizeram um baile divertido em forma de torneio 599
24. Como combatem os trinta e dois personagens do baile 602
25. Como desembarcamos na ilha de Odos,
    onde os caminhos caminham.. 608
26. Como passamos pela ilha dos Tamancos
    e da ordem dos irmãos múrmures.. 611

27. Como Panurgo, ao interrogar um irmão múrmure,
só recebeu resposta em monossílabos 617
28. Como a instituição da Quaresma incomoda Epistemão.............. 622
29. Como visitamos o país de Cetim 625
30. Como no país de Cetim vimos Ouvidizer,
diretor da escola de testemunhos 630
31. Como descobriu-se-nos o país de Facho 633
32. Como desembarcamos no porto dos fachanos
e entramos em Facho 634
33. Como chegamos ao oráculo da Garrafa 637
34. Como entramos debaixo da terra
para entrar no templo da Garrafa
e como Chinon é a primeira cidade do mundo 641
35. Como descemos os degraus tetrádicos
e do medo que sentiu Panurgo 643
36. Como as portas do templo
se abriram incrivelmente sozinhas 647
37. Como o pavimento do templo
era feito com um mosaico admirável 650
38. Como no mosaico do templo
estava representada a batalha
que Baco venceu contra os indianos 652
39. Como o mosaico figurava o embate e o assalto
que fez o bom Baco contra os indianos.................................... 655
40. Como o templo era iluminado
por uma lâmpada admirável.. 658
41. Como a pontífice Bacbuc nos mostrou dentro do templo
uma fonte fantástica 660
42. Como a água da fonte tinha o gosto do vinho
que os bebedores imaginavam 661
43. Como Bacbuc paramentou Panurgo
para ouvir a palavra da Garrafa 668
44. Como a pontífice Bacbuc apresentou Panurgo
perante a Garrafa 671
45. Como Bacbuc interpreta a palavra da Garrafa 675
46. Como Panurgo e os outros rimam num furor poético 679
47. Como, depois de pedir licença a Bacbuc,
eles deixam o oráculo da Garrafa 687
Epigrama.. 691

Capítulos ausentes no *Quinto livro* 693
16 bis. Como Pantagruel chegou à ilha dos Apedeutas
    de dedos longos e mãos curvadas
    e as terríveis aventuras e monstros que ali encontrou 695
32 bis. Como as damas fachanas foram servidas na ceia 700
47 bis. Como, depois de pedir licença a Bacbuc,
    deixamos o oráculo da Garrafa 711

Sobre o autor 715
Sobre o tradutor 717
Sobre o ilustrador 719

Checando o relé:
até onde a viagem chega

Guilherme Gontijo Flores

Este é o segundo volume da primeira tradução integral em língua portuguesa das obras de François Rabelais (1483?-1553) que nos chegaram. Apesar de ser um autor central no cânone ocidental, Rabelais tem recebido uma atenção excessivamente esparsa e contida em português, dos dois lados do Atlântico.

Até o momento, temos apenas algumas traduções parciais dos dois livros mais conhecidos, *Gargântua* e *Pantagruel*, também temos uma versão em quatro volumes separados para cada um dos primeiros romances, por Élide Valarini Oliver; e uma versão integral dos romances por David Jardim Júnior, sendo que esta última, apesar de várias soluções inventivas, apresenta uma série de problemas editoriais (cortes do texto, falhas diversas) e tradutórios (pequenos e grandes erros espalhados pela obra); quanto às obras menores, temos apenas um voluminho discreto com tradução da *Pantagruelina prognosticação* e dos *Almanaques*, ao passo que as cartas latinas e gregas, os prefácios, as dedicatórias e os poemas esparsos de Rabelais permanecem praticamente todos inéditos em português.

Nesse contexto, já se passou há muito da hora de termos uma nova tradução integral dos cinco livros voltados às aventuras de Gargântua e Pantagruel, bem como do restante da obra atribuída ao autor francês. É essa lacuna que busco agora preencher enquanto crio uma nova unidade tradutória. Assim, a tradução que apresento em três volumes, seguindo a edição mais recente da Pléiade, editada e anotada por Mireille Huchon em colaboração com François Moreau, terá todas as obras do mestre francês, incluindo algumas de autoria bastante duvidosa. Nesse sentido, mais do que traduzir Rabelais como certeza autoral, traduzo certa tradição rabelaisiana que permite sua presença ou movência. Os volumes incluem:

Volume 1
1. *Pantagruel*
2. *Gargântua*

Apresentação

Volume 2

1. *Pantagruel — Terceiro livro*
2. *Pantagruel — Quarto livro*
3. *Pantagruel — Quinto livro*
4. Capítulos do manuscrito que não aparecem na edição do *Cinquiesme livre*

Volume 3

1. *Le grandes et inestimables chroniques e Le vroy Gargantua* (obras nas quais Rabelais teria alguma participação)
2. *Epistre du Lymosin*
3. *Cresme philosophale*
4. *Prognostications et Almanachs* (incluindo as sob o nome de Seraphino Calbarsy)
5. *La Sciomachie*
6. *Épîtres-dédicaces*
7. *Lettres*
8. *Pièces de vers* (em francês, latim e grego)
9. *Vers inserés dans l'"Adolescence Clementine"* de Clément Marot
10. *Supplicatio Rabelaesi*
11. *Traité de bon usage du vin*
12. *Songes drolatiques de Pantagruel*

Na apresentação ao Volume 1, quem tiver interesse pode conferir uma breve informação biográfica sobre François Rabelais e também alguns detalhes sobre a decisão desse *corpus* para uma *Obra completa*. Neste Volume 2, terminamos o ciclo das obras mais conhecidas, isto é, os romances em torno das figuras de Gargântua e Pantagruel, pai e filho gigantes, motes para incursões da risada frenética. Na preparação do Volume 1, optei por uma saída mais heterodoxa e ousei inverter a ordem cronológica da narrativa, para mostrar a ordem da escrita e publicação; por isso, apesar de Gargântua ser o pai, e Pantagruel o filho, a ordem de leitura é *Pantagruel* e depois *Gargântua*, até para compreender as questões contextuais que cercavam cada momento. Neste Volume 2, edito da forma mais tradicional aqueles que são conhecidos como *Terceiro livro*, *Quarto livro* e *Quinto livro*, todos em torno de Pantagruel e de suas viagens com Panurgo, frei João do Picadinho e seu bando; um arco de publicações que vai de 1546 até 1564, ou seja, onze anos após a morte de Rabelais, e cruza um período cheio de nebulosidade na vida do autor. Os detalhes interpretativos, históricos e biográficos, mesmo sobre a questão da autoria, são discutidos, ainda que brevemente, nas notas introdutórias a cada obra, bem como os problemas editoriais da época, por isso evito aqui a repetição. Fica, no entanto, o aviso de que Rabelais é e não é igual a si próprio: transmuta-se no tempo, de livro a livro, experimenta, retoma e remodela, foge de si, surpreende o leitor com uma capacidade inesgotável de retomar o passado em formas vivas para o presente. Quer dizer, um *corpus* rabelaisiano, como suas gargalhadas, de algum modo extravasa até o que podemos julgar coerentemente, impede a decisão final sobre quase qualquer coisa: aí está a sua vitalidade. Se o *Terceiro* e o *Quarto livro* são indiscutivelmente frutos da pena do homem François, o *Quinto livro*, discutidíssimo até hoje quanto à autoria, tem tudo para ter ao menos um bom dedinho rabelaisiano; mas, se não tiver, se por acaso for uma criação de um gênio mimético, ainda assim tem uma vivência inteira em Rabelais, que merece leitura e sorrisos; é um corpo de Rabelais que se desdobra singularmente.

Por isso o sonho dessa tradução, digo e redigo, é em primeiro lugar recuperar toda a *potencialidade* da linguagem carnavalizada numa espécie de desbunde tradutório atento ao convívio das linguagens num Brasil do século XXI; em segundo, torná-lo mais compreensível para o leitor moderno por meio de notas introdutórias a cada capítulo. O resultado disso, espero, é um convívio fértil de filologia e poética, estudo crítico e criação literária que assume no anacronismo incontornável uma verdadeira bênção de abertura. Quem chegou até aqui, que prepare mais uma dose.

Curitiba, inverno de 2022

Obras consultadas

EDIÇÕES

RABELAIS, François. *Oeuvres complètes*. Édition établie, présentée et annotée par Mireille Huchon, avec la collaboration de François Moreau. Paris: Gallimard, 1994.

_____. *Oeuvres complètes*. Texte établi et annoté par Jacques Boulenger. Bruges: Pléiade/NRF, 1938.

_____. *Pantagruel*. Première publication critique sur le texte original par V. L. Saulnier. Genebra: Droz, 1965.

_____. *Gargantua*. Première édition critique faite sur l'*Editio princeps*, texte établi par Ruth Calder, avec introduction, commentaires, tables et glossaire par M. A. Screech. Préface de V. L. Saulnier. Genebra/Paris: Droz/Minard, 1970.

_____. *Le tiers livre*. Édition critique, commentée par M. A. Screech. Genebra/Paris: Droz, 1974.

_____. *Le quart livre*. Édition critique commentée par Robert Marichal. Genebra: Droz, 1947.

_____. *Traité de bon usage du vin*. Traduit du tchèque par Marianne Canavaggio. Paris: Allia, 2016.

Les songes drolatiques de Pantagruel. Introduction de Michel Jeanneret. Postface de Frédéric Elsig. Genebra: Droz, 2004.

TRADUÇÕES EM PORTUGUÊS

RABELAIS, François. *Gargântua*. Tradução de Aristides Lobo revista (texto e notas) por Yara Frateschi Vieira. Introdução de Yara Frateschi Vieira. São Paulo: Hucitec, 1986.

_____. *Gargântua e Pantagruel*. Tradução revista por L. Pereira Gil. Lisboa: Amigos do Livro, s/d [1976].

_____. *Gargântua e Pantagruel*. Tradução de David Jardim Júnior. Belo Horizonte: Itatiaia, 2009.

_____. *Gargântua*. Tradução de Maria Gabriela de Bragança. Lisboa: Europa-América, s/d [1987].

_____. *Pantagruel*. Versão portuguesa de Jorge Reis. Desenhos de Júlio Pomar. Lisboa: Prelo, 1967.

Traduzido a partir de Rabelais, *Oeuvres complètes*, edição estabelecida, apresentada e anotada por Mireille Huchon, com a colaboração de François Moreau, Paris, Gallimard, 1994, Coleção Bibliothèque de la Pléiade, n° 15.

Foi respeitado aqui o sistema de aspas e travessões estabelecido por Huchon.

TERCEIRO LIVRO

Nota introdutória

Guilherme Gontijo Flores

Publicado originalmente em 1546, mais de uma década depois de Gargântua, numa edição parisiense de Christian Wechel (?-c. 1554), este Terceiro livro dá sequência aos feitos narrados em Pantagruel; porém, apesar da autorização régia recebida de Francisco I, no mesmo ano o livro foi imediatamente censurado pela Sorbonne, antiga inimiga de Rabelais, até que obtivesse nova outorga em 1550 por Henrique II. Ainda assim, o livro teve edições subsequentes, sendo revisado e ampliado até a edição de 1552, considerada a definitiva, publicada por Michel Fezandat (fl. 1538-1566), também em Paris, e que aqui sigo por meio de Huchon.

É na primeira edição deste livro que Rabelais assina pela primeira vez o próprio nome, em vez do tradicional anagrama de Alcofribas Nasier. Pouco sabemos sobre o que aconteceu na vida de Rabelais ao longo desse intervalo; no entanto dois pontos importantes são as viagens na comitiva de Guillaume du Bellay para Piemonte em 1540 e 1542, bem como a morte de seu protetor em 1543; depois disso, nada sabemos sobre sua vida até a publicação do Terceiro livro: esse é um dos vários mistérios em torno da vida de François Rabelais.

Neste novo livro, o cerne temático são as questões de Panurgo acerca do casamento e seu pavor de ser chifrado, em franco diálogo com a duradoura Querelle des femmes *(Querela das mulheres) que se estendeu da Idade Média até o Renascimento, florescendo em poemas das décadas de 1530-1550 (cf. nota introdutória à "Carta-dedicatória do Testamento de Cuspídio", no Volume 3 destas* Obras completas *de Rabelais). Com isso, o modelo narrativo de crônica, tão usado em Pantagruel e em Gargântua, dá agora lugar à paródia do diálogo filosófico (que acaba também sendo debitária à obra de Luciano de Samósata), com muitos recursos de exercícios retóricos típicos da déclamation (declamação) da época, ou seja, da defesa de causas inventadas, que pode se tornar um ensaio de tema moral entre os humanistas. Essa alteração já é marcada no título, que troca os "feitos e façanhas" por "feitos e ditos". É precisamente a inserção desses "ditos" que coloca a nova obra numa relação com os* Dits moraux des philosophes *(Ditos morais dos filósofos) bem como com os* Apotegmas *de Erasmo. Huchon ainda percebe influências provindas do poema* Le songe de Pantagruel *(O sonho de Pantagruel), de François Habert, publicado em 1542, onde vemos um Pantagruel em busca da verdade. O resultado geral, para além das grandes e notáveis mudanças no caráter de Pantagruel e de Panurgo, é que o tema da astúcia em relação com a graça de Deus cede espaço agora à filáucia e à tó-*

Terceiro livro

pica do louco aos olhos do mundo, porém sábio aos olhos de Deus, derivada da obra de São Paulo.

*Na primeira edição, Rabelais se designava, para além de doutor em medicina, também como "calogero das Ilhas de Hyères" (calloier des Isles Hyères), sendo que calogero (do grego καλόγηρος "velho belo") servia então para designar os monges reclusos da Igreja Ortodoxa; assim ele rememora, um tanto ironicamente, sua velha função como monge beneditino, já que nos últimos tempos se tornara um monge secular. A relação com as Ilhas de Hyères, no Mediterrâneo, permanece objeto de discussão, sem qualquer consenso; porém, como atenta Oliver, elas tinham fama de acolher bandidos em geral. Talvez pelo incômodo causado pela dupla ironia, ou por suas possíveis relações com a narrativa das Argonáuticas gregas, essa atribuição foi retirada da edição de 1552, o que fica claro quando indica que o livro foi "revisto e corrigido [...] sob a censura antiga" dos sorbonnistas. Huchon ainda sugere que cen-*sure *aqui designaria também a revisão linguística.*

Por fim um detalhe numérico que pode passar despercebido numa leitura, mas que parece ter sido de grande importância para Rabelais: 78 é um número recorrente em todo o livro, considerado enigmático para os estudiosos; entretanto é o número de cartas do baralho de tarô e também um cálculo pitagórico (2 x 3 x 13), o que poderia indicar, para além de um número exagerado aleatório, que será retomado algumas vezes também no Quarto *e no* Quinto livro, *que ele oferece ainda sua leitura simbólica.*

TERCEIRO LIVRO DE FEITOS
E DITOS HEROICOS
DO BOM PANTAGRUEL
COMPOSTO PELO SR. FRAN. RABELAIS
DOUTOR EM MEDICINA

Revisto e corrigido pelo autor
sob a censura antiga

O autor supracitado
suplica aos leitores benevolentes
que guardem seu riso
para o septuagésimo oitavo livro

François Rabelais
ao espírito da Rainha de Navarra

Margarida de Navarra (1492-1549) foi patrona das artes na França e importante defensora dos evangélicos, como Rabelais, até mesmo contra as perseguições encampadas por Francisco I, seu irmão. Além disso, escrevia poesia, teatro e prosa de grande qualidade literária, onde podemos perceber como era uma figura de tendência neoplatônica e mística (ela se apresenta, por exemplo, como "arrebatada pelo amor de Deus", ravie de l'amour de Dieu), interessada pelo saber oculto atribuído a Hermes Trismegisto; por isso, e por certamente ter tido muito senso de humor, está representada num êxtase espiritual, que a faz vagar no céu, enquanto Rabelais a convoca para descer à terra como leitora do Terceiro livro.

Huchon afirma ainda que esta décima, com sua temática e patrona dadas aos mistérios transcendentais, põe o livro entre a filosofia antiga e a experiência cristã, ao mesmo tempo sob as figuras de Sócrates e de São Paulo.

O termo "apatia" aqui remete a sua origem grega, ἀπαθεία, ou seja, a privação de sofrimentos e paixões do corpo e da alma; indica, portanto, um estado de ascese e desapego sábio (uso típico na filosofia estoica do séc. XVI) associado ao arrebatamento divino, que se dava mesmo num corpo são, em concórdia.

———

Esp'rito extático e arrebatado
Que hoje frequenta o céu que o elegera,
Deixando o anfitrião servil atado
(O corpo são que tanto morigera
O seu edito), e peregrino em vera
Apatia serena faz sua arte,
Você não quer talvez sair aparte
Do teu refúgio eterno, quase um céu,
Pra ver aqui embaixo a terça parte
dos grãos feitos do bom Pantagruel?

Terceiro livro

FRANÇOIS RABELAIS
À L'ESPRIT DE LA ROYNE DE NAVARRE

Esprit abstraict, ravy, et ecstatic,
Qui frequentant les cieulx, ton origine,
As delaissé ton hoste et domestic,
Ton corps concords, qui tant se morigine
À tes edictz, en vie peregrine
Sans sentement, et comme en Apathie:
Vouldrois tu poinct faire quelque sortie
De ton manoir divin, perpetuel?
Et çà bas veoir une tierce partie
Des faictz joyeux du bon Pantagruel?

Privilégio do rei

Segue aqui publicada a outorga de impressão concedida a Rabelais por Henrique II em 6 de agosto de 1550, depois de o livro ter sido censurado pela Sorbonne em 1547. Com ela, Rabelais não só garantiu o direito recebido pela outorga de seis anos concedida por Francisco I em 1545, como também ganhou mais um prazo de dez anos de exclusividade na impressão e venda de seus livros. É importante notar, como observa Screech, que poucos escritores franceses receberam um privilégio real integral como este que Rabelais ganhou de dois reis, e que, no geral, as obras do período eram impressas e/ou alteradas livremente a cada edição, sem necessária autorização do autor; além disso, muitas obras anônimas também recebiam o nome de um autor de sucesso, para aumentar as vendas, gerando por vezes problemas políticos, como parece ser o caso dos possíveis escândalos decorrentes de obras espúrias.

Ao designar as obras rabelaisianas como "não menos úteis que deleitáveis", a carta cita o mandamento de Horácio na Arte poética, *v. 343, tópica que já aparecera na "Décima do mestre Hugues Salel" que abre o* Pantagruel. *O texto que nos chegou indica que havia textos de Rabelais escritos no dialeto toscano (ou seja, italiano), antes de 1550, porém nenhum deles nos chegou, infelizmente.*

A menção aos livros escandalosos atribuídos a Rabelais poderia dizer respeito às Merveilleuses navigations du disciple de Pantagruel, dict Panurge *(Maravilhosas navegações do discípulo de Pantagruel, chamado Panurgo), impressas por Dolet em 1542 como acréscimo ao* Pantagruel, *ou então ao pseudo-Quinto livro, de 1549.*

O privilégio é assinado por Jean du Thier (?-1559), secretário de Estado e amigo de Joachim du Bellay e Pierre de Ronsard. O cardeal de Châtillon é Odet de Coligny (1517-1571), a quem Rabelais dedicará o Quarto livro.

Na tradução, mantive tanto o linguajar jurídico quanto os típicos contorcionismos sintáticos da escrita formal da época.

Henrique, pela graça de Deus rei da França, ao preboste de Paris, ao bailio de Rouen, aos senescais de Lyon, Toulouse, Bordeaux, Dauphiné, Poitou e a todos os nossos outros juristas e oficiais, ou a seus tenentes, e a cada um deles, como é bem devido: saudações e afeição. Da parte de nosso caro e bem-amado sr. François Rabelais, doutor em medicina, foi-nos exposto que o mesmo em súplica, tendo antes mandado imprimir diversos livros em grego, latim, francês e toscano, bem como os volumes de *Feitos e ditos heroicos de Pantagruel*, não menos úteis que deleitáveis, teriam os impressores corrompido, depravado e pervertido os livros em muitos trechos. Teriam, ademais, impresso muitos outros livros escandalosos em nome do mencionado suplicante, para seu grande desgosto, prejuízo e ignomínia, sendo por este totalmente desautorizados como falsos e espúrios, de modo que ele os desejaria, sob nosso bom grado e vontade, suprimir. Junto aos outros seus autorizados, porém depravados e disfarçados, como foi dito, devem ser revistos e corrigidos e novamente impressos. Do mesmo modo, deve-se dar à luz e à venda a sequência dos *Feitos e ditos heroicos de Pantagruel*, requestando-nos humildemente de lhe outorgar uma carta para tanto necessária e conveniente. Portanto é que, ao nos inclinarmos com liberalidade à súplica e ao requerimento do mencionado sr. François Rabelais, expondo e desejando bem e favoravelmente tratá-lo neste espaço, por estas causas e outras boas considerações que nos movem, permitimo-lo, acordamo-lo e outorgamo-lo. E por nossa certa ciência, pleno poder e autoridade real, permitimos, acordamos e outorgamos, pela presente carta, que ele assim possa e lhe seja legal por meio dos impressores que bem entenda mandar imprimir e novamente lançar e pôr à venda todos e cada um dos livros supracitados e a sequência de *Pantagruel* por ele composta e empreendida, bem como aqueles já impressos, que serão por este efeito por ele revistos e corrigidos, que ele assim decide de novo dar à luz. Do mesmo modo que suprimir aqueles que falsamente lhe são atribuídos. E a fim de que tenha meios de arcar com os custos necessários à abertura da dita impressão, pela presente carta, expressissimamente antes inibimos e defendemos, agora inibimos e defendemos a todos os outros livreiros e impressores do nosso reino, bem como de outras terras e senhorias, para que não possam imprimir, nem mandar imprimir ou pôr à venda quaisquer dos ditos livros, tanto antigos como novos, durante o tempo e termo de dez anos seguintes e consecutivos, a começar pelo dia e data de impressão dos ditos livros, sem desejo e consentimento do dito expositor, sob pena de confisco dos livros que se acharem impressos em prejuízo da nossa presente permissão e de multa arbitrária.

Se queremos e ordenamos a cada um de vocês o direito como é devido, por nossas presentes licença e permissão, inibições e defesas, que vocês as mantenham, guardem e observem. E se alguém for encontrado em contravenção, que vocês procedam e façam proceder de encontro a ele, por meio das penas supracitadas ou de outras. Quanto ao conteúdo acima expresso, pode o dito suplicante gozar e usufruir plena e pacificamente durante o tempo previsto a começar de tudo que foi acima dito, cessando e fazendo cessar todos os problemas e impedimentos contrários, pois que tal é o nosso prazer, não obstante quaisquer ordenamentos, restrições, mandamentos ou defesas em contrário. E para que sobre a presente carta se possa mandar correr em muitos e diversos lugares, queremos que ao *uidimus* da mesma, feito sob selo real, fé seja lavrada tal como no presente original.

Dado em Saint-Germain-en-Laye, no sexto dia de agosto, no ano da graça de mil quinhentos e cinquenta, e do nosso reino o quarto.

Pelo rei, o cardeal de Châtillon presente,

Assinado, DU THIER.

Terceiro livro

Prólogo do autor
sr. François Rabelais para o
Terceiro livro de feitos e ditos heroicos do bom Pantagruel

Este Prólogo, que é um verdadeiro tour de force *de linguagem experimental, anuncia a poética rabelaisiana já pelo misto de erudição e fala de feira, como nos livros anteriores, ao mesmo tempo que pode ser lido paralelamente ao Prólogo do Quinto livro. Também é importante a série de exemplos que organiza o argumento, todos tirados de Luciano de Samósata, sem menção direta, que Rabelais agora passa a imitar mais pelo viés do diálogo cômico-filosófico, já teorizado por Luciano em* Ao que disse: você é um Prometeu em seus discursos, Como se deve escrever a história *e* Zêuxis, ou Antíoco.

*Assim, a história de Diógenes com seu barril serve como justificativa para a proposta lúdica de um novo livro pantaguelino justamente num tempo em que a França se preparava para uma guerra contra Carlos V (que pode ser lido alegoricamente como Felipe da Macedônia), depois que este tomou Saint-Didier em 1544. A história de Ptolomeu com o camelo-bactriano (o de duas corcovas, de origem asiática) negro e o escravo de duas cores remetem ao caráter experimental tanto da obra de Luciano de Samósata, no mundo grego, quanto de Rabelais, no mundo francês, e sobre o risco de fracasso na produção de poéticas híbridas que beiram a monstruosidade. Por fim, o risco inverso de que a obra obtenha sucesso apenas pela estranha novidade, sem de fato ter valor literário, como que o "tesouro seja carvão". O resultado disso é a apresentação de uma ética pantagruelista, ancorada nos antigos (Diógenes) e no cristianismo evangélico (Cristo), que se revelaria — num avesso cômico — aos primeiros manguaceiros, os que buscam sedentos pela verdade da fé; esses evangelistas servem como equivalentes dos concidadãos do poeta satírico romano Lucílio que, segundo Cícero (Dos fins, 1.3), escrevia apenas para os homens de Tarento e de Cosenza, para se proteger de ataques. O resultado disso tudo, como é de se esperar, é uma crítica à hipocrisia e à venalidade dos papistas e sorbonnistas, que aparecem como doutores, mendicantes ou monges. Ao mesmo tempo, sua vinculação aos pedreiros (*masson, *no original) já levou estudiosos como P. Naudon a considerar que Rabelais pudesse ser maçom. Interessante notar ainda que Rabelais também vai se definir aqui como arquitriclino, tal como Alcofribas Nasier na* Pantagruelina prognosticação.

Diógenes, o cínico (sécs. V-IV a.C.), nasceu em Sinope, porém foi morar em Atenas, onde, por decisão filosófica, passou a viver em total pobreza, realizando suas necessidades físicas e sexuais na rua, à vista de todos, em completo desprezo pelas convenções sociais, para morar dentro de uma ânfora, que Rabelais transforma em barril de vinho. Depois veio a morar em Corinto, onde acontece a cena narrada. Quase tudo que conhecemos de Diógenes está em anedotas, pois ele não deixou nada escrito. Ptolomeu I Sóter (366-283 a.C.) foi um general macedônio de Alexandre, o Grande, e depois reinou como sátrapa do Egito, dando origem à dinastia Ptolemaica no período helenístico; o exemplo é tirado de Luciano. O filósofo de Tiana é Apolônio de Tiana, que, segundo Filóstrato (Vida de Apolônio de Tiana, 2), teria encontrado na Índia uma mulher negra da cintura para baixo e branca da cintura para cima.

Importante é a narrativa bíblica, que aparece no primeiro parágrafo com referência a Eclesiastes, 11:7, sobre a luz do sol; e sobre o cego curado por Jesus em Mateus, 20-30, Marcos, 10:51 e Lucas, 18:35. A comparação da amada com um exército está em Cântico dos cânticos, 6:10. Mais adiante temos as bodas de Caná, tiradas de João, 2. Há alguns trechos que pervertem a tradição católica. A imagem da virgem arregaçada certamente poderia provocar riso mesmo no original (vierge qui se rebrasse), talvez em referência a Santa Maria Egipcíaca (prostituta antes da conversão); no entanto representaria também a imagem de Nossa Senhora das Candeias arregaçando o manto para atravessar um rio. A Papimânia é uma ilha de papistas obcecados por decretos por onde passará o grupo de Pantagruel no Quarto livro.

Rabelais também faz referências míticas diversas. Alguns franceses se consideravam descendentes de Franco, por sua vez filho de Heitor de Troia, que ficava na Frígia. Midas era um rei da Frígia que recebeu o dom de transformar em ouro tudo que tocasse, porém Apolo lhe deu orelhas de burro. Antonino era o imperador romano mais conhecido como Caracala, que segundo Dião Cássio (77.17.1) teria uma polícia secreta. A fonte de Hipocrene, aqui mencionada como Cabalina, nome em tradução latina, porque ela teria sido criada por um coice do cavalo Pégaso, para se tornar um lugar de rito poético e habitação das Musas, tal como o monte Hélicon. A referência de que Catão só escrevia depois de beber é retirada de Horácio, Odes, 3.21.11-2. A referência a Netuno e Apolo retoma o mito que diz que os dois deuses teriam servido de pedreiros na construção do muro de Troia, quando o rei era Laomedonte, que os enganou e nunca pagou o que tinha acertado pelo auxílio divino (cf. Ovídio, Metamorfoses, 11.201-4). Anfíon, filho de Júpiter e Antíope, teria usado sua lira para fazer as pedras irem sozinhas formar o muro de Tebas (cf. Horácio, Odes, 3.11.2). A história do galo degolado está em Plauto, Aulularia, 465-9; de modo similar, Ausônio afirmava que tinha encontrado seu poema Gryphus (Grifo) na poeira de uma biblioteca. A aparição de Tântalo entre os brâmanes é atestada por Filóstrato (Vida de Apolônio de Tiana, 3.25 e 37); e a montanha inesgotável de sal está em Aulo Gélio, Noites áticas, 2.22 e 29. A menção à rama de ouro está em Virgílio, Eneida, 6.143-4. A história de Pandora está em Trabalhos e dias, 96 ss., de Hesíodo, onde abre uma ânfora (transformada eticamente em garrafa por Rabelais) com inúmeros males, mas acompanhados da esperança; já as Danaides, filhas míticas do rei Dânao, foram punidas no inferno por terem matado os maridos, tendo então de encher uma ânfora que nunca fica completa, ao contrário do barril

Terceiro livro

poético rabelaisiano. Já na ficção medieval, temos a história de Reinaldo de Montal-
vão, que teria trabalhado na construção da Catedral de Colônia.

Há referência ao jogo de dados, em que a melhor jogada era o lance de Vênus
e a pior o cão barbet; quem ganhava nesse jogo podia ser o árbitro das bebidas, no
banquete romano, o que interessa à tópica etílica de Rabelais. Os "cérebros empe-
riquitados" indicam os chapéus com borlas tipicamente utilizados pelos doutores,
como os da Sorbonne.

Os Adágios de Erasmo são citados em vários pontos, seja para "a guerra é o
pai de tudo" (baseado em Heráclito, que aparece mais vezes ao longo deste livro);
ou sobre a fama das cortesãs de Corinto; ou coçar a cabeça com o dedinho é repre-
sentação tópica da homossexualidade; "o tesouro que não passa de carvão" etc.
"Prosopopeia", segundo o glossário ao Quarto livro, é o disfarce ou fingimento. O
termo "entusiasmo" aqui é usado no seu sentido grego de ἐνθουσιασμός, isto é, "es-
tar possuído por um deus", no caso Baco, o próprio vinho.

Como sempre, Rabelais também joga com muitos termos de origem grega e la-
tina. Otacusta vem do grego ὠτακουστής ("ouvinte", com o sentido de "espião au-
ditivo"). Rabelais usa catarata (cataracte) com o sentido etimológico do grego κα-
ταρράτης ("ponte levadiça", ou "ponte móvel"), a partir do seu uso no latim me-
dieval, por isso mantenho o decalque, mesmo que não esteja assim dicionarizada em
português. Rabelais joga com o nome da palavra "guerra" em latim, bellum, *para*
sugerir que a guerra seja bela. Há ainda um jogo com o nome da planta medicinal
patiens, *que é* lapathum acutum *e, por desvio de escrita, como* lapathium *poderia*
talvez ecoar la passion, *ou seja, a paixão de Cristo; por isso, seguindo a tradução de*
Screech, optei por vertê-la como "flor-da-paixão" (passiflora incarnata). Por fim, Ra-
belais usa o termo "dorófago", do grego δωροφάγος ("comedor de presente", ou
seja "cobiçoso"), para representar os maus juízes.

"Casmas" é tradução do francês chasmates, *derivado do grego* χάσμα *(bura-*
co cavado na terra); como o termo é obscuro também em francês, optei por manter
sua raiz grega. Escudo de sol é a moeda de ouro.

Gente boa, manguaceiros ilustríssimos e prezadíssimos gotosos, vocês
já viram Diógenes, o filósofo cínico? Se já viram, não perderam a vista, ou
então eu fui completamente exilado da inteligência e da lógica. Que coisa
linda é ver o brilho do (vinho e escudo de) sol! Eu apelo ao cego de nascença mais renomado pela santíssima Bíblia, que, tendo a opção de pedir tudo
que desejasse, por ordens do todo-poderoso cuja palavra num instante em
ato se apresenta, nada mais pediu além de ver. Vocês também não são jovens,
que é qualidade de primeira com vinho; e bem convinha essa de mais-que-
-fisicamente filosofar e daí em diante tomar parte no conselho báquico, para,

comendo supino, se opinar sobre substância, cor, odor, excelência, eminência, propriedade, faculdade, poder, efeito e dignidade da bendita e desejada pinga. Se ainda não viram (como de cara sou levado a crer), devem ter pelo menos ouvido falar. Pois que pelo ar e por todo o céu o seu rumor e renome permaneceu memorável e célebre; e como vocês todos se extraíram do sangue frígio (ou me enganei?) e, se não têm tantas moedas quanto Midas, têm dele um não-sei-quê que outrora tanto louvavam os persas em todos os otacustas, e que tanto desejava o imperador Antonino: aquilo que apelidou a serpentina de Rohan de "Bela Orelha". Se nem ouviram falar, eu quero contar uma história dele, para entrar no vinho (então bebam) e na conversa (então escutem). Vou logo avisando (para que não sejam ludibriados pela própria ingenuidade, que nem uns descrentes) que naquela época ele era filósofo raro e alegre, um entre mil. Se tinha alguma imperfeição, vocês também têm, e nós também temos. Nada, senão Deus, é perfeito. Tanto que Alexandre, o Grande, mesmo tendo Aristóteles como preceptor familiar, tinha tanta estima por ele, que até desejava, caso não fosse Alexandre, ser Diógenes de Sinope.

Quando Felipe, rei da Macedônia, tentou assaltar e arruinar Corinto, os coríntios, avisados por seus espiões de que contra eles ele vinha com grande arrojo e exército numeroso, ficaram todos, e não à toa, embasbacados e não foram negligentes ao tomarem cada um seu ofício e dever para fazerem resistência à vinda hostil e a cidade defenderem. Uns dos campos e das fortalezas retiravam móveis, gado, grãos, vinhos, frutos, vitualhas e munições necessárias. Outros reparavam as muralhas, erguiam bastiões, aprumavam revelins, cavavam fossos, limpavam contraminas, gabionavam defesas, alinhavam jiraus, esvaziavam casmas, rebarravam falsos adarves, erigiam plataformas, consertavam contraescarpas, rebocavam cortinas, produziam guaritas, moldavam parapeitos, instalavam barbacãs, aceravam mata-cães, renovavam rastrilhos sarracenos e cataratas, postavam sentinelas, destacavam patrulhas. Todos estavam alertas, todos levavam cestos. Uns poliam corseletes, envernizavam alegretes, lustravam bardas, testeiras, carapaças, brigandinas, celadas, babeiras, alabardas, arneses, morriões, malhas, jazerões, braçais, escarcelas, besagues, gorjais, coxotes, plastrões, folhas, lorigas, paveses, escudos, cáligas, grevas, borzeguins, esporas. Outros preparavam arcos, fundas, balestras, balas de chumbo, catapultas, faláricas, granadas, potes, rodas e lanças em chamas, bestas, escorpiões e outras máquinas de guerra repelentes e destruidoras de helépolis. Amolavam archas, piques, arpões, alabardas, bisarmas, foices, lanças, azagaias, forcados de ataque, partasanas, maças, machados, dardos, setas, venábulos, hastas, chuços. Afiavam cimitarras, es-

Terceiro livro

padões, alfanjes, sabres, escarcinas, espadins, estoques, punhais, machetes, adagas, gládios, pajeús, facas, peixeiras, cotós. Todo mundo exercitava a espada, todo mundo desenferrujava o bracamarte. Não havia mulher, por pudica ou velha que fosse, que não viesse lustrar um arnês: como vocês bem sabem, as antigas coríntias eram fogo no combate.

Diógenes, ao vê-los agitados no furor daquele furdunço, sem ser pelos magistrados empregado em coisa alguma, contemplou por alguns dias o tal movimento sem dizer uma só palavra; depois, como que excitado por espírito marcial, cingiu seu pálio como um cachecol, arregaçou a manga até o cotovelo, levantou a veste que nem um colhedor de maçã, jogou para um companheiro seu a matula, os livros e opistógrafos e saiu da cidade, no prumo de Crânion (que é um monte e promontório perto de Corinto), até uma bela esplanada: ali rolou o barril de barro, que lhe servia de casa contra as injúrias do céu, e com o maior empenho mental esticando os braços o rodou, girou, virou, revirou, puxou, versou, reversou, prensou, tocou, trincou, trancou, besuntou, baqueou, barrou, bradou, badernou, cubalançou, trepou, trampou, tapou, tipou, tampou, destampou, estornou, tricotou, tripudiou, atacou, picotou, lançou, espancou, tacou, destacou, levou, lavou, cravou, entravou, contornou, entalou, entornou, ensopou, acossou, amassou, traspassou, afirmou, afastou, confutou, pregou, estopou, alcatroou, acariciou, cafunezou, socou, aterrou, enterrou, bisturiou, rabotou, chalupou, encantou, armou, bisarmou, arreou, empenachou, caparazonou, desvalou do monte ao vale e desembestou pelo Crânion, depois do vale ao monte o elevou, que nem Sísifo com sua pedra, tanto que pouco faltou para desfundá-lo. Ao ver isso, um dos seus amigos perguntou o que é que o movia em corpo, em espírito, para atormentar assim o seu barril. Ao que respondeu o filósofo que, já que não estava empregado em nenhum outro ofício pela república, danou de atormentar o próprio barril desse jeito, para que em meio a tanta gente ardente e ocupada não ser visto como o único imprestável e ocioso.

Seja como for, ainda que sem pavor maior, não ganho o favor de me contrapor ao horror por ver que ninguém me julga digno de alguma obra e considerar que em todo este nobilíssimo reino da França, aqui e acolá dos montes, todos devem hoje imediatamente estar ocupados e trabalhando: parte na fortificação da pátria e na defesa; parte na expulsão dos inimigos e no ataque; todos numa política tão linda, numa ordenação tão admirável, com um proveito tão evidente para o porvir (pois de agora em diante estará a França soberbamente delimitada, e os franceses num repouso tranquilo), que pouca coisa me retém, a ponto de cair na opinião do bom Heráclito, quando afirmou que a guerra era o pai de todas as coisas, que até acho que a guer-

ra em latim se diga belo, não por antífrase, como pensaram certos catadores de velhas ferragens latinas, porque não viam na guerra nem gueira de beleza; mas unicamente e simplesmente porque na guerra aparece toda espécie de bem e belo, e se desvela toda espécie de mal e feiura. Que assim seja, o rei sábio e pacífico Salomão foi quem soube melhor nos representar a perfeição indizível da sapiência divina ao compará-la com o alinhamento de um exército no campo.

 Portanto, sem estar inscrito ou alistado entre os nossos na parte ofensiva, por me considerarem molenga e fracote demais, nem empregado de algum modo em defensiva, seja com cesto levando às costas, guardando bostas, portando postas, cavando encostas, por mim tanto faria; eu imputo que é vergonha acima da média ser visto como espectador ocioso de tantos bravos, disertos e cavalheirescos personagens, que para visão e espetáculo de toda a Europa encenam esta notável fábula e trágica comédia, enquanto eu nem tomo tino, nem consumo este nada, tudo que me resta. Pois pouca glória penso que cresce em quem apenas emprega os olhos enquanto poupa as forças, oculta os escudos, esconde a grana, se coça a cabeça com um dedinho, que nem os mandriões safados que comem moscas feito bezerros na engorda, levanta as orelhas, que nem burro da Arcádia diante do canto dos músicos, e nessa pantomima silenciosa indica que consente com a prosopopeia.

Depois de tomar essa escolha e decisão, pensei que não seria exercício inútil e inoportuno se movesse o meu barril diogênico, tudo que me restou do naufrágio ao passar pelo farol do Mal'encontro. No sacolejo do barril, o que vocês pensam que eu faria? Pela virgem arregaçada, eu ainda não faço ideia! Esperem um pouquinho, enquanto tomo um trago desta garrafa: é o meu verdadeiro, meu único Hélicon; é minha fonte Cabalina: é meu único entusiasmo. Aqui bebendo eu decido, discurso, resolvo e concluo. Depois do epílogo, eu sorrio, escrevo, componho, bebo. Bebendo, Ênio escrevia, bebia escrevendo. Ésquilo (se pudermos confiar em Plutarco, *Symposiaca*) bebia compondo, bebendo compunha. Homero nunca escreveu em jejum. Catão só escrevia depois de beber. Então nem venham me dizer que vivo sem exemplo dos bem louvados e mais estimados. Está bom e fresco, como vocês diriam sobre o começo do segundo grau: Deus o bom deus Sabaoth (quer dizer, dos exércitos) seja eternamente louvado! Mas se vocês beberem um grande ou dois pequenos copos enrustidos, não vejo mal algum, desde que louvem a Deus por cada tiquinho.

Já que essa é minha sorte ou minha sina (pois não é dado a todos entrar e morar em Corinto), minha intenção é servir aos dois lados, desde que fique longe de ser preguiçoso e inútil. Quanto aos sapadores, pioneiros e alvanéis, farei o mesmo que fizeram Netuno e Apolo em Troia, sob Laomedonte, o que fez Reinaldo de Montalvão nos seus últimos dias: vou servir os pedreiros, vou cozinhar para os pedreiros e, terminado o repasto, ao som da cornamusa vou mesurar a moleza dos molengas. Foi assim que fundou, erigiu e edificou Anfíon, tocando sua lira, à célebre cidade de Tebas. Quanto aos guerreiros, vou novamente furar meu barril. E da tirada (esta que pelos dois volumes anteriores (se por impostura dos impressores não tivessem sido pervertidos e maculados) ficou conhecida entre vocês), vou extrair do *grand cru* do meu passatempo pós-prandial um excelente *Terceiro* e na sequência um divertido *Quarto* com sentenças pantagruélicas. E por mim vocês podem chamá-los de diogênicos. E vão me considerar, já que companheiro eu não posso ser, como um arquitriclino leal, que com meu parco poder refresco o retorno das alarmas, e louvador incansável de suas proezas e gloriosos feitos de armas. E juro pela flor-da-paixão de Deus que não vou falhar, se março não falhar com a Quaresma. Mas o safado vai tomar cuidado.

Lembro, no entanto, de ter lido que Ptolomeu, filho de Lago, certo dia entre os despojos e butins de suas conquistas, apresentou aos egípcios num teatro lotado um camelo-bactriano todo preto e um escravo colorido de um jeito que uma parte do seu corpo era preta e a outra branca, não em corte por latitude no diafragma, que nem aquela mulher consagrada à Vênus Índica e vista pelo filósofo de Tiana entre o rio Hidaspes e o monte Cáucaso, mas sim em traço perpendicular, coisa nunca vista no Egito; e esperava que, em troca da oferta dessas novidades, o amor do povo por ele iria crescer. E o que foi que se deu? Na apresentação do camelo, todos ficaram assustados e indignados; diante da visão do homem colorido, alguns fizeram chacota, outros o abominaram feito a um monstro infame criado por erro da natureza. Em resumo, a esperança que ele tinha de agradar aos seus egípcios e desse jeito ampliar a afeição que naturalmente nutriam por ele escapou de suas mãos. E entendeu que davam mais prazer e deleite as coisas belas, elegantes e perfeitas do que as ridículas e monstruosas. Depois disso, passou a desprezar tanto o escravo e o camelo, que logo logo por negligência e falta de bons tratos se mudaram da vida para a morte. Esse exemplo me faz vacilar entre esperança e cagaço, com receio de que, em vez do contentamento previsto, eu vou encontrar o que detesto; que meu tesouro seja carvão; que, em vez do lance de Vênus, me venha um cão barbet; que, em vez de servi-los, eu só incomode; que, em vez de esbaldá-los, ofenda; que, em vez de agradá-los, desagrade; e que minha aventura fique que nem a do galo de Euclião, tão famoso em Plauto na sua *Aulularia* e em Ausônio no seu *Grifo* e em outros, que, por ciscar a terra e descobrir o tesouro, teve o corte gargantado. Um caso desses não é de virar o bicho? Se já aconteceu, também pode acontecer. Por Hércules, que não! Reconheço neles todos uma forma específica e uma propriedade individual que nossos antepassados chamavam de pantagruelismo; por meio disso, nunca levariam a mal quaisquer coisas que percebessem vir de bom, franco e leal coração. Eu os vi tantas vezes pagando com gosto e aceitando de boa, quando pintava uma debilidade das forças.

Despachado esse assunto, volto ao meu barril. Bora ao vinho, companheiros! Molecada, bebam talagadas! Se não gostarem, deixem de lado. Não sou desses paus-d'água chatos que por meio de força, ultraje e violência constrangem os chegados e amigos a brindar e chapar o coco, o que é péssimo. Todo manguaceiro de bem, todo gotoso de bem que sedento vem ao meu barril, se não quiser, não bebe: agora, se quiser, e o vinho agradar ao gosto da senhoria das senhorias, pode beber desbragada, desmedida, descontroladamente sem nada pagar, nem poupar. Eis o meu decreto. Nem tenham pavor de que o vinho acabe, que nem nas bodas em Caná da Galileia. Quanto vocês tirarem pela torneira, tanto eu entornarei pela boca. Assim o barril permanece inesgotável. Ele tem fonte viva e veio perpétuo. Esta era a bebida contida na taça de Tântalo representado em figura entre os sábios brâmanes; esta era na Ibéria a montanha de sal tão celebrada por Catão; esta era a rama de ouro consagrada à deusa subterrânea, tão celebrada por Virgílio. É

Terceiro livro

uma verdadeira cornucópia de alegria e zoação. Se algum dia vocês acharem que se esgotou até a última gota, nem assim ficará seco. A boa esperança jaz no fundo, que nem na garrafa de Pandora; e não o desespero, que nem no tonel das Danaides.

Reparem bem no que eu disse e no tipo de gente que estou convidando. Porque (para que ninguém se engane), a exemplo de Lucílio, que afirmava escrever apenas para os seus tarentinos e cosentinenses, eu o farei só para vocês, gente de bem, manguaceiros da melhor cepa e gotosos de franco alódio. Os gigantes dorófagos, devoradores de névoas, têm ao cu paixão por demais e por demais o saco cheio para veação. Façam como quiserem! Aqui não tem presa para eles. Dos cérebros emperiquitados, dos catadores de gralha nem venham me falar, é tudo que peço em nome e em reverência das quatro nádegas que geraram vocês e da vivífica cavilha que os acoplou. Dos zainos ainda menos, mesmo que sejam manguaceiros exabundantes, todos uns bexiguentos caracachentos, fornidos de sede inexaurível e de manducação insaciável. Por quê? Porque não são de bem, mas de mal; daquele mal que diariamente rogamos a Deus que nos livre, embora se contrafaçam por vezes de mendigos. Macaco velho nunca fez cara bonita. Saiam para lá, seus mastins! Chispem do meu caminho, chispem do meu sol, ô monjarada do diabo! Vocês, jacus, vieram culpar o meu vinho ou comijar no meu barril? Vejam aqui a vara que Diógenes por testamento mandou que ficasse perto dele depois da morte, para escorraçar e escangalhar com as larvas bustuárias e os mastins cerbéricos. Então, arredem, seus santos do pau oco! Vão atrás das ovelhas, seus mastins! Vazem daqui, seus sonsos, pelo diabo! Ainda estão aqui? Renuncio à minha parte da Papimânia, se puder agarrar vocês. Grr, grrr, grrrrrr. Pega! Pega! Será que vão? Que só caguem na base do chicote, só mijem na estrapada, só se aqueçam na base da paulada!

Capítulo 1

Como Pantagruel transportou
uma colônia de utopianos para a Dipsódia

A abertura da narrativa, que é uma espécie de continuação de Pantagruel, *cap.
31, funciona como um pequeno tratado colonizatório que representa nosso herói como estadista, talvez em diálogo com* Gargântua, *caps. 32, 46 e 50, ao mesmo tempo que se aproxima das narrativas bíblicas: veja-se, por exemplo, o costume de não
contar mulheres e crianças, como em* Mateus, 14:21; *a multiplicação igual a gafanhotos, similar a* Naum, 3:15; *ou "regendo os povos com vara de ferro", que ecoa*
Salmos, 2:9 *e* Apocalipse, 2:27.
A Dipsódia já aparece em* Pantagruel *como reino do protagonista, e o nome
do lugar evoca a sede, tal como seus habitantes, os dipsodos, "os sedentos", cf.* Pantagruel, *caps. 28 ss.; mas note-se que os dipsodos desaparecem da obra rabelaisiana
a partir do próximo capítulo. "Matriz" é termo anatômico para designar o útero.
Nicolau de Lira (1270-1349) foi um italiano franciscano e comentador da Bíblia em
suas* Postillae perpetuae; *segundo ele, ao comentar* Êxodo, 1, *as judias teriam uma
fertilidade impressionante. Mais adiante, Rabelais dialoga com os preceitos de* O
príncipe *de Maquiavel, publicado em 1513 e traduzido ao francês em 1532, concor-
dando com a necessidade de amor do povo, mas refutando a leitura maquiavélica de
preponderância da força.
As inteligências motrizes mencionadas ao fim do primeiro parágrafo remetem
ao modelo ptolemaico-aristotélico medieval de universo, em que a Terra estaria imóvel no centro dos céus, que girariam em volta, movidos por inteligências angelicais.
Em seguida, o capítulo ganha o aporte da Antiguidade greco-romana. O termo atribuído a Homero não seria demóvoro, mas sim demóboro, a partir do grego*
δημοβόρον, *presente em* Ilíada, 1.231. *A história de Osíris como rei, e não como
deus egípcio, é contada por Plutarco,* De Ísis e Osíris, 12; *nela essa Pâmila, uma egípcia de Tebas, ouve um sinal mandando declarar Osíris como evérgeta (benfeitor),
um título também comum em monarcas gregos sobre o Egito, como Ptolomeu Evérgeta. Também Plutarco aproxima Alexandre e Hércules em* Fortuna de Alexandre.
A obra de Hesíodo remeteria a Teogonia, *e não* Hierarquia; *porém a passagem diz
respeito a* Trabalhos e dias, 124; *e os demônios são os daímones gregos, uso comum
em Rabelais, que prefere* diable *para designar os diabos. "Filtro", do grego* φίλτρον,
designa um feitiço, sobretudo amoroso, enquanto "iunges", do grego ἴυγξ, *designam sortilégios, mas também é a filha de Pã e Eco, que acaba por seduzir Júpiter/
Zeus. A ideia da Anistia como perdão aparece num dos Adágios (2.1.94) de Eras-*

Terceiro livro

mo, Ne malorum memineris *("Não se lembre dos males"), presente nas* Filípicas, *1.1, de Cícero. O comentário sobre Aureliano vem de Fábio Volpisco,* Vida de Aureliano, *39.*

Os versos de Públio Virgílio Marão estão nas Geórgicas, *4.561-2,* uictorque uolentes/ per populos dat iura. *Ao verter* κοσμήτορας λαῶν *(Ilíada, 1.375 e 3.236) como or(de)nadores de povos, tento recriar a ambiguidade do termo grego e da versão francesa de Rabelais,* ornateurs des peuples, *que tanto designa o ornato quanto a ordem. A história de Numa Pompílio e as Terminais é narrada por Plutarco,* Questões romanas, *15; Término era o deus romano dos limites e fronteiras. O ditado "O que se ganha mal, perece mal" remete ao latim* Juxta illu male parta, male dilabuntur, *presente em Erasmo,* Adágios, *1.7.82. O outro ditado, "O que se ganha mal não chega no terceiro herdeiro", vem do latim* Juxta illud, de male quaesitis uix gaudet tertius haeres.

A história de Carlos Magno, narrada na crônica de Sigebert, se deu em 802; os hainuenses *são os habitantes de Hainuaut, província da Bélgica, mas seu nome pode evocar o fato de que em 1539 Carlos V reprimiu uma revolta na cidade.*

———

Pantagruel, conquistando todo o país da Dipsódia, para lá transportou uma colônia de utopianos em número de 9.876.543.210 homens, sem contar as mulheres e crianças: artesãos de todo tipo, e professores de ciências liberais, para o tal país renovar, povoar e prover, antes mal habitado e deserto na maior parte. E os transportou não tanto por causa da excessiva multidão de homens e mulheres, que em Utopia se multiplicavam que nem gafanhotos. Vocês sacaram bem, e nem preciso explicar que os utopianos tinham os genitais tão férteis, e as utopianas portavam umas matrizes tão vastas, glutonas, tenazes e bem fornidas na melhor arquitetura, que sempre ao fim de nove meses, por baixo sete bacuris, machos ou fêmeas, nasciam de cada casamento, imitando o povo judaico no Egito; se é que De Lira não delira. Nem tanto por causa da fertilidade do sol, da salubridade do céu e da comodidade do país da Dipsódia, quanto para mantê-la em dever e obediência com o novo transporte de antigos e leais súditos, que desde tempos imemoriais não tinham conhecido, reconhecido, aceitado ou servido a nenhum outro senhor além dele, e que desde que nasceram e entraram no mundo, com o leite de suas mães nutrizes, igualmente sugaram a doçura e generosidade de seu reino, sempre nela formados e nutridos, que era a esperança certa de que antes abandonariam a vida corpórea do que esta primeira e única sujeição naturalmente devida ao príncipe, não importa a que lugar fossem

levados e transportados. E não seriam assim apenas eles e os filhos sucessivamente nascidos de seu sangue, como também manteriam na mesma lealdade e obediência as nações depois anexas ao império. O que de fato aconteceu, e em nada se frustrou na decisão. Pois, se os utopianos antes do tal transporte já eram fiéis e reconhecedores, os dipsodos depois de poucos dias de convívio passaram a ser ainda mais, graças a nem sei qual fervor natural em todos os humanos no começo de todas as obras de interesse que lhes cruzem. Apenas lastimavam, tomando por testemunhas todos os céus e inteligências motrizes, por não terem tomado antes notícia do renome do bom Pantagruel.

Vocês já notarão, meus manguaceiros, que o jeito certo de manter e reter um país recém-conquistado não é (conforme a opinião errônea de alguns espíritos tirânicos para sua própria ruína e desonra) pilhando, forçando, esfalfando, vexando e regendo os povos com vara de ferro, nem comendo e devorando os povos, que nem Homero ao chamar o rei iníquo de *demóvoro*, ou seja, "comedor de povo". A esse propósito eu nem vou elencar as histórias antigas, mas apenas evocar em recordação daquilo que os pais de vocês já viram, e até vocês, se não forem guris demais. Que nem criança recém-nascida, é preciso aleitar, embalar, alegrá-los. Que nem árvore recém-plantada, é preciso apoiar, firmar, defendê-los de todo acidente, estrago e calamidade. Que nem pessoa salva de uma longa e dura doença que vem a convalescer, é preciso mimar, poupar, repará-los. De jeito que cheguem à opinião de que não existe neste mundo um rei ou príncipe que menos queiram por inimigo e mais desejem por amigo. Assim Osíris, o grande rei dos egípcios,

Terceiro livro

45

à toda a terra conquistou: não tanto por força das armas quanto por alívio da labuta, ensinamentos de vida boa e salubre, leis condizentes, graça e beneficência. Por isso é que o mundo o chamou de grande rei Evérgeta (ou seja, benfeitor) por ordem de Júpiter a uma certa Pâmila. De fato, Hesíodo em sua *Hierarquia* coloca os bons demônios (se quiserem, podem chamá-los de anjos ou gênios) como meios e mediadores entre os deuses e os homens: superiores aos homens, inferiores aos deuses. E porque pelas mãos deles nos chegam as riquezas e bens do céu, continuamente benfeitores para nós, sempre do mal nos preservando, diz que estão em cargo de reis, pois sempre o bem fazer, e nunca o mal, é exclusivamente ação real. Assim foi imperador do universo Alexandre da Macedônia. Assim foi todo o continente por Hércules possuído, aos humanos aliviando contra monstros, opressões, exações e tiranias, com bom tratamento os governando, com equidade e justiça os mantendo, com benigna política e leis convenientes à situação dos países os constituindo, suprindo o que faltava, o que abundava avaliando e perdoando todo o passado com olvido sempiterno de todas as ofensas precedentes, tal como a Anistia dos atenienses, quando por engenho e proeza de Trasíbulo foram os tiranos exterminados, ou depois em Roma exposta por Cícero e renovada sob o imperador Aureliano.

Esses são os filtros, *iunges* e encantos de amor; por meio deles é possível reter o que se conquistou a duras penas. E mais feliz não pode o conquistador reinar, seja rei, seja príncipe, ou filósofo, a não ser fazendo a Justiça suceder à Virtude. Sua virtude apareceu na vitória e na conquista; sua justiça aparecerá, se por vontade e desejo do povo legislar, publicar éditos, estabelecer religiões, fizer jus a cada um, que nem Otaviano Augusto, segundo o nobre poeta Marão:

O vencedor, seguindo sem palor
Os vencidos, falou leis de valor.

Il qui estoit victeur, par le vouloir
Des gens vaincuz, faisoit ses loix valoir.

É por isso que Homero na *Ilíada* aos bons príncipes e grandes reis chama κοσμήτορας λαῶν, ou seja, or(de)nadores de povos. Essa era a consideração de Numa Pompílio, segundo rei de Roma, justo, político e filósofo, quando determinou ao deus Término, no dia de sua festa, chamada Terminais, que nada mais seria sacrificado por meio de morte, nos ensinando que os términos, fronteiras e anexos dos reinados devem se guardar e reger em paz, amizade, generosidade, sem as mãos sujar de sangue e pilhagem. Quem faz diferente, não apenas perde o que ganhou, como também vai sofrer o escândalo e opróbrio de julgarem que foi mal e errado quanto ganhou, já o que foi ganho perece em suas mãos. Pois o que se ganha mal, perece mal. E mesmo que ele tenha passado a vida toda num gozo pacífico, se o ganho perece entre os herdeiros, igual será o escândalo sobre o defunto e sua memória sofrerá a maledicência de conquistador iníquo. Porque diz o ditado: "O que se ganha mal não chega no terceiro herdeiro".

Notem também, meus gotosos empedernidos, neste artigo, de que jeito Pantagruel fez de um só anjo dois; um acontecimento oposto à decisão de Carlos Magno, que fez de um só diabo dois, ao transportar os saxões para Flandres e os flamengos para a Saxônia. Pois sem conseguir reter em sujeição os saxões por ele anexados ao império, para que não entrassem em rebelião toda vez que por acaso se afastasse até a Espanha ou a outras terras distantes, acabou por transportá-los ao seu próprio país, ou seja, Flandres, no que obedeceram naturalmente; e os hainuenses e flamengos, seus súditos naturais, transportou para a Saxônia sem duvidar de sua lealdade, ainda que transmigrassem para regiões estrangeiras. Mas acabou que os saxões continuaram sua rebelião e persistência primeira, e os flamengos moradores da Saxônia se embeberam dos modos e contradições dos saxões.

Terceiro livro

Capítulo 2

Como Panurgo foi nomeado castelão
de Salmingondin, na Dipsódia,
e comia trigo na espiga

O capítulo funciona como entrada no tema do livro, usando as potências mercuriais da eloquência de Panurgo, numa espécie de elogio paradoxal, que Rabelais imita de Luciano e também do Elogio da loucura *de Erasmo de Roterdã. A expressão* manger son blé en herbe *("comer trigo no capim/na espiga") era proverbial no período de Rabelais, com o sentido de pressa e desperdício por tolice; neste caso, optei por não verter por alguma expressão popular brasileira, porque o autor a refaz ao pé da letra, gerando o efeito cômico. Panurgo aqui elogiará o gasto e no próximo capítulo as dívidas, numa curiosa desleitura de Mateus, 6:34, que aproximará o texto bíblico da noção de pantagruelismo anunciado no Prólogo, criando a noção de uma panteologia, ou teologia universal. Ao mesmo tempo Rabelais faz aqui sua última referência e zombaria explícita contra a Universidade de Paris, a Sorbonne.*

O que traduzi por réis, royaulx, *são as moedas de ouro usadas do tempo de Carlos V ao de Carlos VII. Besouros e caracóis eram, aparentemente, gírias para dinheiro em Saintoge e Provença. Os carneiros de lã farta são moedas inscritas com o* Agnus Dei, *o cordeiro de Deus. Seraf é moeda de ouro turca. Rabelais joga com o sentido de "dilapidar", que em latim remete à dispersão de pedras (*lapis, lapidis*). A expressão "num dia comem seu bispo" é alusão às festas para a entrada de um novo bispo em Paris, quando ele tinha de pagar sua renda do primeiro ano aos patrões.*

O dístico citado e traduzido é tirado da tragédia de Sêneca, Tiestes, vv. 619-20, nemo tam diuos habuit fauentes,/ crastinum ut posset sibi polliceri, *em tradução francesa de Rabelais. Catão, o Censor, em* Da agricultura, 2.55.7, *ensina que o fazendeiro prudente sempre deve produzir e vender mais do que compra; o* paterfamílias *é termo romano para designar o chefe do lar como pai de família. "Apoteca" (em francês* apothecque*) é derivado do grego, com o sentido de "estoque" ou "mercearia"; é o termo que dará em "bodega" em português. A referência à* Odisseia *está em 5.475 ss. A alusão a Hipócrates diz respeito a* Aforismos, 1.13. *O adágio "ninguém nasce só para si" (*nemo sibi nascitur*) é uma máxima de Platão louvada por Cícero (*Dos deveres, 1.7.22*) e presente em Erasmo,* Adágios, 4.6.81. *A história de Milão de Crotona conta como o atleta olímpico morreu tentando partir um carvalho em dois, cf. Aulo Gélio,* Noites áticas, 15.16, *também mencionado em* Gargântua, cap. 23.

Panurgo cita as quatro virtudes cardeais, sem mencionar as três virtudes teologais (fé, esperança e caridade); ao tratar da justiça, ele entra na teoria aristotélica

François Rabelais

da justiça comutativa, que serviria, no comércio, para indicar o equilíbrio entre preços de compra e venda; a distributiva dá a cada um o que é devido (cf. Ética a Nicômaco, *5.4).*

"Levando na flauta" traduz a expressão jouant des haulx boys, *que designa a prática de derrubar árvores altas, porém ao mesmo tempo soa como "tocar oboé"; usei o sentido da gíria "levar na flauta" para recriar o jogo entre música e desmatamento, com o tom humorado.* Fouace *é um bolo mais plano, até hoje típico da região de Lerné, em Touraine.* Testílis *é a cozinheira dos ceifadores na segunda* Bucólica, *vv. 10-1, de Virgílio, usando vários temperos. Panurgo ainda faz referência à teoria dos espíritos animais, conceito importante da medicina da época: os espíritos, partículas sutilíssimas que comandam o funcionamento corporal e vinculam o corpo à alma, seriam gerados no coração e refinados no cérebro.*

A história de Nero é baseada em Suetônio, Vida de Nero, *30. As leis cenárias são as relativas à ceia (cena em latim). As leis suntuárias romanas derivam de Macróbio,* Saturnais, *3.17; e Erasmo,* Adágios, *1.9.44, fala de Protervia, derivado de* proteruus *em latim, como "protervo" em português (Élide Oliver lembra a — falsa — etimologia* propter uiam, *que indicaria a ação de "comer no caminho"); optei por manter seus nomes em latim, em vez de aportuguesar. A referência da Protérvia com os judeus tem base no que se lê em Êxodo, 12:10. A história de Catão e Albídio está em Ausônio,* Mosella, *172.*

Também as palavras de Cristo na cruz, consummatum est *(João, 19:30), podem ser ambiguamente lidas como "tudo está consumado" ou "tudo está consumido". A lenda sobre Tomás de Aquino, narrada por Michel Scot em* Mensa philosophica, *diz que ele compôs mentalmente um hino a Cristo num banquete enquanto comia uma lampreia destinada a Luís XI e que, ao terminar de comer todo o prato, anunciou as palavras de Jesus no hino, ao que os ouvintes pensaram que estava falando da comida em tom de paródia.*

Salmingondin, de Salmingondis, é um ragu, "confusão", donde também salmagundi; *em Pantagruel, cap. 32, a cidade era entregue ao narrador Alcofribas.*

Botando Pantagruel ordem no governo de toda a Dipsódia, designou a castelania de Salmingondin a Panurgo, que valia por ano 6.789.106.789 réis em grana certa, sem contar a renda incerta de besouros e caracóis, que variava entre ano ruim e bom de 2.435.768 até 2.435.769 carneiros de lã farta. Por vezes rendia 1.234.554.321 serafs, num ano bom com muita demanda de besouro e caracol. Mas isso não era todo ano. E governou tão bem, com tamanha prudência, o senhor castelão, que em menos de catorze dias dilapidou a renda certa e a incerta da castelania por três anos. Não é que

propriamente dilapidou, como vocês diriam para a fundação dos monastérios, ereção de templos, construção de colégios e hospitais, ou jogando toicinho pros cães. Mas torrou em mil banquetinhos e festins farrentos, abertos para quem viesse, sobretudo para os bons companheiros, novinhas e cocotas charmosas. Cortando lenha, queimando toras grossas para a venda de cinzas, pegando grana adiantado, pagando caro, vendendo a preço de banana e comendo o trigo na espiga. Pantagruel, quando soube do caso, não ficou nem um pouco indignado, zangado ou chateado. Já falei para vocês, e falo de novo, que era o melhor pequeno e grande camaradinha que já cingiu uma espada. Levava tudo de boa, interpretava tudo no melhor. Nunca se atormentava, nunca se escandalizava. Também teria sido excluído da deífica morada da razão, se fosse de algum modo entristecido ou afetado. Pois todos os bens que o céu recobre e que a terra contém em todas as suas dimensões, altura, fundura, longitude e latitude, não são dignas de mover nossos afetos e perturbar nossos sentidos e espíritos.

Só chamou Panurgo de lado e docemente mostrou que, se quisesse assim viver, sem ser econômico, impossível seria, ou ao menos bem difícil, ficar rico. "Rico? respondeu Panurgo. Você parou de pensar? Tinha se preocupado em me deixar rico nesta vida? Pense em viver feliz, pelo bom Deus e pelos bons homens! Que nenhum cuidado e nenhuma preocupação tenha acolhida no sacrossanto domicílio do celeste cérebro seu. Que essa serenidade nunca seja perturbada por qualquer nuvem de pensamento apenso e pesares e chateações. Se o senhor vive alegre, sorrindo, satisfeito, estou mais do que rico. O mundo inteiro grita 'economia, economia'. Mas só fala de economia quem não faz ideia do que é isso. É comigo que tem de aprender. E venha agora comigo aprender que o que me imputam como vício foi imitação da Universidade e do Parlamento de Paris, lugares onde habita a verdadeira fonte e vive a ideia da panteologia e também de toda justiça. Herege é quem dela duvida e não crê com fervor. Todavia eles comem num só dia o bispo ou a renda do bispo (dá no mesmo) por todo um ano, e até duas vezes, e no dia em que faz sua entrada. Nem dá tempo para desculpa, se não quiser ser lapidado na hora. Tem também tudo a ver com as quatro virtudes principais. A prudência, pegando grana adiantado. Pois nunca se sabe quem vai morder e dar seus coices. Quem sabe se o mundo ainda vai durar três anos? E mesmo que durasse ainda mais, algum homem é tão doido a ponto de prometer viver três anos?

> Ninguém detém os deuses tão à mão
> Para viver fiado no amanhã.

> *Oncq'home n'eut les Dieux tant bien à main,*
> *Qu'asceuré feust de vivre au lendemain.*

A justiça: comutativa, pagando caro (ou seja, a crédito), vendendo barato (ou seja, à vista). O que diz Catão em sua *Economia* sobre isso? 'O paterfamílias (diz ele) deve ser um perpétuo vendedor'. Assim é impossível que no fim das contas não fique rico, desde que sempre dure a apoteca. Distributiva: dando de comer aos bons (reparem: *bons*) e nobres companheiros, que a Fortuna lançou que nem Ulisses, sobre a Rocha do Bom Apetite, sem provisões de víveres; e às boas (reparem: *boas*) e jovens cocotas (reparem: *jovens*, pois segundo a sentença de Hipócrates, a juventude é intolerante à fome, ainda mais se for vivaz, alegre, viçosa, ativa e esvoaçante). Essas cocotas com gosto e de bom grado dão prazer aos homens de bem e são platônicas e ciceronianas a ponto de julgarem que neste mundo não nasceram só para si, mas de suas próprias pessoas concedem parte à pátria e parte aos amigos.

A força: cortando árvores grandes, feito um segundo Milão, abatendo escuras florestas, covis de lobos, de javalis, de raposas, receptáculos de bandidos e assassinos, oficinas de falsos moendeiros, refúgios de hereges e aplainando em lisos cerrados e lindas charnecas, levando na flauta a madeira e preparando os assentos para a noite do Juízo Final.

Terceiro livro

A temperança: comendo o trigo na espiga, que nem um eremita, vivendo de saladas e raízes, me emancipando dos apetites sensuais e assim poupando para os estropiados e indigentes. Pois ao fazer isso eu poupo os enxadeiros que levam grana, os ceifeiros que bebem com gosto e sem água, os respigadores que carecem de *fouaces*, os cozinheiros que não deixam nem um alho, cebola ou cebolinha nos jardins, graças à autoridade da Testílis virgiliana, os moleiros amiúde ladrões e os padeiros que não valem mais que o resto. É pequena essa poupança, fora o estrago dos ratos, o restolho dos celeiros e a comilança dos carunchos e rapa-cuias? Com trigo na espiga dá para fazer um belo molho verde, de leve concocção, de fácil digestão, que diverte o cérebro, alegra os espíritos animais, é colírio na vista, abre o apetite, deleita o paladar, tonifica o coração, coça a língua, aclara a tez, fortifica os músculos, tempera o sangue, libera o diafragma, refresca o fígado, desopila o baço, alivia os rins, relaxa os quadris, desincha as vértebras, limpa os ureteres, dilata os vasos espermáticos, contrai os cremásteres, purga a bexiga, infla os genitais, corrige o prepúcio, incrusta glande, empina o membro; é bom para murchar barriga, bom para arrotar, bufar, peidar, cagar, mijar, espirrar, soluçar, tossir, cuspir, vomitar, bocejar, assoar, alentar, inspirar, respirar, roncar, suar, empinar a chapeleta e mil outras raras vantagens.

— Saquei (disse Pantagruel), você infere que os pobres de espírito não saberiam gastar muito em pouco tempo. Nem é o primeiro a conceber essa heresia. Nero a defendia e acima de todos os humanos admirava Caio Calígula, seu tio, que em poucos dias, graças a uma invenção embasbacante, gastou todos os bens e o patrimônio que Tibério tinha deixado. Mas, em vez de observar e respeitar as leis cenárias e suntuárias dos romanos, a *Orchia*, a *Fania*, a *Didia*, a *Licinia*, a *Cornelia* e *Lepidiana*, a *Antia*, e a dos coríntios, que proibiam rigorosamente qualquer um de gastar por ano mais do que obtivesse de renda anual, você fez a Protérvia, que era entre os romanos um sacrifício igual ao cordeiro pascal entre os judeus. Convinha comer todo o comível e o resto jogar no fogo, sem nada reservar para o amanhã. Posso tranquilamente dizer de você o que disse Catão sobre Albídio, que depois de ter num gasto desmedido comido tudo que possuía, a ponto de só restar uma casa, tacou fogo nela, só para dizer, *consummatum est*, que nem disse Tomás de Aquino, ao terminar de comer a lampreia. Pouco me importa."

Capítulo 3

Como Panurgo louva
os endividados e mutuários

Panurgo segue seu elogio paradoxal, em mistura de conhecimentos clássicos e cristãos de uso paródico; aqui ele distorce a teoria platônica de Marsilio Ficino do amor em coesão amorosa para justificar o amor-próprio e as dívidas nunca pagas. Huchon avalia a possibilidade de Rabelais ter se baseado numa passagem do Songe de Pantagruel, *escrito por François Habert em 1542, quando Panurgo fala de um mundo livre de sofrimentos e dívidas. A comparação entre o universo e o humano se deve ao fato de que, no Renascimento, sobretudo entre os platônicos, é recorrente a imagem do homem como um microcosmo correspondente ao macrocosmo do universo.*

As calendas são apenas romanas, e não gregas; neste caso, é o equivalente a dizer "no dia de São Nunca". A informação sobre os druidas na Gália é tirada de César, Da guerra da Gália, *6.19; no mesmo livro, 6.17, César identifica o deus Teutates a Mercúrio, o deus romano da linguagem, do engano e dos ladrões, com quem Panurgo se vincula facilmente (camillus é um servidor sacrificial em latim, e alguns julgavam que seria equivalente ao grego* Καδμῖλος, *epíteto de Hermes como serviçal dos deuses); bem como identifica Dis, o deus das riquezas e também do mundo dos mortos, a Plutão. Rubrolândia é tradução do nome inventado Landerousse, que voltará a aparecer no* Quarto livro. *Quando Panurgo se diz feitor e criador, certamente podemos ler como pastiche da imagem divina; ao mesmo tempo remete a Plutarco,* Da usura, *5.2, que afirma que a usura cria o que não existe. A ideia de que nada é feito a partir do nada remete ao adágio latino* nihil ex nihilo. *Plutarco,* Conversas à mesa, *8.9, conta como Xenócrates teria calculado como as letras do alfabeto poderiam formar 100.200.000 sílabas.*

A Paixão era uma das peças de mistério realizadas na comuna de Saumur, bastante conhecida na época de Rabelais; mais adiante o termo "diabrura" designa as peças de mistério com ênfase nos diabos, aqui em Doué-la-Fontaine, perto de Chinon, onde nasceu Rabelais. Hesíodo, em Trabalhos e dias, *apresenta a virtude no alto de um monte, acessível apenas por meio de um caminho pedregoso; porém, depois de alcançada, torna-se fonte de prazer (o assunto retorna em chave séria no* Quarto livro, *cap. 57). São Babolino foi o primeiro abade de Saint-Maur-des-Fossés; ele morreu em 660. A referência ao pensamento dos acadêmicos diz respeito a Platão,* Timeu, *34b-37c.*

A corrente homérica é a que Zeus apresenta na Ilíada, *8.19. Metrodoro de Lâmpsaco defendia que havia uma infinidade de mundos, segundo Plutarco bem co-*

mo Petrônio de Himera; os dois são mencionados por Plutarco, Da desaparição dos oráculos, *22-3.*

A menção ao reitor de Paris remete às tramas e disputas recorrentes nas eleições desse cargo. A simbolização, nas teorias escolásticas, é a ligação entre dois elementos, por exemplo, o ar que carrega a umidade da água; a transmutação é a troca de qualidade entre dois elementos; ou seja, são procedimentos de manutenção do equilíbrio do mundo. Os Alóades são os filhos da humana Aloé com Posêidon, mortos por Apolo quando tentavam escalar o Olimpo.

"Os homens serão lobos dos homens" é referência a trecho famoso de Terêncio, homo homini lupus, *que aparece em Erasmo,* Adágios, *1.1.70. Licáon foi transformado em lobo depois de violar as leis da hospitalidade (Ovídio,* Metamorfoses, *1); Nabucodonosor, rei da Babilônia, virou um boi a pastar (Daniel, 4:33). Belerofonte, rei de Corinto, foi condenado a errar solitário, depois de tentar escalar o Olimpo. Timão de Atenas é o famoso filósofo do séc. V a.C., figura típica do misantropo, cujo termo aparece em grego. Ismael é filho de Abraão e Agar (Gênesis, 16:12), representado como figura agressiva, sempre em disputa com os outros. Metabo é filho de Sísifo, expulso do reino por sua tirania (Virgílio,* Eneida, *11.540). A imagem das impossibilidades retoma Virgílio,* Bucólicas, *1.60-1, e Erasmo,* Adágios, *1.4.74. O apólogo de Esopo (*Fábulas, *117) é aquele em que vemos os membros fazerem uma espécie de greve contra o estômago, por julgarem que ele não faz nada; na verdade, descobrem que estão agindo contra si próprios quando chega a fome e a fraqueza. Na descrição de Panurgo, seguindo a teoria de Galeno, o fígado produziria o sangue. Esculápio é um deus romano da medicina.*

"Mas (perguntou Pantagruel) quando acabarão as suas dívidas?

— Nas calendas gregas, respondeu Panurgo; aí todo mundo estará contente, e você será herdeiro de si mesmo. Deus me livre de acabarem as dívidas! Assim eu não encontraria ninguém que um cascalho me emprestasse. Quem não põe o fermento à noite, de manhã não tem a massa. Sempre deva para alguém, e ele rezará diariamente a Deus que lhe conceda boa, longa, alegre vida, por paúra de sua dívida perder, sempre bem falará de você a toda a gente, sempre novos credores arrumará para você, a fim de que empreste deles e tape com terra alheia o próprio fosso. Antigamente, na Gália, quando, por decisão dos druidas, os servos, lacaios e criados eram queimados vivos nos funerais e exéquias dos seus mestres e senhores, eles não morriam de medo de que os mestres e senhores morressem? Porque tinham de morrer junto. Não rezavam diariamente ao grande deus Mercúrio, e Dis, o pai dos escudos, para os conservarem em longa saúde? Não ficavam presti-

mosos para melhor tratar e servir? Porque poderiam viver juntos pelo menos até a morte. Pode acreditar que na mais fervorosa devoção os seus credores rezarão a Deus para que você viva, temerão a sua morte, igual amam mais a gorjeta que a gorja, mais a bufunfa que a vida. São testemunhas os agiotas de Rubrolândia, que outrora se enforcaram vendo o trigo e o vinho despencarem no mercado e os bons tempos voltarem." Pantagruel nada respondia, então seguiu Panurgo. "Beudo céu, quando penso melhor no assunto, vem você me dar um truco, reprochando minhas dívidas e credores. Pô, se só nessa qualidade eu me julgava augusto, reverendo e respeitoso, já que, apesar da opinião de todos os filósofos (que dizem que nada de nada é feito), nada tendo, nem matéria-prima, sou Feitor e Criador. Eu criei. O quê? Pencas de belos e bons credores. Credores são (defendo até a fogueira, exclusive) belas e boas criaturas! Quem não empresta nada é criatura má e perversa, criatura do grande vilão e diacho do inferno. E eu fiz. O quê? Dívidas. Ó coisa rara e antiquária! Dívidas, eu disse, que excedem o número de sílabas resultantes da junção de todas as consoantes com as vogais, antes calculada e contabilizada pelo nobre Xenócrates. Dada a numerosidade dos credores, se você estimar a perfeição dos devedores, não vai errar na aritmética prática. Acha que fico tranquilo quando todas as manhãs ao meu redor eu vejo esses credores tão humildes, servis e abastosos de reverências? E quando percebo que, ao fazer para um uma cara mais aberta e acolhedora do que para os outros, o panaca pensa que terá sua paga primeiro, pensa ser o primeiro na data e no meu riso conta prata à vista? Tenho cá para mim que faço ainda o papel de Deus na *Paixão* em Saumur, acompanhado de anjos e querubins. São os meus cortesãos, meus parasitas, meus puxa-sacos, meus parladores de bom-dia, meus oradores perpétuos. E eu pensava realmente que em dívidas consistia o monte da Virtude heroica descrita por Hesíodo, onde escalei meu primeiro degrau, e que todos os homens parecem buscar e aspirar, mas poucos ali chegam, graças à dificuldade do caminho, assim que vi como agora todo mundo vive num desejo fervoroso e estridente apetite de fazer dívidas e credores novos. Porém para ser endividado não basta querer: para fazer credores não basta querer. E você quer me apartar desta felicidade supimpa? Pergunta quando vão acabar as dívidas?

Muito pior, eu me devoto a São Babolino, bom santo, se durante toda a vida não estimei as dívidas como uma conexão e coligação entre os céus e a terra, uma preservação única da humana linhagem, afirmo, o bem sem o qual logo todos os homens pereceriam; como talvez aquela grande alma do universo, que segundo os acadêmicos, a tudo vivifica. Assim sendo, imagine de espírito sereno a ideia e a forma de um mundo qualquer; se preferir, tome o trigésimo daqueles que imaginava o filósofo Metrodoro, ou o septuagésimo oitavo de Petrônio, onde não haja endividado nem credor. Um mundo sem dívidas. Lá, entre os astros, não existe nenhum curso regular. Todos estão em desarranjo. Júpiter, por não se julgar devedor de Saturno, vai desapossá-lo de sua esfera e, com sua corrente homérica, vai suspender todas as inteligências, deuses, céus, demônios, gênios, heróis, diabos, terra, mar, todos os elementos. Saturno vai se realinhar com Marte, para perturbar o mundo todo. Mercúrio não vai querer servir os outros, não será mais um Camilo, como é chamado em língua etrusca. Pois não deve nada a ninguém. Vênus não será venerada, pois nada emprestou. A Lua vai ficar sangrenta e tenebrosa. Por que diabos o Sol lhe despacharia a luz? Não tem obrigações. O Sol não brilhará sobre a Terra: os astros não vão lhe dar boa influência. Pois a Terra parou de emprestar alimentos de vapores e exalações, que, segundo Heráclito, com provas dos estoicos e defesa de Cícero, nutriam as estrelas. Entre os elementos não haverá mais simbolização, alternação, nem transmutação. Pois um não se vê mais obrigado pelo outro, que nada lhe emprestou. Da terra não sairá água, a água em ar não se transmutará, do ar não surgirá o fogo, o fogo não esquentará a terra. A terra só vai produzir monstros, Titãs, Alóades, Gigantes. Chuva não choverá, luz não luzirá, vento não ventará, nem haverá verão e outono. Lúcifer vai se soltar e, saindo do inferno profundo com as Fúrias, as Penas e os diabos chifrudos, tentará desaninhar dos céus todos os deuses, tanto dos maiores quanto dos menores povos. Esse mundo que nada empresta não passará de cachorrada, de uma briga mais anômala que a do reitor de Paris, de uma diabrura mais confusa que os mistérios de Doué. Entre os humanos, um não vai salvar o outro: pode até gritar 'socorro, incêndio, afogo, assassino!'. Ninguém vai ajudar. E por quê? Não tomou nada emprestado, não lhe devem nada. Ninguém se interessa por sua conflagração, por seu naufrágio, por sua ruína, por sua morte. Assim como não emprestou nada, também nada tomou emprestado. Logo desse mundo serão exiladas a Fé, a Esperança e a Caridade. Pois os homens nasceram para dar ajuda e socorro aos homens. No lugar delas virão Desconfiança, Desprezo, Rancor, com a corte de todos os males, todas as maldições e todas as misérias. Você vai pensar que ali Pandora entornou sua garrafa. Os homens serão lobos dos homens. Lobisomens e diabretes, que nem Licáon, Belerofonte, Nabucodonosor; salteadores, matadores, envenenadores, malfeitores, malévolos, maléficos, ódio levando cada um contra todos, feito Ismael, feito Metabo, feito Timão de Atenas, que por isso foi apelidado μισάνθρωπος. Seria mais fácil, por natureza, alimentar no ar os peixes, pascer os cervos no fundo do oceano, do que suportar essa tralha de mundo que nada empresta. Juro que tenho ódio dessa gente!

E se ao modo desse mundo mesquinho e triste que nada empresta você figurar outro mundinho, que é o homem, vai encontrar ali uma terrível balbúrdia. A cabeça não quer emprestar a vista dos olhos para guiar os pés e as mãos. Os pés não se dignam a levá-la. As mãos param de trabalhar por ela. O coração se encheu de tanto bater pelo pulso dos membros e não quer mais lhes emprestar nada. O pulmão não lhe faz mais empréstimo do alento. O fígado não envia sangue para sustentá-lo. A bexiga não quer mais ser debitária dos rins: a urina é suprimida. O cérebro, ao ver esse processo tão desnaturado, entra num frenesi e não vai dar sentido aos nervos, nem movimento aos músculos. Em resumo, nesse mundo destrambelhado, em que ninguém deve, ninguém empresta, ninguém toma emprestado, você verá uma conspiração ainda mais perniciosa do que a figurada por Esopo em seu apólogo. E sem dúvida vai morrer, e não apenas vai morrer, mas vai morrer logo logo, mesmo que seja o próprio Esculápio. E sem demora o corpo vai apodrecer, a alma toda indignada vai tomar rumo a todos os diabos, atrás do meu caraminguá."

Terceiro livro

Capítulo 4

Continuação do discurso de Panurgo, em louvor dos agiotas e endividados

Boa parte da graça do capítulo parte de chistes com as teorias neoplatônicas do amor cósmico e sua importância para a harmonia das esferas (cf. República, 10.617, mas Platão nunca disse que ouvia a música das esferas), desdobrada no microcosmo humano e deturpada por Panurgo como exemplo de filáucia (o amor-próprio). Na primeira parte, Panurgo louva a Idade de Ouro como a época do mútuo empréstimo (ligando a Saturno, como vemos em Virgílio, Bucólicas, 4), para depois comentar a ideia neoplatônica do corpo como morada da alma (nessa passagem, Rabelais é bastante acurado na fisiologia renascentista, baseada em Galeno, Do uso das partes, 4, e nos novos conhecimentos anatômicos). Se avaliarmos bem, o alvo das piadas não são as ideias em si, já que estão plenamente no espírito da época, mas o mau uso delas, representado pelas distorções de Panurgo.

Ceres era a deusa romana que presidia os grãos, tal como os outros deuses são indicados: Baco ao vinho, Flora às flores, Pomona aos pomares e Juno ao éter, segundo Cícero, Da natureza dos deuses, 2.26.66. "Ah, beatos três e quatro vezes" é tradução de Virgílio, Eneida, 1.94, O terque quaterque beati. Miraculífico é transposição tradutória de miraculificque, com o sentido de "milagreiro". Santo Ivo é o patrono da Bretanha. Pathelin e Guillaume Joussaume são personagens centrais da Farce de maistre Pathelin (Farsa do mestre Pathelin), peça teatral muitas vezes retomada por Rabelais, e o trecho remete aos vv. 173-4; mas a expressão do terceiro céu aparece em 2 Coríntios, 12:2, com sendo o ponto celeste mais alto. A ideia de que o "sangue é a sede da alma" aparece já em Levítico, 17:11. O que Panurgo chama de língua goda é o occitano, nela o termo companage indica tudo que acompanha à mesa o pão e o vinho.

Melancolia designa o humor da bile negra (do grego μελαίνα χολή), que a medicina da época situava no baço, combinado com os outros três humores, segundo a teoria hipocrática: sangue, cólera (bile amarela) e fleuma. "Quilificar" é produzir o quilo, o "líquido leitoso feito de linfa e gordura secretado no intestino durante o processo da digestão", segundo o dicionário Aulete. A "garrafa de fel" é metáfora para a vesícula biliar. A "rede maravilhosa" é um plexo de irrigação sanguínea no crânio, ao fim da carótida, formando o que hoje é chamado polígono de Willis, que serviria para refinar os espíritos animais (cf. nota introdutória ao cap. 2): admirabilis plexus retiformis, na expressão tirada de Galeno. A teoria da produção do sêmen é baseada em Hipócrates, porém negada por Galeno; ela aparece também em Pantagruel, *cap. 8, na carta de Gargântua ao filho. A ideia de um dever conjugal diz respeito a cumprir os desejos sexuais do cônjuge, cf.* 1 Coríntios, 7:3.

———

"Pelo contrário, imagine um mundo outro, onde cada um empresta, cada um deve, todos são devedores, todos são agiotas. Ah, que harmonia haverá entre os regulares movimentos celestes. Parece até que dá para ouvi-la, que nem ouvia Platão. Quanta simpatia entre os elementos! Ah, como a Natureza vai se deleitar com suas obras e produtos! Ceres carregada de grãos; Baco de vinhos; Flora de flores, Pomona de frutas; Juno em seu ar sereno, serena, salubre, agradável. Eu me perco nessa contemplação. Entre os humanos, paz, amor, dileção, fidelidade, descanso, banquetes, festins, alegria, júbilo, ouro, prata, trocos, colares, anéis, mercancias passarão de mão em mão. Nenhum processo, nenhuma guerra, nenhuma disputa; não haverá nenhum usurário, nenhum cobiçoso, nenhum avarento, nenhum negador. Por Deus! Não seria essa a Idade de Ouro, a era de Saturno? A ideia das regiões olímpicas, onde cessam todas as outras virtudes, e sozinha a Caridade reina, rege, domina, triunfa. Todos serão bons, todos serão belos, todos serão justos! Ah, mundo feliz! Ah, povo desse mundo feliz! Ah, beatos três e quatro vezes! Parece que já estou lá. Eu juro por Diós do Céu que, se esse mundo, esse beato mundo onde todos emprestam e ninguém recusa, tivesse um papa repleto de cardeais e associado ao seu sacro colégio, em poucos anos você veria os santos mais vistosos, mais miraculíficos, com mais leituras, mais ex-votos, mais cajados, mais velas do que todos os desses nove bispos da Bretanha. Exceto apenas Santo Ivo. Peço que considere como o nobre Pathelin, querendo divinizar e com louvores divinais alçar ao terceiro céu o pai de Guillaume Joussaume, nada disse, além de:

> E assim emprestava
> Seus bens a quem os desejava.

> *Et si prestoit,*
> *Ses denrées, à qui en vouloit.*

Ah, que bela expressão! Com tal modelo conceba o nosso microcosmo, *id est*, mundinho, o homem, com todos os seus membros, emprestando, tomando emprestado, devendo, ou seja, em seu estado natural. Pois a natureza só

criou o homem para emprestar e tomar emprestado. Maior não é a harmonia dos céus do que a de sua política. A intenção do fundador desse microcosmo é aí reter a alma, que ele ali dentro postou como hóspede, e a vida. A vida consiste em sangue. Sangue é a sede da alma. Portanto só um labor vale a pena neste mundo, que é forjar sangue sem parar. Nessa forja estão todos os membros em seu ofício próprio, e sua hierarquia faz com que, sem cessar, um empreste do outro, um empreste ao outro, um ao outro deva. A matéria e o metal adequado para ser em sangue transmutado é dada pela natureza: pão e vinho. Nesses dois estão contidas todas as espécies de alimentos, que se diz *companage* em língua gótica. Para encontrá-las, prepará-las e cozinhá-las, trabalham as mãos, caminham os pés e carregam toda essa máquina, os olhos a tudo conduzem. O apetite no orifício do estômago leva um pouco de melancolia acre, que lhe chega do baço e aconselha que é hora de descer o rango. A língua faz um teste, os dentes mastigam, o estômago recebe, digere e quilifica. As veias mesaraicas dali sugam o que é bom e presta, deixam os excrementos, que pela força expulsiva são deitados fora através de condutores expressos, depois levam o resto ao fígado. E ele transmuta tudo de novo e disso faz sangue. Dá para imaginar a alegria desses artesãos quando veem o rio de ouro que é seu restaurador? Não é maior a alegria dos alquimistas, quando depois de muitos trabalhos, imenso empenho e gasto, veem os metais transmutados em seus fornos. Entonces cada membro se prepara e se aplica de novo para purificar e refinar esse tesouro. Os rins, pelas veias emulgentes, retiram a aquosidade chamada urina e pelos ureteres a mandam para baixo. Embaixo ela encontra um receptáculo certo, a bexiga, que no momento oportuno a esvazia. O baço dali tira o terrestre e a borra chamada melancolia. A garrafa do fel dali extrai a cólera supérflua. Depois é transportada a outra oficina para melhor se refinar, que é o coração, que por seus movimentos diastólicos e sistólicos o sutiliza e inflama de tal jeito, que pelo ventrículo direito o leva à perfeição e pelas veias o envia a todos os membros. Cada membro o puxa para si e assim dele se alimenta: pés, mãos, olhos, tudo, e assim ficam endividados os que antes eram agiotas. Pelo ventrículo esquerdo ele o deixa tão sutil, que chamamos de espiritual, e o envia a todos os membros pelas artérias, para aquecer e ventilar o outro sangue das veias. O pulmão, com seus lobos e foles, não para de o refrescar. Em reconhecimento por esse bem, o coração lhe despacha a melhor parte pela veia arterial. Por fim, tanto é refinado dentro da rede maravilhosa, que dele são feitos os espíritos animais, por meio dos quais ela imagina, discursa, julga, decide, delibera, raciocina e rememora. Xessus! Estou me afogando, estou perdido, quando entro no profundo abismo deste mundo que tanto empresta e tanto deve. Pode acreditar que coisa divina é emprestar, dever é virtude heroica.

E tem mais. Este mundo que empresta, deve, toma emprestado é tão bom, que, uma vez terminada essa alimentação, ele já pensa em emprestar para quem ainda nem nasceu e em perpetuar-se pelo empréstimo, se puder, e multiplicar-se em imagens a si semelhantes: os filhos. Com esse fim cada membro da mais preciosa parte de seu nutrimento escolhe e extrai uma porção e a envia para baixo: a natureza ali preparou vasos e receptáculos adequados, pelos quais ela desce até os genitais em longas ambages flexíveis, recebe forma conveniente e encontra lugares certos, tanto no homem quanto na mulher, para conservar e perpetuar a espécie humana. Tudo se faz por empréstimos e dívidas de um com o outro, daí se fala em dever conjugal. Uma pena se estabelece por natureza contra quem recusa, amarga vexação nos membros e fúria nos sentidos; para quem empresta, o prêmio compensado é prazer, alegria e volúpia."

Terceiro livro

Capítulo 5

Como Pantagruel detesta
os endividados e agiotas

Pantagruel refuta as teses de Panurgo a começar por considerá-lo uma espécie de sofista, ao chamá-lo de topiqueiro (topicqueur), termo derivado dos Tópicos de Aristóteles, obra que servia como formação oratória (grafida designa as imagens retóricas, bem como diatipose é um esquema argumentativo). Em seu contra-argumento, a partir de São Paulo, Romanos, 13:8, *Pantagruel demonstra que o que promove a harmonia é o amor, e não a dívida; assim, em vez da filáucia, temos a filantropia como mote.*

O filósofo de Tiana é Apolônio que, segundo Filóstrato, na Vida de Apolônio de Tiana, *4.10, deu fim à peste em Éfeso quando mandou apedrejar um velho mendigo que era um demônio disfarçado; depois de morto, seu corpo revelou-se um cão raivoso. A ligação com os persas aparece em Erasmo,* Adágios, *2.7.98:* Felix qui nihil debet *("Feliz quem nada deve"). A referência às* Leis *de Platão é 8.866b.*

Por fim, o uso medicinal de múmias, como óleo ou pó, era prescrito por alguns médicos da época, sobretudo entre os que seguiam as ideias de Paracelso: a lógica é a da homeopatia, nesse caso. Miles d'Illiers (1459-1493) foi mesmo bispo de Chartres e tinha grande fama de litigioso.

―――――

"Saquei (respondeu Pantagruel), e você me parece um baita topiqueiro, apegado à sua causa. Mas pode argumentar e pretextar daqui até Pentecostes, que ao fim ainda vai ficar atônito ao ver que em nada me persuadiu e que pela sua linda fala não me convence a entrar na dívida. 'A ninguém devais coisa alguma (disse o Santo Enviado), a não ser o amor e dileção mútuos'.

Você aqui usa de belas grafidas e diatiposes que muito me agradam; porém vou lhe dizer que, se imaginar um impostor impertinente e importuno oportunista entrando mais uma vez numa cidade já advertida das suas práticas, veria que logo na entrada estariam mais cidadãos agitados e tremebundos do que se a peste ali entrasse com as mesmas roupas em que o filósofo de Tiana a viu em Éfeso. E sou da opinião de que não erravam os persas ao julgarem que o segundo vício é mentir: o primeiro é dever. Porque dívidas e mentiras costumam andar de mãos dadas. Não quero, afinal, inferir que nunca se pode dever, nunca se pode emprestar. Não existe alguém tão rico que não deva vez por outra. Ninguém é tão pobre que não possa vez por outra emprestar. A ocasião será como a que diz Platão em suas *Leis*, quando ordena que não deixemos vizinhos entrarem para buscar água, se antes não tiverem cavado e escavado os próprios campos até acharem aquela terra chamada ceramita (terra de oleiro) e lá não encontrarem fonte e indício de água. Pois essa terra, graças à sua substância gordurenta, forte, lisa e densa, retém umidade e não escorre nem exala fácil. Assim é sempre uma grande vergonha, em qualquer lugar, alguém tomar empréstimo antes de trabalhar e ganhar. A gente só deveria (a meu ver) emprestar quando a pessoa que trabalha não conseguiu por seu labor ter ganho, ou quando recai de supetão numa perda inopinada de seus bens. Por isso deixemos a conversa de lado, e não me venha agora se apegar a credores: eu o libero do passado.

— O mínimo que posso fazer (disse Panurgo) neste artigo é agradecer: e se os agradecimentos devem ser mesurados pelo afeto dos benfeitores, o meu vai ser infinito, sempiterno, pois o amor que você me dá de sua graça extrapola todo cálculo, transcende todo peso, toda conta, toda mesura: é infinito, sempiterno. Mas se medir pelo calibre das benesses e contentamento dos recebedores, vai ser raquítico. Você me concedeu bens demais e muito mais do que me cabem, mais do que lhe servi, mais do que fiz por merecer, tenho que admitir, mas não tanto quanto possa pensar. Não é aí que me dói, não é aí que me queima e me devora. Com que cara eu vou sair, de agora em diante, se estivermos quites? Pode ter certeza de que vou fazer carranca nos primeiros meses, já que não tenho essa praxe e costume. Morro de medo! Além disso, daqui para a frente não vai nascer nem um peido em toda Salmingondin que venha direto ao meu nariz. Todos os peidorreiros do mundo quando peidam dizem: 'Aqui, ó, para os quites!'. Rapidinho a minha vida há de acabar, eu já consigo prever. E lhe sugiro um epitáfio. Eu vou morrer condimentado em peidos. Se algum dia, para dar mais vigor à peidarada das mulheres na extrema paixão de uma cólica ventosa, os medicamentos comuns não satisfizerem os médicos, a múmia do meu pobre corpo empeidado dará um bom remédio. Tomando só um tiquinho, já dá para dizer que peidarão a dar com pau. É por isso que peço para você das dívidas me deixar pelo menos uma centena, que nem o rei Luís XI depôs os processos contra Miles d'Illiers, o bispo de Chartres, mas foi pressionado a lhe deixar unzinho para que se exercitasse. Prefiro mil vezes dar toda minha caracolice, junto com minha besourice, porém sem nada deduzir do capital.

— Vamos deixar para lá (disse Pantagruel) essa conversa, eu já falei."

Terceiro livro

Capítulo 6

Por que os recém-casados
eram isentos de ir à guerra

Mudando o assunto, Panurgo faz uma pergunta técnica que levará ao cerne do livro, mas que também já anuncia o machismo da época de Rabelais e como esta tratava o universo feminino. Como organização textual, o capítulo retoma Gargântua, *cap. 40, e, por sua vez, será retomado no* Quarto livro, *cap. 11.*

A lei de Moisés está em Deuteronômio, 20:5-7, *a justificativa depois dada por Pantagruel é baseada num trecho logo adiante, 24:5. "Metêncio" traduz o nome transparente* Enguainnant *("embainhador", "envaginante"), que tem claro sentido sexual;* Parilly *era uma aldeia próxima a Chinon, terra da família de Rabelais. Panurgo diz que já está muito velho, mas em* Pantagruel, *cap. 16, vemos que ele tem em torno de 35 anos. A imagem do livro da vida aparece em* Apocalipse, 13:8. *A imagem da edificação de pedras vivas aparece em* 1 Pedro, 2:5.

A disputa sobre a validade de um novo casamento era real no tempo de Rabelais: a maioria dos teólogos, desde São Jerônimo, passando por Erasmo e Vives, eram opostos a tal ideia; no entanto São Paulo, em 1 Timóteo, *considera a ideia boa.*

O rei Peidô, Pétaud, *no original, não é figura histórica, mas ecoa o verbo* peter *("peidar"), assim como* Cornabons *designa um tipo Corneta e* Courcaillet *remete ao Codorneiro, por isso traduzi todos; também existe a expressão francesa de que no reino do rei Pétaud vale tudo, como uma espécie de estado mítico anárquico.*

O poema ao fim do capítulo tem clara imagem erótica com a entrada da flauta na colheita de feno; aproveitei o eco entre fenação e felação para garantir o jogo erótico em português mantendo as imagens inesperadas.

A referência a Galeno está em Do uso da respiração, *onde o autor rejeita a mesma opinião; difícil decidir se seria erro de Rabelais, ou piada posta na boca de Panurgo.*

———

"Mas (perguntou Panurgo) em qual lei se determina e estabelece que as pessoas que plantaram vinha nova, que edificaram casa nova, e os recém-casados seriam isentos de ir à guerra no primeiro ano?

— Na lei (respondeu Pantagruel) de Moisés.

— Por que (perguntou Panurgo) os recém-casados? Com os plantado-

res de vinha eu já estou velho demais para me preocupar, concordo com a preocupação dos vindimadores; e os belos novos construtores de pedras mortas não estão inscritos no meu livro da vida. Eu só edifico pedras vivas, que são homens.

— A meu ver (respondeu Pantagruel) era para que, ao longo do primeiro ano, pudessem gozar de seus amores ao bel-prazer, firmassem a produção de uma linhagem e fizessem a provisão de herdeiros. Assim, pelo menos, se no segundo ano de guerra fossem mortos, o nome e as armas permaneceriam nos filhos. Também para sabermos com certeza se as esposas são maninhas ou parideiras (pois o teste de um ano lhes parecia suficiente, a depender da idade em que faziam as bodas) para após o falecimento dos maridos melhor recasá-las: as parideiras para os que quiserem multiplicar os filhos, as maninhas para os que não se apetecerem disso, mas as escolherem por suas virtudes, saber, graças, apenas para consolo doméstico e cuidados do lar.

— Os pregadores de Varennes (disse Panurgo) abominam o segundo casório, que seria surtado e desonesto.

— É para eles (respondeu Pantagruel) uma forte febre quartã.

— Verdade (disse Panurgo), e para o frei Metêncio também, que em pleno sermão, quando pregava em Parilly sobre a abominação do segundo casório, jurava que se entregaria ao diabo mais rápido do inferno, se não preferia muito mais descabaçar cem raparigas do que biscoitar uma viúva. Considero a sua lógica boa e bem fundamentada. Mas o que você diria se tal isenção fosse outorgada a fim de, durante todo o primeiro ano, eles darem uma surra caprichada nos amores recém-conquistados (como é justiça e dever) e assim esgotarem os vasos espermáticos, a ponto de ficarem tão abombados, tão emasculados, tão enervados, tão molengas, que ao chegar o dia da batalha iriam antes afundar que nem uns patos na retaguarda do que com os combatentes e valorosos campeões no lugar onde Ênio moveu combate e o pau come solto. E sob o estandarte de Marte não daria uma paulada digna. Porque as pauladas boas já teriam dado sob as cortinas de Vênus, sua amante. Que é bem assim mesmo, nós vemos ainda hoje entre

Terceiro livro

outras relíquias e monumentos da Antiguidade, que em todas as casas de bem, depois de não sei quantos dias, mandavam os recém-casados visitarem o tio, para ausentá-los das esposas e nesse ínterim repousarem e de novo se revigorarem para melhor tornarem ao embate, mesmo que amiúde não tivessem tio nem tia. De um jeito parecido, o rei Peidô, depois da campanha do Corneta, não nos dispensou propriamente, digo eu e o Codorneiro, mas nos mandou retomar forças em casa. Ele até hoje está atrás da dele. A madrinha do meu avô sempre me dizia, quando eu era pequerrucho, que:

> Pai-nosso, reza e oração
> Só servem pra quem sabe e loa.
> Um pifo em plena fenação
> Vale bem mais que dois à toa.

> *Patenostres et oraisons*
> *Sont pour ceulx là qui les retiennent.*
> *Un fiffre allant en fenaisons*
> *Est plus fort que deux qui en viennent.*

O que me leva a essa opinião é que os plantadores de vinha mal comem uvas ou bebem vinho de seu trabalho durante o primeiro ano, e os edificadores no primeiro ano não moram nas casas recém-edificadas, sob o risco de ali morrerem sufocados por falta de ar, como eruditamente notou Galeno, livro 2, *Da dificuldade de respirar*. Não perguntei sem motivo motivado, nem razão arrazoada. Sem ofensa."

Capítulo 7

Como Panurgo ficou
com a pulga atrás da orelha
e parou de usar a magnífica braguilha

Os homens usavam brincos na época, e a jaula de pulga já existia como diver-timento, por isso, estar com a pulga atrás da orelha (avoir la pusse en l'aureille), pe-lo menos desde o séc. XIV, tinha o sentido de viver tomado de desejo sexual; a mo-da judaica remete a Êxodo, 21:6 e a Deuteronômio, 15:17, onde o escravo que não aceita a liberdade ao fim de sete anos terá sua orelha furada como servo eterno do seu senhor; Panurgo é, portanto, escravo do sexo.

A tigresa vem da Hircânia, perto do mar Cáspio, ou seja, representa um luxo e um gasto realmente absurdos, mas também pode ser lida como alegoria de um ca-samento com uma mulher difícil. A braguilha é tema recorrente em Pantagruel, caps. 15, 18 e 30, *sendo a longa braguilha de Panurgo chamada de trismegista no cap. 19 do mesmo livro; além de ser usada em roupas comuns, a braguilha era parte da ar-madura de guerra. O uso de* bureau *faz ao longo do capítulo um trocadilho, que não consigo recriar sempre, entre as duas acepções do termo* bureau *("burel" e "mesa de trabalho"); também é marca da mudança de vida de um mundo bélico para o novo mundo monacal, em claro pastiche.*

Prosopopeia aqui tem o sentido de disfarce e engano. A expressão "Cada um esteja inteiramente seguro em sua própria mente" é tirada de Romanos, 14:5, *usa-da pelos evangélicos para defender a liberdade cristã. O termo "mundo" aqui é usa-do como adjetivo, derivado do latim* mundus, *"puro", "limpo"; a noção da oposi-ção de dois dáimones ou gênios é de origem platônica; é importante lembrar que no Renascimento, como na Antiguidade clássica, o coração costumava ser visto como sede da razão, e não dos sentimentos. Jean de Bourgeois foi um intelectual francis-cano e, por causa dos óculos grandes, tinha o apelido de Franciscano de Óculos. A bela solução "dano de casa" eu tiro da tradução de Élide Oliver. A tradução "au-mentar o S dos cifrões" busca recriar levemente o jogo no original, que leva em con-ta a diferença entre s (*sous *franceses) e f (*francos*), pois o alongamento de um S, na época, parecia com o F, criando assim uma mudança de gastos, já que o franco va-lia 20* sous.

"Cessem as armas, reinem as togas!" é tradução de Cícero, Dos deveres, 1.77, cedant arma togae. *Laurência é adaptação de* Laurence, *nome que aparece na* Farce du maistre Pathelin, *v. 158. A referência a Galeno está errada, deveria ser a* Do uso das partes, 8.5, *mas talvez sirva como piada com o membro viril. A discussão sobre a função da cabeça (servir aos olhos ou ao cérebro) é tema do* Conciliator *de Pietro d'Abano.*

Terceiro livro

No dia seguinte, Panurgo furou a orelha direita à moda judaica e ali prendeu uma argolinha de ouro tauxiado, que tinha na ponta uma pulga engastada. E era preta a tal pulga, para não dar margem de dúvida. É coisa boa estar sempre bem informado. O gasto disso tudo, no balanço final, não crescia por trimestre mais do que as bodas de uma tigresa hircana, como vocês bem sabem: 600.000 maravedis. Com esse gasto exorbitante ele se aborreceu depois de quitar e então a alimentou que nem os tiranos e advogados: com o suor do sangue de seus súditos. Pegou quatro varas de burel, se vestiu como se fosse um robe longo de costura simples, parou de usar calças e botou óculos no chapéu. Nesse naipe se apresentou a Pantagruel, que achou o aparato estranho, sobretudo por não ver mais aquela linda e magnífica braguilha, que feito uma âncora sagrada costumava lhe servir de derradeiro refúgio contra todos os naufrágios da adversidade. O bom Pantagruel, sem compreender o mistério, questionou, perguntando o que pretendia com essa nova prosopopeia. "Estou (respondeu Panurgo) com uma pulga atrás da orelha. Quero me casar.

— Que ótimo momento, disse Pantagruel, assim você me alegra muito! Na verdade, não boto a minha mão no fogo. Mas não é a voga dos apaixonados andar assim desbragado e deixar a camisa caindo nos joelhos sem calças, com robe longo de burel, que é uma cor atípica para os robes talares dos homens de bem e virtude. Se alguns personagens de heresias e seitas específicas noutras épocas se vestiram assim, coisa que muitos imputaram à malandragem, impostura e pose de tirania sobre o bronco populacho, não quero criticá-los, nem fazer deles um juízo negativo. Cada um esteja inteiramente seguro em sua própria mente, sobretudo em coisas forâneas, externas e indiferentes, que por si sós não são boas, nem más, já que não saem de nossos corações e cabeças, que são a oficina de todo bem e todo mal: bem, se é bom o afeto pelo espírito mundo regulado; mal, se foge à justiça o afeto pelo espírito malino depravado. Só me incomoda a novidade e o desdém do uso comum.

— A cor, respondeu Panurgo, é para aposta na proposta, é meu burel, de hoje em diante quero usar esse negócio para cuidar dos meus negócios. Já que agora estou quite, você não verá um homem mais desagradável do que eu, se Deus não me ajudar. Veja aqui os meus óculos. Ao me ver de longe você diria com razão que é o frei Jean Bourgeois. Tenho certeza de que ano que vem eu vou até pregar mais uma vez pela cruzada. Que Deus guar-

de os textículos e pelotões! Está vendo este burel? Pode acreditar que ele tem uma oculta propriedade por pouca gente conhecida. Mal o vesti de manhã e já piro, surto, ardo para me casar e trampar que nem um monge dos diabos em cima da minha esposa, sem medo de levar paulada. Ah, que grande dano de casa eu serei! Depois de morrer vão me queimar numa pira honorífica, para guardar as cinzas em memória e modelo do dano de casa perfeito. Réus do céu! Neste meu burel de negócios, não mando o contador aumentar o S dos cifrões. Porque ele veria uma chuva de porrada na cara. Veja aqui, atrás e na frente: é a forma de uma toga, antiga roupa dos romanos nos tempos de paz. Usei como forma a coluna de Trajano em Roma, do arco triunfal de Septímio Severo. Estou farto de guerra, farto de fardas e saios! Trago a cacunda escangalhada de tanto usar o arnês. Cessem as armas, reinem as togas! Pelo menos ao fim do ano subsequente, se eu me casar, como você bem argumentou ontem, segundo a lei mosaica.

Quanto às calças, minha tia-avó Laurência antigamente me dizia que eram feitas para a braguilha. Acredito, por indução similar, no fanfarrão Galeno, livro 9, *Do uso dos membros*, quando diz que a cabeça é feita para os olhos. Porque a natureza poderia meter nossas cabeças nos joelhos ou nos cotovelos, mas ao preparar os olhos para desvelar ao longe, os fixou na cabeça como num cajado na parte mais alta do corpo, que nem vemos os faróis e altas torres dos portos marinhos se erigirem, para que de longe se veja o facho. E como eu queria um certo espaço de tempo, um ano pelo menos, para respirar da arte militar, ou seja, me casar, não uso mais a braguilha, nem, portanto, as calças. Porque a braguilha é a primeira peça do arnês para armar o homem de guerra. E defendo até a fogueira (exclusive, claro) que os turcos não estão corretamente armados, já que vestir braguilha é proibido nas leis deles."

Capítulo 8

Como a braguilha é a primeira peça do arnês entre os homens de guerra

*A piada a partir de Galeno (*Do esperma*, 1.15) continua, usando mais termos chulos, agora com a primazia dos testículos no corpo humano, por ser o produtor de sêmen; Rabelais certamente seguia Hipócrates, que defendia a tese de que o sêmen era produzido em vários membros e só depois depositado no escroto. A discussão parece também recusar a ideia de Galeno de que a espécie seria mais importante que o indivíduo, pois Rabelais (mais uma vez via Hipócrates) aposta no aperfeiçoamento individual, talvez apenas dos homens, a julgar pelo cap. 33.*

A imagem da fragilidade humana é tirada de Plínio, História natural*, 7.61, e também de Erasmo,* Adágios*, 4.1.1:* Dulce bellum inexpertis *("a guerra é doce para quem não a conhece"). O uso da figueira por Moisés teria base em Gênesis, 3:7; e o surgimento das defesas vegetais aparece em 3:18. A história das idades do homem vem de Hesíodo,* Trabalhos e dias*, porém adaptada ao imaginário romano: a Idade de Ouro sob o reino de Saturno tinha fartura e inocência; sob o reinado de Júpiter, vieram a Idade de Prata, tranquila porém violenta, a Idade de Ferro, afeita a guerras, e a Idade de Bronze, em que viveram os heróis.*

Os "bagos de Lorena" aparecem já em Pantagruel*, cap. 1. "Górgio" traduz* guorgias*, que indica elegância enquanto ecoa o nome do sofista Górgias. Viardière é desconhecido; o rei Valentim é figura típica do Carnaval, como uma espécie de Rei Momo, que desfilava na Terça-Feira Gorda. Os franco-talpinos eram membros de milícias rurais, muitas vezes zombados na obra rabelaisiana; Tevot é o diminutivo de Étienne, talvez uma figura popular. O "dilúvio poético" é a narrativa do dilúvio na tradição greco-romana, quando os homens são eliminados pela chuva, e o casal de idosos Deucalião e Pirra faz os humanos nascerem de pedras jogadas pelas costas; para Rabelais é poética, isto é, fictícia, porque não seria uma narrativa factual como a da Bíblia (cf. Ovídio,* Metamorfoses*, 1.348-66).*

O trecho de Justiniano é uma paródia com o título da obra De caducis tollendis *(Como suprimir os bens caducos); na versão de Rabelais uma tradução seria Como suprimir os carolas, que já aparece no catálogo da biblioteca de Saint-Victor, e o trecho em latim também é invenção macarrônica, que poderíamos traduzir (já com intervenção minha no latim para a piada funcionar em português) como "o sumo bem está nas bragas e braguilhas". O Merdebosta das donzelas também é ficção e já aparecia em Saint-Victor. O poema em oitava que encerra o capítulo já tinha aparecido em* Fleurs de la poesie françoyse*, em 1534, porém de autoria anônima: seria o próprio Rabelais lá, ou temos uma apropriação feita aqui?*

"Você quer, disse Pantagruel, defender que a braguilha é a peça primeira do arnês militar? É uma doutrina deveras paradoxal e nova. Porque nós dizemos que é pelas esporas que se começa a armar.

— É isso que defendo, respondeu Panurgo, e não erro na defesa. Repare como a natureza, querendo as plantas, árvores, arbustos, gramas e zoófitos, já que criados por ela, perpetuar e perdurar em toda sucessão do tempo, sem nunca fenecer as espécies, embora os indivíduos pereçam, minuciosamente armou seus germes e sementes, em que consiste a perpetuidade, e com admirável engenho os muniu e cobriu de cascas, vagens, bagas, nozes, cálices, carapaças, espinhos, lanugens, córtices, pontas agudas, que lhes servem como lindas e fortes braguilhas naturais. O exemplo está claro em ervilhas, favas, feijões, nozes, pêssegos, algodões, colocíntidas, trigos, papoulas, limões, castanhas, todas as plantas em geral. Nelas vemos facilmente como o germe e a semente ficam mais cobertos, munidos e armados do que em qualquer outra parte delas. A natureza não preparou assim a perpetuidade da espécie humana, mas criou o homem nu, tenro, frágil, sem armas ofensivas nem defensivas, em estado de inocência na primeira Idade de Ouro, como animal, e não planta; como animal (eu digo) nascido para a paz, e não para a guerra, animal nascido para o gozo mirífico de todas as frutas e plantas vegetais, animal nascido para o domínio pacífico de todos os bichos. Com a multiplicação da catimba entre os humanos, em sucessão à Idade de Ferro, no reino de Júpiter, a terra começou a produzir urtigas, cardos, espinhos e todo tipo de rebelião contra os homens entre os vegetais; por outro lado, quase todos os animais por disposição do fado se emanciparam dele e juntos tacitamente conspiraram para não mais servir-lhe, não mais obedecê-lo, tanto quanto pudessem resistir, mas sempre feri-lo segundo suas capacidades e potências. O homem então, querendo manter seu gozo primeiro e seu domínio primeiro continuar, sem conseguir tocar comodamente sem o serviço de vários animais, precisou se armar de novo.

— Meu jejum crispim (gritou Pantagruel)! Depois das última chuvas você virou um grande gorófilo, quer dizer, filósofo.

— Considere (disse Panurgo) como a natureza o inspirou a se armar e qual parte do corpo ele começou a armar primeiro. Foi (pela virtude de Deus) pelos bagos, e o nosso bom senhor Priapo, ao terminar, botou no papo. É o que nos testemunha o capitão e filósofo hebreu Moisés, ao afirmar que o homem se armou com uma brava e charmosa braguilha, feita com um

Terceiro livro

71

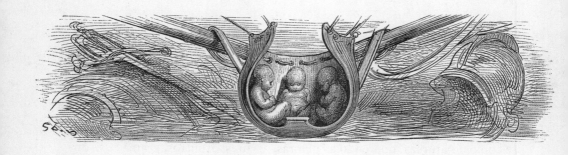

lindíssimo molde de folhas de figueira, que são naturais e completamente convenientes por durabilidade, talhe, friso, polidez, tamanho, cor, cheiro, poder e capacidade de cobrir e armar os bagos. Faço exceção aos espantosos bagos de Lorena, que desenfreados pendem no fundo das calças, detestam a moradia das braguilhas erguidas e escapam a qualquer método, segundo testemunha Viardière, o nobre Valentim, que num começo de maio eu encontrei todo górgio em Nancy desbastando os bagos espalhados sobre uma mesa, que nem uma capa espanhola. Então nem é preciso mais dizer, para ser exato, quando se envia um franco-talpino para a guerra: 'Tevot, salve o jarro de vinho!', ou seja, a cuca. Melhor dizer: 'Tevot, salve o jarro de leite!', ou seja, os bagos, por todos os diabos do inferno! Perdida a moleira, só se perde a pessoa; perdidos os bagos, perece toda a humana natureza. É isso que move o galante Cláudio Galeno, livro 1, *De spermate*, a bravamente concluir que é melhor (quer dizer, menos mal) não ter coração do que não ter genitais. Pois que neles se faz, como num sacro repositório, o germe conservador da linhagem humana. E eu apostaria pelo menos cem francos que são aquelas mesmíssimas pedras com que Deucalião e Pirra refundaram a espécie humana abolida pelo dilúvio poético. É o que move o valente Justiniano, livro 4, *De cagotis tollendis*, a considerar que o *summum bonum in bragis et braguilibus*.

Por essas e outras, o senhor de Merville, quando um dia testava um arnês novo para seguir seu rei em guerra (já que com o seu velho e meio emugrecido já não se dava muito bem, porque depois de alguns anos a pele da pança estava muito distante dos rins), sua mulher, em espírito contemplativo, considerou que ele cuidava pouco do pacote e bastão comum do casamento, já que só o armava com malhas, e achou que era melhor muni-lo bem e gabioná-lo com um grande capacete de justa, antes largado inútil no armário. Dela se escreveram os seguintes versos no terceiro livro do *Merdebosta das donzelas*:

Quando viu que o marido todo armado,
Menos braguilha, andava pra batalha,
Disse: 'Amigo, que horror se alguém lhe talha,
Arme esse bem, que é nosso bem-amado!'.
Quem diz que tal conselho é desalmado?
Eu não, pois sei que o que a desesperava
Era perder, no marido animado,
O bom bocado que ela mais amava.

Celle qui veid son mary tout armé,
Fors la braguette, aller à l'escarmouche,
Luy dist: 'Amy, de paour qu'on ne vous touche,
Armez cela, qui est le plus aymé'.
Quoy? tel conseil doibt il estre blasmé?
Je diz que non: car sa paour la plus grande
De perdre estoit, le voyant animé,
Le bon morceau, dont elle estoit friande.

Pode então largar de espanto com meu novo traje."

Terceiro livro

Capítulo 9

Como Panurgo pede conselho a Pantagruel
para saber se deve se casar

Este capítulo abre a busca que dominará o livro: como casar Panurgo. Ele é todo escrito a partir de anadiplose, ecos na fala de Panurgo, que é retomada por Pantagruel (pronto/ponto, causado/casado, cá azarado/casado); Hormaechea lembra que o capítulo poderia imitar o estilo da canção de Ricochet, hoje perdida. Ao mesmo tempo, faz-se uma paródia das práticas oratórias de argumentação pró e contra para qualquer assunto.

Panurgo, como as pessoas da época, confunde bexiga/varíola e sífilis, por terem sintomas similares, o que uso para designar sifilíticos por bexiguentos em vários momentos de toda a obra rabelaisiana. "Lançar todos os dados" é tirado de Erasmo, Adágios, 1.4.32, omnem iacere aleam. Veh soli é tirado da Bíblia Vulgata, Eclesiástico, 4:10, "ai do que estiver só". Outra citação bíblica atribuída a um sábio (no caso Sirá) é "Onde não há mulher, o homem suspira de necessidade", tirado de Eclesiastes, 36:27, neste caso em específico uso a tradução da Bíblia Ave Maria. A citação de Sêneca está em Cartas a Lucílio, 94, *onde ele a atribui a Publílio Siro; ela aparece também em Erasmo, Adágios, 1.7.99, fricantem refrica. "Minha Paternidade" designa a honra da pessoa como "pai" ou como "monge"; a ponto de "Vossa Paternidade" poder designar o papa; daí que eu a use sempre em maiúscula.*

———

Pantagruel nada respondia, então continuou Panurgo e disse com um suspiro profundo: "Senhor, você escutou a minha decisão de me casar, se por azar não estiverem todos os seus buracos tapados, cerrados e trancados; eu lhe suplico pelo longo amor que você vem me concedendo, me diga a sua opinião.

— Olha (respondeu Pantagruel), já que você lançou todos os dados e assim o decretou e tomou sua decisão, não precisa falar mais, falta apenas pôr mãos à obra.

— Beleza, mas (disse Panurgo) não ponho mãos à obra sem ouvir seu bom conselho e opinião.

— Então (respondeu Pantagruel) essa é a minha opinião e o conselho que dou.

— Mas (disse Panurgo), se você soubesse que o melhor era eu ficar do jeitinho que estou, sem correr atrás de novidade, eu preferia não me casar assim de pronto.

— Pronto, não se case, respondeu Pantagruel.

— Beleza, mas (disse Panurgo) você quer que eu passe assim sozinho o resto da vida sem companhia conjugal? Você sabe que está escrito: *Veh soli*. O homem sozinho nunca tem o prazer que vemos entre os casados.

— Casado seja, meu Deus, respondeu Pantagruel.

— Mas, se (disse Panurgo) minha mulher me cornear? Está ligado que este ano foi farta a safra de cornos. Já bastaria para me fazer cruzar as raias da paciência. Eu adoro os cornos, e me parecem gente de bem, eu convivo de boas, mas antes morrer que ser um. Nesse ponto eu não estou pronto.

— Pronto, não se case (respondeu Pantagruel), pois a sentença de Sêneca é verdade sem exceção: o que você fizer aos outros na certa os outros lhe farão.

— Tem certeza, perguntou Panurgo, que é sem exceção?

— Sem exceção, ele diz, respondeu Pantagruel.

— Ha ha (disse Panurgo), pelos diabretes! Ele quer dizer neste mundo ou no outro?

Beleza, mas já que não posso ficar sem mulher mais do que um cego sem cajado (porque o cacete carece dar uns trotes, nem sabe viver de outro jeito), não seria melhor eu me associar a alguma honesta e decente esposa, do que mudar a cada dia num risco perene de tomar umas pauladas, ou de, pior ainda, pegar uma bexiga? Porque mulher de bem jamais me fez um bem: sem ofensa aos casados.

— Casado seja, meu Deus, respondeu Pantagruel.

— Mas, disse Panurgo, se Deus assim quiser e acontecer de eu desposar uma mulher de bem, e ela me bater, eu seria um mini Jó, se não me irasse no ato. Porque já me disseram que muitas mulheres de bem costumam ter cabeça dura, e que em casa esse vinho rende bom vinagre. Mas eu seria ainda pior e bateria a três por quatro a cabidela dela, ou seja, braços, pernas, cabeça, pulmão, fígado e baço, tanto vou esfarrapar a roupa dela à dupla cacetada, que o capeta já esperaria a alma condenada na porta do inferno. Prefiro evitar tretas assim neste ano, porque ainda não me sinto pronto.

— Pronto, não se case, respondeu Pantagruel.

— Beleza, mas, disse Panurgo, estando no estado em que estou, quite e não-casado, e repare que digo quite infelizmente, pois se estivesse muitíssimo endividado, meus credores ficariam muito interessados na Minha futura Paternidade. Mas quite e não-casado, não tenho pessoa que se interesse por mim, nem que tenha por mim um amor, como chamamos de amor conjugal. E, se por acaso eu caísse doente, seria tratado às avessas. O sábio diz: 'Onde não há mulher', entendo materfamílias em casamento legal, 'o homem suspira de necessidade'. Já vi claramente a experiência dos papas, legados, cardeais, bispos, abades, priores, padres e monges. Nem quero ver o que isso me teria causado!

— Casado seja, meu Deus, respondeu Pantagruel.

— Mas, disse Panurgo, se eu ficar doente e impotente no dever do casório, e minha mulher impaciente com o meu langor a outros se entregasse, e não só não me socorresse nas necessidades, como ainda gozasse da minha calamidade e (tanto pior) me roubasse, que nem já vi acontecer à beça por aí: seria o fim da picada, para correr a doidivanas de bate-pronto.

— Pronto, não se case, respondeu Pantagruel.

— Beleza, mas, disse Panurgo, assim eu nunca teria filhas e filhos legítimos, nos quais teria esperança de nome e armas perpetuar, aos quais poderia deixar minha herança e meus bens (dia desses vou fazer bonito, não duvide, e vou ter renda à brava), com quem eu poderia me divertir quando estivesse chateado, que nem eu vejo todo dia o seu pai tão generoso e gente boa com você, e tantas outras pessoas de bem em foro público ou privado. Pois quite estando, casado não estando, estando eventualmente jururu, em vez de me consolar, você vai acabar rindo que estou cá azarado.

— Casado seja, meu Deus!", respondeu Pantagruel.

François Rabelais

Capítulo 10

Como Pantagruel demonstra a Panurgo
que coisa difícil é aconselhar sobre casamento
e sobre as sortes homéricas e virgilianas

*Depois de apresentar um ideal de resignação estoico e evangélico, na fala de
Pantagruel, o método de adivinhação aqui apresentado seria levado a sério por Rabelais, segundo Huchon, como por boa parte dos intelectuais da época. Uma obra
que trata do assunto na época é De nobilitate (Da nobreza), de André Tiraqueau,
publicado em 1549, três anos depois do Terceiro livro, mas que pode ter sido lido
em manuscrito por nosso autor, já que os dois eram próximos; o fato é que Rabelais
parece tirar dali todos os seus exemplos. Havia também indulgência dos Pais da Igreja para tirar a sorte dos apóstolos a partir das sortes virgilianas; mas as bases sugeridas aqui são as obras de Homero, Ilíada e também Odisseia, e as obras de Virgílio, Búcolicas, Geórgicas e sobretudo Eneida, que eram consideradas mágicas. A técnica desse tipo de sorte é abrir uma página ao léu e ler uns poucos versos como se
fossem uma resposta a determinada pergunta. É importante notar que os textos escritos em grego eram um desafio para praticamente qualquer leitor da época e serviam, também, para marcar a impressionante erudição do nosso autor.*

*Na primeira fala de Panurgo, havia na primeira edição ainda duas figuras de
retórica: paronomásias e epanalepses, que foram retiradas. Foi em Tebaida que acon-
teceram as famosas tentações de Santo Antão, temas de várias pinturas; as grutas de
Montserrat, em torno da abadia de Catalunha, era também ponto de eremitas. A citação de Homero é feita com a tradução francesa de Rabelais, mantendo seu padrão
de virtuose formal; apesar de consultar bem grego e latim, sempre traduzirei a partir da versão francesa. As obras mencionadas após a primeira citação são Críton de
Platão, 44b, Da adivinhação de Cícero, 1.25.52, e Diógenes Laércio, As vidas dos
filósofos, 2.7.60.*

*Opílio Macrino foi imperador de Roma de 217 a 218 d.C.; a citação é de Ilía-
da, 8.102; Heliogábalo foi imperador de 218 a 222. Apolo é o deus filho da humana Latona; as Parcas são as deusas romanas do destino, traduzem as Moiras gregas;
porém Bruto não morreu na batalha de Farsália, mas se suicidou após a derrota na
batalha de Filipos, em 42 a.C.; o erro já está em Tiraqueau; o trecho está em Ilíada,
16.849. Pátrocolo é o amigo de Aquiles, morto por Heitor. Alexandre Severo foi imperador romano de 222 a 235; o trecho é de Eneida, 6.851; a tradução do trecho
("Moço romano [...] com merda") busca recriar a piada entre as palavras l'Empire
(o império) e n'empire (piora), em posição de rima homofônica. Adriano foi imperador de 117 a 138, logo depois de Trajano, que imperou de 98 a 117; o trecho es-*

Terceiro livro

tá em Eneida, *6.808-10. Cláudio Tibério foi imperador de 41 a 54 d.C.; o trecho é tirado de* Eneida, *1.265, erro já presente em Tiraqueau. O trecho seguinte, na mesma obra, está em 6.869. Gordiano II foi imperador apenas alguns meses em 238, junto com seu pai Gordiano I. Clódio Albino chegou a ser nomeado César por Septímio Severo, mas depois foi aniquilado em 197; o trecho é tirado de* Eneida, *6.857-8. Cláudio II foi imperador até 280, quando assumiu Aureliano, até sua morte em 275; o trecho é tirado de* Eneida, *1.278.*

Único exemplo contemporâneo, Pierre Amy foi monge franciscano junto com Rabelais no convento de Fontenay-le-Comte, e foi com o nosso autor punido por se dedicar às letras gregas, então proibidas pelos católicos; ao fim, os dois pediram para abandonar a ordem.

"O seu conselho (disse Panurgo), se não me engano, lembra a canção de Ricochet, não passam de sarcasmos, zoeiras e réplicas contraditórias. Umas destroem às outras. Não sei em qual confiar.

— Também (respondeu Pantagruel) nas suas propostas aparecem tanto Se e tanto Mas, que eu não consigo nada firmar e nada resolver! Não tem certeza do que quer? Eis o ponto principal, o resto é fortuito e depende das fatais disposições do céu. Vemos um bom número de pessoas tão felizes nesse encontro, que em seu casamento parecem reluzir alguma ideia e representação das alegrias do paraíso. Outros aí são tão infelizes, que os diabos que tentam os eremitas dos desertos de Tebaida e de Montserrat não são piores. Você tem que correr o risco, de olhos vendados, baixando a cabeça, beijando a terra, enquanto se entrega a Deus, depois que decidiu se meter nisso. Outra garantia eu não lhe posso dar.

Veja aqui o que deve fazer, se lhe convence. Me traga as obras de Virgílio e, abrindo por três vezes com a unha, vamos explorar, com um número de versos predeterminado, a sorte futura do seu casamento. Porque, como nas sortes homéricas muitos já encontraram seu destino, e uma testemunha é Sócrates, quando ouviu na prisão recitarem este metro de Homero, numa fala de Aquiles em *Ilíada*, 9:

Ἤματι κὲν τριτάτῳ Φθίην ἐρίβωλον ἱκοίμην.

Eu chegarei pra mínima estadia
à fértil Ftia, no terceiro dia.

Je parviendray sans faire long sejour,
En Phthie belle et fertile, au tiers jour.

previu que morreria dentro de três dias e assegurou a Ésquines, segundo escreveu Platão *in Critone*, e Cícero *primo De divinatione*, e Diógenes Laércio. É testemunha Opílio Macrino, quando desejava saber se seria imperador de Roma, veio a sorte na seguinte sentença de *Ilíada*, 8:

Ὦ γέρον ἦ μάλα δή σε νέοι τείρουσι μαχηταί
Σὴ δὲ βίη λέλυται, χαλεπόν δέ σε γῆρας ὀπάζει.

Ah, homem velho, a soldadela agora
jovem e forte chega e te apavora,
A velhice já finda o teu vigor,
Dura e molesta vem pra te depor.

O home vieulx, les soubdars desormais
Jeunes et fors te lassent certes, mais
Ta vigueur est resolüe, et vieillesse
Dure et moleste accourt et trop te presse.

De fato, ele já estava velho e, quando obteve o império só por um ano e dois meses, foi pelo jovem e potente Heliogábalo destronado e morto. É testemunha Bruto, que desejando explorar a sorte da batalha farsálica, em que acabou sendo morto, encontrou este verso dito por Pátroclo, *Ilíada*, 16:

Ἀλλά με μοῖρ᾽ ὀλοὴ, καί Λητοῦς ἔκτανεν υἱός.

Por decisão que a Parca cruel sanciona
Fui morto, e pelo filho de Latona.

Par mal engroin de la Parce felone
Je feuz occis, et du filz de Latone.

É Apolo, palavra-chave no dia da batalha. Também por sortes virgilianas foram antigamente conhecidas e previstas coisas insignes e casos de grande importância, tal como obter o império romano, como aconteceu com Alexandre Severo, que desse jeito de sorte encontrou este verso escrito em *Eneida*, 6:

Tu regere imperio populos, Romane, memento.

Moço romano, vai reinar como herda,
Só não me reja o mundo assim com merda.

Romain enfant quand viendras à l'Empire,
Regiz le monde en sorte qu'il n'empire.

Depois de alguns anos, realmente de fato foi nomeado imperador de Roma. Adriano, imperador romano, quando sofria a dúvida de saber que opinião tinha de si Trajano e que afeição sentia, tomou conselho com as sortes virgilianas e encontrou os seguintes versos, *Eneida*, 6:

Quis procul ille autem ramis insignis oliuae
Sacra ferens? nosco crines, incanaque menta
Regis Romani.

Quem é que leva ao longe em sua mão
Ramos de oliva, nosso ilustre irmão?
Pelos cabelos gris, sacro roupão,
É o velho rei romano em sagração.

Quis est cestuy qui là loing en sa main,
Porte rameaulx d'olive, illustrement?
À son gris poil et sacre acoustrement,
Je recongnois l'antique Roy Romain.

Depois foi adotado por Trajano e o sucedeu no império.

Para Cláudio, segundo imperador de Roma, tão louvado, veio pela sorte o seguinte verso escrito em *Eneida*, 6:

Tertia dum Latio regnantem uiderit aestas.

Porém em Roma um dia eles verão,
No teu reinado, o terceiro verão.

Lors que t'aura regnant manifesté
En Rome et veu tel le troiziesme aesté.

François Rabelais

De fato, só reinou por dois anos. Para ele mesmo, quando perguntou sobre seu irmão Quintílio, que ele desejava que assumisse o governo do império, veio este verso de *Eneida*, 6:

> Ostendent terris hunc tantum fata.

> Os destinos somente hão de mostrar-lhe as terras.

> Les Destins seulement le monstreront es terres.

Coisa que aconteceu, pois foi morto dezessete dias depois de obter a direção do império. Essa mesma sorte saiu para o imperador Gordiano, o Jovem. A Clódio Albino, ansioso para compreender sua boa ventura veio este texto de *Eneida*, 6:

> Hic rem Romanam magno turbante tumultu
> Sistet eques etc.

> Grande tumulto traz um cavaleiro,
> Que do Senado tem o apoio inteiro;

Terceiro livro 81

Sobre Cartago vem vitória bela,
E sobre a Gália, se esta se rebela.

Ce chevallier grand tumulte advenent,
L'estat Romain sera entretenent.
Des Cartagiens victoires aura belles:
Et des Gaullois, s'ilz se montrent rebelles.

Ao divino Cláudio, imperador predecessor de Aureliano, quando se questionava sobre a posteridade, veio este verso em sorte de *Eneida*, 1:

His ego nec metas rerum, nec tempora pono.

Concedo a eles tempo belo e azo,
Nem ponho nos seus bens um termo ou prazo.

Longue durée à ceulx cy je praetends,
Et à leurs biens ne metz borne ne temps.

E também ele teve sucessores de longas genealogias.
O senhor Pierre Amy, quando explorou para saber se escaparia da emboscada dos duendes capuchinhos, encontrou este verso, *Eneida*, 3:

Heu fuge crudeles terras, fuge littus auarum.

Fuja agora dos bárbaros gentios,
Fuja agora dos avarentos rios.

Laisse soubdain ces nations Barbares,
Laisse soubdain ces rivages avares.

Depois escapou das mãos deles são e salvo. Mil outros, mas seria prolixo demais narrar as aventuras advindas pela sentença de um verso em tal sorte encontrado. Não quero com isso inferir que essas sortes sejam universalmente infalíveis, a fim de não o ver enganado."

Capítulo 11

Como Pantagruel demonstra
que a sorte dos dados é ilícita

Continuando a questão das adivinhações, Pantagruel agora recusa outra prática contemporânea, de consultar os dados; para ele, esse modo vem do "Caluniador inimigo", designação do diabo, a partir da etimologia grega de diábolos *e da hebraica de* Satã. *O* Libro delle sorti, *de Lorenzo Spirito da Perugia, foi publicado em 1471, mas foi traduzido como* Livre du passetemps de la Fortune des dés, *em 1528. Curiosamente, como observa Hormaechea, Rabelais, que costuma ser inimigo dos censores, aqui parece um deles, quando enfrenta um tema que vai contra os princípios do evangelismo. A solução de combinar dados com a abertura de um livro aparece já em Tomás de Aquino,* Tratado das sortes, *3.*

Na cidade de Bura havia um oráculo dedicado a Hércules onde se fazia consulta aos dados para adivinhação; a cidade foi destruída por um terremoto. "Tipos e pranchas" são partes da imprensa. A história de Tibério em Apona é contada por Suetônio, Tibério, *14, e é usada como defesa da adivinhação por dados por Celio Calcagnini,* De talorum ludo, *publicado em 1544.*

De patria diabolorum (Da pátria dos diabos) é a última obra citada na lista da biblioteca de Saint-Victor, em Pantagruel, *cap. 7, já atribuída a Merlino Cocajo, pseudônimo do poeta macarrônico italiano Teofilo Folengo. O verde do diabo é também a cor da toalha de jogos em* Gargântua, *cap. 22, e aqui remete à prática de origem celta de carregar ramos verdes no bolso durante a primavera, sob o risco de ser multado quando fosse pego sem ramos; Panurgo adapta para tornar os dados o ramo verde do diabo. O número 16 era considerado bom nos jogos de dados e ganizes, porque segue a lógica pitagórica de formar um quadrado perfeito; ele também conteria o número de profetas do Velho Testamento e de apóstolos e evangelistas do Novo Testamento. No jogo de tênis real, um erro custa quinze pontos. A imagem do solecismo fálico é tirado de Marcial,* Epigramas, *11.19. O "lance de Hércules" era nome de um bom número nos dados. As Tenitas eram deusas romanas que presidiam o destino dos humanos, e é um outro nome das Parcas.*

"Seria (disse Panurgo) mais rápido e eficiente usar uns três bons dados.
— Não, respondeu Pantagruel. Essa sorte é enganosa, ilícita, escândalo total. Nunca confie nela. O maldito *Livro do passatempo dos dados* foi in-

Terceiro livro

ventado há muito pelo Caluniador inimigo, na Acaia, perto de Bura; e diante da estátua de Hércules Buraico fazia outrora, como no presente o faz em muitos lugares, muitas almas singelas errarem e caírem em suas arapucas. Você sabe como Gargântua, meu pai, em todos os seus reinos a proibiu, queimou com tipos e pranchas, e erradicou, exterminou e aboliu de vez, feito uma peste perigosíssima. Isso que sobre os dados eu falei, falo também dos ganizes. É uma sorte igualmente enganosa. E não me venha aqui argumentar ao contrário o lance afortunado de ganizes que fez Tibério na fonte de Apona, no oráculo de Gerião. São iscas que o Caluniador usa para arrancar as almas singelas para a perdição eterna.

Porém para lhe satisfazer, acho uma boa você jogar três dados nesta mesa. O número de pontos que vier nós leremos em versos da página que for aberta. Você tem dados no bolso?

— Um saco cheinho, respondeu Panurgo. É o verde do Diabo, como bem expôs Merlino Cocajo, livro segundo *De patria diabolorum*. O Diabo me pegaria sem verde, se me encontrasse sem dados." Os dados foram tirados e lançados e caíram com os pontos cinco, seis, cinco. "Dá, disse Panurgo, dezesseis. Bora ver o verso dezesseis da página. Curti esse número. E acho que esses encontros serão sortudos. Eu atravesso todos os diabos que nem um lance de bola num jogo de boliche, que nem um tiro de canhão cruzando um batalhão de infantaria — quem quiser que se cuide dos diabos —, se eu não carcar minha mulher esse tanto de vezes na primeira noite de núpcias.

— Eu não duvido, respondeu Pantagruel; só não precisava fazer tão espantoso voto! A primeira vai dar errado e valerá por quinze; na manhã seguinte você vai corrigir, e assim serão dezesseis.

— É assim (disse Panurgo) que você entendeu o lance? Nunca fez solecismo o valente campeão que é sentinela no meu baixo-ventre! Por acaso me encontrou na confraria dos errantes? Jamais, jamais, até o fim, jamais! Eu ajo como pai e franciscano pai, sem erro. Eu apelo aos jogadores."

Terminadas essas palavras, trouxeram as obras de Virgílio. Antes de abrir, Panurgo disse a Pantagruel:

"O coração me bate aqui por dentro que nem uma luva. Pegue o meu pulso um pouco nesta artéria do braço esquerdo. Pelo ritmo e intensidade, daria para dizer que me questionam numa banca da Sorbonne. Não acha que, antes de prosseguir, podíamos invocar Hércules e as deusas Tenitas, que dizem presidir a câmara das Sortes?

— Nem ele (respondeu Pantagruel), nem elas. Só abra com a unha."

Capítulo 12

Como Pantagruel explora
nas sortes virgilianas
como será o casamento de Panurgo

Neste capítulo tem início a longa série de consultas de Panurgo. Os versos achados estão respectivamente em Virgílio, Bucólicas, 4.63, Eneida, 3.30, e Eneida, 11.782; mais uma vez sigo aqui o modelo de tradução proposto por Rabelais.

Nosso autor segue a interpretação de Sérvio para o primeiro trecho, considerado difícil pelos eruditos, interpretando o deus como Júpiter, a deusa como Juno e, portanto, o menino em jogo como Vulcano. Minerva/Atena foi retirada da cabeça de Júpiter/Zeus e é representada como uma virgem guerreira, que também presidia as letras; ela pode representar a figura feminina intelectualizada como Margarida de Navarra, a quem o presente livro é dedicado como defensora do evangelismo renascentista e das letras, mas que nunca caberia nos desejos de Panurgo; é essa deusa quem pune o herói Ájax com um raio, por este ter estuprado a profetisa Cassandra em seu templo. A figura oposta seria Vênus/Afrodite, esposa do deus Vulcano/Hefesto (que fabricava os raios), mas que o traía com Marte/Ares. Júpiter também era famoso por seus inúmeros adultérios e metamorfoses, que são listados a partir dos nomes dos pais das jovens. Cândia é o nome de Creta, na época de Rabelais; ali fica o monte Dicte, onde Júpiter teria sido criado.

Os amônios são os egípcios que cultuavam o deus Amon, por sua vez representado com chifres de bode e assimilado pelos gregos e romanos a Zeus/Júpiter. "Magistronostralmente" é construído a partir de palavras em latim que designam os doutores da Sorbonne: magister noster *(resultando em algo como "ao modo do nosso mestre"). Em filosofia escolástica, "segundas intenções" designa o pensamento sobre o pensamento de um objeto. A referência a Sêneca vem de Lactâncio,* Instituições divinas, *1.16.10, com alusão a uma obra perdida. A deusa Reia Cibele sequestra o jovem Átis, que então se castra e torna-se sacerdote dela. Em latim* testiculos non habet *quer dizer "não tem testículos"; a piada funciona por causa da lenda da papisa Joana, o que fez com que todos os papas passassem por um teste de masculinidade, com um toque nos testículos; o deus Céu, castrado por Saturno/Crono, é o Urano dos gregos.*

Mané traduz Jan, *a partir de* Jean, *que em francês indica tanto uma má jogada no gamão quanto a designação de um corno manso; optei pelo uso genérico de Mané, a partir de Manuel, para indicar o homem ingênuo. Ao mencionar que Hércules não pode contra dois, Rabelais cita Erasmo,* Adágios, *1.5.39 (*Ne Hercules quidem aduersus duos*). O satírico é o poeta romano Juvenal, cf. Sátiras, 6.209-10. Diz*

Terceiro livro

a lenda que o bastão de São Martinho, quando foi cravado no chão, se encheu de folhas. As duas leis mencionadas ao fim são Lex ultima, Communia de legatis *("Lei última, Questões comuns acerca dos delegados") e* Lex Ait praetor § ultimo De minoribus *("Lei Diz o pretor, no último parágrafo, Dos menores"); a erudição jurídica também se encontra na obra de Tiraqueau usada no capítulo anterior; Pietro Baldo foi importante canonista do séc. XV.*

Quando Panurgo abriu o livro, encontrou no décimo sexto verso:

Nec Deus hunc mensa, Dea nec dignata cubili est.

Não é digno para a mesa de um deus,
Nem leito da Deusa o aceita entre os seus.

*Digne ne feut d'estre en table du Dieu,
Et n'eut on lict de la Déesse lieu.*

"Esse (disse Pantagruel) não foi a seu favor. Denota que sua mulher será safada, e consequentemente você corno. A deusa que não favorece é Minerva, virgem temibilíssima, deusa poderosa, fulgurante, inimiga dos cornos, dos rabos-de-saia, dos adúlteros; inimiga das mulheres lascivas, que não guardam a fidelidade jurada aos maridos, mas a outros se entregam. O deus é Júpiter tonante e fulgurante nos céus. E repare, pela doutrina dos antigos etruscos, que as manúbias (assim eles chamavam os lances de raios de Vulcano) pertencem somente a ela, com exemplo dado na conflagração dos navios de Ájax Oileu, e a Júpiter. Aos outros deuses olímpicos não é lícito fulgurar. Por isso não são tão temidos pelos humanos. E digo mais. Pode tomar como extrato de alta mitologia. Quando os gigantes travaram guerra contra os deuses, os deuses no começo achincalhavam seus inimigos e diziam que aqueles não davam conta nem dos seus pajens. Mas quando viram que graças ao labor os gigantes tinham o monte Pélion posto sobre o monte Ossa e já sacudido o Olimpo para colocar sobre os dois, ficaram apavorados. Então Júpiter chamou reunião geral. Ali concluíram todos os deuses que partiriam virtuosamente para a defesa. E como tinham visto muitas vezes as batalhas perdidas por impedimento das mulheres que estavam entre os exércitos, decretaram que escorraçariam dos céus para o Egito e até os confins do Nilo toda aquela sem-vergonhice de deusas disfarçadas de doni-

nhas, fuinhas, morcegos, musaranhos e outras metamorfoses. Só Minerva ficou para fulgurar com Júpiter, como deusa das letras e da guerra, do conselho e da execução, deusa nascida armada, deusa temível no céu, no ar, no mar e na terra.

— Santa pança (disse Panurgo)! Seria eu o Vulcano de quem fala o poeta? Não! Eu não sou coxo, nem falso moedeiro, nem ferreiro que nem ele. Talvez minha mulher será linda e gostosa que nem a Vênus dele, mas não safada que nem ela, nem eu corno que nem ele. O vilão perna-torta se declarou corno por decreto e perante todos os deuses. Dá para entender o contrário. Essa sorte denota que minha mulher será decente, casta e leal, e não armada, ranzinza, nem descerebrada e extraída do cérebro que nem Palas, e não será meu rival esse Jupetinho, nem vai molhar o biscoito na minha sopa quando estivermos à mesma mesa. Considere seus atos e grandes feitos. Foi o maior rufião, o infame mais capu-, quer dizer, caralhinho deste mundo; sempre tarado que nem um javali; assim é que ele foi nutrido por uma porca em Dicte, na Cândia, se Agátocles da Babilônia não estiver mentindo; e não é mais cabrón que um cabrão; aliás, dizem outros que foi aleitado pela cabra Almateia. Por Aqueronte! Num só dia ele carnou um terço do mundo, bicho e gente, rios e montanhas: era Europa. Por causa dessa carnada, os amônios o representavam como um carneiro carnando, carneiro cornudo. Mas eu sei como me proteger desse corneteiro! Pode acreditar que ele não encontrou aqui um besta Anfitrião, um pangó Argo com cem óculos, um tongo Acrísio, um mongo Lico de Tebas, um mocorongo Agenor, um Asopo

Terceiro livro

fleumático, um Licáon patapeludo, um pacóvio Córito da Toscana, um Atlas de imensa espinha. Pode se transformar cem por cem vezes em cisne, em touro, em sátiro, em ouro, em cuco, como fez quando despucelou Juno, sua irmã, em águia, em carneiro, em pombo, como fez quando se apaixonou pela pucela Ftia, que morava em Égia, em fogo, em serpente, por vezes em pulga, em átomos epicuristas, ou magistronostalmente em segundas intenções. Eu o catava com meu ganho. E sabe o que eu faria? Beudo céu, o mesmo que fez Saturno com o Céu, seu pai. Sêneca já me predisse, e Lactâncio confirmou. O mesmo que Reia fez com Átis. Eu vou lhe cortar os colhões ao rés do cu, nem vai sobrar um pelinho. Por isso mesmo, ele nunca será papa, pois *testiculos non habet.*

— Segure a onda, neném (disse Pantagruel), segure a onda! Abra mais uma vez." E encontrou este verso:

Membra quatit, gelidusque coït formidine sanguis.

Lhe quebra os membros e arrebenta a cara:
De medo o sangue ao corpo congelara.

Les os luy rompt, et les membres luy casse:
Dont de la paour le sang on corps luy glasse.

"Ele denota (disse Pantagruel) que ela vai lhe bater em pança e costas.

— Pelo contrário (respondeu Panurgo). O prognóstico é sobre mim e diz que vou bater que nem tigre se ela me enfezar. O bastão de Martinho fará o ofício. Na falta de bastão, que o diabo me morda, se eu não comê-la assim vivinha, que nem Cambles, o rei dos lídios, comeu sua mulher.

— Você (disse Pantagruel) anda bem corajoso! Hércules não o enfrentaria nesse furor, mas como diz o ditado: um Mané vale por dois. E um só Hércules não ousa contra dois combater.

— Eu sou Mané? disse Panurgo.

— Não, não, respondeu Pantagruel. Eu estava pensando no jogo do gamão e triquetraque."

Na terceira leva, encontrou este verso:

Foemineo praedae et spoliorum ardebat amore.

Se abrasava de amor, que nem mulher,
Pra saquear aquilo que tiver.

*Brusloit d'ardeur en feminin usaige
De butiner, et robber le baguaige.*

"Ele denota (disse Pantagruel) que ela vai lhe afanar. E agora vejo bem o ponto pelas três sortes. Você será corno, vai apanhar e será afanado.

— Pelo contrário (respondeu Panurgo), esse verso denota que ela me amará de amor perfeito. Nunca mentiu o satírico, quando disse que a mulher abrasada de amor supremo de vez em quando tem prazer em afanar o amado. Sabe o quê? Uma luva, um cordão, para que ele corra atrás dela. Coisa pouca, ninharia. Do mesmo jeito, essas briguinhas, esses bate-bocas que surgem vez por outra entre os amantes são novos revigorantes e aguilhões de amor. Que nem vemos, por exemplo, um amolador que vira e mexe martela sua mó, para melhor afiar as ferramentas. Por isso é que tomo as três sortes a meu favor. Senão, vou apelar.

— Apelar (disse Pantagruel) nunca podemos contra os julgamentos decididos pela Sorte e pela Fortuna, como bem atestam nossos antigos jurisconsultos e como diz Baldo, *Lex ultima, Communia de legatis*. O motivo é porque a Fortuna não reconhece um ponto superior ao qual se possa apelar contra ela e suas sortes. E nesse caso não pode o inferior ser de todo restituído, como claramente diz em *Lex Ait praetor § ultimo De minoribus*."

Capítulo 13

Como Pantagruel aconselha Panurgo
a prever a felicidade ou infelicidade
de seu casamento por meio de sonhos

Passamos ao segundo método de adivinhação, a partir da onirocricia, num capítulo eruditíssimo; a conversa segue o modelo neoplatônico, que supunha que a alma saía do corpo durante o sono; para que isso aconteça corretamente, segundo o pensamento médico da época, era necessário um corpo nutrido, mas que já tivesse terminado de digerir tudo, daí a injunção à ceia leve, para que com os espíritos vitais o corpo descansasse sem necessidade da força animante da alma.

Um livro importante da época é Somnium quae est praefatio ad Somnium Scipionis Ciceroniani *(Sonho, ou seja, prefácio ao Sonho de Cipião, de Cícero), escrito por Luís Vives em 1520, onde lemos muito do que aparece aqui; bem como* Filosofia oculta *de Agrippa; além deles, Rabelais menciona titularmente Hipócrates, Περὶ ἐνυπνίων (Dos sonhos), editado e anotado por J. C. Escalígero em 1539 (o texto do comentador é muitas vezes aqui retomado), a obra de Artemidoro de Dáldis,* Oneirocritica *e alguns outros autores já citados na abertura do capítulo (Quinto Calabro é o nome menos comum de Quinto de Esmirna). Claro que* O sonho de Pantagruel, *de François Habert, teve aqui também influência.*

A infinita esfera é parte da doutrina hermética, com um corpus *atribuído a Hermes Trismegisto, tendo influência de platonismo, pitagorismo e cabala: nela Deus aparece como esfera sem fim em todas as partes e com um centro ubíquo. O comentário sobre lua e sol tem base em Platão,* República, *9.571c. Não se sabe por que Rabelais faz referência a Simon de Neufville (?-1530), humanista renomado na época.*

A história de Proteu está em Odisseia, *4.417-24, e Virgílio,* Geórgicas, *4.405-14. Noῦς e Mens são os termos grego e latino, respectivamente, para designar a mente humana. Anfiarau era um profeta mítico, filho de Apolo, que aparece na lenda dos Sete contra Tebas. As feiras de Niort e Fontenay-le-Comte eram das mais frequentadas na época. A história do luto dos gregos está em* Ilíada, *13.20 ss. As duas portas de Homero aparecem em* Odisseia, *19.562, e também em Virgílio,* Eneida, *6.282-4 e 893-6. Os deuses com traduções livres, são: Morfeu ("forma", deus do sono), Ícelo ("aparência" deus do medo), Fantaso ("imaginação", deus das aparências) e Fobetor ("assustador", deus do medo). Ino é a filha de Cadmo e Harmonia; no mundo grego, convertida em deusa marinha, ela passa a ter um templo perto das cidades lacônias de Étilo e Tálamas.*

Galeno julgava que o louro teria propriedades soníferas. Segundo Escalígero, a amonita (um fóssil em forma de chifre), conhecida como chifre de Amon, seria propiciadora de sonhos divinatórios. Rabelais fala da pedra "eumétrides", que é assim traduzida por todos os tradutores que pude consultar; mas em Plínio, História natural, 37.58, o que vemos é a referência a uma pedra desconhecida chamada eumitre, por isso optei por corrigir. Os espíritos visuais fazem parte da teoria geral dos espíritos, antes comentada; neste caso, eles seriam partículas enviadas pelo olho para contemplar as imagens imateriais dos objetos do mundo.

A aparição abrupta de frei João do Picadinho, esta figura ambígua entre a fé e a vida dos prazeres e do vinho, é também sua introdução cômica e inesperada no Terceiro livro, já que, no fim do Gargântua, ele havia recebido a Abadia de Telema como agradecimento pelos seus feitos de batalha. Com isso, quebra-se o modelo de diálogo filosófico apresentado até agora para se fazer uma espécie de comédia báquica.

———

"Então, já que não chegamos a um acordo na exposição das sortes virgilianas, vamos buscar outra via de adivinhação.

— Qual (demandou Panurgo)?

— Boa (respondeu Pantagruel), antiga e autêntica é a feita por meio de sonhos. Porque ao sonhar nas condições descritas por Hipócrates, no livro Περὶ ἐνυπνίων, Platão, Plotino, Jâmblico, Sinésio, Aristóteles, Xenofonte, Galeno, Plutarco, Artemidoro de Dáldis, Heŕofilo, Quinto Calabro, Teócrito, Plínio, Ateneu e outros, a alma amiúde prevê as coisas futuras. Nem é preciso provar mais. Você compreende por exemplos comuns, quando vê que, quando as crianças já bem limpinhas, bem nutridas e aleitadas dormem pesado, as amas saem para curtir em liberdade, como se então estivessem liberadas para fazer o que der na telha, porque sua presença junto ao berço parece inútil. Do mesmo jeito, nossa alma, assim que o corpo dorme e que a concocção em toda parte terminou, de modo que nada mais é necessário até o despertar, sai para rever sua pátria, que é o céu. De lá recebe a insigne participação de sua primeira e divinal origem e em contemplação dessa infinita e intelectiva esfera, cujo centro está em cada parte do universo e cuja circunferência está nenhures (é Deus segundo a doutrina de Hermes Trismegisto), onde nada acontece, nada se passa, nada declina, todos os tempos estão presentes; ela percebe não apenas as coisas presentes, como também as futuras, e as leva ao seu corpo, e como expõe aos amigos por meio dos sentidos e órgãos dele, é chamada de vaticinadora e profeta. Verdade que ela não leva com a sinceridade como vira as coisas, opondo a imperfeição e fragilidade dos sentidos corporais, que nem a Lua ao receber do Sol a luz não a comunica igualmente lúcida, pura, viva e ardente quanto a recebera. Portanto, cabe ao intérprete desses vaticínios oníricos ser um destro, sábio, engenhoso, experto racional e absoluto onirócrita e onirópolo, como são chamados pelos gregos. É por isso que Heráclito dizia que nada pelos sonhos nos é exposto, e também nada nos é velado, apenas nos é dada a significação e índice das coisas por vir, seja para felicidade e infelicidade nossa, ou para felicidade e infelicidade alheia. As sacras letras o testemunham, as histórias profanas o asseguram, nos expondo mil casos sucedidos segundo os sonhos tanto do sonhador quanto de outro, do mesmo jeito. Os atlantes e aqueles que habitam a ilha de Tasos, uma das Cíclades, foram privados desse benefício, no país deles ninguém jamais sonhou. Assim foram também Cléon da Dáulia, Trasímedes e, no nosso tempo, o culto francês Simon de Neufville, que nunca sonharam. Então amanhã, na hora em que a alegre Aurora de dedos róseos expulsar as trevas noturnas, entregue-se a sonhar profundamente. Enquanto isso, livre-se de todo afeto humano: amor, ódio, esperança e medo. Pois, tal como outrora o grande vaticinador Proteu, disfarçado e transformado em fogo, em água, em tigre, em dragão e outras máscaras estranhas, não predizia as coisas por vir, mas para que predissesse era forçoso que ele retornasse à sua própria forma natural, do mesmo jeito, não pode um homem receber divindade e arte de vaticinar, a não ser quando a parte nele mais divina (ou seja, Νοῦς e *Mens*) está calma, tranquila, apaziguada, em nada ocupada ou distraída por paixões e afetos exteriores.

— Eu quero, disse Panurgo. É melhor jantar muito ou pouco esta noite? Não pergunto sem motivo. Porque, se não janto farto e largo, não durmo nada que valha, passo a noite em devaneios, com sonhos tão vazios quanto a minha barriga.

— Pronto determino nada de jantar (respondeu Pantagruel), seria melhor, a julgar pelo ponto da sua forma bem condicionada.

Anfiarau, antigo vaticinador, queria que aqueles que por sonhos recebiam seus oráculos não comessem nada naquele dia, nem bebessem vinho três dias antes. Não chegaremos a tal extrema e rigorosa dieta. Mesmo acreditando que o homem empanzinado de comida e porre dificilmente teria notícia das coisas espirituais, ainda assim não partilho da opinião dos que depois de longos e obstinados jejuns pretendem mais adentrar na contemplação das coisas celestes. Bastante você pode se lembrar como meu pai Gargântua (que por honra nomeio) muitas vezes nos disse como os escritos dos eremitas jejuadores eram magros, jejunos e de má saliva, que nem os corpos deles quando os compunham, e que coisa difícil é manter bons e serenos os espíritos quando o corpo sofre inanição, já que os filósofos e médicos afirmam que os espíritos animais surgem, nascem e agem por meio do sangue arterial purificado e refinado até a perfeição dentro da rede admirável que jaz sob os ventrículos do cérebro. Deu o exemplo de um filósofo que, julgando estar sozinho e longe da turba, para melhor comentar, discorrer e compor, enquanto todavia ao redor ladravam os cães, uivavam os lobos, rugiam os leões, relinchavam os cavalos, barriam os elefantes, sibilavam as serpentes, zurravam os burros, soavam as cigarras, lamentavam as rolas, ou seja, havia mais perturbação do que se estivesse na feira de Fontenay ou de Niort, porque a fome estava no corpo, e para remediá-la, ladra o estômago, a vista embaça, as veias sugam da própria substância dos membros carniformes e para baixo levam aquele espírito vagabundo, negligente ao cuidado do nutridor e anfitrião natural que é o corpo, como se o pássaro pousado no punho saltasse no ar para dar voo e incontinênti fosse pela corda ao chão lançado. Sobre esse assunto pesa a autoridade de Homero, pai de toda filosofia, que diz quando os gregos, e não antes, deram fim às lágrimas de luto por Pátroclo, o grande amigo de Aquiles: quando a fome se anunciou e os ventres protestaram que mais lágrimas não forneceriam. Porque num corpo exaurido por longo jejum não havia mais de que chorar e lacrimar. Mediania em todos os casos é louvada, e aqui você vai mantê-la. Não vai comer na janta nada de favas, nada de lebres e outras carnes, nada de polvo (chamado pólipo), nada de repolho e de outras comidas que possam os seus espíritos animais turvar e ofuscar. Pois assim como o espelho não pode representar os simulacros das coisas apresentadas e a ele expostas, se a polidez for pelos alentos ou tempos nublados ofuscada, também o espírito não recebe as formas de adivinhação pelos sonhos, se o corpo está inquieto e perturbado pelos vapores e fumaças das comidas acima, por causa da simpatia que entre os dois é indissolúvel. Você vai comer boas peras de Crustumênia e Bérgamo, uma maçã suave, umas ameixas de Tours, umas cerejas do meu terreiro. E não tem por que temer que os sonhos sejam duvidosos, falazes ou suspeitos, como já declararam alguns peripatéticos no outono, ou seja, quando os humanos mais copiosamente se utilizam de frutas, do que em qualquer outra estação. O que os antigos profetas e poetas misticamente nos ensinam, quando dizem que os sonhos vãos e falaciosos jazem ocultos sob as folhas caídas por terra, porque no outono as folhas tombam das árvores; pois a fermentação natural que abunda nos frutos novos e, por ebulição, facilmente evapora nas partes animais (como nós vemos acontecer com o mosto), há muito tempo se expirou e dispersou. E vai beber uma boa água da minha fonte.

— A condição (disse Panurgo) me parece um tanto dura. Mas aceito. Vale quanto pesa, desde que eu possa fazer amanhã meu desjejum bem cedo, logo depois da sonharada. Além disso, me entrego às duas portas de Homero, a Morfeu, a Ícelo, a Fantaso e a Fobetor. Se por necessidade me ajudarem, vou erigir para eles um altar delicioso todo composto de fina penugem. Se na Lacônia eu estivesse no templo de Ino entre Étilo e Tálamas, por ela seria minha perplexidade resolvida ao dormir com lindos sonhos alegres."

Depois perguntou a Pantagruel: "Este ponto não melhoraria se eu colocasse debaixo do travesseiro uns ramos de louro?

— Não tem (respondeu Pantagruel) necessidade. É coisa supersticiosa e engano aquilo que escreveram Serapião Ascalonita, Antifonte, Filócoro, Artemão e Plancíades Fulgêncio. Eu diria o mesmo sobre o ombro esquerdo do crocodilo e do camaleão (sem ofensa ao velho Demócrito); o mesmo da pedra da Báctria chamada eumitre; o mesmo do corno de Amon. Assim chamam os etíopes a uma pedra preciosa dourada com a forma de um corno de carneiro, que nem o corno de Júpiter Amon, afirmando que são verdadeiros e infalíveis os sonhos daqueles que o carregam, que são os oráculos divinos. Talvez seja certo o que escrevem Homero e Virgílio sobre as duas portas do sonho, às quais você se entrega: uma é de marfim, por onde entram os sonhos confusos, falazes e incertos, tal como através do marfim que, por mais fino que seja, não é possível nada ver, pois sua densidade e opacidade impedem a penetração de espíritos visuais e a recepção de imagens visíveis; a outra é de corno, por onde entram os sonhos certos, verdadeiros e infalíveis, como através de um corno por seu resplendor e transparência aparecem todas as imagens com clareza e distinção.

— Você quer então inferir (disse frei João) que os sonhos dos cornos cornudos, tal como os de Panurgo, com ajuda de Deus e de sua mulher, serão sempre verdadeiros e infalíveis."

Capítulo 14

O sonho de Panurgo e sua interpretação

O capítulo descreve uma prática que remonta a Sinésio: relatar um sonho aos amigos para que estes lancem suas interpretações mais desapegadas. Os vários chistes com corno são típicos da época, e notavelmente Petro de Cornibus era uma figura da Sorbonne, um franciscano com nome de piada pronta para Rabelais; no entanto, mais uma vez, estamos diante de uma erudição embasada nas práticas e saberes do Renascimento.

"Eis lá vem o sonhador-mor!" é citação de Gênesis, 37:19, quando os irmãos de José (que tinha sonhos proféticos) o encontram e decidem matá-lo; eles eram filhos de Jacó. Guilot parece ser piada com Don Guilan, o Cuidador, personagem de Amadis de Gaula. No mito, o caçador Acteão viu a deusa Diana nua; quando ela percebeu o que acontecia, transformou o jovem num cervo, que acabou sendo devorado pelos próprios cães de caça, cf. Ovídio, Metamorfoses, 3.138 ss.

A expressão, amen fiat, fiatur, ad differentiam papae, *pode ser traduzida como "assim seja, darei meu* fiat, *ou melhor, meu* fiatur, *para diferenciar do papa", porém* fiat *(faça-se, termo usado pelo papa) é latim correto, ao passo que* fiatur *é uma forma inventada. De* frigidis et maleficiatis *pode ser traduzido como "Das frígidas e enfeitiçadas", é uma rubrica das Decretais, 4.15. O primeiro sensitivo "é o coração". Os versos em francês são tradução de Rabelais para Eneida, 2.268.9.*

Os sonhos relatados, exceto o de José, são todos do mundo greco-romano. O de Eneias, com seus Penates (almas dos antepassados, que protegiam a família) está em Eneida, 3.147-90; o de Turno está no mesmo livro em 7.407-60.

O capítulo está cheio de relações com os Adágios de Erasmo: questões sobre a perplexidade estão em 3.10.30, 3.8.40; sobre agradar Momo em 1.3.74 (filho da Noite e do Sono, Momo corrige o touro feito por Zeus, dizendo que os chifres deveriam ficar diante dos olhos, cf. Esopo, Fábulas, 100), sobre cutucar vespeiros em 1.1.40, sobre as águas barrentas do pântano da Camarina em 1.1.64 (cf. nota introdutória ao Quinto livro, cap. 6); por fim, a expressão grega ἐχθρῶν ἄδωρα δῶρα, *que significa "dom de inimigo é desdom", aparece em Adágios, 1.3.36. "Porque o próprio Satanás se transfigura em anjo de luz" é citação de 2 Coríntios, 11:14.*

Terceiro livro

95

Às sete da manhã seguinte Panurgo se apresentou diante de Pantagruel, e estavam no cômodo Epistemão, frei João do Picadinho, Ponócrates, Carpalim e outros; com a chegada de Panurgo, disse Pantagruel: "Eis lá vem o sonhador-mor!

— Essas palavras, disse Epistemão, já custaram caro e foram pagas a preço exorbitante pelos filhos de Jacó." Então disse Panurgo: "Eu fico bem na casa de Guillot, o Sonhador. Sonhei um tanto e ainda mais, mas não entendo patavinas. Só que nos meus sonhos eu tinha uma mulher jovem, elegante, linda à beira da perfeição, que me tratava e cuidava com todo o mimo, que nem um pequerrucho. Nunca teve um homem mais tranquilo ou feliz. Ela me bajulava, me cocegava, me apalpava, me apanhava, me beijava, me abraçava e de brincadeira me fazia dois lindos cornos em cima da testa. Eu só de farra dizia que ela devia era colocá-los embaixo dos meus olhos, para melhor ver onde atacar, a fim de que Momo nela não encontrasse nada de imperfeito e digno de correção, que nem fez na posição dos cornos bovinos. A doidinha, apesar dos meus argumentos, os firmava ainda mais alto. E nisso não me fazia nenhum mal, uma coisa impressionante! Pouco depois parece que me transformei não sei como em tamborim, e ela em coruja, e num sobressalto eu acordei fulo, perplexo e indignado. Eis aí uma bela pratada de sonhos, sirvam-se à vontade e expliquem o que entenderam. Bora tomar esse café da manhã, Carpalim!

— Eu entendo (disse Pantagruel), se é que tenho algum juízo na arte da adivinhação por sonhos, que a sua mulher não vai lhe fazer cornos de verdade na fronte e na aparência exterior, que nem os dos sátiros, mas não terá fidelidade e lealdade conjugal e ainda se entregará a outros, e nisso fazer você de corno. Esse ponto foi claramente exposto por Artemidoro, como eu já disse. Também você não será transformado em tamborim, mas vai tomar baques dela que nem um tambor de núpcias; nem ela em coruja, mas vai lhe afanar, como é natural entre as corujas. E veja como os sonhos concordaram com as sortes virgilianas. Você será corno, vai apanhar e será afanado." Nisso frei João deu um berro e disse: "Por Deus, ele fala a verdade, você será corno, meu querido, e posso garantir: terá uns belos cornos! Ai, ai, ai, mestre nosso de Cornibus, Deus o proteja, conceda-nos duas palavrinhas de sermão, que vou passar o cestinho na paróquia.

— Pelo contrário (disse Panurgo), meu sonho pressagia que num bom casamento terei fartura de todos os bens, com a cornucópia da abundância. Você diz que serão cornos de sátiros. *Amen, amen, fiat, fiatur, ad differentiam papae!* Também terei eternamente a chapeleta em riste, em ponto infatigável, que nem os sátiros. Coisa que todos anseiam, mas poucos recebem dos céus. Por conseguinte, corno jamais! Porque a falta de chapeleta é a causa *sine qua non*, causa única, de fazer maridos cornos. O que faz os dingos mendigarem? É porque não têm em casa como encher os sacos. O que faz o lobo sair do bosque? Falta de carne. O que faz as mulheres safadas? Vocês já sacaram. Eu pergunto aos senhores clérigos, aos senhores presidentes, conselheiros, advogados, procuradores e outros glosadores da venerável rubrica *De frigidis et maleficiatis*.

Vocês (perdoem se entendi errado) me parecem errar feio interpretando cornos por corneada. Diana leva na cabeça a imagem de uma bela lua crescente. Ela é corna por causa disso? Por que diabos ela seria corna, se nunca se casou? Por favor, falem direito, em temor de que ela lhes faça o que fez com Acteão! O bom Baco também tem cornos, Pã, Júpiter Amon e tantos outros. São cornos, por acaso? E Juno é puta? Seria como a figura da metalepse, como ao chamar uma criança em presença do pai e da mãe, de bastardo ou espúrio, isso é dizer na cara, tacitamente, que o pai é corno e a mãe safada. Falemos melhor! Os cornos que me faziam a minha mulher são a cornucópia da abundância e fartura de todos os bens. Eu garanto. Quanto ao resto, eu serei feliz que nem um tambor de núpcias, sempre soando, sempre rufando, sempre tocando e peidando. Podem acreditar que é a chance de me dar bem. Minha mulher será top e linda, que nem uma corujinha. Quem não confia vá para o quinto dos infernos! Natais eternos!

— Eu manjo (disse Pantagruel) o último ponto que você disse e o comparo ao primeiro. No começo estava imerso nas delícias do sonho. Por fim despertou num sobressalto fulo, perplexo e indignado (— Claro, disse Panurgo, porque não tinha comido nem um ponto!). Tudo será uma desolação, assim prevejo. Aceite como verdade que todo sono que termina em sobressalto, deixando a pessoa fula e indignada, ou significa errado ou pressagia errado. Significa mal, ou seja, doença cacoeta, maligna, pestilenta, oculta e latente no centro do corpo, que, pelo sono que sempre reforça a força concoctora (segundo os teoremas da medicina), começaria a se mostrar e mover rumo à superfície. Nesse funesto movimento seria o repouso dissolvido e o primeiro sensitivo admoestado para reagir e dar conta. É como dizem os provérbios: cutucar vespeiro, mexer a Camarina, acordar gato que dorme. Pressagia mal, ou seja, quando a alma em matéria de adivinhação onírica nos dá a entender que algum infortúnio já está destinado e preparado, que em breve surtirá efeito. Por exemplo, o sonho e despertar assustador de Hécuba. O sonho de Eurídice, mulher de Orfeu, que, quando terminado, Ênio diz que ela despertou num sobressalto assustada. Assim depois viu Hécuba ao seu marido Príamo, seus filhos e sua pátria assassinados e destruídos; Eurídice logo depois morreu miseravelmente. Eneias, ao sonhar que fala com Heitor morto, súbito em sobressalto despertou. Assim foi naquela mesma noite Troia saqueada e incendiada. Outra vez, sonhando que via seus deuses familiares e Penates, ao despertar assustado, sofreu no dia seguinte horrível tormenta ao mar. Turno, pela visão fantástica da fúria infernal incitado a começar uma guerra contra Eneias, acordou em sobressalto todo indignado; em seguida, depois de longas desolações foi morto pelo mesmo Eneias. Tem mil outros. Quando falo de Eneias, reparem que Fábio Pictor diz que nada foi por ele feito ou intentado, nada lhe aconteceu, que previamente não tivesse descoberto e previsto pela adivinhação onírica. Exemplo não falta. Porque, se o sono e o repouso são dom e benefício especial dos deuses, segundo defendem os filósofos, e atesta o poeta ao dizer:

Era hora em que o dom dos Céus, o sono
Vem ao exausto humano em seu ressono.

Lors l'heure estoit, que sommeil, don des Cieulx
Vient aux humains fatiguez, gracieux.

Esse dom não pode terminar sem chateação e indignação, sem grande infelicidade apresentar. De outro jeito seria o repouso desrepouso, o dom desdom. Não vindo dos deuses amigos, mas dos diabos inimigos, a partir da expressão geral: ἐχθρῶν ἄδωρα δῶρα. Como se o paterfamílias à mesa opulenta, cheio de apetite, no começo da refeição se visse em sobressalto e assustado a levantar-se. Quem não soubesse a causa poderia até se encafifar. Qual o quê? Ele tinha ouvido os servos gritarem 'fogo!', as servas gritarem 'ladrão!', os filhos gritarem 'assassino'. Tinha que largar a refeição e correr para remediar e botar ordem na situação. Na verdade, lembro que os cabalistas e massoretas intérpretes das Sacras Letras, quando expõem de que modo poderíamos discernir a verdade das aparições angélicas (porque o próprio Satanás se transfigura em anjo de luz), dizem que a diferença entre as duas é que o anjo benigno e consolador aparece ao homem, o assusta no começo, e o consola no fim, deixando contente e satisfeito, enquanto o anjo maligno e sedutor no começo alegra o homem e no fim o deixa perturbado, fulo e perplexo."

Capítulo 15

Desculpa de Panurgo
e exposição da Cabala monástica
em matéria de charque

Este capítulo faz uso contínuo de entendre *no seu duplo sentido de "ouvir" e "entender"; na impossibilidade de manter o jogo, variei as palavras. Para entender parte do texto, é importante lembrar as horas canônicas: matinas são meia-noite; laudes são três da manhã; primas são seis da manhã (hora do desjejum), quando começavam as missas; terças são nove da manhã, na missa solene; sextas são meio-dia; nonas são três da tarde (tradicionalmente o horário em que Jesus morreu); vésperas são seis da tarde; completas são nove da noite.*

A frase "Pança esfomeada não tem orelha no ponto", além de manter os chistes com ponto (poinct) *remete a Erasmo,* Adágios, 2.8.84, venter auribus caret. *Mestre Mosca é alusão a Mucciato Guido di Francesi, conselheiro de Felipe, o Belo, que tinha o apelido de "Senhor Mosca"; por adulterar moedas, ficou com fama de enganar o povo, e já apareceu em* Pantagruel, cap. 16. *A expressão latina* de missa ad mensam *significa "da missa à mesa". Rabelais faz uma relação etimológica entre* coena *(em latim "ceia") e o grego* κοινή *(em grego "comum"), tirada de Plutarco,* Conversas à mesa, 8.6. *O exemplo da Sibila está em Virgílio,* Eneida, 6, *quando ela lança um pão amassado com mel para o cão de três cabeças que guarda a entrada do mundo dos mortos.*

A fábula 206 de Esopo que encerra o capítulo é retomada a partir de Erasmo, Adágios, 1.6.90; *ela tradicionalmente servia como crítica mordaz à filáucia (representada por Panurgo) como origem dos erros humanos. "Aspecto" é terminologia astrológica, designando aqui a conjunção astral que condicionava cada indivíduo para o bem ou para o mal.*

———

"Deus (disse Panurgo) guarde do mal quem vê bem e não ouve lhufas. Estou vendo vocês muito bem, mas não escutei nem um ponto do que disseram. Pança esfomeada não tem orelha no ponto. Por Deus, eu estou rugindo de fome! Fiz uma corveia extraordinária, que este ano está mais forte que o mestre Mosca para me dar uma sonharada. Não posso bater o ponto na janta, pelo diabo! Caceta! Bora tomar um café da manhã, frei João! Quando eu tiver comido no ponto, e meu estômago estiver enfenado e agranado no pon-

Terceiro livro   99

to, por precisão, em caso de necessidade eu ainda ficaria sem almoço. Mas nem um ponto na janta? Caceta! É um erro! É um escândalo à natureza! A natureza fez o dia para se exercitar, para trabalhar e dar duro cada um em sua ocupação, e para melhor fazermos isso ela nos concedeu a vela, é a clara e alegre luz do sol. À tarde ela vem tomá-la da gente e diz tacitamente: 'Crianças, vocês são um doce. Trabalharam demais. A noite vem. Convém deixar a labuta e se revigorar com bom pão, bom vinho, bons pratos, divertir-se um pouquinho, deitar e descansar, para amanhã voltarem revigorados e animados para a labuta, que nem antes'. Assim fazem os falcoeiros: depois de saciarem seus pássaros, não os deixam voar de barriga cheia, mas ficam digerindo no poleiro. O que bem compreendeu o bom papa que primeiro instituiu os jejuns: ele mandou jejuar até a hora nona, e o resto do dia fica em liberdade de rango. Em tempos passados, pouca gente almoçava, tipo os monges e cônegos (que também não têm outra ocupação, todo dia é de festa, e observam minuciosamente um provérbio claustral, *de missa ad mensam*, nem sequer esperam o abade para se enfurnarem na mesa; empanturrando-se, os monges esperam o abade quanto ele quiser, não diferentemente ou em diversa condição), mas todo mundo jantava, fora uns mocorongos sonhadores, donde se diz que a ceia é *coena*, ou seja, comum a todos. Você está cansado de saber, frei João. Bora, meu amigo, pelos diabos todos, vambora! Meu estômago ladra de fome que nem um cão. Bora jogar nele toras de pão com sopa goela abaixo para apaziguar, seguindo o exemplo da Sibila junto a Cérbero. Você curte um pão com sopa de primeira hora, eu já prefiro o pão com cabidela, com uma peça de charque de lavrador em nove lições.

François Rabelais

— Fraguei (respondeu frei João). Essa metáfora vem da panela claustral. O lavrador é o boi que lavra ou lavrou; em nove lições, quer dizer cozido até ficar no ponto. Porque os bons Pais da religião, graças a certa cabalística instituição dos antigos, não escrita, mas passada de mão em mão, no meu tempo, ao se levantarem para as matinas, faziam uns preâmbulos dignos de nota antes de entrarem na igreja: cagavam nos cagatórios, mijavam nos mictórios, cuspiam nos cuspitórios, tossiam nos tossitórios melodiosamente, piravam nos piratórios, para não levarem nada de imundo ao serviço divino. Feito isso, devotamente se dirigiam à santa capela (em seus rébus assim era chamada a cozinha claustral) e devotamente solicitavam que jogassem logo ao fogo o boi para o café da manhã dos religiosos frades do nosso senhor. Eles mesmos muitas vezes acendiam o fogo embaixo da panela. Quando as matinas tinham nove lições, eles mais madrugavam, e com razões; assim mais multiplicavam o apetite e a sede no antifonário, do que nas matinas bordadas com apenas duas ou três lições. Quanto mais na matina se levantavam para a tal Cabala, mais cedo ia o boi ao fogo; quanto mais tempo ali ficava, mais cozia; quanto mais cozia, mais macio ficava, menos exigia dos dentes, mais deleitava o paladar, menos pesava no estômago, mais nutria os bons religiosos. O que é o fim único e intenção primeira dos Fundadores, considerando que eles não comem para viver, mas vivem para comer, e não têm nada além da vida neste mundo. Bora, Panurgo!

— Agora (disse Panurgo) eu consegui ouvir, seu colhão aveludado, colhão claustral e cabálico. Assim meu capital será cabal. A verba, a usura e os juros eu perdoo. Me contento com gastos, já que com tanta eloquência você fez a oração sobre o capítulo singular da Cabala culinária e monástica. Bora, Carpalim. Frei João, meu talim, bora! Tenham um bom dia, meus bons senhores. Já sonhei que dá e sobra para beber. Rumbora!"

Panurgo mal terminava de falar, quando Epistemão a plenos pulmões bradou, dizendo: "Coisa mais comum e ordinária entre os humanos é o infortúnio alheio escutar, prever, reconhecer e predizer. Mas ah, que coisa rara é ao próprio infortúnio predizer, reconhecer, prever e escutar! E como foi prudente Esopo ao figurar em seus *Apólogos*, quando disse que cada homem neste mundo nasce com um bissaco pendurado no pescoço: o saco que leva na frente traz as faltas e os defeitos alheios sempre expostos à nossa vista e reconhecimento; já o saco de trás traz as faltas e os defeitos próprios, que nunca são vistos ou ouvidos, a não ser pelos que dos céus recebem seu benévolo aspecto".

Terceiro livro

Capítulo 16

Como Pantagruel aconselha Panurgo
a conversar com uma Sibila de Panzoult

Segue o debate sobre o melhor modo de descobrir se vale a pena o casamento para Panurgo.

Panzoult é uma aldeia na região pátria de Rabelais, situada entre Chinon e L'Île-Bouchard, onde havia um lugar conhecido como Gruta da Sibila. Canidia e Sagana são feiticeiras que aparecem em Horácio, Epodos e Sátiras, *sobretudo em Sátiras, 1.8.23-6. A Tessália tinha fama, na Antiguidade, de ser um centro de magia, sobretudo de bruxas: é tema de Erasmo,* Adágios, 1.3.12, Thessalia mulier. *A lei de Moisés que atacava a consulta oracular está em* Deuteronômio, 17:10 ss. *Cassandra foi profeta troiana, filha do rei Príamo; por recusar o amor do deus Apolo, ela foi condenada a prever, mas nunca conseguir convencer as pessoas da verdade de suas palavras. A história da incredulidade de Alexandre é tirada de Luciano,* O preceptor de oradores; *o nome da batalha de Arbela é hoje considerado equivocado, sendo mais conhecido como batalha de Gaugamela, quando Alexandre conquistou a vitória definitiva sobre os persas.*

A história de Tobias e do anjo está em Tobit/Tobias, 3:14; *na história, o anjo Rafael aparece em forma humana, guia o jovem Tobias e o ajuda a curar a cegueira de seu pai. Sobre o siclo do santuário, está em* Números, 7.

Há um trecho de trocadilhos complexos no original: por um lado entre sages *(*femmes) *que significam "sábias" e especificamente "parteiras", e a designação das bruxas como* sages *("sagas"), que renderá a designação das videntes como* praesages *("presságios"/"pré-sagas"); busquei recriar isso com o uso arcaico de "sage" para sábio, sabendo que em uns poucos lugares de Portugal esse termo também designa as parteiras, para fazê-las próximas das "sagas" e dos "presságios". Depois, Panurgo brinca entre* maunettes *("mal nítidas") e* monettes *(Moneta tem o sentido de "Avisadora" e é epíteto de Juno, que tinha um templo no cimo do Capitólio; lembre-se que Juno é a deusa patrona do casamento em Roma); por isso joguei com "manetas" e "monetas". Mestre Ortuíno foi um teólogo de Colônia com fama de luxurioso, por ter tido filho com uma jovem criada; ele entra na série de Panurgo de filósofos respeitados que consultaram feiticeiras como uma sátira de Rabelais, e já tinha sido piada até nas* Epistolae obscurorum uirorum *(Cartas de homens obscuros). Ausínia e Veleda foram duas adivinhas germânicas, segundo* Tácito, Anais.

102   François Rabelais

Pouco tempo depois, Pantagruel mandou chamar Panurgo e lhe disse: "O amor que tenho por você, inveterado pela sucessão de tão longo tempo, me força a pensar no seu bem e bom proveito. Escute só a ideia que tive. Me disseram que em Panzoult, perto de Le Croulay, tem uma Sibila famosérrima, que prediz todas as coisas futuras: leve Epistemão de companhia e siga até ela e ouça o que tem para dizer.

— Ela é (disse Epistemão) talvez uma Canídia, uma Sagana, uma pitonisa e feiticeira. Isso me faz pensar que esse lugar ficou famigerado por abundar em feiticeiras ainda mais que a Tessália. Eu não vou de boa! A coisa é ilícita e proibida pela lei de Moisés.

— A gente (disse Pantagruel) não é judeu, e não é coisa confessa nem confirmada que ela seja feiticeira. Deixem para fazer o crivo e a peneira do assunto na volta. A gente por acaso sabe se ela é a décima primeira Sibila, ou uma segunda Cassandra? E mesmo que não seja Sibila, que nem mereça o nome de Sibila, que risco vocês correm de consultar com ela sobre sua perplexidade? Ainda mais se ela tem reputação de mais saber, mais entender do que soem os outros do seu país ou do seu sexo. Que mal faz conhecer sempre e sempre aprender, seja de uma besta, uma cesta, uma mufa, uma bufa ou pantufa? Vocês devem lembrar que Alexandre, o Grande, depois de obter a vitória sobre o rei Dario em Arbela, diante dos seus sátrapas, certa feita recusou audiência a um companheiro e depois em vão mil e mil vezes se arrependeu. Ele era na Pérsia vitorioso, mas tão distante da Macedônia, seu reino hereditário, que muito se contristava por não poder de modo algum ter notícias dela, tanto por causa da enorme distância entre os lugares, quanto pela interposição de grandes rios, pelo impedimento dos desertos e pela barreira das montanhas. Nesses pensamentos críticos e aflitivos, que não eram nada pequenos (pois havia pouco que seu país e reino fora ocupado e que um novo rei e nova colônia se instalaram muito antes de ele tomar ciência para reagir), diante dele se apresentou um homem da Sidônia, mercador experiente e de bom senso, mas de resto pobre e feio de doer, que lhe anunciou e confirmou ter descoberto um caminho e jeito pelo qual poderia o seu país acerca de suas vitórias indianas, e ele acerca da situação da Macedônia e do Egito em menos de cinco dias se informar. Ele considerou a promessa tão disparatada, que nem quis prestar ouvidos ou dar audiência. Custava tanto ouvir e aprender o que o homem tinha descoberto? Que mal, que risco ele teria corrido para saber qual era o meio, qual era o caminho que o homem queria mostrar? A natureza, creio, não foi sem causa que ela formou

Terceiro livro

as orelhas abertas, sem botar nenhuma porta ou bloqueio, que nem fez com os olhos, a língua e outras aberturas do corpo. Desconfio que a causa seja para que todos os dias, todas as noites, sem parar, possamos ouvir, e ouvindo perpetuamente aprender, porque de todos é o sentido mais apto às disciplinas. E talvez esse homem fosse um anjo, ou seja, um mensageiro por Deus enviado, que nem Rafael para Tobias. Desprezou rápido demais, tarde demais se arrependeu.

— Mandou bem!, respondeu Epistemão. Mas nunca vai me fazer pensar que seja lá coisa muito vantajosa tomar de uma mulher, de uma mulher dessas, num país desses, conselho e pitaco.

— Eu (disse Panurgo) sempre curti o conselho das mulheres, principalmente das velhas. Com o conselho delas eu faço todo dia uma ou duas selas extraordinárias. São verdadeiros cães de caça, verdadeiras rubricas de direito. E fala muito bem quem as chama de sages mulheres. Sages são, pois conhecem muito bem. Mas prefiro chamá-las de Presságias, pois divinamente preveem e predizem certeiras todas as coisas do porvir. Tem vez que as chamo não de Manetas, mas de Monetas, que nem a Juno dos romanos. Porque delas todos os dias chegam admonições salutares e proveitosas. Perguntem a Pitágoras, Sócrates, Empédocles e ao nosso mestre Ortuíno. Também louvo até as alturas aquele antigo costume dos germânicos, que seguiam os conselhos das velhas como o siclo do santuário e as reverenciavam de coração, com seus pitacos e respostas prosperaram com fortuna igual à prudência que tiveram ao acolhê-las. São testemunhas a velha Aurínia e a boa mãe Veleda no tempo de Vespasiano. Podem crer que a velhice feminina é sempre opípara em qualidades sibaritas, digo, sibilinas. Bora, rumbora por socorro e virtude de Deus, vambora! Adeus, frei João, confio a você a minha braguilha.

— Ok (disse Epistemão), eu vou junto, mas aviso que, se eu perceber que ela está usando de sortes ou feitiços nas respostas, vou deixar você na porta, e vai perder a minha companhia."

Capítulo 17

Como Panurgo fala à Sibila de Panzoult

O capítulo faz um grande pastiche com a narração do encontro de Eneias com a Sibila de Cumas, no sexto livro da Eneida *de Virgílio; o ramo de ouro é usado por Eneias para conseguir entrar no mundo dos mortos com a ajuda da Sibila, cf. 6.136 ss. e 6.406 ss.; também a Sibila virgiliana morava numa gruta, era bem velha e escrevia vaticínios em folhas caídas para depois espalhar ao vento (3.443 ss.).*

O filósofo pré-socrático Heráclito recebeu a alcunha de "obscuro", em grego σκοτεινός, *que Rabelais usa para fazer piada com os escotistas seguidores de Duns Escoto por serem também obscuros; o trocadilho termina com o termo "escote". Hécale era uma velha pobre que ajudou o grande Teseu ainda jovem, tema de um poema homônimo de Calímaco de Cirene, que só nos chegou em fragmentos, mas aparece em Plutarco,* Teseu, *14. Oríon foi criado pelo esperma e urina dos três deuses, daí vem o seu nome, porque Hirieu, como agradecimento por recebê-los, teve direito a um desejo e escolheu ter um filho, cf. Ovídio,* Fastos, *5.499-534 (algumas versões apresentam Enopião como o pai de Oríon).*

Tῇ καμινοῖ, *"a forneira", é citação de Homero,* Odisseia, *18.27 (nas edições modernas costuma aparecer* γρῇ καμινοῖ, *"velha forneira"), a quem Odisseu é comparado. Carolo era a moeda de prata com um K inscrito, designando Carlos VIII. A pedra-de-sapo (*crapaudine *em francês, com variantes de nomes como "bufonita" ou "batraquita") era ligada a augúrios desde a Antiguidade (Plínio,* História natural, *37.150) e também supostamente vinculada ao crânio dos sapos, daí seu nome. Nos mistérios medievais, Prosérpina, a rainha dos mortos, é representada como esposa de Lúcifer e mãe dos diabos, como no cap. 22.*

Repare-se que aqui aparece pela primeira vez a presença de um narrador-ator neste livro, quando se desvela o verbo "vi" no quinto parágrafo.

———

O percurso durou três dias. No terceiro, no topo de uma montanha aos pés de uma grande e ampla castanheira lhes mostraram a casa da vaticinadora. Sem dificuldade entraram no cafofo, mal construído, mal mobiliado, todo enfumaçado. "Chega, disse Epistemão: Heráclito, grande escotista e obscuro filósofo não se espantou ao entrar numa choça dessas, expondo aos

Terceiro livro

seus seguidores e discípulos que ali também residiam os deuses, que nem nos palácios repletos de delícias. E acho que assim era a palhoça da celebrada Hécale, quando entreteve o jovem Teseu; também a de Hirieu ou Enopião, onde Júpiter, Netuno e Mercúrio juntos não desdenharam entrar, comer e pernoitar e urinolmente forjaram Oríon para bancar o escote." No canto da chaminé encontraram a velha. "Ela é (berrou Epistemão) uma verdadeira Sibila e verdadeiro retrato ao natural para τῇ καμινοῖ de Homero." A velha despontava na pior, malvestida, mal nutrida, desdentada, remelenta, encurvada, catarrenta, estropiada, e fazia um caldo de couve com pele de porco amarela e um osso velho para dar gosto.

— Arre égua (disse Epistemão)! Nós falhamos. Não teremos resposta nenhuma dela, porque não temos o ramo de ouro.

— Eu tinha (respondeu Panurgo) de antemão. Está aqui dentro do bornal um anel de ouro acompanhado de lindos carolos."

Dito isso, Panurgo fez um profundo cumprimento e a presenteou com seis línguas de boi defumadas, um potão de manteiga cheio de porpetas, uma cabaça fornida de manguaça e um bago de bode cheio de carolos recém-forjados, por fim numa profunda reverência no anelar lhe meteu um lindíssimo anel de ouro, onde estava engastada magnificamente uma pedra-de-sapo de Beuxes. Depois em papo reto expôs o motivo da vinda, suplicando educadamente para que lhe desse sua opinião e a fortuna do casamento projetado.

A velha ficou um tempo em silêncio banzando e rangendo os dentes, depois se sentou num regador de boca para baixo, pegou na mão três fusos velhos, virou e revirou entre os dedos de várias maneiras, depois provou as pontas e ficou com o mais pontudo na mão, os outros dois jogou num pilão de milho. Então pegou seus carretéis e por nove vezes os girou, na nona vez sem tocar observou o movimento dos carretéis e aguardou pelo repouso perfeito. Em seguida eu vi que descalçou um dos socos (que chamamos de tamancos), botou o avental na cabeça, que nem os padres botam o amicto quando querem fazer a missa, depois prendeu no pescoço um arcaico pano colorido, pintalgado. Assim emperiquitada tomou uma golada da cabaça, pegou do bago de bode três carolos e meteu em três cascas de noz e botou no fundo de um pote de penas, rodou três vezes em volta da chaminé, jogou no fogo meio feixe de urzes e um ramo de louro seco. Observou-o queimar em silêncio e viu que queimava sem fazer estalo ou qualquer ruído. Aí deu um grito de arrepiar, soando entre os dentes umas palavras bárbaras e de estranha terminação, de jeito que Panurgo disse a Epistemão: "Pela virtude de Deus, estou tremendo todinho, acho que fui enfeitiçado, ela não fala que nem cristão! Repare que parece quatro palmos maior do que antes de se encarapuçar com o avental. O que significa esse balbucio de beiça? O que quer dizer esse fuzuê de ombradas? Para que ela faz esse zum-zum de entreboca, que nem um macaco estripando um lagostim? Meus ouvidos corneteiam, parece que ouvi Prosérpina zunindo, logo logo os diabos vão pintar aqui. Eita bichos escrotos. Vamos fugir! Serpe de Deus! Estou morrendo de medo! Não gosto nem um pouco de diabos. Eles me irritam e são horrendos. Adeus, senhora, muito obrigado por tudo! Pronto, não vou me casar! Renuncio de agora em diante." Assim já começava a bater em retirada do cômodo, mas a velha se antecipou, segurando o fuso na mão, e saiu para um terreiro perto da casa. Lá estava um sicômoro antigo, que balangou por três vezes, e sobre as oito folhas que caíram escreveu sumariamente com o fuso uns breves versos. Depois jogou ao vento e disse: "Procure quem quiser, encontre quem puder: a sorte destinada do seu casamento ali está escrita".

Dito isso, partiu para a choupana e no umbral da porta arregaçou vestido, cota e camisa até o sovaco e lhes mostrou o cu. Panurgo viu a cena e disse a Epistemão: "Sangue de rebus tem poder! Veja lá o buraco da Sibila!". Num supetão ela bateu a porta, depois não foi mais vista. Eles correram atrás das folhas e as recolheram, mas não sem um trampo pesado. Porque o vento tinha espalhado tudo no matagal do vale. E colocando todas em ordem, descobriram a seguinte sentença em verso:

Escascará
Teu renome.
Engendrará
sem teu nome.
Te sugará
Num canudo.
Te esfolará,
mas não tudo.

T'esgoussera
de renom.
Engroissera
de toy non.
Te sugsera
le bon bout.
T'escorchera
mais non tout.

Terceiro livro

107

Capítulo 18

Como Pantagruel e Panurgo diferentemente explicam os versos da Sibila de Panzoult

Voltamos às interpretações opostas de Pantagruel e Panurgo. A ideia de que a magistratura revela o homem está em Erasmo, Adágios, *1.10.76*, Magistratus uirum indicat.

No segundo tópico, Panurgo apresenta uma série de figuras que nasceram duas vezes: Baco do ventre da mãe Sêmele, morta fulminada durante a gravidez, foi inserido no joelho de Zeus/Júpiter, e dali nasceu. Hipólito morreu num acidente de carro com touros, mas foi ressuscitado pelo deus Esculápio a pedido de Ártemis/Diana, ganhando o apelido latino de Virbius (duas vezes homem). Segundo a lenda, o deus Proteu teria encarnado em Apolônio de Tiana. Os Pálices são demônios subterrâneos, gêmeos filhos de Zeus e Talia, mas numa fuga de Hera se esconderam no subsolo e depois renasceram da Terra.

Palintócia significa em grego tanto "segundo nascimento" quanto "juros compostos". A palingênese proposta por Demócrito entendia que as coisas do mundo eram perecíveis, porém que tudo se reorganizaria pela recombinação dos átomos eternos; no entanto, o termo já tinha sido usado por Santo Agostinho, Cidade de Deus, *22.28, para designar um renascimento. Os cínicos, como Diógenes, faziam sexo à luz do dia e em público; o tema também aparece em Erasmo,* Apotegmas, *304. Alquermes era uma excrescência produzida pelos quermes, muitas vezes usado para fazer tinta vermelha; a referência a Dioscórides é provavelmente tirada do comentário de Pietro Andrea Mattioli sobre a* Materia medica *do célebre médico grego.*

Artus Tobador é tradução do sobrenome transparente Culleante, *que designa a analidade do amigo de Panurgo. A história arcaica das mulheres, que certamente faz parte da longa Querela das Mulheres, acontece cerca de seis mil anos antes, porque segue a cronologia dos teólogos da época para a criação do mundo, embora os estudos de fósseis já começasse a questionar a narrativa criacionista. O verso de Catulo citado é do poema 58, onde lemos "Lésbia descasca (glubit) os netos do magnânimo Remo", com claro sentido sexual para felação.*

As referências estão corretas, com dois poetas e dois filósofos refutados por Panurgo: Propércio, Elegias, *3.20.25-30, Tibulo,* Elegias, *2.5.81, Porfírio,* Da filosofia dos oráculos, *1.82, e Eustáquio,* Comentários à Ilíada, *1.14.*

———

Terceiro livro

Recolhidas as folhas, retornaram Epistemão e Panurgo à corte de Pantagruel, em parte alegres, em parte chateados. Alegres pelo retorno, chateados pelo trampo do caminho, que acharam acidentado, pedregoso e confuso. Sobre a viagem fizeram um longo relato a Pantagruel e sobre a situação da Sibila. Ao fim apresentaram as folhas do sicômoro e mostraram a escritura em versinhos. Pantagruel, depois de ler tudo, disse a Panurgo entre suspiros: "Você está bem no ponto. A profecia da Sibila claramente expõe o que já era manifesto tanto pelas sortes virgilianas quanto pelos seus próprios sonhos, ou seja, que você será pela esposa desonrado, que ela o fará de corno entregando-se a outros e que por outro será engravidada, que ela o afanará um bom bocado e que ela vai lhe bater, esfolando e arrebentando alguma parte do corpo.

— Você manja (respondeu) a exposição das profecias recentes que nem uma porca manja de temperos! Não se ofenda com o que digo. É que me sinto um pouco chateado. O contrário é que é verdade! Atente às minhas palavras. A velha diz: assim como a fava não é visível se não for escascada, também minha virtude e perfeição nunca receberá renome se eu não me casar. Quantas vezes já ouvi você dizendo que a magistratura e o ofício revelam o homem e evidenciam o que ele traz na moela? Quer dizer que só conhecemos com certeza quem é a figura e quanto vale quando é chamada a cuidar dos negócios. Antes disso, a saber, quando o homem está na vida privada, não sabemos ao certo quem ele é, não mais do que sabemos sobre uma fava na vagem. Fechou quanto ao primeiro artigo. Você vai querer defender que a honra e o renome de um homem dependem do cu de uma rampeira?

O segundo dístico diz: minha mulher engendrará (compreenda aqui a primeira felicidade do casamento), mas não meu nome. Beudo Céu! Eu acredito nisso! Será o nome de um lindo bebezinho que ela engendrará. Eu já o amo demais e estou todo babão. Ele vai ser meu bezerrinho. Nenhuma chatice do mundo, por maior e mais intensa que seja, vai invadir meu espírito, que eu não possa expulsar só de ver e ouvir meu piá balbuciar seus balbucios infantis. Abençoada seja a velha! Dios mío, eu quero constituir em Salmingondin uma boa renda para ela, não vitalícia, que nem os bacharéis insensatos, mas perpétua, que nem os magníficos doutores catedráticos. E você queria que minha mulher me levasse no ventre? E que dissessem: 'Panurgo é um segundo Baco. É nato duas vezes. É Renato, que nem Hipólito, que nem Proteu, uma vez de Tétis e depois da mãe do filósofo Apolônio. Que nem os dois Pálices junto ao rio Simeto, na Sicília. Sua mulher o engendrou. Ele renovou a antiga palintócia dos megários e a palingênese de Demócrito'. Errado! Não me repita isso!

O terceiro diz: minha mulher me sugará num canudo. Estou animada-ço! Você com certeza sacou que é o longo canudo que trago entre as pernas. Eu juro e prometo que sempre vou mantê-lo suculento e vigoroso. Ela não vai me sugar em vão! Terá ali eternamente uma bicadinha ou mais. Você explica alegoricamente essa passagem como afanada e furto. Eu louvo a explicação, a alegoria me agrada, mas não nesse sentido. Pode ser que o afeto sincero que você tem por mim o lança em parte adversa e refratária, como dizem os clérigos: coisa maravilhosa e temerária é o amor, e nunca o bom amor existe sem temor. Mas (segundo penso) no fundo você entende que furto, nessa passagem, como em tantos outros escritores latinos e antigos, significa o doce fruto dos namoricos que Vênus quer ver secreta e furtivamente colhidos. Por quê, me diga? Porque essa nonada feita na moita, entre duas portas, nos degraus da escada, por trás da tapeçaria, no miudinho, sobre uma pilha solta de feno agrada mais à deusa de Chipre (concordo plenamente, salvo melhor juízo) do que feita à luz do sol, à moda cínica, ou entre toldos preciosos, entre cortinas douradas, com todo tempo do mundo, bem à vontade, com um mata-moscas de seda carmim e um penacho de plumas índicas espantando as moscas ao redor e a mulher palitando os dentes com um teco de palha, que nesse meio-tempo ela arrancou do fundo do palheiro. Você queria dizer que ela me afanaria sugando, que nem devoramos ostras na concha e que nem as mulheres da Cilícia (no testemunho de Dioscórides) colhem grãos de alquermes? Errado! Quem afana, não suga, mas saca; não devora, mas embolsa; cata e brinca de faz de conta.

O quarto diz: minha mulher me esfolará, mas não tudo. Que bela expressão. Você interpreta como pancadas e feridas. Mudando de pau para cavaco, e que Deus o guarde do mal maçom! Eu imploro, erga um pouco o espírito além deste terreno pensamento à contemplação excelsa das maravilhas da Natureza, e aqui se condene a si mesmo pelos erros que cometeu perversamente ao explicar os ditos proféticos da Diva Sibila! Suponha, sem admitir ou confirmar o caso, que minha mulher, por instigação do inimigo infernal, quisesse e tentasse me passar a perna, me difamar, me cornear até o cu, me roubar e ultrajar, ainda assim não dará cabo do que quer e tenta.

O motivo que me leva a este último ponto está fundado e extraído do fundo da panteologia monástica. Frei Artus Tobador me disse uma vez, era segunda de manhã, quando dividíamos uma bacia de linguiças, e como chovia, bem me lembro, Deus lhe dê bom dia!

As mulheres no princípio do mundo, ou logo depois, juntas conspiraram para esfolarem vivos os homens todos, porque estes queriam dominá-las em todos os lugares. E assim foi prometido, confirmado e jurado entre

Terceiro livro

elas, pelo santo sangue de veus. Mas, ah, vãs tentativas das mulheres! Ah, grande fragilidade do sexo feminino! Elas começaram a esfolar o homem, ou a *glubere*, como fala Catulo, pela parte que mais aprazia, o membro nervoso, cavernoso, há mais de seis mil anos, e até os dias de hoje só esfolaram a cabeça. Por fim, revoltados com isso, os judeus eles próprios com circuncisão se cortam e retalham, preferindo serem chamados de circuncisos e retalhados marranos do que serem esfolados pelas mulheres, que nem nas outras nações. Minha esposa, sem se degenerar da tentativa geral, também me esfolará, se já não estiver esfolado. E eu concordo do fundo do peito — mas não tudo! Isso eu garanto, meu bom rei.

— Você (disse Epistemão) não falou nada sobre o fato de que o ramo de louro que vimos, enquanto ela observava e exclamava com uma voz furiosa e assustadora, queimou sem fazer nenhum ruído ou estalo. Você sabe que é mau augúrio e sinal mui temerário, segundo atestam Propércio, Tibulo, Porfírio filósofo arguto, Eustáquio sobre a *Ilíada homérica*, e outros.

— Na verdade (respondeu Panurgo), você me arregimentou uns jegues de primeira. Eram loucos como poetas e delirantes como filósofos, repletos da mais fina moria, que nem sua vã filosofia."

Capítulo 19

Como Pantagruel
louva o conselho dos mudos

Esta forma de adivinhação não era difundida no Renascimento, mas existia. Temos aqui uma questão cara a Rabelais sobre o inatismo ou arbitrariedade da língua, bem como a impossibilidade de evitar os equívocos de qualquer linguagem; a defesa do arbitrário tinha a autoridade de nomes como Aristóteles, Da interpretação, *Tomás de Aquino,* Suma teológica, *1.107, e Dante Alighieri,* Da eloquência vulgar, *1.3. Rabelais usa dois textos de Luciano,* Da deusa síria *(36-7, sobre Heráclito) e* Diálogo sobre a dança *(60, sobre Tirídates, sem nomeá-lo). Além disso, a história dos meninos sírios que teriam falado naturalmente em língua frígia está em Heródoto,* Histórias, *2.2, obra que Rabelais começou a traduzir quando ainda era franciscano.*

Λοξίας *quer dizer "oblíquo" em grego. Bártolo de Sassoferrato é um comentador do* Digesto; *ali vemos em latim "Lei primeira: sobre as obrigações das palavras", onde narra a história de Nello de Gabrielis.*

As processões itifálicas eram parte de rituais de fertilidade celebrados para Baco, quando muitos carregavam longos falos de madeira. A expressão "o bate-bate do pilão" é opção tradutória para recriar a ambiguidade sexual de mouvent de belutaige *(ao pé da letra, "movimento da peneiragem").*

A história do jovem romano é tirada de Guevara, Relógio dos príncipes, *publicada em 1529. Datã e Abirão se revoltam contra Moisés e são devorados por um abismo aberto na terra em* Números, *16:12 ss. A história da freira Querraba (Fessue) é tirada de Erasmo (que a narra de modo muito mais pudico) em* Eclesiastes, *onde ele diz que a teria ouvido de um dominicano. O termo "regalão" traduz* briffault, *que designa os monges laicos encarregados de fazer pedidos; Firmemeto é minha tradução para* Royddimet. Nasobode *traduz* Nazdecabre.

Pantagruel, terminadas essas palavras, calou-se por um bom tempo, e parecia bem meditabundo. Depois disse a Panurgo: "O espírito maligno lhe seduziu. Mas escute. Eu li que no passado os mais verdadeiros e certeiros oráculos não eram aqueles dados por escrito ou pela fala proferidos. Muitas vezes fazem errar aqueles que consideramos finos e inteligentes, tanto por

Terceiro livro   113

causa das anfibologias, equívocos e obscuridades das palavras, quanto pela brevidade das sentenças. Por isso foi Apolo, deus do vaticínio, chamado de Λοξίας. Os que eram revelados por meio de gestos e sinais eram considerados os mais verdadeiros e certeiros. Essa era a opinião de Heráclito. E assim vaticinava Júpiter Amon, assim profetizava Apolo entre os assírios. Por esse motivo é que o pintavam com uma longa barba e vestido que nem um personagem velho dotado de grande senso, e não nu, jovem e sem barba, que nem faziam os gregos. Vamos fazer deste jeito: por sinais, sem falar, peça conselho para um mudo qualquer.

— Concordo (respondeu Panurgo).

— Mas (disse Pantagruel) seria bom um mudo também surdo de nascimento, e por isso mudo. Porque não existe mudo mais puro do que aquele que nunca ouviu.

— Como assim (respondeu Panurgo)? Se verdade fosse que não fala o homem que nunca ouviu falarem, eu o levaria a inferir logicamente uma proposição bem absurda e paradoxal. Mas deixe estar. Você não acredita no que escreveu Heródoto sobre os dois meninos guardados numa cabana por ordem de Psamético, rei dos egípcios, e nutridos num perpétuo silêncio, que depois de certo tempo pronunciaram a palavra *Becus*, que em língua frígia significa pão?

— Nem um pouquinho, respondeu Pantagruel. É balela dizer que temos linguagem natural. As línguas surgem de instituições arbitrárias e convenções dos povos: as vozes (como dizem os dialéticos) não significam naturalmente, mas ao bel-prazer. Não digo isso sem base. Pois Bártolo, *lex prima De uerborum obligationibus*, conta que na sua época havia em Gubbio um tal senhor Nello de Gabrielis, que por acaso tinha ficado surdo; ele no entanto entendia qualquer homem que falasse italiano, por mais segredado que fosse, só de ver os seus gestos e movimento dos lábios. Além disso, li num autor culto e elegante que Tirídates, rei da Armênia, no tempo de Nero, visitou Roma e foi recebido com honrosa solenidade e pompas magníficas, a fim de o manter em amizade sempiterna com o senado e o povo romano, e não tinha coisa memorável na cidade que não lhe tenha sido exposta e apresentada. Na partida, o imperador lhe concedeu grandes e desmedidos dons; e mais, deixou-o escolher o que em Roma mais lhe agradasse, e jurou de pés juntos que não negaria nada que ele pedisse. Ele pediu apenas um ator de farsas, que tinha visto no teatro e, sem entender o que ele dizia, entendia o que exprimia com signos e gestos, alegando que sob seu domínio havia povos de diversas línguas e que para responder e conversar com eles precisava usar de diversos dragomanos: só este daria conta de todos. Porque em ma-

téria de expressão por gestos era tão excelente, que parecia falar com os dedos. Por isso convém escolher um surdo-mudo de nascença, para que os gestos e sinais sejam naturalmente proféticos, não forjados, fingidos e afetados. Resta ainda saber se você prefere pedir conselho de homem ou de mulher.

— Eu (respondeu Panurgo) pediria de boa a uma mulher, se não temesse duas coisas. Uma: que as mulheres, tudo que veem, elas representam no espírito, elas pensam, elas imaginam que seja a entrada do sacro Itifalo. Alguns gestos, sinais e atitudes que fazemos aos olhos e presença delas, elas interpretam e relacionam com o bate-bate do pilão. Assim nós seríamos enganados. Porque a mulher pensaria que todos os nossos sinais são sinais venéreos. Você deve se lembrar do que aconteceu em Roma duzentos e quarenta anos depois da fundação. Um jovem nobre romano, ao encontrar no monte Célio uma dama latina chamada Verona, surda-muda de nascença, perguntou com gestos itálicos, ignorando a surdez dela, quais senadores ela tinha encontrado na subida. Ela, sem entender patavinas do que ele estava dizendo, imaginou o que ela já pensava e o que um jovem costuma pedir a uma mulher. Então com sinais (que no amor são incomparavelmente mais atraentes, eficazes e válidos que as palavras) o levou à parte para sua casa, sinais lhe fez de que gostava dessa brincadeira. Por fim, na boca de sapo, fizeram o bom barulho do bate-saco.

Outra: que não nos dariam nenhum sinal de resposta, súbito cairiam para trás, como que realmente consentindo com nossos tácitos pedidos. Ou, caso nos apresentem algum sinal responsório às propostas, seria tão doido e ridículo, que nós acabaríamos achando que são pensamentos venusinos. Você sabe como em Croquignoles a irmã Querraba foi pelo regalão Firmemeto engravidada e, descoberta a gravidez, foi convocada ao capítulo pela abadessa e acusada de incesto; ela se defendia alegando que não tinha sido por consentimento, que fora por violência e força do irmão Firmemeto. A abadessa replicava e dizia: 'Sua perversa, se foi no dormitório, por que você não gritou por socorro? Nós todas correríamos para ajudar'. Respondeu que não ousava gritar no dormitório, porque no dormitório o silêncio é sempiterno.

'Mas (disse a abadessa), sua perversa, por que não fez sinal às vizinhas de quarto?

— Eu (respondeu Querraba) fiz com o cu todos os sinais que podia, mas ninguém me socorreu.

— Mas (perguntou a abadessa), sua perversa, por que não veio incontinênti me contar e acusá-lo conforme a regra? É o que eu faria, se acontecesse comigo, para provar a minha inocência.

— Porque (respondeu Querraba) tive paúra de permanecer em pecado e estado de danação e, apavorada pelo risco de morte súbita, me confessei com ele antes que saísse do quarto, e ele me deu a penitência de não contar, nem revelar a ninguém. Enorme demais seria o pecado de revelar sua confissão, um gesto detestável diante de Deus e dos anjos. Poderia fazer com que o fogo do céu queimasse toda a abadia, e todas cairiam no abismo com Datã e Abirão.'

— Você (disse Pantagruel) não vai me fazer rir com isso. Estou cansado de saber que toda a monjarada menos teme transgredir os mandamentos de Deus do que os seus estatutos provinciais. Escolha um homem. Nasobode me parece idôneo. É surdo-mudo de nascença."

Capítulo 20

Como Nasobode por sinais
respondeu a Panurgo

Este capítulo lembra o debate com Taumasto em Pantagruel, *caps. 18 a 20.*

Em Agrippa, Da filosofia oculta, *2.16, o primeiro gesto de Nasobode de fato indicaria o número 30; o uso de pitagorismo para interpretação numérica como indicação de casamento também condiz com práticas da época; o mesmo vale para o número 5 como indicador de casamento (2.5). O seu último gesto antes de irritar Panurgo pela primeira vez parece retomar o jogo de "pula-pula-na-escaleta", citado em* Gargântua, *cap. 22. Cinais era uma aldeia próxima de La Devinière, e Mirebalais, atual Mirebeau, é um povoado na terra da família Rabelais: as duas já apareceram em* Gargântua.

A letra Tau, que é a última do alfabeto hebraico, na cabalística funcionaria como um símbolo místico por excelência e como proteção contra a ira. A doutrina de Terpsião aparece em Plutarco, Do gênio de Sócrates, *20.581b, e Cícero,* Da adivinhação, *2. Davo é um escravo típico de comédia romana, usado na* Andria *de Terêncio, cf. ainda Erasmo,* Adágios, *1.3.36,* Davus sum, non Oedipus. *Al katim designa o osso sacro. "Verdade com verdade harmoniza" é um axioma escolástico,* Omne uerum omni uero consonat.

Nasobode foi chamado e chegou no dia seguinte. Panurgo, na chegada, lhe deu um bezerro gordo, meio porco, duas pipas de vinho, uma saca de trigo e trinta francos em moeda miúda, depois o levou até Pantagruel e em presença dos cavalheiros da câmara fez o seguinte sinal: bocejou longamente e no bocejo fazia por fora da boca com o polegar da mão direita a figura da letra grega Tau, com várias repetições. Depois ergueu ao céu seus olhos e os virou na cabeça, que nem uma cabra abortando; nesse ínterim tossia e profundamente suspirava. Feito isso, mostrava a sua falta de braguilha, depois debaixo da camisa pegava seu punhal com todo o punho e o clicava melodicamente sobre as coxas; se inclinou dobrando o joelho esquerdo e parou com os dois braços cruzados no peito, um sobre o outro.

Terceiro livro

Nasobode, curioso, observava, depois ergueu a mão direita no ar e manteve fechados no punho todos os dedos, exceto o polegar e o indicador, dos quais juntou molemente as duas unhas. "Compreendo (disse Pantagruel) o que ele pretende com esse sinal. Denota casamento; além do número trinta, segundo a teoria pitagórica. Você vai se casar.

— Muito obrigado (disse Panurgo, se voltando para Nasobode), meu pequeno arquitriclino, meu comitre, meu carcereiro, meu arqueiro, meu capitão!"

Depois ergueu no ar a tal mão esquerda, estendendo os cinco dedos e afastando uns dos outros, tanto quanto podia afastar. "Aqui (disse Pantagruel) mais amplamente insinua por significação do número quinário que você vai se casar. E não só vão se noivar, desposar e casar, como vão se deitar juntos numa farra ininterrupta. Porque Pitágoras chama o número quinário de número nupcial, núpcias e casamento consumado, por isso ele é composto da tríade, que é o primeiro número ímpar e supérfluo, e da díade, que é o primeiro número par, que nem macho e fêmea acasalados. De fato, na velha Roma, no dia das bodas eles acendiam cinco tochas de cera e não era permitido acender mais no caso das bodas mais ricas, nem menos no caso das bodas dos pobres. Além disso, com a passagem do tempo, os pagãos suplicavam a cinco deuses, ou a um deus em cinco benefícios, para os que se casavam: Júpiter Nupcial, Juno Presidenta da festa, Vênus a Bela, Peitó, deusa da persuasão e da boa conversa, e Diana, para ajudar no trabalho de parto.

— Ah (bradou Panurgo), que nobre Nasobode! Quero dar para ele uma chácara perto de Cinais e um moinho de vento em Mirebelais." Feito isso, o mudo deu uma espirrada com toda a força que chacoalhou o corpo todo, virando para a esquerda.

"Boi do céu (disse Pantagruel), o que foi isso? Não é bom para você! Denota que o casamento será infausto e infeliz. Esse espirro, segundo a doutrina de Terpsião, é o demônio socrático que, quando se vira à direita, significa que podemos fazer o que decidimos com segurança e ousadia, para onde quisermos, porque a saída, avanço e chegada serão bons e felizes; à esquerda, é o contrário.

— Você (disse Panurgo) sempre leva as coisas pelo pior e sempre perturba, feito um outro Davo. Não acredito em nada disso. E só ouvi falar dos erros desse velho Terpsião avacalhado.

— No entanto (disse Pantagruel), Cícero fala sei lá o quê sobre ele no segundo livro *Da adivinhação*."

Depois se volta para Nasobode e faz o seguinte sinal. Virou as pálpebras dos olhos para cima, torcia as mandíbulas da direita para a sinistra, bo-

tou metade da língua para fora. Feito isso, pousou a mão esquerda aberta, menos o dedo médio, que manteve perpendicularmente sobre a palma e assim o pousou no lugar da braguilha; a direita ficou fechada em punho, fora o polegar, que esticou por trás do sovaco direito e o pousou por cima da bunda no lugar que os árabes chamam de *al katim*. De supetão mudou, e deixou a mão direita no formato da sinistra e a pousou no lugar da braguilha, e fez a esquerda no formato da direita e a pousou no *al katim*. Essa troca de mãos repetiu nove vezes. Na nona, voltou com as pálpebras dos olhos à posição normal, o mesmo fez com as mandíbulas e a língua, depois zarolhou Nasobode, balangando os lábios, que nem macacos à toa e que nem coelhos comendo feixes de aveia.

Então Nasobode ergueu no ar a mão direita escancarada, depois meteu o polegar na primeira articulação entre a terceira junta do dedo médio anelar, fechando bem forte em cima do polegar, o resto das juntas seguindo em direção ao punho e esticando bem os dedos indicador e mindinho. A mão

Terceiro livro

assim composta ele pousou no umbigo de Panurgo movendo sem parar o tal polegar e apoiando a mãos sobre os dedos mindinho e indicador, que nem em duas pernas. Assim subia com a mão sucessivamente através da barriga, do estômago, do peito e do pescoço de Panurgo, depois foi até o queixo e dentro da boca meteu o tal polegar chacoalhando, depois esfregou o nariz e subindo até os olhos fingia furá-los com o polegar. Aí Panurgo se emputeceu e já tentava se desfazer e sair de perto do mudo. Porém Nasobode continuava a tocá-lo com o tal polegar chacoalhando ora nos olhos, ora na fronte e na aba do chapéu. Por fim, Panurgo berrou dizendo: "Pelo amor de Deus, mestre doido, você vai tomar uma coça se não me largar; e se me encher mais o saco, vai ganhar da minha mão uma máscara nessa sua cara de arrombado!

— Ele é (disse frei João) surdo. Não entende o que você está dizendo, cabrón. Faça o sinal de que vai dar uns sopapos nessa fuça.

— Que diabos (disse Panurgo) pretende esse mestre Sabichão? Quase que me fez um olho pochê com manteiga preta! Meu Deus, *da iurandi*, eu vou fazer um festim de Narebes, lardeado com duplos petelecos!" Depois saiu soltando uma peidarada. O mudo, ao ver Panurgo recuar, avançou e o parou à força e lhe fez o seguinte sinal: baixou o braço direito até o joelho tanto quanto dava para esticar, cerrando todos os dedos em punho e passando o polegar entre os dedos médio e indicador; depois com a mão esquerda esfregava a parte de cima do cotovelo do braço direito e pouco a pouco nessa esfregação levantava no ar a mão até o cotovelo e mais acima, num supetão a baixava como antes, depois entre intervalos relevantava e rebaixava e a mostrava para Panurgo.

Panurgo emputecido levantou o punho para bater no mudo, mas, como reverenciava a presença de Pantagruel, se conteve. Então disse Pantagruel: "Se os sinais o emputecem, como hão de emputecer os significados! Verdade com verdade harmoniza. O mudo pretende e denota que você estará casado, corneado, espancado e afanado.

— O casamento (disse Panurgo) eu aceito, renego o resto. E peço que me faça o favor de acreditar quando digo que jamais um homem teve com mulher ou cavalo uma alegria igual à que me foi predestinada."

Capítulo 21

Como Panurgo pediu conselho
de um velho poeta francês
chamado Pombichano

A proposta de Pantagruel neste capítulo certamente era levada a sério por Rabelais e muitos outros de seu tempo: a suposta vidência dos poetas moribundos está em Platão, Fédon, *85a-b; e a comparação da alma com a visão de viajantes vem de Plutarco,* Do gênio de Sócrates. *Pombichano é tradução para o nome quase transparente Raminagrobis (entendo aqui a mistura de* ramier, *"pombo" e* grobis, *"gato gordo") que denota o hipócrita (coisa que não se confirmará); os comentadores veem aqui a possibilidade de uma máscara para algum poeta da época, tal como Guillaume Crétin (c. 1460-1525), que fazia parte da escola dos* Grands Rhétoriqueurs, *pois o rondó de Pombichano é originalmente uma resposta de Crétin (apesar de publicado de modo anônimo) a um amigo que o consultava sobre casamento, com pequenas alterações feitas por Rabelais; outro candidato é Jean Lemaire de Belges, já que seu nome quase aparece na aldeia de Ville-au-Maire, na região de Indre-et-Loire. Por fim, a reclamação de Pombichano funciona como um ataque aos monges e se relaciona com o diálogo* Funus *de Erasmo, como veremos no próximo capítulo.*

"Mover todas as pedras" é tirado de Erasmo, Adágios, *1.4.30,* Omnem mouere lapidem, *e o canto do cisne vem de 1.2.55,* Cygnea cantio. *O trecho de Aristófanes é tirado de* Cavaleiros, *61, e significa "o velho posa de sibila". A lista citada por Pantagruel reúne exemplos tirados da Bíblia (Gênesis, 27:39-40 e 49), da Ilíada, 16.850-4 e 10.355, da Hécuba de Eurípides, vv. 1.259 ss., de Cícero,* Da adivinhação, *1.30.64-5 e 1.23.47, de Virgílio,* Eneida, *10.739-41, para terminar com o exemplo recente de Guillaume du Bellay, finado patrono de Rabelais (que foi seu médico até a morte) e irmão de Jean du Bellay, que o nosso autor acompanhou nas viagens a Roma; Guillaume foi figura fundamental no ambiente militar e humanista da França; o climatério era considerado idade crítica, a cada sete anos, culminando nos 63 anos, mas Du Bellay morreu aos 52, perto de terminar o oitavo climatério.*

Gálica é tradução de Guorre, *nome da sífilis; usei uma forma feminina de "gálico", que tem o mesmo sentido, aproveitando a piada brasileira com o fato de que ela indica, preconceituosamente, a França como lugar de origem da doença, sempre atribuída a outros povos. Basoche pode designar um tribunal de justiça em Paris; nesse caso, Rabelais parece satirizar o grupo sugerindo que sejam sifilíticos, porém não há consenso dos comentadores. O fígado era a sede das paixões, segundo a medicina antiga. Para o pensamento da época, a safira era uma pedra capaz de dar ener-*

Terceiro livro

gia vital e força de verdade. Em Platão, Fédon, 118a, Sócrates, perto de morrer, lembrou que devia um galo branco ao deus Esculápio; alegoricamente a história foi interpretada como sinal de iluminação divina.

As últimas palavras de Pombichano têm forte tom bíblico e retomam trechos de Deuteronômio, 31:29, Mateus, 6:8, e Apocalipse, 17:14.

———

"Eu nunca achei (disse Pantagruel) que encontraria um homem tão turrão em suas preconcepções que nem você. No entanto, só para esclarecer a sua dúvida, creio que precisamos mover todas as pedras. Ouça a minha sugestão. Os cisnes, que são aves consagradas a Apolo, nunca cantam, a não ser quando se aproximam da morte, sobretudo no Meandro, rio da Frígia (digo isso porque escrevem Eliano e Alexandre de Mindos que em outros lugares viram muitos morrerem, mas nenhum cantar morrendo), de jeito que canto de cisne é presságio certo de sua morte próxima, e ele só morre se antes tiver cantado. Similarmente, os poetas, que estão sob proteção de Apolo, quando se aproximam da morte, soem virar profetas e cantam em apolínea inspiração, vaticinando coisas futuras.

E tem mais: várias vezes ouvi dizer que todo velho decrépito e perto do fim adivinha fácil os casos por vir. E me recordo que Aristófanes numa comédia chama os velhos de Sibilas, Ὁ δὲ γέρων σιβυλλιᾷ; pois, quando estamos num quebra-mar e de longe vemos os marinheiros e viajantes em seus barcos no alto-mar, podemos apenas observá-los em silêncio e rezar por um desembarque próspero, mas, quando se aproximam do cais, com palavras e gestos os saudamos e cumprimentamos por chegarem até nós num porto seguro; do mesmo modo os anjos, os heróis, os bons demônios (segundo a doutrina dos platônicos) vendo os humanos próximos da morte, como de um porto certíssimo e salutar, porto de remanso e tranquilidade, longe dos problemas e aflições terrenas, os saúdam, os consolam, falam com eles e logo começam a compartilhar a arte da adivinhação. Nem vou listar os exemplos antigos, de Isaac, de Jacó, de Pátroclo para Heitor, de Heitor para Aquiles, de Polimnestor para Agamêmnon e Hécuba, daquele ródio celebrado por Posidônio, do indiano Calano para Alexandre, o Grande, de Orodes para Mezêncio, e outros mais: vou apenas lembrar o culto e valoroso cavaleiro Guillaume du Bellay, antigo senhor de Langey, que no monte de Tarare faleceu no dia 10 de janeiro, no ano de seu climatério e no ano de nosso cômputo em 1543, em conta romana. Três ou quatro horas antes de falecer ele empregou palavras vigorosas, senso tranquilo e sereno, predizendo coisas

que em parte depois vimos e em parte ainda esperamos suceder. Muito embora nos parecessem essas profecias um tanto absurdas e bizarras, por não percebermos nenhuma causa ou sinal presente do prognóstico do que ele predizia. Nós temos aqui, perto de Ville-au-Maire, um homem não só velho como também poeta, é Pombichano, que no segundo casamento desposou a grande Gálica, donde nasceu a linda Basoche. Ouvi que ele está capitulando, nos instantes derradeiros. Siga até ele e escute o canto. Pode ser que dele você terá o que procura, e por meio dele Apolo resolverá a sua dúvida.

— Eu topo (respondeu Panurgo). Bora, Epistemão, num pulinho, por medo de que a morte chegue antes! Quer vir, frei João?

— Eu topo (respondeu frei João) com tudo, só por causa do meu amor por você, meu colhãozinho. Porque eu amo você do fundo do meu fígado!"

Na hora pegaram a estrada e, ao chegarem ao lar poético, encontraram o bom velhinho agonizando, com vulto alegre, cara aberta e olhar luminoso. Panurgo, ao cumprimentá-lo, meteu no anular da mão esquerda como um puro dom um anel de ouro que tinha no gastão uma safira oriental linda e imensa; depois, imitando Sócrates, ofereceu um lindo galo branco, que de pronto pousou na cama com a cabeça erguida e todo todo sacudiu as penas, depois cantou bem alto. Feito isso, Panurgo pediu gentilmente para que dissesse e expusesse seu julgamento sobre a dúvida do casamento pretendido. O bom velhinho mandou trazerem tinta, pena e papel. Tudo se aportou prontamente. Então escreveu o seguinte:

> Case, não case neste paço.
> Porque, se casa, está bem-feito.
> E se não casa, com efeito,
> Não vai sair do bom compasso.

Terceiro livro

Galope, mas segure o passo.
Recue pra avançar perfeito.
    Case, não case...

Jejue, coma em duplo espaço.
Desfaça o que estiver refeito.
Refaça o que estiver desfeito.
Deseje-a vida e mal trespasso.
    Case, não case...

Prenez la, ne la prenez pas.
Si vous la prenez, c'est bien faict.
Si ne la prenez en effect,
Ce sera oeuvré par compas.

Gualloppez, mais allez le pas.
Recullez, entrez y de faict.
    Prenez la, ne.

Jeusnez, prenez double repas.
Defaictez ce qu'estoit refaict.
Refaictez ce qu'estoit defaict.
Soubhaytez luy vie et trespas.
    Prenez la, ne.

Depois entregou em mãos e disse: "Podem ir, crianças, com a guarda do grande Deus do céu, e não me apoquentem mais com este ou qualquer outro assunto. Hoje, o último dia de maio e de mim, com grande cansaço e dificuldade escorracei da minha casa uma pá de vilões imundos e bichos pestilentos, pretos, sarapintados, fulvos, brancos, cinza, coloridos, que me não deixam morrer em paz, e com pérfidas picadas, hárpicas pegadas, véspicos importunos; todos, forjados na oficina de nem sei qual insaciabilidade, me arrancavam do doce pensamento em que eu resfolegava, contemplando e vendo e quase tocando e degustando aquele bem e felicidade que o bom Deus preparou aos seus fiéis e eleitos na outra vida e estado de imortalidade. E desviai-vos do caminho deles; não vos assemelheis, pois, a eles; mais não me molesteis, só me deixai quieto: eu suplico."

124   François Rabelais

Capítulo 22

Como Panurgo patrocina
a Ordem dos Frades Mendicantes

Como lembra Screech, este capítulo certamente provocaria a ira de muitos censores, por seu tom erasmiano e luterano, enquanto Panurgo encarna a figura do supersticioso e, com um linguajar empolado, se torna um pastiche da estética oratória dominicana.

A palavra "ergotado", no original ergoté, *designa alguém cheio de ergo, em latim "portanto". Ictiofagia ("comer peixes", em grego) é o nome de um diálogo de Erasmo. "Pathelinesco" remete à* Farsa do mestre Pathelin, *pois o personagem principal fala de modo confuso para enganar. A história de Tirésias é tirada de Ovídio,* Metamorfoses, *3.316-38; nela, Júpiter e Juno discutem quem teria maior prazer, os homens ou as mulheres, e Tirésias, que tinha sido homem e mulher resolve a questão afirmando que as mulheres têm maior prazer, contrariando a afirmação de Juno. Demogorgon (pai dos demônios nos mistérios medievais), depois se alterou para Demiurgo, em referência ao demiurgo clássico; a sua frase é tradução de Horácio,* Sátiras, *2.59, e tema de Erasmo,* Adágios, *3.3.35,* Signum bonum aut malum.

A referência ao reloginho é provável alusão ao fato de que Clavel, um relojoeiro huguenote, foi queimado em La Rochelle junto com seu relógio, no começo da Reforma.

Os dois usos de "asna" no lugar de "alma" buscam recriar o que entendo ser uma falsa gralha de Rabelais na primeira edição, quando grafava asne *("asno") em lugar de* âme *("alma"), um trocadilho razoavelmente batido na época; o autor mudou a solução nas edições posteriores e argumenta na abertura do Quarto livro que seria apenas culpa do editor; porém, tal como Screech, acho que vale a pena manter essa piada na tradução, e não apenas comentá-la em nota como Oliver.*

———

Saindo do quarto de Pombichano, Panurgo meio que apavorado disse: "Por Deus, estou achando que ele é herege, ou então me entrego ao diabo! Ele faz maledicência dos bons pais mendicantes franciscanos e dominicanos, que são os dois hemisférios da cristandade, por cuja girognomônica circumbilicovaginação, como que por dois filopêndulos celívagos, todo o antono-

Terceiro livro

mástico matainvencionismo da igreja romana, quando se sente embaralhivezado por alguma algaravia de erro ou heresia, homocentricamente tremelica. Mas por todos os diabos: o que foi que lhe fizeram aqueles pobres-diabos dos capuchinhos e mínimos? Já não penam demais esses pobres-diabos? Já não são por demais defumados e perfumados com miséria e sofrência os pobres coitados emigrados da Ictiofagia? Frei João, seja sincero, ele está em estado de salvação? Vai partir, por Deus condenado que nem uma cobra com trinta mil sacas de diabos. Fazer maledicência dos bons e valorosos pilares da igreja? Vocês chamam isso de furor poético? Não posso me contentar com isso: ele peca vilmente, ele blasfema contra a religião. Estou completamente escandalizado!

— Eu (disse frei João) estou pouco me lixando. Eles fazem maledicência do mundo inteiro, se o mundo inteiro fizer maledicência deles, não me afeta em nada. Vamos ver o que ele escreveu."

Panurgo leu atentamente a escritura do bom velhinho e depois disse: "Está delirando, esse pobre manguaceiro. Mas vou perdoar. Acho que está perto do fim. Bora fazer um epitáfio. Pela resposta dele, eu sou tão sábio que até hoje não se assou um pão desses. Prestenção, Epistemão, mermão. Não acha que ele foi bem resolvido nas respostas? Juro por Deus, ele é um sofista arguto, ergotado e nato. Aposto que é marrano! Santa pança! Como ele evita o equívoco em suas palavras. Só responde por disjuntivas. Não pode dizer nada senão a verdade. Porque para a verdade delas basta meia verdade. Ah, que pathelinesco! Por Santo Iago de Bressuire, ainda existe essa raça?

— Assim (respondeu Epistemão) protestava Tirésias, o grande vaticinador, no começo de todas as suas adivinhações, falando claramente a todos que pediam conselho: 'O que direi acontecerá, ou não acontecerá'. É o estilo dos prudentes prognosticadores.

— Entretanto (disse Panurgo), Juno furou os dois olhos dele.

François Rabelais

— Certo (respondeu Panurgo), mas por despeito, porque ele tinha sentenciado melhor que ela sobre a dúvida proposta por Júpiter.

— Porém (disse Panurgo) que diabo arrebata esse mestre Pombichano, para assim sem razão, sem motivo, sem ensejo, fazer maledicências contra os pobres beatos pais dominicanos, menores e mínimos? Estou de todo escandalizado, eu juro, e não posso me calar. Ele pecou gravemente. Sua asna se vai com trinta mil cestinhos de diabos.

— Não estou entendendo nada (respondeu Epistemão). Você é que me escandaliza completamente, interpretando perversamente serem os frades mendicantes aqueles que o bom poeta chamou de bichos pretos, fulvos etcétera. Ele não pretendia (a meu ver) essa sofística e fantástica alegoria. Fala apenas e literalmente de pulgas, percevejos, ácaros, mutucas, mosquitos e outros bichos assim, que são uns pretos, outros fulvos, outros cinza, outros morenos e trigueiros, todos importunos, tirânicos e molestos, não só para os doentes, mas também para as pessoas saudáveis e vigorosas. Talvez ele tenha ascárides, lombrigas e vermes no corpo. Talvez sofra (como no Egito, em lugares confins ao mar Eritreu, coisa comum e costumeira) nos braços e nas pernas alguma picada de filárias mosqueadas, que os árabes chamam de *meden*. Você erra rude ao explicar de outro jeito as palavras dele! E faz injustiça ao bom poeta por calúnia e aos tais frades por imputar tal ofensa. É preciso sempre interpretar para o melhor o seu próximo.

— Me ensine (disse Panurgo) como reconhecer moscas no leite. Juro por Deus que ele é herege! Eu estou dizendo um herege profissa, herege sarnento, herege queimável, que nem um lindo reloginho. Sua asna se vai com trinta mil carretas de diabos. Sabe aonde? Beudo Céu! Meu amigo, vai direito para debaixo do vaso portátil de Prosérpina, dentro da própria privada infernal em que ela cumpre a obra fecal dos seus clisteres, à esquerda do grande caldeirão, a três toesas das garras de Lúcifer, no rumo da câmara negra do Demiurgo. Ah, que canalha!"

Capítulo 23

Como Panurgo discursou
para voltar até Pombichano

Panurgo continua com suas falas de pendor ao conservadorismo da igreja, com suas superstições criticadas pelo evangelismo, servindo assim para Rabelais fazer sua sátira contra as práticas católicas da penitência, pois para Lutero a penitência vem da graça divina, e não da contrição apenas; porém a malandragem de Panurgo continua, já que, ao pedir a cruz de frei João, ele na verdade fala de moedas que tinham uma cruz acunhada.

A história da esposa do preboste de Orléans é real: em 1534 os frades franciscanos esconderam por baixo do altar um noviço que fingia ser o fantasma da falecida esposa, para extorqui-lo; porém o truque foi revelado e se tornou um escândalo. Besouros é provável tradução para burgotz, *que compararia o canto dos monges ao zumbido. João Dodino traduz Jan Dodin e Adão Baga traduz Adam Couscoil, dois nomes inventados, por Rabelais, porém com figuras retiradas de uma anedota contada por Nicolas Barthélemy de Loches em* Epigrammata et eidyllia *(Epigramas e idílios); Couldray era um castelo perto de Seuilly, nesse caminho ficava o vau de Vède, que aparece já em* Gargântua, cap. 4; em *Mirebeau, perto de Poitou, havia um mosteiro franciscano; a representação de São Cristóvão muitas vezes o mostra levando Cristo nos ombros. A referência a Eneias está em* Eneida, 2, *quando carrega o pai nos ombros, e ao livro 6, quando desce ao mundo dos mortos (Aue maris stella significa "Ave, estrela do mar", é um hino dedicado a Santa Maria, portanto impossível que tenha sido cantado por Eneias).*

O Salmo 51, na Vulgata, *começa com* Miserere *e termina com* vitulos; *no tempo de Rabelais, era recitado durante a flagelação de penitência. O mar onde morreu Ícaro, no mito, passou a ser chamado de mar Icário, o mar onde morreria João do Picadinho seria, portanto, o mar Picadinário, cf. Luciano,* Icaromenipo, 3. *As águias de fato lançam tartarugas contra rochas para quebrar o casco, e dizem que Ésquilo teria morrido porque uma águia confundiu sua cabeça calva com uma rocha, lançando sobre ele uma tartaruga.*

O Doutor Sutil é Duns Escoto, e Toledo era considerado um centro de estudos sobre magia. Picatrix é o nome de um tratado de magia simpática e astral, datado provavelmente do séc. XII e escrito em árabe com preceitos que dialogam com as teorias herméticas; sua tradução latina é uma versão abreviada e teve grande circulação na Europa. Pai-em-diabo é piada com a expressão "pai-em-Deus" que designava os doutores em teologia. Psello, no fim de Dos demônios, *fala do suposto medo que os diabos teriam de espadas; Gian Giacomo Trivulzio (c. 1440-1518) era um aristocrata e* condottiero *italiano de Milão; Chastres é a atual Arpajon. Na época de Rabelais, muitos ainda acreditavam na existência física de um paraíso terrestre protegido por querubins com espadas em chamas, como aparece em* Gênesis, 3:24. *O grito de Ares/Marte ferido é narrado em* Ilíada, 5.855-61.

O trocadilho entre asna e alma continua neste capítulo, na primeira edição do livro.

———

"Vamos voltar (disse Panurgo) para avisá-lo sobre a sua salvação. Bora em nome e pela força de Deus! Vai ser uma obra de caridade da nossa parte; se ele vai perder o corpo e a vida, que pelo menos não dane a asna! Nós vamos convencê-lo à contrição do pecado, a pedir perdão àqueles tão beatos pais, tanto ausentes quanto presentes. E vamos agir para que, depois da partida, eles não o declarem herege e condenado, como fizeram os duendes capuchinhos com a mulher do preboste de Orléans; e para que ele compense o ultraje, encarregando todos os conventos desta província de uma baita esmola, baitas missas, baitas óbitos e aniversários aos bons pais religiosos. E que no dia do falecimento dele sempiternamente eles todos ganhem uma quíntupla raça, e que a grande pipa cheia do melhor trote de ponta a ponta sobre as mesas, tanto dos besouros, laicos e regalões, quanto dos padres e clérigos, tanto dos noviços, quanto dos professos. Assim poderá ter de Deus perdão.

Ah, ah, me enganei, me perdi no discurso. Que o diabo me carregue, se eu voltar lá! Por Deus, o quarto já está cheio de diabos. Já dá para ouvi-los pelejando e se estrebuchando que nem diabos, para ver quem sorverá a asna pombichânica e quem será o primeiro de espeto na boca a levá-la até sir Lúcifer. Chispem daí! Não volto nem a pau! Que o diabo me carregue, se eu voltar lá! Vai que eles usam de um quiproquó e, em vez de Pombichano, carregam o pobre Panurgo quite? Eles falharam tantas vezes quando eu estava falido e endividado. Chispem daí! Não volto nem a pau! Morro de medo, pelo amor de Deus! Me encontrar entre diabos esfomeados? entre diabos insurgentes? entre diabos negociantes? Chispem daí! Aposto que, na dúvida, não virá assistir ao seu enterro nem dominicano, franciscano, carmelita, capuchinho, teatino ou mínimo. Sábios eles! Também não deixou nada para eles no testamento. O diabo me carregue, se eu voltar lá! Se foi condenado, que se dane! Por que foi fazer maledicência dos bons pais da religião? Por que os escorraçou do quarto na hora que mais precisava de sua ajuda, de suas devotas preces, de suas santas admoestações? Por que no testamento não concedeu ao menos umas esmolas, uma boia, uma patuscada aos pobres coitados que nada têm além da vida neste mundo? Quem quiser ir, que vá! O diabo me carregue, seu eu voltar lá! Se eu for lá, o diabo me carrega. Cacete! Chispem daí!

Frei João, quer que agora trinta mil carretas de diabos o carreguem? Faça três coisas. Me entregue a sua bolsa. Porque a cruz é contrária ao feitiço. E vai lhe acontecer o que jamais aconteceu a João Dodino, o coletor de Le Couldray no vau de Vède, quando os soldados romperam as pranchas. O trouxa, quando encontrou no rio o irmão Adão Baga, franciscano observantino de Mirebeau, lhe prometeu um hábito, com a condição de que ele o atravessasse pela água que nem uma cabra morta nos ombros. Era um desbragado! Fizeram o pacto. Irmão Baga se jogou até os bagos na água e levou no dorso, feito um pequenino de São Cristóvão, o tal Dodino suplicante. Assim o carregou alegremente, que nem Eneias carregou seu pai Anquises para longe do incêndio de Troia, cantando um belo *Aue maris stella*. Quando chegaram na parte mais funda do vau, por sobre a roda do moinho, ele perguntou se não estava trazendo dinheiro. Dodino respondeu que tinha uma algibeira cheia, que não precisava desconfiar da promessa feita sobre um hábito novo. 'Mas como (disse irmão Baga)? Você está cansado de saber que, por capítulo expresso da nossa regra, nós somos rigorosamente proibidos de carregar dinheiro. Infeliz de você que fez pecar neste ponto! Por que não deixou a bolsa com o moleiro? Será sem falta punido. E se um dia eu botar as mãos em você no nosso capítulo em Mirebeau, vai receber do *Miserere* até o *vitulos*.' Num supetão se desfaz e joga o Dodino no meio da água de ponta-cabeça. Com esse exemplo, meu doce amigo frei João, para que todos os diabos possam carregá-lo mais de boas, me passe a sua bolsa, e não carregue uma cruz. O risco é evidente. Trazendo grana, levando a cruz, eles vão jogar você nalgum rochedo, que nem as águias jogam as tartarugas para quebrá-las, segundo o testemunho da cabeça careca do poeta Ésquilo. E você se daria muito mal, meu camarada. Eu ficaria arrasado. Ou o deixariam cair num mar qualquer, nem sei onde, longe pacas, que nem caiu Ícaro. E depois o lugar seria conhecido como mar Picadinário. Em segundo lugar: fique quite. Porque os diabos preferem muito mais os quites. Eu é que sei por experiência própria! Aqueles salafrários não param de me atazanar e me cortejar! O que nunca faziam quando eu estava falido e endividado. A alma de um homem endividado é sempre héctica e descraseada. Não serve de alimento aos diabos. Em terceiro lugar: com essa sua indumentária e capuz de bichano volte a Pombichano. Se trinta mil bateladas de diabos não o carregarem assim aprumado, eu banco o goró e a lenha. E se, para maior segurança, qui-

ser companhia, não vá me procurar, nananinanão! Estou avisando. Chispem daí! Não volto nem a pau! Que o diabo me carregue, se eu voltar lá!

— Eu não me preocuparia (disse frei João) tanto assim, se tiver o meu bracamarte em mão.

— Sacou tudo (disse Panurgo) e fala como o Doutor Sutil neste presunto. Na época em que eu estudava na escola de Toledo, o reverendo pai-em--diabo Picatrix, reitor da Faculdade de Diabologia, nos dizia que por natureza os diabos temiam o esplendor das espadas, tanto quanto a luz do sol. De fato, Hércules, quando desceu ao inferno até todos os diabos, com sua pele de leão e sua maça, não deu neles o cagaço que depois daria Eneias coberto com arnês esplendoroso e munido de seu bracamarte bem polido e desenferrujado com a ajuda e o conselho da Sibila de Cumas. Era (talvez) por causa disso que o senhor Gian Giacomo Trivulzio, ao morrer em Chastres, pediu por sua espada e morreu com espada nua em punho, esgrimindo em volta da cama, feito um valente e cavalheiresco, com essa esgrima afugentando todos os diabos que o espreitavam na passagem da morte. Quando perguntamos aos massoretas e cabalistas por que os diabos nunca entram no paraíso terrestre, eles justificam apenas que junto à porta fica um querubim

Terceiro livro

com uma espada flamejante na mão. Pois, para falar na verdadeira diabologia de Toledo, confesso que todos os diabos realmente não podem por golpe de espada morrer, mas defendo segundo a mesma diabologia que podem sofrer uma solução de continuidade. Como se você cortasse de banda com o bracamarte uma chama de fogo ardente, ou uma densa e turva fumaça. E gritam que nem uns diabos com esse sentimento de solução, que dói como o diabo!

Quando você vê o conflito de dois exércitos, seu colhudo, pensa que uma barulhada horrível dessas, que a gente ouve de longe, vem das vozes humanas? do choque dos arneses? do baque de bardas? do tranco das maças? do golpe de picas, da quebra de lanças, dos gritos dos feridos? do som dos tambores e trombetas? do relincho dos cavalos? do estrondo de escopetas e canhões? Tem coisa aí, com certeza, devo confessar. Mas o grande ruído e fragor principal provêm do estrépito e escarcéu dos diabos, que quando ali espreitam embaralhados às pobres almas dos lesados tomam golpes de espada inesperados e sofrem a solução na continuidade de suas substâncias aéreas e invisíveis; é como se num lacaio mastigando toicinho do espeto o chef Lambão desse um golpe de bastão bem nos dedos. Depois berram e uivam feito diabos; feito Marte, quando ferido por Diomedes diante de Troia, diz Homero que ele gritou no tom mais alto e no mais espantoso susto do que dez mil homens juntos. Mas o quê? Estamos falando de arneses polidos e de espadas esplendorosas. Não é assim o seu bracamarte. Porque, por ócio de ofício e falta de uso, juro que está mais enferrujado que o trinco de uma salga velha. Por isso, das duas uma: ou você desenferruja para deixar no ponto, ou o deixa assim enferrujado e cuida de não voltar ao lar de Pombichano. Da minha parte, não volto nem a pau! Que o diabo me carregue, se eu voltar lá."

François Rabelais

Capítulo 24

Como Panurgo pede conselho a Epistemão

Epistemão considera que Panurgo já beira a loucura, por isso sugere um tratamento com heléboro, planta usada como remédio para doenças mentais desde a Antiguidade, cf. Erasmo, Adágios, 1.8.51, Bibe elleborum (mais adiante, "Mudo que nem peixe" é tirado de 1.5.29, Magis mutus quam pisces); essa prática é ligada à teoria dos quatro humores, daí a imagem de um "humor que peca", ou seja, que não está adequado, gerando assim uma doença. A loucura é indicada também no chapéu verde e amarelo com orelha de lebres, tipicamente usado pelos bobos da corte e pelos loucos.

São Francisco, o Jovem, é São Francisco de Paula (1416-1507), fundador da Ordem dos Mínimos, que Panurgo chama de "homens bons"; ele morreu em Plessis-les-Tours. A batalha da Tireia é narrada por Heródoto, Histórias, 1.82. Miguel de Oriz foi um cavaleiro de Aragão que em 1400 jurou só usar um fragmento das grevas até que um combatente inglês o enfrentasse; Epistemão critica a técnica narrativa do cronista francês Enguerrand de Monstrelet (c. 1400-1453) na sua continuação das Crônicas, de Froissart, usando por contraponto sua maior influência, a obra de Luciano de Samósata, neste caso mais especificamente Como se deve escrever a história.

A história da montanha que termina por parir um rato é tirada de Horácio, Arte poética, 139, e retomada por Erasmo, Adágios, 1.9.14, Parturiunt montes, nascetur ridiculus mus. Júpiter Filio (mais precisamente o grego Zeus Filio) é o patrono da amizade. É bom lembrar também que Rabelais foi editor e tradutor dos Aforismos de Hipócrates, cujo primeiro aforismo pode ser assim traduzido: "A vida é curta; a arte é longa; a chance é rápida; a experiência é incerta; e a decisão é difícil" ('Ο βίος βραχὺς, ἡ δὲ τέχνη μακρὴ, ὁ δὲ καιρὸς ὀξὺς, ἡ δὲ πεῖρα σφαλερὴ, ἡ δὲ κρίσις χαλεπή). Lango era o nome moderno da ilha de Cós. O gênio, para o pensamento romano antigo, era o protetor de cada indivíduo e nascia junto com ele. Estangore é uma região fictícia da Grã-Bretanha, presente nas narrativas da Távola Redonda.

A questão oracular é certamente tirada de Plutarco, Da desaparição dos oráculos; a história de Lólia Paulina e Cláudio está em Tácito, Anais, 12.22; e o argumento de Panurgo sobre as ilhas Ogígias (que estariam a cinco dias a oeste da Inglaterra) é tirado de Plutarco, Sobre a face visível no orbe da Lua. Importante lembrar que a Sorbonne condenava a designação de Salvador a Deus, o que nos leva a ler Epistemão como um evangélico. São Paulo Eremita (227-342) era tido como fun-

Terceiro livro

133

dador do monaquismo no Oriente; Voragine, na Legenda áurea, *15, fala de corvos que o alimentavam. O bom pai é Saturno, pai de Júpiter e das Parcas.*

Ao deixarem Ville-au-Maire e voltarem até Pantagruel, no caminho, Panurgo virou para Epistemão e disse: "Compadre, meu velho, você está vendo a perplexidade do meu espírito. Conhece uma renca de bons remédios. Saberia como me ajudar?". Epistemão assumiu o assunto, mostrou a Panurgo como a voz pública estava toda entregue a zombarias contra suas roupas e o aconselhou a tomar um pouco de heléboro, para purgar esse humor que nele pecava e também retomar as vestes costumeiras. "Eu estou (disse Panurgo), Epistemão, compadre meu, animado para casar! Só que eu tenho medo de virar corno e infeliz no casamento. Por isso fiz um voto a São Francisco, o Jovem, que em Plessis-les-Tours é invocado por todas as mulheres com a maior devoção (pois que é o primeiro fundador dos homens bons, que elas por natureza procuram), de que eu usaria óculos no chapéu, sem usar braguilha ou calça, até conseguir para esta perplexidade do espírito uma clara resolução.

— Esse é (disse Epistemão) realmente uma beleza de voto. Fico pasmo que você não cai na real, nem recobra os sentidos desse descaminho destrambelhado de volta para sua tranquilidade natural. Ouvindo você falar, me faz lembrar do voto dos argivos de farta cabeleira, que depois de perderem a batalha contra os lacedemônios na disputa pela Tireia, fizeram o voto de não usar cabelos na cabeça até recuperarem a honra e a terra; também do voto do agradável espanhol Miguel de Oriz, que só usava uma lasca das grevas na perna. E não sei qual dos dois merecia e era mais digno de usar a chapeleira verde e amarela com orelhas de lebre, se aquele metido campeão, ou então Enguerrant, que disso fez um causo tão longo, intricado e chato, esquecendo a arte e o modo de escrever histórias, ensinados pelo filósofo de Samósata. Porque ao ler aquela longa narrativa, a gente pensa que deve ser o começo e ensejo de uma forte guerra, ou insigne mutação de reinos, mas no fim das contas a gente tira é sarro do abençoado campeão e do inglês que o desafiou e também de Enguerrant, o cronista, mais babado que um pote de mostarda. É um sarro que nem o da montanha de Horácio, que gemia e chorava imensamente, que nem mulher em trabalho de parto: aos choros e gemidos acorreu toda a vizinhança na esperança de ver um admirável e portentoso parto, mas no fim nasceu só um calunguinho de nada.

— Não é por isso (disse Panurgo) o sorriso que alongo. O manco zoa e não se manca. Então vou seguir o meu voto. Já faz um tempão que eu e você juramos lealdade e amizade; por Júpiter Filio, me diga o que você acha: devo ou não me casar?

— Na certa (disse Epistemão) é caso de acaso, eu me sinto muito inseguro para uma solução. E se um dia foi verdade na arte da medicina o dito do velho Hipócrates de Lango, DECISÃO DIFÍCIL, neste caso é a mais pura verdade. Guardo na mente alguns argumentos pelos quais poderíamos deslindar sua perplexidade. Mas eles não me deixam plenamente satisfeito. Alguns platônicos dizem que quem consegue ver seu próprio Gênio consegue ouvir seu destino. Eu não compreendo muito bem a disciplina deles, nem aconselho você a aderir. Tem erro a dar com pau. Eu tive a experiência com um nobre estudioso e curioso no país de Estangore. É o primeiro ponto. Mas tem outro. Se ainda reinassem os oráculos de Júpiter em Amon; de Apolo na Lebádia, Delfos, Delos, Cirra, Patara, Tégira, Preneste, Lícia, Colofão e na fonte Castália, perto de Antioquia, na Síria, entre os Brânquidas; de Baco em Dodona; de Mercúrio em Faros, perto de Patras; de Ápis no Egito; de Serápis em Canopo; de Fauno em Menália e Albuneia, perto de Tívoli; de Tirésias em Orcômeno; de Mopso na Cilícia; de Orfeu em Lesbos; de Trofônio na Leucádia; eu tenderia (talvez nem tenderia) a ir lá e ouvir o julgamento deles sobre o seu projeto. Mas você sabe que todos ficaram mais mudos que peixes, depois da vinda do Rei salvador, quando tiveram fim todos os oráculos e todas as profecias, que nem, com a chegada da luz clara do sol, desaparecem todos os trasgos, lâmias, lêmures, lobisomens, duendes e trevosos. E mesmo que ainda reinassem, eu não aconselharia muito a botar fé nas respostas deles. Um bocado de gente ali foi enganada. Além disso, eu me recordo que Agripina reprochou à bela Lólia por ter interrogado o oráculo de Apolo Clário para saber se haveria de se casar com o imperador Cláudio. Por esse motivo ela foi primeiro banida e depois ignominiosamente condenada à morte.

— Mas (disse Panurgo) vamos fazer melhor. As ilhas Ogígias não ficam longe do Porto Saint-Malo; simbora fazer uma viagem até lá depois de falar com nosso rei. Numa das quatro, que tem seu aspecto voltado para o sol poente, ali dizem — e li em bons e antigos autores — que moram vários adivinhos, vaticinadores e profetas; que lá Saturno está preso por lindas correntes de ouro, numa rocha de ouro, alimentado de ambrosia e néctar divino, que diariamente dos céus entregues em fartura por não sei que espécie de pássaros (talvez os mesmos corvos que alimentavam no deserto São Paulo, o primeiro eremita), e que prediz com clareza a qualquer um que queira ouvir sua sorte, seu destino e aquilo que deve acontecer. Porque as Parcas nada fiam, Júpiter nada projeta e nada delibera, que o bom pai adormecido já não saiba. Seria uma baita mão na roda se o ouvíssemos um pouco sobre esta minha perplexidade.

— É (respondeu Epistemão) uma impostura por demais evidente, e uma fábula por demais fabulosa. Não vou, não."

Capítulo 25

Como Panurgo se aconselha com Herr Trippa

Este capítulo hilário é considerado por E. M. Duval (em comentário de Huchon) o central do livro, por leitura concêntrica, fazendo com que a frase do oráculo de Delfos "Conhece-te a ti mesmo", também em Erasmo, Adágios, 1.6.95, seja o cerne da obra (uma piada maravilhosa se lembrarmos que é lembrada por Panurgo, o que menos parece conhecer a si mesmo); porém numericamente o centro estará no cap. 27 (tese defendida por G. Demerson). Ao mesmo tempo Herr Trippa é ligado a Heinrich Cornelius Agrippa de Nettesheim (1485-1535), médico alemão de Colônia, cabalista e alquimista, autor do famoso livro de magia natural, De occulta philosophia *(Da filosofia oculta), publicado em 1510 e várias vezes reeditado; um quarto livro espúrio da obra ensinava a invocar demônios, e sua fama fazia dele o mágico mais renomado da Renascença. Rabelais também faz referência a Jerônimo Cardano (1501-1576), intelectual italiano, futuro autor de* De sublitate *(Da sutileza) e* De sapientia *(Da sabedoria), de onde ele lista quase todos os métodos divinatórios que aparecem aqui; embora também tome empréstimos de Celio Calcagnini e Luigi Bigi Pittorio. Panurgo dá para Herr Trippa um manto com pele de lobo porque o lobo era animal consagrado a Apolo, deus grego dos oráculos. Engastrimita é outro termo para ventríloqua.*

Praticamente todas as "mancias" são autoexplicadas no texto, por isso deixo para o leitor o desafio. No entanto cabe explicar algumas. A metopomancia e a metoposcopia são a adivinhação através do rosto; "da mesma farinha" retoma Erasmo, Adágios, 3.5.44, Eiusdem farinae. Na leitura de mãos era importante o mons Jouis, o monte de Júpiter, que fica na base do indicador. Ermolao Barbaro (1454-1493) teria consultado uma bacia de água (lecanomancia) para resolver dificuldades da filosofia de Aristóteles. A queromancia (feita com porcos) pode ser invenção rabelaisiana, ou desleitura a partir de quiromancia (feita com a palma da mão). O imperador romano Heliogábalo, segundo relatos, mandava matar crianças para examinar as entranhas e fazer vaticínios. As letras gregas Θ.Ε.Ο.Δ. indicavam o nome de Teodósio, que viria de fato a suceder Valente em 379 d.C. Em Roma, quando frangos sagrados em cativeiro para vatícinio comiam o alimento, ou picavam com intensidade, era augúrio favorável chamado tripudium solistimum. *Ericto é uma feiticeira que faz uma invocação macabra em Lucano, Farsália, 5.747 ss. Ciomancia é a adivinhação por meio das sombras dos mortos. Os mercenários albaneses usavam chapéus cônicos, similares aos das nossas representações tradicionais dos bruxos e feiticeiros; também tinham fama de sodomitas. Pedra de hiena era uma pedra retirada dos olhos de uma hiena, que era usada por adivinhos da época.*

Terceiro livro

137

A imagem do porta-estandarte corno é tirada de uma canção popular da época. Marcial tem epigramas em que ataca um certo Olo (7.10). Iro é o mendigo da Odisseia, cf. Erasmo, Adágios, 16.76, Iro pauperior (o mesmo parágrafo aponta para vários outros trechos da obra, tais como 1.6.85, 1.6.88, 1.6.91). Πτωχαλάζων é tirado de Erasmo, Adágios, 1.6.85. Polypragmon vem do grego πολυπράγμων, com o sentido de "multitarefas", mas também "treteiro" por ser um curioso insuportável. Nicandro era um médico e poeta grego de Colofão. Quando Panurgo fala de nobres e pobres está se referindo às moedas chamadas "nobres" e inventando por oposição as moedas "pobres", que nunca existiram.

"Mas veja só (continuou Epistemão) o que você vai fazer antes de voltar ao nosso rei, se confiar em mim. Aqui, perto de L'Île-Bouchard mora Herr Trippa, e você sabe como, com as artes da astrologia, geomancia, quiromancia, metopomancia, e outras da mesma farinha, ele prediz todas as coisas futuras: vamos conversar sobre o seu problema com ele.

— Disso aí (respondeu Panurgo) eu não sei nada. Sei bem que um dia, quando ele falava com o grande rei sobre as coisas celestes e transcendentes, os lacaios da corte pelos degraus, entre as portas, encoxavam bonito a sua mulher, que era uma gostosa. E enquanto ele via as coisas etéreas e terrestres sem óculos, discorrendo sobre todos os casos passados e presentes, predizendo todo o porvir, só não via a bimbada da esposa, e nunca soube dessas novidades. Bom, bora lá, se assim você quer. Nunca é demais aprender."

No dia seguinte chegaram ao lar de Her Trippa. Panurgo lhe deu um manto de pele de lobo, uma grande espada bastarda toda dourada com bainha de veludo e cinquenta lindos angelotes, depois conversou intimamente sobre o seu problema. "Você tem a metaposcopia e a fisionomia de corno. Estou falando de corno desonrado e difamado." Depois, observando a mão direita de Panurgo em cada ponto, disse: "Essa linha falsa que eu vejo aqui por cima do *Mons Jouis* só pode aparecer em mão de corno". Depois com um estilete fez apressadamente um tanto de pontos diversos e os juntou com geomancia e disse: "A verdade não é mais verdadeira do que o fato de que você vai ser corno assim que se casar". Feito isso, perguntou a Panurgo o horóscopo de sua natividade. Panurgo lhe deu os dados, e ele preparou de pronto sua casa astral em cada parte e, observando a disposição e os aspectos em suas triplicidades, soltou um baita suspiro e disse: "Eu já tinha predito claramente que você seria corno, nisso você não falha: agora tenho toda certeza do mundo. E afirmo que será corno. Além disso, vai apanhar da mu-

lher e será por ela afanado. Porque vejo que a sétima casa está maligna em todos os aspectos e assaltada por todos os signos que trazem cornos, tal como Áries, Touro, Capricórnio etc. Na quarta vejo decadência de Júpiter em conjunção com o aspecto tetrágono de Saturno, associado a Mercúrio. Você está no sal, meu caro.

— Eu estou (respondeu Panurgo) nas suas fortes febres quartãs, seu velho doido besta mala! Quando todos os cornos se agruparem, você vai ser o porta-bandeira. Mas o que é esse ácaro entre os meus dedos?" Disse isso apontando para Herr Trippa os dois primeiros dedos abertos na forma de dois cornos e fechando em punho os outros. Depois disse a Epistemão: "Aqui está o verdadeiro Olo de Marcial. O que todo seu estudo dedicava a observar e compreender os males e misérias dos outros. Enquanto sua esposa caía na sacanagem. Já ele era mais coitado que Iro. Continuava impertinente e presunçoso, mais insuportável que dezessete diabos, em resumo, πτωχαλάζων, como bem chamam os antigos a essa corja de cretinos. Vambora! Vamos deixar aqui esse louco varrido, doido de pedra, pirar chapado com seus diabos mais chegados. Quero é ver se diabos servem a um cafajeste desses. Ele não sabe nem a primeira linha de filosofia, que é CONHECE-TE A TI MESMO. E tira onda quando vê um cisco no olho dos outros sem reparar no tronco que o cega nos dois olhos. É o *polypragmon* descrito por Plutarco. É outra Lâmia, que nas casas alheias, em público, em meio ao povão, tem visão mais penetrante que um lince, mas na própria casa é mais cega que uma toupeira, no lar não via nada. Porque ao voltar da rua para a vida privada, tirava da cabeça os olhos removíveis que nem óculos e os escondia num tamanco preso atrás da porta do lar". Diante dessas palavras, pegou Herr Tripa um ramo de tamargueira. "Pegou a boa (disse Epistemão). Nicandro a chama de adivinhadora.

— Quer (disse Herr Trippa) saber mais da verdade por meio da piromancia, da aeromancia celebrada por Aristófanes em suas *Nuvens*, da hidromancia, da lecanomancia outrora tão celebrada entre os assírios e provada por Ermolao Barbaro? Dentro de uma bacia cheia de água eu mostraria sua mulher futura furunfando com dois broncos.

— Quando (disse Panurgo) você enfiar esse nariz no meu cu, não se esqueça de tirar os óculos!

— Por meio da catopromancia (continuou Herr Trippa), com a qual Dídio Juliano, imperador de Roma, previa tudo que lhe devia acontecer, nem vai precisar de óculos. Você vai vê-la num espelho metendo tão claramente quanto se eu a mostrasse na fonte do templo de Minerva, perto de Patras. Da coscinomancia outrora tão religiosamente conservada nas cerimônias dos romanos; já temos peneira e pinças, você vai ver o diabo a quatro. Da alfitomancia, designada por Teócrito em sua *Pharmaceutria*; e da aleuroamancia, misturando trigo com farinha. Da astragalomancia; já tenho os dados prontinhos. Da tiromancia; tenho um queijo de Bréhémont no ponto. Da giromancia, vou fazê-lo girar círculos que, asseguro, vão cair todos à esquerda. Por esternomancia; juro que você tem um peito mais proporcionado. Da libanomancia; só falta um teco de incenso. Da gastromancia, que em Ferrara por muito tempo empregou a dama Jacoba Rodogina, engastrimita. Da cefalonomancia, que costumavam praticar os alemães, assando a cabeça de um jegue em brasa de carvão. Da ceromancia; com cera derretida em água você verá a figura da sua mulher e dos seus percussionistas. Da capnomancia; sobre brasas de carvão jogamos a semente de papoula e de gergelim: que coisa elegante! Da axinomancia; só precisa arranjar uma machadinha e de uma pedra de ágata, que vamos jogar na brasa. Ah, como Homero a usa bravamente contra os pretendentes de Penélope! Da onimancia; temos óleo e cera. Da teframancia; você vai ver as cinzas no ar figurando a sua mulher na beleza. Da botanomancia; tenho aqui umas folhas de sálvia no ponto. Da sicomancia; ah, arte divina em folha de figueira! Da ictiomancia outrora celebrada e praticada por Tirésias e Polidamante; tal como certamente outrora se fazia na fossa Dina, no bosque consagrado a Apolo, na terra dos lícios. Da queromancia; temos porcos pacas, você vai ficar com a bexiga. Da cleromancia, que nem se acha a fava no bolo, na véspera da Epifania. Da antropomancia, que praticava Heliogábalo, imperador de Roma: ela é um pouco chata; mas você consegue tolerar, porque está destinado a corno. Da esticomancia sibilina. Da onomatomancia. Qual é o seu nome?

(— Mascamerda, respondeu Panurgo.)

— ou então da alectriomancia. Vou fazer aqui um círculo elegante, que divido enquanto vejo você e observo vinte e quatro partes iguais. Em cada uma escreverei uma letra do alfabeto, em cada letra botarei um grão de trigo, depois deixarei um belo galo virgem de través. Vocês verão (eu garanto) que ele comerá os grãos das letras C.H.I.F.R.E.S. com a mesma força fatídica que, sob o imperador Valente, perplexo para saber o nome de seu sucessor, o galo vaticinador e alectriomante comeu as letras Θ.Ε.Ο.Δ. Quer saber pela arte do aruspício? do extispício? do augúrio tomado pelo voo dos pássaros? do canto dos óscines? dos patos em *tripudium solistimum*?

(— Do bostispício, respondeu Panurgo.)

— ou então da necromancia? Faço você num piscar de olhos ressuscitar alguém que acabou de morrer, que nem Apolônio de Tiana com Aquiles, que nem a pitonisa em presença de Saul, e ele nos dirá o total, nem mais nem

Terceiro livro

menos que, na invocação de Ericto, um defunto predisse a Pompeu todo o percurso e o resultado da batalha de Farsália. Ou, se tiver medo dos mortos, como é natural entre os cornos, posso fazer só a ciomancia.

— Seu (respondeu Panurgo) doido varrido, vá para o diabo, pegar na vara de algum albanês, assim poderá ganhar um chapéu pontudo! Por que diabos não me aconselhou também a botar uma esmeralda ou pedra de hiena debaixo da língua? ou a me encher de línguas de poupas e corações de rãs verdes? ou a comer coração e fígado de algum dragão, para com a voz e o canto dos cisnes e pássaros entender meu destino, que nem faziam outrora os árabes na Mesopotâmia? A trinta diabos seja o corno, chifrudo, marrano, bruxo do diabo, encantador do Anticristo! Vamos voltar ao nosso rei! Tenho certeza que contente ele não fica se descobrir que viemos aqui na toca desse diabo de saias. Me arrependi de vir aqui. Eu daria com gosto cem nobres e catorze pobres, com a condição de que aquele que outrora soprava no fundo da minha calça pudesse agora iluminar os seus bigodes! Deus Verdadeiro! como ele me perfumou de raiva e feitiçaria! Que o diabo o carregue! Digam *amen* e bora beber! Não caio na farra faz uns dois dias, não, quatro dias."

Capítulo 26

Como Panurgo se aconselha
com frei João do Picadinho

A interpelação de Panurgo, que ocupa mais de metade do capítulo, parece funcionar como uma paródia dos brasões poéticos, em que os poetas faziam longas trocas de louvores (a resposta virá no cap. 28). Um exemplo cômico da época é o "Blason du beau tetin" ("Brasão da bela teta") de Clément Marot; mas aqui é difícil compreender a que ela serve no restante da obra; talvez seja piada ainda com a teoria de Galeno sobre a primeira importância do esperma. Na edição de 1546, a lista estava em três colunas, porém na edição final de 1552 ela é organizada em duas colunas, e esta versão é a que sigo aqui (entendendo que a leitura é feita horizontalmente).

Huymes é uma localidade da região de Chinon. Coçar o lado esquerdo pode ser lido como mau presságio, cf. Erasmo, Adágios, 2.3.37. As expressões "de molinete" e "de gancho" designam dois tipo de bestas, com seus respectivos modos de armar. O termo "picardente" traduz picardent, um tipo de uva usada para fazer vinho branco, mas não pude perder o trocadilho com "pica ardente". Os guelfos eram uma importante facção política de Florença no séc. XII; seus membros eram favoráveis ao poder papal. Ursino é uma família importantíssima da Itália, desde a Idade Média. Já "bardável" diz respeito à barda, armadura de folhas de metal usadas por cavalos.

Crescite. Nos qui uiuimus. Multiplicamini é o texto em latim da Vulgata para "Crescei-vos e multiplicai-vos" em Gênesis, 1:22, com o acréscimo no meio de "nós que vivemos". Dum uenerit iudicare está na Vulgata em Salmos, 96:13, "quando vier a julgar", era usada em preces para enterros. O termo "metropolitano" designa o bispo responsável por mais de uma diocese e por outros bispos. O mito grego conta que Leandro era amante da jovem Hero, sacerdotisa de Vênus, e, para encontrá-la todas as noites, atravessava o estreito marítimo a nado; Marcial, Epigramas, 1.25, usa a história para fazer um micropoema, é desse epigrama que Rabelais apresenta uma tradução rimada. Os onocrótalos, para Rabelais, são os protonotários apostólicos, com fama de mulherengos. A letra Y indicava por vezes os atributos de Priapo, deus grego do falo e da fertilidade.

Terceiro livro

143

Panurgo estava chateado com as palavras de Herr Trippa e, depois de passar pelo burgo de Huymes, se dirigiu a frei João e lhe disse cabreiro enquanto coçava a orelha esquerda: "Me divirta um pouquinho, meu pandulho. Eu me sinto apalermado no espírito com as palavras desse doido endiabrado. Escute, meu colhão maroto.

Colhão coto.
c. calçado.
c. chumbado.
c. feltrado.
c. cinzelado.
c. de estuque.
c. com arabesco.
c. no espeto lebresco.
c. assegurado.
c. calandrado.
c. matizado.
c. martelado.
c. jurado.
c. granulado.
c. irritado.
c. encapuzado.
c. liripipiado.
c. envernizado.
c. de pau-brasil.
c. afinado.
c. de molinete.
c. de estoque.
c. reforçado.
c. ocupado.
c. fornido.
c. polido.
c. moído.
c. positivo.
c. genitivo.
c. gigantal.
c. oval.
c. claustral.
c. viril.

c. noto.
c. trançado.
c. leitado.
c. calafetado.
c. engastado.
c. com grotesco.
c. galvanizado.
c. antiquário.
c. garançado.
c. bordado.
c. estanhado.
c. lardeado.
c. burguês.
c. isca.
c. alcatroado.
c. apostado.
c. desejado.
c. de ébano.
c. de buxo.
c. latino.
c. de gancho.
c. desenfreado.
c. afetado.
c. compassado.
c. nutrido.
c. lutrido.
c. erguido.
c. gerundivo.
c. ativo.
c. vital.
c. magistral.
c. monacal.
c. sutil.

c. respeitável.

c. de estadia.

c. massivo.

c. manual.

c. absoluto.

c. membrudo.

c. gêmeo.

c. turquês.

c. brilhante.

c. estrilante.

c. urgente.

c. no ponto.

c. pronto.

c. afortunado.

c. cevado.

c. de alta-costura.

c. requisitado.

c. culante.

c. de lince.

c. Ursino.

c. de linhagem.

c. patronímico.

c. vespito.

c. de amálgama.

c. robusto.

c. de apetite.

c. ajudável.

c. perigável.

c. afável.

c. memorável.

c. palpável.

c. bardável.

c. trágico.

c. ultramarino.

c. digestivo.

c. encarnativo.

c. sigilativo.

c. corceante.

c. refeito.

c. reservável.

c. de audácia.

c. lascivo.

c. glutão.

c. resoluto.

c. pomudo.

c. cortês.

c. fecundo.

c. silvante.

c. pungente.

c. banal.

c. altivo.

c. impulsivo.

c. pesado.

c. normal.

c. requintado.

c. falante.

c. picardente.

c. Guelfo.

c. de triagem.

c. paragem.

c. bonito.

c. de alidade.

c. de álgebra.

c. venusto.

c. insuperável.

c. agradável.

c. espantável.

c. lucrável.

c. notável.

c. musculoso.

c. auxiliar.

c. satírico.

c. repercussivo.

c. convulsivo.

c. restaurativo.

c. masculinante.

c. asneante.

c. fulminante.

Terceiro livro

c. tonante.

c. martelante.

c. vibrante.

c. ressonante.

c. pimpante.

c. cretino.

c. supino.

c. esporeante.

c. abortado.

c. censurado.

c. peneirante.

c. cintilante.

c. arietante.

c. aromatizante.

c. diaspermizante.

c. roncante.

c. ferino.

c. sacolejante.

c. espicaçante.

c. escalpelado.

c. farfalhante.

c. cambalhoteante.

Colhão arcabuzante, colhão rebolante, frei João, meu amigo, eu tenho por você uma enorme reverência e estava reservando o melhor: peço, me diga o que acha. Devo ou não me casar?" Frei João respondeu com alegria de espírito, dizendo: "Case-se, pelos diabos, case-se e carrilhone duplos carrilhões de colhões! Falei e disse que deve ser o quanto antes possível. A partir de agora mande pregarem em bancas e camas. Meu Deus! até quando quer se poupar? Já não está cansado de saber que o fim do mundo está chegando? Estamos hoje dois alqueires e meia toesa mais perto do que estávamos ontem. O Anticristo já nasceu, pelo que me disseram. É verdade que por enquanto ele só pentelha a ama e as governantas, e ainda não mostra os tesouros. Porque ainda é pequeninho. *Crescite. Nos qui uiuimus. Multiplicamini.* Está escrito. É assunto de breviário. Enquanto o saco de trigo não vale três mirréis, e o tonel de vinho não vale seis tostões. Quer que a gente encontre você de bagos cheios no dia do Juízo? *Dum uenerit iudicare.*

— Você (disse Panurgo) tem um espírito muito límpido e sereno, frei João, metropolitano colhão, e fala com a maior pertinência! É o que Leandro de Ábidos, na Ásia, quando cruzava a nado o mar Helesponto para visitar sua amada Hero de Sesto, na Europa, suplicava a Netuno e a todos os deuses marinhos:

Se vou com vosso apoio em mar revolto,
Pouco importa afogar-me quando volto.

Si en allant je suys de vous choyé,
Peu au retour me chault d'estre noyé.

Ele não queria morrer de bago cheio. E tenho cá para mim que de hoje em diante em toda minha Salmingondin, quando desejarmos por justiça executar algum malfeitor, um ou dois dias antes vamos mandar ele trepar que nem um onocrótalo, até que em todos os seus vasos espermáticos não reste nem o que dê para um Y grego. Uma coisa preciosa dessas não pode ser perdida por besteira! Talvez possa engendrar um homem. E assim vai morrer sem arrependimento, deixando homem por homem."

Capítulo 27

Como frei João alegremente
aconselha Panurgo

Numericamente, este é o capítulo central do livro (cf. nota introdutória ao cap. 25 para o centro concêntrico) e muitos o consideram também como um eixo narrativo circular simétrico. É um momento raro de ataque rabelaisiano contra a nobreza, embora seja razoavelmente discreto e não tenha relevo no todo da discussão.

São Rigomer era venerado em Poitou e Touraine. A sentença "por falta de uso perdem-se todos os privilégios" era aplicada de fato no direito canônico, Ex desuetudine amittuntur priuilegia. *A história dos caldeirões de bronze no templo de Zeus/ Júpiter em Dodona aparece em Erasmo, Adágios, 1.1.7,* Dodonaeum aes; *segundo a história havia tantos caldeirões que só de tocar um todos eram tocados. Havia na época um ditado francês,* elles sont comme les cloches, on leur fait dire ce que l'on veut *("elas são como sinos, a gente as faz dizer o que quer ouvir") é o nosso equivalente a "cada um ouve o que quer ouvir". A expressão do muro de bronze é tirada de Horácio,* Epístolas, *1.1.60, mas vem diretamente de Erasmo,* Adágios, *2.10.25,* Murus ahenus. *Priapo, já sugerido no capítulo anterior, o deus grego do falo e da fertilidade, era protetor dos jardins. Messalina, mulher do imperador Cláudio, tinha fama de luxuriosa (cf. Plínio,* História natural, *10.63); porém até a época de Rabelais, nunca existiu uma marquesa de Winchester, talvez seja piada com o rumor de que o bispo de Winchester tinha bordéis em Londres.*

Salomão teria designado "boca da vulva" como uma das três coisas que nunca se fartam, Provérbios, *30:15-6, e falaria por experiência, pois diz-se que tinha cem esposas e trezentas concubinas; ideia similar aparece em Aristóteles,* Problemas, *4.4.27. O imperador Próculo teria violado cem cativas em menos de quinze dias; o Alcorão não fala da potência sexual de Maomé. O indiano é mencionado por Teofrasto em* História das plantas, *9.20, Plínio,* História natural, *26.63 e Ateneu,* Banquete dos sofistas, *1.32.*

Aquilo de Albenga é tradução da transparência cômica de Cotal d'Albingues, figura inventada. Castres é uma cidade de Tarn, onde havia um convento franciscano. Saint-Maixent era uma cidade em Deux-Sèvres, onde havia uma abadia beneditina. A história de Catão é contada por Valério Máximo, Ditos e feitos memoráveis, *2.5.8.*

"Por São Rigomer (disse frei João)! Panurgo, meu doce amigo, eu não aconselho o que eu não faria se estivesse no seu lugar. Tenha apenas cuidado e consideração para todos os dias concatenar e continuar as investidas. Se fizer uma intermissão, vai ficar perdido, coitadinho, e vai lhe acontecer o que acontece com as amas. Se elas largam de aleitar as crianças, perdem o leite. Se você não exercer continuamente a mêntula, ela perde o leite e não vai servir mais nem de mijadeira, e os bagos do mesmo jeito não vão mais servir de bornal. Por isso aviso, meu amigo. Vi isso acontecer com muitos que não puderam quando queriam, porque não fizeram quando podiam.

'Também por falta de uso perdem-se todos os privilégios', dizem os clérigos. Por isso, neném, mantenha esse baixo e miúdo populacho troglodita em labor eterno. Ordene que nunca vivam como nobres: de suas rendas, sem nada fazer.

— Por Zeus (respondeu Panurgo)! Frei João, colhão esquerdo de mim, eu acredito nisso. Você acertou em cheio! Sem enrolação nem firulas você me dissolveu todo o medo que podia me intimidar. Que assim os céus lhe concedam sempre jogar baixo e rijo! Então com suas palavras vou me casar. Sem falta! E quero ter sempre umas camareiras bonitas: quando vier me visitar, você será o protetor dessa sororidade. Aí está a primeira parte do sermão.

— Escute (disse frei João) o oráculo dos sinos de Varennes. O que estão dizendo?

— Estou ouvindo (respondeu Panurgo). O som deles, lavro e dou sede, é mais fatídico que os caldeirões de Júpiter em Dodona. Escute. Só casar, só casar, casar, casar. Se você casar, casar, casar, muito bem viverá, verá, verá. Casar, casar. Eu prometo que vou me casar: todos os elementos estão me convidando. Que esta palavra lhe sirva que nem muralha de bronze.

Quanto ao segundo ponto, você parece hesitar um tanto, até desafiar a Minha Paternidade, como se o rígido deus dos jardins não fosse muito favorável. Eu suplico que me faça o bem de acreditar que eu o tenho a meu comando, dócil, benévolo, atencioso, obediente em tudo e com tudo. Só falta soltar a coleira, digo a correia, e mostrar de perto a presa e dizer 'Dale, meu parça!'. E quando minha futura esposa estiver bem gulosa do prazer venéreo, que nem antes Messalina, ou a marquesa de Winchester, na Inglaterra, eu peço que você acredite que eu serei ainda mais farto em seu contentamento. Não ignoro o dito de Salomão, que falava que nem clérigo experiente e sábio, e depois dele Aristóteles declarou que as mulheres têm uma sede insaciável, mas quero que saibam por aí que eu tenho o mesmo calibre na ferramenta infatigável. Não me apresento agora como parágono daqueles safados fabulosos Hércules, César Próculo e Maomé, que pavoneia no *Alcorão* guardar seus genitais com a força de sessenta. Ele mentiu, cretino! Nem venha me apresentar o indiano celebérrimo por Teofrasto, Plínio e Ateneu, que com ajuda de uma certa erva num só dia dava sessenta e duas vezes e até mais. Não dou nenhuma trela. O número é suposto. E peço que não acredite nisso. Peço que acredite (e nem vai acreditar em coisa que não seja verdadeira) que o meu natural, o sacro Itifalo, o senhor Aquilo d'Albenga, é *il primo del mondo*. Escute só, meu baguinho. Você já viu o hábito do monge de Castres? Quando o colocavam numa casa qualquer, fosse descoberto ou escondido, logo por seu espantoso poder todos os moradores e habitantes do lugar entravam no cio: bichos e gentes, homens e mulheres, até mesmo ratos e gatos. Eu juro que na minha braguilha no passado conheci uma certa energia ainda mais anômala. Nem vou falar da casa ou da cabana, de sermão nem de mercado, mas da paixão que se encenava em Saint-Maixent; entrando um dia pelo parterre eu vi, graças ao poder e à oculta propriedade dela, que de supetão todos, tanto os atores quanto os espectadores, entraram numa tentação tão terrível, que não tinha anjo, homem, diabo ou diaba que não quisesse molhar o biscoito. O ponto abandonou seu posto, o que interpretava São Miguel desceu pelos cordames, os diabos saíram do inferno e levaram todas as pobres menininhas, até mesmo Lúcifer se desacorrentou. Em resumo, vendo o mafuá, desparterrei do lugar, seguindo o exemplo de Catão, o Censor, que, ao ver diante de si as festas da Florália em desbunde, largou mão de ser espectador."

Capítulo 28

Como frei João reconforta Panurgo
sobre a dúvida da chifrada

Aqui vemos a resposta de frei João ao brasão de Panurgo no cap. 26, agora numa versão em negativo, uma espécie de contrabrasão em geral trocando a potência do outro por doenças ou sequelas de enfermidades como gonorreia, sífilis, gangrena e atrofias senis. Assim, Panurgo vai caindo na figura do velho corno, típico das farsas. Ao longo da lista, frei João de fato repete as palavras vereux *e* apellant, *que verti por "bichoso" e "suplicante" e também repeti.*

Tigre e Eufrates são os dois maiores rios que delineiam a Mesopotâmia, na Ásia. As Montanhas da Lua ficam na nascente do Nilo, sempre cobertas de neve. Telema é a abadia dada por Pantagruel a frei João no final do Pantagruel. *Os Hiperbóreos eram montes míticos no extremo norte. Os Tópicos, além de aludirem à famosa obra de Aristóteles, designam os estudos dos lugares-comuns da retórica.*

A retrogradação dos planetas seria um movimento ao avesso, recuando nas órbitas; as inteligências motrizes são seres espirituais que guiam os corpos celestes e por vezes as vidas mortais; na tradição romana, as Parcas eram deusas tecelãs que fiavam o destino de cada indivíduo; no Renascimento elas são símbolos, dessa vez associadas à força dos astros: assim, ao poder contrariar três forças naturais, o desejo de Panurgo é portanto contra a própria natureza; tal como os gigantes que colocaram o monte Pélion em cima do monte Ossa para atacar os deuses do Olimpo, cf. Erasmo, Adágios, *3.10.93,* Gigantum arrogantia.

A história de Hans Carvel é tirada de Poggio Bracciolini, Visio Francisci Philelphi *(Visão de Francesco Filelfo), porém Rabelais troca o nome do protagonista, que era Filelfo; Carvel já tinha aparecido em* Gargântua, *cap. 8, mas dele nada sabemos. Melinde é a primeira parada de Vasco da Gama depois de dobrar o cabo das Tormentas, nos* Lusíadas, *canto 2. Concordat é figura desconhecida.*

"Saquei (disse frei João), mas o tempo abate tudo. Não existe mármore nem porfírio sem velhice e decadência. Mesmo que você ainda não esteja lá, daqui a poucos anos vou ouvi-lo confessar que os bagos pendem em muitos por falta de bornal. Já vejo o seu cabelo agrisalhar na cabeça. A barba

Terceiro livro

151

em tons de cinza, branco, castanho e preto me parece um mapa-múndi. Mire e veja. Eis a Ásia. Aqui estão o Tigre e o Eufrates. Eis a África. Aqui estão as Montanhas da Lua. Está vendo os pauis do Nilo? Ali fica a Europa. Está vendo Telema? Aquele topete por cima, todo branco, são os montes Hiperbóreos. Lavro e dou sede, meu amigo, que quando as neves chegam nas montanhas, ou seja, na cabeça e no queixo, já não resta muito calor nos vales da braguilha.

— Frias frieiras para você (respondeu Panurgo)! Não manja nada dos *Tópicos*. Quando a neve cobre as montanhas, o raio, o corisco, as fulminações, as varizes, os jatos rubros, o trovão, a tormenta, o diabo a quatro, estão todos lá nos vales. Quer ver por experiência própria? Vá à Suíça e observe o lago Wunderberlich a quatro léguas de Berna, no rumo de Sião. Você me critica o cabelo grisalho e não observa como faz parte da natureza do alho-poró, que vemos ter a cabeça branca e um talo verde, firme e vigoroso. É verdade que em mim eu já reconheço alguns sinais indicativos da velhice. Falo da verde velhice. Não conte para ninguém! Vai ser o nosso segredinho. É que eu considero o vinho melhor e mais saboroso para o meu gosto do que antes; e mais do que antes eu temo topar com um mau vinho. Note que isso prova sei lá o quê do poente e indica que o meio-dia já passou. Qual o quê? Nobre companheiro sempre, talvez mais que nunca. Não temo nada disso, pelo diabo! Não é isso que me dói. Meu medo é que, por uma longa ausência do nosso rei Pantagruel, a quem devo fazer companhia até na companhia dos diabos, a minha mulher me corneie. Eis a palavra peremptória. Porque todos com quem conversei me ameaçam com ela. E afirmam que assim fui predestinado pelos céus.

— Não é (respondeu frei João) corno quem quer. Se você é corno, *ergo* sua mulher será linda; *ergo* ela vai lhe tratar a pão de ló; *ergo* você terá uma renca de amigos; *ergo* será salvo. Esses são os *Tópicos* monacais. Você não vai querer nada melhor, seu pecador! Você nunca teve tanta vida boa. Nem vai perder nada. Seu bem ainda vai é crescer! Se foi assim predestinado, vai querer bater de frente? Diga, Colhão amolecido, C. apodrecido,

c. corroído.	c. decaído.
c. duro de água fria.	c. balangante.
c. entorpecido.	c. suplicante.
c. degringolado.	c. mole.
c. murchado.	c. descascado.
c. desgastado.	c. infausto.
c. falto.	c. exausto.

c. sem asas.

c. prosternado.

c. encolhido.

c. desnatado.

c. deletado.

c. exposto.

c. moído.

c. solvido.

c. abatido.

c. descraseado.

c. desgraçado.

c. flácido.

c. esgotado.

c. esmagado.

c. estropiado.

c. mitrado.

c. pilado.

c. revirado.

c. manchado.

c. esvaziado.

c. jururu.

c. deslocado.

c. bichoso.

c. ventoso.

c. fendido.

c. castrado.

c. semíviro.

c. bisturizado.

c. farinoso.

c. hernioso.

c. gangrenoso.

c. descascado.

c. depenado.

c. apagado.

c. marrento.

c. caracachento.

c. trepanado.

c. morenado.

c. evirado.

c. desusado.

c. embostado.

c. adormido.

c. expressado.

c. indisposto.

c. suposto.

c. comido.

c. doído.

c. metido.

c. destemperado.

c. encortiçado.

c. diáfano.

c. desgostado.

c. esfarrapado.

c. escangalhado.

c. capitulado.

c. cavilado.

c. assado.

c. argamassado.

c. enrugado.

c. farto.

c. amaciado.

c. vergonhoso.

c. consumido.

c. ferido.

c. capado.

c. necrosado.

c. desmantelado.

c. gafeiroso.

c. varicoso.

c. bichoso.

c. avacalhado.

c. cacarecado.

c. fraudado.

c. miserento.

c. ferventado.

c. defumado.

c. desfiado.

c. jumentado.

Terceiro livro

c. folheado.

c. lacerado.

c. estripado.

c. oxidado.

c. sincopado.

c. inchado.

c. picado.

c. soprado.

c. desfrutado.

c. cortado.

c. fodido.

c. embarricado.

c. cervejeiro.

c. fistulento.

c. lazarento.

c. maltratado.

c. héctico.

c. usado.

c. tímido.

c. encafifado.

c. macerado.

c. paralítico.

c. degradado.

c. manquitó.

c. de morcego.

c. de peido-cego.

c. caçado.

c. rasgado.

c. abobado.

c. repelente.

c. suplicante.

c. barrado.

c. assassinado.

c. surrupiado.

c. zerado.

c. de panqueca.

c. de vagabundo.

c. desclientado.

c. marinado.

c. extirpado.

c. constipado.

c. granizado.

c. enfolado.

c. alterado.

c. cornetado.

c. inflado.

c. retalhado.

c. desciado.

c. fedido.

c. engarrafado.

c. friorento.

c. escrupulento.

c. irritado.

c. ranco.

c. diminutivo.

c. embasbacado.

c. típico.

c. enferrujado.

c. imprestável.

c. antedatado.

c. maneta.

c. pangó.

c. de nó-cego.

c. assoberbado.

c. assoreado.

c. desolado.

c. decadente.

c. solecizante.

c. magro.

c. ulcerado.

c. remendado.

c. congelado.

c. aniquilado.

c. de nada.

c. embolado.

c. febril.

Colhonaço dos diabos, Panurgo, meu amigo, só porque você foi assim predestinado, quer fazer retrogadar o curso dos planetas? desmanchar todas as esferas celestes? extraviar as inteligências motrizes? cegar os fusos, atacar as argolas, caluniar os carretéis, censurar os rolos, condenar os fios, desfiar os novelos das Parcas? Febre quartã para você, seu colhudo! Vai se sair pior que os gigantes. Venha aqui, colhote. Você prefere ser ciumento sem causa do que corno sem conhecimento?

— Não quero (respondeu Panurgo) ser nem um nem outro! Mas se eu ficar sabendo, vou botar ordem na casa, ou então vai faltar vara neste mundo. Juro, frei João: melhor seria não me casar. Escute só o que me dizem os sinos agora que estamos mais perto: Case não, case não, não, não, não, não. Se você casar, case não, case não, não, não, não, não. Pois vai se arrepender, pender, pender. De corno ser. Pelo grande poder de Deus! Comecei a me irritar. Vocês, seus miolos de batina, não conhecem algum remédio? A Natureza destituiu de tal modo os humanos, que o homem casado não pode viver neste mundo sem cair nos abismos perigosos da corneada?

— Eu quero (disse frei João) lhe ensinar um expediente para a sua mulher não cornear sem seu conhecimento e consentimento.

— Eu suplico (disse Panurgo), meu colhão aveludado! Pode falar, amigão.

— Pegue (disse frei João) o anel de Hans Carvel, grande joalheiro do rei de Melinde. Hans Carvel era um homem culto, experiente, estudioso, homem de bem, de bom senso, de bom juízo, generoso, caridoso, esmoleiro, filósofo; no mais, alegre, parceiraço e zoador como ninguém, um tanto pançudo, a cabeça balangando e meio baranguinho. Quando já estava velho, desposou a filha do meirinho Concordat, jovem, linda, gostosa, charmosa, amável e cheia de graça, até demais com os vizinhos e servos. Donde aconteceu que, em questão de poucas semanas, ele ficou ciumento que nem um tigre e danou a suspeitar que ela andava rufando o rabo na rua. Para enfrentar a situação, ele narrava uma série de belos contos sobre as desolações decorrentes do adultério, com frequência lia para ela a legenda das mulheres virtuosas, pregava a favor do pudor, deu um livro de louvores à fidelidade conjugal, que rejeitava a ferro e fogo a maldade das casadas safadinhas, e ainda deu um colar todo coberto de safiras orientais. Como se não bastasse, ele a via tão liberadona e parafrentex com os vizinhos, que mais e mais crescia o seu ciúme. Numa noite qualquer, quando estava com ela deitado em tal sofrência, sonhou que conversava com o diabo e que contava para ele as suas dores. O diabo o reconfortava e lhe pôs um anel no dedo médio, dizendo: 'Eu lhe dou este anel: enquanto você o tiver no dedo, a sua mulher não será por outros carnalmente conhecida sem o seu conhecimento e consentimento.

— Muito obrigado (disse Hans Carvel), senhor diabo! Eu renego Maomé, se um dia o tirar do dedo'. O diabo se escafedeu. Hans Carvel todo contente despertou e viu que estava com o dedo enfiado no como-se-chama-? da mulher. Eu estava me esquecendo de contar como a mulher, sentindo isso, recuou o cu, como que dizendo 'Sim, não! não é isso que você tem que meter!'. Aí pareceu para Hans Carvel que queriam roubar o seu anel. Não é um santo remédio? Siga este exemplo, se acreditar em mim, e mantenha sempre no dedo o anel da sua mulher."

Aqui acabou a conversa e a viagem.

Capítulo 29

Como Pantagruel reuniu um teólogo, um médico, um legista e um filósofo sobre a perplexidade de Panurgo

Este capítulo dá início a uma nova série de consultas de Panurgo. Os três convidados são nomes inventados: Hipotadeu parece ser nome ligado ao apóstolo Tadeu, com o acréscimo de hippo *("cavalo" em grego), na primeira edição era Paratadeu; pode ser uma piada com Filipe Melâncton (1497-1560), teólogo reformado, pois o nome "Felipe" também tem origem no* hippo *grego; Rondíbilis parece evocar Guillaume Rondelet (1507-1566), um médico de Montpellier e amigo de Rabelais, além de fazer piada com gordura; Bridaganso é o nome mais transparente (Bridoye) e lembra os "pássaros bridados" do Prólogo de Gargântua; Bobinóca é o nome mais difícil, Trouillogan, provavelmente feito a partir de* trouil *("carretel" ou "bobina" em poitevino) e um eco do nome do filósofo Guilherme de Ockham, por isso recriei para fazer o eco em português.*

Jean Boyssonné (1500-1558) era professor de direito na Universidade de Toulouse e amigo de Rabelais; era também poeta e foi condenado a fazer abjuração em público.

A resposta de Panurgo é feita a partir de O livro do cortesão, de Baltasar Castiglione, que tinha sido traduzido ao francês em 1538 por Étienne Dolet, outro amigo de Rabelais.

Quando Pantagruel defende o catolicismo, não fala da Igreja Católica Romana, mas do desejo evangelista de recuperar o "verdadeiro catolicismo", que teria se perdido. A metáfora da plantação do teólogo é tirada de 1 Coríntios, 3:6.

O 4 é o número da perfeição para o pensamento pitagórico. Falar que algo está "além dos dados do julgamento" é retomar um adágio latino dos juristas, extra aleam iudiciorum.

Chegando ao palácio, contaram a Pantagruel o decurso da viagem e lhe mostraram o texto de Pombichano. Pantagruel, depois de ler e reler, disse: "Ainda não vi resposta que mais me agrade. Ele diz sumariamente que no projeto do casamento cada um deve ser árbitro dos próprios pensamentos e pedir conselhos a si mesmo. Essa sempre foi a minha opinião e foi bem o que lhe disse na primeira vez que conversamos. Mas você tirou sarro tacitamen-

te, bem me lembro, e percebi que é amor-próprio e filáucia que por fim laça. Vamos fazer diferente. Espie só. Tudo que somos e temos consiste em três coisas: alma, corpo e bens. Para conservar cada uma delas respectivamente hoje são destinados três tipos de gente: os teólogos para a alma, os médicos para o corpo, os jurisconsultos para os bens. Tenho cá para mim que no domingo devíamos ter para o almoço um teólogo, um médico e um jurisconsulto. Com eles juntos, conversaremos sobre a sua perplexidade.

— Por São Picault (respondeu Panurgo), não faremos nada que valha a pena, já saquei de cara! E veja como o mundo está despirocado! Nós confiamos a guarda da nossa alma aos teólogos, que na maioria são hereges; nossos corpos aos médicos, que têm horror aos medicamentos e nunca tomam medicina; e nossos bens aos advogados, que nunca se processam entre si.

— Está falando que nem O cortesão (disse Pantagruel). Mas o primeiro ponto eu contesto, por perceber que a ocupação principal, talvez única e total dos bons teólogos é de se empregar por meio de feitos, ditos, escritos a extirpar os erros e heresias (tanto é que vivem sendo maculados) e plantar profundamente nos corações humanos a verdadeira e viva fé católica. O segundo eu louvo, por perceber que os bons médicos dão uma tal ordem à parte profilática e conservadora da saúde em seus casos, que nem precisam da parte terapêutica e curativa com medicamentos. O terceiro eu concedo, por perceber que os bons advogados, tão obcecados com seus litígios e respostas pelo direito alheio, acabam não tendo tempo nem lazer para pensar no direito próprio. Por isso, no próximo domingo teremos por teólogo nosso padre Hipotadeu, por médico nosso mestre Rondíbilis, por legista o nosso amigo Bridaganso. Além disso, acho que entramos na tétrade pitagórica, e como um quarto a mais teremos nosso fiel filósofo Bobinócã, já que se espera que o filósofo perfeito, como bem é Bobinócã, responda assertivamente a todas as dúvidas propostas. Carpalim, prepare para recebermos os quatro no próximo domingo para o almoço.

— Acho (disse Epistemão) que em toda a pátria você não poderia fazer um escolha melhor. Não falo só no tocante às perfeições de cada um em sua área, que estão muito além dos dados do julgamento, mas sobretudo porque Rondíbilis é casado, mas não era; Hipotadeu nunca foi, e não é; Bridaganso já foi, mas não é; e Bobinócã é, e foi. Vou aliviar Carpalim de um fardo. Vou convidar Bridaganso (se bom lhe parece), que é meu conhecido das antigas e com quem preciso conversar para o bem e a carreira de um honesto e culto filho dele, que estuda em Toulouse nas turmas do cultíssimo e virtuoso Boyssonné.

— Faça (disse Pantagruel) como achar melhor. E avise se eu puder ajudar com qualquer coisa na carreira do filho e na dignidade do senhor Boyssonné, que amo e reverencio como um dos mais competentes hoje em sua área. De coração me empenharei."

Capítulo 30

Como o teólogo Hipotadeu aconselha Panurgo sobre o projeto de casamento

Nesta primeira rodada de conselhos, Hipotadeu, com uma modéstia que o afasta da arrogância da Sorbonne, se baseia no conselho de Paulo em 1 Coríntios, 7:9, "Mas, se não podem conter-se, casem-se. Porque é melhor casar do que abrasar-se". A pergunta sobre continência tem muito a ver com parte do pensamento reformista, que considerava que ela vinha como dom e graça divina, e não apenas pela força de vontade e autocontrole dos humanos. A discussão também era amparada pelos evangélicos, que não acreditavam na castidade imposta, mas apenas como dom, na passagem de Mateus, 19:10-1. Na verdade, Hipotadeu usa várias fontes bíblicas em menor escala, que não citarei.

Pierre d'Ailly (1350-1420) foi teólogo, cardeal e prelado francês, autor da obra conhecida como Conceptus et insolubilia *(Conceitos e insolúveis). A mulher que torra o ponto do boi é cena tirada da* Farsa do mestre Pathelin, *v. 300. A discussão com base em "se Deus quiser" e "seus quereres" é um modo de traduzir o jogo lexical entre* si Dieu plaist *e* plaisirs, *que são usos correntes em francês. A imagem do conselho privado de Deus é central no* Almanaque para o ano de 1533, *baseada certamente em* Livro da sabedoria, 9:13. *A mulher virtuosa descrita por Salomão é a figura que aparece em* Provérbios, 31:10.

O clarete hipocrasso era um tipo de vinho adoçado com especiarias que teria sido inventado por Hipócrates.

———

O almoço no domingo seguinte mal estava pronto quando os convidados chegaram, exceto Bridaganso, magistrado de Fonsbeton. No segundo prato, Panurgo em profunda reverência disse: "Senhores, basta uma só palavra. Devo ou não me casar? Se por vocês não resolver a minha dúvida, vou considerá-la insolúvel que nem os *Insolubilia* de d'Ailly. Porque todos vocês foram eleitos, escolhidos e triados, cada um por sua área respectiva, que nem ervilhas daqui, ó".

O padre Hipotadeu, perante o invite de Pantagruel e a reverência de todos os presentes, respondeu numa modéstia inacreditável: "Meu amigo, você nos pede conselho, mas primeiro é preciso que peça conselho a si mesmo. Sente no corpo os importunos aguilhões da carne?

— Com toda a força (respondeu Panurgo), sem ofensa, padre nosso.

— Não ofende (disse Hipotadeu), meu amigo. Mas nesse estorvo você recebe de Deus o dom e a graça especial da continência?

— Por toda a minha fé, não, respondeu Panurgo.

— Case-se então, meu amigo, disse Hipotadeu. Porque muito melhor é se casar do que arder no fogo da concupiscência.

— Isso é que é falar (gritou Panurgo) com elegância, sem circumbilicovaginar em volta do pote! Muito obrigado, senhor padre nosso! Eu vou me casar de pronto e sem falta. E o convido às minhas núpcias. Sangue de galinha! Nós faremos um rega-bofe! Você vai ganhar confetes, e se comermos ganso, juro pelo corpo de boi que a minha mulher não vai torrar o ponto. E ainda vou pedir para você conduzir o primeiro saçarico das cunhãs, se bem quiser me fazer tal bem e honra em retorno. Resta um detalhe mínimo para acabar. Mínimo, eu digo, é menos que nada. Não vou ser corno nesse ponto?

— Decerto que não, meu amigo (respondeu Hipotadeu), se Deus quiser.

— Ah, que a força de Deus (gritou Panurgo) nos ajude! Aonde vocês estão me enviando, meus bons homens? Às condicionais, que em dialética abrigam todas as contradições e impossibilidades. Se meu jegue transalpino quiser, meu jegue transalpino terá asas. Se Deus quiser, eu não serei corno; serei corno, se Deus quiser. Ah, se fosse uma condição que eu pudesse impedir, eu não me desesperaria. Mas você me remete ao conselho privado de Deus, na câmara dos seus mais ínfimos quereres. Como vocês pegam a estrada até lá, vocês franceses? Senhor padre nosso, creio que melhor será não vir às minhas núpcias. O barulho e a balbúrdia das pessoas das núpcias lhe arrebentaria o testamento. Você ama o repouso, o silêncio e a solitude. Venha não, acho melhor. Depois, você dança mal pacas e seria uma vergonha conduzir o primeiro baile. Vou mandar toicinho aos seus aposentos e os confetes nupciais também. Vai brindar por nós, se quiser.

— Meu amigo (disse Hipotadeu), ouça bem o que digo, é o que peço. Quando falo 'se Deus quiser', estou lhe enganando? Falei errado? É uma condição blasfema ou escandalosa? Não seria antes honrar o Senhor, Criador, Protetor, Salvador? Não seria reconhecer o único doador de todo bem? Não seria declarar que todos nós dependemos da bondade dele? Que sem ele nada somos, nada valemos, nada podemos, se sua santa graça não nos for infusa? Não seria fazer uma exceção canônica a todos os projetos? e tudo aquilo que planejamos remeter ao que será disposto por sua santa vontade,

Terceiro livro

tanto nos céus como na terra? Não seria realmente santificar seu bento nome? Meu amigo, você não será corno no ponto, se Deus quiser. Para saber ao certo o que ele quer, não precisa entrar em desespero, como de coisa esconsa, que para compreender seria necessário consultar seu conselho privado e viajar até a câmara dos seus santíssimos quereres. O bom Deus nos concedeu esse bem, que nos revelou, anunciou, declarou e claramente descreveu com as sacras bíblias. Lá você pode ver que nunca será corno, quer dizer, que nunca sua esposa será safada, se você a tomar de pessoas de bem, instruída em virtude e honestidade, que nunca frequentou nem conheceu companhia externa aos bons costumes, que ama e teme a Deus, que ama agradar a Deus por fé e observância dos seus santos mandamentos, que teme ofendê-lo e perder sua graça por falta de fé e transgressão de sua lei divina, onde está rigorosamente proibido o adultério e se louva aderir unicamente ao marido, acarinhá-lo, servi-lo, amá-lo totalmente depois de Deus. Para reforçar essa disciplina, você, da sua parte, vai entretê-la em amizade conjugal, continuar com a decência, dar o bom exemplo, viver pudico, casto, virtuoso em sua casa, tal como deseja que ela de sua parte viva. Pois assim como se diz que o espelho é bom e perfeito, não quando é mais enfeitado com douraduras e pedrarias, e sim quando realmente representa as formas dos objetos, também a mulher não será mais estimada por ser rica, linda, elegante, oriunda de raça nobre, mas aquela que mais esforça com Deus para se formar na boa graça e se conformar aos costumes do marido. Repare como a Lua não recebe luz nem de Mercúrio, nem de Júpiter, nem de Marte, nem de qualquer outro planeta ou estrela no céu. Ela só a recebe do Sol, seu marido, e dele não recebe nem um ponto além do que ele dá por infusão e aspecto. Do mesmo modo você servirá à sua mulher como padrão e exemplo de virtude e honestidade. E continuamente vai suplicar a graça de Deus para sua proteção.

— Então você quer (disse Panurgo, enrolando os bigodes) que eu despose a mulher virtuosa descrita por Salomão? Ela já morreu, ninguém duvida desse ponto. Nunca vi essa aí, que eu saiba, e que Deus me perdoe! No entanto muito obrigado, meu padre. Coma esse pedaço de marzipã: vai ajudar a fazer a digestão. Depois tome uma taça de clarete hipocrasso: é saudável e estomacal. Sigamos."

Terceiro livro   163

Capítulo 31

Como o médico Rondíbilis aconselha Panurgo

A fala de Rondíbilis (provável máscara de Rondelet, cf. nota ao cap. 29) é seriamente firmada no pensamento platônico-hipocrático (o livro mencionado é traduzível como Do ar, águas e lugares) *da época, que considerava a produção espermática como difusa em todo o corpo, em oposição às teorias de Galeno, centrada nos testículos. Os cinco modos de diminuir a concupiscência são tirados de Plutarco,* Banquete, 3.5. *Também se baseia em* De legibus connubialibus et iure maritali *(Sobre as leis do casamento e o jus marital) de André Tiraqueau, onde estão quase todos os exemplos.*

Caldouvido traduz o nome transparente Cauldoreille. A alusão permanece obscura, mas os monges marrons são os franciscanos, e Geoffroy d'Estissac (um patrono de Rabelais) era senhor de Saussignac, no cantão de Sigoulès. Os deuses romanos aqui servem como metonímias: Baco é o vinho, Vênus é o sexo, Ceres é o alimento, Priapo como deus do falo é o próprio falo ereto; toda a ideia dialoga com Erasmo, Adágios, 2.3.97, Sine Cerere et accho friget Venus, *tirado de Terêncio,* Eunuco, 732. *Os lampsacianos eram os habitantes da ilha de Lâmpsaco, na atual Turquia. Castra é o nome latino para "acampamento", que Rabelais finge vir do adjetivo castum.*

A filosofia como preparação para a morte é a tese de Sócrates em Platão, Fédon, 64a ss., *porque o filósofo buscaria afastar-se do mundo corpóreo, uma ideia muito cara ao cristianismo e a figuras como Erasmo. A história de Cupido com as Musas é tirada de Luciano,* Diálogos dos deuses, 19; *as Cárites, ou Graças, costumam ser representadas como um trio, e as Musas como nove, embora por vezes fossem descritas como sete. Frei Scyllino é desconhecido, provavelmente um nome inventado a partir do grego* σκύλλω *("mutilar", maltratar", "molestar").*

Panurgo continuou a conversa dizendo: "A primeira palavra que disse aquele que esbagoava os monges marrons de Saussignac, depois de esbagoar o frei Caldouvido, foi: 'Próximo!'. Eu digo a mesma coisa: 'Próximo!'. Senhor mestre nosso Rondíbilis, despache essa para mim. Devo ou não me casar?

— Pelo esquipo do meu jegue (respondeu Rondíbilis)! Não sei o que responder a esse problema. Você diz que sente os pungentes aguilhões da sensualidade. Eu vejo em nossa Faculdade de Medicina que tomamos a resolução dos antigos platônicos de que a concupiscência carnal é refreada de cinco jeitos. Com vinho.

— Acredito piamente, disse frei João. Quando estou bebaço, só quero dormir.

— Quero dizer (disse Rondíbilis) com vinho intemperadamente. Porque, com a intemperança do vinho, advém ao corpo humano um resfriamento do sangue, um relaxamento dos nervos, uma dissipação da semente geradora, um embotamento dos sentidos, uma perversão dos movimentos, que são todos impedimentos ao ato de gerar. De fato, você vê Baco pintado como deus dos bêbados, sem barba, vestido de mulher, todo afeminado, que nem um eunuco esbagoado. De outro jeito é o vinho tomado temperadamente. Um antigo provérbio nos informa que Vênus fica frígida sem a companhia de Ceres e Baco. E era a opinião dos antigos, segundo o relato de Diodoro Sículo, sobretudo dos lampsacianos, segundo atesta Pausânias, que o messer Priapo era filho de Baco e Vênus.

Em segundo lugar, com certas drogas e plantas que deixam o homem frio, maltratado e impotente para gerar. A experiência vem de *nymphea heraclia*, amerina, salgueiro, cânhamo, madressilva, tamariz, agnocasto, mandrágora, cicuta, orquídea menor, pele de hipopótamo e outras, que dentro dos corpos humanos, tanto por seus poderes elementares, quanto por suas propriedades específicas, gelam e mortificam o germe prolífico, ou então dissipam os espíritos encarregados de conduzir aos lugares destinados pela natureza, ou então opilam as vias e vasos pelos quais ele deveria ser expulso. Tal como, pelo contrário, temos outras que aquecem, excitam e habilitam o homem para o ato venéreo.

— Eu não preciso disso (disse Panurgo), benza Deus, e também você, mestre nosso. Mas não se ofenda. Se falo isso, não é por lhe querer mal.

— Em terceiro lugar (disse Rondíbilis), com trabalho assíduo. Porque com ele se faz uma tão imensa dissolução corporal, que o sangue por ele espalhado para a alimentação de cada membro não tem tempo, nem lazer, nem faculdade de produzir essa secreção seminal e superfluidade da terceira concocção. A Natureza a reserva para si, como muito mais necessária à conservação do indivíduo do que à multiplicação da espécie e do gênero humano. Assim dizem que Diana é casta, porque continuamente trabalha na caça. Assim outrora chamavam *castra*, a partir de *casta*, onde trabalhavam sem parar os atletas e soldados. É o que escreve Hipócrates, livro *De aere, aqua et*

Terceiro livro

locis, sobre alguns povos da Cítia, que na sua época eram mais impotentes que eunucos no embate venéreo, porque sempre estavam no cavalo ou no trabalho. E pelo contrário, como dizem os filósofos, o ócio é mãe da luxúria. Quando perguntaram a Ovídio a causa de Egisto se tornar adúltero, respondeu apenas que foi por estar ocioso, e que, se impedíssemos o ócio do mundo, logo morreriam as artes de Cupido. Seu arco, sua aljava e suas flechas seriam um fardo imprestável e nunca mais iriam ferir ninguém. Porque não existe arqueiro tão bom a ponto de acertar gruas em pleno voo no ar e cervos imersos na mata, que nem faziam os partas, ou seja, os humanos que trampam e trabalham. Ele precisa que estejam calmos, quietos, sentados, deitados. De fato, Teofrasto, quando perguntado sobre que bicho ou que coisa ele julgava ser os Amoretos, respondeu que eram paixões dos espíritos ociosos. Diógenes, do mesmo jeito, dizia que era lascívia a ocupação das pessoas desocupadas. Por isso o escultor Cânaco de Sicião, desejando dar a entender que ócio, preguiça, indiferença eram os governantes da libertinagem, fez a estátua de Vênus sentada, e não de pé, como tinham feito todos os seus predecessores.

Em quarto lugar, com fervoroso estudo. Porque com ele se faz uma inacreditável dissolução dos espíritos, de jeito que não resta o que pulsar até os lugares destinados para essa secreção geradora e inflar o nervo cavernoso, cujo dever é projetá-la para fora, a fim de propagar a humana natureza. Para confirmar, basta contemplar a forma de um homem atento a qualquer estudo. E vai ver nele todas as artérias do cérebro tesas que nem a corda de uma besta para lhe fornecer destramente espíritos o bastante para preencher os ventrículos do bom senso, da imaginação e percepção, do raciocínio e resolução, da memória e recordação, e correr com agilidade de um até o outro pelos vasos manifestos na anatomia ao fim da rede admirável, onde terminam as artérias, que no ventrículo esquerdo têm origem, e os espíritos vitais afinam em longas ambages para se tornarem espíritos animais. De modo que nesse personagem estudioso você verá suspensas todas as faculdades naturais, cessando todos os sentidos exteriores; em suma, você vai pensar que ele não vive em si, que está fora de si, abstraído pelo êxtase, e dirá que Sócrates não forçava o termo, quando dizia que a filosofia não é nada mais que preparação para a morte. Talvez seja por isso que Demócrito se cegou, dando menos valor à perda da vista que à diminuição de suas contemplações, que ele sentia interrompidas pela distração dos olhos. Assim é que dizem ser virgem Palas, deusa da sapiência, tutora dos estudiosos. Assim é que são as Musas virgens. Assim é que permanecem as Cárites em pudor eterno. E me lembro de ter lido que Cupido, certa feita interrogado pela mãe Vênus sobre por que não assaltava as Musas, respondeu que as considerava tão lindas, tão limpas, tão honestas, tão pudicas e continuamente ocupadas, uma na contemplação dos astros, outra no cálculo de números, outra na dimensão dos corpos geométricos, outra na invenção retórica, outra na composição poética, outra na disposição musical, que ao se aproximar delas ele largava o arco, tapava a aljava e estancava a chama por vergonha e paúra de ofender. Depois tirou a faixa dos olhos para ver melhor o rosto delas e ouvir seus deleitosos cantos e odes poéticas. Ali ele tinha o maior prazer do mundo. De tal modo que amiúde se sentia arrebatado pela beleza e graça delas e adormecia com imensa harmonia. Por isso não as queria assaltar ou distrair de seus estudos. Nesse artigo eu compreendo o que escrevera Hipócrates no livro supracitado, ao falar dos citas, e no livro intitulado *Da genitura*, ao dizer que todos os seres humanos são impotentes para a geração, uma vez que lhes sejam cortadas as artérias parótidas, que ficam ao lado das orelhas, pelo motivo já exposto, quando eu lhe falava da dissolução dos espíritos e do sangue espiritual cujos receptáculos são as artérias, e ele também defende que grande parte da genitura surge do cérebro e da espinha dorsal.

Em quinto lugar, com o ato venéreo.

— Eu estava esperando chegar aí (disse Panurgo) e tiro o meu proveito. Fique com os anteriores quem quiser!

— É (disse frei João) o que frei Scyllino, prior de Saint-Victor-les-Marseille, chama de maceração da carne. E sou da mesma opinião, tal como era o eremita de Sainte-Radegonde, para riba de Chinon, de que não havia meio melhor de os eremitas de Tebaida macerarem os corpos, domar essa devassa sensualidade, reprimir a rebelião da carne, do que mandando ver vinte e cinco ou trinta vezes por dia.

— Vejo que Panurgo (disse Rondíbilis) é bem-proporcionado nos membros, bem temperado nos humores, bem formado nos espíritos, tem idade condizente, tempo oportuno e desejo adequado de se casar: se encontrar uma mulher de similar temperamento, vão engendrar juntos filhos dignos de uma monarquia ultramarina. Quanto antes, melhor, se quiser ver os filhos bem providos.

— Senhor mestre nosso (disse Panurgo), assim serei, não tenha dúvida, e para já! Durante esse erudito discurso, esta pulga que trago na orelha me coçou mais do que nunca. Está convidado para a festa! Faremos farra e meia, eu prometo. Você pode levar a sua esposa, se quiser, com seus vizinhos, por suposto. Joguemos sem roubar!"

Capítulo 32

Como Rondíbilis declara que a corneada é apanágio natural do casamento

Agora Rondíbilis se apoia na carta de Pseudo-Hipócrates a Dionísio, obra que à época era considerada como do próprio Hipócrates (Lango é a cidade de Cós, e Polístilo é Abdera), bem como nos Preceitos conjugais *de Plutarco, além de continuar com Tiraqueau. A misoginia explícita, talvez o momento mais explícito de toda a obra, argumenta pela inconstância e frivolidade feminina e usa como autoridades Platão,* Timeu, *91a-d, onde se lê a teoria do animal diferente que presidiria os corpos feminino e masculino, também usando a teoria aristotélica de* Física, 8 *(sobre os seres animados) e de* Da geração dos animais *(onde fala da inferioridade das mulheres);* Galeno, Das partes afetadas, *fala do útero como esse animal feminino ávido por gerar, que produziria a histeria (do grego* ὑστέρα, *"útero") sem mencionar o animal masculino em paralelo (importante notar que Rondelet, figura histórica parodiada por Rondíbilis, acreditava que o útero era sensível aos odores). Portanto, apesar de hoje parecer um argumento estapafúrdio, Rabelais estava em diálogo com teorias aceitas em seu tempo.*

S.P.Q.R. era a sigla para Senatus Populus Que Romanus *("O senado e o povo romano"), que Panurgo perverte em* Si Peu Que Rien *("tão pouco quanto nada"), que recriei como "Seja Parca Questão Resolvida". Os hipocôndrios designavam a região do fígado, pâncreas e baço. Muliebridade traduz o neologismo rabelaisiano* muliebrité *a partir do latim* muliebritas *("feminilidade"). As Prétidas são as filhas de Preto, mítico rei de Argos; foram atacadas de loucura por Juno/Hera e passaram a acreditar que eram vacas. As mimalônidas e as tíadas são nomes genéricos das bacantes. Critolau (c. 200-c. 118 a.C.) foi filósofo peripatético que propunha a ideia de uma balança que comparasse os bens do corpo e os da alma, para concluir que os da alma teriam maior peso. A marmelada tinha função adstringente e mesmo laxante, mas era considerada também um afrodisíaco. A caneca nestórea é referência à taça de Nestor na* Ilíada, *11.631. Squinanthi é um tipo de junco perfumado trazido da Índia, usado para fazer hipocrasso, tal como o gengibre e a maniguete (a semente-do-paraíso).*

"Resta (continuou Panurgo) um pontinho por esvaziar. Alguma vez você já viu no estandarte de Roma S.P.Q.R., Seja Parca Questão Resolvida. Nesse ponto eu serei corno?

— Porto de Graça (gritou Rondíbilis)! O que você vem me perguntar? Se vai ser corno? Meu amigo, eu sou casado, e você logo vai ser! Mas escreva esta palavra no seu cérebro com um estilete de ferro: que todo homem casado corre risco de ser corno. A corneada é por natureza um dos apanágios do casamento. A sombra não segue o corpo com mais naturalidade do que a corneada segue os casados. E quando ouvir dizer de alguém as três palavras 'Ele é casado', se você disser 'portanto é, ou foi, ou será, ou pode ser corno', nunca será chamado de imperito arquiteto das consequências naturais.

— Hipocôndrios de todos os diabos (gritou Panurgo)! O que você está dizendo?

— Meu amigo (respondeu Rondíbilis), Hipócrates, certo dia, quando saiu de Lango até Polístilo para visitar o filósofo Demócrito, escreveu uma carta a Dionísio, seu velho amigo, em que pedia que, durante sua ausência, ele conduzisse sua esposa até a casa do pai e da mãe, que eram pessoas honrosas e de boa reputação, sem querer que ela ficasse sozinha em casa. No entanto, pediu para que a vigiasse cuidadosamente e espiasse aonde ela iria com a mãe e que pessoas a visitariam na casa dos pais.

'— Não (escreveu ele) é que eu desconfie da virtude e pudicícia dela, que no passado já me foi revelada e exposta; mas é mulher. Eis tudo. Meu amigo, a natureza das mulheres nos é figurada pela Lua e, dentre outras coisas, há esta: elas se ocultam, elas se constringem e dissimulam à vista e presença dos maridos. Na ausência deles, tiram vantagem, aproveitam os momentos, passeiam, trotam, depõem a hipocrisia e se revelam: tal como a Lua em conjunção com o Sol não aparece no céu, nem na terra. Mas em oposição, quando está mais distante do Sol, reluz em sua plenitude e aparece inteira, sobretudo à noite. Assim são todas as mulheres: mulheres.'

Quando digo mulher, falo de um sexo tão frágil, tão vário, tão mutável, tão inconstante e imperfeito, que a natureza até me parece (falando com a maior honra e reverência) ter se extraviado do bom senso que usou para criar e formar todas as coisas na hora de fazer a mulher. E pensando cento e cinco vezes no assunto, não sei mais o que resolver, senão que, ao forjar a mulher, estava de olho no deleite do homem e na perpetuação da espécie humana, mais do que na perfeição da sua muliebridade individual. Certeza que Platão não sabe em que ranque deve colocá-las: entre os animais racionais, ou entre os bichos brutos. Porque a Natureza dentro de seus corpos pôs num lugar secreto e intestino um animal, ou órgão, ausente nos homens, onde por vezes são engendrados certos humores salsos, nitrosos, bóricos, ácidos, mordazes, lancinantes, excitantes, amargamente pinicantes, com cuja picada e meneio doloroso (pois que esse membro é sempre nervoso, de vivo sentimento) todo o corpo delas queda convulso, todos os sentidos arrebatados, todos os afetos interiorizados, todos os pensamentos confusos. De jeito que, se a Natureza não tivesse lhes regado a cara com um pouco de vergonha, você as veria correr frenéticas atrás de calças, de um jeito mais espantoso que antes as Prétidas, as mimalônidas, as tíadas báquicas no dia dos seus bacanais. Porque esse terrível animal tem ligação com todas as partes principais do corpo, o que é evidente pela anatomia.

Chamo de animal, seguindo a doutrina tanto dos acadêmicos quanto dos peripatéticos. Pois, se o movimento autônomo é índice certo de coisa animada, segundo escreve Aristóteles, e tudo aquilo que por si mesmo se move é chamado animal, por direito Platão chama animal, reconhecendo nele movimentos próprios de sufocação, precipitação, corrugação, indignação, por certo tão violentos, que com muita frequência tomam da mulher qualquer outro sentido e movimento, feito fosse lipotimia, síncope, epilepsia, apoplexia e verdadeira semelhança com a morte. Tem mais, vemos nele um discernimento manifesto de odores, e as mulheres o sentem fugindo aos catinguentos e seguindo os cheirosos. Sei que Cláudio Galeno se esforça para provar que não são movimentos próprios gerados por si, mas por acidente, e que outros de sua seita trabalham para demonstrar que ele não tem discernimento sensitivo dos odores, mas apenas uma eficácia diversa decorrente da diversidade das substâncias odoríferas. Porém, se você examinar minuciosamente e pesar na balança de Critolau suas causas e motivos, vai perceber que nessa matéria, bem como em várias outras, eles falaram pelo ímpeto da paixão e na ânsia de retomar seus predecessores, mais do que pela pesquisa da verdade. Nessa disputa não sigo adiante. Digo somente que pequeno não é o louvor das mulheres virtuosas, que viveram pudicas e sem mácula e tiveram a virtude de subjugar esse desenfreado animal à obediência da razão. E termino acrescentando que, se esse animal for satisfeito (se pode ser satisfeito) pelo alimento que a Natureza lhe preparou no homem, cessam todos os seus movimentos particulares, adormecem todos os apetites, apaziguam-se todas as fúrias. Por isso, não vá se embasbacar se corremos perigo perpétuo de sermos cornos, nós que não temos condições de pagar todos os dias e de satisfazer a contento.

— Pelo santo peixinho (disse Panurgo)! Você não conhece nenhum remédio na sua arte?

— Claro que sim, meu amigo (respondeu Rondíbilis) e boníssimo, que eu pratico e foi escrito por um autor célebre há mais de mil e oitocentos anos. Atente.

— Você é (disse Panurgo), pela força de Deus, um cabra da peste, e eu o amo com todo meu abençoado fígado! Coma um pouco desta marmelada, os marmelos fecham na hora o orifício do estômago por causa de uma feliz estipticidade neles presente que ajuda a primeira digestão. Mas o quê? Estou ensinando o padre a rezar a missa. Espere um pouco, que vou lhe dar de beber nesta caneca nestórea. Quer um trago do hipocrasso branco? Não tenha medo da angina! Não. Ele não tem *squinanthi*, nem gengibre, nem semente-do-paraíso. Só tem uma bela canela de primeira e um bom açúcar refinado, com um bom vinho branco local de La Devinière, da vinha da grande sorva, por cima da nogueira gralheira."

Terceiro livro

Capítulo 33

Como o médico Rondíbilis indica
um remédio para Corneada

Rondíbilis apresenta seu remédio a partir de um apólogo de Esopo narrado por Plutarco em Consolação à sua esposa, *6.609e, e* Consolação a Apolônio, *19.112a-b; a diferença é que no original estava Tristeza/Luto (Πένθος), e aqui entra Corneada, e onde havia Pranto e Lástima (λύπαι e θρήνοι) entra Ciúme.*

François Dinteville foi embaixador francês em Roma até 1530, quando morreu; ele mediou o divórcio de Henrique VIII junto com seu irmão Jean (embaixador em Londres), e são os dois representados no quadro Os embaixadores, *de Holbein; no entanto o bispo de Auxerre que tentou mudar o calendário não era François, mas provavelmente seu predecessor. O signo de Touro se dá entre 21 de abril e 21 de maio. A data tradicional da Epifania é 6 de janeiro, portanto no auge do inverno, assim como o Natal. A história da queda, como mote misógino, retomada pelo teólogo Hipotadeu, está em* Gênesis, *2:17 e 3:1.*

———

"No tempo (disse Rondíbilis) em que Júpiter fez o rol da sua mansão olímpica e o calendário de todos os deuses e deusas, depois de estabelecer a cada um o dia e estação de sua festa, designar um local para os oráculos e viagens, determinando os sacrifícios...

— Será que segui o ponto (perguntou Panurgo) de Dinteville, bispo de Auxerre? O nobre pontífice amava um bom vinho, como todo homem de bem. Por isso tinha cuidado e precaução especial com o sarmento, avô de Baco. Acontece que muitos anos ele viu infelizmente o sarmento perdido pelas geadas, garoas, granizos, geladas, nevascas, congelamentos e calamidades sucedidas nas festas de São Jorge, Marco, Vital, Eutrópio, Felipe, Santa Cruz, Assunção e outras, que acontecem na época em que o Sol passa sob o signo de Touro. E passou a achar que os santos supracitados eram santos geadores, geladores e destrutores de sarmento. Por isso queria mudar as suas festas para o inverno, entre o Natal e a Epifania, dando autorização com toda honra e reverência para assim gear e gelar como bem quisessem. Assim a geada não seria nada danosa, mas evidentemente vantajosa para o sarmento.

E no lugar delas fariam as festas de São Cristóvão, São João Degolado, Santa Madalena, Santa Ana, São Domingos, São Lourenço, e até mudar a metade de agosto para maio, quando o risco é tão baixo de geada, que neste mundo toda a cura se concentra na procura de produtores de tragos gelados, queijos juncados, caramanchões folhados e refrescantes de vinho.

— Júpiter (disse Rondíbilis) esqueceu a pobre-diaba Corneada, que não estava presente: estava em Paris, no Palácio, solicitando algum lascivo processo para algum dos seus rendeiros e vassalos. Sei lá quantos dias depois Corneada tomou tento da perna que lhe passaram, largou a solicitação por nova solicitude para não ser excluída do rol e compareceu em pessoa perante o grande Júpiter, alegando seus méritos pregressos e os bons e agradáveis serviços que outras vezes lhe havia feito e imediatamente requerendo não ficar sem festa, sem sacrifícios, sem honra. Júpiter se escusou que todos os benefícios já tinham sido distribuídos e que seu rol estava encerrado. Foi, no entanto, tão importunado por Corneada, que por fim a pôs no rol e no catálogo e decretou que receberia na terra honras, sacrifícios e festa. Sua festa, como não havia mais lugar vago e disponível em todo o calendário, passou a concorrer com o dia do deus Ciúme: sua dominação seria sobre as pessoas casadas, sobretudo aqueles que tivessem mulheres bonitas; seus sacrifícios seriam suspeita, desconfiança, irritação, arapucas, procuras e espionagens dos maridos sobre as mulheres. Com o mandamento rigoroso a todo homem casado de lhe reverenciar e honrar, celebrar sua festa em dobro e lhe prestar os tais sacrifícios, sob pena e ameaça de que Corneada não viria em favor, ajuda e socorro de quem não a honrasse como foi dito, e jamais o teria em conta, jamais entraria em sua casa, jamais frequentaria sua companhia, e qualquer invocação que lhe fizesse, mas o deixaria apodrecer eternamente só com sua mulher sem ter nenhum rival e o refugaria sempiternamente que nem um herege e sacrílego; tal como na prática dos outros deuses contra aqueles que não prestam as devidas honras: de Baco contra os vinheiros; de Ceres contra os agricultores; de Pomona contra os fruteiros; de Netuno contra os marinheiros; de Vulcano contra os ferreiros; e por aí vai. Pelo contrário, somou-se uma promessa infalível de que, para quem (como se disse) folgasse em sua festa, parasse os negócios, deixasse os afazeres de lado, para espionar sua mulher, prendê-la e maltratá-la por Ciúme, segundo determina a ordem dos sacrifícios, ela seria continuamente favorável e o amaria, o frequentaria, estaria dia e noite em sua casa, nunca estaria longe de sua presença. E tenho dito!

— Ha, ha, ha (gargalhou Carpalim)! Aí está um remédio ainda mais natural que o de Hans Carvel! Que o diabo me carregue, se não confio nele.

Terceiro livro

173

Essa é a natureza das mulheres. Assim como o raio não fulmina, nem quebra, nem queima nada que não tenha matéria dura, sólida, resistente, nem se detém no que é mole, vazio e cedente, ele queimará a espada de aço, sem causar preju à bainha de veludo, consumirá os ossos do corpo sem talhar a carne que os cobre, do mesmo modo as mulheres não lançam a concentração, sutileza e contradição de seus espíritos sobre nada além do que já sabem ser proibido e vedado.

— Com certeza (disse Hipotadeu), alguns dos nossos doutores dizem que a primeira mulher do mundo, que os hebreus chamam de Eva, nunca teria caído na tentação de comer o fruto de todo o saber, se não fosse proibido. Para ver que é assim mesmo, considerem só como o Tentador cauteloso lhe lembrou na primeira palavra o veto sobre tal feito, como se quisesse implicar: 'Está vedado, portanto você deve comer, ou não será mulher'."

Capítulo 34

Como as mulheres costumam
curtir coisas proibidas

Originalmente este capítulo era ligado ao anterior, e a fala de Ponócrates, na primeira edição, era feita por Pantagruel. As histórias de mulheres adúlteras são tiradas da mitologia greco-romana: Semíramis era rainha da Assíria e se apaixonou por um cavalo; Pasífae era esposa de Minos em Creta e se apaixonou por um touro branco, com isso ordenou que o inventor Dédalo criasse um disfarce de vaca com o qual seduziu o touro e acabou gerando o Minotauro; Egesta se apaixonou pelo rio Crimiso, que assumiu a forma de cão ou urso, donde nasceu Alceste; já a narrativa das mulheres de Mendes, que faziam sexo com bodes em honra ao deus Pã, é contada por Heródoto, Histórias, *2.46, e Estrabão,* Geografia, *17.802. Repare-se, portanto, que todas as histórias aqui recolhidas falam mais especificamente de zoofilia.*

A história de João XXII (papa entre 1316 e 1334, último francês até então), na primeira edição, se dava na abadia de Fonshervault (provável fusão entre a abadia de Fontrevault e a figura do religioso Puy-Herbault, que atacará Rabelais em 1549, no livro Theotimus*); mas tudo indica que o papa nunca saiu de Avignon; nas edições posteriores, ela se passa na fictícia Coignaufond, que traduzi por Socafundo. Esse era um chiste corrente na época, que Rabelais tira provavelmente de Gratien du Pont de Drusac,* Controverses des sexes masculin et feminin, *de 1533, que foi uma figura misoginíssima; mas também de Johannes Herolt,* Sermones discipuli de tempore, *no sermão 50. "Madre discreta" é a madre que serve no conselho da abadessa superior.*

Depois, quando vai contar a história de uma peça de teatro (uma comédia/farsa também chamada moralité, *comparada à* Farsa do mestre Pathelin, *onde um personagem também "fica surdo" aos pedidos de pagamento, daí ser uma "pathelinagem"), a lista é de nomes reais do próprio Rabelais e de seus colegas da Faculdade de Medicina, se alguns vieram a ser renomados em seu tempo; a montagem é descrita como acontecendo em Montpellier em 1531. O que Epistemão chama de enciliglote (*encyliglotte*) é uma má-formação do músculo que liga a língua e o palato.*

A piada com os versos latinos é complexa: Panurgo cita um dístico como se fosse um dito dos juristas aos médicos; na verdade, ele mistura o dístico Dat Galenus opes, dat Justinianus honores/ Ex aliis paleas, ex istis collige grana *("Dá Galeno riquezas, Justiniano dá honras,/ Pegue palha de outros, e grãos procure com eles") com a piada feita aos médicos. Nela, os juristas diziam:* Stercus et urina Medici sunt prandia prima *("Fezes e urina são pro doutor a comida mais fina"); e os*

Terceiro livro
175

médicos respondiam Nobis sunt signa, uobis sunt prandia digna *("Neles vemos as sinas, e vocês as comidas mais dignas"), é o que Rondíbilis tenta corrigir sem compreender que caiu num chiste de Panurgo. Na versão de Panurgo, a tradução seria "Fezes e urina são pro doutor a comida mais fina./ Pegue palha de outros, e grãos procure com eles".*

A rubrica do Digesto *intitulada* De uentre inspiciendo custodiendoque partu *significa em latim "para examinar o ventre e vigiar o parto"; aqui também descobrimos que Panurgo seria um jurista. O nobre-de-rosa é um tipo de moeda de ouro, que abre caminho para Rabelais criticar a venalidade dos médicos.*

―――――

"Na época (disse Carpalim) em que eu era cafetão em Orléans, não tinha cor de retórica mais útil, nem argumento mais persuasivo com as damas, para pô-las debaixo dos lençóis e atraí-las ao jogo do amor do que mostrar viva, aberta, injuriosamente como os seus maridos tinham ciúmes delas. Não inventei nadica de nada. Está escrito. E temos para isso leis, exemplos, razões e experiências diárias. Com essa persuasão na cachola, infalivelmente elas corneiam os maridos, juro por Deus (sem blasfêmia!), e vão fazer o mesmo que fizeram Semíramis, Pasífae, Egesta, as mulheres da ilha de Mendes, no Egito, censuradas por Heródoto e Estrabão, bem como outras cachorras dessa laia.

— Verdade (disse Ponócrates)! Eu já ouvi falar que o papa João XXII, quando um dia passava pela abadia de Socafundo, recebeu um pedido da abadessa e madres discretas para lhes conceder um indulto, pelo qual poderiam se confessar umas com as outras, alegando que as mulheres de religiões têm algumas imperfeiçõezinhas secretas e sentem uma vergonha intolerável de revelá-las aos homens confessores, e que mais livremente, mais intimamente as diriam umas às outras sob o selo da confissão. 'Não há nada (respondeu o papa) que eu não lhes outorgue de bom grado, mas estou vendo um inconveniente aí. É que a confissão precisa se manter secreta. Dificilmente vocês mulheres a calariam.

— Calamos sim (disseram elas), e muito melhor que os homens.' No mesmíssimo dia o santo pai lhes deu uma caixa para guardarem; dentro dela tinha mandado botar um pintarroxo, suplicando docemente que o mantivessem num lugar seguro e secreto, prometendo com jura de papa outorgar o pedido, se o guardassem em segredo, porém fazendo uma rigorosa proibição de que não poderiam de modo algum abri-la, sob pena de censura eclesiástica e de excomunhão eterna. Mal fez a proibição, e elas já chamuscavam

a cuca com o ardor de ver o que tinha lá dentro, só esperando o papa botar um pé para fora, para aí bisbilhotar. O santo pai, depois de dar a bênção, partiu para o alojamento. Ele não estava nem a três passos da abadia, quando as boas damas todas num bando correram para abrir a caixa proibida e ver o que tinha lá dentro. No dia seguinte, o papa as visitou com o intuito, assim lhes pareceu, de liberar o indulto. Mas antes de entabular a conversa, mandou que trouxessem a caixa. E a trouxeram. Só que o passarinho não estava mais lá. Então ele lhes provou que coisa dificílima seria para elas calar as confissões, já que em tão pouco tempo não tinham guardado segredo daquela caixa tão bem confiada.

— Senhor mestre nosso, seja mui bem-vindo! Tive imenso prazer em ouvi-lo! E louvo a Deus por tudo. Nunca mais o vi depois que atuou em Montpellier com nossos antigos amigos Antonio Saporta, Guy Bouguier, Balthazar Noyer, Tolet, Jean Quentin, François Robinet, Jean Perdrier e François Rabelais, a mortal comédia daquele que desposou uma mulher muda.

— Eu estava lá (disse Epistemão). O bom marido queria que ela falasse. Ela falou por arte de um médico e de um cirurgião, que lhe cortaram a enciglote que ela tinha sob a língua. Recobrada a fala, ela passou a falar tanto, mas tanto, que o marido retornou ao médico atrás de um remédio para fazê-la se calar. O único remédio era a surdez do marido contra essa falação interminável de mulher. O palhaço ficou surdo sei lá por qual feitiço que fizeram. A esposa, ao ver que ele tinha ficado surdo, e que estava falando para as paredes, porque não era escutada, ficou possessa. Depois, quando o médico veio pedir a paga, o marido respondeu que estava surdo de verdade e que não ouvia o pedido. O médico jogou no dorso dele um pó de não sei

Terceiro livro 177

quê, por cujo poder ele endoideceu de vez. Então o marido doido e a esposa possessa se juntaram e tanto bateram no médico e no cirurgião, que o deixaram quase morto. Nunca ri tanto na vida quanto nessa pathelinagem.

— Voltando à vaca fria (disse Panurgo), as suas palavras traduzidas do lero-lero ao francês querem dizer que devo ousar o casamento, sem me preocupar em ser corno. Deu com os burros n'água! Senhor mestre nosso, tenho cá para mim que no dia das minhas núpcias você estará ocupado com suas práticas e não poderá comparecer. Eu perdoo.

Stercus et urina Medici sunt prandia prima.
Ex aliis paleas, ex istis collige grana.

— Você se confundiu (disse Rondíbilis), o verso seguinte é assim:

Nobis sunt signa, uobis sunt prandia digna.

Se minha mulher se comportar mal, eu quero ver a urina (disse Rondíbilis), tomar o pulso e ver a disposição do baixo-ventre e das partes umbilicais, segundo recomenda Hipócrates, *Aforismos*, 2.35, antes de seguir adiante.

— Não, não (disse Panurgo), não é assim que se faz! Isso cabe a nós juristas, que temos a rubrica *De uentre inspiciendo*. Eu preparo um clister bárbaro. Nem precisa deixar de lado os seus afazeres mais urgentes. Eu vou enviar uma carne de lata para a sua casa. E será sempre nosso amigo." Depois se achegou e sem dizer uma só palavra pôs na mão dele quatro nobres-de-rosa. Rondíbilis os catou na maior, depois disse atiçado, como que afrontado: "He, he, he, senhor, não precisava! Muito obrigado mesmo assim. Dos malvados eu nunca aceito nada. E nunca nada recuso dos homens de bem. Estou sempre à sua disposição.

— Com a paga, disse Panurgo.

— Óbvio", respondeu Rondíbilis.

Capítulo 35

Como o filósofo Bobinócã
trata a dificuldade do casamento

Seguindo a conversa, temos uma espécie de interrupção ex machina, *com a chegada abrupta de Gargântua, que deveria estar no país das fadas, segundo lemos em*
Pantagruel, *cap.* 23. *O nome do cachorro,* Kyne, *é derivado do grego* κύων/κυνός
*("cachorro") e talvez sirva como chiste com os filósofos cínicos, termo derivado da
mesma palavra; ao mesmo tempo, existe uma relação com o* Livro de Tobias *(cujo
cachorro não tem nome), porque o capítulo 8 da obra era citado com frequência nos
debates da época sobre o matrimônio. Bobinócã se mostra um herdeiro da filosofia
cética, ligada ao nome de Pirro, com a tese de que a ataraxia seria alcançada evitan-
do juízos sobre o mundo.*

A imagem da tocha passada de mão em mão está em Erasmo, Adágios, *1.2.28,*
Curso lampada trado, *e 4.5.29,* De manu in manum, *remete aos jogos olímpicos. A
história da mulher citada por Gargântua (o filósofo grego não nomeado é Aristipo,
fundador da escola cirenaica) e da espartana citada por Pantagruel são ambas de-
rivadas de Erasmo,* Apotegmas, *3.31 e 2.32, onde as anedotas também terminam
com moral, depois de boas risadas. Ser neutro, na medicina, indica quando um mesmo termo participa de dois pontos extremos; a mesma situação na lógica escolástica é designada como "médio". Santo Enviado é São Paulo, porque "enviado" traduz o grego "apóstolo"; a citação é tirada e desdobrada a partir de 1 Coríntios, 7:29,
que, por ser ambígua, era usada na época para defender opiniões opostas sobre o
casamento.*

*Por fim, Pantagruel age como se esperaria na época de um conhecedor dos de-
bates, buscando harmonizar as diferentes opiniões pela áurea mediania, a partir do
uso das polissemias e usando ideias tiradas de* Gênesis, *2:18,* Cícero, Dos deveres,
1.22, e Erasmo, Adágios, *4.8.81,* Nemo sibi nascitur, *já usado antes.*

―――――

Findas essas palavras, Pantagruel disse ao filósofo Bobinócã: "Leal amigo, de mão em mão a tocha chega até você. É hora de responder: Panurgo
deve ou não se casar?

― Os dois, respondeu Bobinócã.

Terceiro livro   179

— O que você está dizendo? perguntou Panurgo.
— O que você ouviu, respondeu Bobinócã.
— O que eu ouvi? perguntou Panurgo.
— O que eu disse, respondeu Bobinócã.
— Haha! Lá vamos nós, disse Panurgo. Eu passo. Então devo ou não me casar?
— Nem um, nem outro, respondeu Bobinócã.
— Que o diabo me carregue (disse Panurgo), se eu não ficar biruta, e pode me carregar se eu estiver entendendo. Espere um minuto: vou botar os óculos na orelha esquerda, para ouvir melhor."

Nesse instante Pantagruel percebeu perto da porta da sala o cachorrinho de Gargântua, que ele chamou de Kyne, porque esse era o nome do cachorro de Tobias. Então disse a toda a turma: "Nosso rei não está longe daqui: vamos nos levantar". Terminada essa palavra, Gargântua entrou na sala de jantar. Todos se levantaram para fazer a reverência. Gargântua, depois de cumprimentar afavelmente todos os presentes, disse: "Meus bons amigos, façam-me o favor, eu suplico, de não deixarem seus lugares nem a conversa. Me tragam aqui no canto da mesa uma cadeira. Me deem de beber para brindar à turma toda. Vocês são muito bem-vindos. Então me digam: qual é o assunto da conversa?". Pantagruel lhe respondeu que, com a vinda do segundo prato, Panurgo tinha proposto um assunto problemático, a saber, se ele deveria ou não se casar, que o padre Hipotadeu e o mestre Rondíbilis tinham terminado suas respostas, e que, quando ele entrou, quem estava respondendo era o fiel Bobinócã. E que primeiro, quando Panurgo perguntou "Devo ou não me casar?", respondeu "Os dois ao mesmo tempo"; e na segunda vez respondeu "Nem um, nem outro". "Panurgo reclama dessas inconsistentes e contraditórias respostas e protesta que não entendeu patavinas.

— Entendi (disse Gargântua), acho. A resposta é similar ao que disse um antigo filósofo, quando interrogado se tinha uma certa mulher que diziam ser sua. 'Eu (disse ele) sinto que dá liga, mas ela nem liga. Eu a possuo, não sou possuído.'

— Resposta parecida (disse Pantagruel) deu uma serva de Esparta. Perguntaram para ela se tinha tido um caso com algum homem. Respondeu que não, jamais, embora alguns homens tivessem tido um caso com ela.

— Assim (disse Rondíbilis), sejamos neutros, como na medicina, e médios, como na filosofia, por participação de um e outro extremo, por abnegação de um e outro extremo e pela divisão do tempo ora em um, ora em outro extremo.

— O Santo Enviado (disse Hipotadeu) me parece ter declarado mais com mais clareza, quando disse: 'Os que são casados, sejam como não casados; os que têm mulheres sejam como se não as tivessem'.

— Eu interpreto (disse Pantagruel) ter e não ter mulher do seguinte jeito: que ter mulher é tê-la para o uso que a natureza lhe criou, que é para ajuda, diversão e convívio com o homem; não ter mulher é não se amolengar por ela, para que ela não contamine aquele supremo e único afeto que deve o homem a Deus, nem largue os deveres que deve por natureza à pátria, à república e aos amigos, nem largue no descaso os estudos e negócios, para agradar continuamente sua mulher. Se tomarmos desse jeito o ter e não ter mulher, não vejo inconsistência nem contradição nos termos."

Terceiro livro

Capítulo 36

Continuação das respostas de Bobinócã, filósofo efético e pirrônico

A farsa sobre a filosofia continua, parodiando o modelo do diálogo filosófico, provavelmente a partir das Acadêmicas, *de Cícero, que eram a obra mais conhecida do ceticismo antigo à época; Rabelais parece sugerir que essa corrente estava ganhando predominância e usar Bobinócã como exemplo, até mesmo por suas respostas mecanicamente evasivas. Já no título, convém lembrar que o termo "efético", do grego* ἐφεκτικός, *designa o que Sexto Empírico considerava ser o verdadeiro ceticismo derivado de Pirro, que seria marcado pela suspensão do juízo.*

Na sua primeira fala, Pantagruel confunde mais uma vez Heráclito com Demócrito (cf. Pantagruel, *cap. 13). As sentenças disjuntivas são aquelas formadas por oposições excludentes, o termo vem da dialética. Dido lamenta o fim de seu relacionamento com Eneias, quando este é chamado pelos deuses a seguir o seu destino, em Virgílio,* Eneida, *4.550-1:* Non licuit thalami expertem sine crimine uitam/ degere more ferae tales nec tangere curas! *("Eu não pude provar do leito e viver sem ofensas,/ feito fazem as feras, sem sofrer estas dores!").*

O cinto de Bérgamo era um tipo conhecido de cinto de castidade produzido na cidade italiana de mesmo nome. A imagem de prender animais ou pessoas é derivada do brocardo do direito Verba ligant homines, taurorum cornua funes *("Palavras prendem os homens; cordas, os cornos de touros"). "Desastre", no fim do capítulo, tem o sentido etimológico de "mau astro" que influencia a vida. Mirelingues é um nome inventado por Rabelais.*

"Você fala com a harmonia de um órgão musical, respondeu Panurgo. Mas acho que eu desci ao poço tenebroso, onde Heráclito dizia estar escondida a Verdade. Não vejo bulhufas: não entendo necas, sinto meus sentidos todos obnubilados. E desconfio pacas que fui enfeitiçado. Eu vou falar com outro estilo. Fiel amigo, não se mexa! Não embolse nada! Joguemos os dados de novo e falemos sem disjuntivas. Essas partes mal juntadas lhe avexaram, pelo que estou vendo. Agora, por Deus, me diga: devo me casar?

BOBINÓCÃ. Ao que parece.
PANURGO. E se eu chego ao ponto de não me casar?
BOB. Não vejo mal algum.
PAN. Não vê nem mesmo um ponto?
BOB. Nem um, ou a vista me engana.
PAN. Eu já achei mais de quinhentos.
BOB. Pode contar.
PAN. Falei impropriamente, tomando número certo por incerto, determinado por indeterminado. Quero dizer: muitos.
BOB. Estou ouvindo.
PAN. Não consigo ficar sem mulher, por todos os diabos!
BOB. Fora com essas criaturas vis!
PAN. Por Deus, que seja! Porque os meus salmingondinos dizem que deitar sozinho ou sem mulher é uma vida de bruto, que nem dizia Dido em suas lamentações.
BOB. Às suas ordens.
PAN. Benzadeus! Estou feito! Então me caso.
BOB. Quiçá.
PAN. Vou me dar bem?
BOB. Depende com quem.
PAN. Se estiver bem com alguém, tal como espero, vou ser feliz?

Terceiro livro

BOB. Um tanto.

PAN. Vamos na contramão. E se estiver mal com alguém?

BOB. Tem culpa eu?

PAN. Mas me aconselhe, por favor! O que devo fazer?

BOB. O que quiser.

PAN. Eita-lelê.

BOB. Não me invoque nada, eu suplico.

PAN. Em nome de Deus, que seja! Só quero que você me dê um conselho! O que você me aconselha?

BOB. Nada.

PAN. Me caso?

BOB. Eu não estava lá.

PAN. Não chego ao ponto de casar?

BOB. Não é comigo.

PAN. Se não me casar, nunca serei corno?

BOB. Pensei nisso.

PAN. Vamos pôr assim: eu estou casado?

BOB. Onde vamos pôr?

PAN. Quer dizer, suponhamos que eu esteja casado.

BOB. Estou de mãos atadas.

PAN. Merda no meu nariz! Claro que se eu pudesse xingar no miudinho ia me dar um baita alívio. Mas vai. Paciência. E então, se estiver casado, serei corno?

BOB. Bem que diriam.

PAN. Se minha mulher for virtuosa e casta, nunca serei corno?

BOB. Parece falar a coisa certa.

PAN. Escute.

BOB. Como quiser.

PAN. Ela vai ser virtuosa e casta? Só falta esse ponto.

BOB. Tenho dúvidas.

PAN. Você nunca a viu?

BOB. Não que eu saiba.

PAN. Por que então duvidar de uma coisa que você nem conhece?

BOB. Porque sim.

PAN. E se a conhecesse.

BOB. Ainda mais.

PAN. Pajem, meu querido, pegue aqui meu chapéu, tome, menos os óculos, e vá lá no fundo da corte xingar meia horinha por mim. Depois xingo por você, quando quiser. Mas quem vai me cornear?

184   François Rabelais

BOB. Alguém.

PAN. Juro por beudocéu que vou lhe dar uma sova, senhor Alguém!

BOB. Se está dizendo.

PAN. O dianho, o que não tem branco no olho, me carregue então, se não puser um cinto de Bérgamo na minha mulher, toda vez que sair do meu serralho.

BOB. Olha a língua!

PAN. Minha língua está contada, cantada e cagada! Vamos ao ponto final.

BOB. Não digo que não.

PAN. Espere. Já que neste local eu não posso lhe arrancar um sangue, vou sangrá-lo em outra veia. Você se casou, ou não?

BOB. Nem um, nem outro, e os dois ao mesmo tempo.

PAN. Deus nos ajude! Estou suando em bicas, pela mortedeu, e já sinto a digestão parada. Todos os meus frenos e metafrenos e diafragmas estão suspensos e tesos para incornofiltrar na algibeira da cachola o que você está dizendo e respondendo.

BOB. Em nada me afeta.

PAN. Caceta! Fiel amigo, você é casado?

BOB. Creio que sim.

PAN. Já foi outra vez?

BOB. Possivelmente.

PAN. Se deu bem na primeira vez?

BOB. Não é impossível.

PAN. E nesta segunda, como está se dando?

BOB. Como designa o destino fatal.

PAN. Agora sério, está bem?

BOB. Parece.

PAN. Ah, pelo amor de Deus! Pelo fardo de São Cristóvão, eu preferia tirar um peido de um jegue morto do que uma solução de você! Mas desta vez eu pego. Fiel amigo, vamos dar vergonha ao diabo do inferno, confesse a verdade. Você já foi corno? Digo, o você que está aqui, não o você que está lá embaixo jogando tênis.

BOB. Não, se não foi predestinado.

PAN. Pela carne, eu nego, pelo sangue, renego, pelo corpo, renuncio: ele me escapa!" Diante dessas palavras Gargântua se levantou e disse: "Louvado seja o bom Deus entre todas as coisas! Pelo que estou vendo, o mundo ficou malandrinho desde que eu o conheci. Foi a esse ponto que chegamos? Então hoje os mais cultos e prudentes filósofos entraram no frontistério e escola dos pirrônicos, aporéticos, céticos e eféticos? Louvado seja o bom Deus! Realmente a gente poderia de agora em diante pegar os leões pelas jubas, os cavalos pelas crinas, os bois pelos cornos, os búfalos pela fuça, os lobos pelo rabo, os bodes pela barba, os pássaros pelos pés. Mas esses filósofos não seriam pegos pelas suas palavras. Adeus, meus bons amigos". Pronunciadas tais palavras, ele se retirou do bando. Pantagruel e os outros queriam segui-lo, mas ele não permitiu.

Saído Gargântua da sala, Pantagruel disse aos convidados: "O *Timeu* de Platão, no começo da assembleia, conta os convidados; nós, pelo contrário, vamos contá-los no fim. Um, dois, três: cadê o quarto? Não era o nosso amigo Bridaganso?". Epistemão respondeu que foi à casa dele convidá-lo, mas não o encontrou. Um meirinho do Parlamento Mirelinguês, em Mirelingues, tinha vindo procurá-lo e convocá-lo para comparecer pessoalmente e diante dos senadores para justificar uma sentença que havia dado. Por isso tinha partido um dia antes, a fim de se representar no dia determinado e não cometer uma falta por revelia. "Quero (disse Pantagruel) entender a parada. Faz mais de quarenta anos que ele é juiz em Fonsbeton; nesse tempo todo deu mais de quatro mil sentenças definitivas. Duas mil trezentas e nove sentenças dadas por ele sofreram apelação pelas partes condenadas na corte soberana do Parlamento Mirelinguês, em Mirelingues; todas por arresto foram ratificadas, aprovadas e confirmadas; e as apelações foram revertidas e anuladas. Que agora ele tenha sido pessoalmente convocado já na velhice, ele que sempre viveu tão santo em seu ofício, não pode acontecer sem um desastre. Eu quero de todo coração prestar ajuda e equidade. Sei que hoje tanto já se agravou a maldade do mundo, que o bom direito precisa de ajuda. E neste instante intento me dedicar a isso, por medo de sofrer qualquer surpresa." Aí limparam as mesas. Pantagruel concedeu aos convidados presentes preciosos e dignos de honra, como anéis, joias e baixelas de ouro e prata, e depois de agradecer cordialmente a todos, se retirou para seus aposentos.

Capítulo 37

Como Pantagruel persuade Panurgo
a pedir conselho a um louco

Temos aqui uma leitura da loucura do Evangelho, ante a sabedoria aparente do mundo; certamente é um capítulo em diálogo mais cerrado com o Elogio da loucura de Erasmo, publicado em 1511. Compare-se com 1 Coríntios, 3:18-20: "Ninguém se engane a si mesmo. Se alguém dentre vós se tem por sábio neste mundo, faça-se louco para ser sábio. Porque a sabedoria deste mundo é loucura diante de Deus; pois está escrito: Ele apanha os sábios na sua própria astúcia. E outra vez: O Senhor conhece os pensamentos dos sábios, que são vãos". A história do churrasqueiro e do faquino julgados pelo louco era recorrente na época, inclusive em livros de direito como De legibus connubialibus et iure maritali (Sobre as leis do casamento e o jus marital), de Tiraqueau; e o nome de Seigny Joan está na tradição literária como o símbolo do bufão.

A imagem do rato preso no piche é tirada de Erasmo, Adágios, 2.3.68, Mus picem gustans. As inteligências celestes, no pensamento da época, são a segunda hierarquia dos anjos, encarregada de cuidar do nosso mundo. Fauno de fato tinha o outro nome de Fatuelo e era comumente representado como casado com Fátua; o termo latino fatuus tem a ambiguidade que aqui interessa, pois significa ao mesmo tempo "tolo" e "adivinho". A lista do nascimento de reis e loucos está em Erasmo, Adágios, 1.3.1, Aut regem aut fatuum nasci oportet. A lenda de Corebo, filho do rei Mígdon, diz que ele enlouqueceu depois da queda de Troia. Caillette foi um bufão da corte de Luís II; em Adágios, 2.9.64, Stultior Coroebo, Erasmo é quem cita Euforião. Giovanni d'Andrea ou Johannes Andreae (c. 1270-1348) foi um especialista em direito canônico; o rescrito papal é o de Onório III, no séc. XIII; depois temos mais três jurisconsultos italianos dos sécs. XV e XVI: Nicolau Tedesco, o Panormita (1386-1445), Barbazia e Jasão de Maino (1435-1519). O tornês de Felipe era uma moeda de prata com a imagem de Felipe V da França. A Rota era o maior tribunal eclesiástico, uma corte de doze prelados, onde havia tribunais de apelação. Os areopagitas eram os membros do tribunal Areópago, em Atenas.

———

Pantagruel, ao se retirar, entreviu na galeria Panurgo em pose de doido varrido, pirando e balançando a cabeça, aí lhe disse: "Você está parecendo um camundongo preso no piche: quanto mais tenta se soltar, mais se prega. Do mesmo jeito, quanto mais tenta sair dos laços da perplexidade, mais do que antes fica ali pregado, e não sei que remédio lhe passar, fora um. Escute só. Muitas vezes ouvi de um provérbio popular que 'Um louco bem ensina um sábio'. Já que as respostas dos sábios não o deixaram satisfeito, peça conselho a um louco. Pode ser que, fazendo isso, você saia mais satisfeito e contente. Graças ao aviso, conselho e predição dos loucos, você já sabe quantos príncipes, reis e repúblicas foram salvos, quantas batalhas vencidas, quantas perplexidades resolvidas. Nem preciso rememorar os exemplos. Você vai aquiescer com este argumento. Porque, tal como quem olha de perto seus afazeres privados e domésticos, que está sempre atento e vigilante ao governo do lar, cujo espírito nunca devaneia, que não perde nenhuma ocasião de adquirir e empilhar bens e riquezas, que com cautela sabe impedir os inconvenientes da pobreza, você chama de sábio mundano, mesmo que besta ele seja aos olhos das inteligências celestes; assim é necessário ser diante delas sage e, assim digo, presságio por aspiração divina e apto para receber o benefício da adivinhação, esquecer a si mesmo, ficar fora de si, esvaziar os sentidos de todo apego terreno, purgar o espírito de toda humana solicitude e lançar tudo na indiferença. O que vulgarmente se atribui à loucura. Desse jeito o vulgo imperito chamou de Fatuelo o grande vaticinador Fauno, filho de Pico, o rei dos latinos. Desse jeito vemos nós entre os jograis, na distribuição dos papéis do tolo e do simplório, que sempre são representados pelo mais perito e perfeito ator da companhia. Desse jeito dizem os matemáticos que um mesmo horóscopo serve à natividade de reis e de tolos. E dão o exemplo de Eneias e Corebo, que Euforião considerava louco, e que tinham o mesmo genetlíaco. E não fujo do assunto se lhe contar o que disse Giovanni Andrea sobre o cânon de um certo rescrito papal endereçado ao prefeito e aos cidadãos de La Rochelle e, depois dele, o Panormita sobre o mesmo cânon, Barbazia sobre as *Pandectas* e, recentemente, Jasão em seus *Conselhos* acerca de Seigny Joan, o louco citadino de Paris, bisavô de Caillete. Eis o causo:

Em Paris, na churrascaria do Petit Châtelet, em frente à porta de um churrasqueiro um faquino estava comendo seu pão na fumaça do churrasco e o achava assim perfumado muito mais saboroso. O churrasqueiro o deixou lá. No fim, quando todo o pão tinha sido engolido, o churrasqueiro pega o faquino pelo colarinho, querendo que pagasse pela fumaça do churrasco. O faquino dizia que em nada tinha estragado suas carnes, nada tomado do outro, nada lhe devia. A fumaça em questão evaporou para fora, e assim como de outro modo ela se perderia, nunca se ouviu dizer que em Paris al-

guém vendesse fumaça de churrasco na rua. O churrasqueiro replicou que a fumaça do seu churrasco não alimentaria nenhum faquino e jurou que, se não lhe pagasse, iria tomar os ganchos dele. O faquino sacou o bastão e ficou em defesa. Foi uma pega-pra-capar daqueles. O povo babaca de Paris correu para o bafafá de todas as partes. Bem naquela hora ali se encontrava Seigny Joan, o louco citadino de Paris. Ao entrevê-lo, o churrasqueiro perguntou ao faquino: 'Quer confiar a nossa quizila ao nobre Seingy Joan?

Terceiro livro

— Arre-égua, ô se quero!', respondeu o faquino. Então Seigny Joan ouviu a desavença dos dois, mandou que o faquino tirasse da bolsa uma moeda de prata. O faquino botou na sua mão um tornês de Felipe. Seigny Joan o pegou e botou sobre o ombro esquerdo, como que avaliando se tinha peso, depois o bateu na palma da mão esquerda, como que para ouvir se era de qualidade, depois o pousou na pupila do olho direito, como que vendo se estava bem cunhada. Feito tudo isso em grande silêncio de todo o povo babaca, para a confiante espera do churrasqueiro e desespero do faquino. Por fim a tilintou várias vezes de frente para a porta. Depois, em pose de majestade presidencial, segurando no punho sua vara que nem um cetro, e ajeitando no coco o chapéu de pele falsa com orelhas de papel, cingido com canos de órgão, depois de dar umas duas ou três tossidas prefatórias, mandou a plenos pulmões: 'A corte vos declara que o faquino, que comeu pão na fumaça do churrasco, civilmente pagou ao churrasqueiro com o bom som da sua prata. Ordena a supracitada corte que cada um se retire ao seu cada qual, sem custos, e com razão'. Essa sentença do louco parisiense pareceu tão justa e até admirável aos doutores supracitados, que duvidaram até que, caso o litígio tivesse sido levado ao parlamento do local, ou à Rota de Roma, ou mesmo caso fosse pelos areopagitas decidido, se seria mais juridicamente sentenciado por eles. Por isso, considere a ideia de pedir conselho a um louco."

Capítulo 38

Como Triboullet recebe um brasão
de Pantagruel e Panurgo

Este capítulo apresenta uma invenção formal de Rabelais, que é o duplo brasão ao mesmo tempo. Triboullet era figura histórica; nativo da cidade de Blois, foi um bobo da corte de Luís XII e de Francisco I (ele é quem dará origem ao Rigoletto de Verdi) até morrer por volta de 1536 (parte da piada funciona por que fou *em francês designa tanto o louco quanto o bobo/bufão); seu nome sugere algo como "agitado" ou "atribulado", mas também as "três bolas" que todo bobo da corte tinha em seu chapéu. Aqui temos dois brasões simultâneos, que por vezes dialogam e por vezes se afastam: o de Pantagruel tendendo ao positivo, e o de Panurgo tendendo ao negativo aos olhos do pantagruelismo; por exemplo, Pantagruel começa com tópica astrológica, Panurgo puxa para o chão e migra para a produção de vinho; mas temos várias deformações e piadas internas, que o leitor deve procurar livremente, para até mesmo se perder.*

O legado a latere *era representante do papa dotado de poderes excepcionais. As Quirinais eram as festividades em honra do deus romano Quirino, celebradas no dia 17 de fevereiro; eram chamadas de* stultorum feria *("festas dos tolos"), cf. Ovídio, Fastos, 2.511-3. Bonadies era o nome de um deus árcade segundo Pausânias, Descrição da Grécia, 26, e Bonadea é um nome para a deusa Fátua, ou Fauna, de fato representada como esposa de Fauno/Fatuelo, que Rabelais transforma em avó do deus.*

———

"Juro pela minha alma (respondeu Panurgo) que vou fazer isso! Acho que as minhas tripas se esticaram. Antes eu estava travado e constipado. Mas assim como escolhemos a mais fina nata da sabedoria para o conselho, também gostaria que em nossa consulta presidisse alguém que fosse louco em grau soberano.

— Triboullet (disse Pantagruel) me parece competentemente louco."
Panurgo responde: "Própria e totalmente louco.

PANTAGRUEL	PANURGO
l. fatal.	l. de alta escala.
l. por natureza.	l. de bequadro e bemol.
l. celeste.	l. terrestre.
l. jovial.	l. alegre e brincalhão.
l. mercurial.	l. jubiloso e fanfarrão.
l. lunático.	l. empomponado.
l. errático.	l. embolotado.
l. excêntrico.	l. ensinetado.
l. etéreo e junônio.	l. risonho e venéreo.
l. ártico.	l. de lia.
l. heroico.	l. de mosto.
l. genial.	l. de primeira trasfega.
l. predestinado.	l. de fermento.
l. augusto.	l. original.
l. cesarino.	l. papal.
l. imperial.	l. consistorial.
l. real.	l. conclavista.
l. patriarcal.	l. bulista.
l. original.	l. sinodal.
l. leal.	l. episcopal.
l. ducal.	l. doutoral.
l. bandeiral.	l. monacal.
l. senhorial.	l. fiscal.
l. palatino.	l. extravagante.
l. principal.	l. de borlas.
l. pretorial.	l. de corte simples.
l. total.	l. jebal.
l. eleito.	l. graduado, diplomado em loucura.
l. curial.	l. comensal.
l. primípilo.	l. de primeira classe.
l. triunfante.	l. caudatário.
l. ordinário.	l. de supererrogação.
l. doméstico.	l. colateral.
l. exemplar.	l. *a latere* alterado.
l. raro e peregrino.	l. bobo.
l. áulico.	l. passageiro.
l. civil.	l. no poleiro.

l. popular.	l. afalcoado.
l. familiar.	l. nobre.
l. insigne.	l. malhado.
l. favorito.	l. saqueador.
l. latino.	l. de rabo novo.
l. vulgar.	l. pássaro selvagem.
l. temerário.	l. despirocado.
l. transcendente.	l. barbeado.
l. soberano.	l. empolado.
l. especial.	l. supragalocanticado.
l. metafisical.	l. corolário.
l. extático.	l. levantino.

Terceiro livro

l. categórico.
l. predicável.
l. decúmano.
l. oficioso.
l. de perspectiva.
l. aritmético.
l. algébrico.
l. cabalístico.
l. talmúdico.
l. de amálgama.
l. compendioso.
l. abreviado.
l. hiperbólico.
l. antonomástico.
l. alegórico.
l. tropológico.
l. plenonástico.
l. capital.
l. cerebral.
l. cordial.
l. intestino.
l. hepático.
l. esplenético.
l. ventoso.
l. legítimo.
l. de azimute.
l. de almucântara.
l. proporcional.
l. de arquitrave.
l. de pedestal.
l. parágono.
l. célebre.
l. alegre.
l. solene.
l. anual.
l. legal.
l. recreativo.
l. vilático.
l. simpático.

l. sublime.
l. carmesim.
l. cor de grão.
l. burguês.
l. espanador.
l. prendível.
l. modal.
l. de segundas intenções.
l. almanaqueiro.
l. heteróclito.
l. tomista.
l. abreviador.
l. à mourisca.
l. bem bulado.
l. mandatário.
l. capuchonário.
l. titular.
l. dissimulado.
l. casmurro.
l. bem-dotado.
l. ruim das garras.
l. colhudo.
l. escolar.
l. desventado.
l. culinário.
l. de alta cepa.
l. de espeto.
l. avariado.
l. catarrento.
l. janota.
l. de 24 quilates.
l. bizarro.
l. enviesado.
l. aloprado.
l. com cacetes.
l. de bugiganga.
l. de boas.
l. de largura.
l. tropeçante.

l. privilegiado.

l. tosco.

l. ordinário.

l. de toda hora.

l. em diapasão.

l. resoluto.

l. hieroglífico.

l. autêntico.

l. de valor.

l. precioso.

l. fanático.

l. fantástico.

l. linfático.

l. pânico.

l. alambicado.

l. indesagradável.

l. detonado.

l. de tasca.

l. de pleno busto.

l. pomposo.

l. pintoso.

l. na lata.

l. de rebus.

l. de patrão.

l. de chapelão.

l. de aba larga.

l. à damascena.

l. tauxiado.

l. damasquinado.

l. baritonante.

l. mosqueado.

l. à prova de arcabuz.

PANT. Se havia um motivo para outrora em Roma chamarem de Quirinais a festa dos loucos, com justiça na França poderíamos instituir as Tribouilletinais.

PAN. Se todos os loucos usassem um rabicho, a bunda dele ficaria esfoladaça.

PANT. Se ele fosse o deus Fatuelo, de que já falamos, marido da deusa Fátua, seu pai seria Bonadies, e sua avó Bonadea.

PAN. Se todos os loucos esquipassem, mesmo que tivessem pernas tortas, ele estaria uma boa toesa à frente. Vamos atrás dele sem descanso. Dele teremos uma boa solução, assim espero.

— Eu quero (disse Pantagruel) assistir ao julgamento de Bridaganso. Enquanto eu sigo até Mirelingues (do outro lado do Loire), vou despachar Carpalim para trazer Triboullet de Blois para cá." Então despachou Carpalim. Pantagruel, acompanhado de seus domésticos Panurgo, Epistemão, Ponócrates, frei João, Ginasta, Rizótomo e outros, partiu a caminho de Mirelingues.

Capítulo 39

Como Pantagruel assiste ao julgamento do juiz Bridaganso, que sentenciava os processos com lances de dados

A pesquisa de Panurgo tem uma pausa neste capítulo e nos próximos cinco, para vermos o julgamento de Bridaganso e o uso de dados, que terão um papel crucial para o pensamento sobre o acaso em Rabelais. Optei por não traduzir as referências legais inúmeras, quase todas abreviadas e em latim, além dos nomes dos teóricos (de modo que a maior parte do público da época já não compreenderia quase nada, talvez nem soubesse pronunciar) porque entendo que elas fazem parte da piada com o jargão jurídico latino, embora sejam feitas quase sempre usando leis reais tirada do Corpus Iuris Civilis (Digesto, Pandectas, Institutas e Autênticas) organizado pelo imperador Justiniano em 533-34, bem como do Corpus Iuris Canonici (Decreto, cinco livros de Decretais, Livro Sexto, Clementinas e Extravagantes).

No entanto, deixo aqui aos interessados as abreviações dos textos, que por vezes aparecem com variações:

Archid.: *Arquidiácono (designa o canonista italiano Guido de Bayso, séc. XIV)*

Auth.: Authenticae *(Autênticas, ou Novas constituições)*

c.: canon *(cânon)*

C.: Codex *(código, em geral; o* Codex Justinianus, *ou Código Justiniano)*

Cle.: Constitutiones Clementinae *(Constituições Clementinas, de Clemente V)*

d.: distinctio *(distinção, a divisão das recolhas do direito canônico)*

Decre.: Decretales *(Decreto de Graciano I, e Decretais de Gregório IX)*

Extra.: Extravagantes *(Extravagantes de João XXII)*

ff.: Digesta *(Digesto, a compilação das máximas dos jurisconsultos clássicos gregos e romanos, cujo centro eram as* Pandectae, *ou Pandectas)*

gl.: glosa *(glosa de alguma lei)*

I.: Institutiones *(Institutas, uma espécie de manual de direito)*

iur.: iura *(direito)*

l.: lex *(lei)*

lib. VI.: Liber Sextus *(Livro Sexto, de Bonifácio VIII)*

no.: nota *(nota, observação)*

q.: quaestio *(questão)*

reg.: regula *(regra, regulamento)*

Spec.: Speculum iudiciale *ou* Speculator *(Espelho judicial ou Especulador, um tratado publicado entre 1271 e 1276 por Guilherme Durando)*

François Rabelais

As leis costumam ser citadas pelas suas primeiras palavras, como se fosse um nome, que mesmo assim não traduzi, pois continuam conhecidas em latim. Uma ou outra frase em latim eu optei por traduzir em nota de rodapé, porque funcionam como adágios. O que importa é o resultado absurdo de um juiz que acerta suas sentenças por quarenta anos apenas usando dados e confiando que essa é a prática de todos, ao mesmo tempo que demonstra uma erudição (embora feita de brocardos da época, presentes em livros como Brocardia iuris *e* Flores legum*) nas citações do direito canônico, que assim fica completamente esvaziado de sentido prático e se torna mero jargão. É por isso que Bridaganso apela para a lei que libera quem tem apenas um testículo, por nascença ou acidente, para servir no exército, assim como agora ele tem problemas de vista; ou a lei do maior vício, que versa sobre filhos deserdados; depois usará a lei sobre a Sorte, ou Acaso, sem compra, para argumentar sobre o uso de dados, uma prática efetiva da época, mas apenas para os casos excessivamente obscuros, como apelo à intervenção divina.*

A corte centúnvira, formada por cem juízes, é portanto igual à corte de Paris, na época. Toucheronde é o nome de um local próximo a Ligugé, mas a figura é, para além disso, desconhecida; ele é designado como esleu, *que traduzo como assessor, tal como Screech verte por* legal Assessor. *A história de Isaac, Esaú e Jacó está em Gênesis, 27:1-34. Trincamelo é tradução sonora para Trincamelle, que provavelmente funciona como anagrama quase perfeito de* Tiraquellum, *nome latino de Tiraqueau na forma acusativa.*

Um dado é importante: os advogados realmente guardavam os expedientes em sacos. Os nomes citados são Baldo (cf. nota introdutória ao cap. 12), Bártolo (cf. nota introdutória ao cap. 19), Henri Ferrandat de Nevers, glosador das Decretais, *e Alessandro Tartagni de Imola, famoso canonista italiano do séc. XV.*

––––––

No dia seguinte, na hora marcada, Pantagruel chegou a Mirelingues. Os presidentes, senadores e conselheiros pediram para que entrasse junto com eles e ouvisse a decisão das causas e as razões que alegaria Bridaganso por ter dado uma certa sentença contra o assessor Toucheronde, que não parecia de modo algum ajustada àquela corte centúnvira. Pantagruel entra animado e lá encontra Bridaganso no meio da audiência, sentado, e a todos os argumentos e escusas respondendo apenas que tinha ficado velho e que não tinha a vista mais tão boa como de praxe, alegando inúmeras misérias e infortúnios que a velhice traz consigo, tais como *not. per Archid. d. LXXXVI, c. tanta.* Por isso, não reconhecia com tanta distinção os pontos dos dados tal como no passado. Então podia ser que, tal como Isaac, já velho e ruim da vista, confundiu Jacó com Esaú, também ele na decisão do processo em questão teria confundido quatro com cinco, notadamente no que tange ao fato de ter usado dados pequeninos. E, por disposição do direito, as imperfeições da Natureza não devem ser imputadas como crime, segundo aparece *ff. de re milit. qui cum uno. ff. de reg. iur. l. fere. ff. de edil. ed. per totum. ff. de term. mo. l. Diuus Adrianus resolu. per Lud. Ro. in l. si uerò ff. solu. matri.* E se alguém agisse diferente, não acusaria o homem, mas a Natureza, como é evidente em *l. maximum uitium. C. de lib. praeter.*

"De que dados (perguntou Trincamelo, grande presidente da corte) o senhor está falando, meu caro?

— Dos dados (respondeu Bridaganso) dos julgamentos, *Alea iudiciorum*, sobre os quais escreveu *doct. 26 q. II. c. Sors l. nec emptio. ff. de contrah. emp. l. quod. debetur. ff. de pecul. et ibi Barthol.* E aqueles dados que os senhores amiúde usam nesta corte soberana, assim como todos os outros juízes na decisão dos processos, seguindo o que anotou o doutor Henr. Ferrandat e *no. gl. in c. fin. de sortil. et l. sed cum ambo. ff. de iudi. ubi doct.* observam que a sorte é muito boa, honesta, útil e necessária ao juízo dos processos e dissensos. Ainda mais claramente disseram Bal. Bart. e Alex. *C. communia de l. Si duo.*

— E como (perguntou Trincamelo) o senhor fazia isso, meu caro?

— Eu (respondeu Bridaganso) responderei brevemente segundo o ensinamento da *l. Ampliorem §. in refutatoriis. C. de appella.* e o que diz *Gl. l. I. ff. quod met. cau. Gaudent breuitate moderni.*[1] Eu faço o mesmo que os senhores e como é a prática da judicatura, à qual nossos direitos sempre ordenam deferência, *ut no. extra. de consuet. c. ex. literis. et ibi Innoc.* Depois de ver, rever, ler, reler, compulsar, folhear as queixas, intimações, comparecimentos, comissões, informações, suplementos, produções, alegações, declarações de intenções, contradições, pedidos, perguntas, réplicas, dúplicas, tréplicas, escrituras, objeções, agravantes, reservas, recapitulações, confrontações, acareações, libelos, atestados de apelações, cartas régias, compulsórias, declinatórias, antecipatórias, convocações, envios, reenvios, conclusões, dilatórias, acordos, recursos, confissões, razões finais, bem como outras lambujens e temperos de uma e outra parte, como deve fazer o bom juiz segundo o que está em *no. Spec. de ordinario. §. III. et tit. de offi. om. iu. §. si. et de rescriptis praesenta. §. I.* Eu ponho na ponta da mesa do meu gabinete todos os sacos do defensor e lanço sua sorte primeiro, como fazem os senhores. E está em *not. l. Fauorabiliores. ff. de reg. iur. et in c. cum sunt eod. tit.*

---

[1] "Os modernos adoram a brevidade." Fórmula marcada para a redação do direito moderno, mas que contrasta com a prática geral, bem como a específica de Bridaganso.

lib. VI que diz: *Cum sunt partium iura obscura, reo fauendum est potius quam actori.*[2] Feito isso, ponho os sacos do querelante, como os senhores, na outra ponta, *vis-à-vis.* Pois, *opposita iuxta se posita magis elucescunt,*[3] *ut not. in l. I. §. uideamus. ff. de his qui sunt sui uel alie. iur. et in l. munerum. I. mixta. ff. de muner. et honor.* Do mesmo modo, ao mesmo tempo, lanço a sua sorte.

— Mas (perguntou Trincamelo), meu caro, como o senhor desvenda a obscuridade dos direitos pretendidos pelas partes litigantes?

— Como os senhores (respondeu Bridaganso), a saber, quando há muitos sacos cheios das duas partes. Então eu uso os meus dados pequeninos, como os senhores, seguindo a lei, *Sempre in stipulationibus. ff. de reg. iur.* e a lei capital versificada *q. eod. tit. Semper in obscuris quod mininum est sequimur,*[4] canonizada *in c. in obscuris eod. tit. lib. VI.* Tenho também uns grandes, bem bonitos e harmoniosos, que uso, como os senhores, quando o assunto é mais fluido, ou seja, quando há menos sacos cheios.

— Feito isso (perguntou Trincamelo) como é que o senhor sentencia, meu caro?

— Como os senhores, respondeu Bridaganso, sentencio em favor daquele cujo lance primeiro alcançar a sorte do dado judiciário, tribunício, pretório. Assim ordenam nossos direitos, *ff. qui po. in pig. l. potior. leg. creditor. C. de consul. l. I. Et de reg. iur. in VI. Qui prior est tempore, potior est iure.*"[5]

---

[2] "Quando os direitos das partes são obscuros, convém antes favorecer o réu do que o acusador."

[3] "Termos opostos, quando justapostos, ganham clareza."

[4] "Num caso obscuro, sempre buscamos o mínimo."

[5] "O primeiro em data tem preferência na lei."

Terceiro livro

Capítulo 40

Como Bridaganso expõe as causas
para examinar os processos
que ele decidia no lance de dados

Este capítulo segue a argumentação, com a vertigem das citações latinas abreviadas, para justificar o atraso no uso dos dados: 1) manter a forma do julgamento; 2) garantir lazer e exercício aos oficiais da lei; e 3) madurar as coisas e acalmar os perdedores do litígio.

Otomano Vadare é completamente desconhecido; tal como Tielman Picquet, mas sabemos que havia uma família Picquet em Montpellier, onde Rabelais estudou medicina. No jogo da mosca (que verti em Gargântua, *cap. 22, como "mosca cega"), o indivíduo escolhido por mosca era perseguido pelos outros jogadores; Bridaganso lê a passagem difícil da lei que fala de* Muscarii *(alguns glosadores interpretavam como* Musivarii) *como referência aos jogadores dessa brincadeira banal, que teria sido inventada por um certo Musco. A referência a Tomás de Aquino se encontra na* Suma teológica, *II, 2, qu. 168, art. "Se pode haver alguma virtude nos jogos". Mais nomes aparecem citados: Bartolomeu de Saliceto, jurisconsulto de Bolonha (sécs. XIV-XV), e o cardeal F. Zabarella, jurisconsulto e comentador italiano (sécs. XIV-XV), os dois são tirados da obra de Tiraqueau,* De nobilitate *(Da nobreza). Também aparece no fim do penúltimo parágrafo, junto a Bártolo, Giovanni da Prato, jurisconsulto toscano (séc. XV).*

———

"Certo, mas (perguntou Trincamelo), meu caro, já que o senhor fazia por meio de sorte e lance de dados os seus julgamentos, por que não lançava a sorte no dia e hora em que as partes controversas compareciam diante do senhor, sem maiores atrasos? De que lhe servem as escrituras e outros documentos contidos nos sacos?

— Como para os senhores (respondeu Bridaganso), elas me servem para três coisas perquiridas, requeridas e autênticas. Em primeiro lugar, para a forma, com cuja omissão tudo que se faz perde valor, como bem prova *Spec. tit. de instr. edi. et tit. de rescrip. praesent.* Ademais, os senhores sabem muito melhor que amiúde em processos judiciários as formalidades destroem as materialidades e substâncias. Pois *forma mutata mutatur substantia.*[6] *ff. ad exhib. l. Julianus ff. ad leg. falcid. l. Si is quis quadrigenta. Et extra. de deci. c. ad. audientiam, et de celebra. miss. c. in quadam.*

Em segundo lugar, como para os senhores, me servem de exercício honesto e salutar. O falecido mestre Otomano Vadare, grande médico, como os senhores diriam, *C. de comit. et archi. lib. XII,* me disse muitas vezes que a falta de exercício corporal é a única causa da pouca saúde e brevidade da vida dos senhores e de todos os oficiais da justiça. O que antes dele já fora mui bem observado por Bart. *in l. i. C. de senten. quae pro eo quod.* Por isso, para os senhores e por conseguinte para nós, *quia accessorium naturam sequitur principalis,*[7] *de reg. iur. lib. VI. et. l. cum principalis. et l. nihil dolo. ff. eod. titu. ff. de fideiusso. l. fideiussor. et extra de offi. de leg. c. I,* são concedidos alguns jogos de exercício honesto e recreativo. *ff. de al. lus. et aleat. l. solent. et autent. ut omnes obediant, in princ. coll. vii. et ff. de praescript. verb. l. si gratuitam. et l. I. C. de spect. lib. XI.* E é a mesma opinião do doutor Tomás *in secunda secundae quaest. clxviii.* muito a propósito alegada pelo doutor Alber. de Ros., que *fuit magnus practicus*[8] e doutor solene, segundo atesta Barbazia *in prin. consil.* A razão é exposta *per gl. in prooemio. ff. §. ne autem tertii.*

Interpone tuis interdum gaudia curis.[9]

De fato, um dia, no ano de 1489, quando tinha algum negócio bolsal na câmara dos senhores secretários-gerais, ao entrar ali por permissão pecuniária do porteiro, como os senhores bem sabem que *pecuniae obediunt omnia,*[10] segundo disse Bald. *in l. Singularia. ff. si certum pet.,* e Salic. *in l. recepticia. C. de constit. pecun.* e Card. *in Cle. I. de baptis.,* encontrei todos jogando mosca como exercício saudável antes da refeição, ou depois; para mim é indiferente, visto que *hic no.*[11] que o jogo da mosca é honesto, sau-

---

[6] "Mudada a forma, muda-se a substância."

[7] "Porque o acessório segue a natureza do principal."

[8] "Que foi um grande prático." A referência é a Alberico de Rosata (*c.* 1290-*c.* 1355), jurista italiano autor de um *Lexicon* que também organizava brocardos jurídicos.

[9] "Interponha prazeres em meio aos tantos anseios." Dionísio Catão, *Dísticos*, 1.18, presente no proêmio do *Digesto*.

[10] "Tudo obedece ao dinheiro."

[11] "Notem bem."

Terceiro livro

dável, antigo e legal *a Musco inuentore de quo. C. de petit. haered. l. si post motam.* e *Muscarii I*, aqueles que jogam mosca são escusáveis do direito, *l. I. C. de excus. artif. lib. X*. E quem fazia a mosca era o mestre Tielman Picquet, lembro bem, e ria porque todos os senhores na tal câmara esgarçavam os chapéus de tanto batê-los nos ombros e dizia, não obstante, que, para suas mulheres, o esgarçamento dos chapéus não seria escusável quando retornassem do palácio, por *c. i. extra. de praesump. et ibi gl.* Ora, *resolutorie loquendo*, eu diria, como os senhores, que não existe exercício tal, nem mais aromatizante neste mundo palatino, do que esvaziar sacos, folhear papéis, anotar arquivos, encher cestos e examinar processos, *ex* Bart. e Io. *de pra. in l. falsa. de condit. et demon. ff.*

Em terceiro lugar, como os senhores, considero que o tempo amadurece tudo; com o tempo, tudo se evidencia; o tempo é pai da Verdade, *gl. in l. I. C. de seruit. Autent. de restit. et ea quae pa. et Spec. tit. de requis. cons.* É por isso que, como os senhores, eu atraso, delongo e difiro o julgamento, a fim de que o processo, já bem ventilado, peneirado e debatido, chegue na sucessão do tempo à sua maturidade, e a sorte depois seja mais docemente tolerada pelas partes condenadas, como *no. glo. ff. de excu. tut. l. Tria onera: Portatur leuiter quod portat quisque libenter.*[12] Se julgar ainda cru, verde e no começo, perigoso seria do inconveniente que os médicos dizem decorrer quando se corta um abscesso antes que esteja maduro, quando se purga do corpo humano algum humor nocivo antes de sua concocção. Porque, como está escrito *in Autent. Haec constit. in inno. const. prin.*; e também repete *gl. in c. Caeterum. extra de iura. calum. Quod medicamenta morbis exhibent, hoc iura negotiis.*[13] A Natureza, ademais, nos instrui a colher e comer os frutos quando estão maduros, *Instit. de re. di. §. is ad quem. et. ff. de acti. empt. l. Iulianus.* Casar as filhas quando elas estão maduras, *ff. de donat. int. uir. et uxo. l. cum hic status. §. si quia sponsa. et. 27. q. i. c. Sicut dict. gl.: Iam matura thoris plenis adoleuerat annis Virginitas*,[14] nada fazer, senão em plena maturidade, *XXIII. q. II. §. ult. et XXXIII. d. c. ult.*"

---

[12] "Quem suporta alegre, suporta o peso mais leve."

[13] "O que os remédios fazem para as doenças, a lei faz para os negócios."

[14] "Já madura e certa em seus anos para o leito do casamento está sua virgindade."

Capítulo 41

Como Bridaganso narra a história
do moderador de processos

Este capítulo faz um jogo entre apoincteur *(o conciliador, ou moderador de litígios) e* colher *à* poinct *(maduro); por isso optei por manter as similaridades com "moderador" e "maduro"; com isso perco, por outro lado, o eco de* apoincteur *e* Poictiers.

Brocardium iuris é um livro de brocardos do direito, e vemos que é realmente a formação de Bridaganso, aqui fingindo ser um professor. Tonho Tongo é tradução do francês Perrin Dendin, *para recriar a relação sonora de nome e sobrenome e a transparência de* dendin *("ingênuo", "simplório", "tolo") com o termo "tongo"; Tenot, o nome de seu filho, é o diminutivo de* Étienne, *por isso imaginei um diminutivo oral de Estêvão como Tevim. Poitiers era cidade renomada pelos estudos de direito. Smarves, Montmorillon e Pathenay-le-Vieux são cidades da região de Poitiers, o mesmo vale para a série de lugares logo depois mencionados. O Concílio de Latrão (1512-17, que recusou o antipapal Concílio de Pisa) aboliu em 1516 a Pragmática Sanção (1438, que defendia a Igreja Galicana, ou Francesa); ambos funcionam como figuras carnavalescas a partir de ações da Igreja Católica.*

Tonho Tongo lista uma série de guerras importantes da época: o rei Luís XII esteve em litígio com os venezianos entre 1508 e 1513; em 1515, o rei Francisco I selou a paz perpétua de Friburgo com os cantões suíços; os ingleses e escoceses (aliados tradicionais da França) passaram o séc. XVI em confronto contínuo, e na batalha de Flodden, em 1513, contra Henrique VIII, Tiago IV foi morto; os enfrentamentos de Ferrara ao papado e do turco ao sufi (rei da Pérsia) são temas das "Cartas da Itália", de Rabelais (cf. Volume 3); os conflitos entre moscovitas e tártaros são tratados no Prólogo do Quarto livro.

"Eu me lembro, a propósito (continuou Bridaganso) que na época em que eu estudava direito em Poitiers com o *Brocardium iuris*, havia em Smarves um tal de Tonho Tongo, homem honrado, bom trabalhador, afinado no coro, homem de crédito, com a mesma idade que os mais velhos dos senhores, que dizia ter visto o grande homem no Concílio de Latrão com seu enor-

Terceiro livro

203

me chapéu vermelho, junto com a nobre senhora Pragmática Sanção, sua esposa, com um longo vestido de cetim persa e um terço imenso de azeviche. Esse homem de bem moderava mais processos do que conseguiam julgar em todo o palácio de Poitiers, no auditório de Montmorillon, no salão de Pathenay-le-Vieux, o que o tornava respeitado em toda a vizinhança. De Chauvigny, Nouaillé, Croutelle, Aigne, Ligugé, La Motte, Lusignan, Vivonne, Mezeaux, Étable e lugares confins, todos os debates, processos e diferendos eram por sua decisão decididos, como juiz soberano, muito embora juiz não fosse, mas homem de bem. *Arg. in l. sed si unius. ff. de iureiu. et de uerb. oblig. l. continuus.* Não se matava um porco em toda a vizinhança, sem que ele recebesse um teco de grelhado ou chouriço. Vivia quase sempre de banquete, festa, casamento, batismo, fim de resguardo, e no boteco, para fazer alguma moderação, é claro. Porque nunca moderava as partes sem fazê-las beberem juntas em sinal de conciliação, de moderação perfeita e de nova alegria, *ut no. per doct. ff. de peri. et comm. rei vend. l. I.*

Ele teve um filho chamado Tevim Tongo, moço massa e fuça elegante, que Deus me ajude. Que do mesmo jeito queria se meter a moderar litigantes, como o senhores sabem que

> *Saepe solet similis filius esse patri*
> *Et sequitur leuiter filia matris iter.*[15]

ut ait gl. VI. q. I. c. Si quis. g. de. cons. d. V. c. I. fi. est no. per doct. C. de impu. et aliis subst. l. ult. et l. legitimae. ff. de stat. hom. gl. in l. quod si nolit. ff. de edil. ed. l. quis. C. ad le. Jul. maiest. Excipio filios a moniali susceptos ex monacho,[16] *per gl. in c. Impudicas. XXVII. q. I.* E entre os títulos que deu a si mesmo, havia o de Moderador de Processos. Nesse negócio era bem ativo e vigilante. Pois *uigilantibus iura subueniunt,*[17] *ex l. pupillus. ff. quae in fraud. cred. et ibid. l. non enim. et instit. in prooemio,* pois logo que ele cheirava *ut. ff. si quad. pau. fec. l. Agaso. gl. in uerbo. olfecit. i. nasum ad culum posuit,*[18] ouvindo terem movido no país um processo ou debate, ele se incumbia de moderar as partes. Está escrito: *Qui non laborat, non ma-*

---

[15] "Filho costuma crescer sempre puxando pro pai./ Filha costuma seguir fácil os passos da mãe", um brocardo em verso que se desdobrará nas leis comentadas abaixo.

[16] "Faço exceção aos filhos nascidos de monja e de monge."

[17] "As leis ajudam o vigilante."

[18] "Pôs o nariz no traseiro." A lei busca explicar o termo *olfecit* tratando de quando um cavalo cheira o traseiro de uma mula, lei gerada pelo simples verbo "cheira".

nige ducat,[19] e o diz *gl. ff. de dam. infect. l. quamuis.* E *Currere* mais que passo *uetulam compellit egestas,*[20] *gl. ff. de lib. agnos. l. Si quis, pro qua facit. l. si plures* C. *de cond. incer.* Mas nesses casos era tão infeliz, que nunca moderou um diferendo sequer, por mais ínfimo que fosse. Em vez de moderar, ele os irritava e amargava ainda mais. Os senhores bem sabem que

Sermo datur cunctis, animi sapientia paucis.[21]

gl. ff. de alie. iu. mu. caus. fa. l. II. E diziam os baristas de Smarves que, com ele, em um ano não vendiam o mesmo tanto de vinho de conciliação (assim chamavam o vinho bom de Legugé) que vendiam com seu pai em meia hora. Acontece que ele se queixou com o pai e imputou as causas do fracasso à perversidade dos homens de sua geração, francamente objetando que, se no passado o mundo fosse assim perverso, litigioso, barafundado e imoderável, o pai não teria adquirido a honra e o título de Moderador tão irrefragável como o que tinha. Nisso Tevim agia contra a jurisdição que proíbe os filhos de reprocharem seus próprios pais, *per gl. Bar. l. III. §. Si quis. ff. de condi. ob caus. et autent. de nup. §. Sed quod sancitum coll. IIII.*

'Convém (respondeu Tonho) fazer diferente, Tongo, meu filho. Ora, quando o *opportet* vem à praça, mais convém que assim se faça, *gl.* C. *de appell. l. eos etiam.* Não é aí que a lebre se escondeu. Você nunca modera os diferendos. Por quê? Você os pega desde o começo, quando ainda estão verdes e crus. Eu deixo tudo madurar. E por quê? Eu pego bem no fim, maduros e digeridos. Assim diz *gl.*

Dulcior est fructus post multa pericula ductus.[22]

l. non moriturus. C. *de contrah. et comit. stip.* Você não sabe que o ditado popular diz: 'Feliz do médico chamado no declínio da doença'? A doença

---

[19] "Se alguém não quiser trabalhar, não manje também." Em *2 Tessalonicenses,* 3:10, que era usado como brocardo, se lê: "Se alguém não quiser trabalhar, não coma também". Deformo a tradução, porque Bridaganso muda o latim de *manducet* para *manige ducat.*

[20] "A necessidade faz a mulher velha apressar o passo." Bridaganso mistura latim com francês macarrônico, e faço o mesmo na tradução.

[21] "Fala é dada pra todos, sabedoria pra poucos." Sentença de Catão. Rabelais apresenta apenas o segundo verso, sem mostrar o primeiro: *Contra uerbosos noli contendere uerbis:* "Contra os mais palavrosos não queira lutar com palavras".

[22] "É mais doce o fruto, depois dos perigos, maduro."

Terceiro livro

entrava em crise e já tendia ao fim, mesmo que o médico nem chegasse. Meus litigantes também por si mesmos declinavam na fase final do litígio, porque suas bolsas estavam vazias, por si mesmos paravam de processar e apoquentar, não tinha mais bufunfa no mocó para apoquentar e processar:

Deficiente pecu, deficit omne, nia.[23]

Faltava só alguém que servisse de paraninfo e mediador, que falasse primeiro de uma moderação, para assim salvar ambas as partes dessa perniciosa vergonha de que alguém dissesse: 'Esse aí se rendeu primeiro, falou primeiro de uma moderação, cansou primeiro, não tinha a lei do seu lado, sentiu o baque do cacete'. Aí (Tongo) é que eu chego, que nem toicinho na ervilha. É a minha hora. É o meu ganho. É minha chance. E lhe digo (Tongo, meu filho querido) que com este método eu poderia fazer paz, ou ao menos trégua, entre o grande rei e os venezianos, entre o imperador e os suíços, entre os ingleses e os escoceses, entre o papa e os ferrarenses. Posso ir mais longe? Deus me ajude! Entre o turco e o sufi, entre os tártaros e os moscovitas. Ouça bem. Eu os pegaria bem na hora em que estivessem ambos fartos de guerrear, quando tivessem esvaziado os cofres, esgotado as bolsas dos súditos, vendido os domínios, hipotecado as terras, consumido os víveres e provisões. Então, por Deus ou sua mãe, seriam forçosamente forçados a respirar e pegar leve nos crimes. É a doutrina *in gl. XXXVII. d. c. Si quando.*

Odero si potero, si non, inuitus amabo."[24]

---

[23] "Quando falta gra, tudo falta, na." Verso do poeta Ênio, com a tmese violenta.

[24] "Odiarei, se puder; se não, amarei a contragosto", Ovídio, *Amores*, 3.2.35. Não existe o cânon *Si quando* antes mencionado, criando portanto uma confusão nas falas.

Capítulo 42

Como nascem os processos
e como chegam à perfeição

Bridaganso continua sua argumentação rocambolesca; para perorar usa um conto tirado de Pietro Aretino, Dialogo del Giuoco *(Diálogo do Jogo), de 1545, porém inserindo falas em dialeto gascão, que verti para uma espécie de mineirês radical; a cena se passa durante o cerco de Estocolmo pelos dinamarqueses em 1518, sob o comando de Cristiano II da Dinamarca. Crissé é uma família de Anjou aliada aos Du Bellay. Gratianauld é figura desconhecida. Hondrespondres é adaptação do baixo-alemão para* Hundert Pfunder *("cem libras"), uma gíria da época para designar os mercernários lansquenetes.*

"É por isso que (continuou Bridaganso), como os senhores, eu contemporizo esperando a maturidade do processo e sua perfeição em todos os membros, ou seja, escrituras e sacos. *Arg. in l. si maior. C. commu. diui. et de cons. d. I. c. Solennitates. et ibi gl.* Um processo, quando primeiro nasce, me parece, como aos senhores, informe e imperfeito. Tal como um urso, quando nasce, não tem pés nem mãos, pele, pelo, nem cabeça, não passa de um pedaço de carne bruta e informe. A ursa, de tanto lamber, leva à perfeição dos membros, *ut no. doct. ff. ad leg. Aquil. l. II. in fi.* Assim vejo, como os senhores, que nascem os processos: no começo informes e sem membros. Têm apenas um ou dois documentos, ainda é um bicho feio. Mas depois de serem bem encorpados, encasados e ensacados, podemos dizer que estão de fato membrudos e formados. Pois *forma dat esse rei,*[25] *l. si is qui. ff. ad leg. falci. in c. cum dilecta extra de rescrip.* Barbazia *consil. 12. lib. 2.* e antes dele Bald. *in c. ulti. extra de consue. et l. Julianus. ff. ad exib. et l. quaesitum. ff. de lega. III.* De tal maneira que assim diz *gl. p. q. l. c. Paulus: Debile prin-*

---

[25] "A forma dá o ser à coisa."

Terceiro livro

cipium melior fortuna sequetur.[26] Como os senhores, igualmente os sargentos, porteiros, intimadores, chicaneiros, procuradores, comissários, advogados, inquiridores, tabeliães, notários, escribas, e juízes pedâneos, *de quibus tit. est lib. III. Cod.*, sugando forte e firme as bolsas das partes, engendram nos processos cabeça, pés, garras, bico, dentes, mãos, veias, artérias, nervos, músculos, humores. São os sacos, *gl. de cons. d. IIII. c. accepisti: Qualis uestis erit, talia corta gerit.*[27] *Hic no.* que nessa qualidade mais felizes são os litigantes que os ministros da justiça. Porque *beatius est dare, quam accipere,*[28] *ff. comm. l. III. et extra de celebra. miss. c. cum Marthae. Et 24. q. I. c. Odi. gl.: Affectum dantis pensat censura tonantis.*[29] Assim deixam o processo perfeito, elegante e bem formado. Como diz *gl. can. Accipe, sume, cape, sunt Verba placentia Pape.*[30] O que mais claramente diz Alber. de Ros. *in uerb. Roma:*

> *Roma manus rodit, quas rodere non ualet odit.*
> *Dantes custodit, non dantes spernit et odit.*[31]

Tem motivo? *Ad praesens oua cras pullis sunt meliora,*[32] *ut est glo. in. l. quum hi. ff. de transac.* O inconveniente do contrário é exposto *in gl. C. de allu. l. fi.: Cum labor in damno est, crescit mortalis egestas.*[33] A verdadeira etimologia de processo vem de que no seu progresso ele tem que se encher por sacos. E para isso temos uns brocardos divinos: *Litigando iura crescunt. Litigando ius acquiritur.*[34] *Item gl. in c. Illud ext. de praesumpt. et. C. de prob. l. instrumenta. l. non epistolis. l. non nudis.*

---

[26] "Para um fraco princípio seguem melhores fortunas."

[27] "Como a roupa estiver, seu coração há de ser."

[28] "Mais bem-aventurada coisa é dar do que receber." *Atos*, 20:35.

[29] "A censura de quem trovejar pesa no afeto de quem dá." Alusão a Júpiter, deus da justiça e do raio, que fulminaria os criminosos.

[30] "Toma, pega, rapa: palavras que agradam ao papa."

[31] "Roma rói as arestas, ou então as detesta./ Por quem dá protesta, a quem não dá só detesta."

[32] "Ovos de agora superam frangos futuro afora."

[33] "Quando o trabalho é dureza, cresce mortal a pobreza." Sentença de Catão.

[34] "Litigando, os direitos crescem. Litigando, o Direito chega."

Et cum non prosunt singula, multa iuuant.[35]

— Certo (perguntou Trincamelo), meu caro, e como o senhor procede em ação criminal, quando a parte acusada é pega em *flagrante crimine*?

— Como os senhores (respondeu Bridaganso), deixo e recomendo ao acusador que durma bastante para entrar com o processo, depois compareça diante de mim, trazendo um bom e jurídico atestado de que dormiu segundo a *gl. 32 q. VII. c. Si quis cum. Quandoque bonus dormitat Homerus*.[36] Tal ato engendra um outro membro, e dele nasce um outro, tal como de malha em malha se faz a cota de malha. Por fim, acabo entendendo que o processo está bem formado de informações e perfeito em seus membros. Então retorno aos meus dados. E uma interpolação dessas eu não faço sem razão e experiência digna de nota.

Lembro que, no campo de Estocolmo, um gascão chamado Gratianauld, nativo de Saint-Sever, tinha perdido no jogo todo seu bagarote e, irritadíssimo com isso, como os senhores bem sabem que *pecunia est alter sanguis*,[37] *ut ait* Anto. de Butrio *in. c. accedens. II. extra ut lit. non contest.* e Bald. *in l. si tuis. C. de op. li. per no. et. l. aduocati. C. de aduo. diu. iud. Pecunia est uita hominis, et optimus fideiussor in necessitatibus*,[38] na saída do cassino dizia a plenos pulmões a seus companheiros: '*Cuzcré, cumpádi, quiu mautoné tintorte! Ara co perdi uns vincatro carcai, carco nos truco, trique e truque. Ogum docês qué caí no pau coeu?*'. Ninguém responde, e ele passa ao campo dos hondrespondres para reiterar as mesmas palavras, desafiando ao combate consigo. Mas eles diziam: '*Der Guascongner thut schich usz mitt eim jedem ze schlagen, aber er ist geneigter zu staelen darumb lieben fravven hend serg zu inuerm hausraut*'.[39] E ninguém do bando se ofereceu ao combate. Por isso, passa o gascão ao campo dos sicários franceses, dizendo a mesma coisa e os desafiando ao combate com cambalhotas gascônicas. Mas ninguém lhe dá bola. Então o gascão lá no fim do campo se deitou perto das tendas do parrudo cavaleiro Cristiano de Crissé e dormiu. Nes-

---

[35] "Se esforço esparso é vão, em muitos salvarão."

[36] "Vez por outra, Homero cochila." Horácio, *Arte poética*, 359.

[37] "Dinheiro é um outro sangue." Tirado de Antonio de Butrio, jurisconsulto de Bolonha (séc. XV).

[38] "Dinheiro é a vida de um homem e o melhor fiador nas necessidades."

[39] "O gascão diz que quer brigar com alguém, mas está é querendo roubar: queridas mulheres, prestem atenção nas malas!" Está em baixo-alemão, com a grafia de Rabelais.

sa hora, um sicário, que também tinha perdido toda a sua bagalhoça, saiu com espada em riste, bem decidido a combater com o gascão, já que tinha perdido como ele:

Ploratur lachrymis amissa pecunia ueris,[40]

diz *glo. de poenitent. dist. 3. c. Sunt plures*. De fato, depois de procurá-lo pelo campo, por fim o encontrou adormecido. Aí disse: 'De pé, bebê, por todos os diabos, se levante! Eu perdi meu dinheiro, que nem você. Vamos então pelejar na maior até roçarmos os toicinhos! Já aviso que o meu gládio não é menor que a sua espada'. O gascão bestificado respondeu: '*Pa capa de Santarnau, quem qué ocê pa mó de macordá? Co maudimé tinstrupie! Sã Sebé da Gasconha, ô drumia cano es jacu marcodô*'. O sicário o desafiou na lata ao combate, mas o gascão disse: '*Ê instrupiço, te ranco os coro, agora co rivigurei. Vá sirrivugurá um pô, intonces vem pu pau*'. Depois de esquecer a perda, perdeu também o desejo de combate. Resumo: em vez de se baterem e sem motivo se matarem, foram juntos encher a cara, cada um com a sua espada. O sono fez bem e apaziguou o flagrante furor dos dois bons campeões. Aqui cabe a fala dourada de Joan. And. *in c. ult. de sent. et re iudic. libro sexto. Sedendo et quiescendo fit anima prudens.*"[41]

---

[40] "Chora-se em pranto sincero, quando se perde dinheiro." Juvenal, *Sátiras*, 13.134.

[41] "Sentando e quietando, a alma é mais prudente." Aristóteles, *Física*, 7.3.7.

Capítulo 43

Como Pantagruel perdoa Bridaganso
pelos julgamentos feitos com lances de dados

As representações de Deus como dispensador geral de dons aparece em Roma-nos, 12:6-7, 1 Coríntios, 12:4-11, e Tiago, 1:17, e aqui servem para garantir o saber inspirado de Pantagruel, que então argumenta como Bridaganso em sua loucura poderia estar tocado pela loucura sagrada, já que suas sentenças eram sempre acer-tadas com base em 1 Coríntios, 1:27 (como já tinha feito no cap. 37).

O abade de Ardillon foi amigo de Rabelais. Fontenay-le-Comte fica ao sul de Poitiers, e ali Rabelais foi monge franciscano. Não sabemos a que serve a referência ao preboste de Montlhéry, cidade vizinha a Corbeil.

———

Nisso Bridaganso se calou. Trincamelo mandou que saísse da câmara de audiência. O que se cumpriu. Então disse a Pantagruel: "A razão deman-da, meu augustíssimo príncipe, e não só a obrigação que lhe devem este par-lamento e todo o marquesado de Mirelingues pelos seus infinitos favores, mas também o bom senso, discricional juízo e admirável doutrina que o grande Deus doador de todos os bens pôs no senhor, que lhe apresentemos a decisão deste assunto tão novo, tão paradoxal e estranho de Bridaganso, que na sua presença, a ver e ouvir, confessou julgar com lances de dados. Su-plicamos que aceite sentenciar como melhor lhe parecer judicioso e justo".

Ao que respondeu Pantagruel: "Senhores, a minha vocação profissional não é a de decidir processos, como bem sabem. Mas, como assim querem me prestar tamanha honra, em vez de cumprir o papel de juiz, farei o de supli-cante. Em Bridaganso reconheço várias qualidades pelas quais mereceria per-dão para este caso. Em primeiro lugar, a velhice; em segundo, a franqueza; sobre essas duas os senhores entendem muito melhor que facilidade de per-dão e desculpa pelo crime outorgam nosso direito e nossas leis. Em terceiro lugar, reconheço um outro caso similar deduzido do nosso direito a favor de Bridaganso: é que essa única falta deve ser abolida, extinta, engolida pelo mar imenso de tantas sentenças justas que ele deu no passado, já que por

Terceiro livro

mais de quarenta anos não encontramos nele nenhum ato digno de repreensão; é como se na margem do Loire eu jogasse uma gota de água do mar, porque essa única gota ninguém a sentiria, ninguém diria que o rio é salgado. E me parece que temos aí um não-sei-quê de Deus, que agiu e organizou para que, em seus julgamentos na sorte, todas as sentenças anteriores tenham sido consideradas boas por esta venerável e soberana corte; de Deus que, como os senhores bem sabem, amiúde pretende manifestar sua glória na confusão dos sábios, no rebaixamento dos poderosos e na elevação dos simples e humildes. Eu omitiria todas as outras coisas: apenas pediria, e não pela obrigação que afirmam ter com minha casa, que não reconheço, mas pelo afeto sincero que desde a Antiguidade os senhores em nós reconheceram tanto daqui quanto de lá do Loire, na manutenção do estado e dignidade dos senhores, para que desta vez queiram perdão lhe outorgar. E com duas condições: primeiro, que tenha satisfeito ou pretenda satisfazer a parte condenada pela sentença em questão (sobre esse artigo eu deixarei tudo em boa ordem e a contento); em segundo, que para subsídio de seu ofício os senhores lhe concedam um conselheiro mais jovem, culto, prudente, perito e virtuoso, com cuja opinião fará doravante seus procedimentos judiciários. Em caso de quererem depô-lo totalmente do cargo, pedirei com todo o empenho um presente e puro dom. Encontrarei nos meus reinos vários postos e cargos para empregá-lo e dele me servir. Para tanto, suplicarei para o bom Deus Criador, Salvador e Doador de todos os bens em sua santa graça perpetuamente os manter".

Ditas essas palavras, Pantagruel fez reverência a toda a corte e saiu da audiência. Na porta encontrou Panurgo, Epistemão, frei João e outros. Montaram a cavalo para voltarem até Gargântua. No caminho, Pantagruel já ia contando ponto a ponto a história do julgamento de Bridaganso. Frei João disse que tinha conhecido Tonho Tongo na época em que morava em Fontenay-le-Comte, sob o nobre abade Ardillon. Ginasta disse que esteve na tenda do parrudo cavaleiro Cristiano de Crissé, quando o gascão respondeu ao sicário. Panurgo tinha certa dificuldade em acreditar no sucesso dos julgamentos feitos pela sorte, ainda mais por tanto tempo. Epistemão disse a Pantagruel: "Contam uma história paralela sobre um tal preboste de Montlhéry. Mas o que você diria desse sucesso nos dados ao longo de tantos anos? No caso de um ou dois julgamentos assim feitos pelo acaso eu não me espantaria, ainda mais em assuntos por si ambíguos, intrincados, perplexos e obscuros".

Capítulo 44

Como Pantagruel conta uma estranha história sobre as perplexidades do juízo humano

Neste capítulo vemos a justificativa divina do acaso, com exemplos de quando os dados poderiam ser usados na justiça, o que remonta ao que vimos no cap. 37 sobre inteligências motrizes. Esse tipo de ideia aparece também em obras como as do jurista florentino Silvestro Aldobrandini (1500-1558). Assim, como argumenta Screech, por trás das risadas, Rabelais avança noções de direito humanista, seguindo ideias de outros, tais como Thomas More, Dialogue touching the pestilent sect of Luther and Tyndale *(Diálogo, concernente à pestilenta seita de Lutero e Tyndale), que, apesar de designar a prática como luterana, aceita o uso de dados para os casos em que não se consegue resolver de outro modo a perplexidade. O caso exemplar narrado por Pantagruel era comum entre jurisconsultos e vem de Valério Máximo,* Memorabilia, *8.1.13, e Aulo Gélio,* Noites áticas, *12.7. O resultado é uma crítica aos homens da lei que se pervertem na cobiça, fora dos passos de Deus, o "justo juiz" segundo 2 Timóteo, 4:8.*

Vítrico é o nome latino para padrasto, assim como noverca é para madrasta. O trecho em que "o Caluniador infernal se transfigura em mensageiro de luz" é citação de 2 Coríntios, 11:14, que já tinha aparecido no cap. 14, mas aqui ganha força pela continuação não citada: "Não é muito, pois, que os seus ministros se transfigurem em ministros da justiça; o fim dos quais será conforme as suas obras".

Triboniano foi um jurisconsulto que compilou as Pandectas *no séc. VI por ordens do imperador Justiniano; é uma figura também atacada por Guillaume Budé em suas* Anotações às Pandectas, *que é uma das obras mais influentes sobre Rabelais, bem como posteriormente será atacado por Montaigne,* Ensaios, *3.13. As Doze Tábuas são o mais antigo código escrito dos romanos, e os editos dos pretores passaram a fazer parte dos editos perpétuos como fundamento do direito romano. A proposta de Catão de cobrir as cortes com estrepes (armadilha feita com espinhos em todos os lados para furar os pés do inimigo, hoje usada para furar pneus de carros) está em Plínio,* História natural, *19.24.*

———

"Tal como (disse Pantagruel) foi debatida a controvérsia diante de Cneu Dolabela, procônsul na Ásia, o caso era o seguinte. Uma mulher em

Terceiro livro

Esmirna teve do primeiro marido um filho chamado Abecê. Morto o marido, depois de algum tempo, ela se casou de novo e do segundo marido teve um filho chamado Efegê. Aconteceu (como vocês bem sabem que rara é a afeição de padrastos, vítricos, novercas e madrastas para com os filhos dos falecidos pais e mães) que este marido e seu filho, à socapa e traição, mataram Abecê numa armadilha. A mulher, ao perceber a traição e malvadeza, não quis deixar o crime impune e deu morte aos dois, vingando a morte do primogênito. Ela foi pela justiça presa e levada diante de Cneu Dolabela. Na presença dele, confessou o caso, sem nada dissimular, apenas alegava que por direito e com razão os tinha assassinado. Esse era o estado do processo. Ele considerou a questão tão ambígua que não sabia para que lado se inclinar. O crime da mulher era imenso, pois tinha assassinado o segundo marido e o filho. Mas a causa do homicídio lhe parecia tanto natural quanto fundamentada no direito dos povos, visto que tinham matado seu primogênito juntos, à traição, numa emboscada, e não por algum ultraje ou injúria, apenas por cobiça de ganhar toda a herança; então por decisão a enviou aos areopagitas em Atenas, para ouvir qual era a opinião e juízo deles sobre o caso. Os areopagitas responderam que dali a cem anos ele deveria lhes enviar pessoalmente as partes litigantes, a fim de responderem a alguns interrogatórios que não estavam contidos nos autos. Ou seja, que tão grande lhes parecia a perplexidade e obscuridade do assunto, que não sabiam o que dizer, nem julgar. Se alguém decidisse o caso lançando os dados, não erraria, desse o que desse. Se contra a mulher, ela merecia a punição, já que tinha feito a vingança por si, quando pertencia à justiça. Se a favor da mulher, ela pareceria ter motivo de dor atroz. Mas em Bridaganso a duração de tantos anos me pasma.

— Eu não saberia (respondeu Epistemão) à sua pergunta responder categoricamente. Tenho de confessar. Hipoteticamente eu remeteria esse sucesso de julgamento ao aspecto benévolo dos céus e a favor das inteligências motrizes, que ao contemplarem a simplicidade e afeto sincero do juiz Bridaganso, que, desconfiado do seu próprio saber e capacidade, conhecendo as antinomias e contradições das leis, dos editos, dos costumes e decretos, percebendo a fraude do Caluniador infernal, que amiúde se transfigura em mensageiro de luz, com seus ministros, os perversos advogados, conselheiros, procuradores e outros tais, transforma o preto em branco, faz com que a fantasia de uma e outra parte acredite que está no bom direito, como vocês sabem que não existe casa tão malvada que não encontre seu advogado, e sem isso nunca haveria processo no mundo; e ele se entregava a Deus, o justo juiz, invocava a ajuda da graça celeste, se entregava ao Espírito Sacros-

santo para o desafio e perplexidade da sentença definitiva e pela sorte explorava o decreto e bom prazer dele, que nós chamamos arresto: remexeriam e revirariam os dados para caírem em favor daquele que munido da justa querela requeresse que seu bom direito fosse pela justiça mantido. Como dizem os talmudistas que na sorte não há mal contido, mas que pela sorte na aflição e dúvida dos humanos se manifesta a vontade divina.

Nem quero nem pensar ou dizer, e por certo não acredito, que seja tão anômala a iniquidade e tão evidente a corrupção daqueles que, por direito, respondem no Parlamento Mirelinguês em Mirelingues, que pior não seria um processo decidido por lance de dados, aconteça o que acontecer, do que passando por suas mãos cheias de sangue e perversa paixão. Ainda mais se todo seu diretório e judicatura usual lhes foi entregue por um tal Triboniano, homem descrente, infiel, bárbaro, tão maligno, tão perverso, tão rapace e iníquo, que vendia as leis, os editos, os rescritos, as constituições e os decretos por pura grana à parte que pagasse mais. E assim picotou seus pedaços em toquinhos e tecos das leis que eles usam, suprimindo e abolindo todo o resto que fazia da lei uma totalidade, por medo de que, se a lei restasse inteira e fossem lidos os livros dos antigos jurisconsultos sobre a exposição das *Doze Tábuas* e os editos dos pretores, sua maldade seria claramente percebida pelo mundo. Por isso muitas vezes seria melhor (quer dizer, menos pior) para as partes controversas andar sobre estrepes do que delegar seu direito às respostas de juízos deles; tal como desejava Catão, na sua época, e aconselhava que a corte judicial fosse pavimentada de estrepes."

Terceiro livro

Capítulo 45

Como Panurgo pede conselho a Triboullet

A consulta do louco fecha a série de enquetes do livro sobre o casamento de Panurgo. A questão sobre a loucura do servo que faz um vaticínio é tirada de Budé, Anotações sobre as Pandectas (o jurisconsulto Juliano é um erro de Rabelais; trata- -se de Viviano), mostrando que a discussão sobre sacudir a cabeça e seu vínculo com o transe divino era levada a sério na época; do mesmo modo os magos eram consi- derados símbolos da magia branca. Portanto o que está em jogo é avaliar o sentido da loucura de Triboullet e depois interpretar suas reações como um sinal divino.

O bobo da corte usava tradicionalmente uma espada de pau na cintura pinta- da de dourado e uma braguilha com uma bexiga de porco contendo ervilhas secas. A bexiga de porco também funcionava como parte de um tipo de gaita de foles, por isso é "ressonante". O vinho tinto bretão era cultivado em Touraine. As maçãs do tipo blant dureau *eram muito apreciadas à época. Dizem que o Triboullet real tinha uma deformação no crânio, o que pode explicar a referência à cabeça pequena com pouco espaço para o cérebro.*

O musafir era um comentador do Alcorão. A pítia aqui designa a sacerdotisa do oráculo de Delfos, na Grécia antiga, e o loureiro é a planta consagrada a Apolo, deus do vaticínio. Élio Lamprídio é um escritor romano do séc. III d.C., autor de História augusta, *sobre os imperadores. Heliogábalo foi imperador de 218 a 222 d.C. A referência à comédia de Plauto, Asinaria, está no v. 403; o outro trecho é ti- rado de Trinummus, v. 45. Os galos eram os sacerdotes de Cíbele, que realizavam um ritual de autocastração e são tema do poema 63 de Catulo, que narra o mito de Átis como uma espécie de galo mítico. A referência a Tito Lívio está em* História de Roma, 39.13.12. *Ao fim, vemos uma referência à abertura da sexta bucólica de Vir- gílio, vv. 3-4, quando Apolo puxa as orelhas do poeta; ele é dito Cíntio por receber culto no monte Cinto em Delos, sua cidade natal; a imagem é aproveitada por Eras- mo, Adágios, 1.7.40.*

Buzançais era um centro de Indre, famoso pela produção de cornamusas, ou gaitas de foles.

———

No sexto dia seguinte, Pantagruel voltou na mesma hora em que pela água chegava Triboullet. Panurgo, no desembarque, lhe deu uma bexiga de porco bem inflada e ressonante por causa das ervilhas ali dentro, depois uma espada de pau toda dourada, mais um pequeno bornal feito com casco de tartaruga, mais uma garrafa empalhada cheia de vinho bretão e um quarto de libra de maçãs *blant dureau*. "Mas então (disse Carpalim) ele é mais louco que repolho com cabeça de maçã?" Triboullet cingiu a espada e o bornal, pegou a bexiga na mão, comeu parte das maçãs, bebeu todo o vinho. Panurgo o espiava curioso e disse: "Até hoje nunca vi um louco, e já vi mais de cem mil, que não beba com gosto em longas talagadas". Depois lhe apresentou seu caso com palavras retóricas e elegantes. Antes que tivesse terminado, Triboullet lhe deu uma baita porrada entre os ombros, passou para ele a garrafa, deu um peteleco no seu nariz com a bexiga de porco, e a resposta foi apenas, chacoalhando a cabeça, dizer: "Por Deus, Deus, louco de pedra, se esperte, monge, cornamusa de Buzançais!". Ditas essas palavras vazou do bando e passou a tocar a bexiga, se deleitando com o melodioso som das ervilhas. Depois não deu para arrancar dele uma palavra sequer. E como Panurgo queria ainda interrogá-lo, Triboullet tirou sua espada de pau e partiu para cima dele.

— Estamos realmente feitos (disse Panurgo)! Mas que bela solução! É louco mesmo, isso não se pode negar; porém mais louco é quem me trouxe esse aí; e eu, loucaço, que lhe transmiti os meus pensamentos.

— Esse aí (respondeu Carpalim) visou bem no meu visor!

— Sem nos impressionarmos (disse Panurgo), vamos considerar os gestos e ditos dele. Neles percebi mistérios insignes, e já não me espanto ao ver que os turcos reverenciam uns loucos que nem os musafires e profetas. Vocês repararam como estava a cabeça antes de abrir a boca para falar, toda sacudida e balangada? Segundo a doutrina dos antigos filósofos, as cerimônias dos magos e observações dos jurisconsultos, vocês podem julgar que esse movimento era suscitado pela vinda e inspiração do espírito fatídico, que

Terceiro livro 217

bruscamente entrando com débil e sutil substância (vocês bem sabem que em cabeça pequena não pode estar um grande cérebro), a balangou daquele jeito que os médicos dizem suceder um tremor nos membros do corpo humano; ou seja, em parte graças ao peso e violento ímpeto do fardo conduzido, em parte graças à imbecilidade da força e do órgão condutor. Um exemplo claro são aqueles que, em jejum, não conseguem carregar um canecão cheio de vinho sem tremer as mãos. Era isso que outrora nos prefigurava aquela adivinhadora pítia, quando antes de responder pelo oráculo chacoalhava seu loureiro caseiro. Assim diz Lamprídio que o imperador Heliogábalo, para ser considerado adivinho em várias festas do seu grande ídolo, entre os capados fanáticos sacudia publicamente a cabeça. Assim declara Plauto em sua *Asinaria*, que Sáurias caminhava sacudindo a cabeça, que nem insano e fora de si, botando medo naqueles que o encontravam. E alhures, ao explicar por que Cármides sacudia a cabeça, diz que estava em êxtase. Assim narra Catulo, em *Berecynthia et Attis*, sobre o lugar onde as mênades, mulheres báquicas, sacerdotisas de Baco, alucinadas, adivinhas, carregando ramos de hera, sacudiam as cabeças. Como em caso similar faziam os galos, esbagoados sacerdotes de Cíbele, ao celebrarem seus ofícios. Deles isso se diz segundo os antigos teólogos, porque Κυβιστᾶι significa torcer, girar, sacudir a cabeça e fazer torcicolo. Assim escreve Tito Lívio que, nos bacanais de Roma, os homens e mulheres pareciam vaticinar por causa de alguma sacudida e chacoalhada do corpo por eles falseada. Porque a fala geral dos filósofos e a opinião do povo era que a vaticinação jamais seria dada pelos céus sem furor e contorção do corpo tremendo e se contorcendo, e não só quando a recebia, mas também quando a manifestava e declarava. De fato, Juliano, um jurisconsulto insigne, certa feita interrogado se poderiam considerar são o servo que, acompanhado por fanáticos e furiosos, conversava e por acaso vaticinava, sem ter essa sacudida da cabeça, respondeu que deveria ser tido por são. Assim vemos como agora os preceptores e pedagogos sacodem as cabeças dos discípulos (que nem fazemos com um pote pelas alças) por beliscão e pinçamento das orelhas (que é (segundo a doutrina dos sábios egípcios) o membro consagrado à memória), a fim de trazerem de volta seus sentidos, quando por acaso se desgarravam em pensamentos estranhos, como que em sobressalto por afetos disparatados, para a boa e filosófica disciplina. É o que confessa Virgílio quando tomou uma sacudida de Apolo Cíntio."

Capítulo 46

Como Pantagruel e Panurgo diversamente interpretam as palavras de Triboullet

Aqui temos o debate final, e mais uma vez Pantagruel faz a leitura sensata, enquanto Panurgo, seguindo sua filáucia, interpreta tudo às avessas, agora já plenamente representado como um velho típico das farsas. Morósofo é o louco-sábio (do grego μωρός + σοφός), termo presente já no Alexandre, 42, *de Luciano, e também utilizado no* Elogio da loucura *(Moriae encomium), 5, de Erasmo. Pantagruel considera incesto o sexo com monges, seguindo o pensamento tradicional de nomeá-los como irmãos, frades, padres, madres e irmãs.*

Panurgo faz uma piada sobre duas cidades de Lorena: Fou *(que significa "louco") fica perto de* Toul *(homófono de* tous, *"todos"). A referência a Salomão aparece apenas na* Vulgata *em* Eclesiastes, 1:15: stultorum infinitus est numerus *("infinito é o número de loucos/tolos"); a referência a Aristóteles é um tanto fantasiosa; e Avicena está no* Cânon da Medicina. *Panurgo faz uma desleitura entre* moine *("monge") e* moineau *("pardal"), que aproveito por homofonia e faço entre "monge" e "mongo" (ou até mesmo "monge"), um pássaro brasileiro, o* Manacus manacus, *mais conhecido como "rendeira". Catulo, nos poemas 2 e 3 fala do pássaro de sua amada Lésbia e o descreve como* deliciae. *Erasmo,* Adágios, 2.1.84, Ne musca quidem, *conta como o imperador Domiciano reservava uma hora do dia apenas para matar moscas.*

Vaubreton é um vilarejo perto de Chinon, terra natal de Rabelais.

"Ele diz que você é louco. E que louco? Louco de pedra, que na velhice quer em casamento se ligar e submeter. Ele diz para você: 'Se esperte, monge!'. Ponho minha honra no fogo que, graças a algum monge, você será corno. Empenho a minha honra, pois coisa maior desconheço, mesmo fosse o único e pacífico dominador da Europa, África e Ásia. Repare como me conformo com o nosso morósofo Triboullet. Os outros oráculos e respostas resolveram pacificamente que você será corno, mas não tinham ainda claramente exprimido com quem sua mulher seria adúltera e você corno. O nobre Triboullet disse. E será uma corneada infame e totalmente escandalosa. Será

Terceiro livro   219

preciso que o seu leito conjugal seja incestado e contaminado pela monjarada? Diz mais, que você será a cornamusa de Buzançais, ou seja, bem corneado, cornado e cornudo. E assim como ele, quando queria pedir ao rei Luís XII o controle do sal em Buzançais para um irmão seu, pediu uma cornamusa, você do mesmo jeito, enquanto cuida para achar uma mulher de bem e honrada para desposar, vai desposar uma mulher vazia de prudência, cheia do vento da impertinência, estridente e mala, que nem uma cornamusa. Repare mais, que com a bexiga ele lhe deu um peteleco e também uma porrada na espinha. Isso pressagia que por ela você vai tomar peteleco, vai apanhar e será afanado, tal como tinha afanado a bexiga de porco das criancinhas de Vaubreton.

— Pelo contrário (respondeu Panurgo)! Não é que eu queira me isentar na caradura do território da loucura. Dela dependo e dela sou, eu confesso. Todo mundo é louco. Em Lorena, com todo acerto, Fou fica perto de Toul. Tudo louco! Salomão disse que infinito era o número de loucos. Nada pode do infinito decair, nada se pode somar, como prova Aristóteles. E louco de pedra eu seria se, louco sendo, louco não me achasse. É isso que, do mesmo jeito, faz o número de maníacos e doidos infinito. Avicena diz que infinitas são as espécies de mania. Mas o resto dos seus ditos e gestos ele fez para mim. Ele disse para a minha mulher: 'Esperte, monge'. É o pássaro mongo, que faz as suas delícias, tal como a Lésbia de Catulo, que voará atrás de moscas e ali passará seu tempo com a mesma alegria de Domiciano com seu mata-mosca. Diz também que ela será vileira e simpática, que nem uma bela cornamusa de Saulieu ou Buzançais. O veraz Triboullet bem compreendeu minha natureza e meus sentimentos interiores. Porque eu lhe garanto que mais me agradam as lindas pastorinhas descabeladas, com o cu cheirando a tomilho, do que as damas das grandes cortes com seus ricos aparatos e olorosos perfumes de bucetim; mais me agrada o som da rústica cornamusa do que o dedilhar de alaúdes, rabecas e violinos áulicos. Ele me deu uma porrada pela minha boa esposa de espinha. Pelo amor de Deus, assim seja! Serve para deduzir a renca de penas no Purgatório! Não fez por mal. Pensou que acertava algum pajem. É um louco de bem. Inocente, eu garanto, e peca quem pensa mal dele. Eu o perdoo de coração. Ele me deu um peteleco. Serão as loucurinhas entre mim e a minha mulher, como acontece com todos os recém-casados."

220   François Rabelais

Capítulo 47

Como Pantagruel e Panurgo decidem visitar o oráculo da Divina Garrafa

Diante da garrafa dada por Triboullet, Panurgo finalmente fará sua primeira proposta, com uma tópica que vai se desdobrar até o Quinto livro.

A expressão l'único non lunático *é criação da minha parte para o jogo de* l'unique non lunatique *do original; nessa época o uso de lunático se refere mesmo ao suposto vínculo entre os loucos e a lua.*

A prática de jurar pelos rios Estige e Aqueronte, ambos do mundo dos mortos greco-romano, tinha valor até mesmo para os deuses, que seriam punidos em caso de perjúrio. O tema da viagem nos leva a duas figuras de companheiros: Acates era um dos amigos de Eneias na fuga de Troia e na viagem ao Lácio, na Eneida *de Virgílio; Dâmis foi um dos discípulos de Apolônio de Tiana (séc. I d.C.), que viajava para ganhar conhecimentos.*

Xenômanes é nome derivado do verbo grego ξενομανέω *(ter paixão por coisas estrangeiras), ou seja, um oposto do xenófobo. A referência à descida aos Campos Elísios com ajuda da Sibila é tema da* Eneida, *canto 6. Calais pertenceu antigamente à Inglaterra (daí o trocadilho com* fallot, *que verti por "fela", ambos ligados a* fellow *em inglês), e o título do governador da cidade,* deputy, *era arcaicamente* debytai, *gerando uma nova série de piadas com débitos e dívidas. O fachanês como língua é ideia fictícia e incompreensível tirada de* Le disciple de Pantagruel *(O discípulo de Pantagruel), de 1538, inicialmente mencionado em* Pantagruel, cap. 9; *importante observar que* lanterne *em francês renascentista quer dizer também nonsense e serve de gíria para "vagina", portanto "fachear" e a "língua fachanesa" buscam recriar o sentido de bobagem e de sexualidade, que servirá para toda a ilha de Facho. Traduzo como "beras palavras" o jogo de palavras em francês que troca* vrayes *por* brayes, *que remeteria ao "berro", aproveitei a proximidade entre "berro" e "bera", como cerveja.*

A espinha dorsal de São Fiacre ficava na catedral de Meaux, em Brie. Candes-Saint-Martin, onde se guardavam as relíquias de São Martinho, ficava perto de Chinon, a pátria de Rabelais.

Terceiro livro

"Olhe aqui mais outro ponto que você não considerou. Porém é o cerne da questão. Ele me passou a garrafa. Mas que diabos isso significa? O que quer dizer isso?

— Talvez (respondeu Pantagruel) signifique que a sua mulher vai ser pau-d'água.

— Pelo contrário (disse Panurgo), porque estava vazia. Eu juro pela espinha de São Fiacre de Brie que o nosso morósofo, *l'único non lunático*, Triboullet quer me mandar para a Garrafa. E renovo meu voto primeiro e juro pelo Estige e pelo Aqueronte, diante de você, que vou usar óculos no chapéu, sem usar braguilha nas calças, até que nesta aventura eu ouça a palavra da Divina Garrafa. Conheço um cara prudente e meu amigo, que conhece o lugar, o país e a região onde fica o templo e oráculo dela. Ele vai nos guiar com segurança. Vamos lá juntos, eu suplico que não me renegue! Eu serei um Acates, um Dâmis, companheiro para toda obra. Eu conheço você há muito tempo como amante das peregrinações e desejoso de todos os dias ver e todos os dias aprender. Nós vamos ver coisas admiráveis, pode acreditar.

— De boas (respondeu Pantagruel). Mas antes de partirmos para essa longa peregrinagem cheia de perigos, cheia de riscos evidentes...

— Que risco? disse Panurgo interrompendo a conversa. Os riscos fogem de mim por toda parte em que estou, num raio de sete léguas; que nem, com a chegada do príncipe, vaza o magistrado; com a chegada do Sol, chispam-se as trevas; e que nem as doenças fogem com a vinda do corpo de Candes-Saint-Martin.

— Falando nisso, disse Pantagruel, antes de pegar a estrada, temos que resolver alguns pontos. Primeiro, mandemos de volta Triboullet para Blois (o que fizeram na hora, e lhe deu Pantagruel um manto de ouro frisado). Depois, precisamos do conselho e consentimento do rei, meu pai. E mais: carece achar uma sibila para guia e intérprete." Panurgo respondeu que seu amigo Xenômanes seria o suficiente, além disso estava matutando em passar pelo país dos fachanos para lá pegar um facho aceso, culto e útil, que nessa viagem seria para eles o mesmo que fora a Sibila para Eneias ao descer pelos Campos Elísios. Carpalim, que estava passando para levar Triboullet de volta, ouviu essa conversa e gritou: "Panurgo, senhor Quite, leve o Milorde Debity de Calais, que é *good fela* e nunca esquece *debitoribus*, ou seja, os fachos. Assim você terá *fela* e vela de facho.

— Meu prognóstico é (disse Pantagruel) que na estrada não vamos engendrar melancolia. Estou vendo claramente. Só me incomodo porque não falo um bom fachanês.

— Eu (respondeu Panurgo) falarei por vocês todos, compreendo que nem idioma materno, tenho uma prática constante:

Briszmarg d'algotbric nubstzne zos
Isquebfz prusq; alborlz crinqs zacbac.
Misbe dilbarlkz morp nipp stancz bos.
Strombtz Panrge walmap quost grufz bac.

Então, Epistemão, adivinhe o que é?

— São (respondeu Epistemão) nomes de diabos errantes, diabos passantes, diabos serpeantes.

— Beras palavras (disse Panurgo), amigão! É a língua cortesã dos fachanos. Pela estrada eu vou fazer para você um dicionarinho supimpa, que não deve durar mais do que um par de sapatos novos. Vai ter que aprender mais rápido do que se percebe o sol nascer. O que eu disse traduzido do fachanês ao vernáculo se canta assim:

Eu amava, e toda desgraça
Me acompanhava, sem um bem.
Gente casada tem mais graça,
Panurgo agora sabe bem.

Tout malheur estant amoureux,
M'accompaignoit: oncq n'y eu bien.
Gens mariez plus sont heureux,
Panurge l'est, et le sçait bien.

— Falta então (disse Pantagruel) o desejo do rei, meu pai, e ouvir e receber sua licença."

Terceiro livro

223

Capítulo 48

Como Gargântua demonstra
que não é lícito aos filhos se casarem
sem ciência e consenso dos pais e mães

A crítica ao livre casamento, que pode nos parecer inaceitável hoje, tem base no pensamento da família como constituição histórica e social, por isso organizada pelos pais, com a aceitação e submissão filial, que era o modelo mais em prática na época, sobretudo entre as elites. Para se ter uma ideia, o casamento por escolha direta dos noivos, sem aval paterno, foi desaconselhado pelo Concílio de Trento, em 1545; casamentos clandestinos eram proibidos pela Igreja Galicana, se bem que a Romana defendesse o consenso dos noivos. Todo o capítulo funciona como uma espécie de fecho ao tema do casamento, deixando aberto aos próximos capítulos o tema do pantagruelião e da retórica.

Ulrich Gallet é alusão a Jean Gallet, advogado do rei de Chinon e parente de Rabelais, que foi até Paris para representar os comerciantes e barqueiros da região contra o senhor de Lerné, Gaucher de Sainte-Marthe; *já apareceu em* Gargântua, *cap. 30.*

"Mista" é termo dicionarizado em português, derivado do grego μυστής, *o "iniciado" num mistério, que tem o dever de não divulgá-lo; tudo sugere que serve como crítica à Sorbonne, tal como antes já se usou "sofistas" para tanto. Os pastóforos eram sacerdotes egípcios em sua designação grega, e sua função era carregar estátuas dos deuses; o que traduzo por "toupeiro" designa o taupetier, porque se esconderia feito toupeira, numa referência aos padres que casavam jovens sem consentimento dos pais; a Igreja Galicana, no Concílio de Trento, defendia que o celibato fosse opcional, como que para evitar esse tipo de figura aqui atacada. Os galos designam os sacerdotes eunucos da deusa Cíbele, como vimos no cap. 45, mas aqui a ambiguidade serve como piada com os capões, o frango castrado.*

Temos uma série de referências a lamentos do mundo antigo: o primeiro é histórico e os outros todos de origem mítica. Germânico Druso, ou Germânico Júlio César (15 a.C.-19 d.C.), foi um importante general romano sob o império de Tibério que morreu provavelmente envenenado quando estava no auge da fama, e sua morte quase gerou uma revolta (Tácito, Anais, 2.72.82). Helena, esposa de Menelau, foi raptada por Páris, o príncipe troiano, gerando assim o início da Guerra de Troia. Perséfone/Prosérpina, a filha da deusa Deméter/Ceres, foi sequestrada por Hades/Orco, o deus dos mortos; com isso, a deusa se entristeceu até que ela passasse a ser retornada uma parte do ano; essa seria a causa da mudança das estações e do ci-

François Rabelais

clo de produção dos grãos (Ovídio, Metamorfoses, 5.509 ss.). Osíris foi morto e despedaçado por Seth, até Ísis reconstruí-lo num rito circular de fertilidade egípcia (Plutarco, Ísis e Osíris, 14.256d). Vênus era apaixonada pelo jovem pastor Adônis, que foi morto por um javali selvagem (Ovídio, Metamorfoses, 10.711 ss.). Hércules perdeu o seu amado Hilas quando viajavam com os Argonautas; o jovem foi sequestrado por figuras divinas (Teócrito, Idílios, 13.55 ss., mas também Apolônio de Rodes, Argonáuticas, fim do livro 1). Ao fim da Guerra de Troia, a princesa Polixena, filha de Hécuba e Príamo, foi sacrificada no túmulo de Aquiles, numa espécie de casamento fúnebre e macabro (Eurípides, Hécuba, 391 ss.).

A história dos filhos de Jacó está em Gênesis, 34. Talassa é derivado do termo grego θάλασσα, que designa o "mar" e aqui é o nome do porto de Gargântua.

———

Quando entrava Pantagruel no salão do castelo, encontrou o bom Gargântua saindo do conselho, narrou o resumo das suas aventuras, expôs a empreitada e suplicou-lhe para que por vontade e licença a pudessem executar. O bom Gargântua, que tinha em mãos dois pacotões de pedidos respondidos e memorandos por responder, os entregou a Ulrich Gallet, seu antigo mestre de libelos e pedidos, chamou Pantagruel de canto e, com uma cara mais alegre que de média, disse: "Eu louvo a Deus, meu caríssimo filho, que o conserva nos desejos virtuosos, e muito me agrada que essa viagem seja feita por você. Mas queria que do mesmo jeito você tivesse vontade e desejo de se casar. Parece-me que a partir de agora está na idade certa. Panurgo se esforçou bastante para romper as dificuldades que lhe poderiam ser de impedimento. Me fale de você.

— Meu generosíssimo pai (disse Pantagruel), eu ainda nem tinha pensado no assunto. Em toda essa questão, eu fazia deferência a sua boa vontade e mando paternal. Peço a Deus que prefiro cair mortinho da silva aos seus pés se lhe desagradar do que sem seu agrado me verem vivo e casado. Nunca ouvi dizer que lei alguma, seja sacra, seja profana e bárbara, concedera ao arbítrio dos filhos se casarem, sem consentimento, querença e conselho dos pais, mães e parentes próximos. Todos os legisladores tolheram essa tal liberdade dos filhos, e aos pais a reservaram.

— Meu caríssimo filho (disse Gargântua), eu acredito em você e louvo a Deus, porque apenas coisas boas e louváveis chegam aos seus ouvidos, e porque pelas janelas dos seus sentidos nada entrou no domicílio do espírito sem um saber liberal. Pois no meu tempo encontraram no continente um país onde sei lá quais pastóforos toupeiros, que detestavam as núpcias tal qual os pontífices de Cíbele na Frígia, e que feito fossem uns capões, e não galos cheios de devassidão e lascívia, ditaram leis aos casados sobre o matrimônio. E não sei o que é mais abominável: a tirânica presunção daqueles temerários toupeiros que não se contêm nas treliças dos seus mistéricos templos, mas se metem em negócios opostos às suas vocações por um diâmetro inteiro, ou a supersticiosa pasmaceira dos casados, que sancionaram e obedeceram àquelas leis malinas e barbáricas. E não veem (o que é mais claro que a Estrela da Manhã) como essas sanções conubiais só servem para dar vantagem aos seus mistas, mas nunca prestam aos casados. O que é causa mais que suficiente para torná-los suspeitos de serem iníquos e fraudulentos. Graças a uma recíproca temeridade, aqueles bem que poderiam leis estabelecer aos mistas sobre suas cerimônias e sacrifícios, contanto que os bens sofressem dízimo e roedura do ganho proveniente de suas labutas e do suor das suas mãos, para com abundância nutri-los e entretê-los. E nem assim seriam (a meu ver) tão perversas e impertinentes quanto aquelas que deles receberam. Porque (como você bem disse) não existia lei no mundo que concedesse aos filhos liberdade de casar-se sem ciência, consenso e consentimento dos pais. Por causa dessas leis de que falo, hoje não existe safado, gigolô, salafrário, pulha, pústula, patife, lazarento, jagunço, ladrão ou calhorda em seu rincão que violentamente não ataque a menina que bem quiser, mesmo que seja nobre, linda, rica, honesta, casta, o que for, da casa do pai, dos braços da mãe, para desgosto de todos os parentes, se o safado tiver se associado a algum mista, que mais dia menos dia há de participar do saque. E fariam pior, num ato mais cruel, os godos, os citas, os masságetas contra um forte inimigo, por longo tempo sitiado, tomado a tanto custo, vencido à força? E os condoídos pais e mães veem como são pegas e levadas por um desconhecido, estrangeiro, bárbaro, pútrido, cancroso, cadaveroso, miserável, desgracento, as suas lindas, delicadas, ricas e sadias filhas, que com tanto carinho eles criaram para todo exercício virtuoso, disciplinaram com a maior honestidade, esperando o tempo oportuno de as casar com os filhos dos vizinhos e velhos amigos, criados e educados com o mesmo zelo, para chegar aquela felicidade do casamento, e deles verem nascer uma linhagem semelha e herdeira não menos dos costumes dos pais e mães que dos seus bens móveis e herdades. Que espetáculo isso lhe parece? Não vá acreditar que mais imensa fosse a desolação do povo romano e de seus confederados ao saberem do falecimento do Germânico Druso. Não vá acreditar que mais lamentável fosse o desânimo dos lacedemônios quando viram ser furtivamente levada de seu país a grega Helena pelo adúltero troiano. Não vá acreditar que os lutos e lamentos deles sejam menores que os de Ceres quando a filha Prosérpina

foi-lhe arrebatada, que o de Ísis com a perda de Osíris, que o de Vênus com a morte de Adônis, que o de Hércules com o sumiço de Hilas, que o de Hécuba com a subtração de Polixena. No entanto, eles são tão assolados pelo medo do demônio e pela superstição, que nem ousam contradizer, pois que o toupeiro estava ali tramando. E ficam em suas casas, privados das filhas tão amadas: o pai maldizendo o dia e a hora das suas bodas, a mãe arrependida por não ter abortado naquele triste e infeliz parto; e entre choro e ranger de dentes findam sua vida, que pela lógica deveria findar com alegria e com bom trato da parte delas. Outros ficaram tão arrebatados tal qual maníacos, que eles próprios de luto e remorso se afogaram, se enforcaram, se mataram, incapazes de suportar tamanha desonra.

Outros tiveram um espírito mais heroico e, seguindo o exemplo dos filhos de Jacó, que vingaram o estupro da sua irmã Diná, ao encontrarem o safado clandestinamente associado ao toupeiro enrolando e subornando as suas filhas, num instante o picaram em pedacinhos e o mataram criminalmente, depois jogaram o corpo aos lobos e corvos dos campos. Diante desse ato tão viril e cavaleiresco, os colegas dos mistas toupeiros fremiram e lamentaram miseravelmente, montando queixas terríveis, e com o maior importuno requisitaram e imploraram ao braço secular e à justiça política, instando ferozmente e exigindo para tal caso uma exemplar punição. Mas nem por equidade natural, nem por direito dos povos, nem por uma lei imperial qualquer se encontrou rubrica, parágrafo, ponto ou título onde estivesse prescrita pena ou tortura para tal caso: a razão o renega, a natureza o rejeita. Porque não há no mundo homem virtuoso que naturalmente e com razão não seja em seus sentidos mais perturbado ao ouvir as novas do estupro, infâmia e desonra de sua filha, que da sua morte. Ora, qualquer um, se encontrasse o assassino em flagrante delito de homicídio contra sua filha, iníquo e na espreita, poderia com razão e deveria por natureza trucidá-lo na hora, sem ser apreendido pela justiça. Nem é de espantar que, ao encontrar o safado, instigado pelo toupeiro, subornando sua filha e a sequestrando para fora de casa, mesmo que ela consentisse, possa e deva dar-lhes morte ignominiosa e jogar os corpos à disrupção por feras selvagens, como indignos de receber o doce, o desejado, o derradeiro abraço da nutriz e grande mãe, a Terra, que se chama sepultura.

Caríssimo filho, depois que eu falecer, cuide para que tais leis jamais sejam neste reino acolhidas: enquanto eu estiver neste corpo respirando e vivo, darei boa ordem com auxílio de meu Deus. E já que sobre o casamento você faz deferência a mim, sou a favor. Vou providenciá-lo. Apresse-se para a viagem de Panurgo! Leve consigo Epistemão, frei João e outros que queira. Dos meus tesouros pode usar ao seu arbítrio. Tudo que fizer só pode me agradar. Em meu arsenal em Talassa pegue todo equipamento que desejar; os pilotos, contramestres, dragomanos que desejar; e com vento oportuno lancem vela em nome e proteção de Deus Salvador. Na sua ausência, farei os preparos para uma esposa e um festim, pois quero fazer as suas bodas memoráveis como nunca houve."

Capítulo 49

Como Pantagruel fez os preparos
para seguir ao mar.
E a erva chamada pantagruelião

O encerramento do livro, com este e os próximos capítulos, é uma virtuose re-
tórica e dialética em louvor ao pantagruelião, duas artes que já foram apresentadas
desde o cap. 2 e que fazem uma amarração com o elogio das dívidas. Trata-se, afi-
nal, de um louvor-enigma ao cânhamo, ou, como observa Screech, cânhamo e linho,
que eram plantas por vezes confundidas em suas propriedades fibrosas, por vezes
confundidas também com o asbesto desde Plínio, História natural, *19.8, uma plan-*
ta realmente cultivada na Sabínia romana, na Ásia Menor e em Alabanda, mas tam-
bém nas terras da família de Rabelais. Esse louvor rabelaisiano parece ecoar uma
obra póstuma de Calcagnini (que será influência fundamental no Quarto livro*) em*
louvor à enigmática planta linelaeon.
   A expressão "atravessador de vias perigosas" é o título que o poeta Jean Bou-
chet (1476-1557) tinha dado a si mesmo, sendo que era amigo de Rabelais. Ájax
usou doze barcos, segundo a Ilíada, *2.557.* Smyrnium olusatrum *é o aipo-dos-cava-*
los, planta mencionada por Plínio, História natural, *19.8.48, e usada como remé-*
dio. Os números ímpares eram considerados imortais pelos pitagóricos, sobretudo
quando são números primos.
   Apesar de bom herborista para a época, Rabelais comete alguns deslizes sobre
o sistema reprodutor de algumas plantas. Mylasea é o nome dado por Plínio, História natural, *19.46, para uma variedade de cânhamo. A Festa dos Pescadores do Ti-*
bre era realizada pelos romanos no Campo de Marte em 7 de junho. Rabelais pare-
ce confundir a planta descrita por Teofrasto, História das plantas, *15.5, com a den-*
dromalaca descrita por Galeno, Geopônicas, *15.5.5; trata-se de um tipo de malva.*
As referências finais sobre datas de plantação e de colheita dizem respeito respecti-
vamente à primavera (em torno de abril, com a chegada das andorinhas) e ao outo-
no (setembro, quando as cigarras começam a morrer). Observe-se que, neste capítu-
lo, mais uma vez o narrador se coloca em primeira pessoa.

   Poucos dias depois, Pantagruel, após tomar licença do bom Gargântua,
que bem rezava pela viagem do filho, chegou ao porto de Talassa, perto de

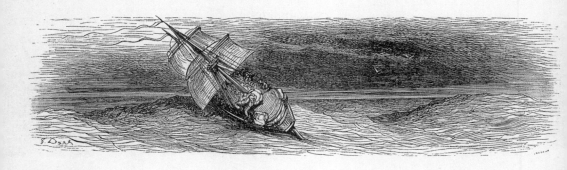

Saint-Malo, acompanhado de Panurgo, Epistemão, frei João do Picadinho, abade de Telema, e outros da nobre casa, notadamente Xenômanes, o grande viajante e atravessador de vias perigosas, que tinha vindo por ordens de Panurgo, porque possuía sei lá que feudo na castelania de Salmingondin. Lá chegados, Pantagruel arrumou o equipamento dos navios, com o mesmo número com que Ájax tinha outrora levado os gregos de Salamina para Troia. Contramestres, pilotos, remadores, dragomanos, artesãos, homens de guerra, víveres, artilharia, munição, roupas, grana e outras bugigangas, pegou e carregou, como se fossem necessários para uma longa e arriscada viagem. Entre outras coisas, notei que ele mandou carregar uma caralhada da sua erva pantagruelião, tanto verde e fresca, quanto cozida e preparada.

A erva pantagruelião tem uma raiz pequena, durinha, redondinha, terminando numa ponta obtusa, branca, com poucos filamentos, e não se afunda na terra por mais de um côvado. Da raiz nasce um talo único, redondo, feruláceo, verde por fora, esbranquiçado por dentro, côncavo que nem o talo de *Smyrnium olusatrum*, favas e genciana, lenhoso, reto, friável, canelado, meio que na forma de colunas ligeiramente estriadas, cheio de fibras que consistem em toda a dignidade dessa erva, sobretudo na parte chamada *mesa*, com o sentido de média, e naquela chamada *mylasea*. A sua altura costuma ser de cinco a seis pés. Certas vezes passa a altura de uma lança. A saber, quando encontra um terreno doce, uliginoso, leve, úmido e sem friagem, que nem o de Sables-d'Olonne e de Rosea, perto de Preneste na Sabínia, quando não falta chuva na época da Festa dos Pescadores e no solstício de verão. E ultrapassa a altura das árvores, como vocês dizem das dendromalacas, segundo a autoridade de Teofrasto, embora seja uma erva que fenece a cada ano, e não uma árvore perene com raiz, tronco, pedúnculo e galhos. As folhas são três vezes mais compridas do que largas, sempre verdes, asperinhas, que nem a orcaneta, durinhas, talhadas em volta que nem uma foice e que nem a betônica, terminando em pontas de sarissa macedônia e que nem a lanceta usada pelos cirurgiões. A aparência dela pouco difere das folhas de freixo e agrimônia, e tanto parece o eupatório, que muitos herboristas, por considerarem-na doméstica, disseram que o eupatório era o pantagruelião selvagem. E são em linhas de igual distância distribuídas em volta do talo, de modo redondo, a cada ordem no número de cinco ou sete. Tanto a mimou a Natureza, que dotou suas folhas com esses dois números ímpares tão divinos e misteriosos. O cheiro delas é forte e pouco agradável aos narizes delicados. Pouco abaixo, perto do talo, do cume nasce a semente. Ela é numerosa, como em qualquer erva, esférica, oblonga, romboide, de cor preta-clara, e meio amarronzada, durinha, coberta de uma casca frágil, deliciosa para todos os pássaros cantadores, que nem pintarroxos, pintassilgos, cotovias, canários, tentilhões e outros. Mas suprime no homem a semente geradora, se ele a comer demais e com frequência. E, apesar de no passado os gregos fazerem com ela alguns tipos de fricassês, tortas e bolinhos de chuva, que eles comiam depois do jantar como sobremesa e para dar um gosto melhor ao vinho, ainda assim é de difícil digestão, ofende o estômago, engendra um sangue ruim e, por causa do calor excessivo, fere o cérebro e enche a cabeça de arriscosos e dolorosos vapores. E tal como várias plantas têm dois sexos, masculino e feminino, coisa que vemos nos loureiros, palmeiras, carvalhos, azinheiras, asfódelos, mandrágoras, samambaias, agáricos, aristolóquias, ciprestes, terebintos, poejos, peônias e outros, também esta erva tem macho, que não apresenta flor alguma, mas abunda em sementes, e fêmea, que prolifera de florzinhas, brancas, inúteis, e não brota uma semente que preste, e, tal como acontece com as outras semelhantes, tem a folha mais larga, menos dura que o macho, e não cresce com a mesma altura. Semeamos esse pantagruelião na volta das andorinhas, arrancamos da terra quando as cigarras começam a enrouquecer.

Terceiro livro

Capítulo 50

Como preparar e consumir
o célebre pantagruelião

Trecho de virtuose botânica rabelaisiana, em grande parte baseado em Plínio, História natural, *25, mas também em um livro de Charles Estienne,* De latinis et grecis nominibus arborum, fructicum, herbarum, piscium et avium *(Dos nomes gregos das árvores, frutos, ervas, peixes e aves); para dar conta de algumas soluções, mantive os nomes científicos das plantas, por vezes com tradução ao português, quando julguei necessário, para manter a inteligibilidade; tenho consciência de que muitas explicações etimológicas ficarão ainda pouco claras para os leitores, mas penso que o jogo aqui não é o da explicação, apesar de todas as informações de Rabelais estarem corretas; explicar caso a caso seria fastidioso e pouco produtivo em termos de interpretação. Dou apenas alguns exemplos:* adiantum *significa "impermeável";* bechium *significa "tosse", ambos em grego; líquen é um tipo de dermatose. Um caso de erro aparente está na relação do mirto com Mirsina; na verdade, a planta era dedicada a Vênus, e Mirsina estava ligada à mirra.*

Cataratas traduz catharactes *do latim* cataracta, *que aqui indica o instrumento para esmagar; a posição das mãos de Juno era na forma de um pente, segundo Ovídio,* Metamorfoses, *9.927 ss. As Parcas são as deusas do destino, representadas como fiandeiras; Circe também é representada tecendo por Virgílio,* Eneida, *7.14; e Penélope, esposa de Odisseu, é símbolo por tecer de dia a mortalha que destecia pela noite, para enganar seus pretendentes.*

Há mais adiante uma pletora de referências míticas, mas sua explicação não se faz necessária para o entendimento da passagem para além do fato de que são humanos que se transformam em plantas, ou deuses/humanos que se vinculam a elas. As pessoas que ganham a vida na marcha a ré são os cordoeiros, que vão andando para trás enquanto entrelaçam as cordas. Alcibiadon ou alcibium *é uma planta mencionada por Plínio,* História natural, *27.39, como antídoto para veneno de cobra, porém não identificada. Açafrão vem do nome de Croco, um jovem, cf. Ovídio,* Metamorfoses, *4.383. Os nomes de famílias romanas derivados de plantas são reais.*

———

O pantagruelião é preparado no equinócio de outono de várias maneiras, segundo a imaginação dos povos e a variedade dos países. O primeiro

ensinamento de Pantagruel foi: despir o talo das folhas e sementes; macerar em água parada, e não corrente, por cinco dias se o tempo estiver seco e a água quente, por nove ou doze, se o tempo estiver nublado e a água fria; depois secar ao sol; depois escorticar e separar as fibras (onde está, como dissemos, todo seu preço e valor) da parte lenhosa, que é inútil, a não ser para fazer uma chama luminosa, acender o fogo e, nas brincadeiras de crianças, inflar bexiga de porco. Por vezes é usada pelos *bons vivants* no miudinho como canudos para sugar e com um sopro tirar vinho novo pelo batoque. Alguns pantagruelistas modernos, para evitar o trabalho manual de fazer essa separação, usam alguns instrumentos cataratas compostos da mesma forma que a reclamona Juno mantinha os dedos da mão unidos para impedir o parto de Alcmena, mãe de Hércules. E com eles socam e quebram a parte lenhosa e a inutilizam, para dali salvar as fibras, nesse preparo aquiescem aqueles que, contra a opinião do mundo todo, e de modo paradoxal a todos os filósofos, ganham a vida na marcha a ré. Aqueles que para um lucro maior a querem valorizar, fazem aquilo que se conta sobre os passatempos das três irmãs Parcas, da curtição noturna da nobre Circe e da longa desculpa de Penélope contra seus pretendentes amorosos durante a ausência do marido Ulisses. Assim ela chega aos seus inestimáveis poderes, que em parte vou lhes mostrar (porque expor o todo me é impossível), se antes puder interpretar a sua denominação.

Acho que as plantas são nomeadas de vários jeitos. Umas pegaram o nome de quem primeiro as descobriu, conheceu, apresentou, cultivou, domesticou e aclimatou, tais como: o mercurial de Mercúrio; a panaceia de Panaceia, filha de Esculápio; a artemísia de Ártemis, que é Diana; o eupatório do rei Eupátor; o teléfio de Télefo; o eufórbio de Euforbo, médico do rei Juba; o clímeno de Clímeno; o *alcibiadon* de Alcibíades; a genciana de Gêncio, rei da Esclavônia. E foi outrora tão estimada essa prerrogativa de impor seu nome às ervas descobertas, que ocorreu uma controvérsia entre Netuno e Palas sobre quem daria seu nome à terra descoberta pelos dois ao mesmo tempo, que depois veio a se chamar Atenas, a partir de *Athéne*, ou seja, Minerva; do mesmo modo Linco, rei da Cítia, se empenhou para homicidar à traição o jovem Triptólemo, enviado por Ceres para mostrar aos homens o frumento até então desconhecido, só para, com a morte do outro, poder lhe dar o seu próprio nome e assim ter honra e glória imortal como descobridor desse grão tão útil e necessário à vida humana. Por causa dessa tradição ele foi por Ceres transformado em lince ou lobo-cerval. Do mesmo modo, grandes e longas guerras foram travadas entre certos reis estabelecidos na Capadócia só por causa do diferendo sobre o nome que se daria a uma erva, que, por causa desse embate, passou a se chamar *polemonia*, com sentido de "guerreira".

Outras mantiveram o nome das regiões donde foram alhures transportadas, tais como: a *citrus medica* para a cidreira da Média, onde foi vista pela primeira vez; a *punica granatum*, ou seja, a romã trazida da Punícia, que é Cartago; o *ligusticum*, ou seja, a ligústica trazida da Ligúria, que é a costa de Gênova; o ruibarbo, do rio bárbaro chamado Rha, segundo atesta Amiano; a santonica, feno grego; a *castanea*, castanha; a *persica*, pêssego; a *sabina*, zimbro; a *stoecha*, lavanda, das minhas ilhas Hyères, antigamente chamadas Stoechades; a *spica celtica*, nardo; e outras.

Outras ganharam o nome por antífrase e contrariedade, tais como: o absinto, ao contrário de *pinthe*, sorver, porque é intragável na hora de beber; a *holostea*, morugem, porque é toda de osso, porque não existe na natureza uma erva mais frágil e mais tenra que ela.

Outras foram nomeadas por seus poderes e eficácias, tais como: a aristolóquia, que ajuda as mulheres que sofrem de parto; o líquen, que cura as doenças com seu nome; a málvia, que molifica; a calitrique, que deixa os cabelos bonitos; o alisso, *ephemerum*, *bechium*, nastúrcio, que é o agrião de jardim, hioscíamo, meimendro e outras.

Outras por admiráveis qualidades que vimos nelas, tal como o heliotrópio, ou seja, a margarida, que segue o sol, porque, quando o sol se levanta, ela se abre, quando sobe, ela sobe, quando declina, ela declina, quando se põe, ela se fecha; o adianto, porque nunca retém umidade, mesmo que nasça perto de águas, e mesmo que a gente o mergulhe na água por um longo tempo; *hieracium*; o eríngio e outras.

Outras por metamorfose de homens e mulheres de nome similar, tais como: a dafne, que é o loureiro, a partir de Dafne; o mirto, a partir de Mirsina; a *pítis*, que é o pinho, a partir de Pítis; a cínara, que é a alcachofra; narciso, açafrão, esmílace e outras.

Outras por semelhança, tais como: a *hippuris* (que é o rabo-de-égua), porque parece um rabo de cavalo; o *alopecuros*, que parece um rabo de raposa; o *psyllium*, que parece uma pulga; o delfínio, um delfim; a buglossa, uma língua de boi; a íris, um arco-íris em suas flores; o miosótis, uma orelha de rato; o *coronopus*, um pé de gralha; e outras. Por denominação recíproca tiram seus nomes os Fábios da fava, *faba*; os Pisões da ervilha, *pisum*; os Lêntulos da lentilha; os Cíceros do grão-de-bico, *cicer*. Tal como, por ainda maior semelhança, se diz umbigo-de-vênus, cabelo-de-vênus, banho-de-vênus, barba-de-jove, sangue-de-marte, dedo-de-mercúrio, que é o hermodátilo, e outras.

Outras pelas formas, tais como: o trifólio, que tem três folhas; o pentáfilo, que tem cinco folhas; o serpilho, que serpenteia na terra; *helxina*, a parietária; a *petasites*; o mirobálano, que os árabes chamam *behen*, porque parecem uma glande e são untuosos.

Capítulo 51

Por que se chama pantagruelião
e dos seus admiráveis poderes

Na sequência, de escrita mais densa, descobrimos que o pantagruelião serve para fazer forcas, tecidos de mesa, cama, roupa, sacos, papéis, velas de moinho e de barco etc., dessa vez enveredando ainda mais pela mitologia. Temos logo de início uma alusão que será fundamental para todo o capítulo: à História verdadeira de Luciano de Samósata.

Antranium parece ser um erro de grafia para ateramum, uma planta citada por Plínio, História natural, porém não identificada. Plínio, pelo contrário do que diz aqui Rabelais, afirma que a beldroega é boa para os dentes. As novas séries de referências mitológicas não precisam de explicação particular, mas a primeira remete a uma série de suicídios e enforcamentos (apenas Leda não morreu na forca); há um possível erro em designar Autólica (Rabelais grafa Auctolia), que seria a mãe de Odisseu, pois seu nome é Anticleia, que se matou ao receber a falsa notícia da morte do filho. Átropos é uma das Parcas que regem o destino das vidas humanas. Ao relacionar Pantagruel com a morte e a sede, Rabelais nos lembra como a figura original, nos mistérios medievais, era uma espécie de diabo ligado à sede e ao sal, cf. nota a Pantagruel, cap. 2.

O cão de Ícaro é a constelação de Cão, que brilha mais no verão seco, época conhecida como canícula. O relato do Profeta está em Juízes, 9:8-15, e nele o espinheiro é eleito. Seres é o nome antigo da China. Os manes e lêmures eram as almas dos mortos, respectivamente boas e más. Órcade é um tipo de embarcação grega de transporte de bens; Rabelais decalca o termo, tal como "quiliandro" e "miriandro" designam "que comporta mil homens" e "dez mil homens", a partir do grego χιλίανδρος e μυρίανδρος. Febol é uma ilha mencionada por Aristóteles como situada no golfo da Arábia; Telema é a abadia inventada por Rabelais no fim do Pantagruel; assim como nos outros exemplos, mais concretos, se designa um deslocamento geográfico imenso.

Alguns dados interessantes ainda: a raiz da nymphaea heraclia é anafrodisíaca; os alunos de Navarra eram castigados com ramos de férula ou bétula. No mito, Óxilo se casou com Hamadríade e teve outras filhas árvores. Para os humanistas, a verbena era considerada a planta mais sagrada da Antiguidade. Sobre os Alóades, cf. nota introdutória ao cap. 3.

Pelo seguinte motivo (exceto o fabuloso, pois Deus não queira que de fábulas usemos nesta história tão verdadeira!) chamamos a erva de pantagruelião: porque Pantagruel foi seu descobridor. Não digo da planta, mas de um certo uso, que é mais detestado e odiado pelos ladrões, mais inimigo e avesso a eles do que a bardana e a cuscuta seriam ao linho, que o caniço à samambaia, que a cavalinha aos ceifeiros, que a orobanca ao grão-de-bico, que o egilope à cevada, que a securidaca às lentilhas, que o *antranium* às favas, que o joio ao trigo, que a hera aos muros, que o nenúfar e a *nymphaea heraclia* aos monges safardanas, que a férula e a bétula aos estudantes de Navarra, que o repolho à videira, o alho ao ímã, a cebola à vista, o feto de samambaia às mulheres prenhes, a semente de salgueiro às freiras safadinhas, a sombra do teixo a quem dorme embaixo, o acônito aos leopardos e lobos, o cheiro de figueira aos touros revoltados, a cicuta aos gansos, a beldroega aos dentes, o óleo às árvores. Pois muitos desses ladrões nós já vimos acabando a vida com o pantagruelião que os pendura alto e curto; veja-se o exemplo de Fílis, rainha dos trácios, de Bonoso, imperador de Roma, de Amata, esposa do rei Latino, de Ífis, Autólica, Licambes, Aracne, Fedra, Leda, Aqueu, rei da Lídia, e outros que, indignados com a situação, e sem qualquer doença, com o pantagruelião opilavam seus próprios vasos condutores, pelos quais saem as boas sacadas e entram os bons bocados, de modo mais vil do que o mal de angina e a mortal esquinência.

Outros ouvimos, bem no instante em que Átropos ia lhes cortar o fio da vida, que lamentavam e reclamavam duramente que Pantagruel os pegava pela garganta. Mas (ê tristeza) não era Pantagruel. Ele nunca foi carrasco. Era o pantagruelião fazendo o papel de corda e servindo de gola. E falavam de jeito impróprio, em solecismo. A não ser que os perdoemos como figura de sinédoque, tomando a descoberta pelo descobridor. Tal como tomamos Ceres pelo pão, Baco pelo vinho. Eu juro de pés juntos pelas boas sacadas que estão dentro desta garrafa ali, refrescando nessa vasilha, que o nobre Pantagruel nunca pegou ninguém pela garganta, a não ser os negligentes, para impedir uma sede iminente.

Também é chamada pantagruelião por semelhança. Porque Pantagruel, quando estava nascendo neste mundo, era tão grande quanto a erva de que estou falando. E tiraram facilmente sua altura, já que nasceu em tempo de seca, quando colhemos a tal erva e o cão de Ícaro ladra contra o sol e deixa o mundo inteiro troglodita, forçando-o a morar nas águas e em lugares subterrâneos.

Também é chamada pantagruelião graças aos seus poderes e especificidades. Pois, tal como Pantagruel serve como ideia e modelo de toda alegre

Terceiro livro

237

perfeição (e acho que nenhum de vocês, manguaceiros, duvida disso), do mesmo jeito no pantagruelião eu reconheço tanto poder, tanta energia, tanta perfeição, tantos efeitos admiráveis, que, se ela fosse reconhecida por suas qualidades, quando as árvores (no relato do Profeta) fizeram a eleição de um rei das matas para regê-las e governá-las, ela sem dúvida teria levado a maioria dos votos e sufrágios. Que mais eu posso dizer? Se Óxilo, filho de Ório, a tivesse engendrado com sua irmã Hamadríade, teria mais se deleitado com o único valor dela do que com todos os seus oito filhos tão celebrados pelos nossos mitólogos, que grafaram seus nomes em memória eterna. A filha mais velha se chamava Vinha, o segundo era Figo, depois Nogueira, depois Carvalho, depois Corniso, depois Ginjinha, depois Choupo, e por último Olmo, que foi um grande cirurgião no seu tempo.

Não vou contar como o suco espremido e instilado nas orelhas mata qualquer tipo de parasita que ali tenha nascido por putrefação, e qualquer outro bicho que tenha ali entrado. Se um pouco desse suco vocês botarem num baldinho de água, logo vão ver a água talhar, feito fosse uma coalhada, tamanho é o seu poder. E a água assim coalhada é remédio prestimoso para cavalos com cólica ou convulsão nos flancos. A raiz dela, se cozida na água, amolece os nervos tensionados, as juntas contraídas, as podagras escleróticas e as gotas enodadas. Se quiser curar rapidinho uma queimadura, seja de água, seja de fogo, aplique nela o pantagruelião cru, ou seja, do jeito que nasce da terra, sem qualquer preparo ou composição. E fique de olho para trocar assim que estiver secando sobre a chaga. Sem ela, seriam infames as cozinhas, as mesas detestáveis, mesmo que cobertas de todas iguarias, os leitos sem deleites, mesmo que ali tivessem abundância de ouro, prata, âmbar, marfim e púrpura. Sem ela, os moleiros trigos não levariam aos moinhos, nem trariam farinha. Sem ela, como seriam levados os casos dos advogados para a audiência? Como seria, sem ela, levado o gesso ao ateliê? Sem ela, como tirariam a água do poço? Sem ela, o que fariam os tabeliães, os copistas, os secretários, os escrivães? Não pereceriam os acordos e os registros de renda? Não pereceria a nobre arte da imprensa? Com que fariam os caixilhos? Como soaríamos os sinos? Com elas os isíacos se enfeitam, os pastóforos se vestem, toda a natureza humana foi primeiro recoberta. Todas as árvores laníficas de Seres, os algodoais de Tila, no mar Pérsico, os algodoeiros dos árabes, as vinhas de Malta não vestiram tantas pessoas quanto esta erva sozinha. Cobre os exércitos contra o frio e a chuva, mais seguras e cômodas do que antigamente as peles. Cobre os teatros e anfiteatros contra o calor, cinge matas e bosques ao bel-prazer dos caçadores, desce tanto em água doce quanto em marinha para lucro dos pescadores. Com ela são as botas, botinas, botonas, galochas, coturnos, sapatos, borzeguins, pantufas e chinelos feitos e usados. Com ela são estendidos os arcos, estendidas as bestas, feitas as fundas. E, como se fosse uma erva sagrada que nem a verbena e reverenciada pelos manes e lêmures, os corpos humanos sem ela não são enterrados.

E digo mais. Por meio dela as substâncias invisíveis são visivelmente presas, apreendidas, detidas e como que aprisionadas. Na hora de sua prisão e apreensão as grandes e pesadas mós são agilmente rodadas para o insigne proveito da vida humana. E fico pasmo de que a descoberta desse uso tenha sido por tantos séculos ocultada aos antigos filósofos, dada a utilidade sem preço que dali provém, dado o trabalho insuportável que, sem ela, tinham de aguentar em seus moinhos. Por meio dela, com a retenção dos fluxos aéreos, as imensas órcades, os vastos talamegos, os fortes galeões, as naus quiliandras e miriandras saem dos postos e são lançadas ao arbítrio dos capitães. Por meio dela as nações, que a Natureza parecia manter abscônditas, impermeáveis e incógnitas chegam até nós, e nós a elas. Coisa que não fariam os pássaros, seja qual for a leveza de suas plumas, seja qual for a liberdade de nadar no ar concedida pela Natureza. Taprobana viu Lápia, Java viu os montes Rifeus, Febol verá Telema, os islandeses e groenlandeses beberão do Eufrates. Com ela, Bóreas viu a morada de Austro, Euro visitou Zéfiro; de modo que as Inteligências celestes, os deuses, tanto marinhos quanto terrestres, ficaram todos assustados ao verem que, com o uso desse bendito pantagruelião, os povos árticos entraram em pleno aspecto dos antárticos depois de cruzarem o Atlântico, passarem os dois trópicos, contornarem a zona tórrida, medirem todo o zodíaco, se curtirem sob o equinocial, verem os dois polos na flor do horizonte. Os deuses olímpicos diante desse susto disseram: "Com o uso e o poder da sua erva, Pantagruel nos lançou num pensamento novo e aborrecido, mais do que antes os Alóades! Logo logo, vai se casar e da esposa terá filhos. Contra esse destino nada podemos fazer, porque já passou pelas mãos e fusos das irmãs fatídicas, filhas da Necessidade. Pelos seus filhos (talvez) será descoberta uma erva de similar energia, e por meio dela poderão os humanos visitar as fontes dos granizos, as comportas das chuvas e a oficina dos raios, poderão invadir as regiões da Lua, entrar no território das constelações celestes e ali montar abrigo, um na Águia de Ouro, outros no Carneiro, outros na Coroa, outros na Harpa, outros no Leão de Prata, para se sentarem à mesa conosco e às nossas deusas tomarem por esposas, já que é o único jeito de se deificarem". Por fim, decidiram reunir o conselho e deliberar sobre um remédio para impedir esse risco.

Terceiro livro

Capítulo 52

Como uma certa espécie de pantagruelião não pode ser pelo fogo consumida

Asbesto é termo derivado do grego e tem o sentido de "incombustível", e aqui é confundido com o linho, embora Rabelais certamente soubesse que o asbesto é um mineral, como bem o diz em Gargântua, cap. 5; ainda assim, ele brinca com o fato de que na Antiguidade se pensava que era uma planta capaz de confeccionar sudários para cremação, como vemos em Plínio, História natural, 19.1; vale lembrar que os alquimistas também chamavam de asbesto a pedra filosofal.

Carpásia é uma cidade na ilha de Chipre. Siene é o antigo nome grego de Assuã, no Egito. O funil de hera, que seria capaz de separar água e vinho, é tirado de Plínio, História natural, 16.35, mas já tinha aparecido em Gargântua, cap. 22. Segundo lendas antigas, a salamandra seria capaz de sobreviver ao fogo, assim ela servia de emblema ao rei Francisco I. A árvore chamada eon (Rabelais a grafa no acusativo do latim eonem) *também aparece em Plínio, 12.22, que por sua vez cita Cornélio Alexandre, o Polímata, que foi um erudito grego do séc. I d.C. Argo é o nome do barco mítico dos argonautas. Os antenóridas são os paduanos, porque Pádua teria sido fundada por Antenor. O lariço, que aqui se compara ao linho, tem uma madeira resinosa e difícil de queimar; o maná mencionado é uma substância extraída dela e usada como remédio; portanto, não cai do céu, como se lê em Êxodo. A história de César em Larigno é tirada de Plutarco, Vida de Júlio César.*

O poema que encerra a obra remete aos sabinos, indianos e árabes tal como são descritos por Virgílio em Geórgicas, 2.109-22.

O que eu falei já é grande e admirável. Mas, se quiserem se arriscar a crer em uma outra divindade deste sacro pantagruelião, eu posso contar. Acreditem ou não. Tanto faz. Para mim, basta ter dito a verdade. E verdade seja dita. Mas para entrar nela, já que é de acesso escabroso e árduo, eu pergunto: se eu tivesse nesta garrafa dois tragos de vinho e um de água juntos e bem misturados, como vocês desmisturariam? como separariam? de jeito a entregarem a água sem o vinho, e o vinho sem a água, na mesma medida que eu coloquei. Ou seja: se esses seus carreteiros e marinheiros que trazem para a provisão das suas casas tonéis, pipas e barris de vinho de Grave, de Orléans, de Beaune e Mirevaux, os tivessem roubado e bebido pela metade, enchendo o resto de água, que nem fazem os limusinos de lindos tamancos, carregando o vinho de Argenton e Saint-Gaultier, como é que vocês tirariam toda aquela água? como purificariam? Saquei, vocês vêm me falar de um funil de hera. Está escrito. É verdade averiguada por mil experimentos. Vocês já sabiam. Mas quem não sabe e nunca viu não acha que é possível. Toco adiante.

Se a gente estivesse no tempo de Sila, Mário, César e outros imperadores romanos, ou no tempo dos nossos antigos druidas, que queimavam os corpos mortos dos seus pais e senhores, e vocês quisessem as cinzas das suas mulheres, ou pais, e beber numa infusão com um bom vinho branco, que nem Artemísia com as cinzas do marido Mausolo, ou então reservá-las todas numa urna e relicário qualquer, como é que vocês resguardariam as cinzas à parte e separadas das cinzas da pira e do fogo funéreo? Me respondam! Eu juro que vocês estariam impedidos. Mas eu desimpeço. E digo que, se pegarem deste celeste pantagruelião o necessário para cobrir o corpo do defunto, botando o tal corpo bem fechado ali por dentro, preso e costurado com a mesma matéria, podem jogá-lo no maior e mais ardente fogo que quiserem; através do pantagruelião o fogo vai queimar e reduzir a cinzas o corpo e os ossos. O pantagruelião não só não será consumido nem queimado, como não vai perder um só átomo das cinzas nele encerradas, nem vai receber um só átomo das cinzas ígneas, mas será no fim do fogo retirado mais lindo, mais branco, mais limpo do que quando entrou. Por isso é chamado asbesto. Vocês vão encontrá-lo às pencas na Carpásia e pelas bandas de Siene, bem baratinho. Que coisa grandiosa! coisa admirável! O fogo que a tudo devora, a tudo desgasta e consome, limpa, purga e branqueia este pantagruelião carpásio asbestino. Se duvidarem e pedirem uma afirmação e sinal usual, que nem juízes incrédulos, peguem um ovo fresco e o envolvam com esse divino pantagruelião. Assim envolvido, ponham no maior e mais ardente braseiro que quiserem. Deixem o tempo que quiserem. Por fim, tirem o ovo cozido, duro e queimado, sem alteração, mudança, nem aquecimento do sacro pantagruelião. Por menos de cinquenta mil escudos bordeleses, reduzidos à duodécima parte de um mirré, vocês terão a experiência. Nem me venham comparar com a salamandra. É lorota. Eu até confesso que um foguinho de palha a vigora e alegra. Mas garanto que numa grande fornalha ela é que nem qualquer outro ser animado, sai sufocada e consumida. Já vimos esse experimento. Galeno o confirmou e demonstrou há muito tempo, livro 3, *De temperamentis*. É o que sustenta Dioscórides, livro 2. Nem me venham ar-

Terceiro livro

gumentar com o sulfato de alumínio, nem a torre de pau no Pireu, que Lúcio Sila outrora não conseguiu queimar, porque Arquelau, o governador da cidade sob o rei Mitrídate, a tinha recoberto de alumínio. Nem me venham comparar com aquela árvore que Cornélio Alexandre chamava de *Eonem* e dizia que era similar ao carvalho cheio de visgo e que não seria nem por água, nem por fogo consumida e danificada, não mais do que o visgo do carvalho, e que com ela fora feita e construída Argo, a nau célebre. Vão procurar quem caia nessa! Eu não. Nem me venham comparar também, mesmo que mirífica seja essa espécie de árvore que vocês veem pelas montanhas de Briançon e Embrun, que da raiz nos produz o bom agário, do corpo nos cede a resina excelentíssima que Galeno ousa equiparar à terebintina, que sob as folhas delicadas nos guarda o fino mel do céu, o maná, que, apesar de gosmento e oleoso, é inconsumível pelo fogo. Vocês a chamam de *larix* em grego e latim; os alpinos a chamam de *melze*; os antenóridas e venezianos, de *larege*. Donde passou a se chamar Larigno o castelo no Piemonte que enganou Júlio César a caminho da Gália. Júlio César tinha dado ordem a todos os moradores e habitantes dos Alpes e Piemonte para que levassem víveres e munições aos postos da via militar para o exército que ali passava. A isso todos obedeceram, menos aqueles que estavam dentro de Larigno, que, confiantes na força natural do local, se recusaram a prestar contribuição. Para castigá-los pela recusa, o imperador mandou os soldados direto ao local. Diante da porta do castelo havia uma torre construída com caibros de lariço, ligados uns aos outros alternadamente que nem uma pilha de madeira, até uma tal altura, que dos mata-cães dava facilmente para com pedras e traves escorraçar quem se aproximasse. Quando César soube que quem estava lá dentro só tinha para a defesa pedras e traves e que só conseguiam alvejar bem de perto, ordenou aos soldados que botassem feixes em volta e tacassem fogo. Coisa que fizeram num átimo. O fogo pegou nos feixes, a chama foi tão grande e tão alta que cobriu todo o castelo. No que pensaram que rapidinho a torre arderia e tombaria demolida. Porém, cessando a chama e consumidos os feixes, a torre apareceu inteirinha, sem nenhum dano. Ao considerar isso, César ordenou que, para fora do alcance das pedras, fizessem por tudo em volta uma circunvalação com fossos e trincheiras. Então os larignenses aceitaram se render. E pelo relato deles César descobriu a admirável natureza dessa madeira, que não gera fogo, chama, ou carvão, e seria digna nesse caso de estar no mesmo grau que o pantagruelião — tanto mais que Pantagruel com ela queria fazer todos os portões, portas, janelas, goteiras, calhas e revestimentos de Telema e igualmente mandou cobrir com ela as popas, proas, fogões, deques, passadiços e castelos de proa das suas carracas, navios, galeras, galeões, bergantins, fustas e outros barcos do seu arsenal em Talassa — não fosse pelo fato de o lariço, se ficar numa grande fornalha com fogo proveniente de outras madeiras, acaba corrompido e dissipado, que nem as pedras em forno de cal. Ao passo que aí o pantagruelião asbesto é antes renovado e limpo do que corrompido ou alterado. Portanto:

Árabe, hindu, sabino — larguem bem
De ébano, incenso, mirra e ladainha!
Venham reconhecer o nosso bem,
Levem sementes desta boa ervinha.
E se der bem aí, sem má daninha,
Podem dar graça aos céus, mais de um milhão,
E proclamar a França (rei, rainha),
Donde provém o pantagruelião.

Indes, cessez, Arabes, Sabiens,
Tant collauder vos Myrrhe, Encent, Ebene,
Venez icy recongnoistre nos biens,
Et emportez de nostre herbe la grene.
Puys si chez vous peut croistre, en bonne estrene,
Graces rendez es cieulx un million:
Et affermez de France heureux la regne,
On quel provient Pantagruelion.

FIM DO TERCEIRO LIVRO DE FEITOS
E DITOS HEROICOS DO
BOM PANTAGRUEL

QUARTO LIVRO

Nota introdutória

Guilherme Gontijo Flores

O Quarto livro, *última obra publicada em vida, tem uma curiosa história de publicação: sua primeira edição aparece em 1548, em Lyon, pela imprensa de Pierre de Tours, certamente com base nos manuscritos de Rabelais (que nos chegaram para confirmar o processo), porém de modo parcial e inacabado, a ponto de terminar no meio de uma frase (tendo apenas um terço do tamanho final), que só será devidamente corrigido com a edição de 1552, publicada em Paris por Michel Fezandat, que publicou ainda três edições no mesmo ano, sem alterar a redação. Por fim, a versão definitiva é publicada ainda em 1552, em Lyon, por Baltasar Aleman. Tudo isso para o livro acabar mais uma vez censurado pela Sorbonne. Podemos avaliar o sucesso da obra porque conhecemos ainda mais uma edição sem local ou editor e mais duas edições piratas publicadas no mesmo ano. Além disso, é curioso como, depois de obter o privilégio do rei para suas obras passadas e futuras, em 1546, Rabelais não faça nenhum comentário sobre isso na primeira edição, mas apareça apenas na edição de Fezandat em 1552. Como Huchon e outros editores, sigo a segunda edição de Fezandat (com correções do próprio autor), enquanto traduzo também o Prólogo de 1548, que foi subsequentemente deixado de lado; porém consulto também a edição crítica de Robert Marichal.*

É também no Quarto livro *que Rabelais decide publicar sua* Breve declaração sobre algumas expressões mais obscuras, *que funciona como uma espécie de glossário que explica usos etimológicos, dialetais e atípicos de termos usados ao longo do livro; por algum período houve debate sobre a autenticidade dessa* Breve declaração; *porém hoje há bastante consenso sobre a autoria rabelaisiana. Todas as palavras que constam nessa* Breve declaração *não receberão nota da minha parte, pois devem ser consultadas pelo leitor em dúvida.*

Quanto ao assunto, o Quarto livro *continua diretamente o fim do Terceiro livro, dando início à viagem em busca da Divina Garrafa, fazendo da viagem uma metáfora pela busca do saber como peregrinação rumo à verdade; porém numa chave paródica em relação às narrativas arturianas da busca pelo Santo Graal. No entanto, não temos mais aqui aquele modelo intelectual de pastiche do diálogo filosófico que dominava o Terceiro livro, e sim uma pletora imaginativa de seres fantásticos e alegóricos, que formam uma narrativa de aventuras que nos faz pensar em pinturas como as de Hyeronimus Bosch (c. 1450-1516) e Pieter Bruegel (c. 1525-1569), mas também anunciam os* Sonhos bufonescos de Pantagruel *(cf.* Volume 3*). Os leitores*

perceberão que aqui Rabelais opta por um estilo mais rapsódico, com uma varieda-
de muito grande de temas, formas e tons para narrar diversos episódios de tamanhos
muito variados ao longo de 67 capítulos, formando o mais longo dos romances que
escreveu. Nele, as passagens por ilhas e histórias acabam formando um tipo de ar-
quipélago ficcional que dialoga, e muito, com a cartografia marinha em contínua ex-
pansão das últimas décadas na Europa, quando pipocavam relatos sobre novas ter-
ras e povos distantes.

Porém, ao mesmo tempo, nota-se uma estrutura bastante clara, com um ônfa-
lo no centro (cap. 34) cercado por sete capítulos antes e depois, e um conjunto nu-
mericamente simétrico. São claras influências do livro como um todo as narrativas
ficcionais de viagem tais como as Argonáuticas *de Apolônio de Rodes, do séc. III*
a.C., mas também as Argonáuticas órficas, *de autoria anônima (com pitadas de ale-*
goria alquímica no caso de Rabelais), a Navigatio Sancti Brendani *(Navegação de*
São Brandão), *anônima dos sécs. IX-X,* Tractatus de Purgatorio Sancti Patrici *(Tra-*
tado sobre o Purgatório de São Patrício) *de Henry de Saltrey, no séc. XII, a* Utopia
de Thomas More, publicada em 1516; mas também as narrativas dos navegantes
modernos em terras longínquas. Rabelais, para criar suas criaturas monstruosas,
também toma emprestado de Le disciple de Pantagruel *(O discípulo de Pantagruel),*
de 1538, obra de autoria espúria, provavelmente escrita por Jean d'Abondance, mas
que já se baseava em parte nas Narrativas verdadeiras, *de Luciano de Samósata.*

O que sabemos da vida de Rabelais nesse meio-tempo é pouco: em 1546, de-
pois da publicação do Terceiro livro, *Rabelais acaba fugindo para Metz, que não res-*
ponde ao poder do Sacro Império Romano-Germânico, para ali ter proteção, en-
quanto Etienne Dolet é levado à fogueira como herege, e o livro acaba sendo censu-
rado; também Tiraqueau se afasta do nosso autor e tira referências a ele de seu livro
sobre as leis. No ano seguinte, em 1547, Rabelais segue para Roma acompanhando
Jean du Bellay, que fora enviado por Henrique II. Em 1548 nasce em Roma o filho
do rei da França, que renderá a escrita da Ciomaquia *(cf. Volume 3) como celebra-*
ção do acontecimento, e é quando sai o primeiro volume incompleto do Quarto livro. *Muito provavelmente no ano seguinte Rabelais deixa a Itália com Jean du*
Bellay e segue para Saint-Maur, onde passa o ano seguinte e recebe do cardeal Odet
de Châtillon um novo privilégio do rei. Ao mesmo tempo, ele passa a receber bene-
fícios como cura de dois municípios onde não vai residir: Saint-Christophe du Jam-
bet e Meudon. Em 1552 sai o Quarto livro *integral e, depois de censurado, é nova-*
mente liberado para vendas. Aqui os rastros de Rabelais desaparecem outra vez; e
apenas sabemos que no ano de 1553 ele renuncia aos dois benefícios municipais e
morre, sem que possamos hoje determinar a causa com certeza.

No título de 1548, além de aparecer como "doutor em medicina", Rabelais é
descrito como "calogero", tal como no Terceiro livro *(cf. Nota introdutória).*

QUARTO LIVRO
DOS FEITOS E DITOS HEROICOS
DO BOM PANTAGRUEL
COMPOSTO PELO SR. FRANÇOIS RABELAIS,
DOUTOR EM MEDICINA

Ao ilustríssimo príncipe
e meu reverendíssimo senhor Odet,
cardeal de Châtillon

Esta carta de abertura lembra muito o estilo das outras cartas que nos chega-ram com assuntos mais sérios (cf. Volume 3), e no entanto guarda ao mesmo tempo certo gosto do estilo rabelaisiano dos romances, seja por traços de sintaxe, seja por variedade lexical. Tentei fazer um meio-termo entre o carnaval romancista e o rebuscado epistolar, porque é a primeira vez que Rabelais prefacia um livro ficcional seu com essa estrutura formal dedicada a um patrono, ao mesmo tempo que espalha louvores ao falecido Francisco I (1494-1547) e a seu filho Henrique II (1519-1559), bem como a Jean du Bellay (1492-1560), enquanto se defende das várias acusações de heresia (cujos particulares desconhecemos) que levaram seus livros a constantes censuras da parte da Sorbonne (cf. notas introdutórias a cada livro). Odet de Coligny, de Châtillon (1517-1571), vinha de uma família importante, com mais dois ir-mãos, todos sobrinhos de Ana de Montmorency; na época do nosso livro, dois de-les já tinham se assumido protestantes; porém só depois da morte de Rabelais é que Odet fugiria para a Inglaterra com sua esposa.

O uso do termo "mitologias" revela a dívida de Rabelais com a obra de Celio Calcagnini (1479-1541). A história de Júlia e Augusto, imperador romano, é narra-da por Macróbio, Saturnais, 2.5. Pedro de Alexandria é um erro de Rabelais para designar João de Alexandria (Johannes Alexandrinus), médico bizantino que flores-ceu entre 600 e 642, célebre por seus comentários a Hipócrates. "Gorgiar" indica um recurso de ornamentação, porém também funciona como verbo ligado ao sofis-ta grego Górgias. A referência a Platão e Averróis para designar as teorias da sim-patia (ou seja, das relações afetivas, no caso entre médico e doente) começa o que pode ser lido como uma ampliação da crítica aos seguidores de Galeno, no Terceiro livro, *para uma sátira generalizada da medicina neste* Quarto livro. *A história de He-rófilo e Calianax é tirada de um comentário de Galeno às* Epidemias de Hipócrates, *1.6. Os versos logo abaixo são tradução da* Ilíada, 21.107, *numa fala de Aquiles a Licáon. A referência a Pathelin termina em citação da* Farsa do mestre Pathelin, 656-7, *obra de imensa influência sobre Rabelais. Latona é o nome romano de Leto, a hu-mana que deu à luz Apolo/Febo e Ártemis/Diana.*

O "anagnosta" de Francisco I era Pierre du Chastel (?-1552), humanista fran-cês simpatizante da Reforma, bispo de Mâcon e depois também de Orléans. Ao no-mear os monges como comedores de serpentes, Rabelais os compara aos míticos tro-gloditas que moravam em cavernas comendo cobras, tal como descreve Plínio, His-

Quarto livro

tória natural, *5.8. O jogo de confusões entre pão e pedra etc., retoma* Lucas, *11:11.
O termo* Διάβολος *("diábolos"), origem de "diabo", em grego significa "caluniador". Sobre a troca de N em M, cf. nota introdutória ao cap. 22 do* Terceiro livro.
Alexícaco é um epíteto de Hércules, "o que afasta o mal". A longa referência a Eclesiático, *45 foi retirada da* Bíblia Ave Maria, *com ligeiras adaptações.*

*O castelo de Saint-Maur ainda não estava completamente pronto na época de
Du Bellay, embora este tenha plantado inúmeras frutíferas no local, que acabou destruído em 1796.*

———

O senhor foi devidamente advertido, príncipe ilustríssimo, sobre por quantos grandes personagens eu já fui e sou diariamente solicitado e importunado para a continuação das mitologias pantagruélicas, alegando que muitas pessoas langorosas, doentes ou de algum modo afainadas e desoladas tinham com essas leituras driblado seus enfados, passado o tempo com regozijo e recebido alegria e consolo renovado. A elas costumo responder que, ao compô-las só por diversão, eu não almejava glória ou louvor algum; apenas desejava e intencionava dar por escrito este pouco de alívio aos aflitos e doentes ausentes o que de bom grado, quando é preciso, eu presto aos presentes que buscam o auxílio da minha arte e serviço. Certas vezes mostro num longo discurso, tal como Hipócrates em trechos diversos, sobretudo no sexto livro das *Epidemias*, ao descrever a formação do médico seu discípulo, bem como Sorano de Éfeso, Oribásio, Cláudio Galeno, Haly Abbas e outros autores posteriores do mesmo modo relataram os gestos, comportamento, olhar, toque, vulto, graça, honestidade, limpeza de rosto, roupas, barba, cabelos, mãos, boca, a ponto de especificarem as unhas, como se devesse recitar o papel de algum apaixonado ou pretendente em uma insigne comédia, ou descer ao campo fechado para combater um inimigo poderoso. De fato, a prática da medicina é mui acertadamente comparada por Hipócrates a um combate e a uma farsa encenada com três personagens: o doente, o doutor, a doença. Ao ler essa composição, certa feita, me lembrei de uma palavrinha de Júlia ao seu pai Otaviano Augusto. Um dia ela se apresentou diante dele com hábitos pomposos, dissolutos e lascivos, coisa que por demais o desagradou, embora não soltasse uma palavra sequer. No dia seguinte, ela trocou de roupa e com modéstia se vestiu tal como era então o costume das castas matronas romanas. Assim vestida se apresentou diante dele. Este, que no dia precedente não tinha por palavras declarado seu desgosto em vê-la com hábitos impudicos, não pôde calar o gosto que tinha de vê-la assim mudada e disse: "Ah, como essa roupa é mais certa e louvável na filha de Augusto!". Ela já tinha a desculpa na ponta da língua e respondeu: "Hoje estou vestida para os olhos do meu pai. Ontem eu estava para o prazer do meu marido".

De modo análogo poderia o médico assim disfarçado na cara e na roupa, mesmo revestido por um rico e agradável manto de quatro mangas, tal como outrora fora a regra, e era chamado de *philonium*, segundo Pedro de Alexandria, *in 6. Epid.*, ao responder aos que achavam a prosopopeia estranha: "Assim eu me ornei, não para me gorgiar e me emperiquitar, mas para o prazer do doente que visito, o único que desejo agradar por inteiro, sem nada ofender ou afetar".

E tem mais. Numa passagem do pai Hipócrates no livro supracitado, nós suamos ao disputar e pesquisar não se o vulto do médico triste, tétrico, ruibarbativo, catoniano, desagradável, descontente, severo, casmurro contrista o doente, ou se o médico de cara alegre, serena, graciosa, aberta, agradável anima o doente (isso já está mais do que provado e certo); e sim se essas contristações e alegramentos provêm da percepção do doente que contempla tais qualidades no médico e com elas conjetura o resultado e catástrofe por vir do seu mal; ou seja: nas alegres, alegre e desejada; nas sombrias, sombria e temerária; ou então pela transfusão dos espíritos serenos ou tenebrosos, aéreos ou terrestres, alegres ou melancólicos do médico à pessoa do doente, segundo a opinião de Platão e Averróis.

Acima de tudo os autores mencionados ao médico deram um conselho particular das palavras, conversas, bate-papos e confabulações que ele deve ter com os doentes por quem for chamado. Todas devem chegar a uma meta e tender a um fim, que é alegrar sem ofender a Deus, nem contristar de algum modo, tal como foi por Herófilo acusado o médico Calianax, que, diante de um paciente a interrogar e perguntar "eu vou morrer?", sem pudores responde:

> Pátroclo em morte pereceu também,
> Tão maior que você, homem de bem.

> *Et Patroclus à mort succumba bien:*
> *Qui plus estoit que ne es homme de bien.*

E a outro que queria compreender o estado da doença e interrogava à moda do nobre Pathelin:

Quarto livro   253

E minha urina
Lhe diz que estou para morrer?

Et mon urine
Vous dict elle poinct que je meure?

doidamente respondeu: "Não, se você fosse parido por Latona, mãe de dois lindos filhos Febo e Diana". Do mesmo modo, Cláudio Galeno, *lib. 4, Commentarius in Epidemi*, vitupera enormemente Quinto, seu preceptor em medicina, que para um certo doente em Roma, homem honrável, que lhe dizia: "O senhor almoçou, meu mestre? O seu hálito me cheira a vinho", arrogantemente respondeu: "O seu me cheira a febre; quem tem aroma e odor mais delicioso, a febre ou o vinho?".

Porém a calúnia de alguns canibais, misantropos, agelastas foi contra mim tão atroz e desmedida, que venceu a minha paciência; e eu já andava decidido a não escrever mais nem um iota. Porque uma das menores contumélias que eles praticavam era que os tais livros estavam todos recheados de heresias diversas, embora não conseguissem uma só exibir em parte alguma; loucuras alegres sem ofensa a Deus e ao rei, às pencas, eis o assunto e tema único destes livros; nada de heresias, a não ser interpretando perversamente e contra todo o uso da razão e da linguagem comum aquilo que, sob pena de morrer mil vezes, se isso fosse possível, eu jamais pensaria, como quem pão interpretasse em pedra, peixe em serpente, ovo em escorpião. Disso eu me lastimava um dia em sua presença, quando lhe disse livremente que, se eu não me considerasse um melhor cristão do que me apresentam da parte deles, e que se nesta vida, escritos, palavras e até mesmo pensamentos eu reconhecesse uma mera centelha de heresia, por certo não cairiam tão detestavelmente nos lagos do espírito do Caluniador, o Διάβολος, que com seu ministério me suscita a tal crime. Eu mesmo, seguindo o exemplo da Fênix, ajuntaria a lenha e o fogo acenderia para ali me queimar.

Então o senhor me disse que sobre essas calúnias o nosso falecido rei Francisco, de eterna memória, tinha sido advertido e minucioso, depois de ouvir por voz e pronunciamento do mais culto e fiel anagnosta deste reino e de empreender uma leitura distinta destes livros meus (assim digo, porque malignamente me atribuíram alguns falsos e infames), não encontrou nem sequer uma passagem suspeita. E teve horror de um comedor de serpentes que fundava mortal heresia num N que por erro e negligência dos editores ficou no lugar de um M. O mesmo aconteceu com seu filho, nosso tão bom, tão virtuoso e pelos céus tão abençoado Henrique (que Deus no-lo queira longamente conservar!), de jeito que para mim ele lhe outorgou o privilégio e particular proteção contra os caluniadores. Esse evangelho o senhor com sua benignidade me reiterou em Paris, e de novo quando visitava o meu senhor cardeal Du Bellay, que, para recuperação da saúde após uma longa e atribulada doença, havia se retirado em Saint-Maur, lugar, ou (para melhor dizer e mais com mais propriedade) paraíso de salubridade, amenidade, serenidade, comodidade, deleites e todos os honestos prazeres da agricultura e da vida rural.

É por isso, meu senhor, que no presente, para além de toda intimidação, lanço a pluma ao vento, na espera de que, com seu benigno favor, o senhor há de vir contra os caluniadores, feito um segundo Hércules Gaulês, em saber, prudência e eloquência; Alexícaco em virtude, poder e autoridade, do qual veramente posso dizer o que do grande profeta e capitão de Israel, Moisés, dissera o sábio rei Salomão, *Eclesiástico*, 45: homem temente e amante a Deus, agradável a todos os humanos, amado por Deus e pelos homens, sua memória é abençoada. Deus deu-lhe glória similar à dos santos; tornou-o poderoso e temido pelos inimigos. Em seu favor fez coisas prodigiosas e espantosas. Glorificou-o na presença dos reis, prescreveu-lhe suas ordens diante do seu povo, e mostrou-lhe a sua glória. Santificou-o pela sua fé e mansidão, escolheu-o entre todos os homens. Atendeu-o, ouviu sua voz e o introduziu na nuvem. Deu-lhe seus preceitos perante seu povo e a lei da vida e da ciência.

Ademais, enquanto lhe prometo que quem eu encontrar me congratulando por estes alegres escritos, a todos adjurarei para que lhe concedam toda benesse, para que somente ao senhor agradeçam e rezem ao nosso Senhor pela conservação e crescimento da grandeza de sua pessoa. Que nada a mim atribuam, exceto humilde sujeição e obediência voluntária aos seus bons mandamentos. Porque com sua exaltação honorabilíssima o senhor me deu coragem e invenção; e sem o senhor o coração me falharia, e quedaria seca a fonte dos meus espíritos animais.

Nosso senhor o mantenha em sua santa graça.

De Paris, neste 28 de janeiro de 1552.

Seu humilíssimo e obedientíssimo servidor
François Rabelais, médico.

Quarto livro

Prólogo do autor
sr. François Rabelais para o
Quarto livro dos feitos e ditos heroicos
de Pantagruel

Este é o Prólogo eruditíssimo da segunda edição, de 1552, o mais longo de todos, e parece ter muito mais relação com o todo do projeto do livro do que o outro Prólogo, de 1548, que traduzo ao fim do volume; ao mesmo tempo, ainda faz referência às censuras, como vemos nos "diabos censorinos" que representam a Sorbonne. Screech observa que temos aqui uma "obra-prima do sincretismo", com passagens dos dois Testamentos, de Esopo, tudo isso misturado a uma série de pensadores, para fazer um louvor à moderação e à mediania, ideia tirada da expressão do poeta Horácio, aurea mediocritas. *Rabelais também funde a imagem de Júpiter com a de Cristo, saindo do clichê da associação do pai dos deuses romanos com o Deus pai cristão, para vinculá-lo ao filho. Outro ponto importante é a mudança do conceito de pantagruelismo, que passa a ser um desprezo pelas coisas fortuitas e uma crítica continuada à filáucia (amor-próprio exagerado).*

Durante a Quaresma, num eventual encontro, quem dissesse primeiro essa palavra recebia um prêmio. Quando traduzo "sedes e destemperos" recrio os dois sentidos do termo alterations *em francês. Os livros de Galeno são traduzidos como* Do uso das partes, Das diferenças de pulsos *e* Das afecções dos rins; *mais adiante é* Como manter a saúde. *O trecho grego é citação direta de Eurípides, frag. 1.086, com pequena variação; ele é comentado por Erasmo em seus Adágios. A designação de Deus como Salvador, na época, ia contra os usos mais ortodoxos da Igreja Católica. André Tiraqueau (1480-1558) foi amigo de Rabelais, porém vemos que ele retirou os nomes de Rabelais de suas obras nessa época, o que sugere rompimento sério entre os dois; a piada se dá com um tratado de Tiraqueau, que poderia ser traduzido como* O vivo avassala o morto, *que trata de heranças. Arifronte de Sicíon foi um poeta grego do séc. V a.C., autor de uma "ode à Saúde" na figura da deusa Higeia. A história de Zaqueu está em Lucas, 19; a do profeta Elias está em 1 Reis. A do lenhador que perde a cunha (sempre que o termo aparecer, pode e deve servir como eco sonoro de "cona") está em 2 Reis, 6:1-7, embora seja tema também de Luciano e de Esopo; "Bagus" é tradução para a transparência do nome Couillatris. A referência a um Esopo francês está na suposta origem frígia e troiana do mítico fundador chamado Franco, de quem descenderiam os francos/franceses. Preste João é o lendário rei do Oriente, que teria um reinado cristão em um lugar mítico indeterminado geograficamente.*

Há uma sequência de referências a acontecimentos recentes: Ivan, o Terrível, um moscovita, tinha atacado os tártaros em 1548. Os turcos tinham derrotado o xarife marroquino em 1551. O pirata turco Turgut Reis pilhou a Sicília em 1552 e com ajuda da França fugiu da frota de Andrea Doria, que o perseguia. Henrique II continuava as desavenças contra Carlos V, dessa vez pelo ducado de Parma. Maurício de Saxe invadiu Magdeburgo em 1552. As forças do papa invadiram Mirandola no mesmo ano. Em 1548, depois de sua insurreição contra o imposto da gabela, os gascões foram punidos e tiveram os sinos confiscados por usarem-nos para chamar os insurgentes. O baixote é Carlos V, que sofria de gota.

A expressão em latim et habet tua mentula mentem quer dizer, mantendo o trocadilho, "e teu mêntulo tem mente". A história da raposa e do cão enfeitiçados aparece em Pausânias, Descrição da Grécia, 9.19, e em Júlio Pólux, Onomasticon, 5.5; há ainda uma série de figuras mitológicas de menor monta que aqui não julgo importante explicitar. "Monésio" é relativo a uma ilha grega do mesmo nome, famosa pela produção de cobre.

Os seguidores de Pierre de la Ramée e de Pierre Galland disputavam no Colégio Real de Paris, desde 1551, acerca da autoridade de Aristóteles ou de um novo conceito de dialética; Rabelais sugere que os dois grupos deveriam virar gárgulas de pedra, fazendo piada com o nome pierre ("pedra" e "Pedro" em francês) dos dois, fazendo um triângulo de gosto pitagórico, que depois será tratado a sério nos caps. 34 e 55; no entanto, ao contrário de Cristo, que é descrito por 1 Pedro, 2:3-4, como "pedra viva", eles se tornariam pedras mortas, mera construção arquitetônica sem função humana.

Pedro de Cunha é solução para traduzir o trocadilho gerado por Pierre du Coignet, que é piada com o nome de Pierre de Cognières, procurador-geral da época de Felipe V, cujo nome passou a ser dado a uma pequena estátua em Notre-Dame, onde se apagavam as velas com seu nariz, porque ele era considerado um ímpio (o jogo do fouquet, que traduzi como "nariz de apagar vela", consistia precisamente em apagar uma vela com o nariz — agradeço a Davi Araújo por me atentar a essa expressão em português).

Uma curiosidade, nas barricas de vinho aparece pela primeira vez neste livro (de onze aparições no total) o número 78, que poderia remeter ao número de cartas do tarô completo, ligando-se também aos conhecimentos de alquimia de Rabelais. Escudos de sol são moedas de ouro gravadas por Luís XI. Gravot é uma aldeia perto de Chinon, pátria de Rabelais.

As tragédias incitadas por pastóforos fazem alusão à guerra de Parma, em que Henrique II, aliado a Otávio Farnese, enfrentou o papa Júlio III, depois que este entregou o ducado a Carlos V; Henrique II vence em 20 de abril de 1552.

Patetária é um lugar inventado, em francês Dindenaroys, que evoca dandin, o abestado. Ao resguardar vinho aos ciclopes, temos uma ironia, pois em Homero os ciclopes, como Polifemo, desconhecem a cultura da uva (os nomes de ciclopes vêm de fontes variadas). Icaromenipo é personagem de uma obra homônima de Luciano de Samósata, que talvez o próprio Rabelais tenha traduzido do grego ao latim.

Quarto livro

257

Toupeiraria é referência aos monges, que Rabelais chama de toupeiras, por viverem enfurnados.

Quando Priapo apresenta a série de nomes a cantar os poemas obscenos, são duas gerações de músicos famosos à época, primeiro homens do séc. XV, depois contemporâneos sob a corte de Francisco I. O primeiro poema é atribuído a Mellin de Saint-Gelais e foi publicado em 1543 com música de Clément Janequin; o segundo apareceu em Fleur de la poésie françoyse *em 1543, anônimo. Martin de Cambrai é uma figura grotesca que tocava as horas no sino da catedral de Cambrai. O rancatrilha de Maulevrier era Michel de Ballan, senhor dessa região ao lado de La Devinière, propriedade da família Rabelais; ele é mencionado em* Gargântua. *Os mandados eclesiásticos perdiam valor quando o papa morria, por isso eram comprados sempre que um novo era nomeado. Sanita et guadain messer é, no dialeto genovês, "Saúde e ganho, senhor". Tommaso Guadagni era um banqueiro florentino que morava em Lyon; seu nome serve como trocadilho com "ganho", já que pronunciado "guadánhi".*

Aos leitores benévolos.

Gente de bem, Deus os proteja e guarde! Onde é que vocês estão? Não consigo ver! Esperem só eu pegar os óculos. Ha, ha! De vento em popa se vai a Quaresma, já estou vendo! E aí? Tiveram uma boa vindima? É o que andaram me dizendo. Não fico nem um pouco borocoxô. Vocês acharam um remédio infalível contra todas as sedes e destemperos? Agiram com a maior virtude. Está tudo muito bem, tudo muito bom, gostei demais! Deus, o bom Deus, seja eternamente louvado, e (se assim for sua sagrada vontade) possam vocês perdurar bastante nessa. Quanto a mim, graças à santa bondade dele, estou aqui e me entrego. Estou, graças a um bocadinho de pantagruelismo (vocês entendem que é uma certa alegria de espírito marinada no desprezo por coisas fortuitas) sadio e ligado: pronto para beber, se estiverem a fim! E me perguntam por quê, meu povo de bem? Resposta irrefragável. É o que quer o boníssimo, grandíssimo Deus, ao qual aquiesço, ao qual obtempero, a cuja sacrossanta palavra de boas-novas, ou seja, o Evangelho, eu reverencio, onde se diz, em *Lucas*, 4, com um terrível sarcasmo e sangrenta derrisão ao médico negligente quanto à própria saúde: "Médico, cura-te a ti mesmo".

Cláudio Galeno, sem toda essa reverência, em saúde se mantinha, embora algum saber ele tivesse da Sagrada Bíblia e conhecesse e frequentasse os santos cristãos do seu tempo, tal como aparece no *lib. II, De usu partium,*

lib. 2 De diferentiis pulsuum, cap. 3, e *ibidem, lib. 3, cap. 2* e *lib. De renum affectibus* (se for mesmo de Galeno), mas foi só por medo de cair nessa vulgar e satírica zoação. Ἰητρὸς ἄλλων αὐτὸς ἕλκεσι βρύων:

> É médico dos outros, certamente;
> Embora a própria úlcera lhe aumente.

> *Medicin est des aultres en effect:*
> *Toutesfois est d'ulceres tout infect.*

De jeito que todo todo ele se gaba, nem aceita ser tido por médico, se entre seus vinte e oito anos até a alta velhice não viveu em saúde plena, fora umas efêmeras febres, sem maior duração; embora por natureza não fosse lá dos mais sadios e tivesse um estômago evidentemente discrasiado. "Pois (diz o livro 5, *De sanitate tuenda*) é difícil confiar num médico que se preocupa com a saúde alheia, se com a própria é negligente." Ainda mais metido a besta se gabava o médico Asclepíades de ter feito o seguinte pacto com a

Quarto livro

Fortuna: que médico reputado não seria se ficasse doente depois do momento em que começou a praticar sua arte até a derradeira velhice, à qual ele chegou inteiro e vigoroso em todos os membros e sobre a Fortuna triunfando. Por fim, sem qualquer doença precedente, de vida em morte se mudou, ao despencar por acidente do alto de uns degraus mal pregados e podres.

Se, por algum desastre, a saúde de suas senhorias se emancipou, onde quer que ela esteja, acima ou abaixo, atrás, à frente, à destra, à esquerda, dentro, fora, longe ou perto dos seus territórios, sem demora vocês poderão, com auxílio do bendito Salvador, reencontrá-la. E assim que for felizmente reencontrada, seja por vocês reclamada, seja por vocês vindicada, seja por vocês assumida e mancipada. As leis permitem, o rei compreende, eu o aconselho. Nem mais, nem menos que os legisladores antigos autorizam ao senhor vindicar o escravo fugitivo onde quer que seja encontrado. Meu bom Deus, meus bons homens, não está escrito e não é praticado pelos antigos costumes deste tão nobre, tão antigo, tão belo, tão florescente, tão rico reino da França, que *o morto avassala o vivo*? Vejam o que há pouco expôs o bom, o sábio, o tão humano, tão generoso e justo André Tiraqueau, conselheiro do grande, vitorioso e triunfante rei Henrique II, em sua temeraríssima corte do Parlamento em Paris. Saúde é nossa vida, como bem declara Arifronte de Sicíon. Sem saúde, não é a vida vida, não é a vida vivível, ΑΒΙΟΣ ΒΙΟΣ, ΒΙΟΣ ΑΒΙΩΤΟΣ. Sem saúde, a vida não passa de desânimo, a vida não passa de simulacro da morte. Assim, portanto, se estiverem privados de saúde, ou seja, mortos, avassalem o vivo, avassalem a vida, ou seja, a saúde.

Eu tenho essa esperança em Deus, de que ele há de ouvir as nossas preces, dada a firme fé com que as fazemos, e há de cumprir este nosso desejo, visto que é mediano. A mediania foi pelos sábios antigos chamada de áurea, ou seja, preciosa, por todos louvada, em todas as partes agradável. Basta estudar a Sacra Bíblia, e logo vão ver que as preces deles nunca foram refugadas, que pediram com mediania. Exemplo é o pequeno Zaqueu, cujas relíquias os musafires de Sain-Ayl, perto de Orléans, se gabavam de ter, e o chamam de São Silvano. Ele só queria ver nosso bendito Salvador junto a Jerusalém. Era coisa mediana e fácil para todos. Mas era muito baixinho e em meio à multidão não conseguia. Ele se empina, patina, se esforça, se afasta, sobe num sicômoro. O bom Deus percebeu seu sincero e mediano afeto. Apareceu diante dele e foi não só visto por ele, como também ouvido, visitou sua casa e abençoou sua família.

A um filho de um profeta em Israel, quando cortava lenha perto do rio Jordão, o ferro da cunha escapou (como está escrito em *2 Reis*, 6) e caiu dentro do rio. Ele rezou a Deus para que este quisesse devolvê-la. Era coisa mediana. E com firme fé e confiança jogou não a cunha depois do cabo, tal como num escandaloso solecismo cantam os diabos censorinos, mas sim o cabo depois da cunha, como é certo dizer. Num supetão apareceram dois milagres. O ferro subiu do fundo da água e se encaixou no cabo. Se ele tivesse desejado subir aos céus dentro de uma carruagem de fogo, que nem Elias, multiplicar a linhagem, que nem Abraão, ser tão rico quanto Jó, tão forte quanto Sansão, tão belo quanto Absalão, será que impetraria? É uma questão...

Por falar em desejos medianos em matéria de cunha (me avisem quando for hora do goró), vou contar o que está escrito nos apólogos do sábio Esopo francês. Quer dizer, frígio e troiano, segundo afirma Máximo Planudes, de cujo povo, segundo os mais verídicos cronistas, descendem os nobres franceses. Eliano escreve que ele era trácio; Agatias, segundo Heródoto, que era sâmio. Tanto faz.

Tempos atrás vivia um pobre vileiro nativo de Gravot chamado Bagus, lenhador e cortador de lenha, que nessa pindaíba ganhava cahin caha para a pobre vida. Acontece que ele perdeu a cunha. E ficou fulo e chateado, como ficou! Porque da cunha dependiam seus bens e sua vida; graças à cunha vivia com honra e reputação entre todos os ricos madeireiros; sem cunha morreria de fome. Quando seis dias depois a morte o encontrasse sem cunha, com sua foice o iria ceifar e capinar deste mundo. Nessa lazeira, ele começou a gritar, rezar, implorar, invocar Júpiter com orações mui disertas (e vocês bem sabem que a Necessidade foi a inventora da Eloquência) erguendo a face aos céus, com joelhos por terra, a cabeça desnuda, os braços altos no ar, os dedos das mãos arreganhados, repetindo um refrão por suas súplicas a plenos pulmões infatigavelmente: "Minha cunha, Júpiter, minha cunha, minha cunha! Nada mais, ó Júpiter, que a minha cunha, ou dinheiro para comprar outra. Ai, minha pobre cunha!". Júpiter estava em conselho sobre outros assuntos urgentes, enquanto opinava à velha Cibele, ou então ao jovem e claro Febo, se preferirem. Porém tamanha foi a exclamação de Bagus, que, para grande espanto, foi ouvida em pleno conselho e consistório dos deuses.

"Mas quem diabo (perguntou Júpiter) está lá embaixo dando esses berros impressionantes? Pela força do Estige, por acaso já não estávamos e não estamos agora bastante empacados e pela decisão de uma penca de casos controversos e importantes? Já resolvemos o debate sobre Preste João, o rei dos persas, e sobre o sultão Solimão, imperador de Constantinopla. Já fechamos a passagem entre os tártaros e os moscovitas. Já respondemos ao pedido do xarife. Também ao desidério de Turgut Reis. O estado de Parma

Quarto livro

foi despachado; também o de Magdeburgo, de Mirandola, e da África. Assim chamam os mortais aquilo que sobre o mar nós nomeamos de *Aphrodisium*. Trípoli mudou de regente, por má defesa. Seu período chegou. Aqui estão os gascões arrependidos e pedindo o restabelecimento dos seus sinos. Nesse canto estão os saxões, estrelinos, ostrogodos e alemães, povo antes invencível, agora *aberkeits* e subjugados por um baixote todo estropiado. Eles nos pedem vingança, socorro, restituição da prístina independência e liberdade antiga.

Mas o que vamos fazer com esse Ramée e esse Galland, que gualdrapados de jagunços, cúmplices e capangas desarranjam toda essa Academia de Paris? Estou completamente perplexo! E ainda não resolvi para que parte pender. Todos os deuses me parecem bons companheiros, bem bagudos. Um tem escudos de sol, que acho lindos e sólidos; o outro bem que queria ter. Um é uma fina e cálida raposa; o outro maldiz, malescreve e ladra contra os antigos filósofos e oradores que nem um cachorro. O que você acha, meu grande paudejegue Priapo? Já tantas vezes vi que o seu conselho e opinião são justos e pertinentes: *et habet tua mentula mentem.*

— Rei Júpiter (respondeu Priapo, tirando o capuchão da cabeça ereta, vermelha, radiante e rija), já que o senhor compara um a um cão que ladra, e outro a uma raposa em fina farsa, tenho cá para mim que, mais que se apoquentar e atazanar, com eles pode fazer o que antes já fizera com um cachorro e uma raposa.

— O quê?, perguntou Júpiter. E quando? Quem eram eles? Onde foi?

— Ah, mas que bela memória, respondeu Priapo. Esse venerável pai Baco, que aqui vemos com cara carmesim, queria se vingar dos tebanos com uma raposa enfeitiçada, de jeito que qualquer mal ou dano que ela fizesse, não seria pega nem ferida por nenhum bicho deste mundo. Esse nobre Vulcano tinha feito um cachorro com bronze monésio e, de tanto soprá-lo, fez com que ficasse vivo e animado. Ele deu ao senhor; e o senhor o deu a Europa, a sua queridinha. Ela o deu a Minos; Minos a Prócris; Prócris por fim o deu a Céfalo. Ele estava também enfeitiçado, de jeito que, segundo o exemplo dos advogados de hoje, ele pegava todo bicho que encontrasse: nada escapava.

Acontece que eles se encontraram. E o que foi que fizeram? O cachorro, por destino fatídico, devia pegar a raposa; a raposa, por destino, não devia ser pega. O caso foi levado ao seu conselho. O senhor se empenhou por não contrariar os Destinos. Os Destinos eram contraditórios. A verdade, o fim, o resultado de duas contradições unidas foi declarada impossível por natureza. O senhor suou de tanto trampo. Do suor que caiu na terra nasceram os repolhos cabeçudos. Todo este nobre consistório, por falta de resolução categórica, entrou numa sede mirífica, e nesse mesmo conselho bebemos mais de setenta e oito barricas de néctar. Por sugestão minha, o senhor os converteu em pedras. Num supetão acabou a perplexidade, num supetão deu-se trégua à sede em todo este grande Olimpo. Foi o ano das mós moles, perto de Teumesso, entre Tebas e Cálcida. Diante desse exemplo, sou da opinião de que é melhor petrificar cão e raposa. A metamorfose não é incondizente. Os dois têm nome de Pedro. E segundo o ditado dos limusinos, para fazer boca de forno precisa ter três pedras, e o senhor vai associá-las ao mestre Pedro da Cunha, que foi pelo mesmo motivo pelo senhor petrificado. E farão uma figura trígona equilátera no grande templo de Paris, ou no meio do pátio, postas as três pedras mortas, que servirão para apagar, como no jogo do nariz de apagar vela, as velas, tochas, círios, candeias e brandões acesos, que vivas bagosamente acenderiam o fogo da facção, dissensão, seitas bagosas e partidos entre os ociosos estudantes. Para memória perpétua de que esses filauciosinhos baguiformes diante do senhor foram não só dispensados como desprezados. E tenho dito!

— O senhor os favorece (disse Júpiter), pelo que estou vendo, meu bom signor Priapo. Não favorece assim a todos. Pois, já que tanto eles anseiam perpetuar seu nome e memória, bem melhor para eles seria se converterem depois da vida em pedras duras e marmóreas, em vez de retornarem ao pó e ao podre. Aqui atrás, no prumo do mar Tirreno e de lugares circunvizinhos dos Apeninos, o senhor pode ver que tragédias foram incitadas por alguns pastóforos. Essa fúria há de durar seu tempo, que nem os fornos dos limusinos, depois deve acabar; mas não tão cedo. Teremos ainda um bocado de passatempo. Vejo nisso um inconveniente. É que ficamos com pouca munição de raios, depois que os senhores codeuses, com minha outorga particular, os lançaram à beça sobre Nova Antioquia. E seguindo o seu exemplo, os górgias, campeões que se aventuraram a guardar a fortaleza de Patetária contra quem viesse, consumiram as munições no empenho de atirarem nas guaritas. Depois, na hora da necessidade, não tinham mais com que se defender, e com bravura entregaram o posto e se renderam ao inimigo, que já preparava o ataque e, à força do desespero, já não pensava em nada mais urgente do que na retirada acompanhada de breve vergonha. Dê a ordem, meu filho Vulcano: desperte os seus ciclopes adormecidos, Astérope, Brontes, Arges, Polifemo, Estérope, Pirácmon; bote-os para trabalhar e beber no mesmo compasso. Não se deve poupar vinho ao povo do fogo. Então vamos despachar a gritaria lá embaixo. Veja quem é, Mercúrio, e descubra o que quer."

Quarto livro

Mercúrio espia pelo alçapão dos céus, por onde escutam tudo que nós dizemos aqui embaixo na terra: parece até uma escotilha de navio. Icaromenipo dizia que ela parece a boca de um poço. E viu que era Bagus procurando a cunha perdida e sem demora relatou ao conselho. "De fato (disse Júpiter), estamos feitos! A essa hora não temos nenhuma facienda além de devolver cunhas perdidas? Mas vamos devolver. Está escrito nos Destinos, entenderam? Tal como se valesse o ducado de Milão. Na verdade, a cunha tem para ele tanto valor e estima quanto o reino para o rei. Bora, bora, que seja a cunha devolvida! Não se fala mais nisso. Vamos resolver o diferendo entre o clero e a Toupeiraria de Rubrolândia. Onde é que a gente estava mesmo?"

Priapo estava de pé no canto da chaminé. Ao ouvir o relato de Mercúrio, disse com toda cortesia e jovial franqueza: "Rei Júpiter, na época em que por vossa ordem e particular benfeitoria eu era guardião dos jardins na terra, percebia que essa palavra 'cunha' causa equívoco em muitas coisas. Ela designa uma ferramenta por cujo serviço se fende e corta a madeira. Designa também (ou ao menos no passado designava) a cunhã bem e bastante bengalibimbada. E veja que todo bom companheiro chamava sua peguete de 'cunha minha'. Porque, com essa ferramenta (e ao falar exibia o cabo dodrental) eles encunham com tanta força e audácia as mangas delas, que elas ficam livres de um pavor epidêmico no sexo feminino, isto é, de que caiam do baixo-ventre até o calcanhar, por falta de engate. E recordo (pois tenho um belo falo, quer dizer, bem me lembro e falo tanto que dá para encher um pote de manteiga) que um dia de Tubilustra, no feriado do bom Vulcano em maio, outrora topei num bom canteiro com Josquin des Prez, Ockeghem, Obrecht, Agricola, Brumel, Camelin, Vigoris, De la Fage, Bruyer, Prioris, Seguin, De la Rue, Midy, Moulu, Mouton, Gascogne, Loyset, Compère, Penet, Fevin, Rosée, Richafort, Rousseau, Conseil, Costanzo, Festa e Jacques Berchem, que cantavam melodiosamente:

> Velho Thibaut quis se deitar
> Com sua nova esposa bela,
> Por isso tentava ocultar
> um grosso malho na ruela.
> 'Meu doce amigo (disse ela),
> Que malho buscas empunhar?
> — É p'ra melhor eu te encunhar.
> — Um malho? Não precisas tu.
> João Gordo vem me estremunhar,
> Porém encunha só no cu.'

Grand Tibault se voulent coucher
Avecques sa femme nouvelle,
S'en vint tout bellement cacher,
Un gros maillet en la ruelle.
'O mon doulx amy (ce dict elle),
Quel maillet vous voy je empoinger?
— C'est (dist-il) por mieulx vous coingner.
— Maillet? dist elle, il n'y fault nul.
Quand gros Jan me vient besoingner,
Il me coingne que du cul.'

Nove Olimpíadas e um ano intercalar depois (ah, belo falo, quer dizer, lembro e falo. Eu solecizo muito na simbolização e concordância dessas palavras), eu ouvi Adrian Willaert, Gombert, Janequin, Arcadelt, Claudin, Certon, Manchicourt, Auxerre, Villiers, Sandrin, Sohier, Hesdin, Morales, Passereau, Maille, Maillart, Jacotin, Heurteur, Verdelot, Carpentras, Lhéritier, Cadéac, Doublet, Vermont, Bouteiller, Lupi, Pagnier, Millet, Du Moulin, Alaire, Maraut, Morpain, Gendre e outros alegres músicos num jardim reservado, sob a bela folhagem em volta de uma muralha de frascos, presuntos, pastéis e várias cocotas penteadas, cantando numa fofura:

Se é verdade que a cunha sem ter cabo
Não vale nada, tal e qual a enxada,
P'ra bem unir os dois, sem menoscabo,
Serei o cabo a te deixar cunhada.

S'il est ainsi que coingnée sans manche
Ne sert de rien, ne houstil sans poingnée,
Affin que l'un dedans l'autre s'emmanche
Prens que soys manche, et tu seras coingnée.

Então falta saber que tipo de cunha anda pedindo esse berrento Bagus."

Diante de tais palavras, todos os veneráveis deuses e deusas pocaram de rir, que nem um microcosmo de moscas. Vulcano com a perna cambeta, por amor à sua amiga, deu três ou quatro pulinhos cheio de marra. "Bora, bora (disse Júpiter a Mercúrio), desça imediatamente para lá e jogue aos pés de Bagus três cunhas: a dele, outra de ouro, e uma terceira de prata, todas maciças e do mesmo tamanho. Fique para ele a opção de escolher: se pega a sua e se contenta, pode dar as duas outras. Se pega outra, corte a cabeça com

Quarto livro

a cunha dele. Vai ser assim de agora em diante com esses perdedores de cunhas!" Terminadas essas palavras, Júpiter rodou a cabeça que nem um macaco que engole pílulas, fez uma moganga tão assustadora, que todo o imenso Olimpo tremeu.

Mercúrio, com seu chapéu pontudo, sua capa, sandálias e caduceu se lança pelo alçapão dos céus, fende o vazio do ar, desce ligeiro até a terra e lança aos pés de Bagus as três cunhas. Depois diz: "Berrou demais por manguaça! As suas preces se alçaram até Júpiter. Veja qual delas é a sua cunha e pode levar". Bagus cata a cunha de ouro, espia e acha meio pesadona; depois diz a Mercúrio: "Almaminha! essa aqui não é minha. Nem fodendo!". Fez o mesmo com a cunha de prata e disse: "Essa não é. Pode ficar". Depois pegou na mão a cunha de pau, espiou a ponta do cabo e ali reconheceu a sua marca e todo saltitante de alegria, que nem uma raposa quando encontra uns frangotes perdidos, e rindo com a ponta do nariz falou: "Mandocéu! essa aqui é minha! Se o senhor deixar comigo, vou lhe sacrificar um bom potão de leite cheio de morangos dos bons nos idos (ou seja, no dia quinze) de maio.

— Bom homem, disse Mercúrio, ela é sua, pode pegar. E como escolheu e desejou a mediania em matéria de cunha, por vontade de Júpiter dou-lhe as duas outras. Tem agora como ficar rico. Seja um homem de bem."

Bagus agradece com toda a cortesia a Mercúrio, reverencia ao grande Júpiter, a cunha antiga prende no cinto de couro e roda até o rabo, que nem Martin de Cambrai. As outras duas mais pesadas bota no lombo. Assim vai preladando pelo país, com boa carranca entre os paroquianos e vizinhos, repetindo as palavrinhas de Pathelin: "Mas tenho mesmo?". No dia seguinte, usando um blusão branco, leva na cacunda as duas cunhas preciosas, ruma para Chinon, cidade insigne, cidade nobre, cidade antiga, e mesmo a primeira deste mundo, segundo o juízo e asserção dos mais eruditos massoretas! Em Chinon, troca a cunha de prata por uns belos tostões de prata e outras moedas brancas; a cunha de ouro, por belas coroas da anunciação, belos cordeiros de lã, belos riders, belos réis, belos escudos de sol. Com isso compra tantas quintas, tantas granjas, tantos sítios, tantas fazendas, tantos estábulos e estâncias, tantas chácaras, campinas, vinhedos, bosques, terras cultiváveis, pastos, açudes, moinhos, jardins, salgueirais, bois, vacas, carneiros, ovelhas, cabras, porcas, porcos, burros, cavalos, galinhas, galos, capões, frangos, gansas, gansos, marrecos, patos e uns menores, que em pouco tempo foi o homem mais rico do país, mais até do que o rancatrilha de Maulevrier.

Tudo quanto é matuto e rastaquera da vizinhança, ao ver essa topada de sorte de Bagus, ficou boquiaberto, e toda aquela piedade e pena que antes tinham no espírito pelo pobre Bagus em inveja se tornou por sua riqueza imensa e inesperada. Então começaram a correr, perguntar, se informar de que jeito, onde, que dia, que hora, como e com que fim lhe veio esse grande tesouro. Ao ouvirem que foi por ter perdido a cunha, "He, he, disseram, e basta perder uma cunha para a gente ficar rico? O jeito é fácil, e custa bem pouquinho. Então, em nosso tempo foi tamanha a revolução dos céus, a constelação dos astros e o aspecto dos planetas, que qualquer que a cunha perca vai ficar assim ricaço? He, he. Ha, por Deus, cunha, você vai ser perdida; não é nada pessoal". Aí todos perderam suas cunhas. Ao diabo quem guardasse a cunha! Não tinha um só filho de boa mãe que não perdesse a cunha. Ninguém mais abatia, ninguém mais talhava madeira nesse país por falta de cunha.

Reza o apólogo esópico que alguns rapalheiros de baixo estrato, que tinham a Bagus vendido um pastinho, um minimoinho, para se emperiquitarem às pampas, ao saberem que um tesouro desses chegou para ele assim fácil, venderam as espadas para comprarem cunhas, só para depois perdê--las, que nem os campesinos, e assim recuperarem a bufunfa em ouro e prata. Vocês diriam com acerto que eram uns pequenos romípetas vendendo o que têm e emprestando dos outros para comprar uma penca de mandados de algum papa recém-nomeado. E danavam de gritar e de rogar e de lamentar e de invocar a Júpiter: "Minha cunha, minha cunha, Júpiter! Minha cunha cá, minha cunha acolá, minha cunha, ho, ho, ho, ho! Júpiter, minha cunha!". O ar em torno todo ressoava os gritos e gemidos daqueles perdedores de cunhas. Mercúrio chegou de pronto trazendo as cunhas deles, a cada um oferecendo a sua perdida, outra de ouro e uma terceira de prata. Todos escolhiam a de ouro e a abraçavam em agradecimento pelo grande doador Júpiter. Mas no instante em que a erguiam da terra encurvados e inclinados, Mercúrio cortava as cabeças, seguindo o edito de Júpiter. E de cabeças cortadas o número final foi igual e equivalente ao de cunhas perdidas. Vejam bem. Vejam só o que acontece com quem por simplicidade deseja e escolhe as coisas medianas. Podem todos tomar aí um exemplo, vocês jecas de terras baixas, que dizem que por dez mil francos de renda não largariam seus desejos. E a partir de agora não falem mais sem vergonha, que nem outras vezes já ouvi vocês desejando: "Praza Deus que eu tenha agora cento e setenta e oito milhões em ouro! Ha, que onda eu tiraria!". Seus mulas malas! O que mais iria desejar um rei, um imperador, um papa? Assim vocês podem ver com os próprios olhos que, ao desejarem tanto ultraje, só vão ganhar é catarro e bostela, nem um cascalho no bolso, não mais do que os dois dingos querendo seguir a moda de Paris. Deles, um desejava ter bons escudos

Quarto livro

de sol, o mesmo tanto que já fora em Paris gasto, vendido e comprado, desde as primeiras fundações para edificá-la até agorinha; o total avaliado em taxa, venda e valor do ano mais caro nesse lapso de tempo. Esse aí, me digam vocês, andava sem fome? Será que comeu ameixa azeda sem tirar a casca? Estava com os dentes avacalhados? O outro desejava o templo de Notre-Dame cheinho de agulhas afiadas, do chão até o arco mais alto e ter tantos escudos de sol, quanto poderiam caber no tanto de sacos que dá para costurar com todas as agulhas, uma a uma, até que todas ficassem gastas e cegas. Isso é que é desejo! O que acham? O que aconteceu? À noite cada um deles teve frieira até no dedão, cancro no pomo de adão, tosse feia no pulmão, catarrada até o chão, furúnculo no tendão, e nem um diacho de um naco de pão para palitar os dentes.

Desejem então a mediania, que ela virá, e ainda mais se trabalharem e tramparem. "Vá lá (dizem vocês), mas Deus bem que podia ter dado uns setenta e oito mil, que nem um treze avos de meio vintém, porque é todo-poderoso: um milhão de ouro para ele não vale um óbolo!" Ai, ai, ai... E com quem vocês aprenderam a discorrer desse jeito e a falar sobre o poder e a predestinação de Deus, meus pobres coitados? Paz. St. St. St. Podem se humilhar diante de seu rosto sagrado e reconhecer as próprias imperfeições.

É, meus gotosos, nisso que eu fundo minha esperança, e creio firmemente que (se assim quiser o bom Deus) vocês terão saúde, já que nada além da saúde agora pedem. Esperem só um pouquinho mais, com meia onça de paciência. É o que fazem os genoveses, quando pela manhã, depois de discutirem, propensarem e decidirem dentro dos seus escritórios e gabinetes sobre de quem hoje poderão arrancar dim-dim, e quem por sua astúcia será engambelado, surrupiado, enganado e ludibriado, eles andam pela praça, se entrecumprimentando assim: *"Sanita et guadain messer"*. Eles não se contentam com a saúde; querem também o ganho, ou seja, os escudos de Guadagni. Daí acontece muito de não conseguirem nem uma coisa nem outra. Então, com toda saúde, vocês podem tossir com gosto, dar três goladas, chacoalhar com ânimo as orelhas, e assim vão ouvir maravilhas do nobre e bom Pantagruel.

Capítulo 1

Como Pantagruel partiu ao mar
para visitar o oráculo da Divina Bacbuc

Este capítulo retoma o que vimos no cap. 49 do Terceiro livro, *com a busca da Divina Garrafa. Seu tom, como observa Screech, é predominantemente protestante; importante nesse ponto é, por exemplo, lembrar que o Salmo 114 começa assim: "Quando Israel saiu do Egito, e a casa de Jacó de um povo de língua estranha", pois servia como um símbolo do fim da tirania papista, na leitura dos reformistas (Rabelais o cita na tradução poética de Clément Marot, adotada por Henrique II); repare-se ainda a completa ausência de missa ou de padres. Também é interessante observar a tradição alquímica que se revela nas insígnias dos barcos.*

O dia das Vestais era 9 de junho, data de partida da célebre excursão de Cartier em 1534; porém a Breve declaração *anota erroneamente como dia 7, quando começavam as primeiras festividades. Como vimos, Xenômanes é nome derivado do verbo grego* ξενομανέω *(ter paixão por coisas estrangeiras), ou seja, um oposto do xenófobo; ele parece representar Jean Bouchet por seu epíteto de atravessador. Talamego é uma espécie de barco com cabine, já mencionado no* Terceiro livro, *cap. 51, porém aqui aparecendo como nome próprio. O hanap é um grande vaso de bebida de origem medieval, geralmente feito de metal. Amorabaquim é a designação de sultão turco, que Rabelais grafa* bourrabaquin, *para designar os copos de couro dos monges mendicantes. Brinde é um tipo de copo cilíndrico. O filósofo Heráclito era tradicionalmente representado chorando os sofrimentos da humanidade, em oposição a Demócrito. O baço, segundo a teoria dos humores, é o produtor da melancolia, ou bile negra, então o bom baço designa bom humor.*

O cálice de hera, se lembrarmos Gargântua, *cap. 24, e* Terceiro livro, *cap. 52, se ligaria ao suposto poder dessa planta para separar água do vinho. Os outros remédios para enjoo no mar são receitados por Galeno e assim servem como mote para nova piada com o médico grego. É provável que Jamet Brayer seja Jamet Brahier (como é grafado no cap. 20), um parente de Rabelais, morto em 1533; porém há vínculos com o viajante Jacques Cartier (1491-1557), que em sua primeira viagem à América gastou cerca de quatro meses, tal como os nossos marinheiros.*

Cataio, ou Catai, era um nome antigo para a China; Sables d'Olonne fica no litoral noroeste da França. A proposta de viagem aqui apresentada, apesar de um tanto confusa (talvez deliberadamente), se dá pelo eixo setentrional, ou seja, pelo Polo Ártico, em vez de contornar o sul da África, como faziam as navegações portuguesas. Sobre os macréones, cf. nota introdutória ao cap. 25. As três menções de

Quarto livro

269

historiografia antiga são verdadeiras, porém o texto de Cornélio Nepos não chegou até nós; hoje temos as referências a Pompônio Mela, Cosmografia, 3.5.45, e a Plínio, História natural, 2.67.

No mês de junho, no feriado das Vestais, o mesmo em que Bruto conquistou a Espanha e subjugou os espanhóis, e em que também o avarento Crasso foi vencido e derrotado pelos partas, Pantagruel, depois de pedir licença a seu pai, o bom Gargântua, quando este estava rezando (tal como na Igreja primitiva era o louvável costume entre os santos cristãos) por uma próspera navegação do filho e de toda a companhia, partiu ao mar no porto de Talassa, acompanhado de Panurgo, frei João do Picadinho, Epistemão, Ginasta, Êustenes, Rizótomo, Carpalim e outros servos e velhos criados, junto com Xenômanes, o grande viajante e atravessador de estradas perigosas, que alguns dias antes tinha chegado por convocatória de Panurgo. Este, por bons e justos motivos, tinha entregado e assinalado para Gargântua, em sua grande e universal hidrografia, a rota que fariam para visitar o oráculo da Divina Garrafa Bacbuc.

O número de navios era aquele que apresentei no *Terceiro livro*, escoltados por trirremes, row-barges, galeões e liburnas do mesmo número, bem equipados, bem calafetados, bem fornidos, com fartura de pantagruelião. A assembleia de todos os oficiais, dragomanos, pilotos, capitães, timoneiros, marinheiros, remeiros e marujos foi feita em Talamego. Assim se chamava a grande nau capitã de Pantagruel, que tinha na popa por insígnia uma grande e ampla garrafa, metade de prata bem lisa e polida, metade de ouro esmaltado em encarnado. Nela era fácil perceber que branco e clarete eram as cores dos nobres viajantes e que iam buscar uma palavra da Garrafa.

Sobre a popa da segunda barca, bem alto, estava erguido um facho antiquário, feito habilidosamente de pedra esfengítida e especularita, sugerindo que passariam pelos fachanos. A terceira, por divisa tinha um hanap de porcelana, lindo e bem fundo. A quarta um potinho de ouro com duas asas, como se fosse uma urna antiga. A quinta um insigne vaso de esperma de esmeralda. A sexta um amorabaquim monacal feito de quatro metais misturados. A sétima um funil de ébano todo recamado de ouro em marchetaria. A oitava um cálice de hera bem precioso, com ouro batido adamascado. A nona um brinde de fino ouro puríssimo. A décima uma taça de cheiroso agaloch (que vocês chamam de aloé), ornado com ouro de Chipre em azemina. A un-

décima um cabaneiro de ouro em mosaico. A duodécima uma barrica de ouro fosco coberto por uma vinheta de enormes pérolas índicas em topiária. De jeito que qualquer um, por mais triste, chateado, irritado ou melancólico que estivesse, mesmo que fosse o chorão Heráclito, sentiria uma alegria nova e com bom baço sorriria quando topasse com esse nobre comboio de navios com divisas, logo diria que os viajantes eram todos manguaceiros de bem e julgaria com prognóstico certeiro que a viagem, tanto de ida como de volta, se daria no mais perfeito júbilo e saúde.

Em Talamego então se fez a assembleia de todos. Lá Pantagruel fez uma breve e santa exortação, toda autorizada por trechos extraídos da santa Escritura, sobre o tema da navegação. Terminada ela, fez-se uma alta e clara prece a Deus, que ouviram e escutaram todos os burgueses e citadinos de Talassa achegados ao molhe para ver o embarque.

Depois da oração, cantaram melodiosamente o salmo do santo rei Davi, que começa com *Quando Israel saiu do Egito*. Findo o salmo, prepararam sobre a tilha as mesas e serviram bem os pratos. Os talássios, que também cantaram o salmo supracitado, mandaram de suas casas trazerem muitos víveres e vinhos. Todos beberam por eles. Eles beberam por todos. Foi por isso que ninguém da assembleia se mareou ou botou os bofes para fora, nem sofreu do estômago ou da cabeça. Tais inconvenientes não seriam obviados com a mesma eficiência, se tivessem bebido uns dias antes água marinha, ou pura, ou misturada com vinho, ou se comessem pola de marmelo, casca de limão, suco de romã agridoce, ou mantivessem uma longa dieta, ou cobrissem o estômago com papel, ou então fizessem o que os doidos dos médicos indicam para quem parte ao mar.

Depois de bem reiteradas as goladas, cada um se retirou para seu barco, e em boa hora lançaram vela ao vento gregal, tal como o piloto principal, chamado Jamet Brayer, designara a rota e apontara a calamita de todas as bússolas. Pois seu conselho, bem como de Xenômanes, visto que o oráculo da divina Bacbuc ficava perto de Cataio, na Índia Superior, era não tomar a rota ordinária dos portugueses, que ao cruzarem o Cinturão Ardente e o Cabo da Boa Esperança, sobre a ponta meridional da África, para além da equinocial, e perderem a vista e guia do eixo setentrional, acabam fazendo uma navegação enorme; mas antes seguir bem de perto o paralelo da tal Índia, para darem a volta nesse polo rumo ao Ocidente, de jeito que, contornando sob o Setentrião, mantivessem a mesma latitude que em Sables d'Olonne, mas sem se aproximar demais, por medo de entrarem e ficarem presos no mar Glacial. E assim, seguindo esse canônico desvio pelo mesmo paralelo, teriam pela direita, no rumo ao Levante, o que na partida estava à esquerda.

Isso foi de um proveito inacreditável. Porque, sem naufrágio, sem perigo, sem perda de gente, com imensa serenidade (fora um dia perto da ilha dos Macréones) fizeram em menos de quatro meses a viagem da Índia Superior, que a custo faziam os portugueses em três anos, com mil tormentos e perigos inúmeros. E sou da opinião de que, salvo melhor juízo, a tal rota da Fortuna foi seguida por esses indianos que navegaram na Alemanha e foram honrosamente recebidos pelo rei dos suecos, na época em que Quinto Metelo Céler era procônsul da Gália, segundo escrevem Cornélio Nepos e Pomônio Mela, bem como Plínio, a partir deles.

Capítulo 2

Como Pantagruel na ilha de Medámothi
comprou muitas coisas lindas

Exceto pela primeira frase, tudo que lemos aqui, até o cap. 5, foi acrescentado na edição de 1552. Rabelais descreve a ilha inventada de Medámothi, derivada do grego μηδαμόθι ("nenhures", um uso tirado de Plutarco), que designa um lugar aparentemente excelente na arte dos simulacros. Para tanto, dialoga com o Brief récit (Breve relato) das expedições de Jacques Cartier, publicado em 1545, para chegar ao Golfo de São Lourenço e começar o reconhecimento do Canadá. O que vemos na feira de Medámothi tem um refinamento típico das obras de arte da escola de Fontainebleau, e Charles Charmois (fl. 1537-1551) de fato trabalhou para Francisco I, que ganhou o epíteto de Megisto. Pagar em moeda de macaco é não pagar de fato, talvez dando folhas de árvores, ou fazendo caretas.

No livro 6 das Metamorfoses, Ovídio conta como Filomela, irmã de Procne, foi estuprada pelo cunhado Tereu, que cortou sua língua para que ela não revelasse o crime; mesmo assim, Filomela conseguiu fazer um bordado e com isso informou a Procne do crime; esta então libertou a irmã e matou o próprio filho Ítis e o serviu como comida ao marido, e desse modo as duas fugiram, por fim tornando-se Filomela o rouxinol, Procne a andorinha e Tereu a poupa. Os outros quadros representam imagens impossíveis.

As obras mencionadas nos feitos de Aquiles são todas reais: Estácio escreveu uma Aquileida sobre a juventude do herói; a Ilíada de Homero trata dos feitos de guerra; a morte é narrada por Ovídio, Metamorfoses, livro 12; na sua Hécuba, Eurípides conta como o fantasma de Aquiles exigiu se casar com a jovem troiana Polixena, que então foi sacrificada em seu túmulo. O Quinto Calabrês é Quinto de Esmirna, poeta grego que escreveu uma épica com a continuação da Ilíada de Homero. Tarando é um animal mencionado por Plínio, História natural, 8.52, que os editores franceses sugerem ser uma espécie de rena. Opto por manter o termo; e o mesmo faço com tos e licaontes, provavelmente chacais e guepardos. Os isíacos são sacerdotes da deusa egípcia Ísis e de seu filho Anúbis.

Naquele dia e nos dois seguintes, não viram terra ou qualquer novidade; pois outras vezes já tinham sulcado aquela rota. No quarto, descobriram uma ilha chamada Medámothi, linda de ver e bem agradável por causa do

Quarto livro

273

grande número de faróis e altas torres marmóreas com que se ornava a orla inteira, e não era menor que o Canadá. Pantagruel, ao perguntar quem era o dominador dali, ouviu dizer que era o rei Filófanes, ausente para o casamento de seu irmão Filoteamão com a infante do reino de Engis. Então desembarcou no cais, contemplando, enquanto as chusmas dos navios preparavam a aguada, os vários quadros, várias tapeçarias, vários bichos, peixes, pássaros e outros produtos exóticos e peregrinos que estavam na entrada do molhe e no mercado do porto. Porque era o terceiro dia da grande e solene feira do lugar, que anualmente reunia todos os mais ricos e famosos comerciantes da África e da Ásia. Dali o frei João comprou dois raros e preciosos quadros; num deles se via a viva pintura de um apelante, no outro se via o retrato de um criado que procura o senhor, com todas as qualidades necessárias, gestos, porte, vulto, aspecto, fisionomia e afetos, pintado e inventado pelo mestre Charles Charmois, pintor do rei Megisto; e pagou com moeda de macaco.

Panurgo comprou um imenso quadro pintado e copiado da obra que outrora bordara Filomela para expor e representar à sua irmã Procne de que jeito o cunhado Tereu a tinha desvirginado e a língua cortado, para que ela não revelasse o crime. Eu juro pela pega do facho que era uma pintura elegante e mirífica. Não vão vocês pensar, eu imploro, que era o retrato de um cabra montado numa rapariga! Seria sujo demais e pesado demais. A pintura era outra coisa, e mais compreensível. Dá para vê-la em Telema à esquerda de quem entra na galeria superior.

Epistemão comprou outro, onde estavam pintadas com vida as ideias de Platão e os átomos de Epicuro. Rizótomo comprou outro, onde se via Eco ao natural representada.

Pantagruel, por meio de Ginasta, mandou comprar a vida e as gestas de Aquiles em setenta e oito peças de tapeçaria de alta-costura, com quatro toesas de comprimento e três de largura, todas com seda frígia, recamada de ouro e prata. E começava a tapeçaria nas bodas de Peleu e Tétis, continuando pelo nascimento de Aquiles, sua juventude descrita por Estácio Papínio, suas gestas e feitos de guerra celebrados por Homero, sua morte e exéquias descritas por Ovídio e Quinto Calabrês, terminando com a aparição de sua sombra e o sacrifício de Polixena descrito por Eurípides. Mandou também comprar três lindos e jovens unicórnios, um macho de pelo alazão tostado e duas fêmeas de pelo gris pedrês. Junto, um tarando que lhe vendeu um cita lá das bandas dos gelões.

O tarando é um animal grande que nem um touro jovem, com a cabeça igual à de um cervo, um pouco maior; tem chifres notáveis e em boa galha-

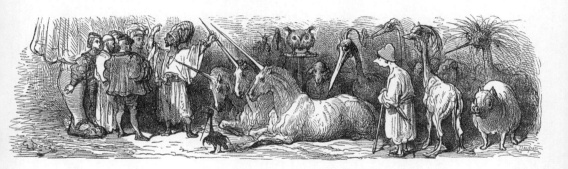

da, as patas fendidas, o pelo longo que nem um grande urso, o couro um pouco menos duro do que uma couraça. E dizia o gelão que é difícil de achar na Cítia, porque muda de cor segundo a variedade dos lugares onde pasta e descansa. E representa a cor das ervas, árvores, arbustos, flores, lugares, pastos, pedras, geralmente de todas as coisas de que se aproxima. Tem isso em comum com o polvo marinho, isto é, o pólipo, com os tos, com os licaontes da Índia, com o camaleão, que é uma espécie de lagarto tão admirável que Demócrito escreveu um livro inteiro sobre sua forma, anatomia, capacidade e propriedade mágica. E igual que nem, pois o vi mudar de cor, não só com a aproximação de coisas coloridas, mas por si mesmo, a depender do medo e dos afetos que sentia. Tal como num tapete verde o vi uma vez verdejar, mas depois de ficar ali um tempinho ficou amarelo, azul, marrom, violeta sucessivamente, do jeito que vemos na crista dos perus as cores segundo as paixões irem mudando. A coisa que achamos mais admirável nesse tal de tarando era que não só a face e o couro, mas também o pelo que assumia a cor das coisas vizinhas. Perto de Panurgo vestido de toga de burel, o pelo se acinzentava; perto de Pantagruel vestido de manto escarlate, o pelo e couro se avermelhava; perto do piloto vestido à moda dos isíacos de Anúbis no Egito, o pelo ficava branquinho que só. As duas últimas cores são vedadas ao camaleão. Quando livre de todo medo e afeto, ele ficava ao natural: a cor do pelo era a mesma dos burros de Meung.

Quarto livro

Capítulo 3

Como Pantagruel recebeu carta do pai Gargântua, e do estranho jeito de saber num supetão novidades de países estrangeiros e distantes

A narrativa segue com seu gosto por termos de origem grega e hebraica, passando pela prática de pombos-correios (bem conhecida à época), até chegarmos à carta de Gargântua, mais uma vez com seu tom de humanismo renascentista, que busquei recriar em contraponto ao estilo mais recorrente da narrativa; ela remonta à carta de Grangorja em Gargântua, *cap. 29, e à de Gargântua em* Pantagruel, *cap. 8. Observe-se que as datas das cartas deste livro parecem não bater plenamente com a narrativa da viagem, gerando inconsistência, talvez deliberada da parte de Rabelais.*

Quelidônio deriva do grego e quer dizer "andorinha-do-mar". O nome do mensageiro, Malicorno, pode ser uma alusão a Jean de Chaources, senhor de Malicorne, que foi também escudeiro de Henrique II e parente dos Du Bellay; se bem que haja ao mesmo tempo um eco dos cornos que tanto teme Panurgo. A expressão de que "o começo é metade do todo" está presente em Erasmo, Adágios, *1.2.39,* principium dimidium totius, *a partir de Hesíodo,* Trabalhos e dias, *v. 40. O provérbio popular é atestado pelo menos desde o séc. XIII.*

Enquanto Pantagruel se ocupava com a compra desses animais exóticos, ouviram-se do molhe dez salvas de colubrinas e falconetes junto a uma grande e animada aclamação de todos os navios. Pantagruel se vira para o cais e vê que era um dos celozes do pai Gargântua, chamado Quelidônio, porque na popa se erguia uma escultura em bronze coríntio de uma andorinha-do-mar. É um peixe grande que nem um escalo do Loire, bem carnudo, sem escama, com asas cartilaginosas (que nem nos morcegos) bem longas e largas, com as quais eu tanto vi voar uma toesa acima da água por mais que um tiro de arco. Em Marselha é chamada *lendola*. Assim era esse batel leve que nem uma andorinha, de jeito que parecia o mar antes voar do que vogar. Nele vinha Malicorno, o cortante escudeiro de Gargântua, enviado expressamente por ele para saber sobre o estado de saúde de seu filho, o bom Pantagruel, e lhe entregar cartas de crédito.

Pantagruel, depois de um abraço e chapelada charmosa, antes de abrir a carta ou falar de outro assunto com Malicorno, perguntou: "Trouxe o gozal, meu celeste mensageiro?

— Sim, respondeu ele. Está no cesto, embrulhado." Era uma pomba pega no pombal de Gargântua, que eclodiu bem na hora em que o tal celoz partia. Se uma fortuna adversa acontecesse com Pantagruel, ela teria anéis pretos presos nos pés; mas, como tudo tinha se dado na maior prosperidade, mandou desembrulhá-la e prendeu nos pés uma faixinha de tafetá branco e sem perder um segundo a soltou livrinha da silva no ar. A pomba num supetão voa cindindo com uma velocidade incrível, como vocês bem conhecem voo de pomba quando tem ovo ou filhote, com o ímpeto obstinado nela, por natureza dado, de recorrer e socorrer seus pombinhos. De jeito que, em menos de duas horas, ela percorreu no ar o longo caminho que o celoz com toda diligência perfez em três dias e três noites, vogando com remos e velas, sempre de vento em popa. E foi vista entrando no pombal no ninho dos seus pequenos. Então Gargântua, ao saber que ela trazia a faixinha branca, ficou alegre e seguro sobre a boa partida do filho.

Essa era a prática dos nobres Gargântua e Pantagruel, quando de supetão queriam saber novidades de alguma coisa mui ansiada e veementemente desejada, tal como o resultado de uma batalha, seja por mar ou por terra, a tomada ou defesa de uma praça-forte, a solução de diferendos de importância, o parto feliz ou infeliz de uma rainha ou grande dama, a morte ou convalescência de amigos e aliados doentes e por aí vai. Eles pegavam o gozal e com seus correios o mandavam de mão em mão até o lugar certo donde queriam as notícias. Se o gozal trouxesse uma faixinha preta ou branca, segundo as ocorrências e acontecimentos, acabava com tanta cisma deles ao voltar, percorrendo em uma hora mais caminho por ar do que percorreriam por terra trinta correios num dia normal. Isso se chama recuperar e ganhar tempo. E podem acreditar na verossimilhança que pelos pombais das suas gran-

jas dava para encontrar pencas de pombas com ovos e filhotes todos os meses e estações do ano. Coisa fácil de administrar, se usar pedra de salitre e
erva sagrada, a verbena.

Solto o gozal, Pantagruel leu a missiva do pai Gargântua, e aqui segue
o seu teor:

Caríssimo filho,

*a afeição que por natureza tem o pai pelo filho bem-amado em mim
tanto cresceu por respeito e reverência às graças particulares a ti concedidas
por eleição divina, que desde a tua partida nenhum outro pensamento me
arrebatou, deixando-me no coração este único e ansioso medo de que vosso
embarque tenha sido por alguma pena ou infortúnio acompanhado, pois,
como bem sabes, ao bom e sincero amor se anexa o perpétuo temor. E como, segundo o dito de Hesíodo, para toda coisa o começo é metade do todo
e, segundo o provérbio popular, ao enfornar ficam os pães cornudos, para
espantar de meu entendimento tamanha ansiedade, expressamente despachei
Malicorno a fim de que, por meio dele, eu seja assegurado sobre teu estado
nos primeiros dias de viagem. Pois, se for próspero e tal como o desejo, fácil
me será prever, prognosticar e julgar o resto. Adquiri alguns livros alegres,
que te serão pelo presente portador entregues. Tu os lerás quando te quiseres refrescar dos melhores estudos. O supracitado portador te dirá mais por-
menorizadamente todas as novas desta corte. A paz do Eterno esteja contigo.
Saúda a Panurgo, frei João, Epistemão, Xenômanes, Ginasta e outros teus
serviçais, meus bons amigos. Da tua casa paterna, em treze de junho.*

Teu pai e amigo

GARGÂNTUA.

Capítulo 4

Como Pantagruel escreve ao pai Gargântua e lhe envia muitas lindas e raras coisas

A resposta de Pantagruel mantém o modelo de pessoa exemplar e ideal do humanismo, com um gosto ciceroniano típico entre muitos autores da época, e é também uma mostra do gosto renascentista por coisas exóticas a serem colecionadas nas explorações.

Os exemplos de Augusto e Fúrnio foram extraídos de Sêneca, Dos benefícios, *1.25.1, e de 2.2.31 vem o comentário sobre as três partes da boa ação. A imagem do servo inútil é tirada de Lucas, 17:10.*

———

Depois da leitura dessa carta, trocou muitas ideias com o escudeiro Malicorno e ficou com ele tanto tempo, que Panurgo interrompeu e disse: "E quando é que vão beber? Quando é que vamos beber? Quando é que vai beber o senhor escudeiro? Já não sermonaram bastante, para beber?

— Falou bem, respondeu Pantagruel. Mandem arrumar a colação neste hostel bem pertinho, que tem como propaganda a imagem de um sátiro a cavalo." Enquanto isso, para despacho do escudeiro, escreveu a Gargântua o seguinte:

Pai indulgentíssimo,

tal como por todos os acontecimentos desta vida transitória imprevistos e insuspeitos os nossos sentidos e faculdades animais sofrem as mais enormes e intoleráveis perturbações (até o ponto amiúde de a alma se desamparar do corpo, mesmo que essas súbitas novas tragam contento e satisfação) do que se fossem antes antecipados e previstos, assim grandemente me comoveu e perturbou a inopinada vinda do teu escudeiro Malicorno, pois eu não esperava ver qualquer um dos teus criados, nem de ti ouvir notícias antes do fim desta nossa viagem. E facilmente me reconfortava na doce recordação da tua augusta majestade, escrita e por certo insculpida e gravada

Quarto livro   279

no posterior ventrículo do meu cérebro, quando amiúde ma representava com vida em sua própria e natural figura.

Porém, pois que me preveniste pelo benefício de tua graciosa carta e pela confiança do teu escudeiro meus espíritos fortificaste com notícias da tua prosperidade e saúde, junto com toda a tua régia casa, forçoso me é o que outrora fora voluntário: primeiro louvar o abençoado Servador, que com sua divina bondade nos conserva nesta longa série de saúde perfeita, depois agradecer-te sempiternamente pela férvida e inveterada afeição que a mim diriges, teu humílimo filho e servo inútil. Outrora um romano chamado Fúrnio disse a César Augusto, ao receber a graça e o perdão para seu pai, que seguira a facção de Marco Antônio: "Hoje ao me fazeres tal bem, tu me reduziste a tal ignomínia, que forçoso me será em vida e morte ter de ingrato a reputação por impotência de gratidão". Assim poderia eu dizer que o excesso da tua paternal afeição me lança na angústia e necessidade de que terei de viver e morrer ingrato; a não ser que de tal crime eu seja relevado pela sentença dos estoicos, que dizem haver três partes no benefício: uma de quem dá, outra de quem recebe, a terceira de quem recompensa; quem recebe bem recompensa a quem dá quando aceita de bom grado a bondade e a guarda em lembrança perpétua. Como, pelo contrário, quem recebe é o mais ingrato do mundo, se despreza e esquece o benefício. Estando portanto oprimido por obrigações infinitas, todas procriadas pela imensa bondade tua, e incapaz de dar a mínima parte de recompensa, resguardar-me-ei ao menos da calúnia, porque dos meus espíritos jamais será a memória abolida, e minha língua não cessará de confessar e protestar que te render as graças condignas é coisa que transcende minha força e competência.

De resto, tenho esta confiança na comiseração e auxílio do nosso Senhor, que desta nossa peregrinação o fim corresponderá ao começo, e será seu todo em júbilo e saúde percorrido. Não faltarei em referir com comentários e efemérides todo o curso de nossa navegação, a fim de que, aquando do nosso retorno, tu tenhas verídica leitura. Aqui encontrei um tarando da Cítia, animal exótico e maravilhoso por causa das variações de cor em sua pele e pelo, segundo a distinção das coisas próximas. Tu o julgarás interessante. É tão fácil de manejar e nutrir quanto um cordeiro. Envio-te igualmente três jovens unicórnios, mais domesticados e mansos que gatinhos. Conversei com o escudeiro e disse o modo de os tratar. Não pastam na terra, por impedimento do longo chifre na fronte. É necessário pascê-los em árvores frutíferas ou em manjedouras idôneas; ou então à mão, ofertando-lhes capim, grãos, maçãs, peras, cevada, trigo-mole, em resumo, todas as espécies de frutos e legumes. Abismei-me em ver como uns escritores antigos os des-

crevem tão ariscos, feros e perigosos, posto que vivos nunca fossem vistos. Se bom te parecer, podes provar o contrário, e perceberás que neles subsiste a maior mansidão do mundo, desde que os não ofendam com malícia.

Igualmente te envio a vida e as gestas de Aquiles em tapeçaria belíssima e industriosa. Asseguro que as novidades quanto a animais, plantas, pássaros, pedras que eu puder encontrar e adquirir em toda nossa peregrinação, trar-te-ei todas, com ajuda de Deus nosso Senhor, a quem rezo para que em sua santa graça te conserve. De Medámothi, a quinze de junho. Panurgo, frei João, Epistemão, Xenômanes, Ginasta, Êustenes, Rizótomo, Carpalim, após o devoto beija-mão, te saúdam em cêntupla usura.

Teu humilde filho e servo

PANTAGRUEL.

Enquanto Pantagruel escrevia tal carta, Malicorno foi por todos festejado, acolhido e abraçado com gana. Só Deus sabe como tudo rolava e como cumprimentos trotavam de tudo quanto é lado. Pantagruel, depois de finalizar a carta, banqueteou-se com o escudeiro. E lhe deu uma imensa corrente de ouro pesando oitocentos escudos, que em cada sete elos tinha grandes diamantes, rubis, esmeraldas, turquesas, pérolas, engastadas alternadamente. A cada um dos nautas mandou dar quinhentos escudos de sol. Ao pai Gargântua enviou o tarando coberto por uma gualdrapa de cetim brocado de ouro, com a tapeçaria contendo a vida e as gestas de Aquiles e os três unicórnios caparazonados por tecido de ouro frisado. Assim partiram de Medámothi: Malicorno para retornar até Gargântua; Pantagruel para continuar sua navegação, que em alto-mar mandou Epistemão ler os livros trazidos pelo escudeiro. Deles, já que os achou divertidos e bacanas, posso lhes passar uma cópia de boas, se pedirem com pressão.

Quarto livro

Capítulo 5

Como Pantagruel encontrou uma nau de viajantes voltando das terras de Facho

É importante notar que o nome do povo fachano inventado por Rabelais faz um chiste múltiplo, pois, no original, lanternois *está ligado ao termo* lanterne, *que designa "lanterna", mas também denota uma fala* nonsense, *ao mesmo tempo que serve como gíria para "vagina". Diante desse problema, optei por trocar a palavra para "facho/fachano/fachanês", ao passo que todos os outros tradutores, em todas as línguas, mantêm a raiz de "lanterna/lanternês" e perdem boa parte da piada. Ao mesmo tempo ela retoma Licnópolis em Luciano (λύχνος em grego designa uma pequena lâmpada ou facho) e os* lanternois *de* O discípulo de Pantagruel. *A piada sexual terá vários desdobramentos possíveis nos livros, por exemplo, no coral vermelho de Patétio (tradução de Dindenault, que ecoa* dandin, *o tolo), que é seu próprio pênis.*

A indicação da rota, completamente confusa, é talvez proposital. A data do capítulo geral parece aludir à sexta sessão do Concílio de Trento, cancelada, mas que estava marcada para 29 de julho de 1546. Gebarim é tirado do hebraico, tem o sentido de "fortes" ou "galos", com alusão erudita aos gauleses, ou seja, os franceses/galos em sua exploração do Canadá. O nome de Ohabé aponta para a mesma língua, com o sentido de "meu amigo".

A questão de Panurgo retoma o tema do casamento, central no Terceiro livro, o que é reforçado pelo fato de que ele continua com as mesmas roupas. Ao mesmo tempo dá início a um dos trechos mais famosos do livro, que por sua vez parte do texto macarrônico de Teofilo Folengo, Baldus, *e que se desdobrará mais adiante. Taillebourg é um vilarejo na região de Charente.*

No quinto dia, já começando a contornar o polo pouco a pouco, quando nos afastávamos da equinocial, descobrimos um navio mercante dando vela a bombordo para o nosso prumo. A alegria não foi pouca, tanto a nossa, quanto a dos mercadores: nós por ouvirmos notícias do mar, eles por ouvirem notícias da terra firme. Ao nos achegarmos deles, sacamos que eram franceses de Saintonge. Papeando e proseando junto, Pantagruel ficou saben-

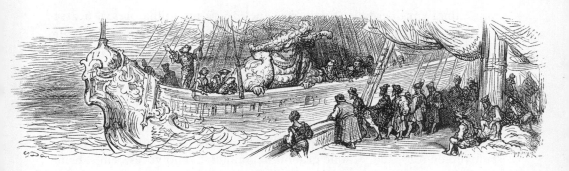

do que vinham de Facho. Nisso teve ainda mais alegria, bem como todo o grupo, principalmente quando perguntamos sobre o estado da região e os costumes da gente fachana; e fomos informados de que no próximo fim de julho seria convocado o capítulo general dos fachanos e que, se ali chegássemos (como seria fácil), veríamos um lindo, honrado e alegre bando de fachanos, pois já estavam fazendo grandes preparativos, como se fossem acender o facho até o talo. Também nos disseram que, ao passar pelo grande reino de Gebarim seríamos recebidos com toda a pompa e tratados pelo rei Ohabé, dominador daquela terra; pois ele e todos os seus súditos também falam o francês de Touraine.

Enquanto descobríamos essas notícias, Panurgo encetou um bate-boca com um mercador de Taillebourg, chamado Patétio. Eis a causa do bate-boca. Esse Patétio, ao ver Panurgo sem braguilha com seus óculos presos no chapéu, disse dele aos companheiros: "Olhem só, que bela medalha de Corno". Panurgo, por causa dos óculos, ouvia com as orelhas bem mais aguçadas que de costume. E ao ouvir essa conversa perguntou ao mercador: "Por que diabos eu seria corno, se nem me casei ainda, que nem você, como dá para julgar por essa sua cara lazarenta?

— É verdade, respondeu o mercador, sou mesmo, e não deixaria de ser nem por todos os óculos da Europa, nem por todas as lentes da África! Pois tenho uma das mais lindas, mais puras, mais castas mulheres por esposa, de toda a região de Saintonge; sem ofensa às outras... Da minha viagem trago para ela um baita de um coral todo vermelho, com onze polegadas de comprimento, de presente. O que você tem a ver com isso? Quer se meter onde? Quem é você? Donde é? Ô oculeiro do Anticristo, responda, se for de Deus!

— Eu é que pergunto, disse Panurgo: se, por consenso e acordo de todos os elementos, eu tivesse atochentochensacoenchido a sua lindíssima, puríssima, castíssima esposa, de jeito que o rijo Deus dos jardins Priapo, que

Quarto livro

aqui habita em liberdade (forclusa a sujeição de braguilha presa), ficasse dentro do corpo dela engatado, num tal desastre a ponto de nunca mais sair e eternamente ali ficar, a não ser que você o tirasse com os dentes, o que você faria? Deixaria lá sempiternamente, ou tiraria com esses seus lindos dentinhos? Responda, ô cabreiro de Maomé, porque você é que é de todos os diabos!

— Eu bem que daria (respondeu o mercador) uma espadada nessa sua orelha oculada e mataria você que nem um cabrão!" E, ao dizer isso, já desembainhou a espada. Só que grudou na bainha. Como vocês bem sabem, no mar as armas todas enferrujam fácil, por causa da umidade excessiva e nitrosa. Panurgo correu por socorro até Pantagruel. Frei João pegou na mão o bracamarte recém-afiado, e logo mataria alucinadamente o tal mercador, não fosse o chefe da nau e outros passageiros, que suplicaram a Pantagruel para que não fizessem escândalo no barco. Então regularam o diferendo por inteiro e deram-se as mãos Panurgo e o mercador e beberam um bocado em brindes um ao outro de coração, como sinal da mais perfeita reconciliação.

François Rabelais

Capítulo 6

Como, apaziguado o bate-boca, Panurgo negocia com Patétio um dos seus carneiros

Este capítulo continua o mote do passado, dessa vez enveredando abertamente pelo modelo da farsa dramática. A referência à corda, logo no começo, remete ao uso teatral de cordas para levantar objetos postos em cena.

Tripperie é uma região de Paris, em Faubourg Saint-Marcel; na época um reduto de má fama e sujeito a inundações do rio Bièvre. Robin Carneiro é tradução de Robin Mouton, que é também o título de uma farsa que conta a história de um tolo cuja mãe tenta casá-lo. Arcachon, perto de Bordeaux, produzia ostras de grande valor. Patétio mente um pouco no seu louvor dos carneiros: o marroquim, por exemplo, costumava ser feito com couro de cabra, e não de carneiro. Beijar regularmente a tranca da porta era parte do ritual de vassalagem; ele também parece fazer alusão a Felipe III, o Bom (1396-1467), duque de Borgonha, que fundou a Ordem do Tosão de Ouro.

As referências às cordas de Áquila remontam ao episódio do cerco da cidade pelo tirano Maximiano, em 238 d.C., quando, na falta de cordas para os arcos, os guerreiros usaram os cabelos de suas mulheres, que resultou num templo a Vênus Calva. Já as cordas de Munique talvez façam referência aos monges cordeliers, que usam cordas como cintos.

Depois de todo apaziguado o bate-boca, Panurgo segredou a Epistemão e ao frei João: "Arredem um pouquinho para o lado e podem curtir o que vão ver. Vai ser uma cena das boas, se a corda não estourar!". Depois se dirigiu ao mercador e de uma vez entornou por ele uma caneca de bom vinho fachano. O mercador replicou todo todo, com a maior cortesia e sinceridade. Feito isso, Panurgo na lata perguntou se ele faria o favor de vender um dos seus carneiros. O mercador respondeu: "Eita, eita, meu queridão, vizinho nosso, você sabe achincalhar os pobres! É um cliente de primeira! Ah, mas que bravo comprador de carneiros! Beudocéu, não tem a menor cara de comprador de carneiros, e sim de cortador de bolsa. Benzaniclau, meu cha-

Quarto livro

285

pa, já imaginou carregar bolsa perto de você lá em Tripperie em tempo de degelo? Ha, ha, quem não conhece, cairia nas suas! Mas vejam só, meus bons, como faz pose de historiógrafo!

— Paciência (disse Panurgo). Mas que seja por um favor especial, me venda um dos seus carneiros. Quanto é?

— Como (respondeu o mercador) é que é, meu queridão e vizinho nosso? São carneiros de lã farta. Foi deles que Jasão pegou o velo de ouro. A ordem da casa de Borgonha foi daí tirada. Carneiros do Levante, carneiros de alto fuste, carneiros de alta banha!

— Tá (disse Panurgo). Mas por favor me venda um, na moral, que eu vou pagar direitinho em moeda do Poente, em baixo fuste e baixa banha. Quanto é?

— Vizinho nosso, meu queridão (respondeu o mercador), escute um teco na outra orelha.

PAN. Às suas ordens.

O MERC. Você vai para Facho?

PAN. Ô.

O MERC. Ver o mundo?

PAN. Ô.

O MERC. Feliz da vida?

PAN. Ô.

O MERC. O seu nome, acho, é Robin Carneiro.

PAN. Se você diz.

O MERC. Sem ofensa!

PAN. Ofensa alguma.

O MERC. Você é, acho, o bobo do rei.

PAN. Ô.

O MERC. Toque aqui. Ha, ha. Você vai ver o mundo, é o bobo do rei, se chama Robin Carneiro. Veja só este carneiro aqui, se chama Robin que nem você. Robin, Robin, Robin, Bé, Bé, Bé, Bé. Que bela voz!

PAN. Bela à beça, e harmônica!

O MERC. Proponho um acerto entre mim e você, vizinho nosso, meu queridão. Você, Robin Carneiro, fica deste lado da balança, o meu carneiro Robin fica do outro. Aposto cem ostras de Arcachon que em peso, valor e preço ele vai jogar você curto e alto, do mesmo jeito que um dia você ainda vai ficar bem suspenso e pendurado.

— Paciência (disse Panurgo). Mas você faria muito por mim e por sua posteridade, se topar me vender esse, ou qualquer outro do baixo coro. Por favor, meu senhor!

286   François Rabelais

— Queridão nosso (respondeu o Mercador), meu vizinho, com o tosão desses carneiros são feitos os finos panos de Rouen; e, perto deles, as meadas dos novelos de Leicester não passam de uns chumaços. Do couro fazem marroquins, que são vendidos como marroquins turcos, de Montélimart ou da Espanha, na pior das hipóteses. Das tripas fazem cordas de violão e harpa, que vendem tão caro quanto cordas de Munique ou Áquila. O que acha?

— Se topar (disse Panurgo) me vender um, eu vou beijar as trancas do seu portão. Tó a grana na mão. Quanto é?" E ao dizer isso já mostrava a carteira recheada de moedas de Henrique novinhas em folha.

Capítulo 7

Continua a barganha entre Panurgo e Patétio

A divisão deste capítulo aconteceu na edição de 1552. Aqui vemos uma mistura entre registros erudito e popular, enquanto Patétio comete erros ao posar de sabedor. Panurgo ironicamente pergunta em latim se o mercador é clericus uel adiscens, *que podemos traduzir por "clérigo (i.e., licenciado, como no restante do capítulo, portanto especialista) ou estudante". Em seguida, há um trocadilho interlingual de difícil tradução:* ita *em latim quer dizer "sim", que em picardo se diz* chou; *esta palavra, por sua vez, é homônima ao francês* chou, *que é a couve; desse modo* ita *vira couve; do mesmo modo* uere, *o sinônimo latino de* ita, *passa a ser o alho-poró. Ora, Patétio parece desconhecer essas expressões muito comuns nas academias, mas tenta sair por cima. Tuditânia é variante de Turdetânia (região de Guadalquivir, que os romanos chamavam Bética), e os corácios seriam da Cólquida, não da Espanha; assim como Cancale parece designar Candale, na Inglaterra (cujos senhores Foix provavelmente Rabelais conhecia). Também Patétio distorce o ensinamento de Plínio (*História natural*, 19.42), que manda usar pó de chifre para criar aspargos, e o transforma na própria semente. O jerico indiano é um animal mítico, talvez seja o rinoceronte. Patétio ainda faz referência às míticas guerras entre pigmeus e grous, presentes já na Ilíada, 3.6. É bom lembrar que os tratamentos por coproterapia ainda eram praticados no séc. XVI. Um ponto curioso na fala de Patétio está no uso de* viander, *que parece ser uma confusão entre* viandier *("manjar", no sentido de "comer") e* fienter *("evacuar"), por isso criei também o termo "minjar", entre o erudito "manjar" e o popular "mijar".*

A história do velocino de ouro era proverbial desde a Idade Média, por isso um mercador poderia contá-la: o casal de irmãos Frixo e Hele fugiram da Grécia montados num carneiro alado e com um velo de ouro, porém, ao atravessarem um mar, Hele caiu e se afogou onde passou a se chamar Helesponto ("mar de Hele" em grego). Frixo chegou a salvo até a Cólquida, onde foi bem recebido pelo rei Eetes e ofereceu o sacrifício do carneiro, entregando o velo de ouro ao rei. É esse velo (ou velocino, ou tosão) dourado que os argonautas buscam sob o comando de Jasão.

Os quintessenciais são os alquimistas (lembre-se de que a alquimia é recorrente em Rabelais, embora quase sempre um pouco velada). Na abadia de Charroux, em Vienne, se guardava como relíquia o prepúcio de Jesus, que era chamado de "santo voto".

"Meu queridão (respondeu o mercador), vizinho nosso, isto aqui é alimento exclusivo para reis e príncipes. A carne é tão deliciosa, tão saborosa e tão apetitosa que chega a ser um bálsamo! Eu os trago de uma região onde os porcos (Deus esteja conosco!) só comem mirobálanos. As porcas prenhes (salve a honra de todo o grupo!) são alimentadas só na base da flor de laranjeira.

— Mas (disse Panurgo) me venda um, que vou pagar que nem rei, palavra de peão! Quanto é?

— Queridão nosso (respondeu o mercador), meu vizinho, são carneiros extraídos da própria raça daquele que levou Frixo e Hele através do mar chamado Helesponto.

— Praga (disse Panurgo)! Você é *clericus uel adiscens*?

— *Ita*, é couve (respondeu o mercador), *uere*, é poró. Mas rr. rrr. rrrr. rrrrr. Ah, Robin, rr. rrrrrrr. Você não entende esta língua. Falando nisso: por todos os campos onde mijam, o trigo ali medra como se Deus tivesse mijado. Nem precisa de marga ou esterco.

Tem mais. Da urina deles os quintessenciais tiram o melhor salitre do mundo. Da bosta deles (não vá você se ofender) os médicos da nossa terra curam setenta e oito espécies de doença. A menor delas é o mal de Santo Eutrópio de Saintes, que Deus nos livre e guarde disso! O que acha, vizinho nosso, meu queridão? Elas me custaram um bom bocado.

— Pode custar e valer (respondeu Panurgo). Só me venda um, em boa paga.

— Queridão nosso (disse o mercador), meu vizinho, considere um pouquinho as maravilhas da natureza que são esses animais que você está vendo, repare num membro que você julgaria inútil. Me pegue aqueles chifres ali e pode esmigalhar com um pilão de ferro ou com um morilho, tanto faz. Depois enterre num lugar que bate sol, onde parecer melhor, e regue regularmente. Em poucos meses vai ver nascerem os melhores aspargos do mundo. Não ficam atrás nem dos de Ravena. Vai me dizer que os chifres de vocês cornos têm a mesma qualidade e propriedade assim mirífica?

— Paciência (respondeu Panurgo).

— Não sei (disse o mercador) se você é clérigo especialista. Já vi clérigos a dar com pau, falo de grandes clérigos, cornos. Para valer. Por falar nisso, se for mesmo clérigo, deve saber que nos membros mais inferiores desses animais divinos, que são as patas, tem um osso, o talão, o astrágalo, se preferir, e com ossos de nenhum outro animal do mundo, fora o jerico in-

Quarto livro

diano e as dórcades da Líbia, dava para se jogar antigamente o régio jogo dos talos, em que o imperador Otaviano Augusto uma noite ganhou mais de 50.000 escudos. Vocês cornos não têm nem esperança de ganhar essa bolada!

— Paciência, respondeu Panurgo. Mas avancemos.

— E depois (disse o mercador) que eu tiver louvado com toda dignidade os membros internos deles, queridão nosso, meu vizinho? A paleta, as coxas, os pernis, o lombo, o peito, o fígado, o baço, as tripas, os intestinos, a bexiga, que usamos para jogar bola. As costeletas que na Pigmeia servem para fazer os lindos arquinhos para atirar caroço de cereja contra os grous. A cabeça que, com um pouco de enxofre, usamos para fazer uma maravilhosa decocção para os cães de ventre constipado minjarem.

— Merda, merda (disse o patrão da nau ao mercador), já chega de pechincha! Venda se quiser; se não quiser, pare de dar corda!

— Quero sim (respondeu o mercador), por amor a você! Mas vai pagar três libras de Tours pela peça que escolher.

— Caro demais, disse Panurgo. Na nossa terra, eu pegaria cinco, até seis por essa grana toda. Cuidado para não abusar. Você não é o primeiro que eu conheço que, por querer rapidinho ficar rico e chegar ao cume, acaba tombando na pobreza e, vez por outra, quebra o pescoço.

— Vá pegar uma dura febre quartã (disse o mercador), seu pascácio rastaquera! Pelo digníssimo voto de Charroux, o pior destes carneiros vale quatro vezes mais do que o melhor daqueles que os corácios da Tuditânia, região da Espanha, vendiam por um talento de ouro a peça! E o que você acha, ô pangó de alto salário, que valia um talento de ouro?

— Abençoado senhor, disse Panurgo, está se esquentando embaixo desse arnês, pelo que dá para ver e dizer. Então tome aqui o seu dinheiro." Depois de pagar ao mercador, Panurgo escolheu de todo o tropel um carneiro bom e dos grandes, e já saiu levando entre berros e balidos, enquanto ouvia os outros juntos balindo e olhando para onde era levado o companheiro.

Nisso, o mercador dizia aos seus ovelheiros. "Ah, ele soube escolher muito bem, o cliente! O safado é sabido! É verdade, sem mentira, certo, muito verdadeiro, que esse aí estava reservado para o senhor de Cancale, cujo caráter eu conheço bem. Pois por natureza fica todo alegre e animado quando tem na mão uma paleta de carneiro, fornida e acertada, que nem uma raquete de mão canhota, e uma faca bem afiada, que só Deus sabe como ele faz a esgrima!"

Capítulo 8

Como Panurgo afogou no mar
o mercador e os carneiros

Este capítulo, que encerra o episódio, foi separado na edição de 1552; o tema da punição pelos crimes aqui se desvela completamente, tanto na ação de Panurgo contra os abusos de Patétio, quanto na fala de frei João, que aponta para uma futura punição de Panurgo.

A referência sobre as práticas dos carneiros e ovelhas remete a Aristóteles, História dos animais, 9.3, que é retomado por Erasmo, Adágios, 3.1.95, Ouium mores. Olivier Maillard e Jean Bourgeois são nomes de figuras reais, no caso dois famosos pregadores franciscanos da primeira metade do séc. XV. No monte Cenis, nos Alpes, havia uma capela para os corpos de viajantes mortos pelo frio; o país de Cetim é um lugar inventado, que vai aparecer no Quinto livro, caps. 29-30; a referência da baleia está no livro de Jonas, 2:10. Thibault Agnelet é um pastor na Farsa do mestre Pathelin; Reinaldo Balindo é tradução de Reignault Belin, que é desconhecido, mas cujo sobrenome funciona como som de balir.

A batalha de Ceresole aconteceu em abril de 1544 no Piemonte, quando se deu o combate entre as forças de Francisco I e as de Carlos V; nela, as tropas mercenárias do conde de Gruyère fugiram em debandada, e assim os soldados franceses, com a vitória, receberam o butim, enquanto os suíços colheram apenas metade da paga. A última referência de frei João remete a Romanos, 12:19-20: "Minha é a vingança; eu recompensarei, diz o Senhor. Portanto, se o teu inimigo tiver fome, dá-lhe de comer; se tiver sede, dá-lhe de beber; porque, fazendo isto, amontoarás brasas de fogo sobre a sua cabeça". Essa passagem por sua vez remonta a Deuteronômio, 32:35: "Minha é a vingança e a recompensa, ao tempo que resvalar o seu pé; porque o dia da sua ruína está próximo, e as coisas que lhes hão de suceder, se apressam a chegar". Cito as duas por completo, porque o "etc." de frei João elide o ponto central do que está sendo dito.

———

Num supetão, nem sei bem como, foi tudo num piscar de olhos, que nem tive tempo para absorver. Panurgo, sem dizer mais nada, joga em pleno mar o carneiro que berrava e balia. Todos os outros carneiros, berrando e balindo na mesma entonação, começaram a se jogar e pular no mar atrás dele, em fila. A disputa era para saber quem seria o primeiro a pular depois do companheiro. Não dava mais para contê-los. Como vocês bem sabem, é da natureza do carneiro sempre seguir o primeiro, não importa aonde vai. Também disse Aristóteles, livro 9, *De historia animalium*, que esse é o mais besta e tongo animal do mundo. O mercador, transtornado por ver que diante dos seus olhos morriam e se afogavam os carneiros, se esforçava para os impedir e deter com todo seu empenho. Mas era em vão. Todos em fila pulavam no mar e morriam.

Por fim ele pegou um bem grande e forte pelo tosão sobre a tilha da nau, achando que assim o deteria e, na sequência, salvaria o resto. O carneiro era tão poderoso que carregou ao mar consigo o mercador e o afogou, da mesma forma que os carneiros de Polifemo, aquele ciclope caolho, levaram para fora da caverna Ulisses e seus companheiros. O mesmo fizeram os outros pastores e ovelheiros, pegando uns pelos chifres, outros pelas pernas, outros pelo velo. E todos foram também ao mar jogados e afogados miseravelmente.

Panurgo, nas bandas da cozinha, enquanto segurava na mão um remo, não para ajudar os ovelheiros, mas para impedir de subirem à nau e evitarem o naufrágio, pregava com eloquência para eles, como se fosse o freizinho Olivier Maillard, ou um segundo frei Jean Bourgeois, mostrando-lhes com tropos da retórica as misérias deste mundo, o bem e a felicidade da outra vida, afirmando mais felizes serem os falecidos do que os vivos neste vale de lágrimas, e a cada um deles prometendo erigir um belo cenotáfio e sepulcro honorário no cume do monte Cenis, assim que retornasse de Facho, lhes desejando, não obstante, em caso de que viver entre os humanos não os incomodasse, nem se afogar assim parecesse uma boa, uma boa sorte e bom encontro com alguma baleia, que no terceiro dia seguinte os entregaria sãos e salvos em algum país de Cetim, tal como no exemplo de Jonas. Esvaziada a nau do mercador e dos carneiros: "Ainda resta aqui (disse Panurgo) alguma alminha carneiresca? Cadê os de Thibault Agnelet? E os de Reinaldo Balindo, que dormem quando o resto pasta? Estou por fora. É um velho artifício de guerra. O que você acha, frei João?

— Mandou benzaço (respondeu frei João)! Não vi nada de mal. Só me parece que, tal como se costumava, em tempos de guerra, no dia da batalha ou ataque, prometer aos soldados uma paga dobrada por aquele dia, pois se ganhassem a batalha, haveria muito com que pagar, e se perdessem, seria vergonha pedir (que nem os fujões dos Gruyère depois da batalha de Ceresole), no fim das contas você bem que devia ter adiado a paga; assim a grana ficaria no seu bolso.

— É (disse Panurgo) dinheiro bem cago! Pela força de Deus, eu tive um passatempo que vale mais de cinquenta mil francos! Vamos embora, que o vento está propício. Frei João, escute só. Nunca um homem me deu prazer sem recompensa, ou reconhecimento pelo menos. Eu não sou ingrato, não fui e não serei. Nunca um homem me deu desprazer sem penitência, seja neste mundo ou no outro. Não sou tonto a esse ponto.

— Você (disse frei João) está se danando que nem um velho diabo! Está escrito, *Mihi uindictam, et coetera*. Assunto de breviário."

Capítulo 9

Como Pantagruel chegou à ilha Desnasim
e as estranhas alianças do país

Desnasim é uma ilha inventada por Rabelais, e seu nome original é Ennasin, *composto por* ennasé *("desnarigado") e o sufixo hebraico* in; *por isso optei por algo que ecoe "desnasado", que ainda por cima também fizesse um quase anagrama trocadilhesco com* essenians, *os essênios, grupo asceta e messiânico judeu do séc. I d.C. Cortar o nariz era uma punição prevista na época para alguns crimes.*

Zéfiro é o vento leste, Garbino *é o vento sudoeste, de modo que não faz muito sentido usá-lo quando se vai ao oeste.* Galerne *é o vento nordeste, mas claramente indica aqui o sentido de vento como flatulência.*

O narrador chama os poitevinos de "vermelhos" pela etimologia pictones *em latim, que designaria os "pintados", segundo a tradição de que os habitantes de Poitou se pintariam com o sangue dos inimigos. A descrição do nariz poderia vir das primeiras narrativas francesas sobre os inuítes na América do Norte.*

———

Zéfiro continuava, com certa participação do Garbino, e já tínhamos passado um dia sem ver terra. No terceiro dia, no amanhecer das moscas, apareceu uma ilha triangular parecidíssima com a Sicília quanto à forma e assentamento. Era chamada ilha das Alianças. Os homens e mulheres parecem os poitevinos vermelhos, fora que todos os homens, mulheres e crianças têm o nariz na forma de um ás de paus. Por causa disso o nome antigo da ilha era Desnasim. E eram todos parentes e aliados entre si, como eles mesmos se gabavam, e nos disse livremente o potentado do lugar: "Vocês, pessoas de outro mundo, consideram admirável que de uma família romana (eram os Fábios) por um dia (era treze de fevereiro) por uma porta (era a porta Carmental, outrora situada ao pé do Capitólio, entre a rocha Tarpeia e o Tibre, depois apelidada Celerada) contra certos inimigos dos romanos (eram os veienses etruscos) saíram trezentos e seis homens de guerra, todos parentes, com cinco mil outros soldados, todos seus vassalos, que todos foram mortos, isso perto do rio Cremera, que sai do lago Bagano. Dessa ter-

294

François Rabelais

ra, por necessidade, saíram mais de trezentos mil, todos parentes da mesma família".

As parentelas e alianças eram estranhas para danar! Pois sendo todos parentes e aliados uns dos outros, descobrimos que nenhum deles era pai ou mãe, irmão ou irmã, tio ou tia, primo ou prima, genro ou nora, padrinho ou madrinha de outro, a não ser um grande velhote desnasado que, como eu mesmo pude ver, chamava uma menininha de três ou quatro anos de "papai", enquanto a pequerrucha o chamava de "filha". A parentela e aliança entre eles era que um chamava uma mulher de "minha sépia"; a mulher o chamava de "meu marsopa". "Esses aí (dizia frei João) devem sentir bonito a maresia na hora em que se esfregam os toicinhos." Um chamava uma moça toda chique, sorrindo: "Bom dia, minha escova". E ela respondeu dizendo: "Bom dia, meu peludo".

"Opa, opa, opa, gritou Panurgo, venham ver uma escova, um pé e um ludo. E não é que ela escova peludo? Esse peludo de tez preta bem merece essa escovada." Um outro cumprimentou a sua pequena dizendo: "Adeus, minha mesinha". E ela respondeu: "Igualmente, meu processo".

"Por São Niniano (disse Ginasta), esse processo deve estar sempre em cima da mesinha!" Um chamava a outra de "minha tênia". Ela o chamava de "seu solho". "Não é que é mesmo, disse Êustenes, uma *tenia solium*?" Um outro cumprimentou a sua aliada dizendo: "Salve, minha cunha". E ela respondeu: "Você também, meu cabo".

"Beudocéu, gritou Carpalim, como se encunha esse cabo? Como se encaba essa cunha? Seria esse afinal o grande cabo que tanto pediam as cortesãs romanas? Ou um franciscano para dar cabo?" Mais adiante, vi um folgado chamar sua aliada, ele a chamou de "minha coberta", e ela o chamava de "meu colchão". Realmente ele parecia um colchão chunchado. Um à outra chamava de "minha migalha", e ela o chamava de "meu farelo". Um à outra chamava de "sua pá", e ela o chamava de "morilho". Um à outra chamava de "minha pantufa", e ela o apelidava de "chinelo". Um à outra apelidava de "minha botina", e ela o chamava de "meu coturno". Um à outra apelidava de "sua punhete", e ela o apelidava de "meu guante". Um à outra apelidava de "sua banha", e ela o chamava de "seu toicinho"; e entre eles se fazia o parentesco de banha e toicinho. Numa aliança parecida, um chamava à sua de "minha omelete", e ela o apelidava de "meu ovo"; e se aliavam que nem uma omelete de ovos. Também um à outra chamava de "minha rama", e ela o chamava de "seu maço". Então não dava para saber qual era o parentesco, aliança, afinidade ou consanguinidade entre eles em relação ao nosso uso comum, a não ser que se diga que ela era rama daquele maço. Um outro cumprimentava à sua dizendo: "Olá, minha valva". E ela respondeu: "Oi, meu mexilhão".

"Eis aí (disse Carpalim) um mexilhão na valva!" Um outro também cumprimentava a sua dizendo: "Boa vida, minha vagem". Ela respondeu: "Longa vida para você, meu feijão".

"Eis aí (disse Ginasta) um feijão na vagem!" Um outro, canalhíssimo e feio de doer montando em altas mulas de pau, ao encontrar uma grande, gorda, baixa rapariga, disse: "Deus guarde a minha piorra, minha pitorra, meu pião!". E ela respondeu, toda metida: "Guarde que guarde o meu barbante!".

"Sangue de São Gris, disse Xenômanes, será que tem barbante o bastante para enrolar essa piorra?" Um professor diretor, todo penteado nos trinques, depois de palrear um tempo com uma senhorita das altas, pediu licença e disse: "Muito obrigado, cara boa!

— Mas, disse ela, eu que agradeço, pé frio!"

"Cara boa (disse Pantagruel) e pé frio bem que combinam!" Um aprendiz de lenhador, quando estava passando, disse a uma jovem aprendiza: "Ai, ai, ai, quanto tempo faz que não a vejo, minha Musa!

— Sempre adoro (respondeu ela) ver você, meu Corno!

— Podem juntar os dois (disse Panurgo) e soprar bem no cu. Vai dar uma cornamusa!" Um outro chamou a sua de "minha porca", e ela o chamou de "seu rabo". Aí me veio a ideia de que essa porca realmente torce o rabo. Vi um elegante corcunda pertinho da gente cumprimentar uma aliada sua dizendo: "Adeus, meu oco!". E ela retrucou dizendo: "Deus guarde a minha tarraxa!". Frei João disse: "Essa aí, acho, é todo o oco, tal como ele é só tarraxa! Falta saber se nesse oco a tal tarraxa tampa tudo". Um outro cumprimentou à sua dizendo: "Adeus, minha muda". Ela respondeu: "Bom dia, meu ganso".

"Acho (disse Ponócrates) que esse ganso está sempre na muda." Um folgado papeando com uma gatinha dizia: "Não me esqueça, futum!

— Jamais, meu pum!", respondeu ela.

"Vocês chamam (disse Pantagruel ao potentado) esses dois de parentes? Penso que são inimigos, e não aliados juntos: porque ele a chamou de futum. Na minha terra não tem como ser mais ofensivo com uma mulher do que chamando assim.

— Meus bons de outro mundo (respondeu o potentado), vocês têm poucos parentes assim tão próximos, tal como Pum e Futum. Eles saíram invisíveis os dois juntos de um só oco.

— O vento de Galerne (disse Panurgo) desceu o facho na mãe desses dois.

— Que mãe (disse o potentado) você quer dizer? É parentela do seu mundo. Eles não têm pai nem mãe. Isso é coisa do povo de além-água, povo embotado de feno." O bom Pantagruel tudo via e escutava, mas nesse papo quase perde o rebolado.

Depois de observar minuciosamente as paragens da ilha e os costumes do povo desnasado, entramos num boteco para buscar algum refresco. Lá estavam celebrando bodas à moda do país. Era uma festa de arromba! Na nossa presença fizeram o alegre casamento de uma pera fêmea bem fornida, ao nosso olhar, embora quem provou dissesse ser macia, com um jovem queijo de penugem avermelhada na bochecha. Eu já tinha ouvido falar sobre a fama, e que outros tinham feito muitos casamentos assim. Ainda dizem, no nosso quintal, que nunca aconteceu um casamento igual ao da pera com o queijo. Em outra sala eu vi que se casavam uma bota velha com um jovem e maleável borzeguim. E disseram a Pantagruel que o jovem borzeguim tomava a bota velha por esposa porque era de bom couro, ainda dava no couro, bem alargada e engordurada, servia para um pescador. Em outra sala, mais baixa, vi um jovem escarpim desposar uma velha pantufa. E nos disseram que não foi pela beleza ou graça dela, mas por avareza e cobiça de ter uns escudos de ouro nela costurados.

Quarto livro   297

Capítulo 10

Como Pantagruel desembarcou na ilha de Quéli, onde reinava o santo rei Panigão

Este capítulo faz uma série de troças com o espírito da corte, entre formalidades de tratamento (lembremos que os monges cumprimentam com um singelo gesto de cabeça, daí a referência a São Bento) e comilanças, e também com os italianismos que estavam em moda na França (o próprio Rabelais importou palavras do italiano ao francês, mas aqui chega a inventar palavras). Quéli, grafado Cheli *no original, deriva de* scheli, *que designa "paz" em hebraico; ou poderia vir de* sali, *um "assado"; aqui acaba funcionando como uma espécie de país de Cocanha. Já Panigão,* Panigon *em francês, é derivado do italiano* panicone, *"comilão".*

"Bren é bosta em Rouen" de fato designa um vocabulário fecal. O senhor de Guyercharois é talvez Jean-Baptiste de Villequier, visconde de La Guerche-sur-Creuse. Da iurandi tem o sentido de "perdoem a blasfêmia", e a citação em latim que encerra a fala de frei João é tirada de Salmos, 119:1, "Bem-aventurados os retos em seus caminhos", que funciona como uma piada monacal, como se estivesse falando dos cozinheiros.

O Garbino nos soprava à popa, quando deixamos os malas desses aliançeiros com suas narebas de ás de paus e partimos ao alto-mar. Ao declinar o sol, fizemos uma escala na ilha de Quéli, ilha grande, fértil, rica e populosa, onde reinava o santo rei Panigão. Este, acompanhado dos filhos e príncipes da corte, havia se deslocado para perto do cais para receber Pantagruel. E o levou ao seu castelo; à entrada da torre, apareceu a rainha acompanhada das filhas e damas da corte. Panigão queria que ela e toda a comitiva beijassem Pantagruel e os seus. Essa é a cortesia e o costume da região. Assim fizeram, menos frei João, que se escafedeu e foi se enfiar entre os oficiais do rei. Panigão queria de tudo quanto é jeito, nesse dia e no seguinte, reter Pantagruel. Pantagruel baseou sua desculpa sobre a serenidade do tempo e o favor do vento, mais desejado pelos viajantes do que encontrado, mó

298

François Rabelais

de que é preciso o empregar quando surge, já que não surge toda vez que queremos. Diante de tal demonstração, depois de beber vinte e cinco ou trinta doses cada um, Panigão nos concedeu sua licença. Pantagruel, ao retornar ao porto e não ver frei João, saiu perguntando onde é que ele estava e por que não vinha junto com o grupo. Panurgo não sabia como desculpá-lo e queria voltar ao castelo para o chamar, quando frei João chegou alegrinho que só e bradou com toda a satisfação do coração, dizendo: "Viva o nobre Panigão! Pela morte do corpo de cisto! Ele manda na cozinha! Estou vindo de lá, e não tem miséria para servir! Eu estava todo animado para forrar o ventre do meu hábito para bom uso e proveito monacal!

— Esse é o meu amigo (disse Pantagruel), sempre atacando as cozinhas.

— Ó corpo galináceo (respondeu frei João), eu sei mais essas práticas e cerimônias do que cumprimerdar essas mulheres, magni, magna, cumprimerda, reverência, repete, retoma, acolada, fressurada, beija-mão de vossa mercê, de vossa maiestá, bem-vindo sejas, patati, patatá. *Bren* é bosta em Rouen. Tanto cumprimentar e cortejar. Sim, não vou dizer que eu não limparia até a borra da pipa, bronco que sou, se alguma delas deixasse inscrever minha nomeação. Mas essa bosteira de referência me enche o saco mais que um diabo sem parto! Quer dizer, um dia bom sem prato. São Bento nunca mente.

Vocês ficam aí falando em beijar donzelas. Por este digno e sacro hábito que eu tenho, com gosto eu me abstenho, por medo de que me venha o que já veio ao senhor de Guyercharois.

Quarto livro

— Hein? perguntou Pantagruel. Esse eu conheço. É dos meus melhores amigos.

— Foi, disse frei João, convidado para um suntuoso e magnífico banquete a ser realizado por um seu parente e vizinho; também foram convidados todos os nobres, damas e donzelas da vizinhança. Estas, enquanto esperavam sua chegada, disfarçaram os pajens da assembleia e os vestiram que nem donzelas bem cocotas e emperiquitadas. Os pajens endonzelados se apresentaram para ele, quando já entrava pela ponte levadiça. Ele beijou todos com a maior cortesia e reverências magníficas. Por fim, as damas que o esperavam no salão racharam de rir e deram sinal aos pajens para tirarem o aparato. Ao ver isso, o bom senhor por vergonha e despeito não se dignou a beijar as damas e donzelas naturais, alegando que já tinham disfarçado os pajens e que, pela morte do boi de cisto, deviam ser uns valetes ainda mais finamente disfarçados.

Pela força de Deus, *da iurandi*, por que não corremos para levar nossas humanidades até a bela cozinha de Deus? Por que não observar por lá o bailado dos espetos, a harmonia das grelhas, a pose dos toicinhos, o temperamento das sopas, os preparativos da sobremesa, a ordem do serviço de vinho? *Beati immaculati in uia*. É assunto de breviário."

Capítulo 11

Por que os monges curtem ficar na cozinha

Neste capítulo vemos Pantagruel responder apenas obliquamente ao problema apresentado, como que a guiar seu interlocutor, uma postura que se repetirá ao longo do livro. Um dado biográfico é interessante: Rabelais esteve de fato em Florença em 1534, quando viajou a Roma na comitiva de Du Bellay; nessa viagem, conheceu Filippo Strozzi (1541-1582), um nobre mercador e banqueiro florentino de grande poder e que também prestou serviços à França (cf. detalhes na "Carta dedicatória da Topografia da antiga Roma, *de Marliani", no Volume 3).*

O linguajar misto das conversas termina em piadas: as expressões de monge monjante e não monjado fazem uma paródia com a linguagem escolástica, que difere Deus (natureza naturante) do mundo criado (natureza naturada); já a referência a Averróis remonta às três formas: as subsistentes e independentes da matéria, as não subsistentes e unidas à matéria, e as materiais.

Bernardo Toicinho é tradução do nome Bernard Lardon, personagem desconhecido e cômico, certamente inventado por Rabelais. Africanos eram chamados todos os animais trazidos para jogos no circo, como era o caso dos tigres. São Ferreol é o patrono dos gansos. A história de Antígono I, o Velho, da Macedônia como um exemplo moral é narrada por Plutarco, Sobre Ísis e Osíris, *360d,* Ditos de reis e generais, *182c, bem como em Erasmo,* Apotegmas, *4.17. Jean Breton (?-1542), senhor de Villandry, é uma figura concreta do círculo de Du Bellay, porém, apesar de ser possível que ele tenha se encontrado com o duque de Guise em 1536-37 durante as campanhas na Picardia contra Carlos V, é provável que a anedota seja um chiste inventado por Rabelais a partir de Erasmo,* Adágios, *5.1.1,* Tu in legione, ego in culina *("Você na legião, eu na cozinha").*

"Isso é, disse Epistemão, bem papo de monge! Estou falando de monge monjante, e não monge monjado. De fato, você me traz à memória o que eu vi e ouvi em Florença, há coisa de vinte anos. A gente estava numa companhia de primeira de estudiosos, amadores da peregrinação e ansiosos para visitar os eruditos, antiguidades e singularidades da Itália. E a gente estava contemplando minuciosamente o assentamento e a beleza de Florença, a es-

Quarto livro   301

trutura do Domo, a suntuosidade dos templos e palácios magníficos, e disputando quem seria mais certeiro em exaltá-los com louvores condignos, quando um monge de Amiens, chamado Bernardo Toicinho, fulo da vida e puto da cara nos disse: 'Não sei que diacho vocês tanto veem aqui para louvar! Já contemplei tanto quanto vocês, nem sou mais cego que ninguém. E aí? Qual é? São casas lindas. Ponto final. Mas Deus e o senhor São Bernardo, nosso bom patrono estejam conosco, nessa cidade inteira eu ainda não vi uma só churrascaria, e olha que foi com minúcia que eu observei e analisei. É verdade, eu digo que, espiando e já quase contando e numerando, à direita e à esquerda, quantas e de que lado encontraríamos churrascarias churrasqueiras. Em Amiens, sem porém, a qualquer um que vem num caminho quatro ou três vezes menor do que este que fizemos entre observações, eu bem poderia apontar mais de catorze churrascarias antigas e aromatizantes. Não sei que prazer vocês têm em ver leões e africanos (assim nomeiam vocês, se bem entendo, o que eles chamam de tigres) perto do campanário; do mesmo jeito em ver os porcos-espinhos e avestruzes no palácio do senhor Filippo Strozzi. Eu juro, fiarada, que prefiro mil vezes ver um grande e gordo ganso no espeto! Esses pórfiros, esses mármores são lindos.

Não falo nada mal deles. Mas os pudins de Amiens são melhores para o meu gosto. Essas estátuas antigas são bem-feitas, eu acredito. Mas por São Ferreol de Abbeville, as jovens pitchulinhas do nosso país são mil vezes mais gostosas'.

— O que significa (perguntou frei João) e o que quer dizer que sempre se acham monges nas cozinhas, mas nunca se acham reis, papas ou imperadores?

— Seria, respondeu Rizótomo, alguma força latente e propriedade específica abscôndita nas panelas e grelhas que atrai os monges, tal como o ímã para si atrai o ferro, mas não atrai imperadores, papas e reis? Ou seria uma indução e inclinação natural, aderente aos hábitos e capuchos, que por si mesma leva e impulsiona os bons religiosos até a cozinha, mesmo que não tenham decisão ou pretensão de irem até lá?

— Quer dizer, respondeu Epistemão, formas seguintes à matéria. Assim as nomeia Averróis.

— Isso, isso, disse frei João.

— Vou falar para vocês, respondeu Pantagruel, sem ao problema proposto dar resposta. Porque pinica um pouco e dificilmente vocês o tocariam, sem se espinharem. Lembro que li que Antígono, rei da Macedônia, um dia, ao entrar na cozinha das suas tendas e ali encontrar o poeta Antágoras fritando uma enguia, de mãos na frigideira, perguntou, cheio de alegria: 'E por acaso Homero fritava enguias enquanto descrevia as proezas de Agamêmnon?

— Mas, respondeu Antágoras, meu rei, você por acaso supõe que Agamêmnon, enquanto fazia tais proezas, tinha qualquer curiosidade de saber se alguém no acampamento fritava enguias?' Para o rei parecia indecente que em sua cozinha o poeta fizesse uma fritura daquelas. O poeta mostrou que muito mais absurdo seria encontrar o rei na cozinha.

— Meio pau (disse Panurgo)! Vou contar o que Breton Villandry respondeu um dia ao senhor duque de Guise. O assunto era alguma batalha do rei Francisco contra o imperador Carlos V, em que Breton saiu gorgiamente armado, inclusive com grevas e escarpes aceradas, montado na maior, porém não foi visto no combate. 'Juro, respondeu Breton, que estava lá, e fácil é provar, inclusive no lugar onde o senhor nem ousaria se achar.' O senhor duque, entendendo mal a fala como insolente e temerária, levantou a voz, mas Breton facilmente o apaziguou com uma gargalhada, dizendo: 'Eu estava com a bagagem. Lugar onde a sua honra jamais iria se esconder, que nem eu'." E nessa conversa fiada chegaram aos navios. E não pernoitaram mais tempo naquela ilha de Quéli.

Quarto livro

Capítulo 12

Como Pantagruel passou por Procuração
e do estranho modo de vida dos chicaneiros

A segunda metade deste capítulo, bem como os capítulos 13 a 15, foi acrescentada na edição de 1552.

"Pro-cu-radores" é um chiste tradutório a partir do jogo francês de procultous, *que ecoa* cul *("cu"). São Teobaldo é, na piada, o patrono dos cornos. O senhor de Basché era René du Puy (?-1545). O duque de Ferrara era Alfonso d'Este (1476-1534), que lutou contra Veneza ao lado dos franceses. Em Saint-Louand havia um monastério beneditino, próximo a Chinon, pátria de Rabelais; tudo indica que o prior de lá, Jacques le Roy (no cargo entre 1510 e 1565), de fato teve historicamente um dissenso sério com o senhor de Basché. O costume de dar tapas e socos para guardar um acontecimento importante era atestado na região de Poitou (o centeio maduro já precisa ser batido para extrair o grão); e Galeno não fala de chicotadas como afrodisíaco, mas sim como tonificante para os escravos (um absurdo diverso, mas não menos absurdo). O olho cozido em manteiga negra é uma metáfora para o olho roxo. L'Île-Bouchard fica em Chinon. A frase final ecoa Salmos, 9:6. Tantã traduz o nome Trudon, que em francês é onomatopeia do som do tambor.*

Continuando a nossa rota no dia seguinte, passamos por Procuração, que é um país todo riscado e rasurado. Não reconheci bulhufas. Lá vimos os pro-cu-radores e chicaneiros, povo de pelo no peito. Não nos convidaram para beber nem comer. Só numa longa multiplicação de reverências cultas nos disseram que estavam todos ao nosso dispor, mediante pagamento. Um dos nossos dragomanos contou a Pantagruel como é que esse povo ganhava a vida de um jeito estranhíssimo e em pleno diâmetro avesso aos romícolas. Em Roma, gentes infinitas ganham a vida envenenando, batendo e matando. Os chicaneiros ganham sendo batidos. De jeito que, se ficam tempo demais sem tomarem batidas, morriam de má fome eles, suas mulheres e filhos. "É, dizia Panurgo, como aqueles que, segundo o relato de Cláudio Galeno, não conseguem o nervo cavernoso no prumo círculo equatorial erguer, se não tomarem umas boas chicotadas. Por São Teobaldo! se alguém me chicoteas-

304   François Rabelais

se assim, me faria bem o contrário; eu ia era me destribar de vez, por todos os diabos!

— O jeito, disse o dragomano, é o seguinte. Quando um monge, preste, usurário ou advogado quer mal a algum cavalheiro da sua região, basta enviar até ele um desses chicaneiros. O chicaneiro o citará, intimará, ultrajará, injuriará sem qualquer pudor, seguindo relatório e instrução, a tal ponto que o cavalheiro, se não for paralítico dos sensos e mais estúpido que uma rã girino, será coagido a lhe dar umas pauladas e golpes de espada no coco, ou uma boa canelada, ou então a jogá-lo pelas ameias e janelas do seu castelo. Feito isso, eis o chicaneiro rico por quatro meses. Tal como se golpe de pau fosse sua messe natural. Porque não têm monge, usurário ou advogado um salário melhor, e a reparação do cavalheiro é por vezes tão grande e excessiva, que nessa o tal cavalheiro vai perder as posses todas, com risco de miseravelmente apodrecer na prisão, como se tivesse acertado o rei.

— Contra um inconveniente desses, disse Panurgo, eu conheço um santo remédio, usado pelo senhor de Basché.

— Qual?, perguntou Pantagruel.

— O senhor de Basché, disse Panurgo, era cabra corajoso, virtuoso, magnânimo, cavalheiresco. Ao voltar de uma longa guerra, na qual o duque de Ferrara, por ajuda dos franceses, bravamente se defendeu contras as fúrias do papa Júlio II, a cada dia intimado, citado, chicanado, segundo o apetite e passatempo do gordo prior de Saint-Louand. Um dia, ao tomar o café da manhã com os seus (porque era humano e generoso), mandou buscar o padeiro, chamado Loyre, e sua esposa, junto com o cura da paróquia, chamado Oudart, que o servia de sommelier, tal como era então costume na França, e lhes disse em presença dos cavalheiros e outros domésticos: 'Meus filhos, vocês estão vendo o aborrecimento em que me jogam diariamente esses calhordas chicaneiros? Estou decidido que, se não me ajudarem, pretendo abandonar o país e tomar o partido do sultão, por todos os diabos! De agora em diante, quando eles vierem aqui, fiquem preparados, você, Loyre, e sua esposa, para se apresentarem em meu grande salão com as melhores vestes nupciais, como se estivessem se casando e como se fosse o primeiro casório de vocês. Tomem. Aí estão cem escudos de ouro, que dou para comprarem boas roupas. Você, senhor Oudart, não me falhe em comparecer de boa sobrepeliz e estola, com água benta, como se fosse casá-los. Você também, Tantã (assim se chamava o tamboreiro), esteja presente com sua flauta e tambor. Ditas as palavras e beijada a esposa, ao som do tambor vocês todos vão dar a um e outro as lembranças das núpcias, os tais tapinhas. Se fizerem isso, vão jantar do bom e do melhor! Mas quando chegar o chicaneiro, desçam nele a mão que nem em centeio verde, sem economizar. Soquem, pilem, batam, por favor! Tomem agora mesmo, que vou lhes dar esses guantes de justa, cobertos de cabritilha. Podem dar uns golpes sem nem mesmo contar, a torto e a direito. Quem melhor bater eu hei de reconhecer como o mais afetuoso. Não tenham medo de serem levados à justiça. Eu serei garantia para todos. Esses golpes serão dados entre risadas, segundo o costume observado em todos os casórios.

— Beleza, mas, perguntou Oudart, como vamos reconhecer o chicaneiro? Pois aqui na sua casa a cada dia chega gente de toda parte.

— Eu já dei ordens para isso, respondeu Basché. Quando chegar à porta qualquer homem a pé, ou mal montado, com um anel de prata grosso e largo no dedão, será o chicaneiro. O porteiro, depois de introduzi-lo com toda a cortesia, vai soar a campainha. Então se preparem e venham ao salão encenar a trágica comédia que eu lhes apresentei.'

Nesse mesmo dia, assim quis Deus, chegou um velho, gordo, vermelho chicaneiro. Ao soar à porta, foi pelo porteiro reconhecido pelas galochas grossas e gordurentas, com sua égua pangaré, um saco de pano cheio de inquéritos, preso na cintura, bem visível um grosso anel de prata que ele trazia no dedão esquerdo. O porteiro foi cortês, o introduziu todo gentil e alegremente soou a campainha. Ao som dela, Loyre e a esposa se vestiram com as belas roupas, compareceram ao salão fazendo boas caras e bocas. Oudart se vestiu com a sobrepeliz e a estola; saindo de seu escritório encontra o chicaneiro, o leva para beber em seu escritório longamente, enquanto calçavam os guantes por todo lado, e lhe disse: 'O senhor não podia chegar

num momento mais oportuno! Nosso mestre está rindo à toa, e faremos uma festança, sem miserê, estamos em pleno casório; tome, beba, se divirta!'. Enquanto o chicaneiro bebia, Basché, vendo na sala todos com o equipamento necessário, manda buscar Oudart. Oudart vem trazendo água benta. O chicaneiro o segue. Ao entrar no salão, não se esqueceu de fazer inúmeras humildes reverências e intimou Basché, Basché lhe deu a maior acolhida do mundo, entregou-lhe um angelote, enquanto pedia que assistisse ao contrato matrimonial. Dito e feito! No fim, começou a pancadaria. Mas quando chegou a hora do chicaneiro, eles o festejaram com bifas de guante tão caprichadas, que ele saiu um estrupício estupefato, com um olho cozido na manteiga negra, oito costelas fraturadas, esterno afundado, escápulas em quatro tocos, a mandíbula em três pedaços, e todo mundo rindo. Só Deus sabe como Oudart operou ali, cobrindo com a manga do sobrepeliz o grosso guante de aço forrado de arminho, porque era um malandro parrudo. Assim retorna à L'Île-Bouchard o chicaneiro, ataviado à moda tigresa, porém satisfeitíssimo e mui contente com o senhor de Basché e com o socorro de bons cirurgiões da região viveu tanto quanto queiram. Depois não se falou mais nisso. A memória se apagou com o som dos sinos que dobraram no enterro."

Capítulo 13

Como, seguindo o exemplo
de mestre François Villon,
o senhor de Basché louva os seus

Continuamos a narrativa dentro da narrativa, agora com Basché contando uma história de François Villon (1431-?1463), este que é das figuras mais instigantes da poesia francesa: autor do famoso poema em forma de Testamento, *tudo indica que foi um ladrão de relíquias religiosas e contraventor em geral; já foi mencionado diretamente em* Pantagruel, *caps. 14 e 30, e sua influência satírica atravessa vários momentos da obra rabelaisiana. Segundo Screech, disputas porque sacristias que se recusavam a apoiar a dramaturgia eram recorrentes na época.*

"Guincha zaroia" traduz esgue orbe, *que quer dizer "égua caolha" em provençal. Estêvão Taparrabo é tradução do nome transparente Estienne Tappecou. Um mistério é uma peça de origem medieval com temas religiosos, e as diabruras eram mais cômicas com a presença de diabos; os dois modelos lembram os autos do universo português, como os clássicos de Gil Vicente. A diabrura de Saumur foi encenada em 1534 na cidade de Saumur, com texto de Jean Bouchet, que nasceu em Poitiers e a apresentou no parlatório da cidade; essa diabrura é narrada no* Terceiro livro, *cap. 3, com Panurgo fazendo Deus pai.*

O texto em latim macarrônico é originalmente Hic est de patria, natus de gente belistra,/ Qui solet antiquo bribas portare bisacco, *que pode ser traduzido como "Eis um homem da terra, nascido de gente mendiga,/ que costuma levar seus trecos na antiga carteira". A graça está no latim inventado, recheado de palavras francesas, por isso recriei o latim macarrônico (que imita Teofilo Folengo), mantendo o metro.*

———

"Saído o chicaneiro do castelo, depois de montar na *guincha zaroia* (assim ele chamava sua égua caolha), Basché, sob a videira do jardim secreto, mandou buscar sua esposa, suas damas e todos os seus; ordenou que trouxessem vinho de sobremesa, associado a uma renca de tortas, presuntos, frutas e queijos, bebeu com eles na maior alegria; depois disse: 'Mestre François Villon na velhice se retirou a Saint-Maixent, em Poitou, sob as graças de um homem de bem, abade do tal lugar. Lá, para dar um passatempo ao povo se dedicou a encenar a paixão em gestos e linguagem poitevina. Distribuídos os papéis, bem ensaiados os atores, preparado o teatro, disse ao prefeito e aos magistrados que o mistério poderia estar pronto ao fim das feiras de Niort; faltava apenas encontrar o figurino certo para os personagens. O prefeito e os magistrados deram a ordem. Ele, para vestir um velho camponês que representava Deus pai, pediu a frei Estêvão Taparrabo, sacristão dos franciscanos do local, que lhe emprestasse uma capa e estola. Taparrabo negou, alegando que por causa dos estatutos provinciais era rigorosamente proibido dar ou emprestar qualquer coisa aos atores. Villon replicava que o estatuto dizia respeito apenas às farsas, momices e jogos dissolutos, e que assim tinha visto acontecer em Bruxelas e alhures. Taparrabo mesmo assim lhe disse peremptoriamente que se virasse para arranjar alhures, se achasse bom, mas que nada esperasse daquela sacristia; pois dela teria nadica de nada. Villon fez aos atores o relato com toda a indignação, acrescentando que contra Taparrabo Deus faria vingança e punição exemplar logo logo.

No sábado seguinte, Villon ficou sabendo que Taparrabo, montado na potranca do convento (assim chamavam a uma égua ainda não coberta), tinha saído para angariar caridades em Saint-Ligaire e estaria de volta às duas da tarde. Então ele fez o desfile da diabrura entre a cidade e o mercado. Seus diabos estavam todos caparazonados com peles de lobo, de veado e de carneiro, paramentados com cabeças de ovelha, chifres de boi e grandes ganchos de cozinha, cingidos com grossas correias onde penduravam grandes címbalos de vacas e sinos de mulas com um ruído espantoso. Traziam na mão alguns porretes pretos cheios de espoletas, outros levavam longos tições acesos, sobre os quais a cada encruza jogavam bons punhados de parafina em pó, donde saía fogo e uma fumaceira lazarenta. Depois de desfilar assim para contento do povo e grande cagaço dos pequeninos, por fim os levou para se banquetearem numa choupana fora do portão onde fica o caminho de Saint-Ligaire. Chegando à choupana, de longe ele reparou que Taparrabo voltava da angariação e disse em versos macarrônicos:

> *Hic est de patria, natus de gente pedinte,*
> *Qui solet antiqua trecos cartera leuare.*

— *Pela mor dedeu* (disseram então os diabos)*! Ele não quis emprestar a Deus Pai uma mísera capa, vamos dar um susto nele!*

— *Falou e disse* (respondeu Villon)*! Mas vamos nos esconder até ele passar, recarreguem as espoletas e tições.* Assim que Taparrabo chegou, to-

dos saíram para o caminho na frente dele num auê danado, jogando fogo de tudo quanto é lado em cima dele e da potranca, enquanto ressoavam os címbalos e urravam que nem uns diabos.

— Hoo, hoo, hoo, hoo, brrruurrruurrrs, rrruurrrs, rrruurrrs. Huu, huu, huu. Hoo, hooo, hoo: *frei Estêvão, nós não damos bons diabos?*

A potranca apavorada saiu no trote, no peido, no pulo e no galope, em coice, em duplo pinote e peidarada, tanto que derrubou Taparrabo, embora ele se grudasse à sela com todas as forças. As estribeiras eram de corda, e do lado direito por fora o chinelo talhado ficou entalado de um tal jeito que não conseguia tirar. E assim foi arrastado num esfolacu pela potranca sempre a multiplicar os coices contra ele e esbaforida entre sebes, moitas e valas. De jeito que ela lhe quebrou toda a cabeça, e o cérebro foi se estarrachar perto da cruz hosaneira, aí os braços em frangalhos, um aqui, outro ali, as pernas na mesma, aí das tripas se fez uma longa carnagem, de jeito que a potranca, quando chegou no convento, só trazia dele o pé direito e o chinelo entalado.

Villon, ao ver que aconteceu tudo do jeitinho que tinha tramado, disse aos seus diabos: *Vocês vão atuar bem, senhores diabos, ô se vão atuar bem, eu garanto! Ah, como vão atuar bem! Eu posso peitar a diabrura de Saumur, de Doué, de Montmorillon, de Langeais, de Saint-Espin, de Angers, e até, juro por Deus, a de Poitiers, com seu parlatório, se forem comparados com vocês. Ah, como vão atuar bem!'*

Assim (disse Basché), prevejo, meus bons amigos, que de hoje em diante vocês atuarão bem nessa trágica farsa, porque já na primeira mostra e ensaio o chicaneiro foi bem disertamente espancado, estapeado e aporrinhado. Presentemente, vou dobrar os ganhos de todos. Amiga minha (dizia à esposa), faça suas honras, como quiser. Você tem em mãos e guarda todos os meus tesouros. Quanto a mim, primeiro bebo a todos os meus bons amigos. Ora ora, o vinho é bom e fresco. Depois, meu mestre-sala, pegue essa bacia de prata. É presente. Escudeiros, peguem essas duas taças de prata dourada. Pajens, vocês ficarão três meses sem açoite. Amiga minha, pode dar a eles meus belos penachos brancos com penduricalhos de ouro. *Messire* Oudart, dou-lhe essa bolseta de prata, e outra dou aos cozinheiros, aos camareiros dou essa cesta de prata, aos palafreneiros dou essa naveta de prata, aos porteiros dou esses dois pratos, aos muleiros essas duas colheres de sopa. Tantã, pegue todas essas colheres de prata e essa bomboneira. Lacaios, peguem esse saleiro grande. Me sirvam bem, amigos, que eu darei reconhecimento, e creiam com firmeza que eu prefiro muito mais, pelo poder de Deus, suportar nesta guerra cem golpes de maça sobre o elmo a serviço de nosso boníssimo rei do que ser uma só vez intimado por esses mastins chicaneiros para o passatempo de um prior gordo desses!'"

Quarto livro

Capítulo 14

Continuação dos chicaneiros
espancados na casa de Basché

Segue a narrativa dentro da narrativa, mais uma vez com deleite na violência. O jogo do trezentos-e-três era provavelmente um carteado para se fazer 303 pontos. O jogo das pedrinhas pode ser o equivalente a dados ou talvez ao nosso cinco-marias. O jogo à moda imperial parece também ser de cartas e o jogo dos pajens, mourre, envolvia descobrir os dedos do adversário, por isso optei por verter livremente em porrinha. Quinquenais é uma aldeia perto de Chinon. Verde e amarelo eram as cores tradicionalmente usadas pelos tolos e bobos da corte.

"Quatro dias depois, um outro jovem, alto e magro chicaneiro, veio intimar Basché a pedido do gordo prior. À sua chegada, foi logo reconhecido pelo porteiro, e a campainha soou. Ao som dela, toda cambada do castelo entendeu o mistério. Loyre sovava sua massa, sua esposa peneirava a farinha. Oudart cuidava das contas, os cavalheiros jogavam bola. O senhor Basché jogava trezentos-e-três com a esposa. As damas jogavam pedrinhas, os oficiais jogavam à moda imperial, os pajens jogavam porrinha cheios de piparotes. Num supetão, todos ouviram que o chicaneiro estava na região. Então Oudart se vestiu. Loyre e a esposa pegaram seu belo figurino. Tantã tocou a flauta e o tambor, todo mundo riu, cada um se preparou, com os guantes de fora. Basché desce à baixa corte. Lá o chicaneiro, ao encontrá-lo, se põe de joelhos diante dele, pediu para não levar a mal se da parte do gordo prior vinha trazendo intimação, demonstrou na mais diserta arenga como era uma pessoa pública, servidor da monjarada, ordenança da mitra abacial, prestes a fazer por ele o mesmo, e até para o mais humilde da casa, no papel em que mais lhe agradasse empregá-lo e mandá-lo.

'Na verdade, disse o senhor, não vai me intimar sem primeiro beber do meu bom vinho de Quinquenais e assistir às bodas que estou fazendo agorinha mesmo. *Messire* Oudart, traga o de beber e refrescar, depois o leve ao meu salão. Seja bem-vindo!'

O chicaneiro, bem comido e tomado, entra com Oudart no salão onde estavam todos os personagens da farsa bem a postos e determinados. À sua entrada, cada um começou a sorrir. O chicaneiro ria por educação, quando Oudart falou aos noivos palavras misteriosas, as mãos se tocaram, a noiva foi beijada, e todos aspergiram água-benta. Enquanto traziam vinho e petiscos, o pau comeu no galope. O chicaneiro deu uma penca em Oudart. Oudart sob a sobrepeliz tinha escondido seu guante, ele o calçou que nem uma mitene. E danou a bater e a socar o chicaneiro, e os golpes de jovens guantes de todos os lados choviam no chicaneiro. 'Das bodas, diziam, das bodas, das bodas, se lembre!' Ficou tão bem-arrumado, que o sangue saía pela boca, pelo nariz, pelas orelhas, pelos olhos. Ao fim e ao cabo, estava arrebentado, estropiado, e rachada a cuca, nuca, dorso, peito, braços, tudo. Podem acreditar que, em Avignon, nos dias de Carnaval, os estudantes nunca tocaram mais melodiosamente o tudo-ou-nada nos dados do que tocavam sobre o chicaneiro. Por fim, cai por terra. Jogaram vinho na cara dele, prenderam à manga do gibão da sua linda libré verde e amarela e o botaram em cima do cavalo mormoso. Ao entrar em L'Île-Bouchard, não sei se foi bem tratado e cuidado tanto pela esposa quanto pelos médicos da região. Nunca mais se falou nisso.

No dia seguinte, aconteceu um caso parelho, porque na bolsa e no bornal do chicaneiro magricela não acharam o documento. Da parte do gordo prior enviou-se um novo chicaneiro para intimar o senhor de Basché com duas testemunhas, por via das dúvidas. Quando o porteiro tocou a campainha, a família toda se rejubilou, entendendo que o chicaneiro estava lá. Basché estava à mesa, comendo com a esposa e cavalheiros. Ele manda buscar o chicaneiro, diz para que se sente junto a si, as testemunhas perto das damas, e comeram que só, na maior alegria. Na sobremesa, o chicaneiro se levanta da mesa e, aos olhos e ouvidos das testemunhas, intima Basché; Basché graciosamente lhe pede uma cópia da intimação. Ela estava ali prontinha. O documento é entregue, deram-se ao chicaneiro e a cada testemunha quatro escudos de sol, e todos se retiraram para a farsa. Tantã começa a rufar o tambor. Basché pede para o chicaneiro assistir ao casório de um seu oficial e fazer a ata do contrato, que o pagará a contento. O chicaneiro foi cortês, montou seu escritório e arranjou papel na lata; as testemunhas bem ao lado. Loyre entra no salão por uma porta; sua esposa com as damas por outra, em vestes nupciais. Oudart, sacerdotalmente vestido, os pega pelas mãos, os interroga sobre suas vontades, lhes dá sua bênção sem poupar a água-benta. O contrato é lavrado e recebe a minuta. De um lado vêm os vinhos e petiscos; do outro, fitas brancas e ocre; de outro se preparam em segredo os guantes."

Quarto livro

Capítulo 15

Como o chicaneiro renovou os antigos costumes dos casórios

Este capítulo explicita seu mote na fala do mestre-sala, ao revelar que o misto de banquete e violência tem sua base na obra de Luciano de Samósata, O banquete dos lápitas. *Nele vemos como Pirítoo, chefe dos lápitas, convida os centauros ao casamento; estes, bêbados na festa, tentam abusar da noiva, o que resulta numa verdadeira guerra entre lápitas e centauros.*

O vinho bretão de Touraine é piada de Rabelais, porque é um nome, breton, *e não uma designação geográfica ligada à Bretanha. Os benditos Ó Ó de Natal fazem alusão à antífona de vésperas, antes do* Magnificat, *associada à partilha do vinho, que começava por* O sapientia, O Adonai *e* O radix. *Os Frappins eram uma família próxima aos Rabelais. Nossa Senhora de Rivière é uma igreja junto a L'Île-Bouchard, perto de Chinon. O senhor de La Roche-Posay era Jean Châtaigner, um parente do senhor de Basché que ficou manco na batalha de Pavia.*

O chicaneiro oferece uma carta real para arrumar o tambor de Tantã, porque essas cartas eram feitas de pergaminho, ou seja, couro. Mantenho o trocadilho sonoro, que liga o nome, de brincadeira, à violência. O nome Elrei é tradução do nome do chicaneiro Le Roy, com sua transparência hilária, talvez piada com o prior de Saint-Louand, Jacques Le Roy.

A informação final, de que bodas de Basché seria um ditado popular, é provável invenção de Rabelais, já que só aparece em seus imitadores.

"Chicaneiro, depois de lambear uma baita taça de vinho bretão, disse ao senhor: 'Meu senhor, o que é isso? Não estão fazendo um casório aqui? Sandeveutempoder, todos os bons costumes se estão se perdendo! Também as lebres saíram da forma. Amigos já não há. Está vendo como em várias igrejas abandonaram as antigas bebericadas dos benditos santos Ó Ó de Natal? O mundo só anda a delirar! Está chegando ao fim! Vamos lá: das bodas, das bodas, das bodas!'. Ao dizer isso batia em Basché e na sua esposa, depois nas damas e em Oudart. Então botaram guante à obra, tão bem que Chicaneiro rachou o cocuruto em nove pontos, uma das testemunhas teve o braço

direito luxado, a outra teve o maxilar desconjuntado, de jeito que cobriu o queixo pela metade, com desnudamento da úvula e perda notável dos dentes molares, pré-molares e caninos. Ao som do tambor que mudava de entonação, os guantes se ocultaram, sem serem percebidos e quitutes se multiplicaram de novo, com rebuliço renovado. Brindando os bons companheiros uns aos outros e todos a Chicaneiro e às testemunhas, Oudart renegava e maldizia as bodas, alegando que uma das testemunhas tinha desincornifistibulado o ombro todo. Apesar disso, brindava a ele todo alegrinho. A testemunha desmandibulada juntava as mãos e tacitamente pedia perdão. Porque falar não conseguia.

Loyre se lamentava de que a testemunha desbraçada tinha lhe dado uma porrada muito forte na outra banda, que tinha ficado com o calcanhar todo estraçalhamanquitoladebaixarregaçado. 'Mas (dizia Tantã, escondendo o olho esquerdo com o lenço e mostrando o tambor amassado de um lado) que mal eu fiz para eles? Será que já não basta esses aí me terem fuçaembostegaitagorjabatespanquensacabolsestropiado o pobre olhinho, sem falar que ainda por cima me amassaram o tambor! Tambores de bodas são sempre batidos, tamboreiros são festejados, batidos jamais! O meu vai servir de pente ao diabo!

— Irmão (disse o Chicaneiro maneta), vou lhe dar uma bela, grande, arcaica carta real, que tenho aqui no bolso, para remerdar o seu tambor; e, por Deus, nos perdoe! Por Nossa Senhora de Rivière, a bela senhora: não foi por mal!'

Um dos escudeiros, mancando e coxeando, contrafazia o bom e nobre senhor de La Roche-Posay. Dirigiu-se à testemunha embabeirada da maxila e disse: 'Vocês são Frappins, Farpões ou Farpados? Será que já não bastava vocês me terem enfucecraquequebrarromperrasgacantilenesvertebradescangalhado os membros superiores todos a grandes sapatadas, tinham ainda de me dar umas mordepegachunchatranqueirembaralhemquiproquocontratabaqueadas nas pernas com essas boas pontas de botina? Vocês chamam isso de brincadeira de piá? Por Deus, é de pilar!'. A testemunha, juntando as mãos, parecia pedir perdão, fedelhando com a língua, 'mê, mê, mê, vrolê, vê, vê', que nem um fedelho.

A recém-casada chorando ria, rindo chorava, porque Chicaneiro não tinha se contentado em espancá-la sem escolha ou seleção dos membros, mas pesadamente a descabelou, ainda por cima tinha trepidespiraladoempubiscrespinhado à traição as partes pudicas dela.

'O diabo (disse Basché) tem parte nisso. Era mesmo necessário o senhor Elrei (assim se chamava Chicaneiro) também me espancar a esposa na espinha? Porém não quero mal a ele. São pequenos cafunés nupciais. Mas saco claramente que ele me intimou como anjo e espancou como capeta. Ele tem um não-sei-quê de frei Farpão. Brindo a ele de coração e a vocês também, senhores testemunhas!

— Mas, dizia a esposa, com que propósito e por qual querela ele me festejou com tamanhas lapadas? Que o diacho o carregue, se eu quiser! Eu é que não quero, ma Dia! Mas vou falar uma coisa: esse aí tem as falanges mais duras que eu já senti na cacunda!'

O mestre-sala tinha o braço esquerdo numa tipoia, todo torcirrompirrachado: 'O diabo, disse, é que me fez assistir a essas bodas. Agora fiquei, juro pela força de Deus, com os dois braços embocatorcicontundidos! Vocês chamam isso aí de casório? Eu chamo de cagórios de merda! Juro por Deus, que é o verdadeiro banquete dos lápitas descrito pelo filósofo samosatense!'. Chicaneiro nem falava mais. As testemunhas se desculparam que ao baterem tanto não fizeram por maldade e que, pelo amor de Deus, fossem perdoadas. Assim partem. A meia légua de lá Chicaneiro sentiu um revestrés. As testemunhas chegam a L'Île-Bouchard, contando para todos que nunca tinham visto um homem mais de bem que o senhor de Basché, nem casa mais honrada que a dele. E mais, que nunca tinham estado em bodas como aquelas. Mas que toda a culpa vinha deles próprios, que tinham começado o bate--bate. E viveram ainda nem sei quantos dias. Dali em diante, passaram a ter como coisa certa que a grana de Basché, para os chicaneiros, era mais pestilenta, mortal e perniciosa do que antigamente o ouro de Toulouse e o cavalo sejano aos que o possuíram. Desde então ficou o tal senhor tranquilo, e as bodas de Basché viraram dito popular."

Capítulo 16

Como frei João testa a natureza dos chicaneiros

Depois do largo parêntese com a história do senhor de Basché, continuamos a comédia da crueldade, embora seja notável que Pantagruel seguirá sem rir dos acontecimentos até o fim do livro. A tópica religiosa também se apresenta desde o início, que ecoa Salmos, 36:1, *e* Romanos, 3:18.

Aulo Gélio, Noites áticas, 20.1-13, *na verdade conta a história de um certo Lúcio Nerácio na edição de Lyon, porém o nome certo é Verácio; a* Lei das Doze Tábuas *é o código jurídico escrito mais arcaico dos romanos, feito em torno do séc. V a.C. Os juízes pedâneos eram magistrados ambulantes que faziam seus julgamentos em lugares razoavelmente improvisados; a imagem do advogado debaixo do olmo é tirado da* Farsa do mestre Pathelin.

*Lembre-se de que frei João é beneditino (como fora Rabelais) e que, no convento dos beneditinos em Bolonha, havia um tonel de vinho famoso por ser imenso. A pedra-de-sapo (*crapaudine *em francês, com variantes de nomes como "bufonita" ou "batraquita") era ligada a augúrios desde a Antiguidade (Plínio,* História natural, 37.150) *e também supostamente vinculada ao crânio dos sapos, daí seu nome; Panurgo deu um anel assim à Sibila de Panzoult no* Terceiro livro, cap. 17.

O trocadilho de "na semana que vem, tudibomeubem" busca traduzir à huyctaine mirelaridaine, *versos de uma canção popular. O diabo de Vauvert faz referência ao castelo de Vauvert, construído no séc. XI porém abandonado e arruinado; na época de Rabelais era considerado um lugar mal-assombrado.*

"Amarrar pelos pés" faz referência à prática lúdica de amarrar o cadarço de alguém adormecido, para que caísse assim que tentasse se levantar. Alegoria aqui designa um modo diferente de se expressar; de algum modo, esta já era tão obscura no tempo de Rabelais que vai ser explicada na Breve declaração.

"Essa narração, disse Pantagruel, até pareceria alegre, não fosse necessário ter, perante os nossos olhos, o contínuo temor de Deus.

— Melhor seria, disse Epistemão, se a chuva desses jovens guantes tivesse desabado direto no gordo prior. Como passatempo, ele dependia de grana, em parte para rebaixar Basché, em parte para ver os chicaneiros estropiados. Porradas teriam lindamente enfeitado aquela careca, a julgar pela enorme extorsão que a gente vê entre esses juízes pedâneos sob o olmo. Que mal fizeram esses pobres-diabos chicaneiros?

— Lembrei aqui, disse Pantagruel, a respeito de um antigo cavalheiro romano chamado Lúcio Nerácio. Era de família nobre e rica da época. Mas nele havia uma tão tirânica compleição, que, ao sair do seu palácio, mandava encher os bornais dos seus criados com ouro e prata em moeda e, ao encontrar pela rua algum playboy estilosinho, sem sofrer qualquer ofensa, só de farra, lhe dava uns bons sopapos na cara. Súbito, para depois apaziguá-lo e impedir que prestasse queixa à justiça, distribuía aquela grana. Tanto quanto o deixasse contente e satisfeito, segundo a ordem de uma das *Doze Tábuas*. Assim despendia sua renda batendo em gente à custa do caraminguá.

— Pela sacro tonel de São Benedito, disse frei João, agora eu vou descobrir a verdade!" Então desceu por terra, meteu a mão na escarcela e dali tirou vintes escudos de sol. Depois disse a plenos pulmões em presença e audiência de uma grande turba do povo chicaneirense: "Quem quer ganhar vinte escudos de ouro para tomar uma surra dos diabos?

— Io, io, io, responderam todos. O senhor vai nos apalermar de tanto tabefe, pode ter certeza! Mas o ganho é de primeira." E todos correram num tropel, para ver quem seria o primeiro a ser tão encarecidamente espancado. Frei João, de toda a tropa, escolheu um chicaneiro de fuça rubra, que no polegar da mão direita trazia um grande e largo anel de prata, em cuja cabeça vinha engastada uma pedra-de-sapo.

Depois que escolheu, eu vi que todo o povo murmurava e ouvi um grande, jovem e magro chicaneiro hábil e bem letrado e (como corria o disse-me-disse) honesto homem na corte da igreja, reclamando e murmurando que o fuça rubra atrapalhava todas as práticas deles e que, se em todo o território só houvesse trinta pauladas por ganhar, ele embolsaria todo dia vinte e oito e meia. Mas todos esses mimimis e murmúrios eram só de inveja. Frei João bifou tanto e tantíssimo o fuça rubra em lombo e pança, braço e perna, testa e tudo, com grandes pauladas, que eu já achava que tinha morrido de cacetada. Depois lhe entregou os vinte escudos. Os outros diziam a frei João: "Senhor frade diabo, se ainda quiser bater em alguns por menos dim-dim, estamos à disposição, senhor diabo. Estamos todíssimos à disposição, sacos, papéis, plumas, tudo!".

Fuça rubra gritou contra eles, dizendo a plenos pulmões: "Arre égua! Sevandijas de uma figa! Querem se meter no meu negócio? Querem me gorar e seduzir os meus clientes? Vou intimar vocês diante do oficial episcopal

na semana que vem, tudibomeubem. Vou chicanar vocês feito um diabo de Vauvert!". Depois, voltando-se para frei João, com uma cara sorridente falou: "Reverendo padre em diabo, meu senhor, se me julgou boa barganha e quiser ainda se debater em me bater, vou me contentar com a metade do valor justo. Não me poupe, eu lhe peço. Estou todo e todíssimo à sua disposição, senhor diabo: cabeça, pulmão, tripa e tudo. E digo de coração". Frei João interrompeu a conversa e se virou para outro lado. Os outros chicaneiros se retiraram para Panurgo, Epistemão, Ginasta e outros, com devoção suplicando para serem por eles espancados a preços módicos; de outro modo, correriam perigo de passarem um longo jejum. Mas ninguém deu ouvidos.

Depois, quando estávamos buscando água fresca para a chusma das barcas, encontramos duas velhas chicaneiras do lugar, que junto choravam miseravelmente e lamentavam. Pantagruel tinha ficado em sua barca e já soava a retirada. Nós, supondo que elas fossem parentes do chicaneiro que levara cacetadas, perguntamos a causa de tanta dolência. Elas responderam que para o choro tinha causa muito équa, já que no presente momento tinham amarrado pelo pescoço o monge e mais duas outras pessoas mais de bem de toda a Chicanária. "Meus pajens, disse Ginasta, amarrem o monge pelos pés, enquanto seus parceiros dormem. Amarrar o monge pelo pescoço seria enforcar e estrangular.

— Certo, certo, disse frei João. Vocês falam que nem São João do Palisse." Interrogadas sobre a causa dessa forca, responderam que eles tinham roubado as ferramentas da missa e mocozado sob a manga da paróquia. "Isso é que eu chamo, disse Epistemão, de terrível alegoria!"

Capítulo 17

Como Pantagruel passou pelas ilhas de Tohu e Bohu e da estranha morte de Rasanareba, engolidor de moinhos de vento

Rasanareba traduz Bringuenarilles, que tem o sentido praticamente transparente de "quebra-nariz". A passagem como um todo ecoa o livrinho Panurge, disciple de Pantagruel, avec les prouesses du merveilleux Bringuenarilles *(Panurgo, discípulo de Pantagruel, com as proezas do maravilhoso Rasanareba), publicado anonimamente em 1538; nela o gigante morre por comer um moinho de vento com dono e cachorro dentro; porém aqui é recriada com um acréscimo de erudição e piada tipicamente rabelaisianos.*

Rabelais apresenta uma longa série de mortes estranhas e súbitas; aqui explico apenas algumas delas. Ésquilo, o tragediógrafo ateniense, teria sido morto por uma tartaruga que caiu em cima de sua cabeça: o caso é que águias, quando capturam tartarugas, as arremessam contra pedras, para quebrar o casco; como Ésquilo era careca, a águia teria se confundido e ali arremessado a pesada presa, que matou o poeta na hora. A história contada sobre Filomeno (Philomenes no original) na verdade é atribuída ao filósofo estoico grego Crisipo de Solos ou ao comediógrafo Filêmon. A atribuição a Plutarco, apesar de certa, é na verdade tirada de Erasmo, Adágios, *1.5.64;* Taprobana *é o nome pelo qual os gregos designavam uma ilha mítica no oceano Índico; em certo imaginário ela seria cheia de ouro, habitada por formigas imensas, com um céu sem estrelas; posteriormente foi identificada com o Ceilão, atual Sri Lanka.*

A história do que morreu por mordida de uma gata aparece num epitáfio de fato: Hospes, disce nouum morte genus, improba felis./ Dum trahitur, digitum mordet, et intereo *("Veja, estranho, um novo modo de morte: uma gata./ Ao carregá-la, mordeu meu dedo, e de pronto morri"). Quenelault é um nome desconhecido. O citado por Boccaccio está em* Decamerão, *quarto dia, novela 7. Philippot Placut é nome inventado claramente para brincar com rimas, o que busquei recriar.*

Rabelais termina por citar vários biógrafos. Plínio, História natural, *cita Vérrio. O romano Valério Máximo escreveu os* Ditos e feitos memoráveis. *O italiano Battista Fregoso escreveu obra do mesmo nome em 1507. Bacabery l'Aisné é figura completamente desconhecida, porém tudo indica que seja uma anagrama para* Rabelais cy en ba/cy ba né *("Rabelais cá embaixo/embaixo nascido").*

Os nomes dos lugares também estão repletos de jogos. Culan é um departamento da região de Cher, no centro da França. Mechloth pode designar mikloth *em hebraico, com o sentido de "perfeito" (cf.* 2 Crônicas, *4:21), porém também pode-*

Quarto livro · 321

ria significar "doença"; Belimá em hebraico quer dizer "nada" (cf. Jó, 26:7), porém também tem uma leitura cabalística com o sentido de "além do inefável".

Nesse mesmo dia, passou Pantagruel pelas duas ilhas de Tohu e Bohu, onde não encontramos xongas para fritar. Rasanareba, o grande gigante, tinha todas as panelas, panelões, caçarolas, caldeirões, frigideiras e tachos da região engolido, na falta dos moinhos de vento com que costumeiramente se refestelava. Nisso aconteceu que, pouco antes de raiar o dia, na hora da digestão, ele tombou num grave revertério, devido a alguma crueza no estômago causada porque (segundo os médicos) a força concoctora do estômago, naturalmente adequada a digerir moinhos de vento mui briosos, não se aperfeiçoara em consumir as panelas e caçarolas; se bem que os caldeirões e tachos até tinha bem digerido, como davam a conhecer por hipóstases e eneoremas das quatro barricas de urina que ele tinha expelido naquela manhã.

Para o socorrerem, usaram de vários remédios, segundo a arte. Mas o mal era mais forte que os remédios. E o nobre Rasanareba naquela manhã sucumbiu, de jeito tão estranho, mais embasbacante que a morte de Ésquilo. Este, tal como tinha sido fatalmente predito pelos vaticinadores de que certo dia morreria por ruína de alguma coisa que cairia em cima dele, no tal dia destinado, tinha se afastado da cidade, de todas as casas, árvores, rochedos e outras coisas que poderiam desabar e ferir com sua ruína. Assim ficou no meio de uma grande campina, confiando-se ao céu livre e aberto, em segurança seguríssima, como achou, a não ser que o próprio céu caísse. E isso ele acreditava ser impossível. No entanto, dizem que as cotovias morrem de medo da queda do céu, porque se os céus caírem, elas todas serão presas. Também temiam os antigos celtas, vizinhos do Reno, os nobres, valentes, cavalheirescos, bélicos e triunfantes franceses, que, interrogados por Alexandre, o Grande, sobre o que mais temiam neste mundo, e crendo que somente dele fariam exceção, perante suas grandes proezas, vitórias, conquistas e triunfos, responderam que só temiam a queda do céu; e não, todavia, formar uma liga, confederação e amizade com um rei tão bravo e magnânimo. Se vocês acreditam em Estrabão, livro 7, e Arriano, livro 1, também Plutarco, no livro que escreveu *Da face que aparece no corpo da lua*, alega que um tal Fenace, que morria de medo de a lua cair sobre a terra e sentia grande comiseração e piedade por aqueles que viviam embaixo dela, tais como os etíopes e taprobanos, se uma massa graúda dessas caísse sobre eles. Do céu e da ter-

ra tinha um pavor similar, se não fossem devidamente sustentados e apoiados sobre as colunas de Atlas, como era a opinião dos antigos, segundo o testemunho de Aristóteles, livro 5 da *Metafísica*.

Ésquilo, apesar disso, foi por ruína morto, pela queda de um casco de tartaruga, que dentre os grifos de uma águia alta nos ares caiu sobre sua cabeça e lhe rachou o cérebro.

Mais que a do poeta Anacreonte, que morreu engasgado por um caroço de uva. Mais que de Fábio, o pretor romano que morreu sufocado por um pelo de cabra, quando tomava uma tigela de leite. Mais que a daquele envergonhado que, ao reter um flato e segurar um malévolo peido, de supetão morreu em presença do imperador romano Cláudio. Mais que a daquele que em Roma foi na Via Flamínia enterrado, em cujo epitáfio se lamenta que morreu de mordida de gata no mindinho. Mais que a de Quinto Lecânio Basso, que num piscar de olhos morreu por uma picadinha de agulha no polegar da mão esquerda, que mal dava para ver. Mais que a de Quenelaut, médico normando, que de supetão em Montpellier faleceu com o corte de um canivete corta-pluma ao abrir uma larva na mão. Mais que a de Filomeno, cujo criado tinha trazido figos frescos como entrada da refeição, porém, quando saiu para buscar vinho, um jegue colhudo, extraviado, entrou no alojamento e os figos dispostos comeu religiosamente; Filomeno ao chegar e minuciosamente contemplar a graça daquele jegue sicófago, disse ao criado que tinha retornado: "A razão quer, já que você abandonou os figos a este devoto jegue, que para beber você lhe oferte esse bom vinho que me trouxe"; ditas tais palavras, caiu numa excessiva alegria de espírito e pipocou a rir tão enorme e continuamente, que o esforço do baço lhe tolheu toda a respiração, e pimba: morreu.

Mais que a de Espúrio Saufeio, que morreu por engolir um ovo cozido ao sair do banho. Mais que a daquele que Boccaccio disse ter súbito morrido ao palitar os dentes com uma raminha de sálvia. Mais que Philippot Placut, que, com saúde para chuchu, de súbito morreu azul ao pagar uma dívida antiga, sem qualquer doença prévia. Mais que o pintor Zêuxis, que subitamente morreu de tanto rir ao contemplar a cara de uma velha num retrato por ele representado em pintura.

Mais que de qualquer outro que alguém diga, seja Vérrio, seja Plínio, seja Valério, seja Battista Fregoso, seja Bacabery l'Aisné. O bom Rasanareba (ai!) morreu engasgado ao comer um teco de manteiga fresca na boca de um forno quente, por prescrição médica.

Lá ademais nos contaram que o rei de Culan, em Bohu, tinha derrotado os sátrapas do rei Mechloth e saqueado as fortalezas de Belimá. Depois, passamos pelas ilhas de Nargues e Zargues. Também pelas ilhas de Teleniabim e Geleniabim, bem lindas e frutíferas em matéria de clisteres. Também as ilhas de Einig e Ewig, donde antes tinha vindo uma lapada no landgrave de Hesse.

Capítulo 18

Como Pantagruel escapou
a uma forte tempestade no mar

Esta tempestade, tópica literária antiga aqui transformada em alegoria heroi-
co-cômica da própria vida, seguirá até o cap. 25 com as reações dos vários persona-
gens; além disso, já aqui é cheia de simbolismos: nove, o número de barcos com
monges, retoma as musas, as hierarquias celestes e malignas, por exemplo; também
era crença que encontrar monges de supetão seria bom sinal, ideia aqui invertida, tal
como no Terceiro livro, *cap. 23; por fim, um encontro pela direita é sinal de mau*
agouro, como veremos na tempestade. Quesil é tradução de Chesil, palavra prova-
velmente cunhada do hebraico kesil, que significa "tolo"; Rabelais assim faz uma
clara paródia do Concílio de Trento, realizado entre 1545 e 1563, provavelmente
pondo em jogo o debate entre Calvino, com a teoria da predestinação (o homem é
escolhido por Deus, e não participa de sua própria salvação), os pensadores de Tren-
to e Sorbonne, com a teoria de uma participação humana auxiliada pela graça divi-
na, e os evangélicos (com quem concorda Rabelais), que é similar a esta última, po-
rém sem enfoque nas ações puramente teologais dos indivíduos.

A narrativa está repleta de termos técnicos da náutica, porém usados com mui-
ta liberdade, misturando navegação marinha e fluvial, apresentando o Mistral, um
vento mediterrâneo, em plenos mares setentrionais etc., ou seja, mais do que realis-
mo, o que temos é uma exuberância de linguagem. Os termos "catégides, tielas, lé-
lapes e presteres [...] psoloentes, arges, elicias" são transliterações do grego de Aris-
tóteles, Do mundo, *4.2, e designam respectivamente "rajadas, borrascas, redemoi-*
nhos e meteoros [...] fumaças, clarões, raios bifurcados". A expressão frelore bigoth
é transcrição livre de fala dos lansquenetes, com o sentido de "abandonado por
Deus"; ela aparece também na Chanson des suisses. *Astrófilo é nome derivado do*
grego, com o sentido de "amante dos astros".

Dos dois lamentos de Panurgo, o primeiro é um mero ruído, e o segundo, "oto
to to to to ti", aparece grafado nas tragédias gregas como sinal de desespero; este é
parte das paródias heroicas, como "três ou quatro vezes abençoado", que retoma
o lamento de Eneias diante da tempestade, em Virgílio, Eneida, *1.94. As Parcas são*
as deusas romanas do destino, representadas como tecelãs a preparar o fio de cada
um. O Caos é uma figura primordial em Hesíodo, Teogonia, *porém aqui a referên-*
cia é a Ovídio, Metamorfoses, *1.5-9. A história de Pirro e do porco está em Eras-*
mo, Apotegmas, *7.*

Quarto livro

325

No dia seguinte encontramos a boreste nove urcas carregadas de monges, jacobinos, jesuítas, capuchinhos, ermitões, agostinianos, bernardinos, celestinos, teatinos, inacianos, amadeanos, franciscanos, carmelitas, mínimos e outros santos religiosos que seguiam ao Concílio de Quesil, para crivar os artigos da fé contra os novos hereges. Ao vê-los, Panurgo entrou num desbunde de alegria, como que assegurado de ter toda boa sorte por aquele dia e outros subsequentes numa longa série. E depois de saudar com cortesia os beatos pais e recomendar a salvação de sua alma às suas devotas preces e intercessões menores, mandou jogar às naus deles setenta e oito dúzias de presuntos, pencas de caviar, dezenas de salsichões, centenas de ovos em conserva e dois mil lindos angelotes para as almas dos falecidos. Pantagruel andava cismoso e melancólico. Frei João percebeu e estava perguntando de onde é que vinha aquele borocoxô inusitado, quando o piloto, ao perceber os volteios da biruta na popa e prever que chegava um tirânico pé-d'água torrencial, mandou todos ficarem em alerta, tanto os oficiais, marujos e grumetes, quanto nós viajantes, e ordenou baixar velas, mezena, contramezena, traquete, grande, gata e cevadeira, ordenou calar joanetes, velacho, gávea, descer o grande artimão e de todas as vergas ficarem apenas enfrechates e ovéns.

Súbito o mar começou a se inflar e revirar do fundo abismo, as fortes vagas batiam nos flancos dos nossos barcos, o Mistral, acompanhado por um furacão desenfreado, negras rajadas, terríveis trombas, mortais borrascas, soprava através das nossas vergas. O céu troava do alto, coriscava, relampeava, chovia, granizava, o ar perdia a transparência, ficou opaco, trevoso e escuro, de jeito que não se via nenhuma réstia além dos raios, clarões e infrações de nuvens flamejantes, catégides, tielas, lélapes e presteres inflamavam tudo à nossa volta pelos psoloentes, arges, elicias e outras ejaculações etéreas; nossos aspectos estavam todos dissipados e perturbados, os espantosos tufões suspendiam as crescentes vagas da corrente. Podem acreditar que isso tudo nos parecia o arcaico Caos onde fogo, ar, mar, terra, todos os elementos estavam em refratária confusão.

Panurgo, depois de bem alimentar os peixes escatófagos com o conteúdo do estômago, já estava agachado na tilha, aflitíssimo, doridíssimo, com um pé na cova, e invocou todos os benditos santos e santas em seu auxílio, protestou por confissão em tempo e lugar certo, depois berrou numa algazarra dizendo: "Majordomo, ai, meu amigo, meu pai, meu tio, me arrume algo salgado! Logo logo vamos ter muito para beber, pelo que estou vendo.

Pouco rango e trago à beça, eis minha nova divisa! Queira Deus e a bendita, digna e Santa Virgem que agora, digo agorinha mesmo, eu estivesse em terra firme, na maior. Ah, três e quatro vezes afortunados são aqueles que plantam repolho! Ah, Parcas, por que não me fiaram para plantar repolho? Ah, como é ínfimo o número daqueles a quem Júpiter concedeu o imenso favor de plantar repolho! Pois eles é que têm sempre na terra um pé, e o outro não pode estar longe. Dispute por felicidade e bem soberano quem quiser, mas qualquer zé-ruela que planta repolho neste instante, por meu decreto, é declarado o mais feliz, com muito mais razão que Pirro, que, num perigo semelhante ao nosso, ao ver um porco perto da margem comendo cevada esparsa, o declarou mais feliz em duas qualidades, a saber: que tinha cevada para valer e, além disso, estava em terra. Ah, por mansão deífica e senhorial basta o curral das vacas! Essa vaga vai nos levar, Deus salvador. Eita, meus amigos, um pouco de vinagre! Estou suando em bicas de tanta lida! Afe, as driças estouraram, lá se foi o nó de proa, arrebentaram-se os sapatilhos, a árvore do alto da gata afunda ao mar, a quilha está ao léu, as gúmenas estão quase todas estouradas. Eita ferro, cadê os joanetes? Está tudo *frelore bigoth*! Nossa mezena vai a vau na água. Eita, de quem é esse destroço? Amigos, me ajudem aqui atrás do castelo de proa! Molecada, o andrebelo caiu! Ai, não abandonem o leme, nem os guardins! Estou ouvindo o pinçote gemer! Será que quebrou? Por Deus, salvemos ao menos a braga; quanto ao cordame, esqueçam! Bebebe bus bus, bus! Veja a calamita da bússola, por favor, mestre Astrófilo, de onde é que vem esse fortunal! Juro por tudo, estou morrendo de medo. Bu bu, bu bus bus. Já era! Estou todo cagado de medo! Bu bu, bu bu. Oto to to to to ti. Oto to to to to ti. Bu bu bu, u u u bu bu bus bus! Vou me afogar! Me afogar! Vou morrer! Meus bons, vou me afogar!".

Capítulo 19

Como se comportaram Panurgo e frei João durante a tempestade

Continua a tempestade e sua análise de comportamentos, agora contrastando Panurgo e frei João, o que acaba servindo como imagens do homem de fé: por um lado, o que se atém às palavras de oração, por outro o que se fia também na ação, mesmo que sem vínculo teologal.

O lá era a nota mais aguda do hexacorde, enquanto o dó era a mais grave. Confiteor é termo do latim usado religiosamente, tem o sentido de "eu confesso". Consumatum est é a última fala de Cristo em João, 19:30, no latim da Vulgata, com o sentido de "está consumado". In manus é citação abreviada da última fala de Cristo em Lucas, 23:46, também no latim da Vulgata, "Pai, nas tuas mãos entrego meu espírito", palavras que serviam para orações de morte.

São Miguel não parece ter vínculo algum com tempestades, mas São Nicolau é patrono dos navegantes em geral. Candes e Montsoreau ficam na pátria de Rabelais, e parte fundamental da piada está no fato de que não há um espaço entre as duas regiões. Prosérpina é a deusa romana do mundo dos mortos; por isso, no mundo cristão da Idade Média, passou a ser associada aos diabos, e é assim que ela aparece nos mistérios medievais; que no fim surge como que a dançar uma mourisca, tipicamente realizada com sinetes amarrados nos tornozelos.

Pantagruel, depois de previamente implorar a ajuda do grande Deus salvador e de fazer oração pública em fervorosa devoção, por conselho do piloto agora segurava o mastro forte e firme, frei João estava só de gibão para ajudar os marujos. O mesmo faziam Epistemão, Ponócrates e os outros. Panurgo ficava só de traseiro colado à tilha, gemendo e chorando. Frei João percebeu isso quando passava pelo corredor e lhe disse: "Meu Deus, o bezerro Panurgo, o birrento Panurgo, o berrento Panurgo, você faz bem melhor dando uma mão aqui do que aí chorando que nem uma vaca, sentado nesses bagos, que nem um babuíno!

— Be be be bus, bus, bus (respondeu Panurgo), frei João, meu querido, meu paizinho, eu vou me afogar, me afogar, meu querido, vou me afogar! Já

François Rabelais

era para mim, meu pai espiritual, meu querido, já era. O seu bracamarte não pode me salvar. Eita, eita, estamos acima do lá, fora de toda escala! Bebe bus bus. Eita, que agora estamos abaixo da escala de dó. Vou me afogar! Ah, meu pai, meu tio, meu tudo. A água me entrou nos sapatos pelo cano. Bus, bus, bus, atchim, hu, hu, hu, ha, ha, ha, ha, ha. Vou me afogar! Eita, eita, hu, hu, hu, hu, hu, hu. Bebe bus, bus bobus, bobus, ho, ho, ho, ho, ho, eita, eita. Vou é plantar bananeira que nem árvore em forquilha, os pés em cima, a cabeça embaixo. Queira Deus que agora eu estivesse dentro das urcas dos bons e beatos pais concilípetas que hoje de manhã nós encontramos, tão devotos, tão gordos, tão alegres, tão tenros e tão graciosos, arre, arre, arre, eita, eita, essa vaga de todos os diabos (*mea culpa Deus*), eu digo que essa vaga de Deus vai afundar a nau! Eita, frei João, meu pai, meu querido: confissão! Me veja aqui de joelhos. *Confiteor*, sua santa bênção.

— Venha, seu enforcado do diabo (disse frei João), aqui nos ajudar, por trinta legiões de diabos, venha! Será que vem?

— Sem blasfêmia (disse Panurgo), meu pai, meu querido, neste momento. Amanhã vou aonde quiser! Arre, arre! Eita, nossa nau se encheu d'água. Vou me afogar! Eita, eita! Be be be be be bus, bus, bus, bus. Agora estamos no fundo. Eita, eita. Eu dou um milhão e oitocentos mil escudos de entrada para quem me jogar por terra, todo borrado e cagado que estou, se é que já teve algum homem na minha pátria de merda! *Confiteor*. Eita, uma palavrinha de testamento, ou codicilo pelo menos.

— Que mil diabos (disse frei João) pulem no corpo desse corno! Força de Deus, você fala de testamento a essa hora, no meio do perigo, quando é hora da virtude, ou nunca mais? Você virá, hein, diabo? Comitre, meu pequeno. Ah, o gentil contramestre, por aqui, Ginasta, aqui na ponta da popa. Estamos, juro por Deus, ferrados nessas lapadas! Olhe lá o nosso fanal extinto. Danou-se de vez, por todos os diabos!

— Eita, eita (disse Panurgo), eita, bu, bu, bu, bus. Eita, eita. Será que morrer aqui era nossa predestinação? Arre, meus bons, vou me afogar, vou morrer! *Consumatum est*. Já era para mim.

— Mimimi, mimimi (disse frei João), xô! Mas que feio esse chorão de merda! Grumete, eia, por todos os diabos, tome conta da bomba do porão. Está machucado? Deus é pai! Amarre numa das vergas, aqui, ali, pelo diabo, ai! Isso, meu filho!

— Ah, frei João (disse Panurgo), meu pai espiritual, meu querido, sem blasfêmia! Você está pecando. Eita, eita! Bebebebus, bus bus, vou me afogar, vou morrer, meus amigos! Eu perdoo o mundo todo. Adeus. *In manus*. Bus, bus, buuuuuus. São Miguel de Aure! São Nicolau, só dessa vez e nunca mais!

A vocês faço agora um voto e ao nosso Senhor, que, se me ajudarem contra este baque, ou seja, se me jogarem por terra longe deste perigo, eu vou edificar uma linda e enorme capelinha, ou até duas, entre Candes e Montsoreau, onde nem vaca nem boi jamais pastou. Eita, eita! Já me entraram pela boca mais de dezoito baldes, ou dois. Bus, bus, bus, bus. Como é amarga e salgada a água!

— Pela força (disse frei João) do sangue, da carne, da barriga, da cabeça! Se eu ouvir só mais um pouquinho essa caramunha, seu corno do diabo, eu vou lhe dar uns sopapos que nem lobo-marinho! Deus do céu, por que não o jogamos logo ao fundo do mar? Remador, meu gentil camaradinha, isso, queridão! Segure as pontas aí! Na verdade, aí está um clarão, um raio de verdade. Creio que todos os diabos foram desacorrentados hoje, ou que Prosérpina está em trabalho de parto. A diabada está só rebolando ao som das sinetas."

Capítulo 20

Como os marujos abandonam os navios
à força da tempestade

O título deste capítulo é bastante enganador, pois seguimos vendo o contraponto entre Panurgo e frei João; porém agora a oposição se amaina: por um lado, Panurgo pensa em penitências, como vaquinhas ou peregrinações; por outro, o severo João parece largar tudo assim que começa a beber. Essa recusa a dicotomias puras é típica do riso rabelaisiano, que não poupa ninguém. Curioso que neste capítulo o narrador reaparece enviesadamente, quando Panurgo se dirige a ele como "abstrator", como ele próprio se designara antes em Pantagruel *e* Gargântua.*

"Eu sou nulo" remete a Erasmo, Adágios, *1.3.44,* Nullus sum, *que atribui a Eurípides e Platão essa expressão em caso de perigo elevado. Os Cabiros são deuses gregos que protegiam os navegantes (associados aos Dióscuros), por isso o que seria "cabritada" como alimento já se torna antes, num jogo, "cabirotada". Acates é o companheiro fiel de Eneias nas batalhas e viagens da* Eneida *de Virgílio.*

Leitemoça é como traduzo talemousse, *um tipo de doce; porém no original talvez haja também um jogo com Talmont, onde havia uma abadia beneditina. Em Croullay havia um mosteiro franciscano. O doceiro Innocent, que teria uma tenda diante da Cave Pintada (cf. nota introdutória ao cap. 34 do Quinto livro) para fazer um celeiro, em Chinon, é figura desconhecida. Salmingondin é uma castelania que Pantagruel dá ao narrador Alcofribas Nasier no* Pantagruel, *porém dá também a Panurgo no Terceiro livro; a região tinha produção de caracóis/escargots. "Escandal" é decalque de minha parte para* scandal, *termo de origem provençal que designa a sonda marinha, mas que ecoa "escândalo". "Transpontino" também translitera a palavra* transpontin, *que ainda está em disputa por entendimento, podendo designar, a depender do intérprete, "rede", "almofada", "degrau", ou "pontezinha"; diante do seu caráter enigmático, optei por mantê-la.*

"Ah (disse Panurgo), você está pecando, frei João, meu velho chegado! Velho, digo, porque agora eu sou nulo, você é nulo. Me dói dizer isso. Porque acho que blasfemar desse jeito lhe faz um bem danado no baço, tal como a um lenhador traz imenso alívio a cada machadada gritar 'Han!' com toda a força, e como a um jogador de boliche mirificamente se alivia, quando jogou mal a bola, se alguém espirituoso se dobra e se contorce todo, de cabeça e corpo, meio que para o lado aonde a bola iria se tivesse sido bem jogada para acertar os pinos. Só que agora você está pecando, amigão. E se agora nós comermos um tipo de cabirotada, ficaríamos a salvo deste temporal? Eu li que em tempo de tempestade nunca tinham medo e sempre estavam a salvo os ministros dos deuses Cabiros, tão celebrados por Orfeu, Apolônio, Ferécides, Pausânias, Heródoto e Estrabão.

— Zoou de vez as ideias, disse frei João, esse pobre-diabo. Vá para mil e milhões e centenas de milhões de diabos esse corno cabaço, para o diabo! Ajude aqui em cima, Tigre! Será que ele vem? Aqui a bombordo! Pela cabeça de Deus, repleta de relíquias, que pai-nosso de macaco é esse que você enrola entre os dentes? Esse diabo de doido marinho é a causa da tempestade, e só ele não ajuda à chusma. Juro por Deus: se eu for aí, vou castigar você que nem um diabo tempesteiro! Aqui, marinheiro, meu peixe: segure firme, que eu faço um nó grego. Ah, meu bom grumete. Praza a Deus que você fosse abade em Leitemoça, e que o atual de lá fosse guardião de Croullay! Ponócrates, maninho, assim você vai se machucar! Epistemão, cuidado com a amurada, eu vi cair um raio aí!

— Pode içar!

— Falou e disse. Ice, ice, ice! Que venha o esquife! Ice! Por força de Deus, o que é isso? A ponta está despedaçada. Troem, diabos, peidem, arrotem, caguem! Merda para o vagalhão! Ele, por força de Deus, não conseguiu me levar sob a corrente! Creio que todos os milhões de diabos têm aqui o seu capítulo provincial, ou então disputam a eleição de um novo reitor!

— Babordo!

— Falou e disse. Cuidado com a polia, grumete, pelo diabo! Babordo! Babordo!

— Bebebebus, bus bus (disse Panurgo), bus, bus, bebe be bu bus. Vou me afogar! Já não vejo nem céu, nem terra. Eita, eita. De quatro elementos só nos resta aqui o fogo e a água. Bububus, bus, bus. Queira a digna força divina que neste momento eu estivesse no claustro de Seuilly, ou na doceria de Innocent, diante da Cave Pintada em Chinon, prestes a vestir o gibão para assar umas tortinhas! Meu bom homem, você sabe como me jogar por terra? Sabe tanta coisa boa, pelo que me disseram. Dou a você toda a Salmingondin e minha imensa escargoteria, se com o seu engenho eu encontrar terra firme! Eita, eita, vou me afogar! Sim, meus amiguinhos, porque, como não podemos abordar um bom porto, busquemos uma rada, sei lá onde. Lancem todas as âncoras! Vamos sair deste perigo, eu suplico! Amigo nosso,

Quarto livro

afunde o escandal e a chumbada, por favor! Vamos descobrir a fundura do abismo. Sonde, amigo nosso, amigo meu, por nosso Senhor! Vamos descobrir se dá pé para beber aqui, sem se agachar. Estou sentindo algo!

— A ostaga, ei (gritou o piloto), a ostaga! Mãos à driça! Recolha a ostaga! Os amantilhos! A ostaga! Olhe o pano! Ei, a amura, baixe a amura! Ei, a ostaga! De proa para a onda! Tire a barra! À capa!

— A que ponto chegamos?, disse Pantagruel. Que o bom Deus salvador nos ajude!

— À capa, ei, berrou Jamet Brahier, mestre piloto, à capa! Que cada um pense em sua alma e se ponha em devoção, sem esperar ajuda, além de um milagre dos céus!

— Façamos, disse Panurgo, um voto bem bonito, dos bons! Eita, eita, eita. Bu bu bebebus, bus, bus. Eita, eita, façamos uma peregrinação! É, é, cada um desembolsa uns bons mirréis. É!

— Aqui (disse frei João), por todos os diabos! A estibordo! À capa, em nome de Deus! Tire a barra, ei! À capa! À capa! Bora beber, ei! Digo do melhor, do mais estomacal. Está me ouvindo aí em cima, majordomo? Produza, exiba! E que isso vá a todos os milhões de diabos! Pajem, traga aqui em cima o meu atiça-sede (assim ele chamava o seu breviário)! Espere! tome aqui, amigão, assim, Deus do céu!, assim é que estronda e corisca de verdade! Aguente firme aí em cima, eu suplico! Quando é que vamos ter a festa de Todos os Santos? Creio que hoje é a infesta festa de todos os milhões de diabos!

— Ai (disse Panurgo), frei João está se danando a crédito! Ah, que aí eu perco um parceirão! Eita, eita, está pior que antes! Vamos de Cila para Caríbdis, afe, vou me afogar! *Confiteor*. Uma palavrinha de testamento, frei João, meu pai, senhor abstrator, meu querido, meu Acates, Xenômanes, meu tudo! Ai, vou me afogar, duas palavrinhas de testamento! Venha aqui neste transpontino."

Capítulo 21

Continuação da tempestade
e breve discurso sobre testamentos feitos no mar

Epistemão busca equilibrar as figuras de Panurgo e frei João com um discurso erudito: a primeira referência clássica é a Júlio César, Da guerra da Gália, *1.39, porém a partir do italiano, pois escreve* lances pesades *a partir de* lanza spezzata *("lança quebrada"); optei por manter o italianismo criando o termo "espezadas"; a segunda é a Esopo,* Fábulas, *81. Já a resposta de Panurgo faz um pastiche da* Odisseia, *canto 6, quando Odisseu chega nu às praias da Feácia e é encontrado por Nausícaa, filha do rei Alcínoo, e, por fim, faz uma longa lista de sepulturas grandiosas ou poéticas da Antiguidade, algumas míticas, outras literárias, outras históricas de fato, até chegar ao mundo contemporâneo, com o poema* Heruei cenotaphium, *que Germain de Brie, cônego de Notre-Dame, compôs em louvor a Hervé de Primauguet em 1512, quando este preferiu morrer a receber uma redenção dos ingleses. Por fim, a intervenção de Pantagruel é marcada por uma relação de fé e resignação: a salvação virá apenas se for vontade divina; isso é reforçado por citação de Mateus, 8:25 e 26:39. Depois temos um fim abrupto, quando esperávamos a palavra "céus" da boca de frei João; no próximo, teremos a fala de Pantagruel começando por "terra".*

Arionzinho remete ao mito grego de Aríon, que ao ser atacado por marujos, entoou magicamente com a lira uma canção, que atraiu golfinhos que o salvaram. O mito grego conta que Ixíon, por ter sido ímpio, por Zeus foi atado no Tártaro a uma roda de fogo com serpentes que girava sem parar.

O trecho em latim, Beatus uir qui non abiit, *é a abertura de* Salmos, *1:1, na tradução da* Vulgata: *"Bem-aventurado o homem que não anda segundo o conselho dos ímpios, nem se detém no caminho dos pecadores, nem se assenta na roda dos escarnecedores". O verso em latim depois citado pode ser assim traduzido: "A tempestade terrível turbou monte agudo de todo"; trata-se de um poema satírico dos próprios estudantes do colégio de Montaigu (ao pé da letra "monte agudo"), em Paris, contra seu diretor, chamado Pierre Tempeste, notório por sua severidade; assim, ele também poderia ser lido como "O terrível Tempeste puniu Montaigu por completo"; o verso é uma paródia de Horácio,* Epodos, *13.1:* horrida tempestas caelum contraxit et imbres. *Para deixar o jogo mais próximo, traduzi o nome por* Tempesta.

Quarto livro

335

"Fazer testamento (disse Epistemão) nessa hora em que devemos invirtuar e socorrer a nossa chusma, sob pena de naufrágio, me parece um ato tão importuno e inconveniente quanto aqueles lanças espezadas e queridos de César, que, ao entrarem na Gália, desperdiçavam seu tempo fazendo testamentos e codicilos, lamentando a própria sorte, chorando a ausência de suas mulheres e amigos romanos, quando por necessidade deviam era correr às armas e se invirtuar contra o adversário Ariovisto. Essa é uma bobajada igual à do carroceiro que, quando a carroça tombou numa vala, de joelhos implorava por auxílio de Hércules, sem tocar os bois, nem botar mãos à obra para levantar as rodas. De que adianta você fazer agora um testamento? Pois, ou escapamos ao perigo, ou vamos nos afogar. Se escaparmos, não vai adiantar de nada: testamentos não valem, nem são autorizados, senão pela morte dos testamenteiros. Se nos afogarmos, ele não vai se afogar conosco? Quem é que vai levá-lo até os executores?

— Uma bela vaga (respondeu Panurgo) vai jogá-lo na praia, que nem fez com Ulisses; e uma filha de rei, quando der seu rolê no sereno, vai encontrá-lo; depois mandará executar nos trinques e junto à praia vai ordenar que me erijam um magnífico cenotáfio, que nem fez Dido por seu marido Siqueu, Eneias por Deífobo na praia de Troia perto de Reto, Andrômaca por Heitor na cidade de Batroto, Aristóteles por Hérmias e Eubulo, os atenienses pelo poeta Eurípides, os romanos por Druso na Germânia e por Alexandre Severo, seu imperador na Gália, Marco Argentário por Calescro, Xenócrites por Lisídice, Tímares por seu filho Teleutágoras, Êupolis e Aristódice por seu filho Teótimo, Onestes por Tímocles, Calímaco por Sópolis, filho de Dioclides, Catulo por seu irmão, Estácio por seu pai, Germain de Brie por Hervé, o marinheiro bretão.

— Surtou (disse frei João)? Venha ajudar, em nome de quinhentos mil milhões de carradas de diabos, ajude, que um cancro lhe venha no bigode, e três rasas de angonaias, o bastante para lhe render uma calça e uma braguilha nova! Nossa nau por acaso encalhou? Pela força de Deus, como é que vamos rebocar? Aqui temos o baque de todos os diabos no mar? Não vamos escapar nunquinha, ou então me entrego a todos os diabos!" Então se ouviu uma piedosa exclamação de Pantagruel, dizendo a plenos pulmões: "Senhor, salva-nos! Que perecemos. Todavia, não seja como eu pretendo. Mas seja feita a tua santa vontade!

— Deus (disse Panurgo) e a bendita Virgem estejam conosco! Afe, arre, vou me afogar! Bebebebus, bebe bus, bus. *In manus*. Deus de verdade, envia-me um golfinho para me salvar por terra, que nem um lindo Arionzinho. Eu vou tocar bem a harpa, se ela não se decompôs.

— Me entrego a todos os diabos (disse frei João)...

(— Deus esteja conosco, dizia Panurgo entre dentes.)

— ... se eu descer aí, vou lhe mostrar por evidência que seus colhões pendem no cu de um bezerro chifrudo, cornudo e corneado! Buá, buá, buá. Venha aqui nos ajudar, seu bezerro chorão, por trinta milhões de diabos, que lhe saltem no corpo! Vem ou não vem? Seu bezerro marinho! Ugh! Que chorão mais asqueroso! Não sabe dizer outra coisa? É, meu alegre atiça-sede, avante, vou penteá-lo a contrapelo. *Beatus uir qui non abiit*. Sei isso tudo de cor e salteado. Vejamos a lenda de São Nicolau:

Horrida tempestas montem turbauit acutum.

Tempesta foi um grande açoitador de estudantes no colégio de Montaigu. Se por açoitar os pobres pequeninos estudantes inocentes os pedagogos são danados, então, juro por minha honra, ele deve estar na roda de Ixíon, açoitando o cachorro castrado que a fica girando; se, por açoitar crianças inocentes, são salvos, ele deve estar acima dos..."

Capítulo 22

Fim da tempestade

O capítulo começa como que interrompendo a fala de frei João que termina o anterior. Ao fim da tempestade, continuam os termos técnicos e os jogos de palavras, com uma reflexão sobre o medo da morte na boca de Pantagruel, representado sabiamente e também dando fim à disputa.

Transmontana é o norte, designa então a Estrela Polar; o Siroco é o vento sudeste mediterrâneo, o que o torna impossível numa leitura realista. O termo celeuma aqui está sendo usado em seu sentido romano para celeusma: como um canto ou brado do capitão aos remeiros. Mixarcágeta era, segundo Plutarco, Morais, 4, o nome que os habitantes de Argos chamavam ao deus Castor, que com seu irmão Pólux era patrono dos navegantes, ambos irmãos de Helena de Troia. O que hoje é conhecido como fogo de Santelmo, fogo de São Nicolau e fogo de Santa Bárbara, um acontecimento eletrostático nos mastros dos navios, eram chamados antigamente Castor, Pólux e Helena; se aparecessem dois, era considerado bom sinal; se os três, mau augúrio.

A fala final de Pantagruel faz referência a várias passagens clássicas: o ataque de Aquiles a Agamêmnon está em Ilíada, 1.225 ss. A questão do temor à morte aponta para Platão, Apologia de Sócrates, 40, mas também ecoa Cícero, Tusculanas, 1.8; o lamento de Eneias está em Virgílio, Eneida, 1.94 ss., que por sua vez ecoa Odisseia, 5.299 ss. Logo depois de "perecer no mar", na edição de 1548 lia-se: "A razão apresentada pelos pitagóricos é que a alma é fogo e de substância ígnea, então, quando o homem morre na água (elemento contrário), a alma é totalmente extinta". O trecho deve ter sido retirado para evitar mais censuras da Sorbonne.

"Terra, terra, gritou Pantagruel, terra à vista! Molecada, coragem de cordeiro! Não estamos longe do porto. Já vejo o céu do lado da Transmontana, que começa a desanuviar. Atenção ao Siroco!

— Coragem, rapaziada, disse o piloto, a corrente refluiu. Ao joanete da gávea! Ice, ice! Aos traquetes da contramezena! O cabo do cabrestante! Vire, vire, vire! Mãos à driça! Ice, ice, ice. Plante a barra do leme! Força no cordame! Prepare as amuras. Prepare as escotas! Prepare as bolinas! Amura

a babordo! A barra ao vento! Amarre a escota de estibordo, seu filho de uma quenga!

(— Você agora está de boas, homem de bem, disse frei João ao marujo, depois de ouvir notícias da mamãe.)

— Acerte o ló! De perto em plena! Aprume a barra!

(— Aprumada, responderam os marujos.)

— Talhe via! Aponte a proa ao cais! Às portuchas. Que vamos amurar o cutelo. Ice, ice!

— Falou e disse, dizia frei João. Alto, alto, alto, molecada, com cuidado! Bom! Ice, ice!

— A estribordo!

— Falou e disse. A borrasca parece chegar ao momento crítico e terminar em boa hora. Louvado seja Deus, portanto! Nossos diabos já começaram a se empirulitar daqui.

— Lasseie!

— Falou com estofo! Lasseie, lasseie! Aqui, por Deus! Gentil Ponócrates, seu sacana poderoso! Vai fazer só filho homem, esse safado! Êustenes, charmosão! Ao traquete da proa!

— Ice, ice!

— Falou! Ice, por Deus, ice, ice!

— Eu nem ouso ter medo, porque hoje é feriado mundial. Natal, Natal, Natal.

(— Essa celeuma, disse Epistemão, vem bem a calhar; curti.)

— Feriado mundial.

— Ice, ice! Bom!

— Ah, bradou Epistemão, ordeno que todos esperem. Porque estou vendo Castor à direita.

— Be be bus bus bus, disse Panurgo, estou morrendo de medo que seja Helena, a safada!

— Na verdade, respondeu Epistemão, é Mixarcágeta, se preferir a denominação dos argivos. Ei, ei. Terra à vista, porto à vista, muita gente no porto à vista! Fogo sobre um obeliscolícnio à vista.

— Ei, ei (disse o piloto), dobre o cabo, e os baixios!

— Dobrado, responderam os marujos.

— Lá vai ela, disse o piloto, e também as do comboio. Graças ao bom tempo.

— São João, disse Panurgo, isso é que é falar! Que belas palavras!

— Buá, buá, buá, disse frei João, se provar só uma gotinha, que o diabo me deguste! Ouviu, seu colhudo do diabo? Tome aqui, meu amigo, um tankard cheinho com o mel do melhor. Traga os canecos, ei, Ginasta, e aquele baita patê iâmbico, ou seria friâmbico? Dá no mesmo. Se ligue para não tropeçar!

— Coragem (gritou Pantagruel), coragem, rapaziada! Sejamos corteses. Vejam aqui perto da nossa nau dois laúdes, três saveiros, cinco chalupas, oito botes, quatro gôndolas e seis fragatas enviadas em nosso auxílio pela boa gente desta ilha próxima. Mas quem é esse Ucalegonte ali embaixo, que tanto berra e se desespera? Eu não mantive por acaso a árvore firme nas mãos, mais firme do que duzentos calabres?

— É (respondeu frei João) o pobre-diabo do Panurgo, que tem a febre do bezerro. Está todo tremendo de medo quando está de fogo.

— Se (disse Pantagruel) medo ele teve nesta horrenda tormenta e riscoso fortunal, contanto que no mais se tenha invirtuado, não vou lhe estimar nem um fio de cabelo a menos. Pois, assim como o pavor a toda hora é índice de um coração tosco e covarde, tal como fazia Agamêmnon, e por isso Aquiles dizia ignominiosamente em seus reproches que ele tinha olhos de cão e coração de cervo, do mesmo modo não ter pavor quando o caso é notoriamente temerário é sinal de pouca ou nenhuma inteligência. Ora, se tem uma coisa a temer nesta vida, depois da ofensa a Deus, não vou dizer que seja a morte. Não vou entrar na disputa de Sócrates e dos acadêmicos de que, se a morte não é por si mesma má, a morte não deve em si mesma ser temida. Falo dessa morte específica por naufrágio ser ou não ser temível. Pois, tal como reza a sentença de Homero, coisa grave, absurda e desnaturada é perecer no mar. De fato, Eneias, em meio à tempestade em que foi surpreendido o comboio dos seus navios perto da Sicília, se arrependeu por não ter morrido nas mãos do forte Diomedes e disse que eram três ou quatro vezes afortunados aqueles que morreram na conflagração de Troia. Aqui, ninguém morreu. Deus salvador seja eternamente louvado! Mas realmente vejo que está mesmo tudo uma zorra. Bom. Vamos ter que consertar os estragos. Cuidado para não embarrancarmos!"

Capítulo 23

Como, ao fim da tempestade,
Panurgo paga de bom companheiro

*Como bom covarde, Panurgo, agora em segurança, se torna falastrão e vaido-
so. Em contraponto, temos a intervenção sábia de Epistemão, que sugere coopera-
ção, algo que retoma a fala de Pantagruel antes da batalha, em* Pantagruel, *cap. 19.*
   *O estafeta de São Martinho é o diabo, que é sempre representado seguindo-o
a pé. A injunção a andar perto do mar e navegar perto da terra vem de Erasmo, Adágios, 1.2.91. Há algo estranho na aparição de Epistemão, que em francês escuta o
discurso de Pantagruel, quando seria de se esperar que fosse o de Panurgo, que acabou de falar; optei por manter o lapso textual em tradução. Na sua fala, ele usa a
raiz de "cooperar" e "cooperador", que traduzo o que costumamos ver como "ope-
rários" ou "ajudantes" no Novo Testamento na* Vulgata *e nas traduções em português (Rabelais segue a chave de Erasmo, portanto); além disso, ele também evoca
dois historiadores romanos: Tito Lívio,* História de Roma, *22.5, e Salústio,* Conspiração de Catilina, *52.29.*
   Frei João nos lembra do combate narrado em Gargântua, *cap. 27, em que ele
enfrenta sozinho vários inimigos do exército de Picrócolo e os derrota, enquanto os
outros monges rezam* contra hostium insidias, *que significa "contra as insídias dos
inimigos".*
   *Panurgo fala das nove alegrias do casamento, porém uma famosa obra satíri-
ca do séc. XV se intitula* Les quinze joyes de mariage *(As quinze alegrias do casamento), dando um número ainda maior, se bem que menos cabalístico. A frase final
do capítulo ecoa François Villon:* je ne craignois que les dangiers. *Guilherme sem
Medo, figura de canções de gesta, é mencionado no Prólogo do* Pantagruel.

"Ha, ha (gritou Panurgo), tudo está na maior! A borrasca passou. Peço
agora o favor de desembarcar primeiro. Queria muito cuidar dos meus negócios. Ou será que ainda preciso ajudar aí? Passe a corda, que eu vou enrolar. Tenho coragem de sobra, viu? E medo, quase nada. Passe isso para cá,
queridão! Não, não, nem um pinguinho de medo. Na real, aquela vaga d'escúmana, que varreu de proa a popa, me altera a artéria um pouco.

Quarto livro   341

— Baixar vela!

— Falou e disse! Como é que você não está fazendo nada, frei João? Isso lá é hora de tomar umas? Como é que vamos saber se o estafeta de São Martinho ainda não vem nos abraçar em nova borrasca? Quer ajuda aí? Sangue de beudo poder! Eu me arrependo sim, mas é tarde, e não segui a doutrina dos bons filósofos, que afirma que passear junto ao mar e navegar junto à terra é coisa das mais seguras e deleitosas, que nem andar a pé quando o cavalo está na brida. Ha, ha, ha, por Deus, tudo está na maior! Ajudo aí então? Passe isso para cá, que eu capricho! Ou então o diabo se intromete."

Epistemão estava com uma mão inteira estropiada e ensanguentada por ter segurado com grande violência uma das gúmenas e, ao ouvir o discurso de Pantagruel, disse: "Meu senhor, pode acreditar que eu tive medo e pavor, e não menos que Panurgo. Mas quê? Não poupei na ajuda. Considero que, se realmente morrer é (como é mesmo) fatal e inevitável necessidade em tal ou tal hora, de tal ou tal jeito morrer está na santa vontade de Deus. Portanto, convém incessantemente implorar, invocar, rogar, requerer, suplicar. Só que não devemos fazer disso o alvo e a meta; da nossa parte, o certo é igualmente nos invirtuarmos e, como diz o Santo Enviado, sermos cooperativos com ele. O senhor sabe o que disse o cônsul Caio Flamínio, quando, por astúcia de Aníbal, fora encerrado junto ao lago de Perúsia chamado Trasimeno: 'Jovens (disse aos seus soldados), não devemos esperar sair daqui só com votos e súplicas aos deuses. Com força e virtude é que convém escapar e abrir caminho ao fio da espada, em meio aos inimigos!'.

Também, em Salústio: 'A ajuda (disse Marco Pórcio Catão) dos deuses não se impetra por votos ociosos, por lamentos mulíebres. É vigiando, trabalhando, se invirtuando que todas as coisas se dão a contento e bom porto. Se na necessidade e no perigo o homem é negligente, evirado e preguiçoso, em vão implora aos deuses. Eles ficam irritados e indignados'.

— E eu me entrego ao diabo (disse frei João)...

— E eu vou pela metade (disse Panurgo).

— ... se o claustro de Seuilly não foi completamente vindimado e destruído, se eu não cantei *contra hostium insidias* (assunto de breviário) que nem faziam aqueles monges do diabo sem ajudar à vinha a golpes do meu pau da cruz contra os saqueadores de Lerné.

— Que vogue a galera (disse Panurgo), tudo está na maior! O frei João não faz nada aí. Ele se chama frei João fez-não e me encara aqui suando e trampando para ajudar esse homem de bem, Marujo, o primeiro com esse nome. Nosso amigo, oh. Duas palavrinhas, sem ofensa. Qual é a espessura das tábuas desta nau?

— Têm (respondeu o piloto) uns dois bons dedos de espessura: não precisa ter medo.

— Força de Deus (disse Panurgo), estamos então sempre a dois dedos da morte! Seria essa uma das nove alegrias do casamento? Ah, nosso amigo, você faz bem ao medir o perigo em varas de medo. Quanto a mim, não tenho nadinha. Eu me chamo Guilherme sem Medo. Coragem eu tenho para dar e vender. Não estou falando de coragem de cordeiro. Falei da coragem de lobo, confiança de assassino. Não tenho medo de nada, além dos perigos."

Capítulo 24

Como, por frei João, Panurgo é declarado um medroso sem causa durante a borrasca

Este capítulo mostra como Panurgo é capaz de ludibriar o próprio voto feito a São Nicolau durante a tempestade, o que acaba revelando duplamente sua covardia e filáucia. Isso se dá na piada final e demanda explicação: sobre a inexistência de uma região entre Candes e Montsoreau, cf. nota introdutória ao cap. 19, ou seja, somos lembrados de que não existe um local possível para a capela. Já a própria palavra chappelle *em francês designava tanto "capela" quanto "alambique", que aqui é usado para produzir perfumes, eliminando assim a realização da promessa ao santo (em português, uma acepção de capela que reforça a imagem é a de compartimento de laboratórios de química para reações e desprendimento de vapores tóxicos). Daí vem o adágio lombardo que encerra o capítulo, traduzido na Breve declaração.*

A referência bíblica a Adão e à maldição do labor humano estão presentes em Gênesis, 3:19. As histórias de Anacársis são tiradas de Erasmo, Apotegmas, 7.13 e 15; a de Catão vem de Plutarco, Catão, 9.6. O termo "adiantos" vem do grego ἀδίαντος, *com o sentido de "impermeável", que de fato designava a planta em latim conhecida como* capillus-veneris, *comumente chamada avenca ou cabelo-de-vênus; por causa de sua resina, essa planta não retém água na superfície.*

"Bom dia, senhores, disse Panurgo, bom dia a todíssimos! Vocês estão todíssimos bem, graças a Deus e a vocês? Bora desembarcar. Remeiros, joguem a prancha, acheguem esse esquife! Será que eu ainda preciso ajudar aí? Estou numa fome de cão e lobo de tanto trampo e trabalho, que nem quatro bois! Nossa, que lugar bonito, que gente bacana! Rapaziada, ainda precisam da minha ajuda? Não poupem o suor do meu corpo, pelo amor de Deus. Adão é o homem, nasceu para o labor e o trabalho, tal como o pássaro para o voo. É o que deseja o nosso Senhor, entenderam? Que a gente coma nosso pão no suor dos nossos corpos, e não sem fazer nada, que nem esse monge maltrapilho que vocês estão vendo aí, o frei João, que bebe e se borra de medo. Que dia lindo! A essa hora, vejo como é verdadeira e bem fundamentada a resposta do nobre filósofo Anacársis, quando, ao ser perguntado sobre qual navio lhe parecia mais seguro, respondeu: 'o que estiver no porto'.

— Melhor ainda, disse Pantagruel; quando foi perguntado sobre qual seria o número maior, o de mortos ou de vivos, replicou: 'Em qual grupo vocês contam os que navegam no mar?', sutilmente sugerindo que navegar no mar está tão perto do contínuo risco de vida, que vive morrendo e morre vivendo. Assim Pórcio Catão dizia que só se arrependeria de três coisas, a saber: se revelasse um segredo a alguma mulher, se passasse um só dia em ócio, se navegasse até um lugar acessível por terra.

— Pelo digníssimo hábito que estou vestindo, disse frei João a Panurgo, meu querido colhão, durante a tempestade você morreu de medo sem causa e sem motivo. Porque o seu destino fatal não é perecer na água. Na certa é nos ares que vai ser bem pendurado, ou queimado vivo feito um padre. Senhor, quer uma boa capa de chuva? Deixe aqui esses mantos de lobo e texugo. Mande esfolar Panurgo e cubra-se com a pele dele. Não chegue perto do fogo, nem passe na frente das forjas dos ferreiros, por Deus! Num instantinho você a veria virar cinzas. Mas à chuva você pode se expor quanto quiser, à neve, ao granizo. Sério, por Deus, pode mergulhar em águas profundas, que não vai nem se molhar. Use como botas de inverno: nunca vão se encharcar. Use como boias para ensinar a gurizada a nadar: vão aprender sem perigo.

— Essa pele, disse Pantagruel, seria então que nem a erva chamada cabelo-de-vênus, que nunca fica molhada ou úmida; sempre está seca, mesmo no fundo da água, quanto quiser. Por isso é chamada *adiantos*.

— Panurgo, queridão, disse frei João, nunca tenha medo de água, eu lhe peço. Por elemento contrário é que a sua vida vai se encerrar.

— Certo (respondeu Panurgo). Mas os cozinheiros dos diabos deliram vez por outra e avacalham com o seu ofício, assim acabam por ferver o que deviam assar, que nem na cozinha aqui os mestres-cucas sempre lardeiam perdizes, torcazes e pombos com o intuito (bem verossimilhante) de botá-los para assar. Acontece porém que botam para ferver as perdizes com repolho, as torcazes com alho-poró e os pombos com nabos.

Escutem aí, amizades. Dou testemunha diante desta nobre companhia pois a capela consagrada ao senhor São Nicolau, entre Candes e Montsoreau, afirmo, que é uma capela de água de rosas, onde nem vaca nem boi jamais pastou, nem pastará. Porque eu vou jogá-la no fundo da água!

— Olhem só, disse Êustenes, que chique! Olhem que chique: chique e meio! Está confirmado o provérbio lombardo: *Passato el pericolo, gabato el santo*."

Quarto livro

Capítulo 25

Como, depois da tempestade, Pantagruel desembarcou na ilha dos Macréones

Na edição de 1548, este capítulo (com o número 11) encerrava a obra com as doações dos pantagruelistas, que aparecem aqui no primeiro parágrafo, com as seguintes palavras: Vraye est quia plus n'en dict *("A verdade então é que mais não se diz"). Na verdade, em sua versão completa ele é um dos capítulos centrais do livro, por dar à viagem e à tempestade um valor iniciático e até transcendental ao mesmo tempo que se volta sobre a memória das civilizações mortas. Sua graça parte de um jogo de sonoridade entre macréones (μακραίων), "os que vivem muito" (a partir do termo grego "éon", já dicionarizado) e a ilha dos Bem-aventurados (μακάρων νήσοι, pronuncia-se mácaros). Mas o que vemos aqui, além da longevidade dos povos, é talvez uma espécie de cemitério dos povos antigos, que perduram entre ruínas, pirâmides, obeliscos e inscrições em algumas línguas. A língua jônica, falada pelo velho e também servindo para dar nomes como "macróbio", bem como sua escrita, aqui designa o grego clássico. Parte da ideia é tirada da descrição de um povo macróbio nas* Argonáuticas órficas, *vv. 1.107-18, e em Plínio,* História natural, *7.27, que os aborda como um povo etíope.*

Panurgo faz uma série de trocadilhos em sua fala: ele associa o termo macreon *com* maquerelle *(ligado a* maquereau, *"cafetão") para depois falar da ilha Maquerelle, apelido da atual ilha dos Cisnes, local que devia ter esse nome por abrigar prostíbulos. Para tentar recriar o jogo sonoro, vinculei "macréones" com "uMA CÁFten", "MÁ CAFetinagem" e seus derivados. É nesse espírito de piada e machismo que a pesca de ostras ganha seu sentido sexual, expressão que pode indicar vulvas, cunilíngua e prostitutas em Rabelais.*

Bem nessa hora, desembarcamos no porto de uma ilha chamada ilha dos Macréones. O povo bom daquele lugar nos recebeu com toda a honra. Um velho macróbio (assim chamavam ao mestre escabino) quis levar Pantagruel à casa comum da cidade para descansar à vontade e tomar uma refeição. Mas ele não quis sair do molhe antes de todos os seus estarem em terra. Depois de fazer a revista, mandou que cada um trocasse de roupa e que todas as provisões das barcas fossem trazidas por terra, para que toda a chus-

Quarto livro   347

ma se refestelasse. Coisa que foi de pronto feita. E só Deus sabe o quanto se bebeu e rangou! Todo o povo do lugar aportava víveres em fartura. Os pantagruelistas lhes davam ainda mais. A verdade é que o estoque deles estava um pouco escangalhado por causa da tempestade precedente. Terminado o repasto, Pantagruel pediu para cada um seguir ao seu ofício e dever para reparar o estrago. O que fizeram, empolgadaços. O reparo era fácil para eles, porque todo o povo da ilha era de carpinteiros e todos artesãos, que nem vocês podem conferir no arsenal de Veneza; e a ilha grande era habitada só em três portos e dez paróquias, sendo o resto macaias de alto fuste e desertas, que nem a floresta de Ardennes.

A nosso pedido, o velho macróbio mostrou o que havia de notável e insigne na ilha. E na floresta umbrosa e deserta revelou vários antigos templos arruinados e vários obeliscos, pirâmides, monumentos e sepulcros antigos, com inscrições e epitáfios diversos. Uns em hieróglifos e outros em língua jônica, outros em árabe, agareno, eslavo, e outras línguas. Epistemão os copiou cuidadosamente. Enquanto isso, Panurgo disse a frei João: "Aqui é a ilha dos Macréones, *macraeon* em grego significa velhote, um homem que tem anos demais.

— E o que você quer (disse frei João) que eu faça? Quer que me desfaça deles? Eu não estava aqui quando o país foi batizado!

— Por falar nisso (respondeu Panurgo), acho que o nome de má cafetina vem daí, porque a má cafetinagem cabe só às velhas, e às jovens cabe a rebolagem. Por isso, seria mesmo de se pensar que aqui foi a ilha de Macáften, original e protótipo daquela de Paris. Bora pescar ostra na concha!"

O velho macróbio em língua jônica perguntava a Pantagruel como e de que maneira e labor eles tinham abordado o porto bem no dia em que houvera uma perturbação aérea e tempestade marinha tão espantosa. Pantagruel lhe respondeu que o excelso Salvador lançara seu olhar sobre a simplicidade e sincera afeição dos seus, que não estavam viajando por lucro ou comércio de mercadorias. A una e única causa que os tinha lançado ao mar, a saber, era o estudioso desejo de ver, aprender, conhecer, visitar o oráculo de Bacbuc e ouvir a palavra da Garrafa a respeito de algumas dificuldades propostas por um membro da companhia. No entanto, não foi sem grande aflição e evidente perigo de naufrágio. Depois lhe perguntou qual lhe parecia ser a causa desse assombroso fortunal, e se os mares adjacentes daquela ilha costumavam ser assim sujeitos a tempestades, tal como no mar Oceano são Ratz-Saint-Matthieu, Maumusson, e no mar Mediterrâneo o golfo de Antália, monte Argentário, Piombino, cabo Maleia na Lacônia, o estreito de Gibraltar, o canal de Messina e outros.

Capítulo 26

Como o bom macróbio conta a Pantagruel
sobre a morada e decesso dos heróis

Este capítulo e o próximo, com sua reflexão sobre a morte e os acontecimentos exteriores, apesar de se basearem em Plutarco, Da desaparição dos oráculos, 419e-420f (com a devida adaptação ao pensamento cristão), e nas cartas de Marsilio Ficino sobre a morte de Lourenço de Médici, funcionam na verdade como um sepulcro em louvor de Guillaume du Bellay (1491-1543), patrono de Rabelais (que o servia como médico pessoal), senhor de Langey, embaixador e intelectual francês de grande importância e irmão do poeta Joachim du Bellay. De fato, a situação da França piorou muito a partir de 1544, um ano após a morte de Du Bellay, com a aliança de Henrique VIII e Carlos V contra as forças de Francisco I. Vale lembrar que demônios aqui designam dáimones, *espécies de numes no mundo grego antigo, que nada têm a ver com o demônio no imaginário cristão; do mesmo modo, heróis designa aqueles que estão entre os humanos e os deuses, em geral por seus feitos em vida.*

Essas Espórades que não se situam na Grécia parecem ser as ilhas do Canal, ou Anglo-Normandas. Anquises, pai de Eneias, morre em Virgílio, Eneida, *livro 3; a história de Herodes é narrada no Novo Testamento em Atos, 12-3. Dião da Niceia é Dião Cássio, e essa história de Tibério é tirada de Erasmo,* Adágios, *1.3.80:* Ne mortuo terra misceatur incendio.

––––––

Então respondeu o bom macróbio: "Meus caros peregrinos, aqui é uma das ilhas Espórades, não das Espórades de vocês, que ficam no mar de Cárpatos, mas das Espórades do oceano, outrora rica, frequentada, opulenta, comercial, populosa e submissa ao dominador da Bretanha. Agora, com tal lapso de tempo e o declínio do mundo, pobre e deserta, como vocês estão vendo. Nesta obscura floresta que vocês podem ver, longa e ampla a mais de setenta e oito mil parasangas, é a morada de demônios e heróis. Que envelheceram. E acreditamos, agora que não mais reluz o cometa que nos apareceu por três dias consecutivos inteiros, que ontem se foi mais um. Com o falecimento dele, agitou-se uma terrível tempestade que vocês padeceram. Pois quando eles vivem, todo bem abunda neste lugar e nas outras ilhas vi-

zinhas, e no mar há bonança e serenidade contínua. Com o falecimento de algum deles costumeiramente ouvimos na floresta longas e lastimáveis lamentações e vemos na terra pestes, *uis maior* e aflições: no ar perturbações e trevas, no mar tempestade e fortunal.

— Faz sentido (disse Pantagruel) o que está dizendo. Pois, tal como a tocha ou a vela por todo o tempo enquanto vive e arde, também reluz e ajuda, aclara tudo em volta, deleita a todos e a todos expõe seu serviço e sua claridade, não causa mal ou desprazer para ninguém. No instante em que se extingue, com sua fumaça e evaporação infecta o ar, ofende aos presentes e a todos despraz. O mesmo acontece com essas almas nobres e insignes. Todo o tempo enquanto habitam seus corpos, sua morada é pacífica, útil, deleitosa, honrável; na hora do decesso, geralmente chegam pelas ilhas e continente grandes perturbações no ar, tremulações, oscilações; no mar, fortunal e tempestade, com lamentos dos povos, mudanças de religiões, moções de reinos e eversões de repúblicas.

— Nós (disse Epistemão) já experimentamos algo assim na perda do valoroso e culto cavaleiro Guillaume du Bellay, durante cuja vida a França esteve numa tal felicidade, que o mundo todo tinha inveja, com ela o mundo todo se aliava, o mundo todo a receava. Súbito, depois de seu falecimento, ela caiu em desprezo de todo o mundo por longo tempo!

— Assim (disse Pantagruel) que morreu Anquises em Drépano, na Sicília, a tempestade gerou terrível tormento a Eneias. É porventura a causa por que o tirano Herodes, cruel rei da Judeia, ao se ver próximo de uma morte horrível e assombrosa por natureza (já que morreu de ftiríase, comido por vermes e piolhos, tal como antes morreram Lúcio Sula, Ferécides de Siro, preceptor de Pitágoras, o poeta grego Álcman e outros) e ao prever que com sua morte os judeus fariam fogueiras de alegria, mandou virem de todas as cidades, burgos e castelos da Judeia todos os nobres e magistrados até o seu serralho, sob o fraudulento pretexto de pretender lhes comunicar coisas da maior importância para o regime e defesa da província. Quando compareceram em pessoa, ele mandou cerrar o hipódromo do serralho. Depois disse à irmã Salomé e ao marido dela, Alexandre: 'Estou certo de que, com a minha morte, os judeus se regozijarão, mas se vocês me ouvirem e executarem o que vou dizer, as minhas exéquias serão honradas, e farão lamento público. No instante em que eu falecer, mandem os arqueiros da minha guarda, aos quais já dei expressa comissão, matarem todos esses nobres e magistrados aqui encerrados. Assim fazendo, toda a Judeia a contragosto há de fazer luto e lamento, e aos estranhos vai parecer que foi por causa do meu falecimento, como se alguma alma heroica tivesse partido'. O mesmo pretendia um desesperado tirano que disse: 'Quando eu morrer, que a terra se misture ao fogo, ou seja, pereça todo mundo'. Essas palavras Nero, aquele danadinho, mudou dizendo 'enquanto eu viver', segundo atesta Suetônio. Essa frase detestável da qual falam Cícero, livro 3, *De finibus*, e Sêneca, livro 2, *De clementia*, é por Dião da Niceia e a Suda atribuída ao imperador Tibério."

Capítulo 27

Como Pantagruel raciocina
sobre o decesso das almas heroicas,
e dos prodígios espantosos que precederam
o falecimento do finado senhor de Langey

O capítulo continua o sepulcro de Guillaume du Bellay e retoma acontecimentos narrados no Terceiro livro, *cap. 21. Para entender parte do argumento sobre a morte e os presságios, é preciso lembrar que a escolástica entendia que os espíritos poderiam realizar pequenos acontecimentos antinaturais, embora o milagre completo pertença apenas a Deus. Screech faz uma suposição interessante: como Rabelais estava sob o patronato de Jean du Bellay no período de escrita do* Quarto livro, *podemos imaginar que o autor leu em primeira mão e de modo privado os dois capítulos para o patrono, mostrando como teria conseguido desvelar sentidos obscuros de Plutarco como intimações à imortalidade, a partir da morte do irmão Guillaume du Bellay.*

Rabelais usa dois dos Adágios de Erasmo: 1.5.56, Theta praefigere, *sobre o uso de letras gregas nos julgamentos; e 1.2.26, sobre a catástrofe na comédia, com o sentido de terceira parte, quando ocorre uma peripécia. As hamadríades são as ninfas gregas das árvores; Calímaco, no* Hino a Delos, *descreve uma delas preocupada com sua árvore que foi atingida. Átropos é o nome de uma das Parcas que fiam o destino do mundo.*

"Eu não queria (disse Pantagruel continuando) não ter padecido essa tormenta marinha que tanto nos avexou e perturbou e depois não poder ouvir o que nos disse o bom macróbio. Inclusive, me sinto facilmente induzido a crer que ele nos falou do cometa visto no ar alguns dias prévios desse decesso. Pois algumas almas assim são tão nobres, precisas e heroicas, que, quando de seu desalojamento e falecimento, nós recebemos dos céus um sinal alguns dias antes. E tal como o prudente médico, ao ver nos signos prognósticos o seu doente entrar em curso de morte, alguns dias antes advertiu a esposa, filhos, pais e amigos do iminente passamento do marido, pai ou parente, mó de, no restinho de tempo que ele tem por viver, eles o aconselhas-

352   François Rabelais

sem a botar em ordem sua casa, a exortar e abençoar os filhos, a recomendar a viuvez da esposa, a declarar o que souber ser necessário ao cuidado dos pupilos, para que assim não fossem pela morte surpreendidos sem testamentar e botar em ordem sua alma e sua casa; do mesmo modo os céus benévolos, como que alegres pela nova recepção dessas beatas almas, antes de seu passamento parecem fazer fogueiras de alegria por meio desses cometas e aparições meteóricas, que os céus querem que sirvam aos humanos como prognóstico certo e verídica predição de que dentro de poucos dias essas veneráveis almas devem deixar seus corpos e a terra. Nem mais nem menos que outrora em Atenas os juízes areopagitas, ao votarem sobre o julgamento de prisioneiros criminais, usavam de certas notas segundo a variedade das sentenças: por Θ designavam condenado à morte; por T, absolvição; por Λ, ampliação, a saber, quando o caso ainda não estava liquidado. Publicamente expostas, elas evitavam a comoção e as conjeturas de parentes e amigos e outros curiosos de saber qual seria o resultado e o julgamento dos malfeitores detidos na prisão. Assim, com esses cometas como que por notas etéreas, os céus dizem tacitamente: 'Homens mortais, se dessas abençoadas almas quiserem saber, aprender, entender, conhecer, prever alguma coisa tocante ao bem e utilidade pública ou privada, corram para se apresentar perante elas e delas ter respostas. Pois o fim e a catástrofe da comédia se aproxima. Terminado isso, em vão vocês vão se arrepender'.

E tem mais. É para declarar que a terra e os povos terrestres não são dignos da presença, companhia e fruição dessas insignes almas, que assustam e aterram com prodígios, portentos, monstros e outros sinais prévios formados contra qualquer ordem natural. O que vimos muitos dias antes da partida dessa tão ilustre, generosa e heroica alma do culto e valoroso cavaleiro de Langey, do qual você falou.

— Eu me lembro (disse Epistemão) e ainda agora me arrepia e palpita o coração dentro de sua cápsula, quando penso nos prodígios vários e espantosos que vimos claramente cinco ou seis dias antes da partida dele. De jeito que os senhores de Assier, Chermant, Mailly-le-Borne, Saint-Ayl, Villeneuve-la-Guyart, mestre Gabriel, médico de Savillan, Rabelais, Cohuau, Massuau, Majorici, Bullou, Cercu, chamado burgomestre, François Proust, Ferron, Charles Girard, François Bourré e muitos outros amigos, íntimos e servos do defunto, todos apavorados se olhavam uns aos outros em silêncio sem dizer palavra da boca, só pensando e prevendo em suas mentes que em breve seria a França privada de um tão perfeito e necessário cavaleiro à sua glória e proteção, e que os céus o reivindicavam como se fosse devido a eles por propriedade natural.

Quarto livro

— Pela barra do hábito (disse frei João)! Eu quero virar clérigo na velhice. Eu tenho uma baita entendedeira, espiem! Eu lhes pergunto e, perguntante, tal como rei ao almirante, ou a rainha ao seu infante: esses heróis e semideuses dos quais vocês estão falando, eles podem na morte acabar? Por nossinhora, eu pensava em meu pançar que eram imortais, que nem os lindos anjos! Deus me perdoe! Mas esse reverendíssimo macróbio disse que eles morrem no fim das contas.

— Não todos (respondeu Pantagruel). Os estoicos diziam que eram todos mortais, exceto um, o único imortal, impassível, invisível. Píndaro claramente diz que as deusas hamadríades não tinham mais fio, quer dizer, mais vida, além da que fosse fiada pela roca e fuso dos Destinos e Parcas iníquas, não mais do que as árvores por elas conservadas. São carvalhos, dos quais elas nasceram, segundo a opinião de Calímaco e de Pausânias, *Da Fócia*. Com os quais consente Marciano Capela. Quanto aos semideuses, pãs, sátiros, silvanos, duendes, egipãs, ninfas, heróis e demônios, muitos, por soma total resultante das eras diversas suputadas por Hesíodo, contaram que suas vidas tinham 9.720 anos, número composto de unidade passante em quadrinidade, e a quadrinidade inteira quatro vezes em si dobrada, pois ao todo cinco vezes multiplicada por sólidos triângulos. Veja Plutarco no livro *Da desaparição dos oráculos*.

— Isso (disse frei João), não é nem a pau assunto de breviário. Não acredito nisso, a não ser que você curta.

— Creio (disse Pantagruel) que todas as almas intelectivas estão isentas das tesouras de Átropos. Todas são imortais: anjos, demônios e humanos. Vou contar, todavia, uma história estranhíssima, mas escrita e confirmada por vários cultos e sábios historiadores sobre o assunto."

Capítulo 28

Como Pantagruel conta uma lamentável história que toca ao falecimento dos heróis

Dando sequência à tópica dos capítulos anteriores, Pantagruel agora assume a fala e, como bom humanista evangélico, apresenta sua leitura cristianizada. Pantagruel relê a história narrada por Plutarco, Da desaparição dos oráculos, 17, como uma revelação cristã, revendo Pã como Jesus Cristo, uma vez que o termo grego πᾶν/πᾶς *também tem o sentido de "todo" e "tudo"; essa leitura era feita também por Margarida de Navarra e por Clément Marot. Pantagruel também acaba parafraseando trechos de* Hebreus, 13:20, *e* 1 Coríntios, 8:6. *No fim, temos um momento raro que nos lembra que Pantagruel é um gigante; pois no restante do livro ele convive como se tivesse um tamanho equivalente ao de seus companheiros. Esse detalhe surge junto com a reaparição do narrador que inverte a ideia "que o diabo me carregue" para "que Deus me carregue".*

*O nome do personagem evocado pela ilha varia segundo os casos da língua grega: quando estaria no acusativo (como objeto direto) ele é Tâmun (*Θαμοῦν*); quando está no nominativo (como sujeito) é Tâmus (*Θαμοῦς*). Córidon é personagem de Virgílio,* Bucólicas, 2.

––––––––

"Epiterses, pai do rétor Emiliano, ao navegar da Grécia até a Itália dentro de uma nau carregada de diversas mercadorias e vários viajantes, à noitinha, quando o vento já parava perto das ilhas Equinadas, que ficam entre a Moreia e Túnis, a nau deles foi levada para as bandas de Paxos. Ao abordar, enquanto alguns dos viajantes dormiam, outros faziam vigília, outros bebiam e jantavam, ouviu-se da ilha de Paxos uma voz de alguém que em alto e bom som chamava Tâmun. Com esse grito, todos se espantaram. Esse Tâmus era o piloto, nativo do Egito, mas não conhecido de nome, a não ser por alguns viajantes. Ouviu-se uma vez mais essa voz, que chamava Tâmun num grito aterrador. Como ninguém respondia, mas todos ficavam em silêncio e treme-treme, na terceira vez essa voz se ouviu ainda mais terrível que antes. Daí aconteceu de Tâmus responder: 'Estou aqui, o que é que você quer? O que quer que eu faça?'. Então se ouviu a voz ainda mais alto, dizen-

Quarto livro

do e ordenando que, quando estivesse em Palodes, deveria publicar e dizer que o grande deus Pã estava morto.

Ao escutarem essas palavras, Epiterses e todos os marujos e viajantes ficaram de queixo caído e morrendo de medo. Decidindo entre si se seria melhor calar ou publicar o que foi ordenado, deu Tâmus sua opinião: se tivessem vento em popa, seguiriam sem abrir o bico, se tivessem calmaria no mar, expressariam o que ouviram. Então, quando estavam perto de Palodes, aconteceu de não terem nem vento, nem corrente. Aí Tâmus, subindo na proa e na terra projetando sua vista, disse como lhe fora ordenado, que o grande Pã estava morto. Ele nem tinha terminado a última palavra quando escutaram grandes suspiros, grandes lamentos e gritarias na terra, não só de uma pessoa, mas de muitas juntas. Essa novidade (já que muitos estavam presentes) foi num piscar de olhos divulgada em Roma. E mandou Tibério César, então imperador, procurarem o tal Tâmus. E depois de ouvi-lo falar botou fé nas palavras dele. E papeando com pessoas cultas que então estavam em sua corte e em Roma em grande número sobre quem era esse Pã, nessa conversa descobriu que era filho de Mercúrio e Penélope. Assim tinham antes escrito Heródoto e Cícero no terceiro livro de *Da natureza dos deuses*. No entanto, eu tendo a interpretar que se tratava daquele grande Salvador dos fiéis, que foi na Judeia ignominiosamente assassinado pela inveja e iniquidade dos pontífices, doutores, presbíteros e monges da lei mosaica. E não me parece uma interpretação estapafúrdia. Porque, por direito, ele pode ser chamado em língua grega de Pã, já que é nosso Tudo, tudo que somos, tudo que vivemos, tudo que temos, tudo que esperamos é ele, nele, dele, por ele. É o bom Pã, o grande pastor, que, segundo atesta o zagal apaixonado Córidon, não apenas tem amor e afeição por seu rebanho, mas também por seus pastores. Com sua morte houve prantos, suspiros, estrépitos e lamentos em toda a máquina do universo, céus, terra, mar, infernos. Com a minha interpretação concorda o tempo. Pois aquele boníssimo, grandíssimo Pã, nosso único salvador, morreu em Jerusalém, quando reinava em Roma Tibério César."

Pantagruel, ao terminar essa fala, ficou em silêncio e profunda contemplação. Pouco depois, vimos as lágrimas escorrerem pelos olhos, do tamanho de ovos de avestruz. Que Deus me carregue, se eu estiver mentindo uma só palavra.

Capítulo 29

Como Pantagruel passou pela ilha de Tapeação
onde reinava Quaresmeiro

Este capítulo é o primeiro do ciclo que nos apresenta uma crítica severa a práticas tradicionais do catolicismo, numa leitura que as transforma em hipocrisia e mortificação desnecessária. "Tapeação" traduz tapinois, *que em francês da época designa o enganador ou hipócrita.* "Quaresmeiro" *traduz* Quaresmeprenant, *que para Rabelais é a encarnação do período da Quaresma, período de restrições severas que Rabelais claramente desaprova, embora o termo (traduzível ao pé da letra como "Quaresmachegando" ou "Quaresmaentrando") designasse à época também o próprio Carnaval. Os dois termos são tirados da* Farsa do mestre Pathelin. *A descrição de Quaresmeiro pode funcionar como uma alegoria de Carlos V, condenado pelo papa por ter feito negócios com príncipes protestantes; ela é marcada por uma série de práticas da época da Quaresma, com seus jejuns, peixes, comidas salgadas previamente, casamentos proibidos, temperos de mostarda para compensar a falta de gosto etc.; nesse período é provável que muitos espetos eram também consertados para a futura retomada culinária; as agulhas de pedra na igreja de Candes são aqui lidas em chave de churrasqueira. De modo similar, calcinar cinzas era a prática da Quarta-Feira de Cinzas, quando marcavam com cinzas de palmas queimadas no Domingo de Ramos as testas dos fiéis. As informações sobre a comida de Quaresmeiro fazem um jogo com a prática de salgar alimentos na Terça-Feira Gorda, de Carnaval. Rabelais lê isso tudo como hipocrisia, já que a vincula a indulgências e perdões vendidos: "estações" aqui designam as paradas na procissão para reza e cantoria. Ao fim, temos a batalha de Quaresmeiro contra as linguiças, que funciona como variante da batalha entre Quaresma e Carnaval na futura pintura de Brueghel, de 1559, um assunto presente já no* Livro do bom amor, *de 1330.*

Já perto do fim, a expressão latina Quid iuris, *dita por Panurgo, significa livremente "que decisão de direito tomar".*

———

Refeitas e reparadas as naus do alegre comboio, renovadas as vitualhas, mais que contentes e satisfeitos os macréones com a despesa feita por Pantagruel, mais alegres os nossos que de praxe, no dia seguinte lançamos vela

Quarto livro

357

ao sereno e delicioso Aguião, com todo o júbilo. No zênite do dia, Xenômanes mostrou de longe a ilha de Tapeação, onde reinava Quaresmeiro, do qual certa feita Pantagruel já tinha ouvido falar, e o queria conhecer pessoalmente, não fosse Xenômanes o desencorajar, tanto pelo grande desvio da rota, quanto pelo magro passatempo que ele dizia haver em toda a ilha e corte do tal senhor. "Vocês ali vão ver (dizia ele) com toda a potagem um grande engolidor de ervilha seca, um grande escargoteiro, um grande caçador de toupeiras, um grande enfeixador de feno, um semigigante de barba sarnenta e dupla tonsura extraído de Facho, um grande fachano, gonfaloneiro, dos ictiófagos, ditador dos mostardeiros, açoite de criancinhas, calcinador de cinzas, pai e nutridor dos médicos, refulgindo de perdões, indulgências e estações, homem de bem, bom católico e de grande devoção. Ele chora nas três partes do dia. Nunca vai a casamentos. Na verdade é o mais engenhoso produtor de agulhas e espetos de lardear que vocês vão ver em quarenta reinos. Faz coisa de seis anos que, ao passar por Tapeação, eu trouxe uma grosa, que dei aos açougueiros de Candes. Eles a apreciaram pacas, e não à toa. Eu vou mostrar para vocês, quando a gente voltar, dois presos no portal principal. Os alimentos do seu repasto são cotas de malha salgadas, elmos, morriões salgados e celadas salgadas. Nisso por vezes sofre de uns pesados esquentamentos. Suas vestes são alegres, tanto no estilo como na cor. Porque ele usa cinza e frio, nada à frente, nada atrás, o mesmo vale para as mangas.

— Você me daria um baita prazer, disse Pantagruel, se tal como me apresentou suas roupas, seus alimentos, seu modo de agir e seus passatempos, também me apresentasse sua forma e corpulência e todas as partes.

— Por favor, meu baguinho, disse frei João. Porque eu o encontrei no meu breviário e fica logo depois dos feriados móveis.

— Com gosto, respondeu Xenômanes. Vamos talvez ouvir falar mais amplamente ao passar pela ilha Feroz, onde dominam as linguiças grossas, suas inimigas mortais, contra as quais ele trava uma guerra eterna. E não fosse pela ajuda da nobre Terça-Feira Gorda, protetora e boa vizinha, esse grande fachano Quaresmeiro já as teria há um tempão exterminado de seu lar.

— E elas são (perguntou frei João) machos ou fêmeas? Anjos ou mortais? Mulheres ou virgens?

— São, respondeu Xenômanes, fêmeas no sexo, mortais na condição, umas virgens, e outras não.

— Que o diabo me carregue, disse frei João, se eu não sou a favor delas! Que barafunda natural é essa de travar guerra contra mulheres? Vamos voltar, vamos estropiar esse grande vilão!

— Combater Quaresmeiro (disse Panurgo), por todos os diabos? Eu não sou tão doido e aguerrido de uma só vez! *Quid iuris*, se acabarmos nos metendo entre linguiças e Quaresmeiro? Entre a bigorna e os martelos? Cancro! Chispem já daí! Vida que segue! Tchau para você, Quaresmeiro! Vou lhe recomendar as linguiças, e não se esqueça dos chouriços!"

Capítulo 30

Como Quaresmeiro é anatomizado
e descrito por Xenômanes

Rabelais usa termos da medicina da época, que busco muitas vezes traduzir pelos termos técnicos atuais, assim recriando o jogo do jargão. Mirach é o epigástrio, derivado do árabe; siphach é o peritônio. Senso comum é derivado do conceito escolástico de sensus communis, que designa a capacidade de coordenar as sensações, comum a todos; a partir desse termo, Rabelais lista uma série de atributos aristotélicos incorporados nas filosofias medievais. Inteligências está no plural provavelmente a partir da ideia de duplo intelecto, prático e contemplativo. Guante é um tipo de luva de ferro ou manopla.

———

"Quaresmeiro, disse Xenômanes, quanto às partes internas, tem, ou ao menos tinha na minha época, o cérebro com tamanho, cor, substância e vigor similar ao colhão esquerdo de um ácaro macho.

Os ventrículos dele, que nem um tira-fundo.

A epífise vermiforme, que nem um malho.

As membranas, que nem a cogula de um monge.

O infundíbulo, que nem um cesto de pedreiro.

O trígono, que nem uma touca.

A pineal, que nem uma gaita de foles.

A rede admirável, que nem uma testeira.

Os aditamentos mamilares, que nem um borzeguim.

Os tímpanos, que nem um molinete.

O petrosal, que nem um penacho.

A nuca, que nem um lampião.

Os nervos, que nem uma torneira.

A úvula, que nem uma zarabatana.

O palato, que nem uma mitene.

A saliva, que nem um nabo.

As amígdalas, que nem monóculos.

O istmo, que nem um cesto.
A goela, que nem um vindimo.
O estômago, que nem um arreio.
O piloro, que nem um forcado bidente.
A traqueia, que nem um canivete.
A gorja, que nem um novelo de estopa.
O pulmão, que nem uma murça.
O coração, que nem uma casula.
O mediastino, que nem uma jarra de pedra.
A pleura, que nem um bico de corvo.
As artérias, que nem uma capa de Béarn.
O diafragma, que nem um chapéu com cocar.
O fígado, que nem um enxó.
As veias, que nem um bastidor.
O baço, que nem um apito de codorna.
As tripas, que nem uma rede de pesca.
O fel, que nem um martelo.
A fressura, que nem um guante.
O mesentério, que nem uma mitra abacial.
O intestino jejuno, que nem um alicate.
O intestino ceco, que nem um peitoral.
O cólon, que nem um copo.
A tripa cuzal, que nem uma caneca monacal.
Os rins, que nem uma trolha.
Os lombos, que nem um cadeado.
Os ureteres, que nem uma cremalheira.
As veias emulgentes, que nem duas seringas.

Os cordões espermáticos, que nem um doce folhado.

As próstatas, que nem um capacete emplumado.

A bexiga, que nem uma catapulta.

O colo dele, que nem um badalo.

O mirach, que nem um chapéu albanês.

O siphach, que nem uma braçadeira.

Os músculos, que nem um fole.

Os tendões, que nem uma luva de falcoeiro.

Os ligamentos, que nem uma escarcela.

Os ossos, que nem um quebra-queixo.

A medula, que nem um bissaco.

As cartilagens, que nem uma tartaruga terrestre.

As glândulas linfáticas, que nem uma cobra.

Os espíritos animais, que nem umas boas porradas.

Os espíritos vitais, que nem uns longos petelecos.

O sangue fervente, que nem umas múltiplas narigadas.

A urina, que nem um papa-figo.

O sêmen, que nem cem pregos de latão. E me contava sua nutriz que, quando ele se casou com Meiaquaresma, engendrou apenas uma penca de advérbios de lugar e uns duplos jejuns.

A memória tinha que nem um embornal.

O senso comum, que nem um bordão.

A imaginação, que nem um carrilhão de sinos.

Os pensamentos, que nem uma revoada de estorninhos.

A consciência, que nem uma debandada de garças ninho afora.

As deliberações, que nem uma saca de cevada.

O arrependimento, que nem a equipagem de um canhão duplo.

As empreitadas, que nem o lastro de um galeão.

O entendimento, que nem um breviário rasgado.

As inteligências, que nem lesmas saindo de morangos.

A vontade, que nem três nozes numa tigela.

O desejo, que nem seis fardos de sanfeno.

O juízo, que nem uma calçadeira.

O discernimento, que nem uma mitene.

A razão, que nem um tamborim."

Capítulo 31

Anatomia de Quaresmeiro
quanto às partes externas

O capítulo continua a série descritivo-delirante; porém, se o capítulo anterior ia da cabeça aos pés, este inverte e vai dos pés à cabeça. É interessante lembrar que a anatomia tinha sido desenvolvida havia pouco tempo por Vesálio (1514-1564) e outros, o que marca a atualização teórica de Rabelais, que mistura a medicina da época com o prazer do grotesco.

Alkatin é termo árabe para designar o osso sacro. O anel de pescador serve como alusão ao anel papal, que trazia a imagem de São Pedro como pescador em seu selo.

––––––

"Quaresmeiro, continuou Xenômanes, quanto às partes externas era um tanto mais proporcionado, fora as sete costelas que ele tinha, além das normais entre os humanos.

Os artelhos tinha que nem uma espineta num órgão.

As unhas, que nem uma verruma.

Os pés, que nem um violão.

Os calcanhares, que nem uma maça.

A sola, que nem um candeeiro.

As pernas, que nem um chamariz.

Os joelhos, que nem um escabelo.

As coxas, que nem uma balestra.

As ancas, que nem uma broca de mão.

A pança de bico fino, abotoada à moda antiga e cintada no antibusto.

O umbigo, que nem uma viela.

O púbis, que nem um pudim.

O membro, que nem uma pantufa.

O escroto, que nem um cantil duplo.

Os testículos, que nem uma plaina.

Quarto livro

Os cremásteres, que nem uma raquete.

O períneo, que nem um flajolé.

O olho do cu, que nem um espelho cristalino.

A bunda, que nem um rastelo.

Os rins, que nem uma manteigueira.

As costas, que nem uma besta de assalto.

As vértebras, que nem uma cornamusa.

As costelas, que nem um torno.

O esterno, que nem um baldaquim.

As escápulas, que nem uma argamassa.

O peito, que nem um órgão portátil.

Os mamilos, que nem um bocal de trompa de caça.

As axilas, que nem um tabuleiro de xadrez.

Os ombros, que nem uma carroça de mão.

Os braços, que nem um capuz.

Os dedos, que nem cão de lareira de convento.

A munheca, que nem duas pernas de pau.

Os rádios, que nem foices.

Os cotovelos, que nem ratoeiras.

As mãos, que nem uma carda.

O pescoço, que nem uma taça.

A gorja, que nem um filtro de hipocrasso.

A laringe, que nem um barril, donde pendem dois bócios de bronze lindíssimos e harmônicos, na forma de um relógio de areia.

A barba, que nem um facho.

O queixo, que nem uma abóbora.

As orelhas, que nem duas luvas.

O nariz, que nem um coturno enxertado num escudete.

As narinas, que nem um gorrinho.

As sobrancelhas, que nem uma pingadeira.

Sob a sobrancelha esquerda tinha uma marca na forma e tamanho de um penico.

As pálpebras, que nem uma rabeca.

Os olhos, que nem um estojo de pentes.

Os nervos ópticos, que nem um pedernal.

A testa, que nem uma copa.

As têmporas, que nem um regador.

As bochechas, que nem dois tamancos.

Os maxilares, que nem uma xícara.

Os dentes, que nem uma hasta. Desses dentes de leite vocês veriam um em Coulanges-les-Royaux, em Poitou, e dois em La Brousse, em Saintonge, na tabuleta da taverna.

A língua, que nem uma harpa.
A boca, que nem um xabraque.
O rosto bisturizado, que nem um albarda de mula.
A cabeça, redonda que nem um alambique.
O crânio, que nem um bornal.
As suturas, que nem um anel de pescador.
A pele, que nem uma gabardina.
A epiderme, que nem uma peneira.
Os cabelos, que nem um escovão.
O pelo, tal como já se disse."

Capítulo 32

Continuação dos traços de Quaresmeiro

Na continuação, agora temos as ações em exposição alucinada. Por fim, toda a história platonizante narrada por Pantagruel, sobre Físis e Antifísia com seus filhos, é tirada de Celio Calcagnini, Opera aliquot *(Algumas obras), livro publicado em 1544; o segundo dos Hinos órficos é dedicado à Natureza/Físis, seguido por um hino a Pã. Amodunt é a desmedida e a feiura, Telumão é o nome de uma divindade romana ligada à terra. Na série final de seres criados por Antifísia, temos vários que são banidos da abadia de Telema em* Gargântua, *cap. 54, e outros são novas manipulações rabelaisianas: pistolins designam pequenos arcabuzes e podem servir de chiste com Guillaume Postel, inimigo de Rabelais que só não foi queimado por alegação de loucura; Calvinos é uma clara crítica ao teólogo protestante de Genebra; Puy-Herbaults é referência a Gabriel de Puy-Herbault (?-1566), católico ortodoxo e doutor da faculdade de Paris que havia atacado o próprio Rabelais no livro* Theotimus, *de 1549, mas também a Calvino.*

Os gatos de março, segundo a crença popular, eram mais bravos. Galicegruas traduz coquecigrues, *um animal imaginário que mistura galo (*coque*), cegonha (*cicogne*) e grua (*grue*). A expressão* caules amb'olif *está em provençal e quer dizer "repolhos no azeite". As "neves d'antanho" remetem ao poema* Ballade des dames du temps jadis, *de François Villon, que tem o refrão "mais où sont les neiges d'antan?". A piada com o bordador está ligada a uma prática de cobrar o dobro do preço da roupa apenas pelo bordado, em geral um preço acrescido sem antes perguntar ao comprador. "Fazia trocadilhos com Santos e Silva" é recriação do trocadilho em francês:* cordes de ceincts *(cordas das cinturas, sugerindo os franciscanos) é homófono a* corps des saincts *("corpos dos santos"). A escrita de "prognosticações e almanaques" certamente funcionava como piada interna, já que o próprio Rabelais escreveu os dois gêneros (cf. Volume 3).*

"Caso admirável na natureza, continuou Xenômanes, é ver e ouvir o estado de Quaresmeiro. Se cuspia, eram cestadas de alcachofras.

Se assoava, eram enguias salgadas.

Se chorava, eram patos na cebola.

Se tremia, eram baitas patês de lebre.

Se suava, eram bacalhaus na manteiga fresca.
Se arrotava, eram ostras na concha.
Se espirrava, eram barricas de mostarda.
Se tossia, eram caixas de marmelada.
Se soluçava, eram punhados de agrião.
Se bocejava, eram ensopados de ervilha.
Se suspirava, eram línguas de boi defumadas.
Se assobiava, eram latadas de macaco verde.
Se roncava, eram pilhas de favas piladas.
Se embirrava, eram pés de porco na banha.
Se falava, era estopa de Auvergne, e quanto faltava para ser seda carmesim, com que Parisátis queria que fossem tecidas as palavras de quem fala ao seu filho Ciro, rei dos persas.
Se soprava, eram grana para indulgências.
Se piscava os olhos, eram waffles e wafers.
Se grunhia, eram gatos de março.
Se meneava a cabeça, eram charretes a ferro.
Se fazia beicinho, eram repiques de tambor.
Se murmurava, eram teatros de Basoche.
Se tropicava, eram lustros de concordata.
Se recuava, eram galicegruas do mar.
Se babava, eram fornos industriais.
Se se enrouquecia, eram danças mouriscas.

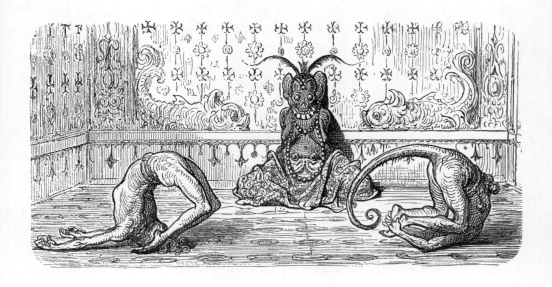

Quarto livro

Se peidava, eram botas de vaca ruça.

Se punzava, eram botinas de Córdoba.

Se se coçava, eram novas ordenanças.

Se cantava, eram ervilhas na vagem.

Se cagava, eram morangas e moréis.

Se bufava, eram repolhos no azeite, aliás, *caules amb'olif*.

Se refletia, eram neves d'antanho.

Se se afligia, era com cortes e raspagens.

Se algo doava, ia o mesmo ao bordador.

Se sonhava, eram caralhinhos voadores e trepando que nem numa muralha.

Se pirava, eram registros de aluguel.

Caso estranho. Trabalhava fazendo nada, nada fazia trabalhando. Coribantava dormindo, dormia coribantando os olhos abertos, que nem as lebres de Champagne, por medo de algum ataque noturno das linguiças, suas arcaicas inimigas. Ria mordendo, mordia rindo. Nada comia jejuando, jejuava comendo nada. Mastigava por suspeita, bebia na imaginação. Se banhava em altos campanários, se secava dentro de tanques e rios. Pescava no ar e ali pegava lagostins decúmanos. Caçava no alto-mar e ali achava íbex, cabra-montesa e camurça. De todos os corvos pegos na arapuca costumava furar os olhos. Nada temia além da própria sombra e do grito de gordos bodes. Certos dias batia os pavimentos. Fazia trocadilhos com Santos e Silva. Usava o punho de malho. Escrevia em pergaminho peludo, com seu grosso estojo, prognosticações e almanaques.

— Mas que cabra chique, disse frei João. É homem dos meus. É um desses que eu estou procurando. Vou mandar para ele um desafio.

— Mas, disse Pantagruel, que estranha e monstruosa carcaça de homem, se é que dá para chamar isso de homem. Você me fez lembrar a forma e aparência de Amodunt e Discordância.

— Que forma, perguntou frei João, é que eles tinham? Nunca ouvi falar desses aí. Deus me perdoe!

— Eu vou contar, respondeu Pantagruel, o que eu li entre os apólogos antigos. Físis (a natureza) em seu primeiro parto gerou Beleza e Harmonia sem cópula carnal, já que ela própria é grandemente fecunda e fértil. Antifísia, que é sempre a parte avessa da Natureza, incontinênti teve inveja desse tão belo e honroso nascimento e às avessas gerou Amodunt e Discordância em cópula com Telumão. Eles tinham a cabeça esférica e redonda por inteiro, que nem um balão, não docemente comprimida dos dois lados, que nem na forma humana. As orelhas ficavam bem altas, que nem orelhas de burro, os olhos saltados da cara, fixados em ossos semelhantes a calcanhares, sem sobrancelhas, duros que nem os dos caranguejos, os pés redondos que nem pelotas, os braços e mãos virados para trás nas espáduas. E andava, sobre as cabeças, constantemente rodando, cu sobre a cabeça, os pés no ar. E (como vocês bem sabem que para as macacas os macaquinhos parecem a coisa mais linda do mundo) Antifísia louvava e se esforçava para provar que a forma dos filhos era mais bela e agradável que a dos filhos de Físis, dizendo que ter os pés e cabeça assim esféricos e assim andar em círculos rodando era a forma conveniente e o perfeito andar similar a certa porção da divindade, pela qual os céus e todas as coisas eternas são assim contornáveis. Ter os pés para cima e a cabeça embaixo era imitação do criador do universo, visto que os cabelos no homem são que nem raízes, as pernas que nem galhos. Pois as árvores mais acertadamente se fixam na terra com suas raízes do que com os galhos. Com tal demonstração, alegando que muito melhores e mais aptos eram os seus filhos, que nem uma árvore direita, do que os de Físis, que eram que nem uma árvore inversa. Quanto aos braços e mãos, ela provava que seria mais razoável estarem voltados para as espáduas, porque essa parte do corpo não devia ficar sem defesa, já que pela frente estava completamente protegida pelos dentes, que a pessoa pode usar não apenas para mastigar sem ajuda das mãos, mas também para se defender contra ofensivas. Assim por testemunho e estipulação das bestas brutas atraía os doidos e abobados para sua sentença, e caiu na admiração de todos os povos desmiolados e desprovidos de juízo e bom senso. Depois ela engendrou os macacos gordos, engodos, fariseus, os maníacos pistolins, os capetas Calvinos impostores de Genebra, os irados Puy-Herbaults, glutões, carolas, catamitas, canibais e outros monstros disformes e contrafeitos a despeito da Natureza."

Quarto livro

Capítulo 33

Como Pantagruel avistou um monstruoso fisetério
perto da ilha Feroz

A aparição do imenso cetáceo, neste capítulo e no próximo, leva a um perigo similar ao da tempestade, que por sua vez se desdobra em nova cena dos medos de Panurgo. O termo grego que o define é tirado de Plínio, História natural, *e tem o sentido etimológico de "soprador", mas é dicionarizado em português; esse é o ponto do narrador. Panurgo já segue pelo caminho bíblico, tirado de Jó, 41, em que Javé descreve o Leviatã (ou Beemote), e de Luciano,* História verdadeira, *onde há um encontro com a baleia.*

O Y pitagórico representa a escolha moral. Panurgo também o compara ao monstro marinho que, na mitologia grega, iria devorar Andrômeda, presa pelo próprio pai numa rocha marinha, como sacrifício; porém a jovem foi salva pelo herói Perseu (cujo nome vira um trocadilho que busquei recriar). O fatal destino de Panurgo, anunciado por frei João no cap. 24, é a morte na forca. A história que encerra o capítulo trata de Jorge Plantageneta, duque de Clarence (1449-1478), que teria sido executado num barril de vinho da Madeira; a malvasia é um tipo de uva bem adocicado e cheiroso, usado para fazer vinho branco (história que aparece também em Ricardo III *de Shakespeare).*

Com o dia a pino, chegando à ilha Feroz, Pantagruel de longe avistou um enorme e monstruoso fisetério, vindo direto e reto num estrondo, roncando, inflado, mais alto que as gáveas dos navios e jogando água da gorja no ar à sua frente, que nem se fosse um largo rio que cai de uma montanha. Pantagruel o mostrou ao piloto e a Xenômanes. Por conselho do piloto, soaram-se as trombetas de Talamego, em tom de "Alerta" e "Cerrado". Com isso, todas as naus, galeões, fragatas, liburnas (segundo sua disciplina naval) se alinharam numa tal ordem e forma igual ao Y grego, letra de Pitágoras, tal como vocês já observaram nas gruas ao voarem, que nem um ângulo agudo, em cujo cone e base estava o tal Talamego equipado para um virtuoso combate.

Frei João subiu todo elegante e determinado no castelo da proa junto aos bombardeiros. Panurgo danou a chorar e a se lamentar mais que nunca: "Babilebabu (dizia), está pior que antes. Bora fugir! Sangue de misto, é o Leviatã descrito pelo nobre profeta Moisés na vida do santo Jó. Ele vai nos engolir todos, pessoas e barcas, que nem umas pílulas. Nessa bocarra infernal não vamos ocupar mais espaço do que um grão de drágea almiscarada na boca de um jegue! Olhem lá. Bora fugir, ganhar terra! Acho que é o próprio monstro marinho outrora destinado a devorar Andrômeda. Fodeu geral! Ah, para matar um bicho desses agora, a gente precisava de um bravo Perseu!

— *Perseu*ba que eu o pego, respondeu Pantagruel. Não tenham medo!

— Força de Deus, disse Panurgo, garanta que a gente fique sem motivo para medo! Quando é que vocês querem que eu tenha medo, se não for quando o perigo está na cara?

— Se (disse Pantagruel) o seu fatal destino for mesmo tal como antes contava o frei João, você devia era ter medo de Piroente, Eoo, Etonte, Flegonte, os célebres corcéis do Sol, flamívomos, que soltam fogo pelas ventas: já dos fisetérios, que só soltam água pelos ouvidos e pela gorja, não precisa ter medo algum. Porque pela água você não tem risco de morrer. Com esse elemento você está mais são e salvo do que afetado e ofendido.

— Tente esse papinho com outro, disse Panurgo. Essa aí foi cartada ruim. Pela força de um peixinho, eu já não falei e repeti sobre a transmutação dos elementos e o fácil símbolo que existe entre assado e cozido, entre cozido e assado? Ai! Olhem lá. Eu vou é me esconder cá embaixo. Estamos é mortinhos da silva com essa lapada. Debaixo da gávea eu estou vendo Átropos, aquela calhorda, com sua tesoura amoladinha no ponto para cortar o fio da vida de todos. Se espertem! Olhem lá. Mas como você é horrível e asqueroso. Bem que já afogou outros que não puderam viver para tirar onda. Certeza, se soltasse um bom vinho, branco, tinto, fresco, gostosinho, em vez dessa água amarga, fedorenta, salgada, até que seria tolerável e daria alguma oportunidade à paciência, seguindo o exemplo daquele milorde inglês, que ao ter sido condenado pelos crimes que tinha perpetrado à morte de sua livre escolha, preferiu morrer afogado num tonel de malvasia. Olhem lá. Ha, ha! Diabo, Satanás, Leviatã! Não consigo nem olhar para você, de tão horroroso e detestável. Vá catar uma audiência! Vá catar os chicaneiros!"

Quarto livro

Capítulo 34

Como Pantagruel derrotou o monstruoso fisetério

Pantagruel volta a aparecer como figura gigantesca, o único capaz de enfrentar o fisetério, que parece encarnar a figuração do mal. A habilidade de Pantagruel está nos dardos e nas flechas, por isso o narrador en>vereda por uma lista de grandes arqueiros da Antiguidade greco-romana e da França arcaica.

A imagem de abertura, com o ataque ao fisetério, ecoa o Leviatã em Jó, 41:26-9 (18-22 em outras edições), porém a narrativa desmente o Deus do Velho Testamento, já que Pantagruel será capaz de matar o que seria imbatível; ainda assim, não há nada de antirreligioso, se considerarmos que o triângulo equilátero dos ataques remete à trindade cristã.

A história do imperador habilidoso seria de Domiciano, e não de Cômodo, segundo Sabélico, Dez livros de exemplos; a do indiano diante de Alexandre é tirada de Arriano, Índicas, 16. O bicho negro designa, na caça, animais mais perigosos, tais como raposa, lobo ou javali; enquanto ruços seriam veados, lebres, camurças etc.; segundo Plínio, História natural, 25.25, os gauleses de fato usavam heléboro como veneno e precisavam depois extirpar a parte afetada, por ser tóxica. A história dos franceses e dos partas é tirada de Ravísio Textor, Officina. A história de Góbrias é narrada por Heródoto, Histórias, livro 4.131-2. Nicandro de Colofão escreveu dois livros sobre plantas e animais venenosos: Theriaca e Alexipharmaka, e ele não indica o número de patas da escolopendra.

O fisetério, ao entrar pelos bastiões e ângulos das barcas de galeões, esguichava água sobre as primeiras que nem fossem as catadupas do Nilo, na Etiópia. Dardos, setas, pilos, lanças, chuços, partasanas voavam sobre ele de tudo quanto é lado. Frei João não dava trégua. Panurgo morria de medo. A artilharia retumbava e fulminava que nem o diabo e fazia o dever de cutucar onça com vara curta. Mas pouco adiantava, porque os balaços de ferro e bronze que entravam na pele dele pareciam derreter, vistos de longe, que nem telhas ao sol. Então Pantagruel, considerando a ocasião e a necessidade, arregaça as mangas e mostra o que sabe fazer.

Vocês dizem, e bem está escrito, que aquele bufão Cômodo, imperador de Roma, atirava o arco com tanta destreza, que de longe passava as flechas entre os dedos de criancinhas que erguiam a mão no ar, sem ferir nadinha. Vocês nos contam também sobre um arqueiro indiano, na época em que Alexandre, o Grande, conquistou a Índia, que era tão perito na arte, que de longe passava as flechas por dentro de um anel, mesmo que elas tivessem três cúbitos de comprimento e seu ferro fosse tão grande e pesado, que varavam gládios de aço, escudos espessos, peitorais acerados, praticamente tudo em que tocavam, por mais firme, resistente, duro e poderoso que vocês o digam. Vocês também nos contam maravilhas do engenho dos antigos franceses, que se sobressaíam a todos na arte sagitária e que na caça de bichos negros e ruços esfregavam o ferro de suas flechas com heléboro, porque a carne de caça assim ferida era mais tenra, saborosa, saudável e suculenta, desde que se recorte e retire toda a parte assim atingida em volta. Vocês igualmente narram que os partas por trás atiravam mais engenhosamente do que todas as outras nações pela frente. Também vocês celebram os citas por essa destreza. Da parte deles outrora um embaixador enviado até Dario, rei dos persas, ofereceu um pássaro, uma rã, um camundongo e cinco flechas sem dizer uma só palavra. Interrogado sobre o que representavam esses presentes, e se ele próprio fora encarregado de dizer alguma coisa, respondeu que não. Nisso ficou Dario embasbacado e boquiaberto em seu entendimento, não fosse um dos sete capitães que mataram os magos, chamado Góbrias, para lhe explicar e interpretar tudo, dizendo: "Com esses dons e oferendas, querem dizer tacitamente os citas que, se os persas, que nem os pássaros, não voarem no céu, ou, que nem os camundongos, não se esconderem no centro da terra, nem se enfiarem no fundo dos lagos e charcos, que nem as rãs, cairão todos na perdição pela força das setas dos citas".

O nobre Pantagruel na arte de lançar ou dardejar era incomparavelmente mais admirável. Pois, com seus espantosos pilos e dardos (que na verdade pareciam as grossas vigas que dão base às pontes de Nantes, Saumur, Bergerac, ou as de Pont au Change e Pont aux Meuniers em Paris, pela longura, grossura, peso e ferragem), a mil passos de distância, ele abria conchas de ostras sem tocar as bordas, cruzava a chama de uma vela sem a apagar, acertava o olho de uma pega, dessolava uma bota sem estragar, desforrava as barbutas sem afetar nada, virava as folhas do breviário de frei João uma por uma sem rasgar nenhuma. Com esses dardos, dos quais tinha uma grande munição dentro da nau, no primeiro lance, ele ferrou o fisetério na fronte, de jeito que lhe atravessou as duas mandíbulas e a língua, e assim ele não mais abriu a bocarra, sem sorver nem esguichar água. No segundo lance, lhe furou o olho direito. No terceiro, o olho esquerdo. E assim, para grande júbilo geral, fez o fisetério aparecer com três chifres na fronte, um pouco pendurados pela frente numa forma de triângulo equilátero, e virado de lá para cá, desmilinguido e estropiado, que nem barata tonta, cego e à beira da morte. Não contente com isso, Pantagruel lhe dardejou mais uma vez na cauda pela traseira. Depois três outras na espinha numa linha perpendicular, equidistantes entre cauda e fuça, três vezes regularmente repartida. Por fim, lançou nos flancos, cinquenta de um lado e cinquenta do outro. De jeito que o corpo do fisetério parecia uma quilha de galeão com três gáveas, malhetada em dimensão adequada por suas vigas, que nem se fossem tirantes ou ovéns da querena. E era uma coisa linda de ver! Então, ao morrer, o fisetério se virou com o ventre para cima, que nem os peixes mortos, e assim virado, as vigas por baixo no mar pareciam uma escolopendra, aquela lacraia de cem pés, tal como é descrita pelo antigo sábio Nicandro.

Capítulo 35

Como Pantagruel desembarca na ilha Feroz, antiga morada das linguiças

Para entender o capítulo numa chave histórica, é bom lembrar que em 22 de dezembro de 1548 o imperador romano-germânico Carlos V impôs o Ínterim de Leipzig, um acordo temporário entre os protestantes e reformistas de um lado (sobretudo luteranos, representados pelas linguiças) e os papistas do outro (representados pelo Quaresmeiro); pacto que duraria até a chamada de novo Concílio. A trégua faz todo o sentido se lembrarmos que o Quarto livro sai em 1552, portanto quatro anos depois desse acontecimento. Nessa leitura, os chouriços selvagens e salsichões montígenos são os protestantes da Floresta Negra e dos Cantões suíços. Daí depreendemos duas coisas: que o Concílio de Quesil (cf. nota introdutória ao cap. 18) representa o Concílio de Trento (nacional quer dizer "não-universal", où seja, "não-católico"), e no jogo de palavras de Rabelais vemos que o Concílio não reconcilia nada. Na história contada por Xenômanes, ele pode ser lido como alegoria de Du Bellay, que tentou mediar muito dos debates com os príncipes protestantes alemães, então confederados.

Tanto a ilha Feroz quanto as linguiças são ideias tiradas do anônimo Discípulo de Pantagruel, pois nesse livro os habitantes de Feroz são peludinhos, e aqui parecem também ser as linguiças, já que Pantagruel as confunde com esquilos e outros bichos. Facho é a segunda barca descrita no cap. 1. O oceano Gálico é o que banha a França ao norte; sabemos que até o séc. XVIII era comum ver baleias na região. A fala de Dido a Eneias e seus companheiros é narrada por Virgílio, Eneida, 1.563-4.

Os remeiros da nau do Facho levam o fisetério amarrado à terra da ilha mais próxima, chamada Feroz, para fazer sua anatomia e recolher a banha dos rins, que eles diziam ser bem útil e necessária para curar uma tal doença que eles chamavam de falta de prata. Pantagruel nem deu bola, porque outras parecidas, ou até mais enormes, ele tinha visto no oceano Gálico. Mas abarcou a ideia de desembarcar na ilha Feroz para secar e trocar alguns dos seus que estavam molhados e sujos pelo vil fisetério, num portinho deserto lá pelo meio-dia, situado junto a uma mata elevada, bonita e gostosa, donde

Quarto livro

saía um delicioso regato de água doce, clara e argêntea. Ali, debaixo de lindas tendas, arrumaram as cozinhas, sem economizar na lenha. Depois que cada um trocou de roupa à vontade, a campainha foi tocada por frei João. Ao som dela, prepararam as mesas e logo serviram.

Pantagruel, enquanto comia alegremente com os seus, ao chegar o segundo prato, percebeu umas linguicinhas espertas subindo e trepando, sem dizer uma só palavra, numa árvore alta, perto dos baldes de refrescar o vinho, aí perguntou a Xenômanes: "Que bicharada é aquela?", achando que eram esquilos, lontras, martas ou arminhos. "São linguiças, respondeu Xenômanes. Esta é a ilha Feroz, que eu tinha comentado hoje pela manhã: entre elas e Quaresmeiro, seu malvado e arcaico inimigo, existe uma longa guerra mortal. E acho que, pelo canhoneio contra o fisetério, elas devem ter ficado com medo e cisma de que o tal inimigo delas aqui esteja com suas forças para pegá-las de surpresa, ou fazer um saque na ilha, como tantas vezes já tentou em vão e sem muito lucro, graças aos cuidados e à vigilância das linguiças, que (como dizia Dido aos companheiros de Eneias que queriam aportar em Cartago sem consentimento e permissão dela), pela maldade do seu inimigo e a proximidade das terras, se veem continuamente constrangidas a prestar vigia e contraguarda.

— Por Deus, meu querido (disse Pantagruel), e se tiver algum jeito honesto de darmos fim a essa guerra e fazer com que se reconciliem, desembuche logo! Eu vou me dedicar de coração e não vou poupar esforços para contemperar e combinar as condições controversas entre os dois partidos.

— Por ora, não tem jeito, respondeu Xenômanes. Faz cerca de quatro anos que, ao passar por aqui e por Tapeação, tomei para mim o dever de acertar a paz entre eles, ou pelo menos uma longa trégua; e agora já seriam bons amigos e vizinhos, se tanto ele quanto elas se livrassem daqueles sentimentos num só artiguinho. Quaresmeiro não queria abordar no tratado de paz os chouriços selvagens, nem os salsichões montígenos, velhos bons compadres e confederados delas. As linguiças requeriam que a fortaleza de Arenqueira fosse regida e governada sob sua jurisdição, que nem o castelo de Salgador, e que dali fossem escorraçados sei lá quantos fedorentos patifes assassinos e salteadores que a controlavam. Não deu para fazer esse acordo, e pareciam que as condições eram injustas para ambas as partes. Assim, não fecharam o contrato. Porém ficaram uns inimigos menos severos e mais suaves do que no passado. Só que, desde a notificação do Concílio Nacional de Quesil, pelo qual elas foram farfalhadas, bolinadas e intimadas; pelo qual foi também Quaresmeiro declarado embostado, embrejado e abacalhoado, caso com elas fizesse qualquer aliança ou contrato; assim ficaram todos espantosamente azedados, envenenados, indignados e obstinados nos seus sentimentos, e não tem mais remédio. Mais fácil reconciliar gatos e ratos, cães e lebres."

Quarto livro

Capítulo 36

Como as linguiças armam uma cilada contra Pantagruel

Este capítulo acaba por nos dar uma reflexão enviesada sobre a ética política e a hipocrisia nos estados em guerra, com ilustrações da Bíblia (Gênesis, 34) e do mundo antigo (a partir das obras de Herodiano, Trebélio Polião e Tácito). De certo modo, essa hesitação de Pantagruel diante das inimigas de Quaresmeiro (que portanto seriam imediatamente aliadas do imaginário rabelaisiano) talvez diga muito acerca da política francesa entre a pressão reformista da Alemanha e da Suíça e seus vínculos com o papado, aliado a Carlos V. A história de Caracala talvez demande alguma explicação extra: conta Herodiano que Caracala, durante uma excursão bélica contra os partas, ao parar para urinar, teria sido morto por um dos seus próprios oficiais de confiança, Macrino, que então se tornou imperador.

A revolta dos Maillotins, no reinado de Carlos VI, em 1382, é narrada por Froissart; ali vemos como os habitantes da cidade invadiram o Hôtel de Ville e mataram cobradores de impostos, e como isso resultou numa retaliação violenta; tudo é narrado de modo irônico por Rabelais. Gantois é a atual Ghent, na Bélgica.

Enquanto assim dizia Xenômanes, frei João notou vinte e cinco ou trinta jovens linguiças de peso leve sobre o porto recuando a passo largo para sua cidade, cidadela, castelo e forte de Chaminés, e aí disse a Pantagruel: "Já vi que a jiripoca vai piar. Essas linguiças veneráveis podem por acaso confundir o senhor com o Quaresmeiro, mesmo que os dois não tenham nada a ver. Melhor deixar de lado o rango aqui e preparar a resistência.

— Não cairia, disse Xenômanes, nada mal. Linguiças são linguiças, sempre duas-caras e traíras." Então se levanta Pantagruel da mesa, para espiar além da mata, depois num supetão retorna e nos garante que espiou à esquerda uma cilada de linguiças fornidas, e do lado direito, a meia légua de distância dali, um grande batalhão de outras poderosas e gigantais linguiças ao longo de uma colininha, numa marcha furiosa em nossa direção, ao som de gaitas de foles e flautas, de tripas e bexigas, de alegres pífanos e tambores, de trombetas e clarins. Pela conjetura das setenta e oito insígnias que ele

378   François Rabelais

contou, estimamos que o número total não daria menos de quarenta e dois mil. A julgar pela ordem das fileiras, pela marcha orgulhosa e pela cara confiante, não eram só coxinhas, mas linguiças velhas de guerra. Das primeiras fileiras até perto das insígnias estavam todas armadas até os dentes, com lancinhas (assim parecia de longe), porém bem pontudas e afiadas; nas alas eram flanqueadas por um número imenso de chouriços selváticos, bolinhos maciços e salsichões a cavalo, todos de belo talhe, povos ilhéus, cangaceiros e ferozes.

Pantagruel ficou abalado, e não à toa, embora Epistemão mostrasse que a prática e o costume do país linguicês era de acolher e com armas receber os amigos estrangeiros, tal como são recebidos e saudados os nobres reis da França pelas boas cidades do reino assim que entram pela primeira vez depois da consagração e chegada à coroa: "Talvez, dizia ele, a guarda ordinária da rainha do local, advertida pelas jovens linguiças dos bosques, que o senhor viu na árvore, sobre o surgimento no porto deste seu belo e pomposo comboio de navios, pensou que ali devia estar um rico e poderoso príncipe, e agora vem lhe visitar pessoalmente". Não satisfeito, Pantagruel reuniu seu conselho para ouvir sumariamente suas opiniões sobre o que fazer deveriam nesse perrengue, de esperança incerta e evidente medo.

Então rapidamente apresentou como esses jeitos de acolhida em armas amiúde deu em mortal prejuízo sob a aparência de aconchego e amizade: "Assim (dizia ele) o imperador Antonino Caracala certa feita matou os alexandrinos; noutra, desfez a companhia de Artabano, rei dos persas, sob a aparência e ficção de querer desposar a filha dele. Mas não ficou impune, porque pouco depois perdeu a vida. Assim os filhos de Jacó, para se vingarem do rapto da irmã Diná, botaram no saco os siquemitas. Desse jeito hipocrítico o imperador romano Galiano desbaratou os povos guerreiros dentro de Constantinopla. Assim, sob a forma da amizade, Antônio atraiu Artavasdes, rei da Armênia, depois o mandou prenderem e aferrarem a grossos grilhões; por fim, mandou matar. Mil outras histórias parecidas encontramos entre monumentos antigos. E por direito até o presente, grandemente elogiado pela prudência, Carlos, rei da França, o sexto com esse nome, ao retornar vitorioso de Flandres e Gantois até sua boa cidade de Paris e ao Bourget, na França, quando ouviu que os parisienses com malhos (os *maillots* que acabou por lhes apelidar de *Maillotins*) tinham saído da cidade em ordem de batalha, com um número de vinte mil combatentes, não quis nem passar ali antes de todos entrarem em casa e se desarmarem, muito embora estes explicassem que estavam assim em armas para acolhê-lo com mais honra, sem qualquer ficção ou más intenções".

Capítulo 37

Como Pantagruel mandou buscar
os capitães Carcalinguiça e Talhachouriço,
com um notável discurso
sobre os nomes próprios de lugares e pessoas

A ideia de uma relação entre nome e destino era assunto sério no Renascimento, com base tanto em narrativas bíblicas (pense-se na nomeação dos seres por Adão, em Gênesis, 2:19) *quanto em acontecimentos da Antiguidade pagã. Essa discussão tem base em Aristóteles,* Da interpretação, *que argumenta, contrariamente a Platão no* Crátilo, *que os nomes seriam arbitrários; Rabelais, no entanto, que antes seguia a teoria aristotélica, agora tende a acreditar que, se não os nomes em geral, provavelmente os nomes próprios teriam ainda alguma propriedade, tal como Celio Calcagnini argumentava em* Equitatio.

A história de Augusto está em Suetônio, Divino Augusto, *que ele considera ser o segundo imperador, depois de Júlio César, embora essa numeração seja realmente um problema histórico. A de Regiliano está em Trebélio Polião,* Trinta tiranos, 9. *A prática pitagórica com relação entre números e lados é mencionada por Plínio,* História natural, 38.6. *A história de Alexandre está em Plutarco. A história de Paulo Emílio é contada por Cícero,* Da adivinhação, *livro 1, porém o nome de sua filha é Tércia, e não Trácia, como escreve Rabelais.*

As duas barcas mencionadas no primeiro parágrafo são a oitava e a décima primeira na lista do cap. 1. A menção a Moisés no começo do capítulo recorda Êxodo, 17:8 ss., *versículos em que Moisés fica fora da batalha, enquanto Josué combate, porém dando-lhe auxílio com intervenção divina. As etimologias dos nomes gregos estão corretas em todos os casos.*

Briand Vallée foi conselheiro do parlamento de Bordeaux e amigo de Rabelais.

A resolução do conselho foi que, em qualquer circunstância, eles ficariam de olho aberto. Então Carpalim e Ginasta, por ordem de Pantagruel, chamaram os homens de guerra que estavam dentro das naus Brindeira (cujo coronel era Carcalinguiça) e Cesteira (cujo coronel era Talhachouriço). "Eu pouparia, disse Panurgo, Ginasta dessa trabalheira. A presença dele vai ser bem necessária por aqui.

Quarto livro

— Pelo hábito que estou vestindo (disse frei João), você quer vazar do combate, seu colhudo, e, por minha honra, não vai é retornar! Mas não é lá grande perda. Na real, ele só vai chorar, lamentar, berrar e desencorajar os bons soldados!

— Eu volto sim, disse Panurgo, frei João, meu pai espiritual, e sem demora. Basta dar uma ordem para essas bestiais linguiças não treparem à nau. Enquanto você combate, eu vou rogar a Deus por sua vitória, seguindo o exemplo do cavalheiresco capitão Moisés, guia do povo israelita.

— O nome, disse Epistemão a Pantagruel, desses seus dois coronéis, Carcalinguiça e Talhachouriço, neste conflito nos garante segurança, sorte e vitória, se pela Fortuna essas linguiças nos vierem ultrajar.

— Sacou tudo (disse Pantagruel)! E gostei de ver que, pelo nome dos nossos coronéis, você previu e prognosticou a nossa vitória. Esse jeito de prognosticar por nomes não é moderno. Essa relação foi no passado celebrada e religiosamente observada pelos pitagóricos. Muitos grandes senhores e imperadores tiraram muito proveito dela no passado. Otaviano Augusto, segundo imperador de Roma, certo dia, ao encontrar um camponês chamado Êutico, ou seja, Afortunado, que levava um jegue chamado Nicão, que em grego quer dizer Vencedor, movido pelo significado dos nomes tanto do jegueiro quanto do jegue, ele se assegurou de toda prosperidade, felicidade e vitória. Vespasiano, também imperador de Roma, um dia sozinho em oração no templo de Serápis, diante da vista e vinda inesperada de um seu servo chamado Basílides, que quer dizer Régio, e que tempos antes tinha deixado doente, criou esperança e confiança de que obteria o império romano. Regiliano, não por outra causa nem ensejo, foi eleito imperador pelos guerreiros só pelo significado do seu nome próprio. Veja o *Crátilo* do divino Platão.

— (Por meu bom mé, disse Rizótomo, eu quero ler esse! Você vive citando!)

— Repare como os pitagóricos, em razão dos nomes e números, concluem que Pátroclo devia ser morto por Heitor, Heitor por Aquiles, Aquiles por Páris, Páris por Filoctetes.

Eu fico boladão quando penso na invenção admirável de Pitágoras, que pelo número par ou ímpar das sílabas de cada nome próprio explicava de que lado estavam os humanos coxos, corcundas, caolhos, gotosos, paralíticos, pleuríticos, ou judiados pela natureza de algum outro jeito, a saber, designando o número par ao lado esquerdo do corpo, e o ímpar ao direito.

— Verdade, disse Epistemão; eu vi isso com meus olhos em Saintes, numa procissão geral, onde estava presente o boníssimo, virtuosíssimo, eruditíssimo e justíssimo presidente Briand Vallée, senhor de Douhet. Quando

passava algum coxo ou coxa, algum caolho ou caolha, algum ou alguma corcunda, tinha que lhe contar o nome próprio. Se as sílabas do nome eram ímpar, logo, sem nem ver as pessoas, dizia que eram caolhos, coxos, corcundas do lado direito. Se dava par, do lado esquerdo. E acertava todos, sem uma só exceção.

— Graças a essa invenção, disse Pantagruel, os eruditos afirmaram que Aquiles, quando estava de joelhos, foi pela flecha de Páris ferido no calcanhar direito. Pois seu nome é ímpar em sílabas. Aqui se deve notar que os antigos se ajoelhavam com o pé direito. Vênus diante de Troia foi ferida por Diomedes na mão esquerda, porque seu nome em grego tem quatro sílabas. Vulcano, coxo do pé esquerdo, pelo mesmo motivo. Felipe, rei da Macedônia, e Aníbal, caolhos à destra. Daria até para especificar os lados dos ísquios, hérnias, hemicranias por essa lógica pitagórica.

Mas, voltando aos nomes, considerem como Alexandre, o Grande, filho do rei Felipe de que já falamos, pela interpretação de um só nome realizou sua empreitada. Ele estava cercando a forte cidade de Tiro e a vinha atacando com todas as forças por várias semanas, mas tudo em vão. De nada adiantavam máquinas e minas. Tudo era logo minado e refeito pelos tírios. Então fantasiou a sério de levantar o cerco, com grande melancolia de ver nessa partida uma perda insigne para sua reputação. Nessa morrinha e pindaíba, acabou dormindo. Ao dormir, sonhou que um sátiro estava dentro da sua tenda dançando e saltitando com as pernas bódicas. Alexandre tentou pegá-lo, mas o sátiro sempre escapava. Por fim, ao persegui-lo num cantinho, o catou. Foi aí que acordou. E ao contar o sonho aos filósofos e sábios da corte, ouviu que os deuses estavam lhe prometendo a vitória, e que Tiro logo logo seria tomada, porque a palavra *Satyros*, dividida em duas, dá *Sa Tyros*, que quer dizer: "Sua é Tiro". Dito e feito: no primeiro assalto que fez, conquistou a cidade à força e numa grande vitória subjugou o povo rebelde.

Por outro lado, veja só como pelo significado de um nome Pompeu se desesperou. Depois de vencido por César na batalha de Farsalos, não tinha como se salvar, a não ser pela fuga. Fugindo pelo mar, chegou à ilha de Chipre. Perto da cidade de Pafos, reparou, junto à margem, num lindo e suntuoso palácio. Quando perguntou ao piloto como se chamava o tal palácio, ouviu que era chamado Κακοβασιλέα, ou seja, Mau-rei. O nome lhe deu um tal pavor e horror, que entrou em desespero, como se assegurado de que não poderia se esquivar de já já perder a vida. De jeito que os criados e marujos ouviram seus gritos, suspiros e gemidos. De fato, pouco tempo depois, um tal de Aquilas, camponês desconhecido, lhe cortou a cabeça. Ainda poderíamos a esse respeito mencionar o que aconteceu com Lúcio Paulo Emílio, quando o senado romano o elegeu como imperador, ou seja, como chefe do exército, que enviariam contra Perses, rei da Macedônia. Naquele dia à tardinha, quando voltava para casa num corre para o deslocamento, quando beijou uma filhinha sua chamada Trácia, percebeu que ela estava meio tristonha. 'Que foi (disse ele), minha Trácia? Por que você está assim jururu e chateada?

— Papai (respondeu ela), a Persa morreu'. Assim ela chamava uma cachorrinha que era o seu xodó. Diante dessas palavras, Paulo ficou certo da vitória contra Perses. Se o tempo permitisse, poderíamos discorrer pela sacra bíblia dos hebreus e encontraríamos cem passagens célebres que nos mostrariam com clareza com que observância e religião eles contemplavam os nomes próprios com seus significados."

Ao fim da palestrinha, chegaram os dois coronéis acompanhados de seus soldados, todos bem armados e bem decididos. Pantagruel lhes fez uma breve exortação para que se mostrassem virtuosos no combate, mesmo que por acaso se vissem coagidos (pois ainda não conseguia acreditar que as linguiças fossem tão traíras), com defeso de começarem a hostilidade, e informou que *terça-gorda* seria o seu sinal.

Capítulo 38

Como as linguiças
não devem ser desprezadas pelos humanos

Neste capítulo, o narrador aparece, meio que retomando a noção fálica de linguiça no Prólogo de Gargântua; assim ele se mostra como uma espécie de charlatão que apresenta sua justificativa. Para intérpretes como Agrippa, em Do pecado original, *por exemplo, a serpente que tentou Eva (Gênesis, 3:9) seria pura e simplesmente o pênis de Adão. Assim, ele vincula as serpentes às linguiças e faz uma espécie de releitura cômica dos híbridos míticos como prenúncios das linguiças.*

Os gigantes empilharam montes para atacar os deuses gregos no mito grego conhecido como Gigantomaquia. Academia é termo aqui usado a partir do uso grego, um jardim consagrado ao herói Academo. Priapo é o deus grego do falo, comumente designado como protetor dos jardins e representado como Itifalo. Paraíso é palavra derivada do grego παράδεισος e designa de fato os jardins em geral. Os himantópodes são mencionados por Plínio, História natural, *5.8. O braço de São Rigomer era uma relíquia conservada na igreja de Maillezais. Melusina é a mítica construtora do castelo em Lusignan. "Boceta-de-vintém" é tradução de* boursavitz, *uma caixa de colocar moedas, porém num chiste que ecoa o pênis em* vitz. *Trihori é uma dança tradicional bretã feita com saltos triplos. Erictônio era filho de Hefesto/Vulcano com a Terra, um ser dotado de rabo de serpente; Virgílio,* Geórgicas, *3.113, o descreve como inventor do carro. A história de Colaxes é contada por Valério Flaco,* Argonáuticas, *6.621 ss.*

Vocês vêm me zoar, seus manguaceiros, e não acreditam que essa seja a verdade do jeitinho que estou contando, tim-tim por tim-tim. Não tenho ideia do que fazer com vocês. Acreditem se quiserem; se não quiserem, vão lá ver! Mas eu sei muito bem o que eu vi. Foi na ilha Feroz. Dou nome a esse boi. E podem se lembrar da força dos antigos gigantes, que conseguiram sobrepor o excelso monte Pélion sobre o Ossa e o umbroso Olimpo envolver cõm o Ossa para combater os deuses e do céu desaninhá-los. Isso não era nada comum, nem marromeno. Eles, porém, não passavam de linguiças pela metade do corpo, ou serpentes, para não dizerem que estou de caô. A serpente que tentou Eva era linguícica; não obstante, está escrito que ela era mais fina e cautelosa do que todos os outros animais. Assim são as linguiças. Agorinha mesmo, defendem em certas academias que esse tentador era a linguiça chamada Itifalo, em que outrora fora transformado o bom messer Priapo, grande tentador de mulheres no paraíso em grego, ou seja, jardins em francês e português. Os suíços, povo hoje árduo e bélico, quem sabe mesmo se antes não eram salsichos? Eu é que não boto a mão no fogo! Os himantópodes, povo da Etiópia bem famoso, são linguiças segundo a descrição de Plínio, e nada mais. Se esses discursos não servem para satisfazer a incredulidade das suas senhorias, neste momento (ou seja, depois de tomar uma) podem visitar Lusignan, Parthenay, Vouvant, Mervent e Pouzauges, em Poitou. Lá vocês vão encontrar velhas testemunhas de renome e da boa forja, que vão jurar de pés juntos pelo braço de São Rigomer que Melusina, sua primeira fundadora, tinha corpo feminino até chegar na boceta-de-vintém, enquanto a parte de baixo era uma linguiça serpentina, ou uma serpente linguícica. Ela, no entanto, tinha um requebrado fino e chique, até hoje imitado pelos bretões baladeiros quando dançam seus trihoris trinados. Qual foi a causa de Erictônio ter sido o primeiro a inventar os coches, liteiras e carruagens? Foi porque Vulcano o gerou com pernas de linguiça, e para melhor escondê-las ele preferia andar de leiteira em vez de a cavalo, pois na sua época as linguiças ainda não tinham boa reputação. A ninfa cita Hora era também dividida à metade entre mulher e linguiça; e ainda assim pareceu tão linda a Júpiter, que se deitou com ela e teve um belo dum filho chamado Colaxes. Por isso, parem de gozação e podem acreditar: nada é tão verdadeiro quanto o Evangelho!

Capítulo 39

Como frei João se alia aos cozinheiros para combater as linguiças

Começam os preparativos da batalha culinária. Na Vulgata, Nebuzaradã e Potifar aparecem como capitães da guarda, cf. 2 Reis, 25, e Gênesis, 39. Já na Septuaginta, o primeiro aparece como cozinheiro; Rabelais aproveita essa variante como mote para inventar uma batalha culinária. A história sobre Cícero é contada por Plutarco, Cícero, 38, e retomada por Erasmo, Apotegmas, 4, "Cícero", 19.

O "buraco da madame" (trou madame) era um jogo de cartas; como temos o carteado do buraco, optei por manter essa versão.

———

Quando viu essas furiosas linguiças em marcha tão galharda, frei João disse a Pantagruel: "Vai ser uma bela duma batalha de palha, pelo que estou vendo. Ah, que grande honra e louvores magníficos para a nossa vitória! Queria que dentro da sua nau o senhor fosse apenas espectador do conflito, e no mais me deixasse agir com os meus homens.

— Que homens? perguntou Pantagruel.

— Assunto de breviário, respondeu frei João. Por que Potifar, mestre-cuca das cozinhas do Faraó, o tal que comprou José, e que José cornearia se quisesse, foi mestre da cavalaria de todo o reino do Egito? Por que Nebuzaradã, chef de cozinha do rei Nabucodonosor, foi dentre todos os capitães eleito para assediar e arruinar Jerusalém?

— Estou ouvindo, respondeu Pantagruel.

— Pelo buraco da madame, disse frei João, eu até ousaria jurar que eles antes já enfrentaram linguiças, ou gente de baixa estima que nem as linguiças; para abater, combater, domar e botá-las no saco, são incomparavelmente mais potentes e capazes os cozinheiros do que todos os homens de armas, cavalarias, soldadescas e infantarias deste mundo.

— Você me faz recordar, disse Pantagruel, uma coisa escrita entre as faceiras e alegres respostas de Cícero. Na época das guerras civis romanas entre César e Pompeu, ele tinha uma inclinação natural maior para o partido pompeiano, embora tivesse sido requisitado por César e até bem favorecido.

Um dia, quando ficou sabendo que os pompeianos, num certo embate, tinham sofrido insigne perda de homens, quis visitar o acampamento deles. No acampamento encontrou pouca força, menos coragem e muita baderna. Aí, já prevendo que tudo iria de mal a pior, como bem aconteceu, começou a zoar e zombar ora de uns, ora de outros, com sacanagens ácidas e picantes, com o sabor típico do seu estilo. Alguns capitães, tentando pagar de bons companheiros, como homens de bem, confiantes e decididos, lhe disseram: 'Está vendo quantas águias ainda temos?'. Era, então, a divisa dos romanos em tempos de guerra. 'Isso, respondeu Cícero, seria uma mão na roda, se tivesse guerra contra as gralhas.' Ora bolas, já que precisamos combater linguiças, você deduziu que será uma batalha culinária, então aos cozinheiros é melhor se aliar. Faça o que quiser fazer. Eu vou ficar aqui esperando o resultado dessa fanfarra."

Frei João na hora parte às tendas de cozinha e diz com toda animação e cortesia aos cozinheiros. "Molecada, hoje eu quero ver vocês todos com honra e triunfo. Vocês farão feitos de armas ainda inauditos em toda a lembrança! Pança sobre pança! Ninguém mais leva em conta os valentes cozinheiros? Vamos combater essas linguiças safadas! Eu serei o seu capitão. Vamos tomar uma, meus amigos. Simbora, coragem!

— Capitão (responderam os cozinheiros), o senhor lacrou geral. Estamos às suas belas ordens! Sob a sua liderança nós queremos viver e morrer!

— Viver (disse frei João) bem! Morrer não! Isso fica para as linguiças. Todos a postos! *Nebuzaradã* será o meu sinal."

Quarto livro

Capítulo 40

Como frei João preparou a Porca recheada
com os bravos cozinheiros

Este capítulo é mais uma das listas alucinantes de Rabelais. A grande Porca é um pastiche hilário do cavalo de Troia; a referência à Porca de La Réole indica uma espécie de testudem de guerra armada com catapultas usada por Carlos V (e não por seu filho Carlos VI, que reinou de 1380 a 1422) no assalto a Bergerac em 1378. Há, porém, um trocadilho maravilhoso que não consegui manter: truye (porca) ressoa Troye (Troia).

A barca amorabaquineira é a sexta da frota descrita no cap. 1. Importante lembrar que judeus e marranos evitavam carne de porco, daí que só apareçam depois dos toicinhos. O cardeal Le Veneur, bispo de Lisieux, era um gastrônomo renomado na época; é bem provável que Rabelais o conhecesse pessoalmente.

———

Então, sob o comando de frei João, os engenhosos mestres prepararam a grande Porca, que estava dentro da nau amorabaquineira. Era uma máquina maravilhosa feita com tal esmero, que dos grandes fundíbulos que alinhavam em volta, ela lançava bolaços e flechas quadradas emplumadas com aço, e dentro da sua quadratura poderiam facilmente combater e ficar protegidos duzentos ou mais homens; e foi feita seguindo o modelo da Porca de La Réole, graças à qual Bergerac foi tomada dos ingleses, quando na França reinava o rei Carlos VI.

Segue abaixo o número e os nomes dos bravos e valorosos cozinheiros, que, como dentro do cavalo de Troia, entraram na Porca:

Temperão.
Noveora.
Molengo.
Frouxo.
Torrésmio.
Morfético.
Mandrágora.
Rabanada.

390   François Rabelais

Cansadón.

Concha.

Mostobacalhau.

Crocâncio.

Mestre Sebo.

Tripagorda.

Pilão.

Lambevino.

Refofava.

Cabritada.

Churras.

Sarapatel.

Ragu.

Jilocofigo.

Desfiado.

Fricassê.

Todos esse nobres cozinheiros levavam seus brasões em campo de goles, lardeadeira de sinople, faixada com asna prateada inclinada à direita.

Toucinho.

Toicim.

Redontoucim.

Cometoicim.

Tiratoicim.

Gordotoicim.

Poupatoicim.

Arquitoicim.

Antitoicim.

Fritatoicim.

Laçatoicim.

Ralatoicim.

Marcatoicim.

Gotoicim, por síncope nascido em Rambouillet. O nome do doutor culinário era Godofredotoicim, que nem vocês chamam idólatra para idolólatra.

Roitoicim.

Autotoicim.

Docetoicim.

Mascatoicim.

Prendetoicim.

Bastatoicim.
Spetatoicim.
Cortatoicim.
Beltoicim.
Novotoicim.
Agritoicim.
Atatoicim.
Rolatoicim.
Pesatoicim.
Foletoicim.
Doutortoicim.
Nomes desconhecidos entre marranos e judeus.
Colhão.
Saladeiro.
Agriônio.
Ralanabo.
Charcuteiro.
Courodecoelho.
Salsa.
Pastelzim.
Ralabanha.
Francarrosca.
Mostardotário.
Vinagrado.
Sopildo.
Bonvivant.
Anta.
Cheiroverde.
Marmito.
Aparador.
Guisado.
Quebrapanela.
Ranhapanela.
Tremelique.
Salnagoela.
Escargoteiro.
Caldosseco.
Sopemarço.
Parrilhada.

Quarto livro

Coalho.

Macaron.

Botafogo.

Migalha. Esse foi tirado da cozinha para o serviço de quarto do nobre cardeal Le Veneur.

Azedamolho.

Escovão.

Carolo.

Braseiro.

Pauzim.

Pauzão.

Pauvão.

Belopau.

Paunovo.

Pauplumado.

Pau-pra-toda-obra.

Pauvéi.

Paupeludo.

Vaibezerro.

Lombeiro.

Pernilo.

Leitazedo.

Corremonte.

Sopratripa.

Boarraia.

Gabaonita.

Bocó.

Jacareiro.

Pleibói.

Talhado.

Sujón.

Mondam, inventor do molho Madame, e por tal invenção depois assim chamado em língua franco-escocesa.

Batedente.

Beiçola.

Mirelinguês.

Tofraco.

Lavapote.

Urelipipinga.

Maulimpo.

Bacalhau.

Panquequeiro.

Urucum.

Descabelo.

Antito.

Nabeiro.

Rabanense.

Chouricista.

Leitão.

Robert. Esse foi inventor do molho robert, tão saudável e necessário aos coelhos assados, patos, porcos frescos, ovos pochês, bacalhaus salgados e mil outros quitutes.

Frienguia.

Rubrarraia.

Cabra-cabaço.

Tongo.

Pá-daria.

Olíbrio.

Esquilo.

Aucalcanhá.

Salmingondin.

Salpicão.

Arenquenfumo.

Bolequeijo.

Bocão.

Zoigordo.

Vitelícia.

Cardo.

Salpicado.

Frigideiro.

Atoa.

Calabreso.

Naboso.

Têmer-ário.

Uindeporco.

Bostâncio.

Melequém.

Mataporca.

Roubamonte.
Galicegrua.
Caradepau.
Pamonha.
Bezerro.
Metidus.

Dentro da Porca entraram esses nobres cozinheiros, galhardos, elegantes, sagazes e prontos para a batalha. Frei João, com sua enorme cimitarra, entra por último e tranca por dentro a porta com mola.

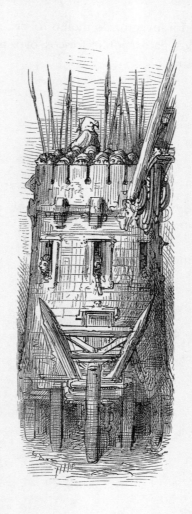

Capítulo 41

Como Pantagruel quebrou as pernas das linguiças

Chegamos à batalha em tom de paródia da épica de cavalaria; no Discípulo de Pantagruel, *as linguiças são todas talhadas e cortadas; porém Rabelais opta por salvá-las numa cena absolutamente estapafúrdia, com um porco voador monstruoso que as cura com um derrame de mostarda. Importante para entender a passagem é saber o seguinte: o texto grego (jônico designa o alfabeto grego)* ΥΣ ΑΘΗΝΑΝ *quer dizer "a Atena", e certamente retoma* Erasmo, Adágios, 1.1.40, *onde lemos o* sus Mineruam docet *("o porco ensina a Minerva", que é o nome romano de Atena), para fazer piada com os que buscam ensinar sem saber nada, ou seja, os ignorantes pretensiosos; é possível ler assim as linguiças, que enfrentam os pantagruelistas, também opositores de Quaresmeiro. Vale a pena atentar que algumas querelas religiosas da época eram expressas a partir de monstruosidades com função alegórica.*

O título do capítulo funcionava como expressão popular em francês da época, com o sentido de "fazer o mais difícil"; como quebrar pernas de linguiças é inverossímil e temos a expressão "quebrar as pernas" no sentido de dificultar a vida de alguém, optei por mantê-la, tirando proveito do desvio. Cervelat é um tipo de salsicha produzida na Suíça, que continua com a ligação entre protestantes e embutidos; ele é comparado ao Touro de Berna, fazendo referência histórica a um soldado, na batalha de Marignano entre franceses e espanhóis (1515), que tinha o apelido de Touro pelo seu tamanho, ou então porque tocava corneta de touro, e que desmontou parte da artilharia francesa antes de ser morto; uma figura mencionada em Pantagruel, *cap. 1.*

Languegoth faz jogo etimológico, já que Rabelais grafa Languegoth em vez de Languedoc por ser ali uma região de godos; a mesma piada foi feita em Gargântua, *cap. 16. O nome da rainha Pedoca traduz o francês Pedaucque, porém retorna à sua origem occitana* pede d'oca, *do latim* pes aucae *("pé de gansa"), figura mítica e tradicional que aparece também nos* Contes et discours d'Eutrapel, *obra anônima publicada em 1585.*

Tanto se achegaram as linguiças, que Pantagruel percebeu como é que elas contraíam os braços e já começavam a baixar as lanças. Então envia Gi-

Quarto livro

nasta para ouvir o que elas queriam dizer e por qual querela elas queriam, sem desafio, guerrear contra seus velhos amigos, que nada tinham malfeito nem maldito. Ginasta, de frente para as primeiras fileiras, fez uma grande e profunda reverência e bradou quanto podia, dizendo: "Seus, seus, seus somos nós todíssimos, e às ordens. Todos dependemos de Terça-gorda, seu velho confederado". Mais tarde me contaram que ele disse Gorda-terça, e não Terça-gorda. Seja como for, diante dessas palavras um enorme cervelat selvagem e gorducho saiu à frente do batalhão e tentou pegá-lo pelo pescoço: "Meu Deus (disse Ginasta), aqui você só entra talhadão, que assim inteiro não tem jeito!". Aí ele sacou sua espada Beijameocu (era como ele a chamava) de duas mãos e fatiou o cervelat em dois pedaços. Deus do céu, como era gordo! Me lembrou do roliço Touro de Berna, que foi morto em Marignano com a derrota dos suíços. Podem acreditar que ele não tinha menos de quatro dedos de toicinho na pança.

Descerebrado o cervelat, as linguiças partiram para cima de Ginasta e já o deitavam por terra, quando Pantagruel, com os seus, veio a passos largos em socorro dele. Então começou o combate marcial num pega para capar. Carcalinguiça carcava linguiças; Talhachouriço talhava chouriços. Pantagruel quebrava as pernas das linguiças, frei João se mantinha dentro da Porca vendo tudo e matutando quando os bolinhos, que estavam de cilada, cairiam todos no berreiro em cima de Pantagruel.

Então frei João, ao ver aquela barafunda e quizumba, abre as portas da Porca e sai com seus bons soldados, uns portando espetos de ferro, outros segurando morilhos, cães-de-lareira, panelas, frigideiras, caldeirões, grelhas, atiçadores, tenazes, pingadeiras, escovas, marmitas, pilões, almofarizes, todos alinhados que nem incendiários de casas, gritando e berrando todos juntos, de dar medo: "Nebuzaradã, Nebuzaradã, Nebuzaradã!". Com tanta gritaria e alvoroço, se bateram com os bolinhos e atravessaram os salsichões. As linguiças, num supetão, perceberam o novo reforço e danaram a fugir no pique, que nem se tivessem visto todos os diabos. Frei João, a golpes de pedraços, as abatia que nem moscas; seus soldados não pegavam leve. Dava até pena. O campo ficou todo coberto de linguiças mortas ou feridas. E reza a história que, se Deus não fizesse sua intervenção, a raça linguícica teria sido por tais soldados culinários completamente exterminada. Só que aconteceu uma coisa maravilhosa. Acredite quem quiser.

Do lado da Transmontana revoou um grande, grasso, grosso e gris porco com asas longas e amplas que nem as asas de um moinho de vento. E tinha uma penugem vermelho carmim, que nem um fenicóptero, que em Languegoth chamam de *flamant*, o flamingo. Os olhos, tinha-os vermelhos e fla-

398   François Rabelais

mejantes, que nem um piropo; as orelhas verdes que nem uma esmeralda; os dentes amarelos que nem um topázio; o rabo longo e preto que nem mármore lucúlio; os pés brancos, diáfanos e transparentes que nem um diamante, e eram bem palmados que nem os dos gansos, e como outrora em Toulouse os tinha a rainha Pedoca. E tinha um colar de ouro no pescoço, onde se lia um texto jônico, do qual só se podia ler duas palavras: ΥΣ ΑΘΗΝΑΝ. Porco a Minerva ensinando. O clima estava lindo e claro. Mas com a chegada desse monstro, atronou tão forte pela banda da esquerda, que nós ficamos destronados das cadeiras. As linguiças, assim que viram isso, prostraram armas e bastões e por terra todas se ajoelharam, erguendo apenas as mãos juntas sem nada falarem, como numa adoração. Frei João, com os seus, o tempo todo acertava e espetava linguiças. Porém, por ordem de Pantagruel, soou a retirada, e cessaram todas as armas. O monstro, depois de muitas vezes voar e revoar entre os dois exércitos, jogou mais de vinte e sete pipas de mostarda no chão, depois se escafedeu voando no ar e guinchando sem parar: "Terça-gorda, Terça-gorda, Terça-gorda".

Capítulo 42

Como Pantagruel parola com Niphleseth, rainha das linguiças

Como bem observa Hormaechea, este capítulo curto tem dois tempos: primeiro nos apresenta um pastiche dos tratados de paz, com suas trocas de presentes, junto ao costume dos viajantes franceses no Novo Mundo de enviar nativos para a corte francesa, como fez Cartier em 1536, quando trouxe o chefe Donnacona e mais nove índios, que acabaram morrendo em apenas quatro anos, à exceção de uma menina. Na segunda parte, temos a pergunta sobre o portento do porco voador, que aparece aqui como uma Ideia em sentido platônico, ou seja, como formulação ideal e visível da divindade adorada, ou seja, um modelo ou arquétipo. Algo similar veremos com os papímanos, que reverenciam o papa como Ideia de Deus. E assim temos mais uma crítica de pendor evangélico ao catolicismo, que passa a ser visto como um tipo de idolatria, ao acreditar, por exemplo, no milagre da eucaristia, que conteria sangue e carne de Cristo no vinho e nas hóstias.

Para o leitor moderno, pode parecer estranho que Quaresmeiro pudesse analisar a urina do animal, porém era uma prática medicinal bastante recorrente na época. A Rue Pavée d'Andouilles seria a atual Rue Séguier, em Paris, e o significado é "calçada das linguiças", porém também se poderia entender que é uma "rua calçada com linguiças"; ainda há uma rua com esse nome curioso em Saint-Gengoux-le-National. Sangreal (grafa-se idêntico em francês) une numa só palavra um pastiche com o Santo Graal e com o sangue real, e aparece também na carta de Rabelais escrita a Antoine Hullot.

Sem reaparecer o monstro supracitado, com o resto dos dois exércitos em silêncio, Pantagruel pediu para parolar com a senhora Niphleseth (assim se chamava a rainha das linguiças), que estava por perto das insígnias, dentro de seu carro. A coisa se acertou facino. A rainha desceu à terra e graciosamente saudou Pantagruel e o acolheu de boa. Pantagruel danou a reclamar dessa guerra. Ela pediu desculpas sinceras, alegando que, por um falso relato, tinha cometido o erro, e que os espiões tinham informado que Quaresmeiro, seu velho inimigo, havia desembarcado na terra e já passava o tem-

po conferindo a urina dos fisetérios. Depois ela pediu que fizesse o favor de perdoá-la pela ofensa, alegando que em linguiças era mais fácil encontrar merda do que fel; nessa situação, ela e todas as Niphleseth suas sucessoras, por todo o sempre para ele e para seus sucessores, em toda a ilha e região, guardariam lealdade e homenagens, que cumpririam em tudo e por tudo às ordens dele, seriam de seus amigos amigas e de seus inimigos inimigas; e todo ano, como prova de fidelidade, lhe enviariam setenta e oito mil linguiças régias para servirem de entrada nos pratos por seis meses do ano. Dito e feito: enviou no dia seguinte, dentro de seis grandes bergantins o tal número de linguiças régias ao bom Gargântua, sob a condução da jovem Niphleseth, infanta da ilha. O nobre Gargântua fez delas um presente, que enviou ao grande rei de Paris. Mas, com a mudança dos ares, e também por falta de mostarda, o bálsamo natural e restaurante de linguiças, quase todas morreram. Por outorga e desejo do grande rei foram levadas aos montes até um ponto de Paris, que até hoje se chama Rue Pavée d'Andouilles.

A pedido das damas da corte real, Niphleseth, a jovem, foi salva e tratada com todas as honras. Depois se casou num lugar riquésimo e teve vários filhos fofinhos, então louvado seja Deus.

Pantagruel agradeceu com toda a cortesia à rainha, perdoou toda ofensa, recusou a oferta que ela tinha feito e lhe deu uma linda faquinha praguense. Aí com todo o cuidado interrogou sobre a aparição do monstro supracitado. Ela respondeu que era a Ideia da Terça-gorda, sua deusa tutelar em tempos de guerra, primeira fundadora e origem de toda a raça linguícica. Por isso é que parecia um porco, pois de porco as linguiças foram extraídas.

Pantagruel perguntou por que razão e com qual indicação curativa ela tinha jogado tanta mostarda na terra. A rainha respondeu que mostarda era o Sangreal e bálsamo celeste, e que, botando um pouco dela nas chagas das linguiças prostradas, em pouquíssimo tempo as feridas se curavam, e as mortas ressuscitavam.

Não teve mais papo entre Pantagruel e a rainha; e ele se retirou à sua nau. O mesmo fizeram todos os bons companheiros com suas armas e a Porca.

Capítulo 43

Como Pantagruel desembarcou na ilha de Ruach

Esta ilha dos ventos é uma longa piada sobre flatos em geral, mas ela também é calcada na quase homofonia entre vin *(vinho) e* vent *(vento), que não consegui recriar de forma satisfatória, para produzir essa correspondência entre o vinho dos manguaceiros e o vento de Ruach. O último trecho pode ser lido como mais uma crítica à eucaristia católica.*

Anêmona, em grego ecoa ἄνεμος *(vento), pois os antigos pensavam que era uma flor que se abria com os ventos. Cirão é o nome de um vento grego,* Σκίρων, *que funciona como pseudoetimologia para o sobrenome de Jean Schyron, médico professor de Rabelais na época em que nosso autor estudava em Montpellier; Rabelais grafa* Scurron, *o que também poderia servir como piada com o termo* scurra *em latim, que significa "bufão". Assim, Cirão soa como um aumentativo (e pode ecoar até piadas contemporaneíssimas com o político Ciro Gomes, como "Cirão da massa"). Ventroso evoca quem tem ventre inchado, portanto, hidropisia.*

Hipócrates realmente escreveu um tratado sobre flatos e Marichal nos diz que o exemplar latino da Biblioteca da França tem um ex-libris de Rabelais! Segundo a lenda, as tarambolas se alimentavam de vento. Em som-neto, aproveito a boa solução de Élide Valarini Oliver para recriar o trocadilho final do capítulo: em francês sonnet *é tanto o soneto ("sonzinho" em italiano) quanto um* son net *("som claro, límpido"); "neto", apesar de palavra rara, tem acepção de "nítido" e "limpo"; daí que um soneto possa ser, homofonicamente, um som-neto.*

———

Dois dias depois, chegamos à ilha de Ruach, e juro para vocês pelo Sete-Estrelo que achei o jeito e a vida desse povo estranho a dar com pau. Eles vivem só de vento. Nada bebem, nada comem, fora vento. As casas são só cata-ventos. E nos quintais só semeiam três tipos de anêmona. Arruda e outras ervas carminativas são arrancadas minuciosamente. O povão, para se alimentar, usa uns abanadores de pena, de papel, de pano, de acordo com suas possibilidades e condições. Os ricos vivem de moinhos de vento. Quando fazem alguma festa ou banquete, preparam as mesas embaixo de um ou

Quarto livro

dois moinhos de vento. Aí eles se refestelam na maior, que nem num casamento. E durante a refeição discutem sobre a qualidade, excelência, saúde e raridade dos ventos, que nem vocês, seus manguaceiros, nos banquetes filosofam sobre vinhedos vinhentos. Um louva o Siroco, outro o Lebeche, outro o Garbino, outro o Bise, outro o Zéfiro, outro o Galerno. E por aí vai. Outro o vento da camisa, para os sedutores e apaixonados. Para os doentes, usam vento ralo, que nem damos sopa rala aos doentes da nossa terra. "Ah (me dizia um infladinho), quem é que tem uma dose daquele bom vento de Languegoth que a gente chama de Círcio? O nobre médico Cirão nos contava que, certa vez ao passar por esse país aí, ele é tão forte, que vira até carroça carregada. Ah, como ele poderia dar um jeito nessa minha perna edipódica! As graúdas demais não são as melhores!

— Quem sabe (disse Panurgo) uma pipa graúda deste bom fermentado vinhento de Languegoth, que dá em Mireval, Canteperdrix e Frontignan!"

Eu vi lá um homem de bem aparentado com toda cara de ventroso, amargamente emputecido contra um criado dele, grande e gordo, e contra um pequeno pajem, e batia neles que nem o diabo, com as maiores chineladas. Sem saber a causa dessa amargura, pensei que era algum conselho dos médicos, como se fosse coisa saudável ao mestre se emputecer e espancar, e aos criados serem espancados. Só que ouvi que ele criticava os criados por terem roubado meio odre de vento Garbino, que ele guardava com o maior carinho, que nem um quitute raro, para o fim da estação. Eles não cagam, nem mijam, nem cospem nessa ilha. Em compensação, bufam, peidam, arrotam com fartura. Sofrem com todo tipo de doença. Também toda doença nasce e decorre da ventosidade, como já deduziu Hipócrates, livro *De flatibus*. Mas a mais epidêmica é a cólica ventosa. Para se curarem dela, usam amplas ventosas e soltam fortes ventanias. Acabam todos morrendo de timpanite hidrópica. Os homens morrem peidando, as mulheres, bufando. Assim sai a alma pelo cu.

Depois, quando zanzávamos pela ilha, encontramos três grandes cabeças-de-vento que iam à praia ver as tarambolas, que ficam ali às pencas e vivem da mesma dieta. Eu reparei que, também que nem vocês, manguaceiros, quando andam pela região levam frascos, cantis e garrafas, do mesmo jeito cada um na cintura trazia um folezinho lindo. Se por acaso precisassem de ventos, com esses folezinhos fofos forjavam vento fresco, com atração e expulsão recíproca, como vocês bem sabem que vento, por essência e definição, não passa de ar flutuando e ondulando.

Foi aí que, por ordem do rei deles, nos ordenaram que por três horas não poderíamos acolher em nossos navios nem homem, nem mulher da re-

gião, porque tínhamos roubado uma gaita de foles cheinha de vento próprio que outrora dera a Ulisses o bom roncador Éolo, para melhor levar a nau em tempo de calmaria. E ele o guardava religiosamente, feito um outro Sangreal e com ele curava várias doença perniciosas, apenas soltando e alargando nos doentes o tanto necessário para forjar um punzinho virginal, é o que as santimoniais chamam de som-neto.

Capítulo 44

Como chuva miúda o vento muda

O título do capítulo é um provérbio ainda hoje conhecido, "petite pluie abat grand vent", por isso optei por usar o provérbio equivalente em nossa língua. Aqui os jogos entre vinho e vento continuam, bem como usos do Discípulo de Pantagruel, dessa vez com alusão a Erasmo, Adágios, 4.9.3, Vento vivere ("viver de vento"). Outro ponto importante a ser lembrado é que a destruição de moinhos de vento era uma prática comum em guerras e invasões, pois sem eles a população local ficava praticamente impossibilitada de comer.

Volúpia traduz volupté *em francês, que certamente vem do termo usado pelo maior divulgador antigo do epicurismo, Lucrécio, para designar o prazer em latim:* uoluptas. *A expressão "nada será de todo modo ditoso" é referência clara a Horácio, Odes, 2.16.27-8 (Nihil est ab omni/ parte beatum), por isso usei a minha própria tradução da passagem. Jenin é o nome típico do corno manso. Quinquenais é uma aldeia francesa na comuna de Chinon, pátria de Rabelais. Rasanareba apareceu no cap. 17. Mezarim é palavra hebraica que designa o vento norte, aqui ironicamente designando os médicos de Ruach.*

Pantagruel louvava a política e o modo de vida deles e disse ao potentado hipenêmio: "Se você aceitar a opinião de Epicuro dizendo que o bem soberano consiste em volúpia, e digo Volúpia fácil, não penosa, vou considerá-lo bem feliz. Porque o seu viver, que é de vento, não custa nada, ou bem pouco: basta soprar.

— Verdade, respondeu o potentado. Mas nesta vida mortal nada será de todo modo ditoso. Muitas vezes, quando estamos à mesa para nos alimentarmos de algum bom e farto vento de Deus, tal como o maná celeste, de boa que nem padres, uma garoa chega e nos abate e toma o vento. Assim são muitas refeições perdidas por falta de víveres.

— É, disse Panurgo, que nem Jenin de Quinquenais que, mijando na raba da sua mulher Quelote, cortou o vento de mutum que saía como se fosse de uma magistral eolípila. Faz um tempo que esmerilhei uma décima caprichada sobre isso:

Quarto livro

Jenin sorvia vinhos, novo lote,
Ainda turvo, fermentando a lia,
Quando pediu um nabo pra Quelote
Pra dar um caldo grosso com folia.
Assim rolou. E sem melancolia
Fizeram seu calamengau na sova,
Mas do sono o prazer Jenin nem prova,
Pois Quelote peidava com provento,
Então mijando nela disse: 'É prova
De que chuva miúda muda vento'.

Jenin tastant un soir ses vins nouveaulx,
Troubles encor et bouillans en leur lie,
Pria Quelot apprester de naveaulx
À leur soupper, pour faire chere lie.
Cela feut faict. Puis sans melancholie
Se vont coucher, belutent, prenent somme.
Mais ne povant Jenin dormir en somme
Tant fort vesnoit Quelot, et tant souvent,
La compissa. 'Puys voylà, dist il, comme
Petite pluie abat bien un grand vent'.

— E tem mais (dizia o potentado), aqui rola uma calamidade anual enorme e daninha. É que um gigante chamado Rasanareba, que mora na ilha de Tohu, todo ano por indicação médica aqui viaja na prima Vera, para fazer uma purga, e nos devora um grande número de moinhos de vento, que nem pílulas, e também de foles, que lhe dão um comichão de comer. O que nos bota na miséria, e acabamos jejuando por três ou quatro Quaresmas a cada ano, sem rogar nem gorar.

— E vocês não sabem, perguntava Pantagruel, como sair dessa?

— Segundo o conselho, respondeu o potentado, dos nossos mestres mezarins, na estação em que ele costuma vir aqui, nós colocamos dentro dos moinhos rencas de galos e rencas de galinhas. Na primeira vez que ele os devorou, faltou pouco para morrer. Porque cantavam dentro do corpo e voavam através do estômago, até que caiu numa lipotimia, cardiopatia e convulsão arrepiante e perigosa, que nem se uma cobra tivesse lhe entrado pela boca até o estômago.

— Aí está, disse frei João, o *que nem* está inadequado e incongruente. Pois certo dia ouvi dizer que a cobra que entra no estômago não causa desprazer nenhum e logo volta para fora, se pelos pés a gente pendura o paciente e bota junto à boca um panelão de leite quente.

— Você, disse Pantagruel, ouviu dizer; e também esses que lhe contaram. Mas esse remédio nunca foi visto nem lido. Hipócrates, livro 4, *Epidemias*, escreve sobre um caso da época, em que o paciente num supetão morreu de espasmo e convulsão.

— E mais, dizia o potentado, todas as raposas da região lhe entraram goela abaixo caçando as galinhas, e podia bater as botas a qualquer momento, não fosse o conselho de um panaca feiticeiro, à beira do paroxismo, de ele chamar o raul como antídoto e contraveneno.

Depois teve melhor sugestão e remédio com um clister que lhe deram, feito com uma decocção de grãos de trigo e painço, aonde correram os frangos, junto com fígados de ganso, aonde correram as raposas. Também pílulas que ele toma pela boca, compostas de lebréus e fox terriers. Para você ver o nível da situação.

— Não tenha medo, meu povo de bem (disse Pantagruel), de hoje em diante. Esse grande Rasanareba devorador de moinhos de vento está mortinho da silva. Eu garanto! E morreu sufocado e engasgado ao comer um prato de manteiga fresca na boca de um forno quente, por prescrição médica."

Capítulo 45

Como Pantagruel desembarcou
na ilha dos Papa-figos

*Os papa-figos (*papefigues *em francês), como vemos, são os indivíduos que fizeram o gesto da figa ao papa, um gesto de origem na Antiguidade pagã e que está ligado ao sexo e à fertilidade, como forças também apotropaicas e vinculadas ao riso. Por isso, como bons protestantes, passaram a ser considerados hereges. Por trás dessa alegoria, certamente estão os valdenses de Provença (vertente ascética cristã com origem nos seguidores de Pedro Valdo, em Lyon, no séc. XII), que sofreram o massacre de Mérindol em 1545, embora fossem considerados súditos leais por Guillaume du Bellay, patrono de Rabelais; o fato é que a política conciliatória fracassou, e o massacre é um marco, com a morte de milhares. Os papa-figos claramente se opõem aos papímanos (tomados de "mania", "loucura" papal), que veremos mais adiante, e aos papagaios da Ilha Sonante, no* Quinto livro, caps. 2 a 8. *À imagem da figa soma-se a da figueira, que representa a fertilidade e a abundância no imaginário cristão, assim como a figueira estéril representa a sinagoga que parou de dar seus frutos e perdeu a seiva (cf. a Parábola da Figueira em* Mateus, *24:32-5,* Marcos, *12:28-31, e* Lucas, *21:29-33). Curioso observar que a punição da estirpe ecoa o pecado original de Eva e Adão. Eu ainda acrescentaria que o figo representava frequentemente o ânus entre os gregos. Estaria isso também na mente de Rabelais, que bem conhecia várias obras?*

Barba-Ruiva, ou Barbarossa, ou Barba-Roxa (1122-1190) foi o primeiro imperador do Sacro Império Romano-Germânico; a tomada de Milão se deu em 1158 e a ação do imperador foi em 1162; essa história é tirada de Paradin, De antiquo Burgundiae statu *(Do antigo estado da Borgonha).*

O templo de São Pedro é a futura Basílica, que ainda vinha sendo elaborada desde 1506, em estado menor que o atual, e sem a cúpula. Também temos aqui a história do lavrador e da água benta, que funciona como uma paródia de exorcismo; nele, o grimório representa o ritual romano.

No dia seguinte, encontramos a ilha dos Papa-figos. Que antigamente eram ricos e livres e chamados de galhardos, mas então estavam pobres, desgracentos e sujeitos aos papímanos. A situação foi a seguinte. Num dia de festa anual com bandeiras, os burgomestres, síndicos e gordos rabinos galhardos tinham ido passar tempo e ver a festa em Papimania, ilha vizinha. Um deles, ao ver o retrato papal (seguindo o louvável costume de mostrá-lo publicamente nos dias de festa com bandeiras de duas varas), fez uma figa para ele, o que naquela região é sinal de desprezo e derrisão explícita. Para vingar isso, os papímanos, alguns dias depois, sem abrirem o bico, pegaram todos em armas, surpreenderam, saquearam e arruinaram toda a ilha dos galhardos, cortaram ao fio da espada todo homem que tivesse barba. Às mulheres e aos jovenzinhos perdoaram com uma condição parecida com aquela que o imperador Frederico Barba-Ruiva usou contra os milaneses.

Os milaneses tinham se rebelado na ausência dele e escorraçado da cidade a imperatriz, esposa dele, humilhantemente montada numa velha mula chamada Thacor, cavalgando ao revés, ou seja, com o cu virado para a cabeça da mula, e a cara virada para a garupa. Frederico, ao retornar, depois de subjugá-los e prendê-los, mandou uma diligência para recuperar a célebre mula Thacor. Então, no meio do grande Brouet, por sua ordem, o carrasco botou nos membros vergonhosos de Thacor um figo, diante dos olhos e ouvidos dos cidadãos cativos, depois, ao som da trombeta, gritou que, da parte do imperador, qualquer um deles que quisesse escapar da morte deveria pegar em público o figo com os dentes e devolvê-lo ao mesmo lugar, sem usar as mãos. Quem recusasse seria imediatamente enforcado e estrangulado. Alguns deles tiveram vergonha e horror diante de uma pena tão abominável, deixaram para trás o medo da morte e foram enforcados. Em outros, o medo da morte dominou a tal vergonha. Depois de tirarem a belas dentadas o figo, o mostravam ao verdugo claramente dizendo: *Ecco lo fico.*

Numa humilhação similar, o resto desses pobres e desolados galhardos foram poupados e salvos da morte. Tornaram-se escravos e tributários, e sobre eles se impôs o nome de papa-figos, porque ao retrato papal tinham feito a figa. Desde então, os pobres coitados nunca mais prosperaram. Todos os anos tinha geada, tempestade, peste, fome e todo mal, feito uma eterna punição pelo pecado dos ancestrais e antepassados.

Ao vermos a miséria e calamidade do povo, nem quisemos entrar mais. Só para tocar água benta e nos confiarmos a Deus, entramos numa capelinha perto do porto, arruinada, desolada e descoberta, que nem em Roma o templo de São Pedro. Entrados na capela para buscar a água benta, percebemos, ali dentro da pia batismal, um homem vestido de estola e todo imerso na água, que nem um pato mergulhando, fora um teco do nariz para respirar. Em volta dele estavam três padres bem barbeados e aparados, lendo o grimório e conjurando os diabos.

Quarto livro

Pantagruel achou a parada estranha. E ao perguntar que peça era essa que encenavam, foi informado que já fazia três anos que reinava na ilha uma pestilência tão terrível, que pelo menos metade da região andava deserta, e as terras sem dono. Passada a pestilência, esse homem imerso na pia batismal estava lavrando um campo grande e restil e semeando com trigo-mole no dia e na hora em que um diabrete (que ainda não sabia gear nem trovoar, a não ser salsinha e repolho, e ainda não sabia ler nem escrever) recebeu de Lúcifer a autorização de vir até essa ilha dos Papa-figos para curtir adoidado, onde os diabos tinham grande intimidade com os homens e mulheres e muitas vezes iam passar um tempo. Chegado o diabo, ali mesmo se dirigiu ao lavrador e perguntou o que estava fazendo. O pobre coitado respondeu que estava semeando aquele campo com trigo-mole, para tentar viver o ano seguinte. "Certo, mas (disse o diabo) este campo não é seu: é meu e me pertence! Porque, desde a hora e momento em que vocês fizeram a figa ao papa, toda esta região nos foi adjudicada, consignada e outorgada. Semear trigo, porém, não é meu metiê. Portanto, vou lhe deixar o campo. Mas com a condição de dividirmos o lucro.

— Fechou, respondeu o lavrador.

— Quero dizer (disse o diabo) que do lucro por vir vamos fazer dois lotes. Um vai crescer sobre a terra, o outro será de terra coberto. A escolha é minha, porque sou diabo de nobre e antiga linhagem, e você não passa de um capiau. Escolho o que está na terra, você fica com o de cima. Quando vai ser a colheita?

— Meados de julho, respondeu o lavrador.

— Pois bem (disse o diabo), eu vou estar aqui sem falta. Siga tudo nos conformes. Trabalhe, capiau, trabalhe! E eu vou tentar o gostoso pecado da luxúria nas nobres freiras de Peidosseco, nos carolas e glutões mendicantes. Dos quereres deles eu tenho mais do que certeza! Vai ser combate corpo a corpo!"

Capítulo 46

Como o diabrete foi enganado
por um lavrador de Papa-figueira

Continuamos aqui a história do capítulo passado com o diabo iniciante e o lavrador. É interessante perceber a importância de São Paulo para a salvação dos jovens estudantes, inclusive porque esse era um santo bastante elogiado pelos reformistas e evangélicos. Outro ponto importante é atentar que as terras boreais são também o norte da Europa, onde florescia então a Reforma, atrapalhando o festim diabólico sobre almas de um cristianismo católico, na visão de Rabelais. Talvez essa referência esteja diretamente ligada à abolição dos mosteiros na Inglaterra, por ordens de Henrique VIII.

A fala do lavrador sobre o grão podre ecoa João, 12:24: "Na verdade, na verdade vos digo que, se o grão de trigo, caindo na terra, não morrer, fica ele só; mas se morrer, dá muito fruto".

Desde a Biblioteca de Saint-Victor em Pantagruel, *cap. 7, Rabelais é o primeiro a usar o termo* farfadetz *para designar duendes, mas enviesadamente fala dos frades; esses são portanto os duendes que os diabos adoram comer. A referência a Trebizonda, na Turquia, não parece clara; talvez seja piada com o filósofo bizantino Jorge de Trebizonda (1395-1484), que escreveu uma* Rhetorica *adaptando ao latim os ensinos do rétor Hermógenes.*

Em meados de julho, veio o diabo se apresentar no local, acompanhado por um esquadrão de pequenos diabinhos de coral. Ao encontrar o lavrador, disse: "E aí, capiau, se comportou direitinho depois que eu vazei? Passe para cá a nossa parte.

— Falou (respondeu o lavrador) e disse."

Então começou o lavrador com os seus a ceifar o trigo. Os diabretes, por sua vez, tiravam o restolho da terra. O lavrador bateu seu trigo na eira, joeirou, ensacou e levou para vender no mercado. Os diabinhos fizeram o mesmo e, no mercado perto do lavrador, se sentaram para vender o restolho. O lavrador vendeu superbem seu trigo e com a grana encheu a velha meia-

Quarto livro   413

-bota que trazia na cintura. Os diabos não venderam nada; pelo contrário, os camponeses em pleno mercado tiravam sarro deles. Depois de fechar o mercado, disse o diabo ao lavrador: "Capiau, dessa vez você me enganou; na outra não me engana.

— Meu senhor diabo, respondeu o lavrador, como é que eu o enganei, se você escolheu primeiro? Na real, nessa escolha eu pensei me enganar, achando que nada sairia por cima da terra na minha parte e que por baixo encontraria inteirinho o grão que semeei, para assim tentar os desvalidos, carolas ou avarentos, e com a tentação fazer com que eles caíssem na sua tramoia. Mas você ainda era bem verde no rolê. O grão que está vendo na terra morreu e está corrompido; a corrupção dele foi a geração do outro, que você me viu vender. Então você escolheu o pior. Por isso que você é maldito nos ditos do Evangelho!

— Mudando (disse o diabo) de pau para cavaco: com o que você pode este ano semear o nosso campo?

— Para um lucro, respondeu o lavrador, de bom agricultor, o melhor seria rabanete.

— Pois então (disse o diabo), você é capiau de bem, pode semear rabanete à beça, que eu vou protegê-los contra tempestade e não vou gear nada por cima. Mas ouça bem: fica na minha parte o que crescer sobre a terra, você fica com o de baixo. Trabalhe, capiau, trabalhe! Eu vou tentar os hereges, são almas deliciosas de grelhar no carvão; o senhor Lúcifer está com cólica, vão dar um petisco de primeira!"

Chegada a hora da colheita, o diabo veio ao local com um esquadrão de diabinhos de câmara. Encontrando ali o lavrador e os seus, começou a ceifar e recolher as folhas de rabanete. Depois dele, o lavrador cavava e tirava imensos rabanetes e metia no saco. Assim, vão todos juntos ao mercado. O lavrador vendia os rabanetes que era uma maravilha. O diabo não vendeu nada. Pior ainda, tiravam sarro dele bem na cara. "Eu já saquei, seu capiau, disse então o diabo, que fui enganado. Quero dar um ponto final no campo partilhado entre nós dois. Assim será o trato: vamos nos esfolar um ao outro, e aquele que primeiro se render vai abandonar sua parte do campo. Ele fica inteirinho para o vencedor. A data é daqui a oito dias. Vá lá, capiau, que eu vou lhe arranhar que nem o diabo! Agora vou tentar os chicaneiros saqueadores, maquiadores de processos, notários falsários, advogados prevaricadores; mas me informaram com um dragomano que eles já são todos meus. Aí Lúcifer já se encheu dessas almas deles. E, vira e mexe, as manda de volta aos diabos faxineiros de cozinha, a não ser quando estão bem temperadinhas.

Reza o ditado: não existe melhor café que um estudante, almoço que um advogado, tira-gosto que um vinhateiro, janta que um vendedor, lanchinho que uma camareira. Nem refeição melhor que duendes. É verdade verdadeira que o senhor Lúcifer devora em todas as refeições uns duendes como entrada. E costumava comer no café estudantes. Mas (ai!), não sei por que desgraça, faz uns anos que eles passaram a incluir nos seus estudos a santa Bíblia. Por causa disso, não conseguimos levar mais nem unzinho ao diabo. E acho mesmo que, se os duas-caras não ajudassem, ao arrancarem São Paulo das mãos deles com ameaças, ofensas, força, violência e fogueira, nunca mais mandaríamos um goela abaixo. Com advogados perversores do direito e saqueadores dos pobres ele janta de costume, e nunca faltam. Mas o mesmo pão todo dia enche o saco. Dia desses, no meio da reunião capitular, disse que comeria com gosto a alma de um santarrão que numa prece se esqueceu de rogar por si mesmo. E prometeu paga dupla e promoção das boas para quem trouxesse uma ainda quente do forno. Cada um de nós saiu atrás de uma. Mas sem sucesso algum. Todos eles exortam as nobres senhoras a doarem ao seu convento. Ele largou os tira-gostos depois que teve uma cólica braba, porque nas terras boreais seus açougueiros, carvoeiros e salsicheiros o ofenderam de um jeito vil. Ele ceia muito bem uns vendedores usurários, boticários, falsários, falsificadores de moedas e adulteradores de mercadorias. E algumas vezes, quando está de boa, devora umas camareiras que beberam o bom vinho dos seus mestres e depois encheram o tonel com água podre. Trabalhe, capiau, trabalhe! Eu vou tentar os estudantes de Trebizonda a deixarem pai e mãe, a renunciarem ao governo comum, a se emanciparem dos editos régios, a viverem em liberdade subterrânea, a desprezarem qualquer um, a zoarem com todos e a, tomando a linda e leve máscara da inocência poética, virarem todos uns nobres duendes."

Capítulo 47

Como o diabo foi enganado
por uma velha de Papa-figueira

O capítulo encerra a história do lavrador e do diabo com uma cena que lembra muito a velha e o leão em Pantagruel, cap. 15. *Cabe observar que em muitos mistérios medievais os diabos podem ser representados assim, como tolos facilmente enganáveis pelos humanos.*

A história das mulheres persas é citada por Erasmo, Apotegmas, 6.93, *a partir de Plutarco,* Da virtude feminina: durante a batalha contra Astiages, rei dos medas, quando os persas fugiam, as mulheres subiam suas vestes e os humilhavam dizendo que não havia mais como voltarem ao útero. *O diabo assustado invoca figuras infernais para os católicos: o profeta Maomé; Demogorgon (pai dos demônios nos mistérios medievais), que depois se alterou para Demiurgo, em referência ao demiurgo clássico; Megera e Alecto são Fúrias/Erínias; e Perséfone, a deusa grega dos mortos. O termo "selah" (que nas edições aparece como* cela*) traduz o que designa provavelmente o termo hebraico* selah, *de interpretação ainda debatida, mas com uma função análoga ao "amém"; Huchon parece considerar o termo um simples* cela *em francês ("isso").*

––––––

Voltando para casa, o lavrador estava triste a matutar. Ao vê-lo assim, sua mulher achou que ele tinha sido roubado no mercado. Mas quando ouviu a causa da melancolia, vendo também a bolsa cheia de grana, docemente o reconfortou e assegurou-o de que dessa esfolada não viria mal nenhum. Bastava ele meter e remeter com ela, que já tinha pensado numa boa saída. "No pior dos casos (dizia o lavrador) vou ter só um arranhão, aí vou me render no primeiro golpe e entregar o campo.

— Nada disso, disse a velha; venha se meter aqui e descansar, deixe comigo. Você me disse que é um diabinho, eu vou fazer com que se renda rapidinho, e o campo vai ficar com a gente. Se fosse diabo dos grandes, aí daria mais dor de cabeça."

No dia marcado foi que nós chegamos à ilha. De manhã cedinho, o lavrador se confessou direitinho, comungou como um bom católico e, por

Quarto livro   417

conselho do cura, tinha mergulhado na pia batismal, do jeito que o encontramos.

Na hora em que nos contavam essa história, fomos informados de que a velha tinha enganado o diabo e ganhado o campo. Foi bem assim: o diabo veio à porta do lavrador e retumbante gritou: "Ô capiau, capiau. Mire e veja: que lindas garras!". Depois, ao entrar na casa todo pimpão e decidido, quando não encontrou ali o lavrador, percebeu a mulher dele prostrada por terra, gemendo e chorando: "O que é isso? perguntou o diabo. Cadê ele? O que foi que ele fez?

— Ah (disse a velha), cadê esse matuto, esse carrasco, esse canalha? Ele me escangalhou, estou perdida, vou morrer do mal que me fez!

— Como é que é? disse o diabo. O que é que ele tem? Eu vou dar logo logo uns catiripapos nele por você!

— Ah, disse a velha, ele me disse, esse carrasco, esse tirano, esse esfolador de diabos, que hoje tinha marcado com você uma esfolação; para praticar as unhas, ele me esfolou só com o mindinho aqui no meio das pernas e me escangalhou de vez. Estou perdida, nunca mais vou sarar, espie só! Agora ele foi até o ferreiro para apontar e afiar as garras. Você está perdido, meu senhor diabo, meu amigo. Salve-se, que ele não vai parar! Saia daqui, é tudo que lhe peço!" Então ela se revelou até o queixo, do jeito que outrora as mulheres persas se apresentavam aos filhos que fugiam da batalha, e mostrou a bacorinha. O diabo, ao ver aquela enorme solução de continuidade em todas as dimensões, danou a berrar: "Maomé, Demiurgo, Megera, Alecto, Perséfone, ele não vai me pegar! Eu vou é vazar daqui! Selah! Eu largo campo e tudo!". Ao ouvir essa reviravolta e fim da história, nós partimos para a nossa nau. E ali não ficamos nem um dia a mais.

Pantagruel botou no cepo de manutenção da igreja dezoito mil réis de ouro em consideração pela pobreza do povo e pela pindaíba do local.

Capítulo 48

Como Pantagruel desembarcou
na ilha dos Papímanos

Este capítulo e sua sequência nos próximos seis pode ser considerado um ápice da propaganda da Igreja Galicana contra a Católica, certamente para agrado dos cardeais Odet de Châtillon e Jean du Bellay, como bem observa Screech. Depois dos papa-figos, agora podemos rir dos papímanos, reverenciadores do papa como um deus na terra, num modo de idolatria (como "aquele que é", eco de Deus a Moisés no Horeb, Êxodo, 3:14). Mais especificamente, eles se guiam pelas Decretais *(cartas de questões propostas pelos papas, várias delas compiladas entre 1150 e 1313, algumas claramente forjadas) e* Extravagantes *(coleções modernas de* Decretais *feitas em 1500) católicas como se fossem elas próprias uma escritura sagrada.*

A questão dos colhões do papa diz respeito à lenda da papisa Joana e ao exame genital feito a cada novo papa numa cadeira específica. Os quatro estados são: clero (monge), nobreza (falcoeiro), toga (procurador) e plebe (vindimador). Por mais estranho que soe aos ouvidos atuais, era prática comum bater em crianças diante de acontecimentos atípicos, para que com a dor e o susto elas não esquecessem.

Homão traduz o termo Homenaz e alguns dos ecos de sentido, que pode vir do provençal oumenaz, *com o sentido de "homem grande", embora Cotgrave em seu dicionário sugira que o termo signifique "simplório" e também possamos ouvir o eco de "homem-nariz" (*homme + naz*). A cor verde da mula do bispo era típica da hierarquia católica, mas também pode remeter aos bobos da corte, que tinham verde em suas roupas. Apostos e supostos são usos etimológicos que querem dizer, respectivamente, "postos ao lado" e "postos abaixo", ou seja, os grupos que vivem no entorno do clero, ou logo abaixo na hierarquia. Christian Valfinier é personagem desconhecido; o papa deve ser Clemente VII e, se a piada for pessoal, talvez diga respeito à primeira viagem de Rabelais a Roma, em 1534.*

Depois de deixar a desolada ilha dos Papa-figos, navegamos por um dia em serenidade e com o maior prazer, quando à nossa vista se ofereceu a bendita ilha dos Papímanos. Assim que as nossas âncoras foram ao porto lançadas, antes mesmo de amarrarmos as gúmenas, vieram até nós num esquife quatro pessoas variamente vestidas. Um feito monge, com hábito, sujeira e bota. Outro feito falcoeiro, com chamariz e luva de falcão. Outro feito procurador de processos, com uma sacola cheia de informes, intimações, chicanerias e adiamentos na mão. Outro feito vindimador de Orléans, com lindas polainas de lona, um cesto e um podão na cintura. Tão logo se juntaram à nossa nau, gritaram a plenos pulmões todos juntos, perguntando: "Vocês o viram, povo de passagem? Vocês o viram?

— Quem? perguntava Pantagruel.

— Aquele lá, responderam.

— Quem é ele? perguntou frei João. Pela morte de beus, vou é dar uns safanões nele!" Pensando que o chororô era sobre algum ladrão, assassino ou sacrílego.

— Como (disseram eles) peregrinos, vocês não conhecem o Único?

— Senhores (disse Epistemão), não estamos entendendo esses termos. Mas podem explicar (se quiserem) de quem estão falando, que nós diremos a verdade sem mentira.

— É (disseram) aquele que é. Já o viram?

— Aquele que é, respondeu Pantagruel, segundo nossa teológica doutrina, é Deus. Assim ele se apresentou a Moisés. Mas nunca o vimos, nem é visível aos olhos corpóreos.

— Não estamos falando (disseram) daquele excelso Deus que domina os céus. Falamos do Deus na terra. Já o viram?

— Eles querem dizer (disse Carpalim) o papa, aposto.

— Sim, sim, respondeu Panurgo, com certeza, meus senhores, já vi três vezes. Mas a cada visão não lucrei nadinha.

— Como é? disseram, nossas sacras *Decretais* cantam que nunca há mais de um vivo.

— Quer dizer, respondeu Panurgo, uns sucessivamente depois dos outros. De fato nunca vi mais de um de cada vez.

— Ah, que povo, disseram eles, três e quatro vezes afortunado; vocês serão bem e mais que bem-vindos!"

Aí se ajoelharam na nossa frente e queriam nos beijar os pés. Coisa que a gente não quis permitir, alegando que, se o papa por acaso viesse em pessoa até ali, eles não teriam coisa melhor para fazer. "Sim, teríamos sim, responderam. Isso já foi resolvido. A gente lhe beijaria o cu sem folha e os seus colhões também. Porque ele tem colhões, o santo pai, e isso descobrimos nas belas *Decretais*, ou então nem seria papa. De jeito que em sutil filosofia decretalina é necessária consequência. Ele é papa, logo tem colhões. E se colhões faltassem neste mundo, o mundo não teria papa."

François Rabelais

Pantagruel perguntava, enquanto isso, a um marujo daquele esquife quem eram essas figuras. Ele respondeu que eram os quatro estados da ilha e ainda ajuntou que seríamos bem acolhidos e bem tratados, já que tínhamos visto o papa. Explicou isso a Panurgo, que em segredo lhe disse: "Faço meu voto a Deus, é isso. Tudo chega ao ponto que pode atingir. Diante da visão do papa, nunca lucramos nadinha; agora, por todos os diabos, o lucro chega, pelo que estou vendo". Então desembarcamos à terra, e vinha até nós que nem numa procissão todo o povo da região, homens, mulheres, criancinhas. Os nossos quatro estados disseram para eles em alto e bom som: "Eles o viram! Eles o viram! Eles o viram!". Diante de tal proclamação, todo o povo se ajoelhava à nossa frente, erguendo as mãos juntas ao céu e gritando: "Ah, povo afortunado! Ah, bem-afortunado!".

E essa gritaria demorou mais de um quarto de hora. Depois veio correndo o mestre-escola com todos os pedagogos, alunos e estudantes, e os açoitava de um jeito magistral, que nem se costuma açoitar as crianças nos nossos países, quando se enforca algum bandido, para que assim se lembrem. Pantagruel ficou irritado com isso e disse: "Senhores, se não pararem de açoitar essas crianças, eu vou embora!". O povo pasmou ao ouvir sua voz estentórea, e eu vi um corcundinha de dedos compridos perguntando ao mestre-escola:

"Pela força das *Extravagantes*!, esses que viram o papa ficam tão altos quanto esse aí que está ameaçando? Ah, estou ansiosíssimo por vê-lo logo, para ficar grande que nem ele!" Foram tamanhas as exclamações, que Homão ali veio correndo (assim eles chamavam o bispo) numa mula desenfreada, caparazonada de verde, acompanhado por seus apostos (como eles os chamavam) e seus supostos também, que levavam cruzes, bandeiras, gonfalões, baldaquinos, tochas, aspersórios. E também queria nos beijar os pés a toda a força (que nem fizera com o papa Clemente o bom Christian Valfinier), dizendo que um dos hipofetas dele, digressor e glosador das santas *Decretais*, tinha por escrito deixado que, tal como o Messias há tantíssimo tempo esperado pelos judeus por fim lhes chegaria, também àquela ilha um dia o papa viria. Esperando esse dia afortunado, se ali chegasse alguém que o tivesse visto em Roma ou em outra parte, eles deveriam festejá-lo e tratá-lo com toda reverência. Mesmo assim, nós declinamos educadamente.

Capítulo 49

Como Homão, bispo dos papímanos, nos mostrou as uranópetas *Decretais*

Continuam as piadas com os papistas. A base da crítica está no fato de deixarem de lado os ensinamentos bíblicos, sobretudo do Evangelho, para divinizarem o papa e as Decretais (repare-se como o papa aparece como evangelista delas). A expressão "o céu dos céus" é uma perversão de Deuteronômio, 10:14. Ironicamente, os papímanos realizam depois do meio-dia uma missa seca, ou seja, sem consagração, nem ofertório, uma missa muito mais próxima da reformista, em contraponto à missa alma/solene dos católicos.

Otaviano Augusto consagrou vários templos em Roma, sendo um deles a Júpiter, no monte Capitólio. Sobre as expressões gregas, consultar a Breve declaração. A sequência de referências na fala de frei João diz respeito aos dez mandamentos de Moisés em Êxodo, 32, bem como ao tratado de Plutarco, Do EI de Delfos.

Depois nos disse Homão: "As nossas santas *Decretais* nos incitam e recomendam visitar primeiro as igrejas do que os cabarés. Por isso, sem descumprir essa bela instituição, vamos à igreja, depois vamos nos refestelar.

— Homem de bem (disse frei João), pode ir na frente, que nós vamos seguindo. O senhor falou em bons termos e como bom cristão. Faz um tempão que não víamos um desses. Estou feliz à beça em meu espírito e acho que assim só posso comer melhor. É coisa linda encontrar gente de bem!" Chegando à porta do templo, percebemos um grande livro dourado, todo coberto de finas e preciosas pedras, rubis, esmeraldas, diamantes e pérolas, talvez até mais excelentes do que aquelas que Otaviano consagrara a Júpiter Capitolino. E estava pendurado no ar, preso a duas grossas correntes de ouro ao zoóforo do portal. A gente o olhava com a maior admiração. Pantagruel mexia e remexia nele de boas, porque dava conta de alcançar. E nos afirmava que, ao toque das folhas, ele sentia um comichão gostoso nas unhas e um formigamento no braço, também uma tentação instigante no espírito para bater em um ou dois oficiais, desde que não tivessem tonsura. Então

Quarto livro

423

nos disse Homão: "Outrora Moisés entregou a lei aos judeus, escrita pelos próprios dedos de Deus. Em Delfos, na face do templo de Apolo se achava a seguinte frase divinamente escrita: ΓΝΩΘΙ ΣΕΑΥΤΟΝ. E certo lapso de tempo depois, viram EI também divinamente escrito e trazido pelos céus. O simulacro de Cibele foi trazido dos céus até a Frígia, num campo chamado Pessino. Também em Táuris foi o simulacro de Diana, se acreditarem em Eurípides. A auriflama foi trazida dos céus aos nobres e cristianíssimos reis da França para combater os infiéis. Quando reinava Numa Pompílio, segundo rei dos romanos em Roma, viram descer do céu o cortante escudo chamado ancil. Na Acrópolis de Atenas outrora caiu do céu empíreo a estátua de Minerva. Aqui igualmente vocês estão vendo as sacras *Decretais* escritas pela mão de um anjo querubim. Vocês, povo transpontino, não vão acreditar...

(— Difícil mesmo, respondeu Panurgo.)

— que para nós foram trazidas milagrosamente do céu dos céus, de um jeito similar ao que Homero, pai de toda filosofia (exceto, sempre, as divas *Decretais*), que o rio Nilo é chamado diípeta. E já que vocês viram o papa evangelista delas e também seu protetor sempiterno, permitimos que vocês as vejam e beijem lá dentro, se assim quiserem. Porém, convém antes jejuar por três dias e se confessar regularmente, minuciosamente descascando e repertoriando seus pecados, com tanto esmero que não caia por terra nem uma só circunstância, tal como nos cantam as divas *Decretais* que vocês estão vendo. Leva um bom tempo.

— Homem de bem (respondeu Panurgo), essas *Excretais*, quer dizer, *Decretais*, nós já vimos demais no papel, em pergaminho fachano, em velo, escritas à mão e impressas na forma. Não tem precisão nenhuma de você penar só para nos mostrá-las. Ficamos bem contentes com essa boa vontade e agradecemos por igual.

— Nó (disse Homão), vocês não viram estas aqui, angelicamente escritas. As da sua terra não passam de cópias das nossas, tal como vemos escrito por um dos nossos antigos escoliastas decretalinos. No mais, peço que nem venham com essa de poupar o meu penar. Só avisem se querem se confessar e jejuar os três lindos diazinhos paulatinos de Deus.

— Pau latino é confessar (respondeu Panurgo), aceitamos a pau ziguados. O jejum é que simplesmente não nos faz muito sentido. Porque na marinha já jejuamos tanto e tantíssimo, que as aranhas até fizeram teias nos nossos dentes. Espie só o nosso frei João do Picadinho (ao ouvir isso Homão lhe deu um gentil abraço): até musgo cresceu na goela dele por falta de mover e exercitar os beiços e as mandíbulas.

— Ele disse a verdade (respondeu frei João). Jejuei tanto e tantíssimo, que fiquei todo giboso.

— Vamos entrar (disse Homão) na igreja, e perdoem se agora não cantamos a bela missa de Deus. Passou o meio-dia, e depois disso as nossas sagradas *Decretais* proíbem a missa cantada, quer dizer, a missa alta e legítima. Mas vou fazer uma missa baixa e seca.

— Eu bem que preferia (disse Panurgo) uma molhada com um bom vinho de Anjou. Meta bronca então; firme, porém atento!

— Verde e azul (disse frei João), me aborrece profundamente ainda estar com o estômago em jejum. Porque depois de um farto desjejum, comendo à moda monacal, se por acaso ele cantasse um *Requiem*, eu teria trazido pão e vinho a mor finados. Paciência! Saquem, choquem, metam bronca, mas ergam a ponta da roupa, para não sujar de lama, ou coisa que o valha, por favor!"

Capítulo 50

Como Homão nos mostrou
o arquétipo de um papa

Continuam as piadas com os papistas. Tradicionalmente é o tolo que se veste com um saco molhado para se proteger da chuva. A noção de "ideia" é mais uma vez tirada dos platônicos, tal como entre as linguiças. Brancas são moedas de prata; soldo é a moeda de ouro; carolo é a moeda de ouro cunhada por Carlos I; tostão designa, etimologicamente, o teston, moeda de prata francesa. A expressão "perna de Deus" (jambe de Dieu) designa uma perna maquiada como se estivesse ferida, para gerar maior compaixão e esmolas. Pombichano é tradução para o nome quase transparente Raminagrobis, poeta que já aparecera no Terceiro livro, cap. 21. A imagem de "trazer uma bacia" é baseada em Erasmo, Adágios, 3.1.88; e o elogio de Nero aos cogumelos vem da mesma obra, 1.8.88.

Terminada a missa, Homão tirou de um cofre perto do grande altar um enorme chaveiro, com o qual abriu trinta e duas fechaduras e catorze cadeados, uma janela de ferro com barra em cima do tal altar, depois por grande mistério se cobriu com um saco molhado e, abrindo uma cortina de seda carmesim, nos mostrou uma imagem mal pintada pacas, a meu ver; nela tocou um bastão comprido e fez com que nós todos beijássemos o toque. Depois perguntou: "O que acham dessa imagem?

— É (respondeu Pantagruel) a imagem e semelhança de um papa. Reconheço pela tiara, o amicto, a sobrepeliz, a pantufa.

— Acertou (disse Homão)! É a ideia daquele Deus de bem na terra, cuja vinda aguardamos devotamente, a quem esperamos ver uma vez neste país. Ah, afortunado e desejado e esperadíssimo dia! E vocês, afortunados e afortunadíssimos, que têm os astros tão favoráveis a ponto de já terem visto em carne e ossos aquele bom Deus na terra, cujo retrato, só de ver, nos concede a remissão de todos os pecados memoráveis, junto com um terço mais dezoito quarentenas de pecados esquecidos! Por isso mesmo, só o vemos nas grandes festas anuais."

426   François Rabelais

Aí, dizia Pantagruel que era uma obra tal como as que fazia Dédalo. Mesmo que fosse contrafeita e mal traçada, ainda assim ali estava latente e oculta uma divina energia em matéria de perdões. "Assim como, disse frei João, em Seuilly os mendigos ao comer um dia de festança no asilo, enquanto um se gabava por ter recebido naquele dia seis brancas, e outro duas moedas, e outro seis carolus, um vagabundão se gabou por ter recebido três bons tostões: 'Claro (responderam os companheiros), porque você tem uma perna de Deus'. Como se alguma divindade estivesse abscôndita na perna, toda esfacelada e podre.

— Quando (disse Pantagruel) for nos contar essas histórias, lembre bem de trazer uma bacia. Faltou só um tequinho para eu vomitar. Usar assim o santo nome de Deus em coisas tão imundas e abomináveis? Que horror, sim, que horror! Se dentro da sua monjarada existe um abuso desse tipo com as palavras em uso, deixe por lá, não traga para fora dos claustros!

— Assim também (respondeu Epistemão) dizem os médicos que existem em algumas doenças uma participação certa do divino. Igualmente, Nero louvava os cogumelos e com um provérbio grego os chamava de manjar dos deuses, porque com eles tinha envenenado o seu predecessor, o imperador romano Cláudio.

— Me parece (disse Panurgo) que esse retrato falha nos nossos últimos papas. Porque eu os vi não trajar o amicto, e sim um elmo na cabeça, timbrado com uma tiara persa. E se todo o império cristão estava em paz e silêncio, apenas eles faziam guerra ardilosa e crudelíssima.

— Era (disse Homão) contra os rebeldes, hereges, protestantes, desesperados, desobedientes da santidade desse bom Deus na terra. Essa não só lhe é permitida e lícita, como também recomendada pelas sacras *Decretais*, e deve imediatamente lançar a fogo e sangue imperadores, reis, duques, príncipes, repúblicas, se transgredirem um só iota dos seus mandamentos, espoliá-los dos bens, despossuí-los dos reinos, prescrevê-los, anatematizá-los, e não apenas matar seus corpos e o de seus filhos e de outros parentes, como também condenar suas armas ao mais profundo da mais ardente caldeira dos infernos!

— Aqui (disse Panurgo), por todos os diabos, eles não são tão heréticos quanto Pombichano, nem quanto aqueles lá da Alemanha e da Inglaterra. Vocês cristãos são daqui, ó!

— Ô se somos, disse Homão, e assim seremos todos salvos. Bora colher água benta e depois a janta."

Quarto livro

Capítulo 51

Papo leve durante a janta
em louvor das *Decretais*

As críticas aos papistas continuam, com a perversão do Evangelho: como comenta Screech, é importante lembrar que as leis de Cristo foram resumidas a duas, amar a Deus sobre todas as coisas e amar ao próximo como a si mesmo; os papímanos adoram um rival divino e amam apenas uma parte dos próximos, reservando intolerância a muitos; ao mesmo tempo trocam as Escrituras *pelas* Decretais. O delírio desse modo de ver aparece nas falas de Homão, que louva algumas das* Decretais *mais famosas; o Decreto de Graciano é anterior a 1150, a* Sexta, *de Bonifácio VIII, é de 1298, as* Clementinas, *de Clemente V, são de 1313, e as* Extravagantes *são de 1500. Em contraponto, a única intervenção de Pantagruel parece aludir às bodas de Caná, João, 2:1-10, na qual Cristo transforma a água em vinho.*

O cabaré de Guillaume Artus Guillot em Amiens era Le Dauphin d'Argent, *taverna citada também por Montaigne em seu diário de viagem.* Farce *é um recheio para as carnes; obviamente ecoa o termo homófono e na época também homógrafo* farce *("farsa"), que depois passaria a ser escrito* farse. *"Instrofiados" traduz* instrophiez, *um neologismo rabelaisiano tirado do italiano da* Hypnerotomachia Poliphili, *atribuída a Colonna, com o sentido de "entrelaçado". Homão faz um tradicional trocadilho entre latim e francês "clerice, esclaire icy", que busquei recriar a partir da pronúncia restaurada do latim clássico (clerice, o clérigo, ou clériga, que serve neste momento, se pronuncia: "clérique", que ressoa em "aclare aqui"). O terceiro céu aparece em 1 Coríntios, 12:2, designando onde Cristo teria sido arrebatado.*

––––––

Reparem bem, meus manguaceiros, que, durante a missa seca de Homão, três sacristãos da igreja, cada um com uma baciona na mão, andavam pela congregação dizendo a plenos pulmões: "Não se esqueçam desses afortunados que viram a face dele!". Saindo do templo, levaram a Homão as bacias bem cheias de moeda papimânica. Homão nos disse que era para fazer uma festança. E que dessa contribuição e imposto uma parte seria empregada à beberragem, outra à comilança, seguindo uma mirífica glosa oculta num cantinho das santas *Decretais*. Assim fizeram, e num belo cabaré

428   François Rabelais

igual que nem ao de Guillot, em Amiens. Podem acreditar que o rega-bofe foi farto, e os bebes foram vários.

Nessa janta eu saquei duas coisas memoráveis. Uma, que a carne não veio, fosse qual fosse — cabritos, capões, porcos (que eles têm aos montes na Papimania), pombos, coelhos, lebres, perus e outros mais —, sem uma baita fartura no recheio magistral de *farce*. Outra, que toda a mesa e a sobremesa foi trazida pelas filhas virgens e casáveis do lugar, lindas, eu garanto, teteias, loirinhas, delicinhas e cheias de graça. Vestidas de longas, brancas e soltas alvas com dupla cintura, a cabeça descoberta, os cabelos instrofiados com fitinhas e faixas de seda violeta, salpicadas de rosas, cravos, manjerona, aneto, citronela e outras flores cheirosas, a cada cadência nos convidavam a beber com cultas e delicadas reverências. Eram um colírio para os olhos de toda a assistência. Frei João as olhava de banda, que nem um cachorro que cata uma asa de ganso da mesa. Na saída do primeiro prato, elas melodiosamente cantaram um epodo em louvor às sacrossantas *Decretais*.

Na chegada do segundo prato, Homão, alegre e rindo à toa, dirigiu a palavra a um dos mestres sommeliers, dizendo: "*Clerice*, aclare aqui!". Diante dessas palavras uma das meninas de pronto lhe apresentou um cálice cheio de vinho extravagante. Ele o segurou na mão e num profundo suspiro disse a Pantagruel: "Meu senhor e seus belos amigos, bebo a vocês todos de bom coração. São bem-vindíssimos!". Tomou até o talo e deu o cálice à novinha charmosa, fez uma grave exclamação, dizendo: "Ó divas *Decretais*, por vós o vinho bom bom é!

— Não é, disse Panurgo, o pior da adega!

— Melhor seria, disse Pantagruel, se com elas o vinho ruim ficasse bom.

— Ó seráfica *Sexta* (disse Homão continuando), tão necessária que és à salvação dos pobres humanos. Ó querúbicas *Clementinas*, como em vós está propriamente contida e descrita a perfeita formação do cristão verdadeiro. Ó *Extravagantes* angélicas, como sem vós pereceriam as pobres almas que cá embaixo erram pelos corpos mortais neste vale de lágrimas. Ai, quando será esse dom de graça particular concedido aos humanos, a fim de que desistam de todos os outros estudos e negócios para vos ler, vos ouvir, vos saber, vos usar, praticar, incorporar, sanguificar e incentricar, nos profundos ventrículos dos cérebros, nas internas medulas dos ossos, nos complexos labirintos das artérias? Ó, só então, e não antes, há de ser afortunado este mundo!"

Diante dessas palavras, Epistemão se ergueu e disse lindamente a Panurgo: "A precisão de uma privada me força a sair daqui. Essa *farce* aí me soltou a tripa anal. Não dá mais para segurar!".

— Ó, só então (disse Homão continuando) cessarão granizos, geadas, névoas, furacões! Ó, só então há de haver abundância de todos os bens na terra! Ó, só então virá a paz obstinada infringível no Universo, o cessar das guerras, pilhagens, exações, assaltos, assassínios, a não ser contra os hereges e rebeldes malditos! Ó, só então virão gozos, alegrias, júbilos, deleites, gáudios, prazeres, delícias a toda natureza humana! Mas ó, grande doutrina, inestimável erudição, preceitos deíficos cimentados pelos divinos capítulos dessas eternas *Decretais*! Ó, como ao ler apenas meio cânone, um minúsculo parágrafo, uma só notável dessas sacrossantas *Decretais*, vós sentis em vosso cor inflamar-se a fornalha do amor divino, da caridade pelo próximo, desde que não seja herege, o desprezo certo de todas as coisas fortuitas e terrenas, a extática elevação dos vossos espíritos até o terceiro céu, o contentamento certeiro em todos os desejos vossos!

Capítulo 52

Continuação dos milagres decorrentes das *Decretais*

Este capítulo funciona como uma crítica virulenta à hipocrisia (ou então à vista grossa) dos papistas; pois, a cada expressão do poder destrutivo das Decretais, *Homão interpreta como se fosse um sinal de sua santidade confirmada, seja por ingenuidade, ou por má-fé. É essa idolatria cega que vemos nas palavras do próprio Homão, ao designar essa adoração por latria e hiperdulia.*

Decretalípotens é construto cômico a partir do latim, para designar o "poderoso em Decretais"; *serve aqui para designar Robert Irland (1475-1561), jurista franco-escocês e professor de direito na Universidade de Poitiers. O poema de Catulo, poeta romano, é o 23, vv. 20-3: (*Nec toto decies cacas in anno/ atque id durius est faba et lapillis,/ quod tu manibus teras fricesque,/ non umquam digitum inquinare posses*), em tradução do próprio Rabelais, por isso sigo a versão dele. O panormitano é troca com palermitano, referência a Nicolau Tedesco (1386-1445), que recebeu esse apelido por ser arcebispo de Palermo.*

A partir de João Rola os nomes são fictícios; o nome dele em francês é Jan Chouard, sendo chouard *o mocho, ou corujão; no entanto, como o pássaro também era metáfora peniana, optei por "rola". Ele mora em Lamballe, cidade à época conhecida pela qualidade dos pergaminhos, e sabemos que os mais velhos eram usados para amortecer o baque do martelo sobre folhas de ouro usadas na decoração. A referência à nobreza d'Estissac é certamente a Louis d'Estissac (1506-1565), sobrinho de Geoffroy d'Estissac (?-1542), que foi patrono de Rabelais. O visconde de Lauzun era Charles de Caumont (?-1528). A referência a Herbault, símbolo do pobre típico, também pode sugerir Gabriel de Puy-Herbault (cf. nota introdutória ao cap. 32).*

*Pérotou, Chamouillac, Pouillac (que pode ser um erro para Souillac) e Jean Delif são figuras completamente desconhecidas. Colocásia, bardana e personada são plantas de folhas largas, descritas por Plínio (*História natural, *20.51), por vezes usadas para fazer máscaras. O que traduzi por "barbeirada" é a brincadeira da mascarada repleta de falsas barbas. Sobre a Paixão de Doué, conferir nota introdutória ao cap. 13.*

"Isso é que é falar com o órgão! (disse Panurgo). Mas acredito o mínimo possível. Porque me aconteceu um dia, em Poitiers, na casa do doutor escocês, Decretalípotens, de ler um capítulo, e que o diabo me carregue se essa leitura não me deixou com a barriga tão constipada, que por mais de quatro, talvez cinco dias só consegui cagar um toletinho. Sabe qual? Aquele, eu juro, que Catulo conta ser o de Fúrio, seu vizinho:

> Você cagou dez vezes no ano, e só,
> Se com as mãos esfregar, pra fazer pó,
> Logo verá que nada desarrocha
> Bosta mais dura do que fava ou rocha.

> *En tout un an tu ne chie dix crottes.*
> *Et si des mains tu les brises et frottes,*
> *Jà n'en pourras ton doigt fouiller de erres.*
> *Car dures sont plus que febves et pierres.*

— Haha (disse Homão), por Sanjão, queridão, você por acaso estava em estado de pecado mortal?

— Esse aí (disse Panurgo) é de outro barril.

— Certo dia (disse frei João), eu estava em Seuilly e limpei o cu com uma folha daquelas pérfidas *Clementinas*, que o nosso tesoureiro Jan Guymard tinha jogado no pátio do claustro; eu me entrego a todos os diabos, se não é verdade que fístulas e hemorroidas me pegaram numa desgraceira tão bruta, que o pobre oco do meu jiló ficou todo arregaçado!

— Por Sanjão, disse Homão, foi uma manifesta punição de Deus, para vingar o pecado que você tinha feito ao embostar os sacros livros que deveria só beijar e adorar, e estou falando de adoração de latria, ou de hiperdulia, no mínimo. O parnomitano nunca mentiu sobre isso.

— João Rola (disse Ponócrates), lá em Montpellier, comprou dos monges de Saint Olary umas belas *Decretais* escritas em pergaminho grande e bonitão, de Lamballe, para fazer com elas um velo de bater ouro. Mas foi uma desgraça tão estranha, que nunca nenhuma peça assim batida deu certo. Todas ficaram dilaceradas e rasgadas.

— Punição, disse Homão, e vingança divina.

— Em Le Mans (disse Eudemão), o boticário Francisco Corno transformou em cornetas umas *Extravagantes* amassadas, renego ao diabo, se tudo aquilo ali dentro embolado não ficou na hora envenenado, podre, estra-

Quarto livro

gado: incenso, pimenta, cravo, canela, açafrão, cera, temperos, cássia, ruibarbo, tamarindo, no geral tudo, calmantes, laxantes e purgantes.

— Vingança (disse Homão) e divina punição. Abusar em coisas profanas dessas sacríssimas Escrituras.

— Em Paris (disse Carpalim), o costureiro Rabugem empregou umas velhas *Clementinas* para fazer moldes e modelos. Que causo mais estranho! Todas as roupas em talhe daqueles moldes e confeccionadas com aqueles modelos se estragaram e se perderam: vestidos, capas, mantos, casacos, saias, casaquinhas, coletes, gibões, cotas, gonelas, anquinhas. Rabugem, quando tentava cortar uma capa, cortava a forma de uma braguilha. Em vez de um casaco, cortava um chapéu com forma de ameixa chupada. Na forma de uma casaquinha cortava uma murça. Com o molde de um gibão cortava o traço de um painel. Seus aprendizes, depois de costurarem, recortaram pelo fundo. E parecia um panela de assar castanha. Para um colete fez um borzeguim. Sobre o molde de uma anquinha talhava uma barbuta. Pensando em fazer um manto, fazia um tamborim suíço. De um tal jeito que o pobre coitado foi por justiça condenado a pagar os panos de todos os clientes, e agora está na pindaíba.

— Punição (disse Homão) e vingança divina.

— Em Cahusac (disse Ginasta), organizaram uma disputa de arco e flecha entre os senhores d'Estissac e o visconde de Lauzun. Pérotou despedaçou meia *Decretais* do bom canônico La Carte e cortou o branco das folhas como alvo. Eu me entrego, eu me vendo, eu me entrego de banda a todos os diabos, se algum dia qualquer balestreiro da região (que são superlativos em toda a Guyenne) conseguiu acertar! Todos caíram de lado. Nada do branco sacrossanto relado, descabaçado, ou melecado. E mais, o Saint-Sernin mais velho, que cuidava das apostas, nos jurava por figos de ouro (sua jura mais séria) que ele tinha visto claramente, visivelmente, manifestamente, que a flecha de Aljaveiro acertaria na mosca no meio do alvo, só que, quando já ia tocando e penetrando, foi desviada por uma toesa de distância, no rumo do forno.

— Milagre (gritou Homão), milagre, milagre! *Clerice*, aclare aqui! Um brinde a todos! Vocês me parecem verdadeiros cristãos!" Diante dessas palavras, as jovens soltavam risadinhas entre si. Frei João já relinchava com a ponta do nariz, como que prontinho para arremeter no mínimo corceando e asneando nelas, que nem Herbault nos pobres. "Me parece (disse Pantagruel) que nesses alvos daria para ficar mais protegido do perigo do que outrora ficou Diógenes.

— O quê? perguntou Homão. Como assim? Ele era decretalista?

— Essa (disse Epistemão, ao voltar dos seus deveres) foi uma cartada ruim, só de paus...

— Diógenes, respondeu Pantagruel, certo dia querendo curtição, foi visitar os arqueiros que atiravam ao alvo. Entre eles, um era tão errado, imperito e desengonçado, que sempre que estava a ponto de atirar, todos os espectadores se afastavam, com medo de serem feridos. Diógenes, depois de espiar um tanto que o cabra atirava tão toscamente que a sua flecha caía a mais de uma vara de distância do alvo, e na segunda espiada o povo todo fugindo de um lado e do outro, correu e se pôs de pé bem no branco do alvo, afirmando que aquele lugar era mais seguro, e que antes o tal arqueiro iria ferir qualquer outro lugar além do alvo: só o alvo estava são e salvo.

— Um pajem (disse Ginasta) do senhor d'Estissac, chamado Chamouillac, percebeu o feitiço. Por conselho dele, Pérotou trocou o alvo e ali usou os papéis do processo de Pouillac. Então geral passou a atirar superbem.

— Em Rubrolândia (disse Rizótomo) no casamento de Jean Delif, o festim nupcial foi bem chique e suntuoso, como era costume na região. Depois de cear, encenaram várias farsas, comédias e esquetes divertidas, dançaram as mouriscas ao som de guizos e tambores, introduziram diversos tipos de máscaras e palhaçadas. Meus parceiros de escola e eu, para honrar como podíamos a festa (pois de manhã todos nós tínhamos belas librés brancas e violetas) no fim fizemos uma barbeirada maneira com um bocado de conchas de São Miguel e lindas cascas de caracol. Na falta de colocásia, bardana, personada e de papel, com as folhas de um velho *Sextum*, ali abandonado, fizemos caras falsas, com pequenos cortes no lugar dos olhos, nariz e boca. Trem maravilhoso! Terminadas as nossas dancinhas e divertimentos pueris, quando tiramos as caras falsas, parecíamos mais hediondos e vis que os diabretes da *Paixão* de Doué, de tão esfoladas que estavam as caras nas partes tocadas pelas tais folhas. Um tinha varíola, outro coqueluche, outro sífilis, outro rosácea, outro uns baitas furúnculos. Em resumo, o menos judiado de todos era o que tinha perdido os dentes.

— Milagre (gritou Homão), milagre!

— Ainda, disse Rizótomo, não é hora de rir. As minhas duas irmãs, Catarina e Renata, tinham colocado nesse lindo *Sextum*, usando como compressa (já que a capa eram umas tábuas grossas e com pregos contra o gelo), umas toucas, mangas e colarinhos recém-lavados e engomados. Juro pela força de Deus!

— Espere, disse Homão, de qual Deus você está falando?

— Só existe um, respondeu Rizótomo.

— Ah sim, disse Homão, dos céus. E na terra, então temos outros?

Quarto livro

— Arre, meu jegue! disse Rizótomo, nem pensei nele, juro por minha alma. Então pelas forças do papa na terra, as suas toucas, seus colarinhos, babadores, lenços e toda a panaiada, que ficou mais preta que um saco de carboneiro.

— Milagre! (gritou Homão). *Clerice*, aclare aqui, e anote essas belas histórias!

— Como (perguntou frei João) é mesmo que se diz?

    Depois de dar asa a Decretos tais,
    E os soldados se encherem de quetais,
    Os monges hoje montam animais,
    E o mal no mundo agora está demais.

    Depuys que Decretz eurent ales,
    Et gensdarmes porterent males,
    Moines allerent à cheval,
    En ce monde abonda tout mal.

— Estou entendendo tudo, disse Homão. Isso é sarro dos novos hereges."

Capítulo 53

Como, por força das *Decretais*, o ouro foi sutilmente levado da França para Roma

Continuam as piadas com as Decretais, *começando pelos capítulos latinos citados por Epistemão, que regulavam a transferência de bens da França a Roma por meio de taxas; importante atentar que Rabelais escreve num momento em que Henrique II se esforça por reverter essa verdadeira sangria nos cofres franceses.*

O ato falho (que grafo "ato falo" pela ambiguidade presente no texto francês a partir do termo rat, *"erro" e "rato") de Homão acontece ao chamar de "decretista" (jurista especializado em decretos, como o Decreto de Graciano que favorecia em parte à França) o decretalista, que se apoia exclusivamente nas* Decretais. *"Sarabovinos" alude aos monges sarabaítas, que levavam uma vida desregrada, porém aqui misturados com "bovinos"; a mesma construção já apareceu em* Pantagruel, *cap. 34.*

A fala de Epistemão, já perto do fim, uiuat, fifat, pipat, bibat, *pode ser lida como variantes de* uiuat *("viva") a partir de várias pronúncias (respectivamente, francesa, alemã, gasconha), sendo que as últimas,* pipat *e* bibat, *já viram trocadilhos, pois são o mesmo que "beba". O capítulo termina com mais um ataque à prática papal dos perdões e das indulgências. Fazer uma cruz com o polegar era uma prática de bênção real da época, quando não havia uma cruz por perto.*

"Eu bem, disse Epistemão, que pagaria meia pinta de tripas de primeira, se tivéssemos cotejado com o original os terríveis capítulos *Execrabilis. De multa. Si plures. De Annatis per totum. Nisi essent. Cum ad monasterium. Quod dilectio. Mandatum,* e mais uns outros, que todo ano levam da França para Roma quatrocentos mil ducados, ou mais.

— E isso é nada?, disse Homão. Para mim, porém, parece é pouco, já que a cristianíssima França é a única nutriz da corte romana. Mas vocês conseguem encontrar livros neste mundo, seja de filosofia, de medicina, de direito, de matemática, de letras humanas, e até (pelo meu Deus!) da santa Escritura, que poderiam levar tanto assim? Nem unzinho. Necas de pitibiriba! Não vão encontrar nadinha dessa auríflua energia, eu garanto! E ainda por

Quarto livro 437

cima esses diabos heréticos continuam sem querer aprender e saber. Podem queimar, ralar, podar, afogar, enforcar, empalar, quebrar, desmembrar, destripar, cortar, assar, grelhar, picotar, crucificar, cozinhar, esmigalhar, esquartilhar, despedaçar, deslocar, carbonizar esses patifes hereges, decretalífugos, decretalicidas, piores que homicidas, piores que parricidas, decretalíctonos do capeta! Vocês, homens de bem, se quiserem ser chamados e reputados como verdadeiros cristãos, eu aqui suplico de mãos juntas que não acreditem em mais nada, não pensem em mais nada, não digam, não tentem, não façam nada, além do que está contido em nossas sacras *Decretais* e em seus corolários, o belo *Sextum*, as belas *Clementinas*, as belas *Extravagantes*. Ó deíficos livros! Assim vocês terão glória, honra, exaltação, riquezas, dignidades, prelações neste mundo; por todos reverenciados, por cada um respeitados, sobre todos preferidos, acima de todos eleitos e escolhidos! Pois sob a abóbada celeste não existe estado onde encontrariam pessoas mais idôneas para tudo fazer e manejar do que aquelas que por divina presciência e eterna predestinação se devotaram ao estudo das santas *Decretais*. Querem escolher um valoroso imperador, um bom capitão, um digno chefe e guia do exército em tempo de guerra, que bem saiba todos os inconvenientes prever, todos os riscos evitar, levar bem os seus ao assalto e ao combate com alegria, sem nada arriscar, sempre vencer sem perda de soldados, e bem usar da vitória? Então me escolham um decretista! Opa, não! Quer dizer, um decretalista.

— (Eita, que ato falo, disse Epistemão.)

— Querem em tempo de paz encontrar um homem apto e competente para bem governar o estado de uma república, de um reino, de um império, de uma monarquia, entreter a Eclésia, a nobreza, o senado e o povo com riquezas, amizade, concórdia, obediência, virtude, honestidade? Então me escolham um decretalista! Querem encontrar um homem, que, com sua vida exemplar, bom falar, santas admoestações, em pouco tempo, sem derramar sangue humano, conquiste a Terra Santa e à santa fé converta os incrédulos turcos, judeus, tártaros, moscovitas, mamelucos e sarabovinos? Então me escolham um decretalista! O que é que em vários países faz com que o povo fique rebelde e desregrado, os pajens safados e perversos, os estudantes burros e bestas? Seus governantes, seus escudeiros, seus preceptores não eram decretalistas.

Mas quem foi que (com consciência) estabeleceu, confirmou, autorizou essas belas ordens religiosas que fazem com que possamos ver em toda parte a cristandade ornada, decorada, ilustrada, tal como o firmamento com suas fúlgidas estrelas? As divas *Decretais*! Quem foi que fundou, pilotisou, arrimou, quem é que mantém, que substancia, que nutre os devotos religiosos entre conventos, monastérios e abadias, sem cujas preces diurnas, noturnas, contínuas, o mundo correria o perigo evidente de voltar ao Caos antigo? As sacras *Decretais*! Quem é que faz aumentar diariamente a abundância de todos os bens temporais, corporais e espirituais do famoso e célebre patrimônio de São Pedro? As santas *Decretais*! Quem é que faz com que a Santa Sé apostólica em Roma hoje e sempre seja tão reverenciada no universo, de modo que, por bem ou por mal, todos os reis, imperadores, potentados e senhores dependam dela, sujeitem-se a ela, sejam por ela coroados, confirmados, autorizados, venham até ela para se curvar e prosternar diante da mirífica pantufa, cujo retrato vocês viram? As belas *Decretais* de Deus!

Quero lhes revelar um segredão. As universidades do mundo de vocês, em suas armas e divisas costumam apresentar um livro, por vezes aberto, por vezes fechado. Que livro vocês acham que é?

— Eu não sei bem, respondeu Pantagruel. Nunca li ali dentro.

— São, disse Homão, as *Decretais*, sem as quais pereceriam os privilégios de todas as universidades. Essa vocês vão ficar me devendo! Ha, ha, ha, ha, ha!" Aí Homão danou a arrotar, peidar, gargalhar, babar e suar, e entregou seu grosso e gordo barrete de quatro braguilhas a uma das jovens, que o pousou sobre a linda cabecinha toda alegre, depois de o beijar amorosamente, como símbolo e sinal de que seria a primeira a se casar.

"*Viuat* (gritou Epistemão), *uiuat, fifat, pipat, bibat*! Ah, segredo apocalíptico!

— *Clerice* (disse Homão), *clerice*, aclare aqui, com dois fachos! Virgens, tragam frutas! Eu estava dizendo que, se assim vocês se devotarem ao estudo único das sacras *Decretais*, hão de ser ricos e honrados neste mundo. E digo que, por conseguinte, no outro vocês serão infalivelmente salvos no bendito reino dos Céus, cujas chaves foram dadas ao nosso bom Deus decretaliarca. Ah, meu bom Deus, que adoro e nunca vi, por graça especial abre-nos, ao menos no artigo da morte, esse sacríssimo tesouro da nossa santa mãe Eclésia, da qual és protetor, conservador, promecundo, administrador, despenseiro! E ordena que essas preciosas obras de supererrogação, esses belos perdões não nos faltem na necessidade, para que os diabos não encontrem nada para morder em nossas pobres alminhas, nem bocarra horrífica do Inferno que nos devore! Se precisamos passar pelo Purgatório, paciência... Em teu poder e arbítrio está nossa libertação, quando quiseres." Aí Homão danou a verter largas e cálidas lágrimas, a bater no peito e a beijar os polegares na cruz.

Quarto livro

Capítulo 54

Como Homão deu a Pantagruel
peras de bom cristão

O capítulo faz uma paródia de etiologia para a produção da pera williams ou bartlett, que eram conhecidas em francês como "peras de bom cristão" (poires de bon chrétien), e em Portugal tem o nome de "peras de cristão". Porém é bom lembrar que a imagem do bom cristão é ridicularizada por Lutero, representando os papistas ingênuos e explorados. Fundamental também é reparar como Pantagruel se porta como um ideal principesco também na prática da tolerância.

"Nem toda terra tudo dá..." é retomada de Virgílio, Geórgicas, 2.109-16, mas que recriei com um ligeiro eco da carta de Pero Vaz de Caminha. Sabeia é o atual Iêmen. O trecho "chamamos figo de figo, ameixa de ameixa e pera de pera" ecoa Erasmo, Adágios, 2.3.5, que discute a simplicidade dos homens do campo.

Ao dizer que conhece frei João pelo nariz, Homão pode estar aludindo ao tamanho peniano, já que na época um provérbio latino ligava os dois: noscitur a naso quanta sit hasta uero ("pelo nariz se sabe o tamanho da vara"). A frase em latim de frei João pode ser traduzida como "se não quer dar, empreste, por favor", que por sua vez ecoa uma prece latina. O jogo, logo depois, entre cristalino e decretalino também ecoa o nome de Cristo. O barbado parece ser alusão ao papa Júlio III, que de fato tinha barba, assumiu o cargo entre 1550 e 1555 e presidiu o Concílio de Trento. A borla era parte do enfeite dos universitários da época, porém a borla tripla não existia e acaba servindo como uma tripla evocação ao papa.

O escudo de tamanco é uma invenção divertida, como se fosse uma moeda também feita com ouro e a imagem de tamancos. A anunciação eram moedas que traziam a imagem do anjo Gabriel.

Epistemão, frei João e Panurgo, ao verem esse chatíssimo desfecho, encobertos pelos guardanapos começaram a gritar: "Miau, miau, miau!", ao mesmo tempo fingindo secar os olhos, como se estivessem chorando. As jovens, bem treinadas, a todos apresentaram cálices cheios de vinho clementino, com fartura de confeitura. Assim reanimaram o banquete. No fim do prato, Homão nos deu uma batelada de enormes e lindas peras, dizendo: "Tomem, meus amigos! São peras singulares, que vocês não vão encontrar em outra parte. Nem toda terra tudo dá. Só a Índia dá o ébano. Da Sabeia vem bom incenso. Da ilha de Lemnos, a terra esfragítida. Só nesta ilha é que nascem essas belas peras. Façam mudas delas, se quiserem, na região de vocês.

— Como, perguntou Pantagruel, vocês as chamam? Elas bem parecem boas à beça e de boa água. Se cozinharmos em caçarolas cortadas em quatro, com um pouco de vinho e açúcar, acho que seria um alimento saudabilíssimo, tanto para os doentes como para os sadios.

— Não tem outro nome, respondeu Homão. Somos gente simples, porque assim apraz a Deus. E chamamos figo de figo, ameixa de ameixa e pera de pera.

— Na real, disse Pantagruel, quando chegar em casa (se Deus quiser, em breve), eu vou plantar e enxertar no meu quintal em Touraine sobre o rio Loire, e serão chamadas de peras de bom cristão. Porque nunca vi cristãos melhores do que esses bons papímanos.

— E acharia (disse frei João) ótimo se ele nos desse duas ou três carradas dessas moças.

— Por quê?, perguntou Homão.

— Para sangrá-las, respondeu frei João, bem entre os dois dedões do pé, com um certo punhal de bom toque. Fazendo isso, a gente enxertaria nelas umas crianças de bom cristão, e assim se multiplicaria a raça do nosso país, que não é das melhores.

— Mel dels (respondeu Homão), não vamos fazer isso, porque aí elas vão cair na gandaia com os piás: conheço o seu tipo pelo nariz, mesmo se nunca nos vimos antes. Ai, ai, que bom filho é você! Por acaso quer danar a sua alma? As nossas *Decretais* proíbem isso! É bom que saibam bem!

— Paciência, disse frei João. Mas, *si tu non uis dare, praesta quesumus.* É assunto de breviário. Eu não tenho medo de homem barbado, nem que seja doutor de cristalino (quer dizer, decretalino) de borla tripla!"

Terminada a janta, pedimos licença a Homão e àquele povo bom, humildemente agradecendo e, por retribuição a tantos bens, prometemos que, quando fôssemos a Roma, insistiríamos com o pai santo para que viessem com toda a diligência vê-los pessoalmente. Depois retornamos à nossa nau. Pantagruel por generosidade e reconhecimento do sacro retrato papal, deu a Homão nove peças de pano de ouro frisado sobre friso, para serem colocados diante da janela ferrada, mandou encher o fundo de reparos e construção com duplo escudo de tamanco e mandou entregar a cada uma das jovens que tinham servido à mesa durante a janta novecentas e catorze anunciações de ouro para casá-las na hora certa.

Quarto livro

Capítulo 55

Como em alto-mar Pantagruel ouviu vários verbos degelados

Este capítulo e os próximos, que parecem mitologia lúdica, podem também ser lidos como uma séria pretensão de reconciliar ideias linguísticas de Aristóteles, Órganon, e Platão, Crátilo, tal como fizera Amônio Hermeu na Antiguidade tardia; o cerne dessa discussão está na arbitrariedade ou não do signo e na importância possível das etimologias (que Rabelais endossa com os jogos entre curso e discurso, o sentido de "catarro", na grafia minha para "comversar" ao traduzir divisans etc.) e na capacidade de transmitir a verdade. Esse tema já foi abordado em Pantagruel, cap. 19, e no Terceiro livro, também cap. 19, bem como no cap. 37 deste Quarto livro. A história de palavras congeladas é atribuída a Antífanes por Plutarco, Dos proveitos na virtude, 7, que por sua vez é usado por Baltasar Castiglione, O cortesão, ao contar uma transação comercial que dá errado porque as palavras congelam; ideia similar também foi desenvolvida por Celio Calcagnini.

Para a tradução há um ponto importante: Rabelais usa parolle *para a palavra grandiosa, enquanto* mot *designa a palavra em sentido comum; diante disso, optei por verter o primeiro termo por "verbo", que é muitas vezes usado em sentido religioso e transcendental, e o segundo por "palavra". Rabelais ainda usa* voix, *que traduzo por "voz(es)", seguindo o uso tradicional do latim para* uox.

A referência a Antonino, ou Caracala, vem de Dião Cássio, História romana, 78.16, mas diz respeito aos vigias que funcionavam como orelhas do imperador. A referência a Bruto vem de Plutarco, Bruto, 52, porém ali o republicano fala de como suicidar-se, um modo de fugir não com os pés, mas sim com as mãos. O pensamento do filósofo Petrão (ou Pétron) é tirado de Plutarco, Da desaparição dos oráculos, 422b-f. Repare-se na importância do triângulo equilátero ao longo do Quarto livro, com suas implicações pitagóricas.

O tosão de Gideão é mencionado em Juízes, 6, e foi considerado como uma previsão da fecundação virginal de Maria. Século aqui tem o sentido de "todos os tempos", e não o uso atual de "cem anos", e sua consumação parece retomar as palavras de Cristo ressuscitado, "estou convosco todos os dias, até a consumação dos séculos" em Mateus, 28:20. Por fim, o capítulo se refere ao mito de Orfeu e Eurídice, com a história de que o herói e cantor lírico teria sido morto e despedaçado por bacantes trácias, depois de as desdenhar (já depois da dupla morte de Eurídice); no mito narrado por Virgílio, nas Geórgicas, 4.520-5, a cabeça de Orfeu seguia chamando Eurídice. O mar Pôntico é o mar Negro.

———

Em mar aberto, quando a gente banqueteava, cantarolava, comversava e fazia um lindo e breve curso de discursos, Pantagruel se levantou e ficou de pé para desvelar o entorno. Depois nos disse: "Companheiros, vocês não ouviram nada? Acho que estou ouvindo umas pessoas falando no ar, só que não vejo ninguém. Escutem!". À sua ordem, ficamos bem atentos e com a orelha arreganhada sorvíamos o ar que nem umas ostras na concha, para tentar escutar se havia alguma voz ou som ali esparso; e para nada perder, segundo o exemplo do imperador Antonino, alguns de nós espalmávamos a mão ao lado da orelha. Mesmo assim confirmamos que não dava para ouvir nadica. Pantagruel continuava afirmando ouvir vozes várias no ar, tanto de homens quanto de mulheres, quando então sacamos que ou nós as ouvíamos também, ou as nossas orelhas estavam nos pregando uma peça. Quanto mais perseverávamos em escutar, mais discerníamos as vozes, até o ponto de entender palavras inteiras. Aí bateu um baita cagaço, e não à toa, sem ver ninguém e ouvindo vozes e sons tão diversos, de homens, de mulheres, de crianças, de cavalos, de jeito que Panurgo berrou: "Beudocéu, isso é zoeira? Estamos perdidos! Bora vazar daqui! Tem emboscada por aí. Frei João, você é meu amigo? Fique aqui pertinho, eu imploro! Está com o bracamarte? Cuidado para não grudar na bainha! Você nunca desenferruja mais da metade! Estamos perdidos! Escutem só: juro por Deus, são tiros de canhão! Bora vazar! Não falei com pés e mãos, que nem dizia Bruto na batalha de Farsalos, mas sim com velas e remos! Bora vazar! Minha coragem é zero sobre o mar! Numa cave ou por aí eu tenho para dar e vender. Bora vazar! Bora se salvar! Nem falo pelo pavor que estou sentindo, porque eu só tenho medo do perigo. É o que eu sempre digo. Assim dizia o franco-arqueiro de Bagnolet. Por isso, não vamos arriscar nada à cega, para não levar lapada na nareba! Bora vazar! Vire a cara! Vire o leme, seu filho da puta! Queira Deus que agora eu estivesse em Quinquenois, sob pena de nunca me casar! Bora vazar, que esses aí a gente não encara! São dez contra um, já estou vendo! Além disso, eles estão no monturo deles, e a gente nem conhece a região. Vão nos matar! Bora vazar, que não tem desonra alguma! Demóstenes disse que o homem

Quarto livro 443

que vaza, combate de novo. Bora ao menos bater em retirada. A bombordo, a estibordo, à mezena, à bolina! Estamos mortos! Bora vazar, por todos os diabos, bora vazar!". Pantagruel, ouvindo o faniquito de Panurgo, disse: "Quem é esse fujão aí? Vamos primeiro ver que gente é essa. Talvez sejam dos nossos. Ainda não vi ninguém, mesmo vendo cem milhas ao redor. Bora escutar! Eu li que um filósofo chamado Pétron era da opinião de que havia vários mundos tocando-se uns aos outros na figura de um triângulo equilátero, em cuja base e centro ele afirmava estar a morada da Verdade, e que lá habitavam os Verbos, as Ideias, os Exemplos e imagens de todas as coisas passadas e futuras, e em volta estaria o Século. E em alguns anos, a longos intervalos, parte delas caía sobre os humanos feito catarros, tal como caiu o orvalho sobre o tosão de Gideão, para lá ficar reservada ao porvir, até a consumação do Século. Lembro também que Aristóteles sustenta que os verbos de Homero são alados, volantes, moventes e, portanto, animados. Além disso, Antífanes dizia que a doutrina de Platão sobre os verbos era parecida: eles, em qualquer região em tempo de inverno bravo, quando proferidos, se resfriam e congelam com o ar frio, e não são mais ouvidos. Do mesmo jeito, o que Platão ensinava às crianças só era escutado por elas depois que envelheciam. Agora caberia filosofar e pesquisar se por acaso aqui não seria o local onde esses verbos degelam. Seria de cair o queixo se aqui estiverem a cabeça e a lira de Orfeu. Pois, depois que as mulheres trácias picaram Orfeu em pedacinhos e jogaram a cabeça e a lira dele no Hebro, estas foram rio abaixo ao mar Pôntico até a ilha de Lesbos, sempre juntas nadando no mar. E da cabeça saía sem parar um canto lúgubre, como que a lamentar a morte de Orfeu: a lira, com o impulso dos ventos movendo as cordas, se acordava harmoniosamente com o canto. Espiem para ver se estão por perto!".

Capítulo 56

Como entre os verbos congelados
Pantagruel achou palavras de goles

Estes capítulos parecem estar baseados no livro 45 do Novo Digesto, "Sobre a obrigação da palavra". É da glosa desse título que Rabelais tira a curiosa imagem de "ver vozes" que aparece na Vulgata, em Êxodo, 20:18: populus videbat voces. No entanto, o centro deste capítulo são as palavras assêmicas que revelam o horror sem sentido da batalha.

Nos mitos antigos, os arimáspios combatiam os grifos, e não os nefelibatas (em grego "os que andam nas nuvens"), cf. Heródoto, Histórias, 4.27. O termo "goles" aqui indica o vermelho na heráldica (como as várias outras cores citadas no terceiro parágrafo), mas ao mesmo tempo busca traduzir motz de gueule, que são as conversas animadas nos banquetes, assim "de goles" soa como a conversa entre bebidas; essa solução tradutória é igual à de Élide Oliver, que me pareceu justíssima. A expressão motz d'orez, que traduzi como "palavras de or", era também o nome da coleção de sentenças do romano Catão, obra muito difundida na Idade Média.

Dar a palavra como ato de amor, segundo um dos Adágios de Erasmo (1.5.49), é o mesmo que enganar; daí deriva a piada do "ato de advocacia". A piada final do capítulo funciona a partir do aforismo jurídico: "Prendem-se os animais pelos cornos, e os homens pelas palavras". Aqui ele serve para retomar o cerne do livro, que é a viagem atrás do oráculo da Divina Garrafa, para saber se Panurgo será corno ou não, caso se case. Em mais uma alusão à Farsa do mestre Pathelin, vemos como o tecelão Guillaume Joesseaulme vende seus panos a crédito para Pathelin, e este, num aparte, nos diz: "Por deus, ele não me vendeu,/ por minha, mas sua palavra,/ mas vai pagar por minha lavra" (vv. 336-8).

O piloto mandou a resposta: "Senhor, não tem razão para medo. Aqui é o confim do mar glacial, onde aconteceu, no começo do inverno passado, uma grande e sinistra batalha entre os arimáspios e os nefelibatas. Aí se congelaram no ar os verbos e gritos dos homens e mulheres, os baques das maças, os choques dos arneses, das bardas, os relinchos dos cavalos e toda a ba-

Quarto livro

rulheira do combate. A essa hora, passado o rigor do inverno, chegando a serenidade e temperança do bom tempo, eles derretem e podem ser ouvidos.

— Deus meu, disse Panurgo, não posso acreditar! Mas dá para ver algum? Lembro que li que, no pé da montanha onde Moisés recebeu a lei dos judeus, o povo via as vozes com os sentidos.

— Ó paí, ó (disse Pantagruel), vejam uns que não degelaram." Então jogou sobre a tilha umas mancheias de verbos congelados, e pareciam umas drageias peroladas de várias cores. Nós ali vimos palavras de goles, palavras de sinople, palavras de azure, palavras de sable, palavras de or. Ao se esquentarem um pouquinho em nossas mãos, derretiam, feito neve, e ouvíamos de verdade. Mas não compreendíamos. Porque estavam em língua bárbara. Fora um, bem gordo, que frei João esquentou entre as mãos e fez um som que nem castanhas jogadas na brasa ao serem picadinhas, quando estalam, o que nos deu um susto da porra. "Era (disse frei João) um tiro de falcão em sua época." Panurgo pediu para Pantagruel lhe passar mais um. Pantagruel respondeu que dar verbos era um ato de amor. "Então me venda, dizia Panurgo.

— É um ato de advocacia, respondeu Pantagruel, vender o verbo. Eu bem que venderia para você o silêncio, e bem mais caro, tal como algumas vezes vendera Demóstenes, com sua argentangina." Apesar disso, jogou na tilha três ou quatro punhados.

E ali eu vi verbos bem picantes, verbos sangrantes, que o piloto nos pedia para devolver ao lugar de onde foram proferidos, mas era uma garganta degolada, verbos assustadores e outros horrendos de ver. E uns fundidos nós ouvimos, hing, hing, hing, hing, his, tico, zás, trás, brededim, brededac, frr, frrr, frrr, bu, bu, bu, bu, bu, bu, bu, bu, bu, traccc, trac, trr, trr, trr, trrr, trrrrrr. Om, om, om, om uuuuom: gog, magog e sei lá mais que palavras bárbaras, e dizia que eram vocábulos de quebra-pau e relinchos de cavalos na hora em que se bate, depois ouvimos outros enormes que soltavam seu som ao degelarem, uns que nem tambores e pífaros, outros que nem clarões e trombetas. Podem acreditar que nós tivemos um baita passatempo. Eu quis botar umas palavras de goles na conserva ao óleo, que nem a gente conserva neve e gelo em palha limpinha. Mas Pantagruel não quis: disse que era doideira fazer conserva daquilo que nunca falta e que todo dia está à mão, que nem as palavras de goles entre todos os bons e alegres pantagruelistas. Aí Panurgo irritou um pouco o frei João e o fez se emputecer de vez, pois o tomou ao pé da palavra quando ele menos esperava, e frei João ameaçou que o faria se arrepender do mesmo jeito que se arrependera Guillaume Jousseaulme de vender um pano ao nobre Pathelin, dando sua palavra; e que, se che-

François Rabelais

gasse a se casar, o prenderia pelos cornos que nem um bezerro, porque ele tinha prendido pela palavra que nem um homem. Panurgo fez um beicinho só de gozação. Depois gritou: "Queira Deus que aqui, sem dar um passo a mais, eu ouça a palavra da Divina Garrafa!".

Capítulo 57

Como Pantagruel desembarcou
na morada do messer Gaster,
primeiro mestre nas artes do mundo

Rabelais tenta responder de modo cômico à pergunta sobre a força motriz do mundo, que aqui passa a ser o estômago, talvez parodiando a resposta de Marsilio Ficino, de que seria o amor. O nome de Gaster, termo dicionarizado também em português com o acento "gáster", indica precisamente o estômago; porém retomo o acento grego para manter a rima com "messer" como acontece em francês.

Não foi Doyac quem escalou o monte Aiguille no Dauphiné (de fato conhecido como "monte inacessível" até a época), mas sim Antoine de Ville, capitão de Montélimar, de fato sob as ordens de Carlos VIII; lá ele encontrou camurças, e não um bode. A morada da Virtude, em Hesíodo, está em Trabalhos e dias, *289 ss. A referência a Cícero está em* Da natureza dos deuses, *3.14, onde ele relata a opinião de Heráclito, e não a sua própria. O satírico em questão é o poeta romano Pérsio,* Coliambos, *10 e 12. O Concílio da Basileia (1431-1449) levou às* Pragmáticas sanções *de Carlos VII que causaram a deposição do papa Eugênio IV, por isso era lembrado favoravelmente pelos franceses. Mantenho o termo poétridas, porque Rabelais tira de Pérsio,* Coliambos, *8, a expressão "pegas poétridas" (poetridas picas). O capítulo está recheado de alusões aos* Adágios *de Erasmo, tais como 5.1.52 (Harpocrates) e 2.8.84 (Venter auribus caret). A fábula de Esopo em questão é a 130 Perry. Os exemplos históricos no final são todos baseados em historiadores, de fato.*

———

Nesse mesmo dia, Pantagruel desembarcou na ilha mais notável entre todas as outras, tanto por causa da sua sede, quanto do seu governante. Ela, por todos os lados começava escabrosa, pedregosa, montanhosa, infértil, horrenda de ver, dificílima aos pés, um pouquinho menos inacessível que o monte do Dauphiné, assim chamado porque tem forma de cogumelo e em toda a história ninguém conseguiu superá-lo, a não ser Doyac, chefe de artilharia do rei Carlos VIII, que com máquinas miríficas o escalou e no cume encontrou um bode velho. É de se imaginar o que foi que o levou até ali. Alguns que era um jovem anho quando uma águia qualquer o levou, ou então um jacurutu o tinha capturado, mas ele se salvou no matagal. Superando a

dificuldade da entrada num sufoco, e não sem suar, do monte o cume era tão gostoso, tão fértil e tão salubre e delicioso, que pensamos que devia ser o verdadeiro jardim e paraíso terrestre, sobre cuja localização tanto discutem e laboram todos os bons teólogos. Mas Pantagruel nos afirmava que ali era a morada de Areté (ou seja, a Virtude) descrita por Hesíodo, sem recusar uma opinião mais sã.

O governante dela era messer Gaster, primeiro mestre nas artes deste mundo. Se vocês acreditam que o fogo seria o grande mestre das artes, tal como escreve Cícero, estão muito enganados: erraram rude. Pois Cícero mesmo não acreditava nisso. Se vocês acreditam que Mercúrio seria o primeiro inventor das artes, tal como antigamente acreditavam nossos antigos druidas, então viajaram na maionese. A sentença do satírico é verdadeira, quando diz que messer Gaster é de todas as artes o mestre. Com ele em paz residia a boa senhora Penia, também conhecida como Penúria, mãe das nove Musas, de quem outrora em companhia de Poro, senhor da Fartura, nos nasceu Amor, o nobre filho mediador do céu e da terra, tal como atestado por Platão, no *Banquete*. A esse cavalheiresco rei foi preciso fazer reverência, jurar obediência e prestar honra. Porque o cabra era imperioso, rigoroso, redondo, duro, difícil, inflexível. Com ele, não dá para tentar provar nada, mostrar nada, persuadir nada. Ele não ouve. E tal como falam os egípcios que Harpócrates, deus do silêncio, em grego chamado Sigálion, era ástomo, ou seja, sem boca, do mesmo modo Gaster sem orelhas foi criado, tal como na Cândia o simulacro de Júpiter não tinha orelhas. Só fala através de sinais. Mas a tais sinais o mundo inteiro obedece mais rápido do que aos editos dos pretores e ordens dos reis. Em seus ditames atraso nenhum, demora nenhuma se tolera. Vocês dizem que, com o rugido do leão, todos os bichos em volta tremem, de tão longe (é claro) quanto dê para ouvir. Está escrito. É verdade. Meninos, eu vi! Lavro e dou fé que, às ordens do messer Gaster, o céu inteiro se agita, a terra inteira se contorce. Fixada sua ordem, é preciso cumpri-la sem atraso, ou então morrer.

O piloto nos contava como um dia, segundo o exemplo dos membros conspiradores contra o Ventre, tal como escreve Esopo, quando todo o reino dos sômatas contra ele conspirou e conjurou para negar-lhe obediência. Mas logo logo percebeu e se arrependeu e voltou ao serviço com toda humildade. De outro modo, todos morreriam de uma fome cruel. Em qualquer companhia que esteja, nem tem o que discutir sobre superioridade e preferência: ele sempre vai à frente, e podem vir reis, imperadores, até mesmo o papa! No Concílio da Basileia, ele foi o primeiro a chegar, mesmo que digam por aí que o tal Concílio foi sedicioso, por causa das contenções e ambições dos

primeiros lugares. Para servi-lo, o mundo inteiro trampa, o mundo inteiro labuta. Também por recompensa ele concede o bem ao mundo, inventa todas as artes, todas as máquinas, todos os ofícios, todos os engenhos e sutilezas. Mesmo aos bichos brutos ele ensina artes negadas pela natureza. Os corvos, os gaios, os papagaios, os estorninhos, ele transforma em poetas. Às pegas ele transforma em poétridas e lhes ensina a proferir, falar, cantar em linguagem humana. E tudo para as tripas!

As águias, gerifaltes, falcões, sacres, bornis, açores, gaviões, esmerilhões, pássaros ariscos, migrantes, sem muda, rapaces, selvagens, ele domestica e amansa de tal jeito, que ao abandoná-los em plena liberdade do céu, quando lhe parece bom, tão alto quanto queira, tanto quanto goste, os mantém rasando, errando, voando, planando, chavecando, o cortejando acima das nuvens; depois, num supetão os faz do céu à terra afundar. E tudo para as tripas!

Os elefantes, os leões, os rinocerontes, os ursos, os cavalos, os cães, ele os faz dançar, bailar, voar, brigar, nadar, se esconder, trazer o que ele quer, pegar o que ele quer. E tudo para as tripas! Os peixes, tanto do mar como da água doce, baleias e monstros marinhos, sair ele faz do fundo abismo, os lobos lança fora das matas, os ursos fora dos rochedos, as raposas fora das tocas, as serpentes joga fora da terra. E tudo para as tripas! Em resumo, é tão enorme, que em sua fúria come todos os bichos e pessoas, como se viu entre os vascões quando Quinto Metelo os sitiava pelas guerras sertorianas, entre os saguntinos sitiados por Aníbal, entre os judeus sitiados pelos romanos, seiscentos outros. E tudo para as tripas!

Quando Penia, a governanta, sai de casa, aonde ela vai, ficam todos os parlamentos fechados, todos os editos mudos, todas as ordenanças vãs. Não é sujeita a lei alguma; de todas fica isenta. Todo mundo foge dela em toda parte, escolhendo antes esposar os naufrágios marinhos, atravessar o fogo, os montes, os golfos, do que por ela ser preso.

Capítulo 58

Como na corte do mestre inventor
Pantagruel detestou
os engastrimitas e os gastrólatras

O capítulo parece fazer um ataque alegórico aos curas mais hipócritas do catolicismo, ou às figuras típicas da Sorbonne (os engastrimitas, os "ventríloquos", em termo grego, com o sentido de pessoas que tinham espíritos adivinhos falando através da barriga), bem como aos monges glutões (gastrólatras, os "adoradores da barriga/ventre").

Êuricles foi um famoso adivinho e ventríloquo grego, tema de Erasmo, Adágios, *4.1.39; é mencionado por Aristófanes,* Vespas, *1.017 ss., e por Platão,* O sofista, *252c. A história de Jacoba Rhodigina é baseada em um relato verídico sobre essa adivinha na região norte da Itália (a Gália Cisalpina engloba o atual Piemonte), feito por Celio Rhodigino ou Lodovico Ricchieri (1469-1525) em seus* Lectionum antiquarum libri triginta *(Trinta livros de lições antigas); o nome do espírito dela, Cincinnatulo em italiano, realmente significa "crespo". As palavras que o narrador atribui a Hesíodo, na verdade aparecem em Homero,* Ilíada, *18.104, quando Aquiles acusa os gregos que não ajudaram Pátroclo a se salvar. O deslumbre com as conchas é tirado de Plínio,* História natural, *9.52, e retomado por Erasmo,* Adágios, *5.2.20. A referência ao Santo Enviado é de Paulo em* Filipenses, *3:18-9, que transcrevo segundo a versão Almeida. A referência final ao ciclope é tirada de Plutarco,* Da desaparição dos oráculos, *435ab, com o trecho de Eurípides,* Ciclope, *334-5.*

Na corte desse grande mestre inventor, Pantagruel percebeu dois tipos de criadagem importuna e exageradamente atenciosa, por quem nutriu uma imensa ojeriza. Uns eram chamados engastrimitas, os outros gastrólatras. Os engastrimitas diziam ser descendentes da antiga raça de Êuricles, e quanto a isso alegavam o testemunho de Aristófanes na comédia intitulada *As mutucas, ou vespas.* Daí que antigamente fossem chamados de euriclianos, como escrevem Platão, e Plutarco no livro *Da desaparição dos oráculos.* No santo *Decreto de Graciano,* 26, quest. 3, são chamados de ventríloquos, e assim os nomeia em língua jônica Hipócrates, livro 5, *Epidemias,* como quem fala pelo ventre. Sófocles os chama de esternomantes. Eram adivinhos, encanta-

Quarto livro

453

dores e abusadores do povo simplório, pois pareciam falar e responder não pela boca, mas pelo ventre, a todos que lhes interrogavam.

Lá pelo ano de 1513 do nosso bendito Salvador, circulava Jacoba Rhodigina, uma mulher italiana de classe baixa. Do ventre dela ouvimos muitas vezes, bem como infinitos outros em Ferrara e alhures, a voz do espírito imundo, com certeza baixa, fraca e miúda, porém bem articulada, distinta e inteligível, quando pela curiosidade dos ricos senhores e príncipes da Gália Cisalpina ela era chamada e convocada. Eles, para evitar qualquer dúvida de ficção e fraude oculta, a mandavam ficar toda nua e a mandavam fechar a boca e o nariz. Esse malino espírito se apresentava como Crespo ou Cincinátulo e parecia sentir prazer em ser assim chamado. Quando assim o chamavam, logo respondia. Se o interrogassem sobre assuntos presentes ou passados, ele respondia de modo pertinente, a ponto de provocar no auditório um verdadeiro frisson. Se era sobre coisas futuras, sempre mentia, nunca dizia a verdade. Amiúde parecia confessar sua ignorância e, em vez de responder, soltava um puta peido, ou murmurava umas palavras ininteligíveis e de bárbara terminação.

Os gastrólatras, por outro lado, se apinhavam em tropas ou em bandos, alegres, afáveis e tchutchucos uns, outros tristes, sérios, casmurros, cabreiros, todos ociosos, vagabundos, sem trabalhar, peso e fardo inútil sobre a terra, como diz Hesíodo; com medo (pelo que deu para avaliar) de ofender o Ventre e emagrecer. De resto, mascarados, disfarçados e vestidos de um jeito meio estranho, que era uma beleza. Vocês aí dizem, e está escrito por muitos sábios e antigos filósofos, que a indústria da Natureza se mostra maravilhosa na diversão que deve ter tido ao formar as conchas marinhas, de tanta variedade que dá para ver ali, tantas figuras, tantas cores, tantos traços e formas inimitáveis pela arte. Pois eu garanto que na vestimenta desses gastrólatras concha-péus a gente não viu menos diversão nem disfarce. Eles todos tinham Gaster por seu grande deus, o adoravam como a um deus, lhe sacrificavam como a um deus onipotente, nem reconheciam outro deus além dele; serviam-lhe, o amavam sobre todas as coisas e veneravam como seu deus. Vocês diriam que o Santo Enviado falava deles quando escreveu, em *Filipenses*, 3: "Muitos há, dos quais muitas vezes vos disse, e agora também digo, chorando, que são inimigos da cruz de Cristo, cujo fim é a perdição; cujo Deus é o ventre". Pantagruel os comparava ao ciclope Polifemo, que Eurípides fez falar o seguinte: "Só presto sacrifícios para mim (aos deuses nada) e ao meu ventre, o maior de todos deuses".

454   François Rabelais

Capítulo 59

Da ridícula estátua chamada Manduco, e como e quais coisas os gastrólatras sacrificavam ao seu deus ventripotente

Desde 1525, por causa da disputa entre Ulrico Zuínglio (1484-1531) e Lutero, houve uma grande disputa sobre a forma e o sentido da missa, que tem um ápice na França em 1534, com a publicação de pasquins contra a cerimônia. O tema dos sacramentos ocupou a sétima sessão do Concílio de Trento, em 1547, e a eucaristia foi assunto da décima terceira, em 1551-52. Com isso, concordo com Hormaechea e outros que este capítulo parece parodiar a missa católica, numa versão carnavalizada com sua procissão de entrada, acompanhada de ditirambos e cantos ébrios, seguida por oferendas rituais, a começar por hipocrasso e torrada, que lembram pão e vinho. O resultado é mais uma lista de degustação alimentar e linguística.

Manduco é tirado de Erasmo, Adágios, 4.8.32, um termo que era aplicado aos esfomeados, que se torna uma figura típica no Carnaval medieval. Rabelais ainda se refere a Graulli, a figura de um dragão que abre e fecha a mandíbula, típica nos desfiles no dia de São Clemente.

———

Enquanto estávamos ali observando, completamente embasbacados, as caras e gestos desses folgados, bocudos gastrólatras, ouvimos um som de sino bem notável, com o qual todos se alinharam, como que para batalha, cada um por seu cargo, grau e senioridade. Assim foram até messer Gaster, seguindo um gordo, jovem, potente ventrudo, que sobre um longo bastão dourado levava uma estátua de madeira mal talhada e toscamente pintada, tal como a descreveram Plauto, Juvenal e Pompeu Festo. Em Lyon, no Carnaval, é chamada *Mâche-croutte*, a masca-crosta; eles a chamavam de Manduco. Era uma efígie monstruosa, ridícula, escrota e assustadora para as criancinhas, com olhos maiores que a barriga e a cabeça maior que o resto do corpo, com amplas, largas e espantosas mandíbulas bem dentadas tanto em cima quanto embaixo, que, com o mecanismo de uma cordinha escondida dentro do bastão dourado, a gente poderia fazer bater terrivelmente, tal como em Metz fazem com o dragão de São Clemente.

Quarto livro

455

Ao se achegarem os gastrólatras, eu vi que eram seguidos por um grande número de gordos criados, carregados de cestos, de cestas, de sacas, de potes, de fardos e panelas. Então, sob a condução do Manduco, cantando sei lá que ditirambos, crepalócomos, epenontes, ofereceram ao seu deus, abrindo os cestos e panelas, um hipocrasso branco com uma torrada seca macia:

    Pão de sal.
    Pão fresco.
    Seis tipos de churrasco.
    Cuscuz.
    Sarapatel.
    Nove tipos de fricassê.
    Sopas gordas das Primas.
    Sopas lionesas.
    Ragus.
    Molete.
    Pão burguês.
    Cabrito assado.
    Línguas de vitela assadas e frias temperadas com pó de gengibre.
    Patezinhos.
    Sopas de lebréu.
    Repolhos recheados com tutano de boi.
    Guisados.

Entre beberagens eternas, a começar por vinho branco bom e gostoso, seguido de clarete e tinto fresco, quer dizer, frio que nem gelo, servidos e oferecidos em grandes taças de prata. Depois ofereciam:

Linguiças caparazonadas com fina mostarda.
Salsichas.
Línguas de boi defumadas.
Charques.
Costelinhas com ervilha.
Fricandós.
Chouriços.
Cervelats.
Salsichões.
Presuntos.
Cabeças de javalis.
Caça salgada com nabos.
Filé de fígado de porco.
Azeitonas colímbadas.

Tudo isso associado a uma beberagem sempiterna. Depois lhe enfiavam goela abaixo:

Pernil de cordeiro ao alho.
Pastéis com molho quente.
Costeletas de porco aceboladas.
Capões assados no próprio caldo.
Caponetes.
Mergansos. Bodes.
Cervos. Veados.
Lebres. Lebrachos.
Perdizes. Perdigões.
Faisões. Faisõezinhos.
Pavões. Pavonetes.
Cegonhas. Cegonhinhas.
Galinholas. Franguinholos.
Hortulana.
Galos, frangos e perus.
Torcazes. Rolinhas.
Porcos no mosto.
Patos num molho branco.
Melros. Frangos-d'água.

Quarto livro

Galinhas-d'água.
Tadornas.
Garcetas.
Cercetas.
Mergulhões.
Abetouros. Pernalongas.
Maçaricos.
Sisões.
Galeirões ao alho-poró.
Piscos. Cabritos.
Paleta de ovelha com alcaparras.
Boi à moda real.
Peitos de vitela.
Frangos cozidos e gordos capões em manjar branco.
Arrábios.
Frangos.
Coelhos. Caçapos.
Codornas. Codorninhas.
Pombos. Pombinhos.
Garças. Garcinhas.
Abetardas. Abetardinhas.
Papa-figos.
Cocás.
Tarambolas.
Gansos. Gansinhos.
Arribaçãs.
Patos-do-mato.
Sabiás-ruivos.
Flamingos. Cisnes.
Colhereiros.
Narcejas. Gruas.
Cacongos.
Maçaricos-de-bico-fino.
Francolins.
Rolas.
Láparos.
Porcos-espinho.
Caimões.

Entre reforço de vinho. Depois grandes
Pastéis de caça.
De cotovias.
De arganazes.
De íbices.
De corças.
De pombos.
De camurças.
De capões.
Pastéis de toicinho.
Pés de porco na banha.
Patê *en croûte* picado.
Pernil de capão.
Queijos.
Pêssegos de Corbeil.
Alcachofras.
Folhados.
Beterrabas brancas.
Biscoitinhos.
Rosquinhas.
Dezesseis tipos de tortas.
Waffles. Crepes.
Marmelada mole.
Coalhos.
Suspiros.
Mirobálanos confitados.
Geleia.
Hipocrasso vermelho e tinto.
Bolinhos. Macarons.
Vinte tipos de tartelete.
Nata.
Frutas secas e moles de setenta e oito espécies.
Drágeas, cem cores.
Queijos brancos.
Obreia com açúcar refinado.
Vinho seguia colado, por medo de uma angina.
Item: torradas.

Quarto livro

Capítulo 60

Como nos dias magros entrelardeados, os gastrólatras sacrificavam ao seu deus

Importante observar neste capítulo a persistência do termo "sacrifício" e variantes, já que não vemos exatamente um ritual sacrificial; assim, é mais instigante ler aqui uma crítica de Rabelais à ideia de que a missa tradicional católica renovaria a cada vez o sacrifício de Cristo. Outra piada está no fato de que, diante da abstinência obrigatória de carne, os gastrólatras não estão proibidos de glutonia, e assim se entregam a frutos do mar, tal como muitos cristãos hipócritas da época.

Como sempre, o texto está repleto de jogos que busquei recriar com as liberdades necessárias. Digno de nota é apenas que optei por traduzir ao pé da letra la couille à l'evesque, como "bago do bispo", que provavelmente designa o agrião silvestre, em nome da piada.

O imperador romano Heliogábalo, que esteve no poder entre 218 e 222, se apresentava como um sacerdote do mesmo nome, de origem síria. Baltazar foi o último rei da Babilônia, até 539 a.C., e como todos da sua comunidade venerava Baal, que significa simplesmente "senhor", e que passa a ser representado pelos judeus como uma divindade que compete com Javé. Sobre Antígono I, cf. nota ao cap. 11. O lasanóforo é portanto o encarregado de carregar essa espécie de penico.

———

Pantagruel, ao ver essa corja de sacrificadores e a multiplicidade de sacrifícios, se irritou e já teria ido embora, se Epistemão não pedisse a ele para ver o resultado dessa farsa. "E o que é que sacrificam esses canalhas ao seu deus ventripotente nos dias magros entrelardeados?

— Vou lhe dizer, respondeu o piloto. Como prato de entrada, oferecem:

Caviar.

Butargas.

Manteiga fresca.

Purês de ervilha.

Espinafres.

Arenques brancos frescos.

Arenques em conserva.

Sardinhas.

Anchovas.
Atum marinado.
Couve no azeite.
Favas amanteigadas.
Saladas de cem tipos, de agrião, de lúpulo, de bagos-de-bispo, de rapúncios, de orelhas-de-judas (um cogumelo que dá nos sabugueiros velhos), de aspargos, de cerefólios e várias outras.
Salmões salgados.
Enguias salgadas.
Ostras na concha.

E tem que beber, senão o diabo o carrega. Fazem bons arranjos e sem falta. Depois oferecem:
Lampreias ao molho de hipocrasso.
Barbos.
Barbilhões.
Mugens.
Moletas.
Arraias.
Sibas.
Esturjões.
Baleias.
Cavalinhas.
Sáveis.
Solhas.
Ostras fritas.
Vieiras.
Lagostas.
Eperlanos.
Bacamartes-vermelhas.

Trutas.
Pescadas.
Bacalhaus.
Polvos.
Limandas.
Linguados.
Corvinas.
Sargos.
Gobiões.
Jaús.
Espadilhas.
Carpas.
Lúcios.
Bonitos.
Cações.
Ouriços.
Peixes-lapa.
Águas-vivas.
Crepidulas.
Lapas.
Peixes-espada.
Tubarões-anjo.
Lampreias.
Robalos.
Alevins.
Carpinhas.
Carpetes.
Salmões.
Salmonetes.
Golfinhos.
Porcos-do-mar.
Rodovalhos.
Arraias-brancas.
Bagres.
Solhas-limão.
Sururus.
Lavagantes.
Camarões.
Alcabozes.

Alburnetes.

Tencas.

Timalos.

Merluzas frescas.

Sépias.

Esgana-gatas.

Atuns.

Góbios.

Cadozes.

Lagostins.

Amêijoas.

Pitus.

Lampreias-marinhas.

Côngrios.

Botos.

Lubinas.

Alosas.

Moreias.

Umbrinas.

Tainhas-de-abu.

Enguias.

Anguilas.

Tartarugas.

Cobras, *id est*, enguias-do-mato.

Dourados.

Margotas.

Percas.

Peixes-rei.

Verdemãs.

Caranguejos.

Caramujos.

Rãs.

Devorados esses quitutes, se não beber, a morte o espera dois passos à frente. Preparavam tudo direitinho. Depois sacrificavam:

Merluzas salgadas.

Stockfish.

Ovos fritos, perdidos, sufocados, saunados, arrastados por cinzas, jogados pela chaminé, esfregados, espancados etc.

Quarto livro

Badejos.

Arraias-borboleta.

Haddocks.

Lúcios marinados.

Para cozinhar e digeri-los mais fácil, multiplicava-se o vinho. No fim ofereciam:

Arroz.

Painço.

Mingau.

Manteiga de amêndoa.

Manteiga batida.

Pistaches.

Físticos.

Figos.

Uvas.

Cherovia.

Fubá.

Mingau de frumento.

Ameixas.

Tâmaras.

Nozes.

Avelãs.

Pastinacas.

Alcachofras.

E uma perenidade de manguaça.

Podem acreditar que não era culpa deles se o tal Gaster, seu deus, não fosse devidamente, preciosamente e fartamente servido nos sacrifícios, mais do que o ídolo de Heliogábalo, mais até do que o ídolo Baal na Babilônia sob o reinado de Baltasar. E olhem que Gaster confessava que não era um deus, mas sim pobre, vil, magrela criatura. E que nem o rei Antígono, o primeiro com esse nome, respondeu a um tal chamado Hermódoto (que em seus poemas o chamava de deus e filho do sol) assim: 'Meu lasanóforo renega isso' (sendo lasanon uma terrina e bacia reservada para receber excrementos do ventre), assim também ele mandava esses macacos gordos até o penico para ver, considerar, filosofar e contemplar a divindade que encontrariam na sua matéria fecal."

Capítulo 61

Como Gaster inventou os jeitos
de conseguir e conservar os grãos

Com a saída dos gastrólatras, Rabelais volta a fazer o elogio de Gaster como força motriz da humanidade graças à fome; porém o elogio termina em nota sombria, com os efeitos nefastos da guerra, ainda mais com as novas armas da pólvora. A crítica ao pão sem fermento e sal parece ser mais uma cutucada na missa católica com sua hóstia consagrada. No campo da linguagem, Rabelais faz mais inversões e hipérbatos rebuscados a partir daqui, o que tento manter com certa liberdade.

O monte Liceu, na Arcádia, era consagrado a Zeus Liceu e o galho em questão era certamente de carvalho (o sacerdote é descrito como jovial, por ser dedicado a Jove/Júpiter, o nome romano de Zeus), árvore consagrada ao deus, mas a fonte mais famosa era conhecia como Hagno, e não Ágria. Trezena era uma cidade grega no Peloponeso, ao norte da Argólida; Pausânias, Descrição da Grécia, 2.34, é que comenta suas práticas de controlar a natureza, sendo a mais notável a prática de cortar um galo ao meio, e dois homens correrem no meio das vinhas espargindo o sangue do animal, quando o vento vindo da África queimava os brotos. Segundo o mito grego, o jardim das Hespérides, nos confins do mundo, tinha um pé de maçãs de ouro, o tempo inteiro vigiado por um dragão; esse foi um dos trabalho de Hércules, que aparece já em Apolônio de Rodes, Argonáuticas, livro 4.

Vitrúvio foi um importante arquiteto romano do séc. I a.C.; sua obra Da arquitetura foi por séculos um livro fundamental para os estudos e estabelecimentos de edificações. Philibert de l'Orme (1510-1570) foi um arquiteto contemporâneo de Rabelais, grande nome do Renascimento francês, servindo ao rei Henrique II, que aqui é chamado de Megisto ("grandioso"). Filóstrato nos conta que eram na verdade os vizinhos dos oxidracos, um povo da Índia, que antigamente realizavam verdadeiras maravilhas para vencerem os adversários (A vida de Apolônio de Tiana, 2.33). Sigo a boa solução de Élide Oliver em traduzir o jogo de coup na última frase, usando o termo "rajada" tanto para o basilisco quanto para os raios.

Quando saíram os diabos desses gastrólatras, Pantagruel ficou concentrado no estudo de Gaster, nobre mestre das artes. Vocês sabem que, por uma instituição da Natureza, o pão e seus apanágios foram atribuídos a ele como

Quarto livro   465

provisão e alimento, junto com a bênção do céu de que, para encontrar e guardar o pão, nada lhe faltaria. Desde o princípio ele inventou a arte fabril e a agricultura para cultivar a terra, com fins de produzir grãos. Ele inventou a arte militar e as armas para o grão defenderem; medicina e astrologia com as matemáticas necessárias para ao grão em segurança por séculos proteger e tirar das calamidades climáticas, a pilhagem das feras e o roubo dos saqueadores. Ele inventou os moinhos de água, de vento, de braço, e outros mil engenhos, para ao grão moer até fazer farinha. A levedura para fermentar a massa, o sal para dar sabor (porque ele sabia que nada deixa os homens mais sujeitos às doenças do que um pão sem fermento e sem sal), o fogo para assar, os relógios e quadrantes para acertar o tempo de assar o pão, criatura do grão.

Aconteceu de o grão faltar numa região, ele inventou a arte e o meio de transferir de um lugar para outro. Por invenção, misturou duas espécies de animais, asnos e éguas, para produzir uma terceira, que nós chamamos de mulas, bichos mais poderosos, menos delicados, mais resistentes ao trabalho do que os outros. Ele inventou carroças e charretes para carregar mais fácil. Se o mar ou os ribeirões impediam o transporte, ele inventou barcos, galeras e navios (coisa que deixou os elementos de queixo caído) para navegar além-mar, além-rios, de nações bárbaras, ignotas e distantes trazer e transportar grão.

Aconteceu depois de alguns anos que a terra cultivada ficou sem chuva e estação apropriadas, por cuja falta o grão tombou por terra, morto e perdido. Alguns anos a chuva era excessiva e afogava o grão. Outros anos o granizo o estragava, os ventos o desbulhavam, a tempestade o revirava. Antes da nossa vinda, ele já tinha inventado a arte e o meio de invocar a chuva dos céus cortando uma planta comum das campinas, mas por poucos conhecida, e que ele nos mostrou. E eu achei que era a mesma de que, em outros tempos, um só galho mergulhava o pontífice jovial na fonte Ágria aos pés do monte Liceu, na Arcádia, em tempos de seca, atiçando os vapores, e então dos vapores se formavam grandes nuvens, que, uma vez dissolvidas em chuva, toda a região era prazerosamente regada. Inventou a arte e o meio de suspender e prender a chuva no ar e a fazer cair no mar. Inventou a arte e o meio de anular o granizo, suprimir os ventos, virar a tempestade, do jeito usado pelos metanenses de Trezena.

Outra desgraça aconteceu. Os ladrões e saqueadores roubavam grão e pão pelos campos. Ele inventou a arte de fortificar cidades, fortalezas e castelos, para o encerrar e manter em segurança. E aconteceu de não encontrar pão pelos campos, e percebeu que estava dentro das cidades, fortalezas e castelos encerrado, e protegido e vigiado pelos habitantes com mais afinco do que as maçãs de ouro das Hespérides pelos dragões. Ele inventou a arte e o meio de abater e demolir fortalezas e castelos com máquinas e tormentos bélicos, aríetes, balestras, catapultas, cujo desenho ele nos mostrou, aliás muito mal compreendido pelos engenheiros e arquitetos discípulos de Vitrúvio, tal como nos confessou o messer Philibert de l'Orme, grande arquiteto do rei Megisto. Quando isso não deu mais certo contra a sutileza maldosa e a maldade sutil dos fortificadores, ele inventou recentemente canhões, serpentinas, colubrinas, bombardas, basiliscos, lançando bolas de ferro, de chumbo, de bronze, que pesam mais do que imensas bigornas, graças a uma terrível composição de pólvora, com a qual a própria Natureza ficou boquiaberta e se confessou vencida pela arte, já que desprezava a prática dos oxidracos, que com a força de raios, trovões, granizos, coriscos, tempestades venciam e submetiam à morte súbita seus inimigos em pleno campo de batalha. Pois é mais terrível, mais espantoso, mais diabólico; aleija, mutila, estropia e mata mais gente; espanta mais os sentidos dos humanos; demole mais muralhas uma só rajada de basilisco do que cem rajadas de raios.

Capítulo 62

Como Gaster inventou a arte e o meio de não ser ferido nem tocado por tiros de canhão

O capítulo é claramente baseado em Plínio e Plutarco, bem como em Celio Calcagnini, ao tratar da planta chamada etíope e dos temas do magnetismo ou dos usos do sabugueiro entre os pitagóricos. Todos os temas estranhos aqui mencionados tinham boa aceitação entre os renascentistas, mas é bom atentar que Rabelais não revela sua posição sobre nenhum dos assuntos. Ao fim e ao cabo, somos quase que dominados pelas várias ambivalências em torno de Gaster, essa encarnação do estômago.

A referência a Fronton parece ser algum tipo de confusão de Rabelais entre o gramático e filósofo Marco Cornélio Frontão, de quem temos quase nada, e o engenheiro e senador Sexto Júlio Frontino, autor dos Estratagemas, *ambos romanos. A ideia de que a natureza repele o vácuo era uma teoria bastante difundida da física da época. "Picos márcios" é o nome que Plínio (*História natural, 10.20*) dá a alguns tipos de pica-paus, como animais ligados ao deus Marte. A história de que a estátua de Mercúrio não pode ser feita com qualquer madeira é tirada de Erasmo,* Adágios, *2.5.46.*

De fato, as rêmoras grudam em cascos de navios e fazem com que eles fiquem mais lentos, quando em grande quantidade. A história de Vênus protegendo Eneias é tirada de Virgílio, Eneida, *12.5 ss. O termo caprífico,* caprificus *em latim, vem do fato de que esses figos eram considerados o alimento típico das cabras. Nêades é o nome de animais imensos e mitológicos, mencionados por Eliano,* Dos animais, *17.28.*

Um último ponto importante: Magnes, ou Magnete, é o nome de um lendário pastor grego que, quando saiu para pastorear, ficou preso à terra por causa dos pregos de ferro dos seus calçados, atraídos pela pedra siderita, o ímã; essa história é narrada por Plínio, História natural, 36, *com base em Nicandro.*

Aconteceu quando Gaster, quando levava grão às fortalezas, se viu cercado de inimigos, com suas fortalezas demolidas por essa triscacista e infernal máquina: com o grão e o pão tomados e pilhados por força titânica, ele inventou então a arte e o meio não de proteger seus baluartes, bastiões, muralhas e defesas contra os canhões, e para que as valas não os tocassem, mas de ficarem estáticas e presas no ar, ou, se tocarem, não afetassem as defesas nem os cidadãos defensores. Diante desse inconveniente, ele já tinha dado a ótima ordem e nos deu uma amostra, que depois foi usada por Fronton, e hoje é de uso comum entre os passatempos e exercícios honestos dos telemitas. A amostra era assim. E de hoje em diante é mais fácil acreditar no que Plutarco afirma ter experimentado. Se um fato de cabras foge correndo com tudo, bote um brotinho de eríngio na goela da última delas, que logo todas param.

Dentro de um falconete de bronze, ele botava sobre a pólvora do canhão minuciosamente composta, limpa do enxofre e equilibrada com cânfora refinada, em boa quantidade, um cartucho de ferro bem calibrado, e vinte e quatro grãos de metralha de ferro, uns redondos e esféricos, outros de forma lacrimal. Depois de apontar sua mira contra um jovem pajem seu, como se quisesse feri-lo no estômago, a uma distância de sessenta passos, no meio do caminho entre o pajem e o falconete em linha direta, pendurou num poste de pau com uma corda no ar uma pedra enorme de siderita, quer dizer, de ferreira, também chamada herculânea, outrora encontrada em Ida, na região da Frígia com o nome de magnete, segundo atesta Nicandro. Nós costumamos chamar de ímã. Depois meteu fogo no falconete pela boca do pavio. A pólvora consumida aconteceu de, para evitar o vácuo (que não é tolerado na natureza; a máquina do universo, o céu, o ar, a terra, o mar voltariam ao antigo caos, antes de surgir o vácuo no mundo), a bala e a metralha eram impetuosamente lançadas pela bocarra do falconete, a fim de que o ar penetrasse em sua câmara, que de outro modo ficaria no vácuo, já que a pólvora fora consumida pelo fogo tão subitamente. A bala e a metralha assim violentamente lançadas pareciam que iam ferir o pajem, mas quando se aproximavam da tal pedra, caía a sua impetuosidade, e todas paravam no ar flutuando e rodando em volta da pedra, sem seguir adiante; e nenhuma conseguia seguir até o pajem, por mais violenta que fosse. E mais, ele inventou a arte e a maneira de fazer com que as balas voltem de ré contra os inimigos, com a mesma fúria e perigo de quando foram atiradas, no mesmo paralelo.

O caso não era difícil, dado que a planta chamada etíope abre todas as fechaduras a ela apresentadas, e que o peixe rêmora tão fraco, porém capaz de reter em pleno fortunal os navios mais fortes que passam sobre o mar, e que a carne desse peixe em conserva de salmoura atrai o ouro dos poços mais profundos que se possa sondar.

Dado que Demócrito escreveu, Teofrasto acreditou e provou que existe uma planta, com cujo mero toque um pedaço de ferro fincado com toda violência num pedaço grande e duro de madeira sai num supetão; é ela que usam os picos márcios (vocês chamam de pica-pau-verde) quando um pedaço mais forte de ferro tampa a boca dos seus ninhos, que eles se acostumaram a fazer com muita engenhosidade cavando no tronco de árvores parrudas.

Dado que os cervos e veados feridos profundamente por dardos, flechas ou bestas, se encontram uma planta chamada dictamno, frequente na Cândia, e comem um pouco dela, logo as flechas saltam pra fora, sem deixar mal algum; com ela Vênus curou seu querido filho Eneias, ferido na coxa direita por uma flecha atirada pela irmã de Turno, Juturna.

Dado que, com o mero cheiro que sai dos loureiros, figueiras e focas, o raio é afastado e nunca os atinge. Dado que, com o mero aspecto de um bode, os elefantes enlouquecidos voltam ao bom senso, os touros enfurecidos e fulos da vida, quando se aproximam de figueiras selvagens, chamadas capríficas, ficam mansinhos e ficam como que paralisados e imóveis; a fúria das víboras expira só de tocar um galho de faia. Dado que, na ilha de Samos, antes de o templo de Juno ser construído, Euforião escreveu que tinha visto bichos chamados nêades, que só com o som de sua voz faziam com que a terra se fendesse em chasmas e num abismo. Dado igualmente que o sabugueiro cresce canoro e mais preparado para soar nas flautas no país onde não se ouve o canto dos galos; assim escreveram os antigos sábios, segundo o relato de Teofrasto, como se o canto dos galos gongasse, suavizasse e pasmasse a matéria e a madeira do sabugueiro, e o mesmo canto, se for ouvido por um leão, animal de imensa força e firmeza, este fica pasmo e cabisbaixo. Eu sei que alguns entenderam que isso só se dá com o sabugueiro selvagem, que nasce em lugares tão distantes das cidades e vilas, que o canto dos galos não poderia mesmo ser ouvido. Sem dúvida ele deve ser escolhido para flautas e outros instrumentos musicais e preferido ao doméstico, que nasce em torno de cabanas e barracos. Outros entenderam de um jeito mais elevado, não ao pé da letra, mas alegoricamente, segundo a prática dos pitagóricos. Quando se disse que a estátua de Mercúrio não deve ser feita de qualquer madeira, queria mostrar que o deus não deve ser adorado de modo vulgar, mas de modo seleto e religioso, do mesmo modo, segundo essa opinião eles nos ensinam que os povos sábios e estudiosos não devem se entregar a uma música banal e vulgar, mas à celeste, divina, angélica, mais abscôndita e vinda de bem longe, ou seja, de uma região onde não se ouve o canto dos galos. Pois assim querem denotar um lugar remoto e pouco frequentado, que nem a gente diz que ali ninguém ouviu o galo cantar.

Capítulo 63

Como perto da ilha de Chaneph
Pantagruel tirou um cochilo,
e os problemas propostos ao despertar

Nesta ilha de Chaneph que teria o nome da hipocrisia, segundo a Breve decla-
*ração, Pantagruel é confrontado com uma série de perguntas absurdas que não pas-
sam de variantes de "quando vamos comer?" e argumenta que sinais, gestos e ações
teriam mais efeito do que a língua pura, e assim o capítulo ainda é uma reflexão sobre os modos da linguagem. O exemplo-mor passa a ser a resposta de Tarquínio, o
Soberbo, a seu filho, narrada em Tito Lívio,* História de Roma, *1.54, que na verdade é uma retomada da história de Periandro e Trasíbulo, tal como narrada por Heródoto. Ao mesmo tempo, Rabelais cochila depois de ler Heliodoro e sua* Etiópicas,
romance grego que tinha sido reeditado em 1534, com grande fama.

*A expressão da primeira pergunta de frei João era comum entre marinheiros,
com o sentido de propor bebida e conversa entre amigos. A imagem de que a barriga não tem orelha é tirada de Erasmo,* Adágios, *2.8.81; e ainda outro adágio parece pairar sobre este e o próximo capítulo, 2.7.44, que versa sobre como é melhor
pensar de barriga cheia.*

No dia seguinte, continuando a rota entre conversas fiadas, chegamos
perto da ilha de Chaneph. Ali a nau de Pantagruel não conseguiu atracar,
porque faltou vento, e o mar ficou calmo. A gente vagava só com balancins,
mudando de estibordo a bombordo e de bombordo a estibordo, embora tivéssemos colocado bonetes de tração. E ficamos ali cismados, vaniconfabu-
lados, dosolfejados e chateados, sem falar uma só palavra uns aos outros.
Pantagruel pegou um Heliodoro em grego na mão e, sobre uma rede na ponta da escotilha, tirava um cochilo. Ele tinha esse costume, que era dormir
melhor de livro que de cor. Epistemão espiava com seu astrolábio em qual
elevação estava o polo. Frei João estava na cozinha e, a partir do ascenden-
te dos espetos e horóscopo dos fricassês, considerava que hora era aquela.

Panurgo, com a língua num tubo de pantagruelião, fazia borbulhas e
gargarejos. Ginasta afiava lentisco para palitos de dente. Ponócrates, piran-

Quarto livro   471

do, sonhava e se fazia cócegas para rir e com um dedo coçava a cabeça. Carpalim, com uma casca dura de noz, preparava um lindo, pequenino, divertido e harmonioso moinho com velas tiradas de quatro lindas tabuinhas de lascas de amieiro. Êustenes, sobre uma longa colubrina, fazia no ar um monocórdio com os dedos. Rizótomo, com o casco de uma tartaruga terrestre, fazia uma escarcela de veludo. Xenômanes, com cordas de esmerilhão, remendava um facho velho. Nosso piloto arrancava vermes do nariz com os seus marujos. Quando frei João voltou da cabine, notou que Pantagruel já estava acordado.

Então, rompendo aquele silêncio teimoso a plenos pulmões, com uma alegria imensa de espírito perguntou: "Tem jeito de animar o clima em calmaria?". Panurgo secundou num supetão, perguntando também: "Tem remédio contra o tédio?". Epistemão terçou com júbilo no coração perguntando: "Tem jeito de urinar sem ter vontade?". Ginasta ficou de pé e perguntou: "Tem remédio contra ofuscação dos olhos?". Ponócrates, coçando a testa e balançando as orelhas, perguntou: "Tem jeito de não dormir que nem cachorro?

— Parou, parou, disse Pantagruel. Pelo decreto dos sutis filósofos peripatéticos, nós aprendemos que todos os problemas, todas as questões, todas as dúvidas propostas devem ser certeiras, claras e inteligíveis. O que quer dizer dormir que nem cachorro?

— É (respondeu Ponócrates) dormir de jejum com sol a pino, que nem cachorro."

Rizótomo estava de cócoras no corredor. Então levantou a cabeça e dando um bocejo profundo tão caprichado que por simpatia natural incitou todos os companheiros a também bocejar, aí perguntou: "Tem remédio contra oscitação?". Xenômanes, todo enfachanado no reparo do facho, perguntou: "Tem jeito de equilibrar e balangar o fole do estômago, mó de não pender mais de um lado que do outro?". Carpalim, brincando com o moinho, perguntou: "Quantos movimentos precedem na natureza antes de podermos dizer que alguém tem fome?". Êustenes, ouvindo o barulho, correu até o convés e lá do cabrestante gritou, perguntando: "Por que com maior perigo de morte morde ao homem em jejum a cobra em jejum, do que se estiverem fartos, tanto o homem quanto a cobra? Por que a saliva do homem em jejum é venenosa para toda cobra e bicho venenoso?

— Camaradas, respondeu Pantagruel, a todas essas dúvidas e questões que vocês propuseram compete apenas uma solução, e contra todos esses sintomas e acidentes só vejo uma medicina. A resposta será imediatamente exposta, e não com longas voltas e discursos de palavras, que estômago com fome não tem orelha, nem ouve patavinas. Mas com sinais, gestos e efeitos vocês vão ficar satisfeitos e terão uma resolução a gosto. Tal como outrora em Roma Tarquínio, o Soberbo, último rei dos romanos (enquanto dizia isso, Pantagruel tocou a corda da campainha, frei João correu no pique até a cozinha), com sinais respondeu ao filho Sexto Tarquínio, que estava na cidade dos gábios: este tinha lhe enviado um homem expressamente para saber como ele poderia subjugar de vez os gábios e reconduzi-los à mais perfeita obediência; o tal rei, desconfiado da confiança do mensageiro, não respondeu nada; só o levou ao seu jardim secreto e diante da sua visão e presença com seu gládio cortou as cabeças mais altas das papoulas. O mensageiro voltou sem resposta e contou ao filho o que tinha visto o pai fazer; assim foi fácil com tais sinais compreender que ele o aconselhava a degolar as cabeças dos principais da cidade, para em seus deveres e total obediência melhor conter o resto do populacho."

Capítulo 64

Como Pantagruel não respondeu
aos problemas propostos

O capítulo retoma as críticas aos cristãos hipócritas e ao Concílio de Trento, de modo que, como Saulnier, poderíamos ler a longa lista de animais peçonhentos (mamíferos, peixes, insetos, répteis, anfíbios, seres míticos etc.) ao fim do capítulo como uma espécie de reencenação dos hipócritas em chave alegórica. Para traduzir essa lista, talvez a mais complexa dos livros, consultei as notas palavra a palavra de Huchon, Marichal e Saineant (que nem sempre concordam entre si) e conferi todas as traduções disponíveis; em seguida, busquei aportuguesar os latinismos, grecismos, arabismos etc. fazendo com que os mesmos animais soassem em português, tal como Rabelais os afrancesa no plural. Por fim, reorganizei a ordem para ficar alfabética, como é quase o caso no original (ali temos a ordem alfabética típica dos Bestiários medievais); mantive apenas a palavra "áspides" no início, para fazer o anel com "víboras" no fim. Acho desnecessário explicar caso a caso as soluções e os animais, pois se percebe que a lista não era compreensível nem em sua época, e o prazer está mais nos excessos linguísticos, como em quase todas as listas rabelaisianas.

Belezebu é o príncipe dos demônios em Mateus, 12:24, enquanto Astaroth é o nome hebraico para Astarté (deusa do Oriente Próximo), que, no imaginário medieval, seria o segundo anjo a cair, logo depois de Lúcifer; Prosérpina já apareceu, é a rainha grega dos mortos e identificada pelos cristãos como um ser demoníaco. A história de Diógenes é tirada de Erasmo, Apotegmas, 3, Diógenes, 70. O ditado alterado por frei João é "jovem anjo, velho diabo". Escudos de facho são invenção rabelaisiana. A peça de Aristófanes que Rabelais chama As predicantes *é mais conhecida como* Assembleia das mulheres. *Petosíris foi sumo sacerdote do deus egípcio Tot, na segunda metade do séc. IV a.C.; Plínio e Juvenal nos contam que ele afirmava ser capaz de descobrir a duração da vida por meio do zodíaco. Os quatro bastiões de Turim fazem menção a uma recordação pessoal de Rabelais, que entre 1540 e 1542 viveu nessa cidade sob o patronato de Guillaume du Bellay, que nesse período fortificou o local.*

Note-se que o festim gera um efeito simpático no clima, que também se alegra. Aristóteles, na História dos animais, *8.29, tinha defendido que a saliva de um homem em jejum seria peçonhenta para cobras; Rabelais menciona isso no capítulo anterior, para aqui desenvolver o tema até o limite.*

Depois perguntou Pantagruel: "Que povo habita nesta bela ilha do Cão?

— São todos, respondeu Xenômanes, uns hipócritas, hidrópicos, caozeiros, 171's, santinhos-do-pau-oco, carolas e eremitas. Todos uns pobres coitados, que vivem (que nem o eremita de Lormont, entre Blaye e Bordeaux) das esmolas que os peregrinos dão.

— Eu não vou lá, disse Panurgo, nem que a vaca tussa! Se eu for, pode o diabo me soprar no cu! Eremitas, santinhos-do-pau-oco, caozeiros, 171's, hipócritas? Por todos os diabos, tirem essa raça daqui! Danei a lembrar dos nossos gordos concilípetas de Chesil: queria que Belzebus e Astaroths os tivessem conciliado é com Prosérpina, de tanto que padecemos, só de vê-los, essas tempestades e diabruras! Escute aqui, pancinha minha, meu parrudo Xenômanes, por favor. Esses hipócritas, eremitas, loroteiros aqui são virgens ou casados? Tem gênero feminino? Dá para meter hipocritamente nelas uma lança hipócrita?

— De fato, disse Pantagruel, eis aí uma boa e gozosa pergunta!

— Com certeza, respondeu Xenômanes. Eles têm ali umas boas e gozosas hipócritas, caozeiras, eremitas, mulheres de muita religião. E uma renca de pequenos hipocritinhas, caozeirinhos, eremitinhas.

(— Chega disso, disse frei João, interrompendo. Jovem eremita, velho diabo. Lembre do velho adágio...)

— De outro jeito, sem a multiplicação da linhagem, há muito tempo estaria a ilha de Chaneph deserta e desolada." Pantagruel enviou com Ginasta dentro do esquife a sua esmola: setenta e oito mil belos escudinhos de facho. Depois perguntou: "Que horas são?

— Nove e pouquinho, respondeu Epistemão.

— É (disse Pantagruel) a hora certa do almoço. Pois a santa linha celebérrima por Aristófanes em sua comédia intitulada *As predicantes* está chegando. É quando cai a sombra decempedal. Antigamente, entre os persas, a hora de comer era apenas aos reis prescrita, o resto tinha o apetite e a barriga como relógio. E realmente, em Plauto, um certo parasita se lamenta e detesta com toda sua fúria os inventores de relógios e quadrantes, pois é notório que não existe relógio mais justo que a barriga. Diógenes, quando interrogado sobre que hora um homem deveria comer, respondeu: 'O rico, quando tiver fome; o pobre, quando tiver o quê'. Mais acertadamente dizem os médicos que a hora canônica é:

De pé às cinco, come às nove.
Se ceia às cinco, deita às nove.

Lever à cinq, dipner à neuf.
Soupper à cinq, coucher à neuf.

A magia do célebre rei Petosíris era outra." Mal terminou essa palavra, quando os oficiais da boca prepararam as mesas e os bufês, cobriram tudo com toalhas perfumadas, pratos, guardanapos, saleiros, trouxeram copos, garrafões, frascos, taças, canecos, bacias, hídrias. Frei João, associado aos mestres-salas, mordomos, padeiros, escanções, escudeiros talhadores, copeiros, provadores, trouxe quatro espantosos pastéis de presunto tão grandes, que até me lembrei dos quatro bastiões de Turim. Santo Deus, que comilança e que farra! Nem tinham colocado a sobremesa, quando o vento oeste-noroeste começou a soprar as velas, mezenas, mourescas e traquetes. Então todos cantaram diversos cânticos em louvor ao altíssimo Deus do Céu. Na hora das frutas, perguntou Pantagruel: "E aí, camaradas, acham que as dúvidas foram sanadas?

— Eu parei de bocejar, benza Deus, disse Rizótomo.
— Eu parei de dormir que nem cão, disse Ponócrates.
— Eu desofusquei meu olho, respondeu Ginasta.
— Eu terminei o jejum, disse Êustenes. Hoje até o fim do dia estão a salvo da minha saliva:

Áspides.
Abedissimões.
Alcarates.
Alhartafes.
Alhatrabãs.
Amóbatas.
Amoditas.
Anfisbenas.
Apemantos.

Aractes.
Arges.
Ariadnes.
Ascálabos.
Ascalabotas.
Asteriões.
Atélabos.
Basiliscos.
Beletas íctidas.
Boas.
Buprestes.
Cachorros loucos.
Cafezates.
Cantáridas.
Catóblepas.
Cauares.
Cerastas.
Cicriodes.
Cítalos.
Cobras.
Cocatrizes.
Colebras.
Colotes.
Coquemares.
Corniocolaptes.
Crocodilos.
Cuharces.
Dípsades.
Domesas.
Dragões.
Drínades.
Élopes.
Enídrides.
Escalabotins.
Escolopendras.
Escorpiões.
Esteliões.
Estincos.
Falanges.

Famusos.
Galeotes.
Harmenas.
Handrões.
Hemorroidas.
Icnêumones.
Ilicinas.
Jáculos.
Jararacas.
Kesuduras.
Lagartos calcídicos.
Lebres-do-mar.
Manticoras.
Megalaunos.
Miagros.
Miliares.
Míopes.
Moluros.
Musaranhos.
Paríades.
Penfredos.
Pitiocampos.
Pórfiros.
Ptíades.
Quélidros.
Quêncrias.
Quersidros.
Peixes-leão.
Raganas.
Rágios.
Rimoires.
Rutelas.
Sabrinas.
Salamandras.
Salpugas.
Sangles.
Sanguessugas.
Sapos.
Selsires.

Sepedônios.
Sepses.
Solífugos.
Solfugas.
Stuphes.
Surdos.
Tarântulas.
Teristales.
Tetragnátios.
Tiflopes.
Víboras."

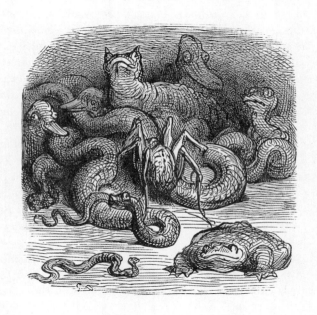

Capítulo 65

Como Pantagruel anima o clima
com quem é de casa

Este é um capítulo notável pela misoginia rabelaisiana, porém é sempre bom lembrar que Rabelais tinha uma posição bastante moderada para a época, se comparado com os verdadeiros misóginos do Renascimento.

A primeira referência a Eurípides é baseada em Andrômaca, *269-73. O Aristófanes depois mencionado não é o comediógrafo, mas sim o gramático Aristófanes de Bizâncio, que escreveu uma* Vida de Eurípides. *As edições variam na primeira fala de Carpalim e na sequência de Panurgo, mas os dois estão fazendo versos com rimas, embora eu siga o padrão de não dispor os versos visualmente, quando isso não acontece na edição de Huchon. Sileno é uma divindade que aparece como um velho tutor de Dioniso, sempre ébrio, porém sábio. O trecho visualmente em verso é tirado de Eurípides,* Ciclope, *168-9. Tiralupino é um trocadilho com turlupinos, membros de uma seita herética do séc. XIV; o nome já aparecera em* Pantagruel, *cap. 7, bem como em* Gargântua, Prólogo. *Hércules salvou Prometeu no Cáucaso, em seguida atravessou o deserto da Líbia para chegar até o titã Atlas; em Luciano,* Caronte, *4, vemos Hércules carregando o mundo nas costas, e Atlas é representado sustentando os céus. Conta* A vida de Esopo, *de Máximo Planúdio, que Esopo viajava com seu mestre levando um cesto, que ia ficando leve à medida que viajavam, pois comiam.*

O paradoxo de o homem alimentado pesar menos que o jejuado é tirado de Erasmo, Problemas, *881. Os amicleus são moradores de Amicleia na Lacônia; Pausânias,* Descrição da Grécia, *3.19.6, conta que eles chamavam Dioniso de Psílax, do grego "alado".*

———

"Em qual categoria (perguntou frei João) de animais peçonhentos vocês incluem a futura esposa de Panurgo?

— Está falando mal das mulheres (respondeu Panurgo), seu monge charmosão do cupelado?

— Pelo chourição de Mans, disse Epistemão, Eurípides escreveu, e assim enuncia Andrômaca, que contra todos os bichos peçonhentos, por invenção humana e instrução divina, um remédio justo foi achado. Remédio não se achou, até hoje, é contra mulher ruim.

— Esse gorgioso Eurípides, disse Panurgo, sempre difamou as mulheres. Assim, por vingança divina, ele foi devorado pelos cães, tal como Aristófanes desce nele a lenha. Eu passo. A mão é de quem?

— Agora eu vou é urinar, disse Epistemão, até cansar.

— No momento, disse Xenômanes, estou com o estômago entupido até o talo. Não vou mais andar puxando para um lado.

— Pra mim não falta, disse Carpalim, pão nem vinho algum. Trégua de sede, trégua de jejum.

— Meu tédio já passou, disse Panurgo, graças a Deus e a vocês!

> Sou gaio, feito um papagaio,
> alegre igual um carcará,
> feliz que nem panapaná.

> *Je suys guay comme un Papeguay,*
> *joyeulx comme un Esmerillon,*
> *alaigre comme un Papillon.*

Acertadamente escreveu o bom Eurípides de vocês, e falou Sileno, aquele memorável manguaceiro:

> É doido e já perdeu o siso
> Quem enche a cara sem um riso.

> *Furieux est, de bon sens ne jouist,*
> *Quiconques boyt, et ne s'en rejouist.*

Sem falha nós devemos louvar o bom Deus, nosso criador, salvador, conservador, que com este bom pão, com este bom vinho fresco, com esses bons petiscos, nos curou daquelas perturbações tanto do corpo quanto da alma, sem falar no prazer e na volúpia que temos aqui bebendo e comendo. Só que vocês não responderam à questão do nosso bendito e venerável frei João, quando perguntou: 'Tem jeito de animar o clima?'.

— Já que (disse Pantagruel) com essa leve solução às dúvidas propostas vocês ficaram contentes, também vou me contentar. Noutra hora e noutro dia, teremos mais para dizer, se vocês estiverem a fim. Então resta limpar o que propôs o frei João. Tem jeito de animar o clima? A gente não animou

Quarto livro   481

agorinha? Reparem na flâmula da gávea. Reparem no sopro das velas. Reparem na firmeza dos estais, das ostagas e das escotas. Enquanto a gente animava e limpava as taças, o clima se animou também, por uma oculta simpatia da natureza. Foi assim que o animaram Atlas e Hércules, se vocês acreditarem nos sábios mitólogos. Mas eles o animaram um grau e meio acima: Atlas, para festejar mais alegre por Hércules, seu convidado; Hércules, por causa da sede que sofrera nos desertos da Líbia.

(— Beudocéu, disse frei João, interrompendo a conversa, eu já ouvi de vários veneráveis doutores que Tiralupino, o sommelier do seu bom pai, poupa mais de mil e oitocentos tonéis de vinho por ano, só de fazer as visitas e os de casa beberem antes da sede!)

— É porque, continuou Pantagruel, que nem os camelos e dromedários na caravana bebem pela sede passada, pela sede presente e pela sede futura, assim bebeu Hércules. De jeito que com essa animação excessiva do clima, o céu ganhou um novo movimento de titubeio e trepidação, tão controverso e debatido entre os malucos dos astrólogos.

— É, disse Panurgo, o que diz o ditado:

Bom clima volta e já se vai o ruim,
Se o presunto engordarmos com tim-tim.

Le mal temps passe, et retourne le bon,
Pendent qu'on trinque au tour de gras jambon.

— E não só, disse Pantagruel, animamos o clima entre comes e bebes, como também descarregamos o navio para valer, e não só do jeito que foi descarregada a cesta de Esopo, ou seja, esvaziando os alimentos, mas também nos livrando do jejum. Pois assim como o corpo é mais pesado morto do que vivo, também o homem em jejum é mais terrestre e pesado do que depois de beber e comer. E não falam nada errado aqueles que, numa longa viagem, de manhã bebem e tomam o desjejum dizendo: 'Agora os cavalos vão andar melhor'. Vocês não sabiam que antigamente os amicleus acima de todos os deuses veneravam e adoravam ao nobre pai Baco e o chamavam de Psílax, com uma denominação apropriadíssima? Psílax, na língua dórica, significa asas. Pois, que nem os passarinhos com ajuda das asas voam alto no ar com toda a leveza, também com a ajuda de Baco, ou seja do bom vinho gostoso e saboroso, vão no alto elevados os espíritos humanos; os corpos claramente serelepes, aliviados em tudo que neles era terrestre."

Capítulo 66

Como perto da ilha de Ganabim,
por ordem de Pantagruel,
as musas são saudadas

É possível ler em chave alegórica este capítulo, com uma chave histórica de leitura. A imagem da ilha dos ladrões (Ganabim) como uma imagem da prisão de Conciergerie, em Paris, nos faz lembrar que reformistas e mesmo poetas contemporâneos foram ali presos, como é o caso de Clément Marot (que menciona o local em seu Enfer) e Étienne Dolet (que acabou morrendo na fogueira em 1546). Por outro lado, a presença de um Parnaso às avessas, com uma fonte (similar portanto à fonte Castália), pode marcar aqui, mesmo assim, a potencialidade da linguagem. Há quem veja nesses contrastes dois ecos, pelo menos, de duas falas de Cristo, em João, 10:1 e 10:8.

Sark e Herm são ilhas no canal da Mancha, na época usadas por piratas. Averno era a região dos mortos para os romanos. A referência aos gascões remonta a um levante contra a gabela, em 1548. Carlos V tinha por divisa a frase latina plus ultra *("mais além"), que já foi objeto de piada no* Gargântua *e no* Terceiro livro. *O que aqui é chamado de "demônio de Sócrates" é, em grego, o dáimon, uma espécie de nume, ou divindade menor, tal como vemos em Platão,* Apologia de Sócrates, *40a-b e também em Plutarco,* Do gênio de Sócrates, *588d-e. A expressão do lobo escondido na palha ainda não foi decodificada, mas parece indicar um esconderijo até que o perigo passe; mas Cotgrave pensa que poderia significar "escutar escondido".*

Continuando o bom vento e o lero-lero divertido, Pantagruel espiou ao longe e percebeu uma terra montanhosa, que ele apontou para Xenômanes e perguntou: "Está vendo ali na frente, à esquerda, aquele alto rochedo com dois picos, que é a cara do monte Parnaso, na Fócida?

— Perfeitinho, respondeu Xenômanes. É a ilha de Ganabim. Quer desembarcar ali?

— Não, disse Pantagruel.

— Pois faz bem, disse Xenômanes. Lá não tem mesmo nada que preste para você. O povo é todo de ladrões e trombadinhas. Porém, no rumo da-

Quarto livro   483

quele pico à direita, fica a mais bela fonte do mundo, e em volta uma imensa selva. A marujada bem que podia buscar água e lenha.

— Esse, disse Panurgo, sabe o que fala! Ha, da, da. Não vamos desembarcar nem a pau em terra de ladrão e trombadinha. Eu garanto a vocês que essa terra aí é que nem aquela que outro dia eu vi nas ilhas de Sark e Herm entre a Bretanha e a Inglaterra, que nem a Ponerópolis de Felipe na Trácia, ilhas de bandidos, de ladrões, de saqueadores, de assassinos, de homicidas, todos tirados dos calabouços mais fundos da Conciergerie. Façam-me o favor de não desembarcar aqui! Podem acreditar, se não em mim, ao menos no conselho desse bom e sábio Xenômanes. Pela morte de cisto, eles são piores que os canibais. Eles vão nos comer vivinhos! Não desembarquem aí, por favor! Melhor seria desembarcar no Averno. Escutem só. Juro por Deus que estou até ouvindo os terríveis toques a rebate, tal como costumavam fazer os gascões bordeleses contra os cobradores e fiscais! Ou então meu ouvido está zunindo. Toca adiante e de longe! Ai! *Plus ultra!*

— Podem desembarcar, disse frei João, podem desembarcar! Bora, bora, bora, sempre! Assim a gente nunca paga a estadia! Bora! Vamos botar no saco eles todíssimos! Bora desembarcar!

— O diabo tem parte nisso, disse Panurgo. O diabo desse monge aqui, esse monge do diabo doido não tem medo de nada! É temerário que nem todos os diabos, não está nem aí para os outros. Nessa cachola aí, todo mundo é monge que nem ele.

— Seu leproso podre, respondeu frei João, vá para todos os milhões de diabos, e que eles lhe anatomizem o cérebro para fazer picadinhos! O diabo desse doido é tão cagão e mesquinho, que se borra todo a cada baque dos ataques do medo! Se está tão aflito por um medo à toa, não desembarque, fique aqui com a bagagem. Ou então vá se esconder embaixo da saia de Proserpina, através de todos os milhões de diabos!" Dito isso, Panurgo chispou da vista e se mocozou lá embaixo, dentro do depósito, entre cascas, migalhas e restos de pão.

"Estou sentindo, disse Pantagruel, na alma uma retração urgente, como se ouvisse uma voz de longe, que me diz que não devemos desembarcar aí. Todas as vezes que no espírito eu senti esse movimento, fui feliz em recusar e deixar o lugar donde ele me retirava; pelo contrário, fui também feliz em seguir ao lugar aonde me empurrava, e nunca me arrependi.

— Que nem, disse Epistemão, o demônio de Sócrates, tão celebrado pelos acadêmicos.

— Então escutem, disse frei João, enquanto a chusma vai buscar água. Panurgo lá embaixo está pagando de lobo na palha. Querem dar uma boa

risada? Botem fogo neste basilisco junto ao castelo da proa. É para saudar as musas deste monte Anti-Parnaso. A pólvora lá dentro já estava estragandinho mesmo...

— Falou e disse, respondeu Pantagruel. Mandem vir o mestre bombardeiro!" O bombardeiro chegou na hora. Pantagruel ordenou que botasse fogo no basilisco para recarregá-lo com pólvora fresca. E ele mandou ver, sem pestanejar. Os bombardeiros das outras naus, row-barges, galeões e galeaças do comboio, no primeiro tiro do basilisco que estava na nau de Pantagruel, botaram também fogo naquelas imensas peças carregadas. Podem acreditar que foi um baita estrondo.

Capítulo 67

Como Panurgo se borrou todo de medo
e achou que o gatão Roitoicinus
era um diabrete

*O livro termina com a narrativa pela metade, numa espécie de apoteose esca-
tológica fecal com traços eruditos. Interessante notar, no desenvolvimento dos livros,
que essa escatologia sai dos gigantes e se concentra em outras figuras, como Panurgo; por outro lado, aqui é a primeira risada de Pantagruel desde o início do Terceiro livro, encerrando o livro. A história de François Villon já era narrada desde o séc.
XIII, porém trocando o poeta francês pelo bobo da corte Hugues le Noir (891-952),
diante do rei João (a cronologia de Eduardo V e Villon nem bate, já que aquele só
se tornou rei mais de vinte anos depois do exílio do poeta); Thomas Linacre (1460-
1524) dificilmente pode ter sido médico de Eduardo V, mas aqui aparece talvez como importante tradutor de Galeno e célebre humanista. A última estrofe de quatro
versos, numa versão ligeiramente diversa, é de fato atribuída a Villon, e reza a lenda que ele a compôs quando condenado à forca.*

*Roitoicinus é minha tradução para Rodilardus, nome do gato que é feito de
roide + lardon tal como o cozinheiro Roiddelardon no cap. 40; como agora o nome
está latinizado transformei Roitoicim em Roitoicinus. A ilha dos Cavalos é a ilha de
Keith, que fica no golfo de Forth; ela foi assaltada pelo senhor d'Essé, André de
Montalembert (1483-1553), e depois pelo senhor de Thermes, Paul de la Barthe
(1482-1562); a narrativa parece desdobrar o caráter nacionalista e antianglicano que
aparece também na história de Villon. Pantolfo de la Casina é figura desconhecida,
bem como Vinet; Chambéry ficava na fronteira com a Itália. Ostia era um municí-
pio de Roma, à beira do mar Tirreno. Os bonasos são animais fantásticos comenta-
dos por Plínio, História natural, 8.6, como habitantes da Peônia, região grega ao
norte da Macedônia. A auriflama era a bandeira de guerra dos franceses desde a Idade Média, mencionada também no cap. 49. A expressão latina atque iterum significa "de novo". Hibérnia é um antigo nome da Irlanda. O convite à bebida, que re-
corre em Rabelais, é também a tópica final do Elogio da loucura, de Erasmo de Roterdã, com o latim Bibite.*

Panurgo sai do depósito que nem um bode abobado, de camisa, usando
só uma calça pela metade da perna; a barba toda salpicada de migalhas de

pão, puxando na mão um gatão com pelo de zibelina, agarrado na outra parte da calça. E remoendo os beiços que nem um macaco procurando pulga na cabeça, tremendo e batendo os dentes, foi direto até frei João, que estava sentado sobre as correntes de estibordo e todo devoto lhe pediu que tivesse compaixão, que o mantivesse sob a proteção do bracamarte, afirmando e jurando por sua parte da Papimania que ali mesmo ele tinha visto todos os diabos à solta.

— Mire e veja, mermão (dizia ele), meu mano, meu pai espiritual, todos os diabos agora estão em bodas. Nunca se viu um tal preparo do banquete infernal. Está vendo a fumaça das cozinhas do Inferno (dizia isso apontando a fumaça da pólvora do canhão acima das naus)? Nunca se viu tantas almas condenadas. E sabe o quê? Mire e veja, mermão, elas são umas coisinhas, loirinhas, tão delicadas, que com acerto você diria que é ambrosia estigíade! Eu estava achando (Deus me perdoe!) que eram almas inglesas. E acho que hoje de manhã a ilha dos Cavalos, perto da Escócia, foi saqueada e botada no saco pelos senhores de Thermes e d'Essé, com todos os ingleses que eles pegaram de surpresa."

Frei João, com essa chegada, sentiu um não sei que cheiro diferente da pólvora do canhão. Aí, puxando Panurgo de lado, percebeu que sua camisa estava merdosa e recém-embostelada. A força retentora do nervo que restringe o músculo chamado esfíncter (vulgo olho do cu) se dissolveu pela intensidade do pavor que ele sentiu em suas fantásticas visões, junto ao estrondo das canhonadas, que é mais assustador nas câmaras baixas do que em cima do convés. Pois um dos sintomas e acidentes do pavor é que ele escancara o buraco do serralho que retém por muito tempo a matéria fecal.

Quem dá o exemplo é o messer Pantolfo de la Casina, de Siena, que ao passar em diligência por Chambéry, na casa do sábio cidadão Vinet, logo que desembarcou, primeiro pegou um garfo no curral e aí disse: *Da Roma in quo io non son andato del corpo. Di gratiz piglia in mano questa forcha, et fa mi paura.* Vinet, com o garfo na mão fez vários movimentos de esgrima, fingindo tentar acertá-lo para valer. O sienense lhe disse: *Se tu non fai altramente, tu non fai nulla. Pero sforzati di adeperali piu guagliardamente.* Então com o garfo lhe deu uma lapada entre o pescoço e a gola, que o tombou por terra de pernas para o ar. Depois babando e gargalhando às pampas, disse: "Santo Deus de Bayard, isso é que se chama *Datum Camberiaci!".* E em boa hora o sienense baixou as calças, pois num instante cagou mais copiosamente do que nove búfalos e catorze arciprestes de Ostia. No fim, o sienense agradeceu de coração a Vinet e disse: *Io ti ringratio, bel messere. Cosi facendo tu m'hai esparmiata la speza d'un servitiale!*

Outro exemplo vem do rei da Inglaterra, Eduardo V. Maistre François Villon, banido da França, foi se exilar com ele; que o acolheu com tanta intimidade, que nada lhe escondia, nem dos negócios mais ínfimos da casa. Um dia, o tal rei obrava no trono, quando mostrou a Villon as armas da França numa pintura e disse: "Está vendo agora a reverência que tenho pelos reis da França? Só tenho uma imagem das armas deles junto ao meu penico.

— Santo Deus (respondeu Villon), como o senhor é sábio, prudente, entendido e cuidadoso com sua saúde! E como é bem servido por seu sabido médico Thomas Linacre! Ao ver que, com a velhice, o senhor anda constipado do ventre e que diariamente seria necessário forrar o cu com um boticário, quer dizer, um supositório, porque não haveria outro jeito de descomer, fez com que o senhor aqui, e em nenhum outro lugar, visse as armas da França, graças a uma singular e virtuosa providência. Porque é só quando as vê que o senhor sente esse cagaço e medo tão horripilante, que num instantinho caga que nem dezoito bonasos da Peônia. Se estivessem pintadas em outro local da sua casa, em sua alcova, em seu salão, em sua capela, em suas galerias ou alhures, santo Deus, o senhor cagaria por tudo só de vê-las! E pode acreditar que, se ainda por cima tivesse aqui pintada a grande auriflama da França, ao vê-la você soltaria até as tripas pelo toba. Mas, he, he, *atque iterum,* he:

Eu não sou o babaca de Paris?
Quer dizer, de Pontoise, que proeza!
Pois pendurado em corda de uma toesa,
Meu colo sente quanto o culo pesa.

Ne suys je le Badault de Paris?
De Paris diz je, auprés Pontoise:
Et d'une chorde d'une toise,
Sçaura mon coul, que mon cul poise.

Quarto livro

Babaca, quer dizer, mal instruído, mal informado, mal-educado, que ao vir aqui com o senhor me embasbaquei ao ver que na alcova o senhor desenlaçou as calças. Na verdade, eu achava que aqui, por trás da tapeçaria ou do véu do leito, ficasse o penico. De outro jeito, me parecia uma coisa estranhíssima desenlaçar as calças na alcova, tão longe do trono familiar. Não é uma ideia de babaca? O caso se dá por um mistério muito outro, por Deus! Ao fazer isso, o senhor faz é muito bem! E digo muito bem, porque melhor jamais faria. Pode desenlaçar na melhor hora, bem longe, bem certo. Porque quando o senhor entra aqui, sem desenlaçar, ao ver essas armas, repare bem, santo Deus!, o fundilho das calças faria a obraria feito lazanon, pital, bacia fecal e penico!"

Frei João, tampando o nariz com a mão esquerda, com o dedo indicador da direita mostrou para Pantagruel a camisa de Panurgo. Pantagruel, quando o viu assim transtornado, transido, tremelicando, desorientado, todo cagado e estropiado pelas garras do célebre gato Roitoicinus, não conseguiu segurar a risada e disse: "O que você vai fazer com esse gato?

— Com este gato?, respondeu Panurgo. Eu me entrego ao diabo, se não achei que era um diabrete surtado, que um dia eu malandramente enrolei em Tapeação, usando as calças como luvas, dentro da grande artesa do Inferno! Ao diabo com esse diabo! Ele me escangalhou a pele que nem uma barba de lagostim!" E dizendo isso, jogou o gato longe.

"Vá, disse Pantagruel, vá, em nome de Deus, se banhar, se limpar, se acalmar, pegar uma camisa branca e se vestir!

— Você por acaso está dizendo, respondeu Panurgo, que eu tenho medo? Neca de pitibiriba! Pela força de Deus, eu juro que tenho mais coragem do que se tivesse engolido mais moscas do que botaram na massa, em Paris, da festa de São João até a de Todos os Santos! Ha, ha, ha! Irra! Mas que diabo é isso aqui? Vocês chamam isso de bosta, merda, barro, esterco, estrume, fezes, cocô, tolete, caganeira, bozerra, badalhoca, titica, diarreia, cíbalo ou espírato? É (acho) açafrão da Hibérnia. Ho, ho, hi! É açafrão da Hibérnia! Selah! Bora beber!"

FIM DO QUARTO LIVRO
DOS FEITOS E DITOS HEROICOS
DO NOBRE PANTAGRUEL

Breve declaração
de algumas expressões mais obscuras
contidas no *Quarto livro*
de feitos e ditos heroicos de Pantagruel

Ninguém sabe até hoje se esta Breve declaração, *incorporada na segunda edição do* Quarto livro, *foi preparada pelo próprio Rabelais, ou se é vinda de outra pena. Seja como for, ela interessa para termos ideia do tamanho da extensão das invenções e incorporações rabelaisianas, para a época. Optei por traduzi-la inteira, mas quem ler perceberá que a maioria dessas palavras hoje já se encontra dicionarizada em português, embora nem sempre com a mesma acepção dos livros de Rabelais. Optei também por dividir o vocabulário pelos capítulos, tal como na edição de Marichal, para ser um pouco mais fácil encontrar as referências. A numeração desta edição está indicada entre colchetes e as notas necessárias estão em rodapé.*

―――――

Na Epístola liminar:

Mitologias. Fabulosas narrações. É uma expressão grega. [252]

Prosopopeia. Disfarce. Ficção de persona. [253]

Tétrico. Grosseiro. Rude. Sombrio. Áspero. [253]

Catoniano. Severo. Tal como foi Catão, o Censor. [253]

Catástrofe. Fim. Resultado. [253]

Canibais. Povo monstruoso na África que tem cara de cachorro e late em vez de rir. [254]

Misantropos. Que odeiam os homens. Fogem da companhia dos homens. Assim foi apelidado Timão de Atenas. Cícero, *Tusculanae*, 4. [254]

Agelastas. Que não riem. Tristes. Aborrecidos. Assim foi apelidado Crasso, tio daquele Crasso que foi morto pelos partas, que em sua vida nunca viram rir nenhuma vez, segundo escrevem Lucílio, Cícero, *De finibus*, 5, Plínio, livro 7. [254]

Iota. Um ponto. É a menor letra dos gregos. Cícero, *De oratore*, 3, Marcial, livro 2, 92, no Evangelho de *Mateus*, 5. [254]

Tema. Posição. Argumento. Aquilo que se propõe a discutir, demonstrar e deduzir. [254]

Anagnosta. Leitor. [254]

Evangelho. Boa-nova. [255]

Hércules Gaulês, que com sua eloquência atraiu para si os nobres franceses, segundo descreve Luciano. *Alexícaco*, defensor, que ajuda na adversidade, afasta o mal. É um dos epítetos de Hércules. Pausânias, *in Attica*. Com o mesmo papel é chamado Apopompeu e Apotropeu. [255]

No Prólogo:

Sarcasmo. Zombaria pungente e amarga. [258]

Satírica zoação. Como a dos antigos satirógrafos Lucílio, Horácio, Pérsio, Juvenal. É um jeito de maldizer qualquer um à vontade e apontar os vícios. Assim fazemos nas cenas da Basoche com personagens disfarçados de sátiros.[1] [259]

Efêmeras febres. Aquelas que não duram mais que um dia natural, ou seja, 24 horas. [259]

Discrasiado. Destemperado. De má compleição. É comum dizerem biscariado, em linguagem corrompida. [259]

ʾΆβιος βίος etc. Vida não vida, vida invivível. [260]

Musafires. Em língua turca e eslava, doutores e profetas. [260]

Cahu caha. Palavras vulgares em Touraine. Assim ou assado. Tanto faz. [261]

Força do Estige. É um charco no Inferno, segundo os poetas. Por ele juram os deuses, escreve Virgílio, *Eneida*, 6, e não perjuram. O motivo é que Vitória, filha de Estige, foi a Júpiter favorável na batalha contra os gigantes, e para recompensá-la Júpiter outorgou que os deuses, ao jurarem pela mãe dela, nunca descumpririam etc. Leiam o que escreve Sérvio sobre o trecho acima mencionado. [261]

Categórica. Plena, manifesta e resolvida. [263]

Solecismo. Viciosa maneira de falar. [261]

Período. Revolução. Cláusula. Fim de frase. [262]

Aberkeits. Em alemão, vilificados. Bischof.[2] [262]

Néctar. Vinho dos deuses, célebre entre os poetas. [263]

Metamorfose. Transformação. [263]

---

[1] Basoche era a guilda de clérigos jurídicos de Paris e também foi uma comédia musical encenada em 1514.

[2] Trata-se de Nicolas Bischof de Basileia (?-1563), humanista.

Figura trígona equilátera. Que tem três ângulos a igual distância um do outro. [263]

Ciclopes. Ferreiros de Vulcano. [263]

Tubilustra. Nesse dia em Roma eram abençoados os trombeteiros dedicados aos sacrifícios, na baixa corte dos alfaiates. [264]

Olimpíadas. Maneira de contar os anos entre os gregos. Que acontecia de cinco em cinco anos. [265]

Ano intercalar. Onde caía o bissexto, como no ano atual de 1552. Plínio, livro 2, cap. 47. [265]

Filáucia. Amor de si. [263]

Olimpo. O céu, assim nomeado pelos poetas. [263]

Mar Tirreno. Perto de Roma. [263]

Apeninos. Os Alpes de Bolonha. [263]

Tragédias. Tumultos e quizumbas gerados por coisas de pouco valor. [263]

Pastóforos. Pontífices entre os egípcios. [263]

Dodrental. Com um cúbito e meio de comprimento. Ou com nove polegadas romanas. [264]

Microcosmo. Pequeno mundo. [265]

Almaminha. Mandocéu. Imprecações dos vileiros de Touraine.[3] [265]

Idos de maio. Quando nasceu Mercúrio. [266]

Massoretas. Intérpretes de glosadores entre os hebreus. [266]

St. St. St. Uma voz ou sopro pelo qual se impõe silêncio. Terêncio o usa em *Phormio* e Cícero em *De oratore*. [268]

Capítulo 1:

Bacbuc. Garrafa. Em hebraico é assim chamada pelo som que faz quando a esvaziamos. [270]

Vestais. Festas em honra à deusa Vesta em Roma. Acontecem no sétimo dia de junho. [270]

Talassa. Mar. [270]

Hidrografia. Carta marítima. [270]

Pedra esfengítida. Transparente como vidro. [270]

Cinturão Ardente. Zona tórrida. [272]

Eixo setentrional. Polo Ártico. [272]

Paralelo. Linha reta imaginada no céu equidistante de suas vizinhas. [272]

---

[3] No original, *Marmes* e *Merdigues*.

Quarto livro (anexos)

Capítulo 2:

Medámothi. Nenhures em grego. [273]

Faróis. Torres altas sobre a ribeira do mar, nas quais se acende o facho quando é tempo de tempestade no mar, para dirigir os marinheiros. Como vocês mesmos podem ver em La Rochelle e Aigues-Mortes. [274]

Filófanes. Ambicioso de ver e ser visto. [274]

Filoteamão. Ambicioso de ver. [274]

Engis. Perto. [274]

Megisto. Grandíssimo. [274]

Ideias. Espécies e forma invisíveis, imaginadas por Platão. [274]

Átomos. Corpos pequenos e indivisíveis, por cujo encontro Epicuro dizia que todas as coisas seriam feitas e formadas. [274]

Unicórnios. Vocês os chamam de licórnios. [274]

Capítulo 3:

Celozes. Barcos ligeiros no mar. [276]

Gozal. Em hebraico, pombo, pomba. [277]

Capítulo 4:

Posterior ventrículo do cérebro. É a memória. [280]

Capítulo 6:

Benzaniclau, meu chapa. Palavras de Lorraine. Com o sentido de "Por São Nicolau, meu companheiro". [285]

Capítulo 7:

Se Deus tivesse mijado. É um jeito vulgar de falar em Paris e em toda a França, entre a gente simples, que julga que todos os lugares tiveram uma particular bênção, onde o Nosso Senhor fizera excreção de urina ou de outro excremento natural, tal como da saliva, segundo escreve *João, 9*: *Lutum fecit ex sputo*.[4] [289]

O mal de Santo Eutrópio. Jeito vulgar de falar, tal como o mal de São João, o mal de São Main, o mal de São Fiacre. Não que esses abençoados santos sofressem de tais moléstias, mas porque as curam. [289]

---

[4] Citação da *Vulgata*. O trecho em *João*, 9:6 é "e com a saliva fez lodo", quando Jesus cura um cego.

Capítulo 8:

Cenotáfio. Tumba vazia onde não está o corpo para cuja honra e cuja memória ela foi erigida. Alhures se diz sepulcro honorário. Assim o chama Suetônio. [293]

Alma carneiresca. Carneiro vivo e animado. [293]

Capítulo 9:

Pantufa. Palavra extraída do grego παντόφελλος, todo de cortiça. [296]

Capítulo 12:

Rã girino. Perereca informe. As pererecas, na sua primeira geração, são chamadas de girinos e não passam de uma carne pequena, negra, com dois olhos grandes e uma cauda. Daí é que chamam aos bestas de girinos. Platão em *Teeteto*; Aristófanes; Plínio, livro 9, cap. 51; Arato. [305]

Trágica comédia. Farsa divertida no começo, triste no fim. [306]

Capítulo 13:

Cruz hosaneira. Em poitevino é a cruz alhures chamada Boyseleira, junto à qual no Domingo de Ramos se canta *Osanna filio David* etc.[5] [310]

Capítulo 15:

Ma dia. É um jeito popular de falar em Touraine; no entanto é grego: Μὰ Δία, não, por Júpiter; tal como *Ne dea*, Νῆ Δία, sim, por Júpiter.[6] [316]

O ouro de Toulouse. Do qual fala Cícero, *De natura deorum*, livro 3; Aulo Gélio, livro 3; Justiniano, livro 22; Estrabão, livro 4; que trouxe desgraça àqueles que o carregaram, a saber, Quinto Cepião, cônsul romano, e todo seu exército, que todos, como sacrílegos, morreram desgraçadamente. [316]

O cavalo sejano. De Cneu Sejo, que trouxe desgraça a todos que o possuíram. Leiam Aulo Gélio, livro 3, cap. 9.[7] [316]

---

[5] "Hosanna ao filho de Davi."

[6] Em geral, sempre opto por alguma outra expressão popular, mas a mantenho especificamente neste capítulo para dialogar com a *Breve declaração*.

[7] O nome da figura não é Sejo, mas sim Sejano, de modo que mais correto seria designar como "cavalo de Sejano"; porém deixo como designou Rabelais.

Capítulo 16:

Que nem São João do Palisse. Jeito popular de falar por síncope, em lugar do Apocalipse, tal como idólatra por idolólatra. [320]

As ferramentas da missa. Chamam os camponeses poitevinos o mesmo que chamamos de ornamentos, e de manga da paróquia aquilo que chamamos de campanário, numa metáfora bem pesada. [320]

Capítulo 17:

Tohu e *Bohu*. Hebraico: deserto não cultivado.[8] [322]

Sicófago. Mascafigo. [323]

Nargues e *Zargues*. Nomes criados por diversão. [324]

Teleniabim e *Geleniabim*. Dicções arábicas. Maná e mel de rosas.[9] [324]

Einig e *Ewig*. Palavras alemãs: sem, com. Na composição e acordo do landgrave de Hesse com o imperador Carlos V, em vez de *einig*, sem detenção de sua pessoa, escreveu-se *ewig*, com detenção.[10] [324]

Capítulo 18:

Escatófagos. Mascamerda, que vivem de excrementos. Assim é chamado Esculápio por Aristófanes em *Pluto*, em zombaria comum a todos os médicos. [326]

Capítulo 19:

Concilípetas. Tal como romípetas, os que vão ao concílio. [330]

Capítulo 20:

Cabeça de Deus repleta de relíquias. É uma das expressões do senhor de La Roche du Maine. [333]

---

[8] Esse é o termo que em *Gênesis*, 1:2 costuma ser traduzido por "caos".

[9] Eram duas substâncias de fato utilizadas em clisteres, como Rabelais sugere pelo contexto.

[10] Acontecimento de 1547: Carlos V, depois de o derrotar em batalha, de fato enganou o landgrave de Hesse no acordo da trégua, ao se aproveitar da proximidade da grafia das palavras num acordo, usando *ohne ewige Gafängnis* (sem perpétua prisão) em vez de *ohne einige Gafängnis* (sem qualquer prisão); assim o landgrave acabou sendo preso.

Capítulo 21:
Três rasas de angonaias. Toscano. Três meias-varas de bolsas cancrosas.[11] [336]

Capítulo 22:
Celeuma. Canto para exortar os marinheiros e lhes dar coragem. [339]
Ucalegonte. Não-ajudante. É o nome de um velho troiano, celebrado por Homero, *Ilíada*, canto 3. [340]

Capítulo 23:
Vaga d'escúmana. Grande, forte, violenta. Pois a décima vaga costuma ser maior no mar Oceano do que as outras. Assim, aqui depois se fala de lagostins decúmanos, grandes, tal como Columela diz peras decúmanas, e Festo Pompônio, ovos decúmanos. Pois o décimo é sempre o maior. E, num aquartelamento, porta decúmana.[12] [341]

Capítulo 24:
Passato etc. Passado o perigo, o santo é zombado. [345]

Capítulo 25:
Macréones. Pessoas que vivem longamente. [347]
Macróbio. Homem de longa vida. [347]
Hieróglifos. Sacras escrituras. Assim eram chamadas as letras dos antigos sábios egípcios e eram feitas com imagens diversas de árvores, plantas, animais, peixes, pássaros, instrumentos, por cuja natureza e ofício se representava o que desejavam designar. Delas vocês viram a divisa do meu senhor L'Admiral numa âncora, instrumento pesadíssimo, e num golfinho, peixe mais ligeiro que todos os animais do mundo, a mesma que usara Otaviano Augusto, querendo designar: *apresse-se lentamente, faça a diligência morosa*; ou seja, *tome expediente, sem deixar de lado nada necessário*. Delas entre os gregos escreveu Horapolo. Pietro Colonna explicou várias em seu livro toscano intitulado *Hypnerotomachia Poliphili.*[13] [348]

---

[11] O termo italiano pode designar um cancro venéreo ou hérnia inguinal, segundo Marichal.

[12] Na verdade, há ainda um trocadilho com "de escuma", ou seja, uma onda grande e espumante.

[13] Esta entrada merece algumas notas. A primeira diz respeito ao conhecimento da

Obeliscos. Grandes e longas agulhas de pedra, largas embaixo e pouco a pouco afinando na ponta do alto. Há em Roma, perto do templo de São Pedro,[14] uma inteira e mais várias outras alhures. Sobre eles, junto à beira do mar, acendiam fogo para iluminar os marinheiros em dia de tempestade, e eram chamados obeliscolícnios, como pouco acima. [348]

Pirâmides. Grandes construções de pedra ou de tijolo, quadradas, largas embaixo e agudas no alto, tal como é a forma de uma chama de fogo, πῦρ.[15] É possível ver várias delas junto ao Nilo, perto do Cairo. [348]

Protótipo. Primeira forma, padrão, modelo. [348]

Capítulo 26:
Parasangas. Entre os persas, era uma medida itinerária equivalente a trinta estádios. Heródoto, livro 2.[16] [349]

Capítulo 29:
Aguião. Entre os bretões e normandos marinheiros é o vento doce, sereno e agradável, tal como o Zéfiro na terra. [358]

Gonfaloneiro. Porta-bandeira. Toscano. [358]

Ictiófagos. Povos que vivem de peixes, na Etiópia interior, junto ao oceano ocidental. Ptolomeu, livro 4, cap. 9; Estrabão, livro 15.[17] [358]

época sobre os hieróglifos egípcios: Rabelais, como todos os intelectuais da época, não compreendia os hieróglifos e, por isso, julgava que eram uma espécie de ideograma que designava a coisa representada visualmente. Só séculos mais tarde viríamos a descobrir que, apesar de alguns hieróglifos serem mesmo ideogramas, a imensa maioria representa uma consoante. Rabelais os apresenta como seu nome traduzido do grego, daí "sacras escrituras". Na heráldica, o símbolo da âncora com o delfim realmente já era usado pelo menos desde Augusto, na virada do séc. I a.C. ao I d.C. Horapolo é um nome atribuído ao autor de um tratado grego sobre hieróglifos chamado *Hierogliphica*, do séc. V d.C.; ali já está a leitura equivocada como ideogramas. Por fim, o autor da obra é Francesco Colonna (embora ainda haja alguma disputa sobre a autoria), que publicou o livro, fundindo imagem e texto, em 1499; seu título pode ser traduzido como *Batalha de sono e amor de Polífilo*.

[14] O templo de São Pedro é a Basílica, que na época ainda estava sendo elaborada, era menor e sem a cúpula.

[15] A etimologia de Pirâmides com *pyr*, "fogo" em grego, é um erro recorrente na época de Rabelais.

[16] Mais especificamente, 5.250 metros; já o estádio tem cerca de 125 passos, ou seja, 206,25 metros.

[17] *Ictiófagos* é o nome de um colóquio famoso de Erasmo.

Capítulo 32:

Coribantar. Dormir de olhos abertos. [368]

Lagostins decúmanos. Grandes. Conforme exposto acima. [368]

Capítulo 33:

Átropos. A Morte.[18] [371]

Símbolo. Conferência, comparação. [371]

Capítulo 34:

Catadupas do Nilo. Lugar na Etiópia onde o Nilo cai das altas montanhas com um barulho tão terrível que os vizinhos da região são quase todos surdos, segundo escreve Cláudio Galeno. O bispo de Caramita, aquele que em Roma foi meu preceptor na língua árabe, me disse que dá para ouvir esse barulho a mais de três jornadas de distância, a mesma de que Paris a Tours. Cf. Ptolomeu, Cícero, *Sono de Cipião*, Plínio, livro 6, cap. 9, e Estrabão. [372]

Linha perpendicular. Os arquitetos dizem cadente a prumo. Que pende reto. [374]

Capítulo 35:

Montígenos. Que nascem nos montes. [377]

Capítulo 36:

Hipocrítico. Fingido, disfarçado. [380]

Capítulo 37:

Vênus. Em grego tem quatro sílabas, Ἀφροδίτη. Vulcano tem três: *Hyphaistos*. [384]

Ísquios. Vocês chamam de ciática, hérnia, ruptura das tripas estourando numa bolsa, seja por aquosidade ou carnosidade ou varizes etc. [384]

Hemicrania. Vocês chamam de enxaqueca, é uma dor que pega o meio da cabeça. [384]

Capítulo 42:

Niphleseth. Membro viril. Hebraico.[19] [400]

---

[18] O termo vem do grego Ἄτροπος ("inflexível", "inevitável") e é o nome de uma das Parcas (deusas gregas), a que regia a morte por cortar o fio da vida.

[19] Tudo indica que o nome da rainha sugira uma espécie de consolo.

Quarto livro (anexos)

Capítulo 43:

Ruach. Vento ou espírito. Hebraico. [403]

Ervas carminativas. Que consomem ou esvaziam as ventosidades do corpo humano. [403]

Perna edipódica.[20] Inflada, inchada, tal como as tinha o adivinho Édipo, que em grego significa *pé inchado.* [404]

Éolo. Deus dos ventos, segundo os poetas. [406]

Santimoniais. Hoje se chamam freiras. [406]

Capítulo 44:

Hipenêmio. Ventoso. Assim são chamados os ovos das galinhas e outros animais feitos sem cópula com o macho; deles nunca nascem pintos etc. Aristóteles, Plínio, Columela. [407]

Eolípila. Porta de Éolo. É um instrumento de bronze cerrado, em que há uma aberturinha por onde, se colocarmos água e aproximarmos do fogo, dá para ver sair um vento contínuo. Assim são gerados os ventos no ar e as ventosidades nos corpos humanos, por aquecimentos ou concocção começada e interminada, tal como demonstra Cláudio Galeno. Confiram o que escreveu sobre isso nosso grande amigo e senhor Monsenhor Philandrier sobre o primeiro livro de Vitrúvio.[21] [407]

Rasanareba. Nome criado por divertimento, tal como um grande número neste livro. [408]

Lipotimia. Falha no coração. [408]

Paroxismo. Crise, acesso. [409]

Capítulo 45:

Tachor. Um figo nos fundilhos. Hebraico.[22] [411]

Brouet. É o mercadão de Milão. [411]

Ecco lo fico. Eis o figo. [411]

Campo restil. Que produz fruto todos os anos. [412]

---

[20] Opto por manter a escrita mais etimológica "edipódica" a partir de *aedipodicque*, em vez da mais comum "edípica". A piada do pé inchado aqui parece indicar a gota, já que o capítulo é todo feito com piadas entre vinho e vento.

[21] Rabelais se refere a Guillaume Philandrier (1505-1563), um humanista e cônego francês, amigo do nosso autor.

[22] O nome aparece diferente no corpo do texto, como Thacor.

Capítulo 48:

Voz estentórea. Forte e alta que nem a de Estentor, sobre quem escreve Homero, *Ilíada*, 4; Juvenal, 13. [422]

Hipofetas. Que falam das coisas passadas tal como profetas falam das coisas futuras. [422]

Capítulo 49:

Uranópetas. Descidos do céu. [423]

Zoóforo. Que carrega animais. É num portal e em outros lugares aquilo que os arquitetos chamam de friso, entre a arquitrave e a cornija, onde se colocava os manequins, as esculturas, escrituras e outras divisas à vontade. [424]

ΓΝΩΘΙ ΣΕΑΥΤΟΝ. Conhece-te a ti mesmo. [424]

EI. Tu és. Plutarco fez um livro singular com a explanação dessas duas letras. [424]

Diípeta. Descendente de Júpiter. [424]

Escoliastas. Expositores. [424]

Capítulo 50:

Arquétipo. Original, retrato. [426]

Esfacelada. Corrompida, apodrecida, comida por vermes. Dicção frequente em Hipócrates. [427]

Capítulo 51:

Epodo. Uma espécie de verso tal como escreveu Horácio. [430]

Parágrafo. Vocês falam parafo, corrompendo a pronúncia, que significa um signo ou marca posta junto à escritura. [431]

Êxtase. Arrebatamento do espírito. [431]

Capítulo 53:

Auríflua energia. Força que faz fluir ouro. [437]

Decretalíctonos. Assassinos de *Decretais*. É uma expressão monstruosa, composta de uma palavra latina e outra grega.[23] [438]

Corolários. Suplementar, excedente. O que se adjunge. [438]

Promecundo. Despenseiro, celeireiro, guardião que fecha e distribui os bens do senhor. [439]

---

[23] A palavra latina é *decretal(i)*, e a grega é *ctono*, derivada de κτόνος (assassino).

Quarto livro (anexos)

Capítulo 54:
Terra esfragítida. Terra sigillata, segundo a chamam os boticários.[24] [441]

Capítulo 56:
Argentangina. Angina por prata. Assim dizem de Demóstenes quando, para não contestar o pedido dos embaixadores milésios, dos quais tinha recebido uma grande soma de prata, enrolou o pescoço com um grande xale de lã para não ter de opinar, como se tivesse uma angina. Plutarco e Aulo Gélio.[25] [446]

Capítulo 57:
Gaster. Barriga, ventre. [450]
Druidas. Eram os pontífices e doutores dos antigos franceses. Sobre os quais escreveram César, *De bello Gallico*, livro 6, Cícero, *De divinatione*, livro 1, Plínio, livro 16 etc. [450]
Sômatas. Corpos, membros. [450]

Capítulo 58:
Engastrimitas. Que falam pela barriga. [453]
Gastrólatras. Adoradores da barriga. [453]
Esternomantes. Adivinhos pelo peito. [453]
Gália Cisalpina. Parte antiga da Gália entre os montes Cenis e o rio Rubicão, perto de Rimano, que compreende o Piemonte, Monferrato, Asti, Vercelli, Milão, Mântua, Ferrara etc. [454]

Capítulo 59:
Ditirambos, crepalócomos, epenontes. Canções de bêbados em honra a Baco. [456]
Azeitonas colímbadas. Em conserva. [457]

Capítulo 60:
Lasanon. Essa expressão é lá exposta. [464]

---

[24] Nome derivado de Plínio, *História natural*, 35.6.14, derivado do grego σφραγίς (selo, assinatura), porque essa terra avermelhada e vendida com selo servia não só para a medicina como também para a pintura.

[25] A imagem é tirada de Erasmo, *Adágios*, 1.7.19, com o termo *argentangina* em latim em clara referência à prata, como metonímia do dinheiro.

François Rabelais

Capítulo 62:

Triscacista. Três vezes péssimo. [468]

Força titânica. Dos gigantes. [468]

Capítulo 63:

Chaneph. Hipocrisia. Hebraico. [471]

Simpatia. Compaixão, consentimento, similar afeição. [472]

Sintomas. Acidentes que se seguem nas doenças, tal como dor nas costas, tosse, dificuldade de respirar, pleurisia. [472]

Capítulo 64:

Sombra decempedal. Que cai no décimo ponto de um quadrante.[26] [475]

Parasita. Bufão, falador, jogral, que quer comida grátis. [475]

Capítulo 66:

Ganabim. Ladrões. Hebraico. [483]

Ponerópolis. Cidade dos malvados.[27] [484]

Capítulo 67:

Ambrosia. Manjar dos deuses. [488]

Estigíade. Do inferno, a partir do rio Estige, entre os poetas. [488]

Da Roma etc. De Roma até aqui, não fiz minhas necessidades. Por favor, pegue este garfo na mão e me meta medo. [488]

Datum Camberiaci. Dado em Chambéry. [489]

Io ti ringratio etc. Eu lhe agradeço, bom senhor. Ao fazer isso, você me poupou o custo de um supositório. [489]

Se tu non fai. Se você não fizer de outro jeito, não faz é nada. Por isso, tente agir com mais bravura. [489]

Bonasos. Animal da Peônia, do tamanho de um touro, porém mais atarracado, que, se caçado e pressionado, caga a quatro ou mais passos de distância. Desse jeito se salva, queimando com a cagada o pelo dos cães que o acossam. [489]

---

[26] Rabelais segue aqui Erasmo, *Adágios*, 3.4.70 (*decempes umbra*) para designar o momento em que a hora de comer é mostrada pela sombra do relógio solar.

[27] Tirado de Plutarco, *Da curiosidade*, 520b-d.

Quarto livro (anexos)

Lazanon. Essa expressão é explicada no cap. 60.[28] [490]

Pital. Terrina para penico. Toscano. Donde se chama de *pitalieri* a certos oficiais em Roma, que limpam os penicos dos reverendíssimos cardeais encerrados em conclave para a eleição de um novo papa. [490]

Pela força de Deus. Não é blasfêmia, é uma afirmação, por meio da força de Deus. Assim aparece em muitos trechos deste livro. Tal como em Toulouse pregava o irmão Cambuí: "Pelo sangue de Deus, nós fomos resgatados. Pela força de Deus, nós seremos salvos". [490]

Cíbalo. Tolete endurecido. [490]

Espírato. Bosta de cabra ou carneiro. [490]

Selah. Com certeza. Hebraico. [490]

---

[28] Rabelais varia a grafia entre *lasanon* e *lazanon*, detalhe que mantenho.

Prólogo
da versão parcial de 1548

Este Prólogo, feito para a versão parcial de 1548, é muito diverso do Prólogo que aparece na sua versão completa, por isso, como outros editores e tradutores, opto por deixá-lo aqui como um apêndice ao Quarto livro, uma vez que nos dá mais um pequeno relance dos movimentos de Rabelais como escritor e pensador. Como base da organização deste Prólogo, Rabelais faz jogos ridículos com fórmulas do direito romano, do, dico, addico ("eu dou", "eu digo", "eu julgo"), que deviam ser seguidas minuciosamente na Antiga Roma: do iudicem (eu indico o juiz), dico ius (eu digo a queixa jurídica) e addico litem (entrego o litígio ao magistrado). Outro ponto de base, como vemos no caso do próprio frei João, é o breviário usado como disfarce para guardar bebida alcoólica, que aqui é retomado em nome do próprio Rabelais.

"Minha Paternidade" designa a honra da pessoa como "pai" ou como "monge"; já foi usada no Terceiro livro, cap. 9. A história da pega, com sua expressão popular, está embasada no fato de que a pie (a pega) também pode significar "bebida"; busquei recriar a piada inventando a expressão "enganchar a pega"; seja como for, a narrativa de batalhas entre pássaros é recorrente, passando por obras como as de Poggio e de Fulgoso. A contagem das pegas segue, comicamente, a prática dos antigos textos hebraicos, que sempre excluem mulheres e crianças. A batalha de Saint-Aubin-du-Cormier aconteceu em 1484, e o embate de pegas e gaios de fato aconteceu pouco antes, ganhando uma leitura de augúrio. Frapin é figura desconhecida, mas pode ser mesmo um tio de Rabelais (apesar de "tio", oncle, designar qualquer um mais velho, sem parentesco), já que sua tia-avó se casou com um homem com tal nome; o noël era um gênero literário em voga na época, um canto de inspiração natalina. Os versos citados são tirados e traduzidos a partir de Horácio, Epístolas, 1.17.35. Coquemar é um animal peçonhento fantástico que é mencionado no cap. 64.

As histórias de Filoxeno e Gnatão são narradas por Plutarco, em suas obras morais. Amaro é figura desconhecida, traduz o nome transparente Amer, talvez em jogo com o médico de "água doce", isto é, de pouca experiência, se comparado às aventuras do mar (na Farsa do mestre Pathelin vemos um "advogado de água doce"). A discussão sobre a influência do médico sobre o doente era assunto de fato discutido na época.

Os dois "falcatruas" e detratores de Rabelais não foram identificados até hoje. A história de Timão de Atenas é baseada numa figura real, que chegou a influen-

*ciar até mesmo Shakespeare. Meiodia e Faverolas são dois lugares inventados por
Rabelais a partir do horário (midy) ou de favas (faverolles), que optei por traduzir.
Leôncio, ou Leôncia, foi uma filósofa grega epicurista, que de fato escreveu contra
Teofrasto no séc. III a.C. (um assunto tratado por Erasmo, Adágios, 1.10.21), po-
rém Rabelais inventa a conclusão de que ela teria se suicidado.*

———

Manguaceiros ilustríssimos, gotosos preciosíssimos, eu vi, recebi, ouvi
e entendi o embaixador que a senhoria de suas senhoras enviara à Minha
Paternidade, e me pareceu um bom e facundo orador. O sumário da sua proposta eu resumo aqui em três palavras, que são de tão grande importância,
que outrora entre os romanos com essas três palavras o pretor respondia a
todos os pedidos apresentados em julgamento; com essas três palavras, decidia todas as controvérsias, todas as querelas, processos e diferendos, e eram
chamados de dias infelizes e nefastos aqueles em que o pretor não usava dessas três palavras; fastos e felizes aqueles em que delas usar soía: "Vocês dão,
vocês dizem, vocês julgam!". Ah, meu povo de bem, não consigo ver vocês!
Que a digníssima virtude de Deus esteja com vocês, e não menos comigo,
para eterno auxílio! Assim em Deus. E nunca façamos nada, sem que primeiro seja louvado seu santíssimo nome.

Vocês me dão. O quê? Um belo e baita breviário. Arre, eu agradeço: é
o mínimo. Seja o breviário que for, na certa eu não pesava, ao ver os marcadores, a roseta, os fechos, a encadernação e a capa, onde não deixei de reparar nos ganchos e pegas, pintadas por cima e disseminadas numa disposição lindérrima. Com isso (feito fossem letras hieroglíficas) vocês dizem fácil
que só pode ser uma obra de mestres e coragem de um engancha pegas. "Engancha pega" quer dizer uma certa alegria por metáfora destilada de um
prodigioso acontecimento na Bretanha, pouco depois da batalha realizada
perto de Saint-Aubin-du-Cormier. Os nossos pais nos contaram, e por isso
os nossos sucessores não devem ignorar o caso. Aconteceu no ano da boa
vindima, e trocávamos um garrafão de vinho bom e gostoso por um cadarço
desfiado.

Das bandas do levante veio uma revoada de gaios de um lado, uma revoada de pegas do outro, todos no rumo do poente. E se acostavam com
uma tal ordenação, que ao entardecer os gaios se retiravam pela esquerda
(ou seja, pelo bom augúrio), e as pegas pela direita, pertinho uns dos outros.
Por toda região onde passassem, não ficava uma só pega sem se unir às pegas, um só gaio sem se juntar ao campo dos gaios. Tanto andaram, tanto

506   François Rabelais

voaram, que passaram por Angers, cidade da França, limítrofe com a Bretanha, e num número tão multiplicado, que com esse voo roubaram a claridade do sol nas terras subjacentes. Em Angers, naquela época, morava um tiozinho bem velhote, senhor de Saint-Georges, chamado Frapin; foi ele que compôs e preparou os belos *noéis* em língua poitevina. Ele tinha um carinho com um gaio por causa do canto com que convidava todos que passavam a beber, só cantava para beber, e por isso o chamava de Papudo. O gaio, numa fúria marcial, quebrou a gaiola e se juntou aos gaios que passavam; um barbeiro vizinho chamado Behuart tinha uma pega domesticada, toda charmosa. Ela com sua pessoa aumentou o número de pegas e as seguiu para o combate. Eis aí coisas grandiosas e paradoxais, porém verdadeiras, vistas e verificadas. Reparem bem. O que foi que aconteceu? Que fim se deu? O que aconteceu, queridagem? Um causo maravilhoso! Perto da cruz de Malchara aconteceu a batalha, e foi tão furibunda, que dá calafrios só de pensar! No fim, as pegas perderam a batalha e no campo foram cruelmente mortas até o número de 2.589.362.109, sem contar mulheres e crianças, ou seja, sem fêmeas e filhos, vocês entenderam; os gaios saíram vitoriosos, porém não sem perda de muitíssimos dos seus bons soldados. Daí veio um infortúnio imenso a todo o país. Os bretões são gente boa, vocês estão ligados. Mas se tivessem entendido o prodígio, facilmente compreenderiam o desastre que vinha sobre eles. Porque os rabos das pegas têm a forma do arminho na heráldica, e os gaios têm penas que lembram as armas da França. Por falar nisso, o Papudo voltou três dias depois, todo estropiado e cansado de guerra, com um olho roxo. No entanto, poucas horas depois de comer como de praxe, voltou ao normal. Aquele povo gorgiano e os estudantes de Angers vinham em bandos para ver Papudo caolho daquele jeito. Papudo os convidava a beber, como de costume, juntando ao final de cada convite: "Enganche a pega!". Suponho que esse era o sinal no dia da batalha, e todos o julgassem um dever. A pega de Behuart nunca mais voltou, foi enganchada; daí surgiu a expressão popular para beber um bocado a grandes talagadas, com o sentido real de "enganchar a pega". Com essas figuras, para uma lembrança perpétua, Frapin mandou pintar o seu tinelo e a sala baixa da casa. Você podem ir lá ver em Angers, na colina de Saint-Laurent. Essa figura no breviário de vocês me fez pensar que ali teria alguma coisa a mais que o breviário. Aliás, por que vocês me dariam de presente um breviário? Agora tenho (graças a Deus e a vocês) dos velhos até os mais novos deles. Com essa pulga na orelha, fui abrir o tal breviário e percebi que era um breviário, feito com uma inventividade mirífica, os marcadores certinhos, com inscrições muito convenientes. Então vocês querem que na prima eu beba vinho branco, na terça,

Quarto livro (anexos)

507

sexta e nona, a mesma coisa, nas vésperas e completas um clarete. É isso que vocês chamam de enganchar a pega, nunca foram pegos por uma pega má. Vou dar o que vocês pediram!

Vocês dizem. O quê? Que nunca se irritaram com todos os meu livros até aqui impressos. Se sobre isso eu alegar a sentença de um antigo pantagruelista, vão se irritar ainda menos:

> E diz: não é louvor qualquer
> Fazer o que um príncipe quer.

> *Ce n'est (dict il) louange populaire,*
> *Aux princes avoir peu complaire.*

E dizem mais: que o vinho do *Terceiro livro* era do gosto de vocês, que é do bom. A verdade é que era pouco, e vocês não gostam, como se diz por aí, do que é "pouco e bom"; gostam mesmo, como dizia o bom Evispande Verron, é de "muito e bom". Como se não bastasse, me convidaram a continuar a história pantagruelina, alegando as utilidades e frutos colhidos nessa leitura entre todas as pessoas de bem e pedindo desculpa por desobedecerem meu pedido de que se resguardassem para rir apenas no *Septuagésimo oitavo livro*. Mas eu perdoo de coração. Não sou tão feroz ou inflexível quanto vocês pensam. Mas o que eu estava dizendo não era para o mal de vocês. E como resposta cito a frase de Heitor proferida por Névio: que coisa bela é ser louvado por gente louvável! Numa declaração recíproca, eu digo e sustento até o fogo, exclusive (vocês entenderam que é legítimo), que vocês são gente boníssima, todos extraídos de bons pais e boas mães, e juro de pé junto, feito infantaria, que, se um dia os encontrar na Mesopotâmia, eu vou insistir tanto com o condezinho George do Baixo Egito, que a cada um de vocês ele vai dar de presente um lindo crocodilo do Nilo e um coquemar do Eufrates.

Vocês julgam. O quê? Para quem? Qualquer quarto velho da lua para os macacos gordos, engodos, monges de bota, cometoicins, zangões, patapeludos, carregados de indulgências, catamitas. Que nomes mais horríveis só de ouvir o som. Com a mera pronúncia deles, já vi os cabelos ficarem de pé na cuca daquele nobre embaixador. Só entendi o alto-alemão, e não sei que tipo de bichos vocês implicam nessas denominações. Depois de fazer uma pesquisa cuidadosa por diversas regiões, não encontrei ninguém que os aceitasse, que assim tolerasse ser chamado ou designado. Suponho que seja alguma espécie monstruosa de animais bárbaros dos tempos do chapéu alto, agora extintos na natureza, porque todas as coisas sublunares precisam ter seu fim e período, e não sabemos mais a sua definição, já que vocês bem sabem que, quando um objeto perece, perece fácil a denominação.

Se com esses termos vocês querem dizer os caluniadores dos meus escritos, seria melhor chamá-los logo de diabos. Porque em grego a palavra para calúnia é *diabolé*. Vocês já viram como é detestável para Deus e os anjos esse tal vício, a calúnia (quando a gente impugna uma boa ação, quando a gente fala mal de coisas boas), de jeito que é por isso, e não por outra coisa (que parecia até pior), que são chamados os diabos do Inferno. Esses aí são os servos e ministros deles. E eu os chamo de diabos negros, brancos, diabos mansos, diabos domésticos. E o que fizeram contra os meus livros, também vão fazer (se a gente deixar) contra todos os outros. Mas isso nem é invenção deles. Falo com tranquilidade, a fim de que eles não venham tirar onda com o epíteto do velho Catão, o Censor.

Vocês já pensaram no que significa cuspir no prato? Antigamente os predecessores desses diabos domésticos, arquitetos da volúpia, minadores da honestidade, que nem um Filoxeno, um Gnatão e outros da mesma farinha, quando entre botecos e bordéis onde costumavam dar as suas aulas, assim que viam algum cliente servido com bons quitutes e petiscos de primeira, cuspiam com toda a vileza nos pratos, para que os clientes, com nojo daquelas cusparadas e ranhos infames, desistissem de comer os quitutes dispostos, e tudo ficassem para aqueles cuspidores e ranhentos. Quase igual, porém não tão abominável história nos contam do médico de água doce, sobrinho do advogado do falecido Amaro, que dizia que a asa de um capão gordo fazia mal e que a sobrecoxa era temerária, o pescoço muito bom, desde que tirasse a pele, a fim de que os doentes não comessem, e tudo ficasse reservado para sua própria boca. Assim fizeram esses novos diabos de gibão: ao verem todo este mundo num férvido apetite de ver e ler os meus escritos pelos livros anteriores, cuspiram no prato, ou seja, com suas ações cagaram, difamaram e caluniaram todos eles, com a intenção de que ninguém os visse, ninguém os lesse, a não ser a imensa poltronice deles. Coisa que eu vi com os meus próprios olhos, e não com as orelhas, a ponto de chegarem a guardá-los religiosamente entre seus pertences à noite e a usá-los como breviários de uso cotidiano. Eles tiraram dos doentes, dos gotosos, dos desafortunados os livros que eu fiz e compus para que pudessem ter diversão em meio ao mal. Se eu tomasse conta de todos que caem em dor e sofrimento, nem precisava mais dar esses livros à luz ou à imprensa.

Hipócrates escreveu um livro expressamente intitulado *Do estado do médico perfeito* (Galeno o ilustrou com eruditos comentários), onde recomenda que o médico não deve apresentar nada (chegando ao detalhe das unhas) que possa ofender o paciente; tudo que diz respeito ao médico, gestos, expressão, roupas, palavras, olhares, toque, deve deleitar o doente. Da minha parte, nesse meu jeito grosso, eu me esforço e me dedico por aqueles de quem cuido. O mesmo fazem os meus companheiros, por sua vez, donde talvez nos chamem parabolanos de braços longos e cotovelo grande, na opinião de dois falcatruas tão doidamente interpretada quanto bestamente inventada. E mais: tem uma passagem do sexto livro das *Epidemias* do tal pai Hipócrates, que nós suamos a disputar para saber se o rosto do médico triste, tétrico, ruibarbativo, desagradável e descontente entristece o doente, e se do médico o rosto alegre, sereno, agradável, sorridente e aberto anima o doente. (Tudo isso está mais do que provado.) Mas que esses entristecimentos e animações decorram de apreensão do doente ao contemplar tais qualidades, ou por transfusão de espíritos serenos ou tenebrosos, alegres ou tristes do médico ao doente, tal como defendem os platônicos e averroístas.

Então, já que não é possível eu ser chamado por todos os doentes, ou que de todos os doentes eu tome conta, que desejo é esse de tirar dos langorosos e doentes o prazer e passatempo alegre, sem ofensa a Deus, ao rei e a outros, que sentem qual alguém lê para eles estes livros alegres, já que estou ausente? Ora ora, já que com o julgamento e veredito de vocês esses maldizentes e caluniadores são uns despirocados, tomados pelos velhos quartos da lua, eu vou perdoá-los: agora não vai ter mais nada para ninguém rir, quando vermos esses doidos varridos, lunáticos, uns camunhengues, outros passivonas, outros camunhengues e passivonas, correndo pelos campos, quebrando bancos, rangendo dentes, fendendo pedras, batendo pavimentos, se enforcando, se afogando, se precipitando, desabaladamente correndo a todos os diabos, segundo a energia, faculdade e virtude dos quarteirões lunares que eles têm na cachola: crescentes, novas, cheias, minguantes. E só contra as maldades e imposturas deles, vou repetir o que oferecia Timão, o Misantropo, aos ingratos atenienses. Timão, irritado com a ingratidão do povo ateniense, da sua parte, um dia entrou na assembleia pública da cidade, exigindo que concedessem audiência para um certo negócio referente ao interesse público. Diante do pedido, fizeram silêncio na expectativa de ouvir coisa da maior importância, já que viera até a assembleia esse que por tantos anos antes tinha se afastado de qualquer companhia e vivia retirado. Então ele disse: "Do lado de fora do meu jardim secreto, em cima do muro, tem uma ampla, linda e notável figueira, onde vocês, senhores atenienses desesperados, homens, mulheres, jovenzinhos e virgens, têm o costume de se enforcar e estrangular. Venho aqui informar que, para deixar a minha casa mais cômoda, decidi que dentro de oito dias devo demolir essa figueira; portanto, se algum de vocês e de toda a cidade quiser ser enforcar, pode ir lá correndo: terminado esse prazo, não vai ter mais um lugar tão apto, nem árvore tão prática". Com esse exemplo eu anuncio aos tais caluniadores diabólicos que o melhor é se enforcarem na última fase desta lua. Eu ofereço as cordas. Como lugar para se enforcarem, sugiro entre Meiodia ou Faverolas. Na lua nova, não vão ser mais acolhidos com uma pechincha dessas, mas vão ter que comprar às próprias custas os cordames e escolher uma árvore boa para forca, que nem a *signora* Leôncio, caluniatriz daquele erudito e eloquente Teofrasto.

Quarto livro (anexos)

QUINTO LIVRO

Nota introdutória

Guilherme Gontijo Flores

Este livro só foi publicado de modo completo em 1564, ou seja, cerca de onze anos após a morte de François Rabelais, depois de um percurso curioso; no entanto, costuma ser sempre reeditado entre as obras rabelaisianas, apesar de grande parte dos estudiosos e editores considerar a autoria, no mínimo, duvidosa (apenas partes seriam de fato de Rabelais), quando não absolutamente espúria. Eis a breve história do texto:

Em 1562, em pleno Concílio de Trento, foi publicada L'Isle Sonante [...] en laquelle est continuée la navigation faicte par Pantagruel, Panurge et autres ses officiers (A Ilha Sonante [...] na qual se continua a navegação feita por Pantagruel, Panurgo e outros seus oficiais), sem editor ou localidade, com apenas 16 capítulos (todos eles são retrabalhados posteriormente, exceto o décimo sexto).

Ao final do Concílio de Trento, a primeira edição integral foi publicada em 1564, também sem editor ou localidade, dessa vez com 47 capítulos, cujos primeiros 15 diferem em alguns detalhes da Ilha (o décimo sexto da Ilha não aparece aqui). Essa edição é acompanhada de um epigrama final que sugere a presença de Jean Turquet (cf. nota ao epigrama) no trabalho editorial.

Por fim, existe um manuscrito (que certamente não é da pena de Rabelais, a julgar pela caligrafia), sem qualquer data, que apresenta uma parte do "Prólogo" e 46 capítulos (na verdade, omite os capítulos 24 e 25, por um lado, e, por outro, acrescenta um outro capítulo), além de uma enorme gama da variantes, entre pequenas ou notáveis; esse manuscrito está hoje na Biblioteca Nacional de Paris.

Além das três fontes textuais de base, é digna de nota a terceira edição integral, publicada em 1565, em Lyon, por ser a primeira que acrescenta ainda os textos inéditos da "Epístola do limusino" e da "Crisma filosofal" (cf. Volume 3 para essas obras), também de autoria discutida.

É curioso pensar que o nome de Rabelais, nesse período, estava no Index de obras proibidas pelo papa Paulo IV, de modo que poderíamos nos perguntar sobre quem teria interesse em correr o risco de publicar um novo volume, ainda mais com o fato de que ele tende a ser mais explícito e virulento em seus ataques anticlericais, se comparado às amenizações textuais da sátira ao clero que Rabelais vinha operando em vida, a cada reedição, para diminuir as perseguições da Sorbonne. Ao mesmo tempo, este livro também parece estar mais claramente escrito sob a égide do esoterismo, por vezes alquímico, realizando um ritual iniciático, por vezes de aparência séria, por vezes na forma de um pastiche escancarado.

Quinto livro

Teria um amigo de Rabelais reunido rascunhos de ordem vária? Ou então uma figura anônima aqui daria continuidade aos embates políticos e religiosos de Rabelais, agora com mais ênfase? Mas se assim é, como esse amigo ou discípulo manipula o texto? Ficamos sem resposta. Mireille Huchon considera, muito ponderadamente, que, se não podemos saber os detalhes do que imaginaria Rabelais para o Quinto livro, temos aqui ao menos uma espécie de invenção feita a partir de redações diversas, em estados variados de desenvolvimento. Diante dessa rede complexa, tendo a seguir a linha moderada, que considera haver provavelmente criações da pena de Rabelais, embora o todo deva ter sido coligido, revisado e, por vezes, suprido por outra pessoa hoje anônima.

Sigo a edição de Huchon, como sempre, que é uma leitura da edição de 1564 que agrega correções advindas da Ilha Sonante e do manuscrito; porém, tal como Screech, anoto algumas das principais variantes, já que é impossível discernir se algo, ou mesmo quase tudo, foi escrito por Rabelais. Como em outros momentos, me interessa mais um corpus rabelaisiano, como expressão de uma poética viva no período, do que a autoria indubitável.

A narrativa que temos, ao fim e ao cabo, é a continuidade dos livros Terceiro e Quarto, com a busca do oráculo da Divina Garrafa, Bacbuc, para solucionar as dúvidas matrimoniais de Panurgo, seguindo as viagens marítimas até o local determinado. No entanto, o leitor vai perceber que a primeira parte do livro, que se volta para a Ilha Sonante, está mais ligado às ilhas fantásticas que povoam o Quarto livro, com alusões aos viajantes franceses Roberval e Cartier, ao passo que a segunda metade se desdobra na busca pelo oráculo já dentro da França, mais especificamente em Chinon (região onde nasceu nosso autor), portanto sem viagens fantásticas, continuando de modo mais chão o fim do Terceiro livro. Essa incongruência é constitutiva e contraditória, e nada parece ser capaz de resolvê-la, exceto a hipótese de uma dupla origem do texto. Huchon considera que isto falha em imitar o Rabelais dos primeiros quatro livros, pois, ao apresentar um suposto Quinto livro, não consegue surpreender o leitor pelas continuidades complexas que marcam sua escrita até então. Huchon, nesse sentido, julga ser mais honesto o editor da Ilha Sonante, que nunca deu a entender que o texto seria uma continuação ao que fora publicado em vida por Rabelais, enquanto o editor da versão integral parece juntar projetos distintos e forçá-los a um convívio narrativo que se acomodasse na sequência das aventuras de Pantagruel. É bem verdade que este livro, na linha ampla de sua narratividade, parece muito mais falho que os outros; porém os leitores de hoje ainda vão dar boas gargalhadas e ter algumas surpresas nesse desenvolvimento algo frankensteiniano. Um ponto que reforça isso tudo é a potência literária deste Quinto livro, que fez mesmo os advogados da inautenticidade reconhecerem uma série de traços estilísticos típicos de Rabelais nos seus melhores momentos, com trocadilhos, neologismos, coloquialidade, erudição, carnavalização, poética alusiva e polissêmica etc. Nesse aspecto, mesmo que não seja um livro de Rabelais (ou não inteiro de Rabelais), é com certeza uma grande obra rabelaisiana, que merece ser lida e traduzida continuamente.

QUINTO
E ÚLTIMO LIVRO
DOS FEITOS E DITOS HEROICOS
DO BOM PANTAGRUEL
COMPOSTO PELO SR. FRANÇOIS RABELAIS,
DOUTOR EM MEDICINA

Que contém
a visita ao Oráculo da Divina Bacbuc
e a palavra da Garrafa,
por cuja audição
empreitaram toda essa longa viagem

Dado novamente à luz

Prólogo
do sr. François Rabelais para o
Quinto livro dos feitos e ditos heroicos
de Pantagruel

Este Prólogo eruditíssimo, que só aparece inteiro pela primeira vez na edição integral de 1564 (no manuscrito ele é interrompido pela metade), tem muitos pontos em comum com o Prólogo do Terceiro livro *(Huchon considera este como "o prólogo do livro") e do* Quarto livro *(neste caso, da edição de 1548), bem como da* Defesa e ilustração da língua francesa, *de Joachim du Bellay, publicada em 1549; porém aqui se desenvolve o tema novo da loucura antiga contra a sabedoria que vem, representadas respectivamente pelos livros do medievo escolástico e do pensamento renascentista, que por sua vez sugerem a leitura alegórica da Igreja Católica e da Reforma evangélica.*

Os representantes da loucura antiga são chamados de Zoilo, o filósofo cínico grego (séc. IV a.C.), apelidado por Estrabão como "açoite de Homero" porque tecia duras críticas à Ilíada *e à* Odisseia *(cf. Erasmo,* Adágios, *2.5.8).*

O poema se refere ao ano de jubileu, entre os hebreus, quando não se semeava nada, colhendo apenas o que a terra dava; nosso autor deve se referir ao jubileu de 1550, portanto, convocado por Paulo III, e que reuniu verdadeiras multidões em Roma; porém também poderia ser uma alusão à sessão do Concílio de Trento (1545-1563) convocada por Júlio III em 1550, para ser realizada no ano seguinte.

Vossa Paternidade era um título dado ao papa no séc. XII. Herr der Tyflet *é "o senhor diabo" no alemão da época. "Pegar o lobo pela orelha" é expressão tirada de Erasmo,* Adágios, *1.5.25. A* cornamusa dos prelados *é uma obra citada na biblioteca de Saint-Victor, em* Pantagruel, *cap. 7. A leitura de* fat, *termo de fato occitano, como "insosso" e também "louco" pode nos remeter a Mateus, 5:13, quando Jesus fala do "sal da terra". A questão das favas remonta a ritos antigos: os sacerdotes egípcios as consideravam impuras, segundo Heródoto,* Histórias, *2.37; os cultos de mistério gregos, para Apolo e Dioniso, reservavam um lugar especial para elas; Pitágoras (aqui descrito como filósofo da coxa dourada, porque teria ressuscitado com um fêmur de ouro, segundo o hilário* Galo *de Luciano de Samósata) proibia o consumo por aproximar as favas do corpo humano, concebendo o ato como uma espécie curiosa de canibalismo, segundo Plínio,* História natural, *28.12, e Erasmo,* Adágios, *1.1.2. Por outro lado, as favas sempre foram símbolo de fertilidade, pela grande produção de sementes. O* médico de água doce *aparece no Prólogo do* Quarto livro, *na edição de 1548.*

Quinto livro

"Escotinas" alude à proverbial obscuridade do filósofo escolástico Duns Esco-
to, fazendo um trocadilho com seu nome e o termo σκότος *("escuridão") em grego,*
como já fizera no Terceiro livro, *cap. 17. A frase* alla mala cropium dubium, colum
bonum pelle remota *em latim pode ser lida como "asa má, sobrecoxa dúbia, pesco-*
ço bom se tirar a pele". "Silvar feito ganso entre cisnes" é um eco de Virgílio, Bucólicas, *9.36, e de Erasmo,* Adágios, *1.7.22. "Prosopopeia" em Rabelais indica a más-*
cara dos personagens. Sobre Filoxeno e Gnatão, cf. "Prólogo da edição de 1548"
do Quarto livro.

O *"barril diogênico" se refere ao filósofo Diógenes, cf. nota introdutória e tex-*
to do Prólogo do Terceiro livro. A sequência de nomes de escritores da época é real:
Jacques Colin (?-1547), Antoine Héroët (1492-1568), Mellin de Saint-Gelais (1491-
1558), Hugues Salel (1503-1553) e Claude Massuau (?); a mulher não nomeada é
certamente Margarida de Navarra (1492-1549), irmã de Francisco I, escritora ad-
mirável e figura simpática ao evangelismo, a quem Rabelais havia dedicado o Terceiro livro.

A *fonte do Cavalo é Hipocrene, fonte grega que, segundo o mito, teria surgi-*
do com uma patada do Pégaso. Hélicon, monte da Beócia, era consagrado às mu-
sas, na mitologia grega. Na ficção medieval, temos a história de Reinaldo de Mon-
talvão, que teria trabalhado na construção da Catedral de Colônia. Para entender a
piada da vida, é preciso saber que se pensava que os corvos viviam nove vezes mais
do que um humano, cf. Erasmo, Adágios, *1.6.64; o capitão judeu é Moisés, que te-*
*ria vivido 120 anos (*Deuteronômio, *34:7); Xenófilo teria vivido 105 anos sem adoe-*
cer, segundo Plínio, História natural, *7.51; Demônax também teria sido centenário,*
segundo Luciano, Demônax, *63.*

A *história de Esopo parece vir de Filóstrato,* Vida de Apolônio de Tiana, *5.4,*
que conta como Hermes teria dividido os dons, e não Apolo. Pireico foi um pintor
grego do período helenístico, apelidado de riparógrafo, isto é, pintor de trivialida-
des. O filósofo Aristóteles foi realmente o preceptor de Alexandre, o Grande.

Aos leitores benévolos

Infatigáveis manguaceiros e preciosíssimos bexiguentos, enquanto curtem o lazer, e eu não tenho nada mais urgente em mãos, pergunto perguntando por que se diz hoje num ditado popular que o mundo não é mais *fat?*
Fat é um vocábulo de Languedoc e significa insosso, sem sal, insípido, sem
graça; por metáfora significa doido, biruta, desprovido de bom senso, des-
miolado. Querem então dizer, como daria para inferir logicamente, que até
então o mundo era *fat,* e agora ficou sábio? Por quantas e quais condições
ele era *fat?* Por que era *fat?* Por que seria sábio? Em que vocês conhecem a
loucura antiga? Em que conhecem a sabedoria presente? Quem o deixou *fat?*

François Rabelais

Quem o deixou sábio? Quem está em maior número: aqueles que o amam *fat*, ou aqueles que o amam sábio? Por quanto tempo foi *fat*? Por quanto tempo foi sábio? Donde vinha a loucura anterior, donde vem a sabedoria posterior? Por que em nossa época, e não antes, começou a sabedoria presente? Que mal nos fazia a loucura anterior? Que bem nos faz a sabedoria posterior? Como é que aboliram a loucura antiga? Como se restaurou a sabedoria presente?

Respondam se quiserem, que outra súplica eu não faço a suas reverências, por medo de perturbar as Vossas Paternidades. Não precisam ter vergonha, façam confissão a Herr der Tyflet, inimigo do Paraíso, inimigo da verdade. Coragem, crianças! Se forem dos meus, bebam três ou quatro doses na primeira parte do discurso, depois respondam à pergunta; se forem do coiso, vade retro, Satanás! Porque eu juro pelo meu grande quiproquó que, se não me ajudarem com a solução do supracitado problema, já não faz muito que eu me arrependi de o ter proposto, porque isso me parece tão cabuloso quanto pegar o lobo pela orelha, sem esperança de ajuda. Fechou? Já percebi que vocês não se decidiram a responder. Nem eu, e juro pela minha barba! Só alego aquilo que predisse com espírito profético um venerável doutor, autor do livro intitulado *A cornamusa dos prelados*. E o que diz esse palhaço? Escutem só, bando de paudejegue:

> O jubileu, que todo mundo altera
> Ficou fatoso e se supernumera
> Além de trinta! Falta reverência!
> *Fat* parecia, mas com insistência
> De longas bulas, *fat* não mais será,
> Nem cobiçoso: o fruto crescerá,
> Cuja flor receou na primavera.

> *L'an Jubilé que tout le monde raire,*
> *Fadas se feist est supernumeraire*
> *Au dessus trente? O peu de reverence!*
> *Fat it sembloit, mais en perseverance*
> *De longs brevets, fat plus ne gloux sera,*
> *Car le doux fruict de l'herbe esgoussera,*
> *Dont tant craignoit la fleur en prime vere.*

Vocês já ouviram, mas já entenderam? O doutor é antigo, as palavras são lacônicas, as sentenças escotinas e obscuras. Embora trate de uma matéria por si mesma profunda e difícil, os melhores intérpretes desse bom pai, ao analisarem, dizem que o ano seguinte ao trigésimo jubileu é o ano mil quinhentos e cinquenta da nossa era. Nunca mais essa flor vai recear. O mundo não será mais chamado de *fat*, quando chegar a primavera. Os doidos, cujo número é infinito, segundo atesta Salomão, vão perecer pirados. E todo tipo de loucura acabará, que aparentemente é inumerável, tal como nos diz Avicena, *maniae infinitae sunt species*. Ela, que durante o rigor invernal ficou recolhida, agora aparece na circunferência e está nas seivas, que nem as árvores. A experiência nos ensina, vocês bem sabem, vocês estão vendo. E há tempos o assunto foi explorado pelo grande e bom Hipócrates, *Aforismos*, *uerae etenim maniae* etc. O mundo, afinal tomando tino, não vai mais recear a flor das favas na primavera, ou seja — como, de copo em punho e lágrimas no olho, vocês podem com compaixão acreditar —, na Quaresma. Uma penca de livros que parecem flóridos, florescentes, floridos, que nem lindas borboletas, porém na verdade morosos, perniciosos, perigosos, espinhosos e tenebrosos, que nem os de Heráclito, obscuros que nem os números de Pitágoras, que foi o rei da fava, segundo Horácio. Eles vão perecer, não voltam mais à mão, não serão mais lidos nem vistos. Era o destino deles, seu fim predestinado.

No lugar deles, crescem as favas na vagem. São esses divertidos e frutíferos livros de pantagruelismo, que hoje têm repercussão de best-sellers, na espera do próximo jubileu, a cujo estudo todo o mundo se entregou, e assim se chamou de sábio. Eis aí o problema solvido e resolvido, com isso vocês são homens de bem. Podem tossir aqui uma ou duas vezes e tragar nove doses numa sentada; como as vinhas estão lindas, e os agiotas se enforcam, vão me custar uma nota em cordame, se o bom tempo durar, porque eu prometo oferecer generosamente, de graça, para todos que quiserem se enforcar, poupando o preço do carrasco.

Então, a fim de que participem dessa sabedoria vindoura, livres da antiga loucura, podem apagar agorinha dos seus arquivos o símbolo do velho filósofo de coxa dourada, que vocês usavam para interditar o consumo e ingestão de favas, considerando que era verdade confessa entre todos os bons companheiros que ele interditava com a mesma intenção que o médico de água doce, o falecido Amaro, sobrinho do advogado senhor de Camelódromo, proibia aos doentes asa de perdiz, coxa de galinha e rabo de pombo, ao dizer *alla mala cropium dubium, colum bonum pelle remota*, reservando essas coisas para a própria boca e deixando aos doentes só ossos para roerem. A ele sucederam uns tais capuchos que nos proibiam as favas, quer dizer, os livros de pantagruelismo; e imitando Filoxeno e Gnatão, antigos arquitetos

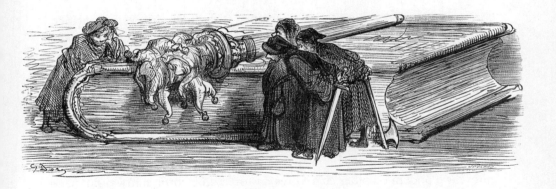

sicilianos da sua monacal e ventral volúpia, que em fartos banquetes, quando serviam os petiscos refinados, cuspiam no prato, para que com nojo ninguém mais comesse além deles. Assim essa nojenta, melequenta, catarrenta, decrépita carolada em público e no privado detesta os livros refinados e cospem vilmente neles com sua impudência. E agora que lemos em nossa língua gálica, tanto em verso quanto em prosa, vários escritos excelentes, e que poucas relíquias restam da hipocrisia e do século gótico, eu escolhi gorjear e silvar que nem um ganso (tal como diz o ditado) entre cisnes, em vez de ser considerado, entre tantos nobres poetas e eloquentes oradores, um mudo de todo. Atuar assim um personagem vileiro qualquer entre tantos atores disertos deste nobre ato, em vez de ser elencado no grupo dos que só servem de sombra e de sobra, só papando mosca, levantando as orelhas que nem um burro da Arcádia diante do canto dos músicos que por meio de sinais, em silêncio, indicam que aprovam tal prosopopeia.

Tomada essa decisão e escolha, pensei que não faria uma obra indigna se rolasse por aí meu barril diogênico, para que não dissessem que eu vivo sem exemplo. Agora contemplo uma renca de Colins, Marots, Héroëts, Saint-Gelais, Salels, Massuaus e uma baita centúria de outros poetas e oradores gálicos. E vejo que, por ter dedicado muito tempo do meu Parnaso à escola de Apolo, por ter bebido na fonte do Cavalo longas talagadas entre as alegres musas, eles só trazem para a eterna fábrica da língua vulgar nossa o mármore pário, alabastro, pórfiro e boa crisocola; só tratam de gestas heroicas, coisas grandiosas, assuntos árduos, sérios e difíceis, e tudo com uma retórica carmim e carmesim; com seus escritos só produzem néctar divino, vinho precioso, virente, ridente, almiscarado, delicado, delicioso; e tal glória não se consumou apenas nos homens: as damas também participaram, entre elas uma extraída do sangue de França, imencionável sem uma insigne prefação de honras, que pasma todo este século, tanto por seus escritos, inven-

Quinto livro

ções transcendentes, quanto pelo ornamento da língua em estilo mirífico. Imitem se puderem; quanto a mim, eu não conseguiria imitá-los, nem todos podem frequentar e habitar Corinto, na edificação do templo de Salomão nem todos podiam oferecer um siclo de ouro de mãos cheias. Portanto já que a nossa faculdade não aporta tanto quanto eles na arte da arquitetura, eu decidi fazer o mesmo que Reinaldo de Montalvão: servir aos pedreiros, ferver o pote para os pedreiros; e, como não posso ser companheiro, vão me aceitar de ajudante (e um infatigável) em seus celestíssimos escritos.

Vocês morrem de medo, seus Zoilos emuladores e invejosos; vão lá se enforcar e podem escolher as árvores da forca, que corda não vai faltar, eu prometo! Proclamando aqui, diante do meu Hélicon com audiência das divinas musas, que se eu ainda viver a idade de um cachorro mais três corvos, com saúde e integridade igual à que teve em vida o santo capitão judeu, o músico Xenófilo e o filósofo Demônax, então com argumentos nada impertinentes e razões irrefutáveis hei de jogar na cara de nem sei quais centoníficos engarrafadores de assuntos peneirados centenas e centenas de vezes, desses catadores de velhas ferragens latinas, desses revendedores de velhas palavras latinas mofadas e incertas, que a nossa língua vulgar não é tão vil, tão inapta, tão indigente e desprezível quanto eles pensam. Também com toda a humildade suplicando que por favor especial, tal como outrora, mesmo depois que todos os tesouros foram distribuídos por Febo entre os grandes poetas, ainda assim Esopo encontrou um posto e ofício de apólogo; do mesmo jeito, já que a um grau mais alto eu não aspiro, que eles não desdenhem me receber no estado de parco riparógrafo, seguidor de Pireico; e eles vão fazer isso, estou certo, porque são todos tão bons, tão humanos, graciosos e generosos até não mais poder. Por isso, manguaceiros, por isso, gotosos, esses aí querem ter fruição total, pois ao recitarem-nos em seus conventículos e culetarem os altos mistérios neles compreendidos, ganham posse e reputação singulares, como num caso similar fizera Alexandre, o Grande, dos livros da primeira filosofia compostos por Aristóteles. Pança sobre pança, que paus-d'água, que arrombados!

Por isso, manguaceiros, eu aconselho na melhor hora que façam deles uma boa provisão assim que os virem nas oficinas dos livreiros, e não só os debulhem, mas também os devorem, feito um opiáceo cordial, e os incorporem em si mesmos; assim vão conhecer o bem por eles preparado a todos os nobres debulhadores de favas. Agora eu ofereço uma boa e bela cesta, colhida no mesmo jardim que os anteriores. E suplico em nome da reverência para que recebam o atual de bom grado, enquanto espero a próxima chegada das andorinhas.

Capítulo 1

Como Pantagruel chegou à ilha Sonante
e do barulho que ouvimos

*Este capítulo e sua sequência fazem parte, com variações, da Ilha Sonante, de
1562, que em seu nome faz referência ao som de sinos, que já foram atacados por
Rabelais em* Gargântua, *caps. 40 e 52. O nome da ilha, nessa primeira obra, era ilha
das Trifes (Triphes) a partir do termo grego* τρυφή *("delícia"). Aqui temos uma série de críticas às práticas católicas, iniciando pelos jejuns de quatro tempos, práticas
realizadas três vezes por semana em quatro momentos do ano, ao começo de cada
estação.*

*O pórtico Heptáfono (que soa sete vezes) é citado por Plutarco; e o Colosso
de Mêmnon, segundo Plínio,* História natural, *36.11, emitia um som ao amanhecer.
Metidus (Braguibus no original) é o nome de um dos cozinheiros na lista do Quarto livro, cap. 40. Glenay era uma aldeia de Deux Sèvres, perto de Thouars. Élio Donato (séc. IV d.C.) é o autor de uma gramática latina de grande uso em toda a Idade Média e no Renascimento.*

*O "aoristo" é um aspecto verbal na língua grega antiga, que não se aplica es-
pecificamente a nenhum dos tempos passado, presente e futuro, e com isso guarda
uma noção de pontualidade que pode ser temporalmente mais vaga ("indefinido",
"sem limite" é a etimologia do termo* ἀόριστος*); Hormaechea atenta que esse assunto pode ser lido como referência às igrejas romana e grega, assim sugerindo que o
jejum não é divino, e sim uma invenção humana e temporal.*

*Patience é o nome de uma planta usada pelos leprosos (*lapathium acquaticum*);
aproveitei que "paciência" também é o nome de uma planta em português. As festas esuriais são as festas da fome, derivado do verbo latino* esurire *("sentir fome"),
piada tirada de Plauto,* Cativos, *468. O jejum ao fim do capítulo pode ser lido como eco do jejum em* Jonas, *3:2-10, mas também dialoga com* O discípulo de Pantagruel *(obra anônima), cap. 17.*

*O capítulo passa por três adágios de Erasmo: 1.1.7, sobre o famoso bronze dos
caldeirões de Dodona, que ficavam no santuário de Júpiter e soltavam um som pe-
culiar; 3.7.39, sobre os coribantes como loucos, com referência a Virgílio,* Geórgicas, *4.64, onde se lê que os címbalos atrairiam enxames de abelhas; e 4.7.92, sobre
ser criado num barco, com referência a Platão,* Fedro, *243c. A tumba de Lípara é
referência à localidade mítica da oficina do deus greco-romano Hefesto/Vulcano, daí
seus ruídos. A presença final de fadas não deve ser lida ao pé da letra: para os humanistas, o nome latino delas (*fata*) era aproximado ao destino/fado (*fatum, fata no*

plural), e elas podiam ser compreendidas como seres divinos de ordem variada, en-globando as Parcas, por exemplo.

———

Seguindo a nossa rota, navegamos por três dias sem nada descobrir; no quarto demos com terra à vista, e o nosso piloto disse que era a ilha Sonante, e ouvimos um barulho vindo de longe, contínuo e ruidoso, e parecia que escutávamos sinos imensos, pequenos e médios, soando juntos, que nem em Paris, em Tours, Jargeau, Nantes e quetais, nos dias das grandes festas; quanto mais nos achegávamos, mais ouvíamos essa sonzeira reforçada.

Nos perguntávamos se não seria Dodona, com seus caldeirões, ou o pórtico chamado Heptáfono, em Olímpia, ou então o ruído eterno do Colosso erigido sobre a sepultura de Mêmnon em Tebas do Egito, ou então a zoada que antigamente se ouvia em volta de um sepulcro na ilha Lípara, uma das Eólias; porém a corografia não batia. "Desconfio, disse Pantagruel, que ali algum enxame de abelhas tenha começado a voar no ar, e a vizinhança para chamar de volta é que faz esse zum-zum-zum de panelaços, caldeirões, bacias, címbalos coribânticos, de Cibele, grande mãe dos deuses. Bora escutar!" Chegando mais, ouvimos entre a perpétua sonzeira dos sinos o canto infatigável dos habitantes, como tínhamos pensado. Foi bem o caso, porque, antes de aportar na ilha Sonante, Pantagruel foi da opinião de que desembarcássemos com nosso esquife numa rochinha onde reconheceríamos uma ermida e um tipo de jardinzinho.

Lá encontramos um eremitinha chamado Metidus, nascido em Glenay, que nos deu a informação completa sobre toda a sonzeira e nos festejou de um jeito estrambótico. Nos fez jejuar quatro dias seguidos, afirmando que de outro jeito na ilha Sonante não seríamos recebidos, porque era época do Jejum de Quatro Tempos. "Não entendi patavinas, disse Panurgo, desse enigma; está mais para Tempo dos Quatro Ventos, porque nesse jejum só vamos nos encher é de vento e gases! E vocês não têm por aqui algum outro passatempo além de jejuar? A coisa me parece meio magra, e a gente bem que podia passar sem essa festa palatina!

— Em meu Donato, disse frei João, só sei de três tempos: pretérito, presente e futuro; aqui o quarto deve ser para o beberete do garçom.

— É, disse Epistemão, o aoristo, saído do pretérito mais-que-imperfeito dos gregos e dos latinos, entendido como um tempo mosqueado e bélico. 'Paciência', dizem os lazarentos.

— É, disse o eremita, fatal, tal como eu disse; quem contradiz é herege, só falta o fogo.

— Sem falta, pater, disse Panurgo, quando estou no mar tenho muito mais medo de ser molhado que aquecido, e de ser afogado que queimado. Ok, vamos jejuar, meu Deus, mas aqui eu já jejuei tanto tempo que os jejuns me secaram toda a carne, e tenho muito medo de que, no fim, os bastiões do meu corpo caiam em decadência. Tenho ainda outro medo, que é de chatear você com o meu jejum, porque eu sou leigo de todo e me falta graça para dar conta, pelo que vários já me disseram, e eu bem que acredito.

— Da minha parte, eu disse, pouco me preocupa jejuar; não existe coisa mais fácil nem mais disponível; me preocupa muito mais não jejuar no porvir, porque aí vai ser necessário ter do que se forrar e jogar no moinho. Bora jejuar, por Deus!, já que entramos nas festas esuriais: fazia tempo que eu não topava com elas.

— E se temos de jejuar, disse Pantagruel, não tem expediente melhor do que despachar logo, que nem numa estrada lascada. Também quero consultar os meus papéis um pouco e entender se o estudo marinho é tão bom quanto o terrestre. Porque Platão, ao descrever um homem besta, imperito e ignorante, o compara às pessoas criadas no mar dentro dos navios, tal como a gente diria de pessoas criadas dentro de um barril, que só viram as coisas por um buraquinho."

Os jejuns foram terríveis e assustadores, porque no primeiro dia jejuamos com varas quebradas, no segundo com espadas em riste, no terceiro com ferro afiado, no quarto com fogo e sangue. Essa foi a ordem das fadas.

Capítulo 2

Como a ilha Sonante tinha sido habitada
pelos sitícinos que viraram pássaros

Este capítulo e os próximos fazem piada severa com o catolicismo e suas ordens celibatárias (representadas nas cores da plumagem e pelo fato de monges não serem seculares nem laicos), a partir do jogo de "papagaio" com "papa"; dali derivando os nomes de todos os outros, como figuras que foram consumidas no tempo, saindo da sua função original para o mero consumo de bens, como é simbolizado pelos zangões entre as abelhas (ao fim, nosso autor vai fazer chiste com o sufixo gaux, *que recrio em "gajo", por similaridade com "gaio"). Erasmo já tinha comparado monges a pássaros em* Colóquios, 1, *e feito jogos com suas vestimentas no* Elogio da loucura, 54.*

Albian Camat, segundo Screech, pode ser uma gralha de transcrição para indicar Abihen Camar, *que seria expressão hebraica para designar o sacerdote pagão; esse Edítuo (guarda de templo) sofre o trocadilho com o termo quase homófono Antito, que é o nome de um dos cozinheiros listados no* Quarto livro, *cap. 40, e também em* Pantagruel, *cap. 11, como figura típica do pedante. Os sitícinos (siticines) eram músicos tocadores de flauta ou trompa nos funerais romanos. Os sicinistas realizavam o sicínio (uma dança dos sátiros), termo de origem grega (σίκιννις). Em seguida, temos uma lista de mitos gregos que envolviam transformações, em geral tiradas das* Metamorfoses *de Ovídio; o texto nos apresenta o nome de Alcmena, porém corrijo para Alcíone, que faz mais sentido; Antígona aqui não é a filha de Édipo, e sim a irmã de Príamo, que, ao competir em beleza com Hera, passou a ter cabelos de serpentes, porém foi depois poupada e transformada em cegonha. Matabruna é a heroína do livro do* Cavaleiro do Cisne. *A história dos homens de Palene (na verdade na Calcídia) é narrada por Ovídio,* Metamorfoses, 14.356 ss.*

O torciolo, ou pescoço torcido/virado, era símbolo do hipócrita. Estinfálidas eram as aves imensas que habitavam, segundo o mito, o lago Estínfalo, com garras de bronze, comedoras de gente; elas e as harpias foram derrotadas por Hércules. Há aqui ainda uma piada: Hércules teria nascido na lua quartã (quarto dia após a lua cheia), e daí tirou suas virtudes; ao passo que os hipócritas nascem na quinta lua (quinto dia), tendo um temperamento contrário.

A referência final a Priapo é tirada de Erasmo, Adágios, 1.7.35, *e faz referência a Horácio,* Sátiras, 1.8, *onde vemos como uma estátua de madeira de figueira de Priapo riu tanto de duas bruxas prestando sacrifícios a Hécate (e não Ceres), que acabou soltando um peido que rachou seu lenho na bunda.*

Terminados os jejuns, o eremita nos entregou uma carta endereçada a um cara que ele chamava Albian Camat, o mestre Edítuo da ilha Sonante, mas Panurgo com uma saudação o chamou de mestre Antito. Era um homenzinho velhote, careca, de fuça iluminada e cara de carmim. Nos deu uma baita acolhida por recomendação do eremita, ao saber que tínhamos jejuado como já declarei. Depois de comer à beça, ele nos mostrou as singularidades da ilha, contando que foi primeiro habitada pelos sitícinos, mas por ordem da natureza, como todas as coisas variam, eles viraram pássaros. Ali pude entender completamente o que Ateio Capitão, Pólux, Marcelo, Aulo Gélio, Ateneu, Suidas, Amônio e outros tinha escrito sobre os sitícinos e sicinistas; nem pareceu difícil acreditarmos nas transformações de Nictímene, Procne, Ítis, Alcíone, Antígona, Tereu e outros pássaros. Pouca desconfiança tivemos dos filhos de Matabruna, convertidos em cisnes, e dos homens de Palene, na Trácia, que assim que se banharam nove vezes no lago Tritão foram em pássaros transmutados. Dali em diante nenhuma conversa nos atraía, que não fosse de gaiolas e pássaros. As gaiolas eram grandes, ricas, suntuosas e erguidas com uma maravilhosa arquitetura.

Os pássaros eram grandes, bonitos e educados com quem chega, mais pareciam os homens da minha pátria, bebiam e comiam que nem homens, descomiam que nem homens, peidavam e dormiam e trepavam que nem homens; em resumo, à primeira vista vocês diriam que eram homens, só que não, segundo a informação do mestre Edítuo; pelo contrário, afirmava que não eram nem seculares nem mundanos. Também a penugem deles nos fazia viajar, alguns a tinham toda branca, outros toda preta, outros toda cinza, outros entre branco e preto, outros toda vermelha, outros entre branco e azul, era um troço lindo de se ver! Os machos ele chamava de clerigaios, monagaios, prestegaios, abagaios, bispogaios, cardegaios e papagaio, que era único na espécie. As fêmeas ele chamava de clerigaias, monagaias, prestegaias, abagaias, bispogaias, cardegaias, papagaias. No entanto nos disse que, tal como entre as abelhas assolam os zangões, que não fazem nada além de comer e consumir tudo, também depois de trezentos anos, sei lá como, entre esses lindos pássaros em alguma quinta lua arribou um bocado de gajos santões, ciscando e cagando a ilha toda, de um jeito tão nojento e monstruoso, que todos os rechaçaram. Porque todos tinham o colo torcido e as patas peludas e garras e pança de harpia e a raba de estinfálida, e não dava para exterminar, pois a cada morto surgiam outros vinte e quatro. Eu que-

Quinto livro

529

ria um segundo Hércules, porque nessa o frei João perdeu os sentidos numa intensa contemplação, e com Pantagruel aconteceu o mesmo que acontecera com messer Priapo, quando contemplava os sacrifícios de Ceres, por falta de pele.

Capítulo 3

Como na ilha Sonante só tem um papagaio

Edítuo tenta defender a instituição papal com metáforas de abelhas e monarquia e até da fênix (que com sua reprodução solitária também servia de símbolo monárquico), ao mesmo tempo que narra uma alegoria do Grande Cisma (1378-1417), período em que havia dois papados, um em Roma e outro em Avignon; ou talvez mais precisamente pela contagem de luas, teríamos 223 anos, o que resultaria em torno de 1323, quando foi eleito Nicolau V como novo papa em Roma, enquanto João XXII ainda estava no cargo em Avignon, cisma que só se resolveu com a morte de João XXII no mesmo ano. Nesse caso, seria possível supor um período de redação do texto em torno de 1546, quando Rabelais ainda estava vivo.

Aristeu era filho da ninfa Cirene, um apicultor que, depois de perder suas abelhas em punição de ninfas por ter levado Eurídice à morte, descobre como fazer abelhas surgirem em "geração espontânea" a partir da carne em decomposição de um boi morto, segundo Virgílio, Geórgicas, 4.555 ss.

Bardocuculo era uma espécie de manto com capuz usado antigamente por alguns camponeses gauleses e adotado por romanos e monges; mantenho o termo raro por seu duplo eco em "cu", tal como em francês. A cor equivalente ao arenque seco é o avermelhado do cordão dos franciscanos. Robert Valbringue parece ser uma alusão lúdica ao explorador Roberval, governante do Canadá na época, como vice-rei de Jacques Cartier. A ordem dos capuchinhos tinha sido fundada recentemente, em 1525. Por fim, há dois usos dos Adágios de Erasmo: 1.5.29, mais mudo que um peixe; e 3.7.10, a África sempre traz algo novo, também mencionado em Gargântua, cap. 16.

———

Então perguntamos ao mestre Edítuo, dada a multiplicação desses veneráveis pássaros em todas as suas espécies, por que só tinha um papagaio. Ele respondeu que essa era instituição primeira e fatal destinada pelos astros. Que dos clerigaios nascem os prestegaios e monagaios, sem encontro carnal, tal como entre as abelhas, a partir de um touro jovem preparado segundo a arte e a prática de Aristeu. Dos prestegaios nascem os bispogaios, destes os

Quinto livro

belos cardegaios, e os cardegaios, se não fossem pegos de surpresa pela morte, terminariam como papagaio; e costuma nunca ter mais que um, tal como nas colmeias de abelhas só existe um rei, e no mundo só existe um sol. Quando ele falece, nasce outro em seu lugar vindo da raça dos cardegaios, sempre sem cópula carnal. De jeito que nessa espécie existe uma unidade individual, com perpetuidade de sucessão, nem mais nem menos que no caso da fênix da Arábia. É verdade que há cerca de duas mil setecentas e sessenta luas atrás foram produzidos na natureza dois papagaios, só que essa foi a maior calamidade que já se viu nesta ilha. "Pois, dizia Edítuo, todos esses pássaros aqui se pilharam uns aos outros, e se entredepenaram tanto durante esse período, que a ilha periclitou de ficar espoliada de habitantes. Parte deles aderia a um e o sustentava; parte a outro e o defendia; ficou outra parte muda que nem peixes e nunca cantaram, e parte desses sinos, como que interditos, não soou. Como perdurava esse sedicioso período, a seu auxílio convocaram imperadores, reis, duques, monarcas, condes, barões e comunidades do mundo que habitam no continente e terra firme, e não teve mais fim essa cisma e essa sedição até que um deles perdeu a vida, e a pluralidade retornou à unidade."

Depois perguntamos o que movia aqueles pássaros a cantarem assim sem parar. Edítuo respondeu que eram os sinos pendurados por cima das gaiolas. Depois disse: "Querem que eu faça agora cantar esses monagaios que vocês estão vendo ali bardocuculados com meias de coar hipocrasso que nem uma cotovia selvagem?

— Por favor", respondemos. Então soou um sino com seis toques apenas, e monagaios vieram e monagaios cantaram. "E se, disse Panurgo, eu soasse este sino, também faria cantar esses que têm plumagem cor de arenque seco?

— Também", respondeu Edítuo. Panurgo soou, e num supetão vieram esses pássaros defumados, que cantavam em coro, só que tinham vozes roucas e desagradáveis. Também nos mostrou Edítuo que eles viviam só de peixe, que nem as garças e cormorões do mundo, e que tinha uma quinta espécie de gajos hipócritas, recentemente impressos. Acrescentou ainda que ele tinha sido avisado por Robert Valbringue, que pouco tempo antes tinha passado por ali, quando voltava do país da África, que logo logo devia voar uma sexta espécie que eles chamavam de capuchingaios, mais tristes, mais maníacos, mais chatos que qualquer outra espécie da ilha. "A África, disse Pantagruel, costuma sempre produzir coisas novas e prodigiosas."

Quinto livro

533

Capítulo 4

Como os pássaros da ilha Sonante
eram todos de arribação

Aqui temos uma crítica feroz aos monastérios e conventos, representados pela ilha Bossal, bem como as famílias que enviam suas crianças para as ordens por motivos mesquinhos e sociais, ou por fuga de fracassados em vida, ou seja, nos dois casos sem qualquer vocação religiosa de fato. Traduzo o trocadilho entre bossard *("corcunda", mas também "ridículo") e* bouchard *(nome da ilha em Chinon, mencionada em* Gargântua, *caps. 47 e 49), usando para o primeiro a quase homofonia em Bossal e Bouchard e fiz o trocadilho render com boçal e bossa nas costas, que acrescento à lista de deformidades dada por nosso autor. Ao fim, vemos que mais gente pode sair da ilha, graças à Reforma (o eclipse em questão), que começa a questionar violentamente as regras de celibato e alienação do mundo; esse foi o caso do próprio Rabelais. Essas figuras aqui são representadas tal como os gastrólatras no* Quarto livro, *cap. 58, como "peso e fardo inútil sobre a terra" (expressão lá erroneamente atribuída a Hesíodo, quando é de Homero,* Ilíada, *18.104).*

Antístio Labeão foi um jurista romano do séc. I a.C. A referência às vestais também está presente em Aulo Gélio, Noites áticas, *6.12. Linostólia é termo derivado do grego (λινοστολία) com o sentido de "vestimenta de linho". A teoria da metempsicose pitagórica é contada por Ovídio,* Metamorfoses, *15.153-478. Temos uma sequência de três palavras gregas decalcadas que sugerem tipos de cânticos: caristério (χαριστήριος, "agradecimento"), catarato (κατάρατος, "abominável") e sitorpeia (sytorpées em francês, não encontrei o termo em grego, mas o consenso é que sugira canto lúgubre). Oromásis era o deus do fogo e da luz, ao passo que Arimã era a divindade da escuridão, ambos no zoroastrismo. Assafi é derivado do hebraico e significa "os reunidos"; malesuada é decalque do latim com o sentido de "má conselheira", e é como Virgílio, na* Eneida, *6.276, descreve a fome (malesuada fames).*

A expressão utilizada no fim do capítulo, "botar a boca no trombone", é o equivalente do original francês, rencontrer un pot aux roses decouvert *("encontrar um pote de rosas descoberto"), que tem o sentido de "revelar um malfeito que estava escondido".*

Quinto livro

535

"Mas, disse Pantagruel, já que você expôs que dos cardegaios nasce o papagaio, e os cardegaios dos bispogaios, os bispogaios dos prestegaios, e os prestegaios dos clerigaios, queria entender melhor donde é que nascem os clerigaios.

— Eles são todos, disse Edítuo, de arribação e chegam de outro mundo: parte de uma região maravilhosamente grande, que se chama Diassempão; parte de outra nas bandas do poente, que se chama Filharada. Dessas duas regiões todos os anos vêm pilhas de clerigaios, deixando pais e mães, todos os amigos e todos os parentes. Acontece o seguinte: em qualquer casa nobre dessa última região há filhos demais, sejam machos, sejam fêmeas, de jeito que, se alguém der a todos sua parte na herança, como quer a razão, ordena a natureza e Deus comanda, a casa se dissipa. É o motivo pelo qual os pais se desembaraçam deles nesta ilha Bossal.

— É, disse Panurgo, a ilha Bouchard, em Chinon.

— Eu disse Bossal, respondeu Edítuo. Porque costumam ter bossa, ser corcundas, caolhos, coxos, cotós, podagros, morféticos e mal-paridos, um peso inútil sobre a terra.

— É, disse Pantagruel, um costume inteiramente contrário às instituições antigamente observadas na recepção das virgens vestais, segundo atesta Antístio Labeão, quando era proibido à tal dignidade escolher uma menina que tivesse qualquer vício na alma, ou afetação nos sentidos, ou então no corpo uma mácula qualquer, mesmo que fosse oculta e ínfima.

— Fico pasmo, disse Edítuo prosseguindo, de ver que as mães de lá os carregam nove meses no lombo, já que nas próprias casas elas não conseguem aguentar, nem suportar nove anos, nem sete no mais das vezes, mas botando uma camisa apenas sobre o hábito e no topo a cabeça cortando sei lá quanto dos cabelos, com certas palavras apotropaicas e expiatórias (tal como entre os egípcios era com certas linostólias e rasuras que se preparavam os isíacos, visivelmente, claramente, manifestamente por metempsicose pitagórica, sem qualquer lesão ou ferida) fazem com que eles virem pássaros iguais aos que vocês estão vendo agora. Não sei, no entanto, meus queridos, como é que pode ser, nem a que se deve o fato de as fêmeas que se tornam clerigaias, monagaias, ou abagaias, nem cantarem motetos agradáveis e caristérios, tal como soíam prestar a Oromásis por instituição de Zoroastro, mas só cataratos e sitorpeias, tal como prestavam ao demônio Arimã, e prestam contínuas devoções contra seus pais e amigos, que em pássaros as transformaram; e falo tanto jovens quanto velhas.

Um número ainda maior chega de Diassempão, que é longuíssimo. Pois os assafis, habitantes daquela região, quando correm perigo de sofrer da ma-

536   François Rabelais

lesuada, por não terem do que se alimentar, nem saberem, nem quererem fazer nada, nem trabalhar em alguma arte e ofício honesto, nem lealmente servir a gente de bem; também os que não puderam gozar dos seus amores, que não tiveram sucesso nas suas tentativas e caíram em desespero; idem os que malignamente cometeram algum tipo qualquer de crime e que são procurados sob pena de morte ignominiosa: todos arribam por aqui, aqui empregam suas vidas, aqui num piscar de olhos ficam gordos que nem uns arganazes aqueles que antes eram magros que nem pegas, aqui têm perfeita segurança, imunidade e franquia.

— Mas, perguntava Pantagruel, esses pássaros lindos, uma vez arribados aqui, algum dia retornam ao mundo onde foram chocados?

— Alguns, respondeu Edítuo; antigamente eram bem poucos, bem tarde, a contragosto. De uns eclipses para cá, um bando imenso revoou por força das constelações celestes. Mas isso em nada nos melancoliza: quem fica leva mais pitança. E todos, antes de revoar, deixam a plumagem entre urtigas e espinhos." Nós encontramos algumas, de fato, e ao rebuscar tudo sem querer botamos a boca no trombone.

Capítulo 5

Como os pássaros gourmendadores
ficam mudos na ilha Sonante

Este capítulo ataca três ordens da cavalaria, sem nomeá-las: a Ordem da Jar-
reteira (sua divisa era Honny soit qui mal y pense, *"Cá não fique quem pensa mal"),*
a Ordem de São Miguel (simbolizada com o santo matando Satã, pai das mentiras),
e a Ordem do Tosão de Ouro (com um carneiro). Outras também aparecem pelas
cores: branco para os cavaleiros de Malta, verde para os de São Lázaro, vermelha
para os de Santiago e azul para os de Santo Antônio. Gourmendador é neologismo
meu para dar conta dos dois sentidos implicados no francês gourmander, *que impli-*
ca tanto o lado gourmet *quanto a noção de comando, comenda e comendador, em*
cada uma dessas ordens.

Segundo Plínio, História natural, *21.21, a flor tripólio muda de cor três vezes*
ao dia. É importante lembrar que o imaginário europeu sobre a sífilis sempre a as-
sociou a viagens, como é o caso dos exploradores da América, de modo que a doen-
ça era atribuída a povos vizinhos. Os aliptas eram escravos gregos com o dever de
untar os atletas quando estes saíam do banho. A expressão "quem dorme, bebe" é
*uma perversão da ideia tradicional "quem dorme, ceia" (*qui dort dîne*).*

———

Mal falou essas palavras, quando perto de nós arribaram vinte e cinco
ou trinta pássaros, de cor e penugem que eu ainda não tinha visto na ilha. A
penugem mudava de hora em hora, que nem a pele de um camaleão e que
nem a flor de tripólio ou teucrieta. E todos tinham por baixo da asa esquerda uma marca, tipo dois diâmetros semicindindo um círculo, ou então uma
linha perpendicular caindo numa linha reta. Todos tinham mais ou menos a
mesma forma, mas não uma mesma cor, uns eram brancos, outros verdes,
outros vermelhos, outros violetas e outros azuis. "Quem são, pergunta Panurgo, esses aí, e como se chamam?

— São, respondeu Edítuo, mestiços. Nós os chamamos de gourmendadores, e tem um bocado de ricas gourmendas no mundo de vocês.

— Por favor, eu disse, faça eles cantarem um pouco, para a gente ouvir
as vozes.

— Esses não cantam, respondeu ele, nunca; em compensação, comem dobrado.

— Cadê, eu perguntei, as fêmeas?

— Não tem, respondeu ele.

— Então como é, inferiu Panurgo, que ficaram todos caracachentos, comidos por uma braba sífilis?

— É típico, disse ele, dessa espécie de pássaro, por causa da vida marinha que costumam levar."

Depois contou o motivo da vinda deles: "Esse aqui perto veio ver se reconhece entre vocês uma magnífica espécie de gajos godos, pássaros de rapina terríveis, que não vêm atrás de isca, nem reconhecem a luva, e que dizem vir do mundo de vocês. E que alguns deles usam peias nas patas lindas e preciosas, com inscrição na anilha, para quem pensar mal ser condenado a ser na hora todo cagado. Outros à frente da plumagem trazem o troféu sobre um caluniador, e outros trazem um lindo carneiro.

— Mestre Edítuo, disse Panurgo, é bem verdade, mas nós não conhecemos esses aí.

— Agora, disse Edítuo, já proseamos demais: bora beber!

— E rangar, disse Panurgo.

— Rangar, disse Edítuo, e beber à beça, meio pau, nove e doze, que nada é mais precioso que o tempo, então vamos empregá-lo em boas obras!" Queria nos levar primeiro ao banho nas termas dos cardegaios, soberanamente lindas e deliciosas; saindo dos banhos, mandou os aliptas nos besuntarem com um precioso bálsamo. Mas Pantagruel disse que já beberia a dar com pau sem isso. Então ele nos conduziu até um enorme e delicioso refeitório e disse: "O eremita Metidus os fez jejuar por quatro dias, quatro dias em contraponto você vão passar sem parar de beber e rangar.

— E nada de dormir nesse meio-tempo?, disse Panurgo.

— A liberdade é sua, respondeu Edítuo, porque quem dorme, bebe." Deus do céu, que comilança foi aquela! Que grande homem de bem!

Quinto livro

Capítulo 6

Como são alimentados
os pássaros da ilha Sonante

Ao zombar das inutilidades do clero e da corte papal, que viveriam de modo parasitário, vemos aqui como as ordens eclesiásticas vivem como que num mundo à parte, livres do sofrimento humano e até das ameaças divinas (a imagem da terra como ferro e do céu como bronze é tirada da ameaça de Deuteronômio, 28:23; outra similar aparece em Levítico, 26:19; a fome no Egito é narrada em Gênesis, 47, e durou sete anos).

Juno é a deusa romana do casamento, mas por vezes associada ao ar (representada como feroz contra o viajante Eneias); Netuno é o deus do mar; Dóris é uma oceânide; Éolo é um deus-vento que sopra forte; Vejove é um deus sabino de origem etrusca, por vezes associado a erupções vulcânicas, sendo uma espécie de Júpiter subterrâneo. Mexer na Camarina é alusão ao pântano de Camarina, na Itália; os habitantes dessa cidade decidiram drenar o pântano que provocava epidemias, porém era ele que os protegia dos inimigos e, com isso, em menos de meio século a cidade foi destruída; a ideia é tirada de Erasmo, Adágios, 1.1.64. As regiões aquilonárias são aquelas onde sopra o vento Aquilão, ou seja, do norte, da Alemanha luterana e da Inglaterra anglicana, que não pagavam tributos mais à Santa Sé. Os bastões eram usados para procissões, e já apareceram no Quarto livro, cap. 45.

O epigrama no fim deste capítulo é adaptado a partir dos dois últimos versos de um poema de Victor Brodeau (1502-1540) contra os monges, publicado entre as obras de Clément Marot.

Pantagruel estava mostrando uma cara borocoxô e parecia descontente com a estadia quatridiana que Edítuo nos determinara, coisa que Edítuo percebeu e disse: "O senhor sabe que sete dias antes e sete dias depois do solstício de inverno nunca aparece tempestade no mar. É por um favor que os elementos prestam às alcíones, pássaros consagrados a Tétis, que nessa época chocam, e os filhos nascem nas margens. Aqui o mar se vinga dessa longa calmaria e, por quatro dias, não para de tempestuar freneticamente, sempre que chegam viajantes. O motivo, assim acreditamos, é para que durante esse tempo a necessidade os constranja a permanecer aqui, para serem bem festejados e com a sonzeira dos sinos. Por isso, não vá pensar que o tempo aqui é perdido no ócio. Forçosamente a força vai retê-los. Se não quiser combater Juno, Netuno, Dóris, Éolo e todos os Vejoves, o melhor é escolher a comilança do festim". Depois dos primeiros rega-bofes, frei João passou a perguntar a Edítuo: "Nesta ilha vocês só têm pássaros e gaiolas, eles não trabalham nem cultivam a terra. A ocupação deles é só curtir, gorjear e cantar. De que país vem para vocês esse corno da abundância e essa cópia de bens e petiscos refinados?

— Do todo o outro mundo, respondeu Edítuo, exceto por algumas bandas de regiões aquilonárias, que faz alguns anos que mexeram na Camarina. Tcharã!

E vão se arrepender, dom-dim:
E vão se arrepender, dom-dom.

Ils s'en repentiront dondaine:
Ils s'en repentiront don don.

Bora beber, meus amigos, mas de onde vocês vêm?

— De Touraine, respondeu Panurgo.

— Na verdade, disse Edítuo, você nunca que foi incubado por má pega. Já que é da bendita Touraine. De Touraine tantos e tantos bens anualmente nos vêm, que um dia nos disseram umas pessoas de lá, que por aqui passavam, que o duque de Touraine, com toda a sua renda, não tem um naco de toicinho mais para comer, graças à largueza excessiva com que seus antepassados presentearam estes sacrossantos pássaros, para nos saciar com faisões, perdigões, codornas, perus, capões cevados de Loudun, caça para todo gosto e todos os tipos de animais silvestres. Bora beber, meus amigos, vejam a passarada empoleirada, como são tenros, graças à verba que chega, e assim é que cantam tão bem por eles. Vocês nunca viram um rouxinol cantarolar no prado melhor do que eles quando veem estes dois bastões dourados...

— É, disse frei João, uma festa de bastões!

— ... e quando eu ressoo para eles esses grandes sinos que vocês estão vendo ali pendurados em volta das gaiolas. Bora beber, meus amigos, hoje a coisa certa é beber à farta, que nem nos outros dias! Bora beber, eu bebo de coração por vocês, sejam muitíssimo bem-vindos! Nem precisam ter medo de acabar vinho e víveres; pois, mesmo que o céu seja de bronze e a terra de

Quinto livro

541

ferro, ainda assim não acabariam os víveres, mesmo que se passassem sete ou oito anos. Um tempo assim não durou nem a fome no Egito. Bora beber junto em harmonia e caridade!

— Diabos, gritou Panurgo, que vida mole vocês têm neste mundo!

— No outro, respondeu Edítuo, nós teremos muito mais. Os Campos Elíseos não vão nos faltar, pelo menos. Bora beber, meus amigos, eu bebo por você!

— Isso aí, disse eu, foi um espírito muito do divino e perfeito que deu aos seus primeiros sitícinos a invenção pela qual vocês têm o que todos os humanos por natureza anseiam, embora a poucos, ou para ser sincero, a ninguém isso seja concedido. É ter o paraíso nesta vida, e na outra também:

Ô alegria, ô semideuses,
Quem dera ter a vida assim!

*O gens heureux, O semidieux,
Pleust au ciel qu'il m'avint ainsi."*

Capítulo 7

Como Panurgo conta ao mestre Edítuo
o apólogo do corcel e do burro

Numa inversão ridícula, Edítuo evoca o ideal platônico de que a ignorância seria a fonte dos males humanos; no entanto, estamos numa ilha de religiosos hipócritas, interessados em beber e comer. Nessa chave é que podemos ler a fala de Edítuo, "vivem nela, com ela, por ela", como um pastiche da frase eucarística "por Cristo, com Cristo e em Cristo". A fábula de Panurgo é considerada por Screech como as melhores páginas do Quinto livro: *uma releitura da fábula 346 de Esopo, "O cão e o lobo" (também presente em Fedro,* Fábulas, *3.7), onde lemos que um cão bem alimentado convida um lobo esfomeado a conhecer sua vida; quando o lobo repara no pescoço raspado pela coleira, recusa tudo e diz que prefere a fome com liberdade; o texto aqui apresentado, como seria de esperar, adapta o espaço para Châtellerault, em Poitou, e insere a tópica sexual, mais baixa e rídicula, que serve para criticar a vida celibatária. Nosso autor faz um trocadilho entre* baudouinner *(acasalar animais) e* baudet *(burrico); optei por usar "asnear", que, pelo contexto, assume o tom sexual; e essa oposição entre corcear e asnear aparece também no* Terceiro livro, cap. 26, *e no* Quarto livro, cap. 52.

O rio Letes faz parte da geografia do Hades, o mundo dos mortos grego; é o rio do esquecimento para as almas que ali chegam. O deus das batalhas é Ares/Marte, que cometia adultério com Afrodite/Vênus, esposa de Hefesto/Vulcano; este porém, ao descobrir o caso, preparou uma armadilha para prender os amantes nus, que assim foram piada para os outros deuses. A expressão latina non zelus sed charitas *pode ser traduzida como "não é zelo, e sim caridade", sendo que o zelo aqui sugere a hipocrisia, tal como atacada pelos erasmistas como prática judia, em oposição à caridade sincera. Prima é a primeira das horas monásticas, em torno de seis da manhã, quando se costumava comer uma sopa com pão. A expressão "antes de cozinhar o asparqo" é baseada numa sentença de César Augusto segundo Suetônio,* Augusto, 2.87, *e é tópica de Erasmo,* Adágios, 3.7.5, Citius quam asparqi coquuntur.

O burro se entrega a Netuno porque, segundo o mito, ele teria criado o cavalo ao cravar seu tridente sobre a terra. O comediógrafo Filêmon teria morrido de puro riso, quase como um exemplar da comédia; sua história já apareceu em Gargântua, cap. 10, *na lista de mortes por riso, e é contada também no cap. 20.*

Quinto livro

Depois de beber e comer à beça, Edítuo nos levou a uma câmara bem mobiliada, bem atapetada, toda dourada. Lá mandou trazerem mirobálanos, um jarro de bálsamo e um gengibre verde em conserva, muito hipocrasso e um vinho delicioso, e nos convidou, com esses antídotos, como se fosse a corrente do rio Letes, a lançarmos no esquecimento e na indiferença as fadigas que tínhamos sofrido no mar; mandou também trazerem víveres em fartura para os nossos navios amarrados no porto. Assim repousamos aquela noite, mas eu não conseguia dormir por causa do tchaco-tchaco eterno dos sinos.

À meia-noite, Edítuo nos acordou para beber; ele mesmo bebeu primeiro, dizendo: "Vocês aí, do outro mundo, dizem que a ignorância é mãe de todos os males, e é bem verdade; no entanto vocês nunca a baniram dos seus entendimentos e vivem nela, com ela, por ela. É por isso que tantos males os atormentam dia a dia, e todos os dias vocês se lamuriam, todos os dias se queixam, nunca estão satisfeitos; é o que estou vendo agorinha mesmo. Pois a ignorância prendeu vocês na cama, que nem o deus das batalhas nas artes de Vulcano, e assim não compreendem mais que o dever de vocês era poupar o sono, e não poupar os bens desta famosa ilha. Vocês já deviam ter feito umas três refeições, e podem acreditar em mim que para comer os víveres da ilha Sonante é preciso madrugar bem cedinho, porque comendo eles se multiplicam, poupando eles diminuem. Rocem o prado na boa estação, que o capim volta mais grosso e dá mais uso; deixem de roçar, que em poucos anos o solo só vai ter o tapete do musgo. Bora beber, meus amigos, bora beber todíssimos; os mais magros dos nossos pássaros cantam agora todos para nós, e nós beberemos a eles, se vocês quiserem. Bora beber uma, duas, três, nove vezes, *non zelus, sed charitas*!". No raiar do dia de novo nos acordou para comer sopa das primas. Depois fizemos só um rango, que durou o dia inteiro, e eu nem sabia mais se era almoço ou janta, lanche ou ceia. Só para desgastar um pouco, a gente dava umas voltas pela ilha, para ver e ouvir o alegre canto desses benditos pássaros.

De tarde, Panurgo disse a Edítuo: "Senhor, não se ofenda se eu contar uma história divertida, que aconteceu na terra de Châtellerault vinte e três luas atrás. O palafreneiro de um fidalgo, no mês de abril, certa manhã levava os cavalos de batalha pela campina; lá encontrou uma pastora toda faceira, que à sombra de uma macaia guardava as ovelhas, junto com um burro e alguma cabra. No lero com ela, a convenceu a montar atrás dele na garupa, para visitar os currais e lá curtir uma comida à moda roceira. Durante a conversa, enquanto esperavam, o cavalo se voltou para o burro e disse na orelha dele, porque os bichos naquele ano danaram de falar em vários luga-

res: 'Pobre coitado burrico, estou com pena e compaixão de você, que trabalha um bocado todo dia, pelo que posso notar no ralado do seu traseiro. Bem feito, pois Deus o criou para servir os humanos! Você é burrico de bem. Mas aqui o vejo tão mal lavado, penteado, caparazonado e alimentado, que isso tudo me parece um pouco tirânico e fora dos limites do razoável. Está todo arrepiado, todo escangalhado, todo estropiado, e aqui só come junco, espinho e cardo duro. É por isso que eu o convido, meu burrico, a acompanhar teu passinho com o meu e ver como nós, que a natureza produziu para a guerra, somos tratados e nutridos. E não vai ficar sem parte de tudo que eu costumo ter!

— Opa, respondeu o burro, eu vou com gosto, senhor cavalo!

— O melhor para você, disse o corcel, é falar "senhor corcel", burrico.

— Perdão, respondeu o burro, senhor corcel; é que em nossa linguagem somos assim mal-educados, nós os capiaus e roceiros. Quanto a isso, eu vou obedecer de bom grado, já que o senhor me presta tanto bem e tanta honra, mas vou seguir de longe, por medo dos coices, porque já estou com o couro todo marcado.'

Montada a pastora, o burro seguia o cavalo com a firme decisão de comer bem quando chegasse à estalagem. O palafreneiro notou que ele estava ali e mandou que os meninos do estábulo o tratassem na forquilha e o judiassem na paulada. O burro, ao ouvir essa conversa, se encomendou ao deus Netuno e começou a debandar dali na maior pressa, pensando com seus botões e assim silogizando: 'Ele falou foi certo! Não cabe à minha laia sair seguindo o curso dos grandes senhores; a natureza só me produziu para ajudar os pobres; Esopo bem que me aconselhou com um apólogo; foi descuido meu; o único remédio é partir em debandada e polvorosa, quer dizer, antes de cozinhar o aspargo'. E saiu no pinote, no peido, no pulo, no coice, no galope, na peidarada.

A pastora, ao ver o burro vazar, disse ao palafreneiro que era um bicho seu e pediu que fosse bem tratado, ou então ela já iria embora antes mesmo de entrar. Então mandou o palafreneiro que antes os cavalos ficariam oito dias sem aveia do que o burro passaria insatisfeito. Dureza foi fazer ele voltar, porque não adiantava os meninos chamarem e mimarem 'Eeeee, Eeee, burrico!

— Vou nem a pau, dizia o burro, eu sou de dar vergonha!' Quanto mais amáveis os chamavam, mais rude ele rebatia, entre pulo e peidarada. Estariam tentando até hoje, não fosse a pastora que sugeriu jogarem aveia para o alto enquanto o chamavam. E isso fizeram, e logo o burro voltou a fuça, dizendo: 'Aveia bem me avém, e não a forquilha. Nem falo: quem cala consente'. Aí se rendeu a eles, cantando melodiosamente, tal como você sabe que é bom ouvir a voz e a música desses bichos arcádicos.

Assim que chegou, o levaram até o estábulo, perto do grande cavalo; lá foi alisado, lavado, penteado, caparazonado, com leito de palha fresca até a pança e cocho cheio de feno, a manjedoura repleta de aveia; e quando os meninos do estábulo a passavam no crivo, ele erguia as orelhas para indicar que não deixaria de comer, mesmo com pouco crivo, e que não merecia toda aquela honraria.

Depois de comerem um bocado, o cavalo perguntou ao burro, dizendo: 'E aí, meu pobre burrico, como está, o que achou do tratamento? E olha que você nem queria vir. O que você me diz?

— Pelo figo, respondeu o burro, que um dos nossos ancestrais estava comendo e fez Filêmon morrer de rir, isto aqui é um bálsamo, senhor corcel! Mas isto aqui é meia comilança. O senhores corcéis não asneiam nem um pouquinho?

— Que asnice? Me diga aí, burrico, perguntou o cavalo, pelo seu garrotilho, meu burrico, eu lá tenho cara de burro?

— Ha ha, respondeu o burro, eu sou meio duro para aprender a linguagem cortesã dos cavalos. Quero saber, o senhores corcéis não corceiam nem um pouquinho?

— Fale baixo, burrico, disse o cavalo; pois se os meninos escutarem, com baitas golpes de forquilha vão lhe dar uma tal coça, que nem vai ter mais vontade de asnear. Aqui a gente não ousa empinar a vara nem para urinar, por medo das pancadas; no mais, a vida é mansa como a dos reis.

— Pelo arção de baixo que aqui trago, disse o burro, eu lhe renego e digo tó para a sua palha, tó para o seu feno, tó para a sua aveia! Viva os cardos dos campos, porque ali a gente corceia ao bel-prazer; comer menos e sempre corcear à beça: eis o meu lema; isso para nós é feno e pitança. Ah, senhor corcel, meu querido, se você nos visse nas feiras, quando temos nosso capítulo provincial, como a gente asneia que só, enquanto nossas donas vendem gansos e pintinhos.' E assim se afastaram. E tenho dito."

Aí Panurgo se calou e não soou mais nenhuma palavrinha. Pantagruel pressionou para que ele encurtasse a conversa. Mas Edítuo respondeu: "Para bom entendedor, meia palavra basta. Saquei tudinho que com essa apologia do burro e do cavalo o que você queria dizer e sugerir, mas você não tem vergonha. Fique sabendo que aqui não tem nada do seu gosto, e fim de papo.

— Se, disse Panurgo, faz pouco eu vi uma abagaia de penugem branca, que mais valia cavalgar do que levar na mão, e se os outros são bons periquitos, essa aí me parece boa periquita, quer dizer, charmosa e gostosinha, digna de um ou dois pecados. Deus me perdoe, mas eu não pensei nada de mal: que todo o mal que eu penso se volte logo contra mim!"

Capítulo 8

Como a duras penas
nos mostraram o papagaio

Chegamos ao cerne do ataque: o próprio papa e a corte ao redor; a piada com o raio se dá porque, no processo de excomunhão, o papa aparecia como "fulminando" o infiel ou herege; a imagem dialoga com Erasmo, Adágios, 2.7.90. Outra piada está no "cantar em suas horas", que indica o Livro de Horas, que rege o dia dos clérigos. Outra piada está na presença do onocrótalo (o pelicano) que nessa grafia fornece piadas com pronotário e com decretal (piada feita desde o Prólogo do Pantagruel). Por fim, temos a imagem de "Júpiter pedra", que junta o raio, já comentado, com a figura do papa como herdeiro de Pedro, ao mesmo tempo que remete ao juramento romano per Jouem lapidem.

As referências clássicas à invisibilidade aparecem logo no início, provavelmente a partir de Erasmo, Adágios, 2.10.79, que conta do elmo de Plutão e de como Giges encontrou um cadáver com um anel e, ao prová-lo, descobriu que ficava invisível; por fim, o camaleão é um exemplo natural, sem influência mítica; porém Plínio, História natural, 28.29, fala de um preparado de pata de camaleão que poderia conceder invisibilidade a um humano. Em francês, Panurgo compara o papa com uma poupa, fazendo um trocadilho entre duppe *(a grafia atual é* huppe) *e* dupe, *que tem o sentido de "besta", "otário"; por isso optei pela solução do "jacu", que designa uma ave mas comumente serve de ofensa. Michel de Masticones costuma ser identificado como Michel, arcebispo de Mâcon, pelos críticos, que Rabelais poderia ter conhecido em 1536; porém é uma figura, no mais, desconhecida. Plutarco, Artaxerxes, 15, conta a história de quando Artaxerxes passava sede e um campesino lhe ofereceu água do rio com as mãos; em agradecimento, aquele lhe deu uma taça de ouro no valor de mil dracmas.*

O terceiro dia continuou com as mesmas farras de banquetes dos dois dias anteriores. Nesse dia Pantagruel pediu insistentemente para ver o papagaio, porém Edítuo respondeu que ele não se deixava ver assim tão fácil. "Como?, disse Pantagruel, por acaso ele tem o elmo de Plutão na cabeça, o anel de Giges nas garras, ou um camaleão no peito para ficar invisível ao mundo?

— Não, respondeu Edítuo; porém por natureza é um pouco difícil de ver. Só que eu vou dar ordem para que você possa vê-lo, se possível." Dito isso, nos deixou mastigando no local. Uns quinze minutos depois, quando voltou, disse que o papagaio era visível naquela hora e nos levou de mansinho e em silêncio até a gaiola onde ele estava empoleirado, acompanhado por dois pequenos cardigaios e por seis grandes e gordos bispogaios. Panurgo observou minuciosamente sua forma, seus gestos e seus modos. Depois berrou a plenos pulmões, dizendo: "Eita bicho maldito, parece mais um jacu!

— Fale baixo, disse Edítuo, pelo amor de Deus: ele tem ouvidos, como sabiamente observou Michel de Masticones.

— Jacu sempre tem, disse Panurgo.

— Se ele ouvir você blasfemar assim uma vezinha só, você está perdido, meu querido; está vendo lá dentro da gaiola uma bacia? Dali vai sair raio, trovão, corisco, diabo e tempestade, e num instante vão fazer com que você pare a cem pés abismado sob a terra!

— Melhor então, disse frei João, beber e comer." Panurgo ficou numa contemplação encafifada do papagaio e da sua companhia, quando percebeu embaixo da gaiola uma coruja; então gritou dizendo: "Pela força de Deus, nós tomamos um calote no calo do carote, descarado! Por Deus, esta casa está cheia de calote, malote e zelote! Espiem só aquela coruja! Fomos, por Deus, assassinados!

— Fale baixo, pelo amor de Deus, disse Edítuo: não é uma coruja; é macho, é um nobre corujão tesoureiro.

— Mas, disse Pantagruel, faça esse papagaio cantar um pouco, para a gente ouvir sua harmonia.

— Ele só canta, respondeu Edítuo, em suas horas e só come em suas horas.

— Eu também, disse Panurgo, mas todas as horas são minhas. Bora então beber à beça!

— Você, disse Edítuo, falou na hora certa, e falando assim nunca vai ser herege. Bora, estou consigo e não abro!" Voltando à bebedeira, percebemos um velho bispogaio de cabeça verde, que estava empoleirado, acompanhado de três onocrótalos, pássaros alegres, e roncavam debaixo de uma folhagem. Perto dele tinha uma linda abagaia, toda serelepe cantando, e nisso tivemos um prazer tão grande, que já desejávamos que todos os membros virassem ouvidos, só para nada perder daquele canto e de todo o resto não ter qualquer distração. Disse Panurgo: "Essa linda abagaia vai rachar a cuca de tanto cantar, enquanto esse baita vilão bispogaio fica roncando. Eu vou fazer ele cantar já já, pelo diabo!". Então soou um sino pendurado na gaio-

550   François Rabelais

la dele, mas quanto mais sonzeira ele fazia, mais roncava o bispogaio, e nada de cantar. "Por Deus, disse Panurgo, seu urubu gagá, eu vou fazer você cantar de outro jeito!" Aí pegou uma enorme pedra e tentou acertá-lo bem na mitra. Mas Edítuo já gritou, dizendo: "Homem de bem, pode acertar, ferir, matar e estraçalhar todos os reis e príncipes do mundo com traição, veneno e todo o mais que der na telha, pode até desaninhar do céu os anjos, que de tudo vai receber perdão do papagaio; mas a esses sagrados pássaros nem toque, se tiver amor à vida, ao conforto, aos bens, tanto seus quanto dos seus parentes e amigos vivos e falecidos, pois até aqueles que deles ainda vão nascer serão infelizes. Espie bem aquela bacia.

— Melhor então, disse Panurgo, é manguaçar e farrear.

— Falou e disse, senhor Antito, disse frei João; vendo aqui os diabos desses pássaros, a gente só fica a blasfemar; já secando as suas garrafas e potes, vamos somente louvar a Deus. Bora então manguaçar! Que linda expressão!"

No quarto dia, depois de beber (é óbvio), Edítuo nos deu uma folga. Demos de presente para ele uma linda faca de Perche, que ele aceitou com mais gosto do que Artaxerxes recebera o copo de água fria que lhe dera um camponês. E nos agradeceu com a maior educação, enviou aos nossos navios uma renovada de todas as provisões, nos desejou boa viagem e chegarmos sãos e salvos ao fim da empreitada, e nos fez prometer e jurar por Júpiter pedra que a nossa volta seria pelo território dele. Por fim, nos disse: "Amigos, vocês vão notar que o mundo tem muito mais colhão que homem, e lembrem-se disso".

Quinto livro

Capítulo 9

Como nós desembarcamos
na ilha das Ferramentas

Este capítulo, que funciona como uma espécie de interlúdio, é uma recriação
a partir do livro anônimo Discípulo de Pantagruel *(1538), cap. 24, porém, como*
sempre, ampliando as enumerações. A imagem dos cabelos/raízes pode ter um con-
traponto no Quarto livro, *cap. 32.*
    As referências explícitas partem de duas fontes: Plutarco, Questões naturais,
1.1, que menciona a lista de autores e fala da planta como um animal terrestre; e
Teofrasto, História das plantas, *1.2. A questão dos monstros é tirada de* Aristóteles,
Da geração dos animais, *4.4.770a.*

––––––

Depois de lastrear à beça o estômago, tivemos vento em popa, e se içou
o nosso grande artimão; donde veio que em menos de dois dias chegamos à
ilha das Ferramentas, deserta e sem habitantes, e ali vimos um grande número de árvores que davam enxadas, picaretas, enxadões, foices, estrovengas,
rastilhos, espátulas, cunhas, podões, serras, machados, enxós, formões, tenazes, pás, verrumas e puas.

Outras davam adagas, punhais, gládios, canivetes, punções, espadas,
floretes, bracamartes, cimitarras, estoques, virotes e facas.

Quem quisesse alguma delas, bastava chacoalhar a árvore, que logo
caíam que nem ameixas; e tem mais, quando caíam por terra encontravam
um tipo de capim chamado bainha, onde se cobriam. Na hora da queda, era
bom tomar cuidado para que não caíssem na cabeça, nos pés, ou noutras
partes do corpo. Porque caíam de ponta, para melhor se embainharem e podiam acabar ferindo alguém. Debaixo de sei lá que outras árvores, eu vi outras espécies de plantas, que cresciam que nem picas, lanças, azagaias, alabardas, chuços, partasanas, venábulos, forquilhas, hastas; crescendo para
cima, assim que tocavam na árvore, encontravam suas ferragens e lâminas,
cada uma adequada ao seu tipo. As árvores superiores já as tinham prepa-
radas para a vinda e o crescimento, que nem vocês preparam as roupas dos

François Rabelais

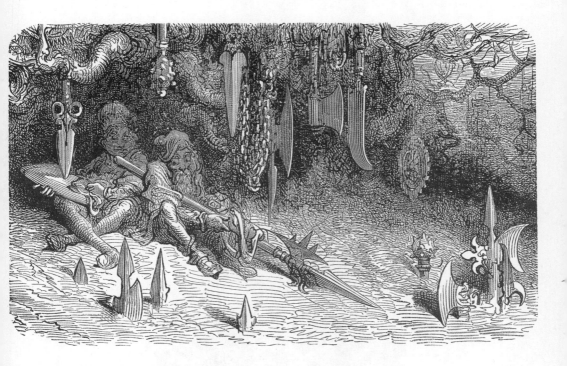

bebês quando querem tirá-los da fralda. E para vocês não refugarem a partir de agora a opinião de Platão, Anaxágoras e Demócrito — e por acaso eram filósofos menores? —, essas árvores pareciam animais terrestres, e nisso nada diferentes dos bichos, e não só por terem couro, banha, carne, veias, artérias, ligamentos, nervos, cartilagens, glândulas, ossos, moela, humores, útero, cérebro e articulações conhecidas, porque elas bem que têm isso, como bem deduziu Teofrasto; mas pelo que detêm: cabeça, ou seja, tronco embaixo; cabelos, ou seja, raízes, na terra; e pés, ou seja, galhos, para cima, tal como quando um homem planta bananeira. E assim como vocês, bexiguentos, de longe com as suas pernas ciáticas e suas escápulas sentem a vinda das chuvas, dos ventos, do sereno, e toda mudança de clima, também elas com suas raízes, radículas, gomas, medulas pressentem o tipo de vara que cresce logo abaixo delas e preparam ferragens e lâminas adequadas. É verdade que em todas as coisas (exceto Deus) por vezes acontece um erro. A própria natureza não está isenta, quando produz coisas monstruosas e animais disformes. Do mesmo jeito, nessas árvores notei alguma falha, pois uma pica pela metade crescia alta no ar, sob essas árvores ferramentíferas, e ao tocar os galhos, em vez de ferro, encontrou uma vassoura, vai servir para limpar as

Quinto livro

chaminés. Uma partasana encontrou uma cisalha; tudo de bom, porque pode tirar as lagartas dos quintais. Uma hasta de alabarda encontrou o ferro de uma foice e parecia hermafrodita, mas dá no mesmo e vai para algum ceifador. Que lindo é crer em Deus! Quando a gente estava voltando aos navios, eu vi por trás de não sei que moita não sei bem quem, fazendo não sei quê e não sei como, afiando não sei que ferramentas, que trouxeram não sei donde e não sei de que jeito.

Capítulo 10

Como Pantagruel chegou à ilha de Blefe

Chegamos a uma ilha que representa os perigos da jogatina, centrada no jogo de dados, que costumava ser condenado pelos moralistas renascentistas e também muitas vezes proibido pelas autoridades. O nome da ilha em francês é Cassade, derivado do jogo italiano Cazzada, que designa algum tipo de engano nos jogos; por isso optei por traduzir como "Blefe".

"Ideia" aqui novamente tem seu uso platônico, com o sentido de "modelo", para as terras arenosas e rochosas de Fontainebleau. Os números atribuídos aos deuses vêm de Plutarco, De Ísis e Osíris, 354d-355a. Sangreal (grafa-se aqui em francês sangreal), *que une numa só palavra um pastiche com o Santo Graal e com o sangue real, aparece também na carta de Rabelais escrita a Antoine Hullot e no* Quarto livro, *caps. 42 e 43. As Pandectas de Justiniano, compiladas em 533, são a suma do direito romano; a Verônica era uma mortalha com a suposta imagem de Jesus.*

Leda foi uma humana, esposa de Tíndaro, seduzida por Zeus na forma de um cisne, com isso ela pariu dois ovos, um com os gêmeos divinos Helena e Pólux, e outro com os gêmeos humanos Clitemnestra e Castor.

Ao deixarmos a ilha das Ferramentas, continuamos o nosso caminho; no dia seguinte entramos na ilha de Blefe, verdadeira ideia de Fontainebleau, porque a terra ali é tão magra que os ossos (são rochas) furam a pele, arenosa, estéril, malsã e malina. Lá nos mostrou o piloto dois pequenos rochedos quadrados com oito pontas iguais num cubo, que pela aparência de sua brancura julguei serem de alabastro, ou então estarem cobertas de neve; porém ele garantiu que eram dados. Ali ele dizia haver seis andares de uma mansão negra de vinte diabos de azar, tão temíveis em nossas regiões, cuja dupla maior de gêmeos era chamada Duplo-Seis, e a menor Duplo-Um, os outros são Quina, Quaderna, Terna, Duplo-Dois; os outros ele chamou de Seis-e-Cinco, Seis-e-Quatro, Seis-e-Três, Seis-e-Dois, Seis-e-Um, Cinco-e--Quatro, Cinco-e-Três, e por aí vai. Então eu percebi que poucos jogadores

Quinto livro

neste mundo não são invocadores de diabos. Porque ao jogarem dois dados na mesa, em plena devoção berram "Seis, meu querido!", é o grande diabo; "Duplo-Um, meu pequeno!", é o pequeno diabo; "Quatro-e-Dois, meus filhinhos!", e o mesmo vale para os outros, eles invocam os diabos por nome e sobrenome. E não só invocam como ainda se dizem seus amigos e familiares. É verdade que esses diabos não vêm sempre no instante desejado, mas têm uma boa desculpa: estavam alhures, segundo a data e a prioridade dos invocadores. Portanto não se pode dizer que eles não têm sentidos nem ouvidos. Têm sim, e digo que são dos bons. Depois nos disse que em volta e no canto desses rochedos quadrados teve mais afundamentos, naufrágios, perdas de vidas e de bens do que em todas as Sirtes, Caríbdis, Sirenas, Cilas, Escrófades e golfos de todo o mar. Eu acreditei facinho, ao lembrar que antigamente entre os sábios egípcios Netuno era designado pelo primeiro cubo em letras hieroglíficas, tal como Apolo pelo um, Diana pelo dois, Minerva pelo sete etc. Ali também nos disse que há um frasco do Sangreal, coisa divina que é por poucos conhecida. Panurgo fez tantas belas súplicas aos síndicos do lugar, que eles mostraram; mas foi com cerimônia e solenidade três vezes maior do que aquela em Florença para mostrar as *Pandectas* de Justiniano, ou a Verônica em Roma. Eu nunca vi tantos cendais, tantas tochas, tantos archotes, tantos círios e pompas. No fim, o que nos mostraram foi o vulto de um coelho assado! Ali não vimos mais nada memorável, fora Cara--Boa, esposa de Mau-Jogo, e as cascas de dois ovos outrora botados e chocados por Leda, dos quais nasceram Castor e Pólux, irmãos da bela Helena. Os síndicos nos deram um pedaço por pão. Ao partirmos, compramos um bocado de chapéus e gorros de Blefe, com cuja venda não duvido que teremos pouco lucro. Acho que vai ter ainda menos, na hora de usar, quem comprar de nós.

Capítulo 11

Como passamos pelo postigo habitado por Garrabichano, arquiduque dos escritugatos peludos

Todo o ataque deste capítulo vai contra os magistrados (comparados a gatos porque usavam um arminho forrado), que trabalhavam com seus capelos e barretes quadrados no mármore das mesas do Palácio da Justiça, em Paris. Traduzo guichet por postigo, porque assim consigo os dois pontos importantes; por um lado, é uma porta estreita, que leva a outro lugar; por outro é ponto comercial, que desvela a venalidade da justiça; ele parece ecoar ideias do Quarto livro, cap. 12, *na ilha de Procuração. Garrabichano, a figura monstruosa, traduz o nome transparente Grippe--minaud, tal como "escritugatos peludos" é invenção minha para dar conta do trocadilho de* chats-fourrez, *que tanto pode ser lido ao pé da letra como "gatos forrados/peludos", quanto um homófono de* chafourrer *("escriturar"); assim, unindo gatos e escriturários, surgem os escritugatos. "Procuradouro" também é invenção para dar conta do neologismo* serrargent, *que é tanto um oficial, quanto um* serre argent *("aperta dinheiro/prata"); a ideia da tradução veio da boa solução de Hormaechea. Importante também é o novo símbolo da justiça, dessa vez uma velha, usando uma foice em vez da espada, com uma balança desequilibrada e usando óculos em vez de venda; os sacos também simbolizam os ladrões em geral.*

Sexta essência é invenção rabelaisiana, como que a sugerir um ponto além da quinta essência ainda não dominada pelos alquimistas. A história de Aníbal e Amilcar Barca é contada por Tito Lívio, História de Roma, 20.1. *No mito grego, Zeus derrotou os Titãs, deuses da geração anterior, e os lançou ao Tártaro, que era tido como um equivalente do inferno cristão; daí vem o termo "teômaco", que designa em grego quem combate contra um deus. A fala do narrador em primeira pessoa, "O nobre dingo no fim detonou, tal como o céu que no outono atronou!", metrificada e rimada, ecoa versos de Clément Marot em sua* Épître au roy pour le delivrer de sa prison *(Epístola ao rei para livrá-lo da prisão), onde lemos:* Incontinent, qui fut bien estonné?/ Ce fut Marot, plus que s'il eust tonné.

Dizer que a descida ao Averno (mundo dos mortos romano) é fácil, mas a volta é difícil é um eco claro de Virgílio, Eneida, 6.126. *A comparação entre feira e mercado parece ter dois pontos: em primeiro lugar, o mercado durava menos tempo que a feira; em segundo, era possível cobrar uma taxa para a feira. Como Screech, traduzo o trecho francês* pieds pouldreux *pelo latim* pedepulverosi, *que era termo usado no direito para designar as pessoas de "pés empoeirados", a classe baixa de trabalhadores e viajantes, em geral endividados. O hieróglifo egípcio com uma cobra mordendo o próprio rabo, mencionado por Macróbio (Saturnais, 1.20.13-5), representava, na verdade, a eternidade. A história dos dicastas tebanos é contada por Plutarco, Sobre Ísis e Osíris, 10.355a.*

Dali passamos por Condenação, que é outra ilha completamente deserta; passamos também pelo postigo, onde Pantagruel não quis desembarcar, e fez foi muito bem, porque ali fomos presos e de fato aprisionados por ordens de Garrabichano, arquiduque dos escritugatos peludos, porque alguém da nossa trupe tentou vender para um procuradouro aqueles chapéus de Blefe. Os escritugatos são bichos horríveis e assustadores: comem criancinhas e se alimentam em pedras de mármore. Imaginem, manguaceiros, como é achatado o focinho deles! Têm um pelo que não sai da pele, mas se esconde lá dentro, e usam como símbolo e divisa todos eles uma bolsa aberta, mas não todos do mesmo jeito, porque alguns a usam presa ao pescoço, feito cachecol, outros no traseiro, outros sobre a barriga, outros nas costas, e todos por alguma razão misteriosa. Também têm umas unhas tão fortes, longas e afiadas, que deles nada escapa, depois que pegam entre as garras. E por vezes cobrem as cabeças com barretes de quatro regos, ou braguilhas, outros com chapéus ao revés, outros com capelo, outros com caparazões encapelados. Entrando pela canalheira deles, nos disse um dingo do albergue, a quem demos meio mirré: "Gente de bem, Deus conceda ocês sair de cá rapidinho e bem seguros; reparem bem na fuça desses pilhares, arcobotantes da justiça garrabichânica. E podem notar que, se viverem por aqui por seis olimpíadas e a idade de dois cachorros, vão ver esses escritugatos virarem senhores de toda a Europa e donos pacíficos de todo o bem e domínio que nela existe, se nos herdeiros deles, por divina punição, não se esvaírem de supetão o bem e o ganho que injustamente adquiriram! Entre eles reina a sexta essência, pela qual agarram tudo, devoram tudo e cagam em tudo; eles queimam, espancam, decapitam, matam, aprisionam, arruinam e minam tudo sem distinção de bem e de mal. Porque entre eles vício virtude se chama, maldade é bondade nomeada, traição tem nome de lealdade, latrocínio se diz generosidade, pilhagem é o lema deles e, se feita por eles, é considerada boa por todos os humanos, menos os hereges, e tudo eles fazem com soberana e irrefragável autoridade. Como sinal do meu prognóstico, reparem que ali ficam os refeitórios, em cima dos pesebres. Lembrem-se disso qualquer dia desses. E se vierem pestes, fomes, guerras, inundações, cataclismas, incêndios ou desgra-

Quinto livro

ças para este mundo, não vão vocês atribuí-las, referi-las às conjunções dos planetas maléficos, aos abusos da corte romana, ou à tirania dos reis e príncipes terrenos, à impostura dos hipócritas, hereges, falsos profetas, à maldade dos agiotas, falsos moedeiros, roedores de vinténs, nem à ignorância, impudência, imprudência dos médicos, cirurgiões, boticários, nem à perversidade das mulheres adúlteras, venéficas, infanticidas; podem atribuir tudo à enorme, indizível, incrível, inestimável mesquinharia continuamente forjada e exercida na oficina dos escritugatos, pouco conhecida no mundo, não mais do que a cabala dos judeus; por isso, não é detestada, corrigida e punida como deveria ser. Porém se um dia ela for posta em evidência e revelada ao povo, não existe, nem nunca existiu um orador tão eloquente, capaz de reter com sua arte, nem lei tão rigorosa e draconiana, capaz de conter por medo da pena, nem magistrado tão poderoso, capaz de por força impedir de fazer com que todos eles lá dentro desse covil queimarem cruelmente vivos. Os próprios filhotes, os escritugatinhos, e outros parentes têm verdadeira abominação e horror deles. É por isso que, tal como Aníbal recebera de seu pai Almícar, sob solene e religioso juramento, a ordem de perseguir os romanos enquanto eles vivessem, também eu do meu falecido pai recebi a injunção de aqui fora permanecer, esperando que lá dentro caia o raio do céu e a cinza os reduza, que nem outros titãs, profanos e teômacos, porque os humanos tanto e tanto endureceram seus corpos, que nem lembram, não percebem, nem preveem mais o mal que veio, vem e está por vir entre eles; ou se sentem, não ousam, não querem, nem podem exterminá-los.

— Que que é isso?, disse Panurgo, ha, por Deus, eu não vou entrar. Meia-volta volver!

— Volver, disse eu, por Deus! O nobre dingo no fim detonou, tal como o céu que no outono atronou!" Ao volvermos encontramos a porta fechada, e nos disseram que ali só era fácil a entrada, que nem no Averno. Sair é que era o desafio, e que a gente não sairia de jeito maneira, sem um passe e comprovante de assistência; e só por causa disso, porque não se sai da feira como do mercado, e porque éramos uns *pedepulverosi*. O pior foi quando passamos pelo postigo, porque fomos apresentados, para receber o passe e comprovante, diante do monstro mais horroroso que já se descreveu. Ele se chamava Garrabichano. E eu nem saberia bem como comparar, talvez à Quimera, ou à Esfinge, ou a Cérbero, ou então ao simulacro de Osíris tal como o representavam os egípcios, com três cabeças juntadas, a saber, de leão rugindo, cão latindo e lobo uivando, enrolados num dragão que morde o próprio rabo e com raios cintilantes em volta. As mãos estavam cheias de sangue, as garras que nem uma harpia, o focinho com bico de corvo, os dentes de um

javali de quatro anos, os olhos reluzentes que nem uma boca do inferno, todo coberto de capelo entrelaçado de pompons, só apareciam as garras. Seu assento e de todos os seus colaterais gatos selvagens era um longo pesebre novinho em folha, sobre o qual se instalavam ao avesso cochos vastos e lindos, segundo a propaganda do dingo. No lugar do assento principal havia a imagem de uma velha coroca que trazia na mão direita uma bainha de foice, na esquerda uma balança, usando óculos no nariz. Os pratos da balança eram dois bornais de veludo, um cheio de moeda e pendurado, o outro vazio e elevado muita acima da agulha. Tenho cá para mim que era o retrato da justiça garrabichanesca, distantíssima da instituição dos antigos tebanos, que erigiam as estátuas dos seus dicastas em juízes depois da morte com ouro e prata, e com mármore a depender do mérito, todos sem mãos. Quando fomos apresentados diante dele e de nem sei que tipo de gente, todos vestidos de bornais e sacos e grandes trouxas de pergaminhos, nos mandaram sentar num banquinho. Panurgo dizia: "Seus vagabundos, meus amigos, estou bem demais assim de pé, essa banqueta é baixa demais para um homem de calça nova e gibão curto.

— Sentem-se aí, responderam eles, e não nos façam repetir! A terra agora vai se abrir para engolir vocês vivinhos da silva, se não responderem nos conformes."

Capítulo 12

Como Garrabichano nos propôs um enigma

O enigma, como já disse em outras notas, era uma espécie de moda na época, como vemos, por exemplo em Gargântua, *caps. 2 e 58; a décima era uma fórmula recorrente para esse tipo de texto. O texto é cheio de trocadilhos com* or çà *("ora", ou "e então"), que se torna um repetitivo* orçà *(ecoando "ouro", que verti por "oura"), ou* boire çà *("bebamos", que verti em eco por "goró") e* or bien *("ora bem", que verti por "ouro então").*

A esfinge de Tebas assolava a cidade e matava todos que não respondessem ao seu enigma; apenas Édipo conseguiu vencê-la. Caio Verres foi um pretor da Sicília, acusado por Cícero de corrupção e abuso de poder, um marco na oratória romana guardado nas Verrinas; *enquanto Cícero fazia uma das acusações, Hortênsio, advogado de defesa de Verres, teria dito: "Eu não entendo esses enigmas", ao que Cícero respondeu que ele bem que devia, pois tinha a Esfinge na sua casa (cf. Quintiliano,* Instituição oratória, *6.3.118, ao tratar do riso). "Cantar a missa" tem o sentido de "maltratar"; isso porque, segundo Screech, no Dia dos Santos Inocentes, as jovens que fossem tarde para a cama apanhavam. A* macaia, *ou bosque sagrado, da Academia, era onde se reuniam os discípulos de Platão em Atenas. "Que a febre quartã se case com você" era uma forma bastante tradicional de imprecação, que frei João espertamente toma ao pé da letra.*

——————

Quando nos sentamos, Garrabichano no meio dos seus escritugatos peludos nos disse numa fala furiosa e rouca: "Oura, oura, oura.

— Goró, goró, goró, dizia Panurgo entre dentes.

> — Uma menina-moça bem loirinha
> Gerou bastardo etíope em puerpério.
> Ele nasceu sem dor pra tal gatinha,
> Mas foi que nem serpente no impropério
> E passou a roê-la em vitupério,
> Um lado dela, só de impaciência.

Quinto livro

Cruzou montes e vales com ciência,
Voando no ar, na terra caminhano:
Té que pasmou o amigo da sapiência,
Que nele via o animal humano.

Une bien jeune et toute blondelette
Conceut un fils Etyopien, sans pere.
Puis l'enfanta sans douleur la tendrette,
Quoy qu'il sortist comme faict la vipere:
L'ayant rongé en mout grande vitupere
Tout l'un des flancs, pour son impatience.
Depuis passa mons et vaux en fiance,
Par l'air volant, en terre cheminant:
Tant qu'estonna l'amy de sapience,
Qui l'estimoit estre humain animant.

"Oura, me responda, disse Garrabichano, a esse enigma e o resolva para a gente agora o que é, oura.

— Ora por Deus, eu respondi, se eu tivesse a Esfinge lá em casa, ora, por Deus, que nem Verres, um dos seus precursores, ora por Deus, resolver eu poderia a esse enigma, ora, por Deus, mas eu não estava lá e sou, ora, por Deus, inocente de todo.

— Oura, disse Garrabichano, pelo Estige, já que não quero dizer outra coisa, oura, eu vou lhe mostrar, oura, que melhor seria você cair entre as patas de Lúcifer, oura, e de todos os diabos, oura, do que nas nossas garras, oura, você bem viu, oura, arrombado, e vem alegar inocência, oura, como se fosse coisa digna de escapar às nossas torturas, oura, nossas leis são como uma teia de aranha, oura, os mosquitos e borboletinhas ali são pegos, oura, as moscas grandes e malvadas a rasgam, oura, e passam através, oura! Do mesmo jeito nós não procuramos os grandes ladrões e tiranos, oura, são de digestão mais pesada, oura, e nos maltratariam, oura, já vocês nobres inocentes, oura, vão ser absolvidos, oura, o grande diabo, oura, vai lhes cantar a missa, oura."

Frei João, impaciente com a palestrinha de Garrabichano: "Ei, senhor diabo de gibão, como quer que ele responda um tópico que desconhece, você não aceita a verdade?

— Oura, disse Garrabichano, no meu reino ainda não tinha acontecido, oura, que uma pessoa, antes de ser interrogada, falasse, oura. Quem foi que soltou esse doido varrido aqui?

François Rabelais

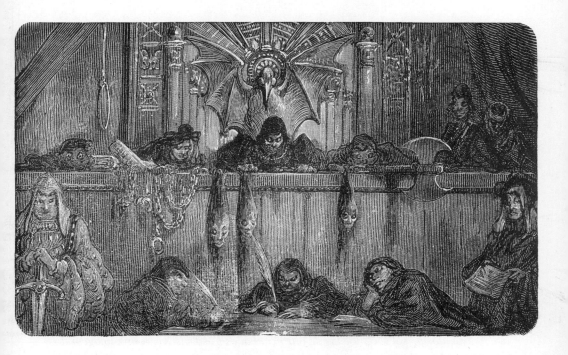

— Você mentiu, disse frei João sem mover os lábios.
— Oura, quando estiver na hora de responder, oura, você vai ter bastante trabalho.
— Caozeiro, você mentiu, dizia frei João em silêncio.
— Acha que está na macaia da Academia, oura, com os caçadores à toa e inquisidores da verdade? Oura, nós temos outra coisa bem diversa para fazer aqui, oura, aqui a gente responde, eu digo, oura, categoricamente sobre o que se desconhece. Oura, a gente confessa ter feito, oura, aquilo que nunca fez. Oura, a gente afirma saber o que nunca aprendeu. Oura, a gente banca paciência passando raiva. Oura, a gente depluma o ganso sem que ele grasne. Oura, você está falando sem procuração, oura, manjei demais, oura, e que as as fortes febres quartãs, oura, se casem com você, oura!
— Diabos, gritou frei João, arquidiabos, protodiabos, pantodiabos, então você quer casar os monges? Ho, ho, ho, hu, eu o tomo por herege!"

Quinto livro

Capítulo 13

Como Panurgo explica
o enigma de Garrabichano

A interpretação do enigma dada por Panurgo (em Gargântua *ela fica a cargo do herói e de frei João) tem como base as relações simbólicas entre favas e humanos, que já vimos anteriormente desde o Prólogo; o mesmo se dá com a crença pitagórica de que as favas abrigavam almas dos mortos. Assim nosso autor faz sua leitura risível da teoria da metempsicose. Do mesmo modo, era crença comum que os carunchos surgiam por geração espontânea, portanto bastardos e sem pai; o tipo preto do caruncho representa o etíope da pele negra. Outro ponto para entender a interpretação é saber que os antigos acreditavam que as cobras morriam quando nasciam seus filhotes. Por fim, o "amigo/amante da sapiência" é tradução ao pé da letra do termo grego* φιλόσοφος, *filósofo.*

Escudos de sol são moedas de ouro cunhadas por Luís XI, com a imagem do escudo da França com a coroa real e um sol. As propinas pagas aos advogados e juízes da época eram conhecidas como épices (temperos); na falta de metáfora similar (considerei a imagem de "molhar a mão", por exemplo, ou "pagar um cafezinho"), mantive essa, que me parece genial, digna de entrar na língua.

———

Garrabichano, dando uma de joão-sem-braço com essa conversa, se volta para Panurgo, dizendo: "Oura, oura, oura, e você, metidinho, não vai dizer nada?". Respondeu Panurgo: "Ora, pelo diabo, já vi claramente que a peste está é aqui para nós, ora, pelo diabo, já que a inocência não tem segurança para valer, e que o diabo ali canta a missa, ora, pelo diabo aqui! Por favor, me deixe pagar por todos, ora, pelo diabo aqui, e nos deixe ir embora. Não aguento mais, oura, pelo diabo aqui!

— Embora?, disse Garrabichano, oura, ainda não aconteceu em trezentos anos afora, oura, de alguém escapar deste lugar sem deixar o pelo, oura, ou a pele geralmente, oura. Assim, oura, seria dizer que diante de nós aqui você foi injustamente convocado, oura, e por nós injustamente tratado. Oura, você é um coitado, ô se é, oura, mas será ainda mais, oura, se não responder ao enigma proposto, oura, o que ele quer dizer, oura.

— É, ora, pelo diabo aqui, respondeu Panurgo, um caruncho preto, nascido de uma fava branca, ora, pelo diabo aqui, pelo buraco que fez ao roê-la, ora pelo diabo aqui, que por vezes voa, por vezes anda sobre a terra, ora, pelo diabo aqui; por isso foi considerado por Pitágoras como o primeiro amante da sapiência, em grego 'filósofo', ora, pelo diabo aqui, que teria recebido uma alma humana por metempsicose, ora, pelo diabo aqui. Se vocês fossem homens, ora, pelo diabo aqui, depois de uma morte cruel, segundo a opinião dele, as suas almas entrariam em corpos de carunchos, ora, pelo diabo aqui. Como nesta vida vocês roem e comem tudo, na outra vão roer e comer no eterno que nem serpentes o próprio lado materno, ora, pelo diabo aqui!

— Cor de Deus, disse frei João, de coração eu queria que o olho do meu cu virasse uma fava e fosse em volta comido por carunchos!"

Panurgo, terminadas essas palavras, jogou no meio da corte uma imensa bolsa de couro, cheia de escudos de sol. Ao som da bolsa, começaram todos os escritugatos peludos a tocar com as unhas que nem se fossem vielas desafinadas. E todos gritaram a plenos pulmões, dizendo: "São os temperinhos, o processo seguiu bem, refinado e bem temperado. São gente de bem!

— É ouro, disse Panurgo, quer dizer, escudos de sol.

— A Corte, disse Garrabichano, compreende bem, ouro bolas, ouro bolas, ouro bolas! Podem passar avante, crianças, ouro bolas, e sigam caminho, ouro bolas, não somos tão diabos assim, ouro bolas, quanto somos pretos, ouro bolas, ouro bolas, ouro bolas."

Saindo do postigo, fomos conduzidos até o porto por uns grifos das montanhas; antes de entrar nos navios fomos por eles aconselhados a não tomarmos o caminho antes de primeiro prestar presentes senhoriais tanto à senhora Garrabichana, quanto a todas as escritugatas peludas; se não, elas tinham a comissão de nos mandar de volta ao postigo. "Merda, respondeu frei João, vamos arredar um pouco e visitar o fundo do nosso caraminguá, para darmos contentamento a todos.

— Mas, disseram os meninos, não esqueçam o beberete dos pobres-diabos.

— Dos pobres-diabos, respondeu frei João, ninguém esquece o beberete, ele está na recordação de todas as regiões e de todas as estações."

Capítulo 14

Como os escritugatos peludos
vivem da corrupção

Ao criticar a venalidade dos magistrados, temos um trocadilho com o sentido de "corrupção", que pode ser tanto a corrupção moral do indivíduo (uso mais comum no Brasil), quanto a decadência dos corpos, por oposição à geração, segundo a teoria aristotélica da física; em seu Da geração e da corrupção, 20, *lemos como a geração de uma coisa supõe a corrupção de outra e vice-versa. Há uma ideia similar, no campo metafísico, em 1 Coríntios, 15:42: "Assim também a ressurreição dentre os mortos. Semeia-se o corpo em corrupção; ressuscitará em incorrupção". O assanhamento dos togados pelas riquezas dos nobres já tinha sido tema do* Quarto livro, cap. 12, *com os chicaneiros.*

O trecho de Xenofonte aqui citado é tirado da Cinegética, 1; *e a relação do cavalo de Troia com a caça e o treinamento aparece em Erasmo,* Adágios, 4.2.1. *O ataque à paciência dos reis da França já tinha sido assunto em* Gargântua, cap. 17.

———

Mal tinha terminado essas palavras, quando frei João percebeu sessenta e oito galeras e fragatas chegando ao porto, num supetão correu para saber as novas, bem como de quais produtos estavam as barcas carregadas, e viu que todas estavam com carne de caça, lebrachos, capões, pombas, porcos, cabritos, tarambolas, frangos, patos, marrecos, gansos e outros tipos de caça. Ali no meio percebeu algumas peças de veludo, cetim e damasco. Então interrogou aos viajantes aonde e a quem eles levavam essas finas mercancias. Responderam que era para Garrabichano, para os escritugatos e escritugatas peludos.

— Como, disse frei João, vocês chamam essas mercadorias aí?

— Corrupção, responderam os viajantes.

— Então, disse frei João, é de corrupção que eles vivem, e por geração hão de perecer! Pela força de Deus, é isso, os pais deles comeram os bons nobres que por razão do seu estado exercitavam a citraria e a caça, a fim de em tempos de guerra serem mais hábeis e endurecidos para a faina. Porque

Quinto livro

a caça é um simulacro de batalha, e nunca mentiu Xenofonte ao escrever que da caça, tal como do cavalo de Troia, saíram todos os bons chefes de guerra. Eu não sou clérigo especialista, mas me disseram isso, e eu acredito. As almas deles, segundo a opinião de Garrabichano, depois da morte, entram em javalis, veados, cabritos, garças, perdizes e outros animais assim, que eles tinham amado e procurado durante sua primeira vida. Ora, esses escritugatos, depois de terem os castelos, terras, domínios, posses, rendas e receitas deles destruído e devorado, ainda procuram o sangue e a alma deles na outra vida. Ah, o dingo de bem que nos avisou, com a insígnia da manjedoura instalada em cima do pesebre!

— É, disse Panurgo aos viajantes, pregoaram por ordem do grande rei que ninguém, sob pena da corda, poderia pegar cervos, corças, javalis ou cabritos.

— Verdade, respondeu um por todos. Mas o grande rei é tão bondoso e tão benigno, esses escritugatos são tão raivosos e esfomeados por sangue cristão, que menos medo temos de ofender o grande rei do que esperança se não entretermos esses escritugatos com tais corrupções; ainda mais que amanhã Garrabichano vai casar uma escritugata sua com um grande gatuno, escritugato dos mais peludos. No passado a gente os chamava de mascafenos, mas, ai, não mascam mais. Agora demos o nome de mascalebrachos, mascaperdizes, mascacodornas, mascafaisões, mascafrangos, mascacabritos, mascacoelhos, mascaporcos: com outras carnes não se alimentam.

— Merda, merda, disse frei João, no ano que vem a gente vai é chamar essa corja de mascabarros, mascabostas, mascacacas! Acreditam?

— Ô se não, respondeu a brigada.

— Bora fazer, disse ele, duas coisas: primeiro, pegar toda essa caça que vocês estão vendo aqui, eu já cansei mesmo de carnes salgadas, elas me esquentam os hipocôndrios; e claro que vou pagar direitinho. Em segundo lugar, bora voltar ao postigo e meter no saco todos esses diabos dos escritugatos!

— Sem dúvida, disse Panurgo, eu não vou, não: sou meio frouxo por natureza."

Capítulo 15

Como frei João do Picadinho
decide botar no saco os escritugatos

*Este capítulo aparece como o de número 38 no manuscrito e, por opor frei
João a Panurgo, tem mais um ponto em comum com os episódios dos chicaneiros
no Quarto livro. No mito grego, foi Euristeu, rei de Tirinto, na Argólida, quem impôs a Héracles/Hércules os doze trabalhos, por ordens da deusa Hera/Juno. Sêmele
aparece como primeira mãe de Baco porque ela foi morta ainda grávida: conta o mito que ela pediu a Zeus que se revelasse plenamente a ela; mas, quando o deus o fez,
a fulminou (Zeus/Júpiter é o próprio raio); assim ele pegou o feto e terminou de ge-
rá-lo na sua coxa, que viria a ser a segunda mãe.*

*Nosso autor também faz uma descrição do mundo dos mortos gregos que tem
base no Górgias, de Platão, onde vemos Radamanto julgando asiáticos, Éaco julgando europeus e Minos nos casos que precisam de última palavra; Dite é o nome do
deus romano dos mortos, equivalente ao Plutão grego. Aqueronte, Estige, Cócito
são rios dos mortos, tal como Letes, o rio do esquecimento. Por fim, Caronte é o
barqueiro que transporta as almas.*

*A imagem da muralha de bronze como inviolável é tirada de Erasmo, Adágios,
2.10.25, e já apareceu no Terceiro livro, cap. 27. Calpe e Ábila, atuais montes Gibraltar (Europa) e Musa (África), eram conhecidos miticamente como as Colunas de
Hércules, na borda em que o Mediterrâneo se abre para o Atlântico. Conversar por
escote é debater cada um de uma vez, alternadamente, mas também faz uma piada
com o nome de Duns Escoto, que também era conhecido como "doutor sutil".*

*Quando Panurgo diz que já foi assado, não é metáfora, e sim um caso retoma-
do de Pantagruel, cap. 14, quando vai parar num espeto de churrasco dos turcos.
Pautille é uma região de Chinon, pátria de Rabelais, que volta a aparecer.*

"Pela força do hábito, disse frei João, que viagem é essa? É uma viagem
de destrambelhados, estamos só peidando, bufando, cagando, pirando, sem
fazer nada! Pelo cor de Deus, não é a minha natureza! Se não fizer todo dia
um ato heroico, à noite nem consigo dormir. Então vocês me trouxeram por
companheiro nesta viagem só para cantar a missa e confessar? Santa Páscoa!
O primeiro que vier, vai receber por penitência de frouxo e cuzão ser jogado

no fundo do mar, por dedução das penas do purgatório, e quero dizer que vai ser de cabeça! Quem foi que fez fama e renome sempiterno para Hércules, senão o fato de que, ao peregrinar pelo mundo, ele tirava os povos da tirania, do erro, dos perigos e da opressão? Lançava à morte todos os saqueadores, todos os monstros, todas as serpentes venenosas e bichos malignos. Por que não vamos nós também seguir esse exemplo e, que nem ele fazia, fazermos nós em todas as regiões por onde passarmos? Ele desfez as Estinfálides, a Hidra de Lerna, Caco, Anteu, os centauros. Eu não sou clérigo especialista, segundo os clérigos. Em imitação dele, desfaríamos e botaríamos no saco esses escritugatos peludos. Não passam de uns terços de diabos! E livramos esse país da tirania. Eu renego Maomé! Se fosse forte e poderoso que nem ele, não pediria ajuda ou conselho de vocês! Lá vamos nós! Eu garanto que fácil fácil nós vamos matá-los, e eles vão suportar com toda a paciência (não tenho dúvida nenhuma, já que suportaram com toda a paciência as nossas ofensas) mais do que dez porcas conseguiriam beber de lavagem. Bora!

— Para ofensas, eu disse, e desonra eles nem ligam, desde que tenham escudos no bornal, mesmo que estejam todos cagados; e talvez a gente consiga desfazê-los que nem Hércules, porém falta o comando de Euristeu, e o que mais desejo agora é que Júpiter passeie entre eles umas duas horinhas usando a mesma forma com que outrora visitou Sêmele, seu xodó, mãe primeira do bom Baco.

— Deus, disse Panurgo, concedeu a linda graça de escapar das garras deles; eu não volto ali nem a pau. Quanto a mim, ainda me sinto afetado e abalado pelo perrengue que passei por lá. E fiquei puto por três motivos: o primeiro, porque fiquei puto; o segundo, porque fiquei puto; e o terceiro, porque fiquei puto! Escute aqui com a orelha direita, frei João, meu bago esquerdo, todas e quantas vezes você quiser ir a todos os diabos, perante o tribunal de Minos, Éaco, Radamanto e Dite, estou pronto para fazer companhia inseparável, sofrer com você o Aqueronte, o Estige, o Cócito, beber talagadas do rio Letes, pagar por nós dois a Caronte o pedágio da barca; para voltar ao postigo, se por acaso quiser voltar, procure outro companheiro que não eu, que não volto nem a pau; que essa fala seja uma muralha de bronze para você! Se eu não for levado a força e violência, não chego nem perto enquanto viver esta vida, não mais perto do que chega o monte Calpe do Ábila. Por acaso Ulisses voltou para buscar a espada na caverna do Ciclope? Nananinanão! No postigo eu não esqueci nada e não volto nem a pau!

— Ah, disse frei João, meu fiel coração e franco camarada de mãos paralíticas, vamos conversar por escote, meu doutor sutil; por que então, e quem é que o convenceu a jogar a bolsa cheia de escudos? Temos de sobra? Não bastava jogar uns vinténs corroídos?

— Porque, respondeu Panurgo, em cada frase Garrabichano abria o bornal de veludo e exclamava: 'Oura, oura, oura!'. Daí conjeturei como poderíamos francos e libres escapar, se jogássemos, ouro ali, ouro ali, e por Deus, ouro ali, por todos os diabos ali! Porque bornal de veludo não é relicário de vinténs, nem de moeda miúda; é um receptáculo de escudos de sol, entenda bem, frei João, meu colhãozinho. Quando você estiver assado, assim como eu estava, e estiver, assim como eu estava, bem assado, o seu latim vai ser outro! Mas, por ordem deles, devemos é passar avante."

Os vagabundos sempre no porto esperavam ansiosos por alguma bufunfa. E ao verem que queríamos lançar vela se dirigiram a frei João, que não dava para seguir adiante sem antes pagar o beberete dos aparidores segundo a taxa dos temperos. "Pelo santo Quiproquó, disse frei João, vocês ainda estão aqui, seus grifos de todos os diabos; já não me emputeci que baste, sem me irritar ainda mais? Pelo cor de Deus, vocês vão ter seu beberete agora mesmo, eu prometo para valer!" Aí desembainhou o bracamarte e saiu do navio, determinado a ferozmente matar todos, só que eles deram no pé e nunca mais os vimos. Nem por isso acabou nossa chateação, porque alguns dos nossos marujos, por liberação de Pantagruel, durante aquele tempo em que estávamos perante Garrabichano, se retiraram até um albergue, perto do cais, para se refestelarem e descansarem um tempinho; não sei se pagaram bem ou se nem pagaram o escote; o fato é que uma velha albergueira, quando viu frei João por terra, começou uma longa reclamação na presença de um procuradouro, genro de um dos escritugatos, e de dois oficiais como testemunhas; frei João, impaciente com aquela conversa e as alegações, perguntou: "Vagabundagem, amizade minha, vocês querem dizer em resumo que os nossos marinheiros não são gente de bem; eu defendo o contrário e vou comprovar com justiça, quer dizer, com meu mestre bracamarte aqui". E ao dizer isso esgrimia o bracamarte. Os camponeses saíram no galope, e ficou só a velha, protestando para frei João que os marinheiros eram gente de bem, que ela só reclamava por não pagarem pela cama onde, depois de jantarem, tinham repousado, e pela cama ela cobrava cinco soldos torneses. "Na verdade, respondeu frei João, está uma pechincha: eles são uns ingratos, e não é sempre que vão encontrar coisa a esse preço. Eu pago de boa, mas primeiro eu quero dar uma olhadinha." A velha o levou ao alojamento e mostrou a cama e, depois de louvar todas as suas qualidades, disse que não estava encarecendo ao pedir cinco soldos. Frei João lhe entregou os cinco soldos, depois com o bracamarte rasgou a colcha e o travesseiro em dois e pelas janelas lançou as penas ao vento; no que a velha desceu gritando "ajuda" e "assassino" e tentando recolher suas penas. Frei João, sem dar a mínima, levou a coberta, o colchão e dois lençóis para a nossa nau, sem ser visto por ninguém, porque o ar estava escuro pelas penas, que nem neve, aí os deu aos marinheiros. Depois disse a Pantagruel que ali as camas eram uma pechincha bem melhor do que em Chinon, embora a nossa tivesse os célebres gansos de Pautille. Porque, pela cama, a velha só tinha cobrado cinco dozenas, coisa que em Chinon não sairia por menos de doze francos.[1]

---

[1] Na *Ilha Sonante*, assim termina o capítulo, com o acréscimo de um parágrafo ao ponto final da primeira edição (sigo aqui e em outros casos a edição de Huchon): "Assim que frei João e os outros do grupo entraram no navio, Pantagruel lançou velas; porém cresceu um Siroco tão intenso, que perderam a rota, quase que retomando o prumo dos escritugatos, e entraram por um grande golfo cujo mar era bem fundo e terrível; um aprendiz que estava no alto da gávea berrou que ainda dava para ver as insuportáveis moradas de Garrabichano, ao que Panurgo, zoado de medo, gritou: 'Ei, patrão, meu chegado, apesar dos ventos e ondas, vire a brida, meu chegado; não vamos voltar a esse país patife onde eu deixei a minha bolsa!'. Assim o vento os levou para perto de uma ilha que, no entanto, eles nem ousaram bordejar de cara, mas entraram a coisa de uma milha de distância, perto de enormes rochedos".

Quinto livro

Capítulo 16

Como nós passamos Avante
e como Panurgo quase foi morto

O capítulo é estranho e parece, de algum modo, inacabado, já que a segunda metade prometida no título (quase morte de Panurgo) simplesmente não acontece. Ele é numerado como capítulo 39 no manuscrito; já na Ilha Sonante, *o cap. 16 e derradeiro é completamente diverso, com a chegada à ilha dos Apedeutas, e está traduzido no anexo ao Quinto livro. É um texto repleto de trocadilhos difíceis. O nome da ilha é Oultre, que nessa grafia significa tanto "além", "adiante" (como Garrabichano os mandou "passar adiante" e também recordou Panurgo no capítulo passado), mas também "odre", para carregar água ou vinho; ou seja, os moradores da cidade parecem odres de tão gordos e se comportam como verdadeiros barris. Com isso, optei por usar nos capítulos anteriores "passar avante", chamar a ilha de Avante e designar os moradores como "avantajados que nem odres". O jantar que eles descobrem é* crevailles, *que em francês remete ao verbo* crever (*tanto "morrer" quanto "estourar", já que são odres/barris); recriei a ambiguidade com "pipocamento", que remete ao estouro de pipocar, mas também a pipoca.*

O leitor que quiser entender o efeito da moda no corte nas calças, pode ver o quadro "O alfaiate" (1565-70) do pintor italiano Giovanni Battista Moroni. A expressão "peido da morte" (pet de la mort) parodia o poema atribuído a Chastellain, intitulado "Passo da morte" (Pas de la mort). O abade de Castilliers é uma figura desconhecida, de modo que é mais provável que se trate de uma alusão à abadia de Chastelliers, em Deux-Sèvres (o detalhe obsceno não aparece no manuscrito). A expressão latina nisi in pontificalibus *significa "a não ser em roupas pontificiais". Paternidade, como já vimos antes, serve como título religioso genérico aqui. Rouillac é região perto de Angoulême.*

Naquele instante pegamos o rumo de Avante e contamos nossas aventuras a Pantagruel, que teve uma pena enorme e fez algumas elegias como passatempo. Lá chegando, descansamos um pouco e pegamos água fresca, colhemos também lenha para as provisões. E o pessoal da região nos pareceu pela fisionomia uns bons companheiros e bons de boca. Eram todos

avantajados que nem odres e peidavam de gordura, e percebemos que (coisa que não vimos em nenhum outro país) eles faziam talhos na pele para expor a gordura, nem mais nem menos do que os mauricinhos da minha pátria cortam o alto das calças para expor o tafetá. E diziam não fazer isso por glória ou ostentação, mas porque não cabia na pele. Ao fazerem isso, mais rápido aumentavam, que nem os jardineiros que cortam a pele de árvores jovens, para as fazerem crescer depressa. Perto do porto tinha um bar bonito e chiquetoso pela aparência exterior; quando vimos chegar uma galera do povo avantês, de todos os sexos, todas as idades e todas as classes, pensamos que ali estaria rolando um festim ou banquete digno de nota. Mas disseram que eram convidados para o pipocamento do taberneiro e para lá vinham diligentemente parentes e chegados. Sem entendermos essa gíria, e achando que naquele país o festim se chamasse pipocamento, tal como nós chamamos as festas de nascimento, casamento, veadamento, tosamento e colhimento, fomos avisados que o taberneiro foi na sua época um bom fanfarrão, grande comilão, baita engolidor de sopas de Lyon, notável ponteiro de relógio, eternamente almoçando, que nem o taverneiro de Rouillac e que, depois de peidar gordura por dez anos com fartura chegou enfim ao pipocamento; assim, seguindo o costume do país, terminou seus dias pipocando, até não mais poder o peritônio e a pele talhada por tantos anos conterem e reterem as tripas, de jeito que se derramaram para fora, que nem um tonel todo fodido. "E como é, disse Panurgo, meus bons, que vocês não conseguem, com uns grossos aros, ou grossas cintas de sorva ou de ferro, se necessário, amarrar a barriga dele? Assim amarrado não botaria os fundos para fora tão fácil, nem pipocaria tão cedo." Nem tinha terminado de falar, quando ouvimos no ar um som alto e estridente, que nem se um carvalho enorme estalasse no meio, então os vizinhos disseram que o pipocamento estava terminado e que esse estalo era o peido da morte. Aí eu me lembrei do venerável abade de Castilliers, que nunca molhava o biscoito com as suas camareiras *nisi in pontificalibus* e que, importunado por seus parentes e amigos para se demitir, já que estava velho caquético para a abadia, falou e disse que não se despojaria antes de bater as botas, e que o último peido que daria Sua Paternidade seria um peido de abade.

Capítulo 17

Como encalhou nossa nau
e fomos ajudados por alguns viajantes
súditos da Quinta

No manuscrito, este é o capítulo 50; como o anterior parece terminar num corte, ele segue aqui, voltando-se para o interesse pela alquimia; mas parece mesmo sugerir algum tipo de hiato. Quinta, como logo veremos, é a Quinta Essência.

O filósofo que sugere resistir e se abster é Epicteto, aqui representando a moral estoica e mencionado a partir de Erasmo, Adágios, 2.7.13. Os baixios de Saint-Maixent parecem aludir aos baixios reais de Saint-Mathieu, na Bretanha, tanto que é com este nome que aparecem no manuscrito. Evitar Cila e cair em Caríbdis é lugar-comum, equivalente ao nosso "sair da frigideira para o fogo". Castor e Pólux eram aproximados do fogo de Santelmo, resultado de eletricidade estática nos mastros dos navios e que eram lidos como augúrios pelos marujos. A ideia de "tantos criados, tantos inimigos" é tirada de Erasmo, Adágios, 1.3.31, porém sem qualquer referência a Plauto, mas muitas a Sêneca e Platão; a frase em questão é atribuída por Sêneca (Cartas a Lucílio, 47) a Catão, o Censor. A referência às torturas contra escravos é factual: gregos e romanos terrivelmente os submetiam a interrogatórios acompanhados de tortura para garantir a veracidade das informações.

Henry Cotiral é considerado por alguns comentadores como persona para Henrique Cornélio Agrippa (1486-1535), que provavelmente já fora piada como Herr Trippa, no Terceiro livro, cap. 25. Sua primeira fala é citação da Farsa do mestre Pathelin, v. 351, depois que o herói da comédia comete seu furto; a estranha frase dele, "vamos prepará-la", pode sugerir "fazer a pedra filosofal". Amálgama é o nome alquímico do mercúrio (chamado de elixir) misturado com outro metal e, por vezes, do sol. Lunaria maior ("grande lunar") é uma planta crucífera que teria poderes maravilhosos. O termo celeuma é utilizado como o explica a Breve declaração do Quarto livro, como um "canto para exortar marinheiros".

Geber foi um célebre alquimista árabe de Sevilha (Abu Muça Jabir ibne Haiane, c. 721-c. 815), "cozinha de Geber" na certa tem um gosto jocoso e é expressão tirada de Agrippa, Da incerteza e vaidade das ciências, 110. A imagem do som dos astros rodando faz clara alusão à teoria da harmonia das esferas, derivada de Platão, República, 10.617b. O rio Vienne na verdade deságua no Loire, quinze quilômetros antes de Saumur, porém passa mesmo por Chinon (novamente estamos na pátria de Rabelais).

Quinto livro

Depois de levantar âncoras e gúmenas, demos vela ao doce Zéfiro. Depois de umas vinte e duas milhas, subiu um furioso turbilhão de ventos vários, em cuja volta contemporizamos um pouco com o traquete e as joanetes, só para não nos chamarem de desobedientes com o piloto, que, com a doçura daqueles ventos e também do divertido combate deles, em conjunto com a serenidade do ar e a tranquilidade da corrente, nos garantia não haver nem esperança de um grande bem, nem medo de um grande mal. Serviria para a gente aquela sentença do filósofo, que ordenava resistir e se abster, ou seja, contemporizar. Só que durou tanto esse turbilhão, que, diante da nossa pressão importuna, o piloto tentou atravessar e seguir a nossa rota prévia. De fato, levantando o grande artimão e ajustando o leme direto na agulha da bússola, ele atravessou, graças a um vendaval que chegava, o tal do turbilhão. Mas foi de uma tal infelicidade, como se ao evitar Caríbdis caíssemos em Cila, porque a duas milhas do lugar as nossas naus encalharam em areias que nem os baixios de Saint-Maixent.

Toda a chusma se afligia às pampas, e vinha um vento forte nas mezenas; mas frei João nunca caía na melancolia, e antes consolava ora um, ora outro, com doces palavras, mostrando que em breve receberíamos um auxílio do Céu, e que ele tinha visto Castor na ponta das antenas. "Queira Deus, disse Panurgo, que eu agora estivesse em terra, e nada mais, e que cada um de vocês, que tanto amam o mar, tivessem duzentos mil escudos; eu reservaria um vitelo e refrescaria cem feixes de lenha para o retorno! Podem ir embora, eu aceito nunca me casar, só garantam que eu vá parar em terra firme e que eu tenha um cavalo para voltar, que passo bem sem criado. Nunca sou tão bem tratado quanto quando estou sem criado: Plauto não mentiu nadinha ao dizer que o número das nossas cruzes, isto é, aflições, aborrecimentos, irritações, era igual ao de criados, mesmo se não tivessem língua, que é a parte mais perigosa e ruim num criado, por cuja única causa foram inventadas as torturas, interrogatórios e geenas contra os criados, e não contra os outros; se bem que os escridoutores do direito, naquela época, fora deste reino, tenham daí tirado uma consequência ilógica, quer dizer, irracional." Naquela hora veio nos abordar um navio carregado de tamborins, onde reconheci alguns passageiros de boa casa, e entre eles Henry Cotiral, um velho camarada, que na cintura carregava um baita paudejegue, que nem as mulheres carregam rosários, e na mão direita trazia um grosso, gordo caule de repolho. De cara, me reconheceu, gritou de alegria e me disse: "Está comigo? Veja aqui!", mostrando o paudejegue, "é o verdadeiro amálgama, este gorro doutoral é o nosso único elixir, e isto aqui", mostrando o caule de repolho, "é a *Lunaria maior*! Vamos prepará-la na sua volta, hein?

— Mas, digo eu, de onde é que você vem, aonde vai, o que traz, por acaso viu este mar?" Ele me responde: "Da Quinta, em Touraine, Alquimia até o cu.

— E quem é esse pessoal aí com você no convés?

— Cantores, respondeu, músicos, poetas, astrólogos, rimadores, geomantes, alquimistas, relojoeiros, todos súditos da Quinta com cartas credenciais lindas e longas." Mal terminou essa palavra, quando Panurgo indignado e já puto disse: "Vocês aí que fazem tudo, até bom tempo e bebezinho, porque não pegam aqui a proa e sem demora nos jogam em alto-mar?

— Ia fazer isso, disse Henry Cotiral; num momento, num instante, agorinha mesmo vocês vão sair do fundo." Aí mandou desfundar 7.532.810 grandes tamborins de um lado, virou esse lado para o castelo da proa e amarraram apertado em todos os pontos as gúmenas, pegou nossa proa na popa e prendeu nos cabeços. No primeiro puxão nos arrancou das areias com total facilidade, e não faltou euforia, porque o som dos tambores, junto com o doce ruído do cascalho e a celeuma da tripulação, fazia uma harmonia ligeiramente menor que a dos astros rodando, que Platão diz ter ouvido algumas noites quando estava dormindo.

A gente tinha horror à ideia de parecermos ingratos por tamanho favor, e com eles já estávamos repartindo as nossas linguiças, recheando os tambores deles de salsichas e tacando o convés com sessenta e dois odres de vinho, quando dois grandes fisetérios abordaram impetuosamente a nau deles e para dentro jogaram mais água do que tem o rio Vienne entre Chinon e Saumur, e encheram todos os tambores e molharam todas as antenas e lhes ensoparam as calças até a cintura. Ao ver isso, Panurgo ficou numa alegria tão exagerada e balangou tanto o baço, que penou uma cólica por mais de duas horas. "Eu só queria, disse, dar para eles o beberete, mas ganharam a água mais certinha. Água doce não interessa, só usam para lavar a mão. Como bórax é que essa bela água salgada serviria para eles, como nitro e como sal amoníaco na cozinha de Geber!" Não pudemos jogar mais papo fora com eles: o turbilhão anterior tomava a liberdade do timão. Aí nos suplicou o piloto para deixarmos a partir de então o mar nos guiar, sem ligarmos para mais nada além de farra; e no momento o melhor seria costear esse turbilhão e obtemperar à corrente, se quiséssemos chegar sem perigo ao reino da Quinta.

Quinto livro

Capítulo 18

Como chegamos ao reino da Quinta Essência, chamada Enteléquia

O título deste capítulo (número 51 no manuscrito) já nos dá uma chave esoté-rica para a viagem do livro. A quintessência, termo alquímico para o modo mais su-til a ser buscado, é também a enteléquia, termo tirado da filosofia aristotélica para designar a essência da alma como aquilo que confere também movimento às coisas. Por outro lado, a piada está em outros lugares, como o porto de Mateotecnia, que designa a "ciência vã/tola", que dá entrada a Enteléquia, tratando a alquimia como uma possível ciência vã.

Já o centro do capítulo é uma sátira sobre uma discussão de época: o ponto é uma crítica que Budé fez em De Asse *(1515) sobre uma tradução de Cícero nas* Tus-culanas, *1.10, de uma frase de Aristóteles, do grego ao latim (tirado do* Da alma, *2.12), em torno das palavras endeléquia* (ἐνδελέχεια, *continuidade, persistência) e enteléquia* (ἐντελέχεια, *completo, pleno, realidade, perfeição). Embora sejam duas palavras bem diversas, mesmo na Antiguidade podia se tratar de uma mera varian-te dialetal, segundo Luciano de Samósata,* Pleito entre consonantes, *10.*

O restante da lista de eruditos não precisa ser explicado, mas são todos no-mes reais que podem ser procurados. Digno de nota é o caso de Júlio César Escalí-gero, que só tratou desse assunto, de forma pública, apenas em 1557, portanto qua-tro anos depois da morte de Rabelais, fazendo aqui problema sério da autoria do li-vro (o contra-argumento é que muitas obras circulavam por anos em manuscritos antes de ir para a imprensa).

Os gileaditas foram pegos e mortos por uma diferença de sotaque na palavra; pela dificuldade de dizerem shibboleth, *e sair sempre* sibboleth, *eram facilmente re-conhecidos; cf,* Juízes, *12:5-6.*

Depois de costear com prudência o turbilhão pelo espaço de meio dia, no terceiro seguinte o ar nos parecia mais sereno que de média, assim sãos e salvos desembarcamos no porto de Mateotecnia, pertinho do palácio da Quinta Essência. Quando desembarcamos no porto, encontramos de cara um número imenso de arqueiros e guerreiros, que protegiam o arsenal; à pri-

meira vista, nos deram até um medinho. Porque mandaram todos largarmos as armas e com arrogância nos interrogaram dizendo: "Compadres, de que país vocês vieram?

— Primos, respondeu Panurgo, nós somos de Touraine. Estamos chegando da França, ansiosos para prestar reverência à senhora Quinta Essência e visitar este celebérrimo reino de Enteléquia.

— Vocês dizem, perguntaram eles, Enteléquia ou Endeléquia?

— Queridíssimos primos, respondeu Panurgo, nós somos uma gente simples e parva, perdão pela linguagem meio caipira, porque os nossos corações são francos e leais.

— Não foi sem motivo, disseram, que perguntamos sobre esse diferendo. Porque um monte de gente passou aqui, vindo desse seu país de Touraine, que nos pareciam uns brucutus e falavam direitinho, porém de outro país veio um povinho presunçoso, ferozes que nem os escoceses, que contra nós já na entrada queriam contestar na teima. Tomaram um esfregão no capricho, apesar de terem uma cara ruibarbativa. No mundo de vocês estão com tanto tempo de sobra, que já nem sabem mais o que fazer, a não ser falar, disputar e senvergonhamente escrever sobre a nossa senhora rainha? Cícero tinha mesmo que abandonar a sua *República* para se dedicar a ela, e Diógenes Laércio e Teodoro Gaza e Argirópulo e Bessarião e Poliziano e Budé e Láscaris e todo os diabos desses sábios doidos, cujo número não era grande o bastante, se não fosse recentemente acrescentado por Escalígero, Bigot, Chambrier, Francesco Florido e sei lá que outros pobres coitados muxibentos. Merecem uma dura angina que sufoque a garganta e a epiglote! Nós os...

— Eita diacho! Danaram de louvar diabos, dizia Panurgo entre dentes.

— ... vocês não vieram para apoiar esses aí na loucura, nem têm procuração para isso; e mais não vamos falar deles. Aristóteles, primeiro homem e parágono de toda filosofia, foi padrinho da nossa senhora rainha; foi ele que lhe deu o nome muito certo e muito justo de Entelequia. Vá à merda quem quiser dar outro nome! Quem dá outro nome, erra por todo o Céu! Vocês são mais que bem-vindos." Nos deram um abraçaço, e ficamos todos felizinhos.

Panurgo me disse na orelha: "Meu parça, você não teve medo nessa primeira rodada?

— Um pouco, respondi.

— Eu tive, disse ele, tive mais do que antigamente tiveram os soldados de Efraim, quando os gileaditas foram massacrados e afogados por falarem *sibboleth* em vez de *shibboleth*. E para calar todos: não existe um só homem em Beauce capaz de me tapar o olho do cu com uma carreta de feno!"

Aí nos levou o capitão ao palácio da rainha, em silêncio e com grandes cerimônias. Pantagruel queria trocar um lero com ele, que, sem conseguir subir tão alto quanto o outro, queria uma escada ou pelo menos uma palafita bem alta. Aí disse: "Chega! Se nossa senhora rainha quisesse, nós seríamos grandes que nem o senhor. Assim será, quando ela desejar". Nas primeiras galerias, encontramos uma multidão de pessoas doentes, que estavam instaladas de modo variado, segundo a variedade das doenças: leprosos de um lado, envenenados do outro, pestilentos de outro, sifilíticos na primeira linha, e por aí vai.

François Rabelais

Capítulo 19

Como a Quinta Essência
curava os doentes com canções

O capítulo (número 52 no manuscrito) se volta para a tradição alquímica, ao mesmo tempo que parece operar um sincretismo entre as tradições do pitagorismo e do platonismo já presente, por exemplo, no Terceiro livro. O discurso da rainha é de uma obscuridade quase absurda, que busquei recriar, por entender que é possível lê-lo a sério e como piada com os alquimistas e a tradição hermética (o que me parece mais provável, dado o desentendimento de frei João e Pantagruel). A idade de Enteléquia pode ser amarrada com a vida de Aristóteles, indo do séc. IV a.C. ao séc. XVI d.C., perfazendo quase mil e oitocentos anos. Outro ponto importante do capítulo é a tese neoplatônica da cura pela música, que é contrastada com a tradição de se atribuir aos reis ingleses e franceses a cura pelo toque das mãos. Outra coisa que pode ser lida simultaneamente como seriedade ou piada é a dupla sequência de nomes em hebraico, que evitei traduzir para manter sua obscuridade; a primeira começa por abstratores (como é o próprio Alcofribas narrador), para ter hebraísmos de tabachins (cozinheiros) e até giborins (gigantes) que seriam termos usados pelos rabinos para designar a si mesmos em correspondências: cozinheiros, sábios, leais, notáveis, esclarecidos, príncipes, nobres, servidores, sátrapas, chefes, poderosos, mestres, escribas, doutores, primados, prefeitos, professores, gigantes. A segunda, no cardápio da rainha: abstrações, verdades, imagens, conceitos, sonhos, visões.

As plantas usadas no órgão musical são todas com efeitos curativos: canafístula era usada como purgante; guáiaco era usado contra sífilis, turbito e escamônea também eram usados como purgantes. A referência a Parisátis e Ciro já apareceu no Quarto livro, cap. 32. Panaceia era a filha do deus Esculápio e é um símbolo de cura para todos os males. Cândia era o nome do ducado ou reino de Creta entre 1205 e 1669; no mito greco-romano, Júpiter/Zeus foi salvo de ser devorado pelo pai Saturno/Crono e levado até Creta, ainda bebê, onde foi aleitado por uma cabra. Egíoco (αἰγίοχος em grego, embora estranhamente grafado eginchus no texto francês, que corrigi em tradução) é o atributo de Zeus como porta-égide; porém alguns associaram a etimologia do termo à cabra (αἴξ, αἴγα) que o teria aleitado. A expressão "Em Apolo", dada por Licínio Luculo, é contada por Plutarco, Vida de Luculo, 41, quando ele se encontrou inesperadamente com os amigos Pompeu e Cícero.

Este capítulo está repleto de referência aos Adágios de Erasmo: 4.3.72 fala da taciturnidade dos pitagóricos; 3.7.96 trata de roer as unhas e coçar a cabeça como sinais de reflexão e esforço mental; 2.5.24 fala da diftera usada por Júpiter, indicando a antiguidade dessa pele.

Quinto livro

Na segunda galeria, o capitão nos mostrou a jovem senhora e, embora na casa dos mil e oitocentos anos, por baixo, bonita, delicada, vestida gorgiamente, no meio das suas damas e nobres. O capitão disse: "Agora não podem falar com ela; fiquem apenas de espectadores atentos do que ela faz. Vocês por acaso têm no reino de vocês uns reis que fantasticamente curam doenças, tais como escrófula, epilepsia, febres quartãs, só de aproximar as mãos? Esta nossa rainha todas as doenças cura, sem tocar, só ressoando uma canção de acordo com a enfermidade". Depois mostrou os órgãos, cujo som realizava essas impressionantes curas. Era um trem bizarro. Porque a tubaria era de canafístula, a caixa de guáiaco, as teclas de ruibarbo, os pedais de turbito, os registros de escamônea.

Enquanto contemplávamos essa impressionante e nova estrutura de órgãos, foram trazidos os leprosos pelos destiladores, espodizadores, malaxadores, pregustadores, tabachins, chachanins, neemanins, rabrebins, nereins, rozuins, nedibins, nearins, segaminones, perazones, chenisis, sarins, sotrins, aboth, enilins, archasdarpenins, mebins, giborins e outros dos seus oficiais, então ela tocou sei lá que canção, e num piscar de olhos todos ficaram perfeitamente curados. Depois foram trazidos os envenenados, então ela tocou outra canção, e ficaram de pé. Depois os cegos, os surdos, os mudos, e aplicou o mesmo. O que nos deixou embasbacados, e não era para menos, e caímos no chão, prosternados, feito um êxtase, arrebatados pela contemplação excessiva e a admiração de tais virtudes, que vimos provir da senhora. E não tínhamos força para uma palavrinha sequer. Assim estávamos no chão, quando ela, ao tocar Pantagruel com um buquê de rosas francas que trazia na mão, nos fez voltar aos sentidos e nos deixou de pé. Depois disse com palavras do mais fino bisso, como as que queria Parisátis proferir ao conversar com Ciro, seu filho; ou, na pior das hipóteses, de tafetá armózeo.

"A honestidade cintilante na circunferência juízo certeiro me dá da virtude latente no ventre dos vossos espíritos; e ao ver a suavidade melíflua das vossas disertas reverências, fácil me persuade o cor vosso não sofrer vício nenhum, nenhuma esterilidade de saber liberal e profundo, não obstante abunde em copiosos peregrinos e raras disciplinas, que no presente momento mais fácil é por usos comuns do vulgar imperito desejar que encontrar; é a razão pela qual eu, que preteritamente dominei todo afeto privado, agora conter não me posso a vos dizer um verbo trivial ao mundo, que sois bem, muito, otimamente bem-vindos.

— Eu não sou clérigo especialista, me dizia secretamente Panurgo; podem responder aí, se quiserem." Eu é que não respondi, nem Pantagruel, e ficamos calados. Então disse a rainha: "Tal vossa taciturnidade, conheço-a, que não só viestes da escola pitagórica, donde tomou raiz em sucessiva propagação a antiguidade dos meus progenitores, como também que no Egito, célebre oficina de alta filosofia, muitas luas retrógradas, às vossas unhas roeu e a cabeça com um dedo arranhou. Na escola de Pitágoras, taciturnidade de conhecimento era símbolo, e silêncio pelos egípcios reconhecido era em louvor deífico, e sacrificavam os pontífices em Hierópolis ao grande deus em silêncio, sem ruído fazer, nem palavra lançar. O desígnio meu é não me vos apresentar em privação de gratidão; ao invés, com viva formalidade, inda que a matéria se queira de mim se abstrair, vos excentricar meus pensamentos".

Terminada essa conversa, voltou a fala aos oficiais e apenas disse: "Tabachins, à Panaceia!". Dito isso, os tabachins nos disseram que desculpássemos à senhora rainha se com ela não pudéssemos jantar. Porque por janta nada comia, a não ser algumas categorias, jecabotes, emimins, dimiões, abstrações, harhorins, chelimins, segundas intenções, caradoth, antíteses, metempsicoses e transcendentes prolepses.

Depois nos levaram para um quartinho, todo entupido de alarmes. Lá fomos tratados, só Deus sabe como. Dizem que Júpiter usa uma pele diftera da cabra que o aleitou em Cândia (e que ele usou como pavês ao combater os Titãs, por isso tem o epíteto de Egíoco) e ali escreve tudo que se faz no mundo. Juro de pé junto, manguaceiros meus amigos, que nem dezoito peles de cabra serviriam para descrever as boas comidas que nos serviram, os petiscos e a comilança que fizemos, nem que fossem com letrinhas tão miúdas como aquela *Ilíada* de Homero que Cícero diz ter visto: tão pequena que dava para cobrir com uma casca de noz. Da minha parte, mesmo que eu tivesse cem línguas, cem bocas e voz de ferro, a abundância melíflua de Platão, não daria conta de em quatro livros lhes apresentar um terço da metade. E me dizia Pantagruel que, na sua imaginação, quando a senhora aos tabachins dizia "À Panaceia", era para lhes dar a contrassenha deles para uma comilança soberana, tal como "Em Apolo" dizia Luculo, sempre que queria festejar de um jeito especial os seus amigos, mesmo que o pegassem desprevenido; e o mesmo faziam, vez por outra, Cícero e Hortênsio.

Capítulo 20

Como a rainha passava o tempo depois de jantar

O capítulo (número 53 no manuscrito) se volta para uma piada com a fonte da Juventude, que teria sido criada por Júpiter ao transformar a ninfa Juventa em uma fonte; esse mito teve algumas vezes leituras a sério, com pessoas que pensaram encontrá-la. Mitos similares ocupam o fim do capítulo: Iolau, neto de Hércules, que quando velho pediu um dia de força e juventude para se vingar de Euristeu (Eurípides, Heráclidas, 844-63); Faonte era um barqueiro de Lesbos que, por dar transporte gratuito a Afrodite disfarçada, teria recebido uma pomada capaz de deixá-lo jovem, o que teria atraído o amor de Safo, que, por fim, teria se suicidado por causa dele (Luciano, Diálogos dos mortos, 9.2); Titono foi esposo de Aurora, que pediu que esse mortal recebesse a vida eterna, porém, como esqueceu de pedir também juventude eterna, ele foi envelhecendo por séculos até se tornar a cigarra; Jasão pediu à esposa Medeia juventude para seu pai Éson, o que ela fez com uma poção lançada em sua garganta (a história de Baco é narrada na sequência por Ovídio, Metamorfoses, livro 7).

As danças da lista inicial não aparecem no manuscrito, porém são todas atestadas: cordacismo é uma dança obscena, emelia é trágica, jâmbica tem um ritmo animado; pérsica, frígia, trácia são nomes dos locais de origem; cernófora é dança dos coribantes; mongas seria uma dança selvagem; pírrica é dança guerreira de Esparta (tudo isso recolhido por Demerson a partir de Ateneu, Banquete dos sofistas, 147). Entendo que a molóssica adote o pé molosso (com três longas), sendo uma dança solene; do mesmo modo, pelas etimologias, flórula devia celebrar florações, e termanstria devia ser ligada aos fornos. Não encontrei nada sobre nicatisma, o que me faz pensar se não seria nicetisma, com referência aos cantos e danças de vitória bélica.

A roupa azul e branca da rainha nos lembra a libré de Gargântua (cap. 10), que por branco representava alegria e por azul as coisas celestes. A varíola de Rouen é a sífilis, e essa expressão era proverbial; como as duas doenças se confundiam na época por causa de sintomas em comum, costumo verter sempre por bexiga/bexiguentos. O rabo de raposa era indumentária típica dos loucos, sobretudo em descrições carnavalescas. A bipene de Tenes representa a justiça apressada, e aparece em Erasmo, Adágios, 1.9.29. O mal de São Francisco é a pobreza, voto típico dos membros da ordem franciscana. Ofíasis era uma parte calva da cabeça, segundo Galeno, com a forma similar à de uma cobra. Ferécides e Simônides foram filósofos gregos do séc. VI a.C.; o segundo também foi poeta.

Terminado o jantar, fomos levados por um chachanin até o salão da senhora e vimos como, segundo seu costume, depois do repasto, acompanhada por suas damas e príncipes da corte, ela debulhava, joeirava, peneirava e passava o tempo com uma bitola duma peneira de seda branca e azul. Depois percebi que, retomando práticas antigas, eles bailavam juntos:

cordacismo,
emelia,
sicínica,
jâmbica,
pérsica,
frígia,
nicatisma,
trácia,
calabrisma,
molóssica,
cernófora,
mongas,
termânstria,
flórula,
pírrica, e mil outras danças.

Depois, por ordens dela, visitamos o palácio e vimos coisas tão novas, chocantes e estrambóticas, que só de pensar nelas até hoje eu fico fora de mim. Porém nada nos abalou o sentido da admiração mais do que o exercício dos nobres da casa, destiladores, perazontes, nedibins, espodizadores e outros, que nos diziam com toda a franqueza, sem engodo, que a senhora rainha fazia o impossível e curava os incuráveis. Já eles, os oficiais dela, só faziam e curavam o resto.

Ali eu vi um jovem parazonte curar bexiga, e falo daquela bem top, a de Rouen (como vocês dizem), só de tocar três vezes a vértebra dentiforme com um pedaço de tamanco.

Um outro eu vi que curava hidrópicos perfeitamente, timpaníticos, ascíticos e anasárticos, só de bater nove vezes na barriga com uma bipene de Tenes, sem qualquer solução de continuidade.

Um curava todas as febres na hora, só de lhes pendurar na cintura, do lado esquerdo, um rabo de raposa.

François Rabelais

Um as dores de dente, só de lavar três vezes a raiz do dente afligido com vinagre de sabugo e deixá-lo no sol por meia hora secando.

Um outro a toda espécie de gota, fosse quente, fosse fria, fosse até de nascimento, ou fosse acidental, só de fazer os gotosos fecharem a boca e abrirem os olhos.

Um outro eu vi, que num instantinho curou nove bons nobres do mal de São Francisco, livrando-os de todas as dívidas e botando uma corda no pescoço de cada um, onde pendurava uma caixinha cheia com dez mil escudos de sol.

Um outro, com uma máquina mirífica, jogava casas pelas janelas, e assim ficavam limpas da malária.

Um outro curava todos os três tipos de febres hécticas (as atróficas, tábidas e emaciadas), sem banhos, sem leite estabiano, sem dropacismo, sem piche, ou qualquer remédio. Só os fazia serem monges por três meses. E afirmava que, se no estado monacal não engordassem, então não tinha arte ou natureza que os faria engordar.

Um outro vi acompanhado por mulheres em grande número, em dois bandos: um das novinhas, gostosinhas, delicinhas, loirinhas, charmosas e de boa vontade, era o que eu achava; outro das velhas desdentadas, remelentas, enrugadas, manchadas, cadavéricas. Aí disseram a Pantagruel que ele refundia as velhas, fazendo rejuvenescerem e com sua arte se tornarem que nem as novinhas ali presentes, que no passado ele já tinha refundido e deixado naquela beleza, maromba, elegância, tamanho e composição dos membros, tal como tinham aos quinze ou dezesseis anos, fora os calcanhares, que permanecem bem mais curtos do que quando estavam na primeira juventude. Isso explica por que, dali em diante, todas as vezes que encontrassem algum

homem, ficariam muito mais propensas e dispostas a caírem de costas. O bando das velhas esperava a outra fornada com a maior devoção e importunavam numa insistência contínua, afirmando que é coisa intolerável na natureza quando falta beleza em raba de boa vontade. E ele estava trampando sem parar na sua arte, com uma renda bem melhor que mediana. Pantagruel perguntava se numa funda similar ele rejuvenescia homens velhos; responderam que não. Mas o jeito de rejuvenescer era morar junto com uma refundida, porque assim ele pegava aquela quinta espécie de bexiga chamada de pelada, em grego *ophíasis*, pela qual a gente muda de pelo e de pele, que nem fazem todos os anos as cobras, e com isso a juventude se renova, que nem a fênix da Arábia. É a verdadeira fonte da juventude. Ali num instantinho quem estava velho e decrépito fica jovem, alegre e animado. Tal como diz Eurípides que acontecera com Iolau, como aconteceu com o belo Faonte, tão amado por Safo, por benefício de Vênus, a Titono por meio da Aurora, a Éson pela arte de Medeia e também a Jasão, que segundo o testemunho de Ferécides e de Simônides foi por ela retinto e rejuvenescido, e tal como diz Ésquilo que acontecera com as amas do bom Baco e também com os maridos delas.

Capítulo 21

Como os oficiais da Quinta variadamente se ocupam e como a senhora nos reteve na qualidade de destiladores

Este capítulo faz uma série de paródias de certo gosto popular, sobretudo a partir dos Adágios de Erasmo, o que faz ele ter muita similaridade com o efeito cumulativo e distorcido de Gargântua, cap. 9. No caso, a graça está em tomar ao pé da letra o que são, na verdade, provérbios metafóricos. Listo os Adágios: 1.4.50, embranquecer um etíope; 1.3.50, jugar raposas; 1.4.51, arar as praias; 1.4.48, lavar telha; 1.4.75, tirar água da pedra-pomes; 1.4.79, lã de burro; 1.4.80, tosar um burro; 1.3.51, tirar leite de bode; 1.4.60, levar água na peneira; 3.3.39, lavar cabeça de burro; 2.1.49, pilar água no almofariz; 1.4.63, pegar vento com rede; 1.4.55, cortar fogo; 1.3.52, a sombra de um burro; 1.3.54, discutir sobre fumaça; e 1.3.53, lã de bode. A imagem de colher uva de espinheiros e figo de abrolhos está em Mateus, 7:16-20, e não consta em Erasmo, mas é um dos Adágios de Adriano Júnio (obra publicada em 1558). Como um todo, nosso autor parece fazer piadas com a ânsia de transmutação dos alquimistas; também sobram ataques aos escolásticos com suas discussões mais que físicas (piada com a metafísica) e seu dogmatismo embasado como fé.

O adjetivo "decúmano" é explicado na Breve declaração como "grande, forte, violent[o]". Sechaboth vem do hebraico, com o sentido de "abstrações". "Animar o clima" é uma expressão que aparece no Quarto livro, com o sentido de beber muito. Sócrates é louvado por Cícero, Tusculanas, 5.4, como o primeiro a trazer a filosofia para a terra, e zombado por Aristófanes, nas Nuvens, vv. 145-53, ao ser representado medindo pulos de pulgas. Héspero é a Estrela Vespertina, associada à deusa Vênus.

Vi depois uma penca dos oficiais supracitados, que branqueavam os etíopes em pouco tempo, só de esfregar o fundo de um cesto na barriga deles.

Outros com três pares de raposas sob uma canga aravam as praias arenosas e não perdiam a semente.

Outros lavavam as telhas até perderem a cor.

Outros tiravam água das púmices, que vocês chamam pedras-pomes, pilando-as por um tempão num almofariz de mármore, assim mudando sua substância.

Outros tosavam burros e tiravam um tosão de lã de primeira.

Outros colhiam uvas dos espinheiros e figos dos abrolhos.

Outros tiravam leite dos bodes e o recolhiam na peneira, sem qualquer desperdício.

Outros lavavam a cabeça dos burros sem gastar o sabão.

Outros caçavam ventos com redes e pegavam caranguejos decúmanos.

Ali vi um jovem espodizador que por artifício tirava peidos de um burro morto e vendia a cinco soldos por vara.

Um outro apodrecia sechaboth. Que verdadeiro manjar!

Mas Panurgo botou os bofes para fora ao ver um archasdarpenim que estava apodrecendo uma baita cuba de urina humana em bosta de cavalo, com muita merda cristã. Aqui ó, para esse sujismundo! Ele porém nos respondeu que aquele destilado sagrado serviria de bebida a reis e grandes príncipes, porque assim ele alongava a vida por uma ou duas toesas caprichadas.

Outros quebravam linguiças no joelho.

Outros pelavam enguias pelo rabo, e não gritavam as tais enguias antes de serem peladas, que nem as de Melun.

Outros do nada faziam grandes coisas e grandes coisas faziam tornar ao nada.

Outros cortavam o fogo com uma faca e colhiam água com uma rede.

Outros faziam fachos com bexigas e potes de bronze com nuvens.[2]

---

[2] A sequência a partir daqui não aparece no manuscrito.

Nós vimos doze outros fazendo um banquete embaixo da folhagem e bebendo belas e baitas talagadas de vinho de quatro tipos frescos e deliciosos, por todos e com todo empenho; e nos disseram que estavam animando o clima à moda do local e que desse jeito Hércules no passado animou o clima com Atlas.

Outros faziam da necessidade uma virtude, e me parecia uma obra das boas e bem relevante.

Outros faziam alquimia com os dentes, e ao fazerem isso mal enchiam os penicos.

Outros num longo terreno mediam cuidadosamente os pulos das pulgas, e esse ato (me afirmaram) era mais que necessário para o governo dos reinos, condutas das guerras, administrações das repúblicas, alegando que Sócrates, o primeiro a trazer dos céus à terra a filosofia e a transformado de ociosa e requintada em algo útil e proveitoso, empregava metade do seu estudo em medir os pulos das pulgas, segundo atesta Aristófanes, o Quintessencial.

Vi dois giborins de canto, no alto de uma torre, fazendo sentinela, e nos disseram que protegiam a lua contra os lobos.

Encontrei quatro outros na beira de um jardim numa disputa amarga, a ponto de puxarem os cabelos um do outro; ao perguntar de onde veio o bate-boca, ouvi que já tinham se passado quatro dias desde que começaram a disputar sobre três elevadas e mais que físicas proposições, por cuja resolução eles se prometiam montes de ouro. A primeira sobre a sombra de um burro colhudo, outra sobre a fumaça de um facho, a terceira sobre o pelo de cabra, a saber, se era lã. Depois nos disseram que não lhes parecia coisa estranha dois contraditórios verdadeiros em modo, forma, figura e tempo. Os sofistas de Paris iriam antes se desbatizar do que confessar uma coisa dessas.

Quando estávamos analisando na maior minúcia as admiráveis ações dessa gente, chegou a senhora com sua nobre companhia, já reluzindo claro o Héspero. Com sua chegada, ficamos imediatamente embasbacados e obnubilados. Logo ela percebeu nossa agitação e disse: "O que faz os humanos pensamentos desgarrarem pelos abismos da admiração não é a soberania dos efeitos, que eles claramente percebem nascer de causas naturais, por meio da indústria dos sábios artesãos; é a novidade da experiência que entra em seus sentidos, sem preverem a facilidade da obra, quando a um julgamento sereno se associa o estudo aplicado. Por isso, atentai o cérebro e de toda agitação despojai-vos, se por alguma estiverdes arrebatados com a contemplação disto que vedes se fazer por meus oficiais. Vede, escutai, observai com vosso livre-arbítrio tudo o que minha casa contém, emancipando-vos pouco a pouco da servitude da ignorância. O caso bem se acorda à minha vontade. Para vos dar dela um ensino não ficto, em contemplação dos dedicados desejos, dos quais pareceis ter nos peitos vossos feito insigne fartura e prova suficiente, agora vos retenho na qualidade e cargo de meus destiladores. Por Geber, primeiro tabachin meu, sereis assim inscritos à hora da partida do local". Nós agradecemos humildemente sem dizer uma só palavra e aceitamos a oferta desse belo cargo que ela estava nos dando.

Capítulo 22

Como serviram a ceia da rainha
e como ela comia

Hormaechea considera difícil seguir o fio da sátira aqui apresentada, conside-
rando que pode ser algum tipo de paródia da sublimação esperada na alquimia, em
que o pot-pourri do caldeirão representaria a matéria bruta e o embudo designaria
os alambiques para destilar essências.

A expressão "faz o que fazes" é de origem estoica e funciona como um lema,
aqui apropriado pela rainha. Ambrosia e néctar eram o alimento e a bebida reserva-
dos aos deuses na mitologia greco-romana. Apício foi um famoso cozinheiro roma-
no da época de Augusto (sécs. I a.C.-I d.C.) que nos chegou com um livro de recei-
tas. Pítio Bitino é um exemplo típico de riqueza; segundo Plínio, História natural,
33.47, ele teria recebido toda a tropa de Xerxes e alimentado de uma vez quase oi-
tocentos mil homens. A piada sobre patês na pasta é uma que ainda intriga os co-
mentadores; pode haver ali, segundo Screech, algum chiste alquímico.

———

A senhora, ao fim dessa conversa, se voltou para os seus nobres e disse:
"O orifício do estômago, comum embaixador para avitualhamento de todos
os membros, tanto inferiores como superiores, nos importuna a restaurá-lo
por aporte de idôneos alimentos o que lhe foi tomado por ação contínua do
nativo calor na umidade radical.[3] Espodizadores, cesinins, nemains e perazontes, de vós apenas depende que sejam as mesas postas, copiosas de toda
legítima espécie de restaurante. Vós também, nobres pregustadores, acompanhados dos meus gentis malaxadores, a prova de vossa indústria, entrete-
cida de cuidado e diligência, faz com que nem vos possa dar ordens, senão
a de ocupardes vossos cargos e vos manterdes sempre em guarda. Apenas
vos recordo de fazer o que fazeis". Ditas essas palavras, se retirou com par-

---

[3] No manuscrito, depois desta frase, lê-se: "Aqui uma penalidade é acrescida pela Natureza, minha rainha, se não realizarmos a resolução dos espíritos".

te das suas damas um tempinho, e nos disseram que era para se banhar, segundo o costume dos antigos, tão praticado quanto entre nós hoje de lavar as mãos antes de comer. As mesas foram postas imediatamente, depois foram cobertas com toalhas riquíssimas. A ordem do serviço foi tal, que a senhora não comeu nada além de celeste ambrosia, nada bebeu além de néctar divino. Mas os senhores e damas da casa, e nós com eles, foram servidos com pratos raros, requintados e preciosos, que nunca Apício nem sequer sonhou.

Na sobremesa trouxeram um caldeirão, para o caso de a fome não ter dado trégua, e ele tinha uma largura e um tamanho tal, que a placa de ouro que Pítio Bitino deu ao rei Dario mal daria conta de tampar. O caldeirão estava cheio de ensopados num verdadeiro *pot-pourri*, saladas, fricassês, ragus, cabritadas, assado, cozido, grelhado, grandes peças de charque, presuntos à moda antiga, salgas divinais, tortas, um mundo de cuscuz à mourisca, queijos brancos e juncados, geleias, frutas para tudo quanto é gosto. O todo me parecia bom e requintado; só que nem provei, porque estava empapuçado e empanturrado. Só preciso avisar que ali vi patês na pasta, coisa raríssima, e os patês na pasta eram patês no pote. No fundo dele percebi muitos dados, cartas, tarôs, naipes, xadrezes e tabuleiros, com uma taça cheia de escudos de sol, para quem quisesse jogar.

No fim, percebi um número de mulas bem faleradas, com xairel de veludo, hacaneias com o mesmo uso para homens e mulheres, liteiras bem aveludadas igualmente, não sei bem quantas, e algumas carruagens à moda de Ferrara, para quem quisesse dar um rolezinho lá fora.

Isso nem me pareceu estranho, mas achei bem novidoso o jeito como a senhora comia. Não mastigava nada, e não porque não tivesse dentes fortes e bons, nem que os pratos não exigissem mastigação, mas porque esse era o seu costume e sua prática. Os pratos que os pregustadores tinham já provado, pegavam os malaxadores e nobremente os mascavam, com a garganta forrada de cetim carmesim, com nervurinhas e um canutilho de ouro, e os dentes de marfim lindo e branco; com isso, quando já tinham mastigado no ponto aqueles pratos, os enfiavam num embudo de ouro fino até o fim do estômago dela. Pela mesma lógica, nos disseram que ela só cagava por procuração.

Capítulo 23

Como em presença da Quinta
fizeram um baile divertido em forma de torneio

Este capítulo e o próximo não constam no manuscrito. O baile na forma de um xadrez tem clara influência da Hypnerotomachia Poliphili *(Batalha de sonho e amor de Polífilo), publicada em 1499 e atribuída a Francesco Colonna, obra traduzida ao francês por Jean Martin em 1546; porém nosso autor segue os detalhes da versão italiana. Como bem repara Screech, o narrador conta esta cena com uma mudança desconcertante de tempos verbais entre pretérito e presente, que busquei manter, embora não verbo a verbo.*

É bom lembrar que, durante a Idade Média, o xadrez era por vezes considerado uma alegoria da vida espiritual, embora símbolo da guerra fosse o mais comum, e sua invenção era atribuída a Ulisses durante a Guerra de Troia. Huchon informa que há uma ênfase na mudança das regras, pois até o séc. XV a rainha só podia andar em diagonais, uma casa por vez; no séc. XVI ela passa a ter toda a liberdade de movimento que até hoje se pratica no xadrez.

––––––

Perfeita a ceia, fizeram em presença da senhora um baile à moda de torneio, digno não só de ser observado, como também de memória eterna. Para começar, o pavimento da sala foi coberto por uma ampla peça de tapeçaria aveludada, feita na forma de um tabuleiro, quer dizer, com quadros, metade brancos, metade amarelos, cada um com três palmos de largura, todos perfeitamente quadrados. Quando na sala entraram trinta e dois jovens personagens, dos quais dezesseis estavam vestidos com roupa de ouro, a saber, oito jovens ninfas, tal como as pintavam os antigos na companhia de Diana, um rei, uma rainha, dois guardas da torre, dois cavaleiros e dois arqueiros. Numa organização similar, vinha dezesseis outros, vestidos com roupa de prata. Assim ficava a disposição sobre o tapete: os reis se punham na última linha, no quarto quadrado, de modo que o rei dourado ficava no quadrado branco, o rei prateado no quadrado amarelo; as rainhas ao lado dos seus reis, a dourada no quadrado amarelo, a prateada no quadrado branco; dois arqueiros ficavam ao lado de cada um deles, que nem guardas dos reis e rai-

Quinto livro

nhas; ao lado dos arqueiros, dois cavaleiros; do lado dos cavaleiros, dois guardas da torre. Na próxima fileira, à frente deles, vinham as oito ninfas. Entre os dois bandos de ninfas ficavam vazias quatro fileiras de quadrados. Cada bando tinha do seu lado os seus músicos, vestidos com uma libré parecida, uns com damasco alaranjado, outros com damasco branco, e eram oito de cada lado, com instrumentos bem variados, de alegre inventividade, juntos em total harmonia e melodiosos que era uma maravilha, variando os tons, os tempos e as mesuras conforme exigisse o avanço do baile. Achei isso impressionante, dada a numerosa variedade de passos, avanços, saltos, sobressaltos, retornos, fugas, emboscadas, retiradas e surpresas. E ainda mais transcendia o entendimento humano, assim achei, o fato de que os personagens do baile, assim que ouviam o som que competia ao seu avanço ou retirada, antes mesmo de a música indicar o tom, já se posicionavam no local designado, mesmo com um movimento bem diverso. Porque as ninfas, que ficavam na primeira fileira como que prestes a se engajar no combate, avançam contra os inimigos sempre em linha reta, na forma de um quadrado à frente, exceto o primeiro avanço, quando estão livres para passar dois quadrados. Só elas não podem nunca recuar. Se acontece de uma delas alcançar a fileira do rei inimigo, é coroada rainha de seu rei e passa a atacar e avançar com o mesmo privilégio que a rainha; no mais, nunca feriam os inimigos, a não ser em diagonal e oblíqua, sempre à frente. Porém nem elas nem os outros podem atacar qualquer inimigo se, ao atacá-lo, deixarem o rei descoberto, com risco de ser atacado.

Os reis avançam e atacam seus inimigos por todas as faces do quadrado e só passam de quadro branco e próximo ao amarelo e vice-versa, exceto no primeiro avanço, se sua fileira se achar vazia de outros oficiais, menos os guardas da torre, aí podem ir para o posto deles e se retirarem ao seu lado.

As rainhas avançam e atacam com maior liberdade que todos os outros, quer dizer, em todas as direções e de todos os jeitos e todos os modos, em linha reta, tão longe quanto queiram, contanto que não esteja ocupada por um dos seus, e também em diagonal, desde que na mesma cor do seu posto.

Os arqueiros avançam tanto para a frente quanto para trás, de longe e de perto. Porém nunca variam a cor do seu primeiro posto.

Os cavaleiros avançam e atacam de forma linear, pulando um posto livre, mesmo que esteja ocupado pelos seus ou pelos inimigos; depois, ao se voltarem à direita ou à esquerda, em variação da cor, que faz um salto altamente agressivo à parte adversária, por exigir grande observação, pois nunca atacam à frente aberta. Os guardas da torre avançam e atacam na cara, tanto à direita quanto à esquerda, tanto atrás quanto à frente, tal como os reis, e podem avançar tão longe quando queiram num posto vazio, coisa que os reis não podem fazer.

A lei comum das duas partes era que o fim último do combate seria assediar e cercar o rei da parte adversária, de modo que não pudesse fugir para nenhum lado. Ficando ele assim cercado, sem fuga, nem auxílio dos seus, terminava o combate, e perdia o rei assediado. Para então protegê-lo contra tal inconveniente, não há ninguém do seu bando que não ofereça a própria vida; e assim se atacam uns aos outros, vindos de todos os lados o som da música. Quando algum atacava um prisioneiro da parte contrária, fazendo uma reverência, batia docemente na mão direita e o colocava para fora do piso, para ocupar o seu lugar. Se acontecia de um dos reis ser atacado, não era permitido à parte adversária prendê-lo, mas era feita uma ordem rigorosa para ele de que estava descoberto, ou que o pretendia tomar, fazendo uma profunda reverência com a advertência, "Deus o guarde", a fim de que fosse socorrido e coberto por seus oficiais, ou então mudasse de lugar, se por azar não pudesse ser socorrido. De nenhum modo poderia ser tomado pela parte adversária, mas antes cumprimentado, com o joelho esquerdo por terra, dizendo "Bom dia!". Aí acabava o torneio.

Quinto livro

Capítulo 24

Como combatem
os trinta e dois personagens do baile

Segue a cena do baile em xadrez, ausente também do manuscrito. Ele está repleto de referências mitológicas. Ênio é a deusa grega da guerra na sua caracterização mais violenta. Pentesileia, na mitologia antiga, era a rainha das amazonas que vieram ajudar os troianos depois da morte de Heitor; diz a lenda que ela morreu nas mãos de Aquiles, e que este se apaixonou ao vê-la moribunda, tamanha era a beleza da rainha. Episemasias é grecismo, do termo ἐπισημασία, "aclamação". Mársias foi um sátiro da Frígia que teria inventado a flauta dupla e desafiado a lira de Apolo; com isso foi derrotado e depois esfolado vivo pelo deus. Ismanias, segundo Suda, na entrada Timóteo, foi um famoso flautista tebano, mas na história ele incita o general Timóteo, e não Alexandre.

Catão, Crasso, Timão de Atenas e o filósofo Heráclito são todos figuras históricas famosas como agelastas, ou seja, "pessoas sem riso". Nicolau de Cusa (1401-1464) foi cardeal alemão e figura fundamental do humanismo; aqui a referência é ao livro De ludo globi *(Sobre o jogo da bola). Miguelotes eram os peregrinos do Mont-Saint-Michel.*

─────

Assim em suas posições as duas companhias, os músicos começam juntos a soar numa toada marcial, de um jeito assustador, que nem num ataque. Aí vimos os dois bandos fremindo e se firmando para dar combate, chegando a hora do choque, quando serão chamados para fora do campo. Quando num supetão os músicos do bando prateado pararam, soavam somente os órgãos do bando dourado. Nisso nos indicavam que o bando dourado atacava. Coisa que aconteceu logo logo, porque um novo tom vimos, que a ninfa situada diante da rainha deu um giro completo à esquerda rumo ao rei, como que pedindo licença para entrar no combate, cumprimentando também toda a companhia. Depois avançou dois quadrados adiante com toda a modéstia e com um pé fez reverência ao bando adversário, que ela atacava. Aí pararam os músicos dourados, começaram os prateados. Aqui não dá para calar que a ninfa tinha num giro cumprimentado seu rei e sua companhia, para que não ficassem ociosos. Do mesmo modo a recumprimentaram em giro completo à esquerda, exceto a rainha, que voltada para o rei girou à direita; e esse cumprimento foi seguido por todos que avançavam, durante todo o curso do baile, bem como o recumprimento, tanto de um bando como de outro. Ao som dos músicos prateados, avançou a ninfa prateada, que estava situada diante da rainha, graciosamente cumprimentando o rei e toda a companhia, e eles igualmente a recumprimentando, quando se disse das douradas, exceto que giravam à direita, e a rainha à esquerda; e parou no segundo quadrado adiante, fazendo reverência ao seu adversário, parando em frente da primeira ninfa dourada, sem qualquer distância, como que à beira do combate, não fosse o fato de que só batem de banda. As companheiras as seguem, tanto douradas quanto prateadas, em figura intercalada, e ali fazem uma cena de escaramuça, tanto que a ninfa dourada que primeiro entrou no campo, acertando na mão uma ninfa prateada, a botou para fora do campo e ocupou o seu lugar; mas rapidinho, com um novo som dos músicos, foi também acertada pelo arqueiro prateado; uma ninfa dourada o fez seguir para outro ponto; o cavaleiro prateado partiu para o campo; a rainha dourada se posicionou diante do seu rei.

Então o rei prateado troca de lugar, receando a fúria da rainha dourada, e se retirou para a posição do seu guarda da torre à direita, posição que parecia bem protegida e com boa defesa.

Os dois cavaleiros que estavam à esquerda, tanto dourado como prateado, avançam e fazem amplos ataques às ninfas adversárias, que não podem bater em retirada; sobretudo o cavaleiro dourado, que se empenha por inteiro no ataque às ninfas. Porém o cavaleiro prateado pensa uma coisa mais importante: dissimulando a empreitada, embora pudesse atacar uma ninfa dourada, ele a deixa e segue além, e fez tão bem que se colocou perto dos inimigos, numa posição onde cumprimentou o rei adversário e disse: "Deus o guarde!". O bando dourado, diante desse aviso para socorrer o rei, fremiu inteiro; não que não conseguisse socorrer fácil e rápido o seu rei, mas porque, ao cumprimentar o rei, eles perdiam o guardião da torre direita sem remédio. Nisso se retirou o rei dourado pela esquerda, e o cavaleiro prateado atacou o guarda da torre dourado, o que foi uma grande perda. No entanto, o bando dourado decide se vingar e o cercam por todos os lados, a ponto de não conseguir fugir nem escapar das suas mãos. Ele faz mil esforços para sair, os seus tentam mil artimanhas para o proteger, mas por fim a rainha dourada o acerta.

O bando dourado, privado de um dos seus reforços, se esforça e busca a torto e a direito um jeito de se vingar, mas muito incauto, e faz um dano

Quinto livro

dos grandes entre as hostes inimigas. O bando prateado dissimula e espera a hora da revanche e apresenta uma de suas ninfas à rainha dourada, preparando para ela uma emboscada secreta, tanto que no ataque à ninfa faltou pouco para o arqueiro dourado pegar de surpresa a rainha prateada. O cavaleiro dourado intenta um ataque ao rei e à rainha prateada e diz "Bom dia"! O arqueiro prateado os cumprimentou e foi atacado por uma ninfa dourada, que foi atacada por uma ninfa prateada. A batalha é aguerrida. Os guardas da torre saem de seus postos para dar socorro. Tudo vira um fuzuê perigoso, Ênio ainda não se apresenta. Uma vez todos os prateados correm até a tenda do rei dourado, logo são repelidos. Entre outros, a rainha dourada realiza grandes façanhas e de um só golpe ataca o arqueiro e, de lado, ataca o guarda da torre prateado. Ao ver isso, a rainha prateada parte para cima e fulmina com a mesma ousadia e ataca o último cavaleiro dourado e também uma ninfa. As duas rainhas combateram por longo tempo, buscando ora se entressurpreenderem, ora se salvarem e protegerem os reis. Por fim, a rainha dourada ataca a prateada, mas em seguida foi atacada pelo arqueiro prateado. Aí só sobraram para o rei dourado três ninfas, um arqueiro e um guarda da torre. Para o prateado restavam três ninfas e o cavaleiro direito, o que foi causa de começarem a combater com mais cautela e lentidão. Os dois reis pareciam doídos de terem perdido suas senhoras rainhas bem-amadas, e todo o empenho deles e todo o esforço deles é de receber outras, se podem de todo o número de ninfas com tal dignidade e novo casamento amar alegremente com promessas certas de serem assim recebidas, caso penetrem até a última fileira do rei inimigo. As douradas se antecipam, e delas é criada uma nova rainha, à qual concedem uma coroa sem demora e entregam novas vestes.

As prateadas seguem o mesmo caminho, e só faltava uma linha para que delas surgisse nova rainha; mas neste ponto vigiava o guarda da torre dourado, por isso ela parou ali.

A nova rainha dourada quis, com sua nomeação, se mostrar forte, valente e belicosa. Fez grandes feitos de armas no campo. Mas nesse entremeio o cavaleiro prateado ataca o guarda da torre dourado, que protegia a meta do campo, e com isso se fez uma nova rainha prateada. Ela do mesmíssimo jeito quis se mostrar virtuosa com a recente nomeação. Renovou-se o combate, mais fogoso que antes. Mil artimanhas, mil assaltos, mil avanços foram feitos, tanto de um lado como de outro, tão bem que a rainha prateada clandestinamente entrou na tenda do rei dourado dizendo: "Deus o guarde!". E só pode ser socorrido pela sua nova rainha. Ela não hesitou em se opor para o salvar. Então o cavaleiro prateado, circundado por todos os lados chegou

perto da sua rainha, e botaram o rei dourado num pareio perrengue, que para sua salvação precisou perder a rainha. Só que o rei dourado atacou o cavaleiro prateado. Apesar disso, o arqueiro dourado e duas ninfas que ainda restavam com todas as suas forças defendiam seu rei, porém no fim todos foram atacados e botados para fora do campo, e ficou o rei dourado sozinho. Então todo o bando prateado lhe disse com profunda reverência "Bom dia!", por ser o rei prateado vencedor. Diante dessas palavras, as duas companhias de músicos começaram a tocar juntas, como vitória. E teve fim esse primeiro baile com uma exultação tão grande, gestos tão bacanas, conduta tão honesta, graças tão raras, que ficamos todos rindo por dentro que nem uns extasiados, e não à toa nos parecia que tínhamos sido transportados às soberanas delícias e à derradeira felicidade do céu Olimpo.

Findo o primeiro torneio, voltaram os dois bandos à sua posição primeira, e tal como tinham dantes combatido começaram a combater pela segunda vez, exceto que a música era meio tempo mais rápida na mesura do que a anterior, os movimentos também eram totalmente diferentes do primeiro. Ali eu vi que a rainha dourada, meio que afrontada pela derrota do seu exército, foi pela entonação da música convocada e se lançou de primeira ao campo com um arqueiro e um cavaleiro, e faltou pouco para ela pegar de surpresa o rei prateado na tenda no meio dos seus oficiais. Depois, vendo sua empreitada descoberta, se escaramuçou no meio da tropa e tanto desbaratou ninfas prateadas e outros oficiais, que dava dó de ver. Vocês diriam que era uma nova amazona Pentesileia fulminando pelo campo os gregos; porém pouco durou esse escândalo, porque as prateadas, fremindo com a perda dos

Quinto livro

seus, dissimulando porém o luto, lhe enviaram no miúdo em emboscada um arqueiro em ângulo distante e um cavaleiro errante, pelos quais ela foi atacada e botada para fora do campo. O resto foi derrotado rapidinho. Em outro momento, há de ter mais siso, ficará perto do rei, nem vai se afastar tanto, mas irá aonde deve ir, sempre bem acompanhada. Assim foram os prateados vencedores como antes.

Para o terceiro e último baile se puseram de pé os dois bandos, que nem antes, e me pareceram ter uma cara mais alegre e decidida que nos dois anteriores. E a música apertou o passo na mesura, numa quinta a mais, numa entoação frígia e bélica, que nem aquela que inventara outrora Mársias. Então começaram o torneio e entraram no combate, com uma ligeireza tal, que num só tempo da música faziam quatro avanços, com as reverências de giros adequados, tal como já foi dito, de jeito que eram só saltos, pinotes e reviradas petaurísticas, uns entrelaçados nos outros. E ao vê-los girar num só pé, depois de feita a reverência, daria para compará-los ao movimento de um pião rodando no jogo da criançada, com movimentos de cordame, porque era tão rápido o giro, que seu movimento é repouso, parece quieto, sem se mover, mas dormir, como se diz. E ali onde há um ponto de uma cor qualquer, parece para nossa vista não ser ponto, e sim linha contínua, que nem sabiamente notou De Cusa, num assunto bem divino.

Ali ouvimos o bater das palmas, as episemasias repetidas a cada tomada nova, tanto de um bando quanto do outro. Nunca existiu um Catão tão severo, nem um Crasso, o Velho, tão agelasta, nem um Timão de Atenas tão misantropo, nem um Heráclito tão avesso ao que é próprio ao humano, ou seja, rir, que não perdesse a compostura, se visse ao som da música tão ágil, com quinhentas variedades, tão rápido mover-se, avançar, pular, rodar, pinotear e disputar esses jovenzinhos com as rainhas e ninfas, com uma habilidade tão grande, que nunca um atrapalhava o outro. Quanto menos sobravam no campo, maior era o prazer de ver as artimanhas e esquivanças deles para surpreender uns aos outros, a partir do que a música lhes significava. E digo mais: se esse espetáculo sobre-humano nos deixa perdidinhos das ideias, malucos da cabeça e fora de nós mesmos, ainda mais sentíamos os corações tocados e assustados com a entoação da música, e daria para acreditar fácil fácil que foi com essa modulação que Ismanias incitou Alexandre, o Grande, que estava à mesa almoçando tranquilo, a se levantar e pegar em armas. No terceiro torneio foi o rei dourado o vencedor.[4] Durante aquelas

---

[4] O texto do manuscrito retorna a partir deste ponto.

danças, a senhora invisivelmente se escafedeu, e não a vimos mais. Fomos levados pelos miguelotes de Geber e então fomos inscritos na qualidade por ela indicada. Depois descemos ao porto de Mateotecnia, entramos nos navios e sacamos que tinha vento em popa, que se a gente recusasse naquela hora, a duras penas daria para recuperar em três quartos de minguante.

Capítulo 25

Como desembarcamos na ilha de Odos, onde os caminhos caminham

Capítulo não numerado no manuscrito. Odos vem do grego ὁδός ("caminho" terrestre ou fluvial), que costuma ser transliterado como hodós, porém sigo o texto rabelaisiano (Odes) e omito o H da aspiração inicial. A definição aristotélica de animal vem da Física, *8.1-6, e já tinha aparecido no Terceiro livro, cap. 32. Planeta, em sua etimologia grega, quer dizer "errante". Meiodia e Faverolas são dois lugares inventados por Rabelais a partir do horário (midy) e de favas (faverolles), que optei mais uma vez por traduzir; essa mesma expressão aparece no Prólogo do* Quarto livro, *na edição parcial de 1548. A expressão "nada é ditoso em todos os pontos" ecoa Horácio,* Odes, *2.16.27-8, passagem já traduzida também no* Quarto livro, *cap. 44. "A contragosto de Palas/Minerva" vem de Erasmo,* Adágios, *1.1.47, com o sentido de fazer algo que vai contra o bom senso.*

A história de Túlia e seu pai é contada por Tito Lívio, História de Roma, *1.48. São Jerônimo costuma ser pintado com um leão manso ao seu lado enquanto ele traduz a Bíblia com sua calva e a longa barba desgrenhada; para entender a comparação inusitada, é bom lembrar que no séc. XVI houve uma pequena era do gelo na Europa, que resultou no congelamento mais severo de rios, como até o Tâmisa, e que era comum jogar palha sobre o gelo para melhor transitar. O caminho de La Ferrate, passando por Limoges até Tours, passava pelo monte Grand-Ours ("Grande Urso"), que, pelo prazer da piada, optei por traduzir; a descrição dessa região gelada ecoa Virgílio,* Eneida, *4.246 ss.*

Tales de Mileto é um dos filósofos pré-socráticos; a menção a Homero diz respeito à Ilíada, *14.246. Os gregos Filolau, Aristarco de Samos e Seleuco foram mesmo precursores do heliocentrismo; mas quem, na verdade, difundiu a tese durante o renascimento foi Celio Calcagnini em suas obras póstumas, que defendiam que o Sol permanecia imóvel, enquanto a Terra dava voltas; a imagem das árvores se mexendo vem de Lucrécio,* Da natureza das coisas; *Copérnico tinha escrito havia pouco tempo sobre o assunto, em 1543.*

———

Depois de navegar por dois dias, se ofereceu à nossa vista a ilha de Odos, onde vimos uma coisa memorável. Os caminhos lá são animais, se é verdadeira a sentença de Aristóteles que diz que um argumento imbatível do ser animado é que ele se move por conta própria. Porque os caminhos caminham que nem animais. E uns caminhos são errantes, parecendo planetas, e outros caminhos são passantes, caminhos cruzantes, caminhos atravessantes. E vi que os viajantes costumavam perguntar aos habitantes da região: "Aonde vai este caminho, e este aqui?". E respondiam: "Entre Meiodia e Faverolas, à paróquia, à cidade, ao rio". Aí, pegando o caminho certo, sem suar ou se esfalfar, já se encontravam no lugar destinado, que nem vocês veem acontecer com aqueles que pegam um barco de Lyon até Avignon e Arles, sobre o Ródano. E como vocês bem sabem que em tudo neste mundo existe falha, e nada é ditoso em todos os pontos, também lá nos disseram que existe um tipo de gente que eles chamavam de cuidadores de caminhos e pavimentadores. E os pobres caminhos morriam de medo deles e fugiam deles, que nem de salteadores. Eles cuidavam da passagem, que nem a gente faz com os lobos usando rastros, ou galinholas usando redes. Eu vi um desses aí, que estava preso pela justiça porque, a contragosto de Palas, tinha tomado o caminho da escola injustamente, ou seja, o mais longo; um outro tirava onda por ter tomado, em boa luta, o mais curto, dizendo que era tão vantajoso, que nesse encontro iria chegar primeiro ao fim da empreitada. Também disse Carpalim a Epistemão um dia, ao encontrá-lo com a mijadeira em punho, mijando numa muralha, que não se espantaria mais se sempre ele era o primeiro do grupo do bom Pantagruel, porque tinha o mais curto e menos cavalgador. Ali reconheci o grande caminho de Bourges e o vi andar a passo de abade, e o vi também fugir com a chegada de uns carreteiros que ameaçavam atropelá-lo com os pés dos cavalos e lhe passar as carroças por sobre a barriga, que nem Túlia passou sua carruagem sobre a barriga do pai Sérvio Túlio, sexto rei dos romanos. Reconheci também o velho camim de Péronne até Saint-Quentin, e me pareceu um camim gente boa demais da conta. Ali reconheci entre as penhas o bom e velho caminho de La Ferrate sobre o monte de um Grande Urso. Ao vê-lo de longe, me lembrei de São Jerônimo na pintura, trocando o leão pelo urso, porque estava tão petrificado, tinha a barba longa, branquinha e toda desgrenhada, vocês diriam até que era de gelo; trazia um imenso rosário de pinho mal-ajambrado e ficava como que de joelhos, e não de pé, ou deitado, e batia no peito com imensas e brutas pedras, e nos deu a um só tempo medo e pena. Ao vê-lo nos pegou de lado um bacharel da região e, mostrando um caminho bem alisado com palha, disse: "De hoje em diante, não me venham mais desprezar a opinião de Tales de Mileto, quando este dizia que a água era o princípio de todas as coisas, nem a sentença de Homero, que afirma que tudo nasce do oceano. Este

Quinto livro

caminho que vocês estão vendo nasce da água e a ela há de retornar: dois meses atrás, barcos passavam por aqui, agora aqui passam carroças.

— Na real, disse Pantagruel, você o apresenta com toda a cara de piedoso! No nosso mundo, todos os anos vemos uma transformação dessas, quinhentas ou mais." Depois, considerando o andar desses caminhos moventes, nos disse que, a seu ver, naquela ilha Filolau e Aristarco tinham filosofado, Seleuco tinha decidido afirmar que a terra na verdade se movia em torno dos polos, e não o céu, ainda que o contrário pareça ser a verdade. Tal como, quando vogamos na margem do rio Loire, parece que as árvores próximas se movem, embora não se movam, e sim nós no percurso do barco. Ao voltarmos aos navios, vimos que perto da praia estavam botando na roda três cuidadores de caminhos que foram pegos numa emboscada e queimavam em fogo baixo um cretininho que tinha batido um caminho e lhe quebrado uma costela, e nos disseram que esse era o caminho dos diques e represas do Nilo, no Egito.[5]

---

[5] Aqui o manuscrito continua: "Além disso, ali nos disseram que Panigão, nesses últimos dias, estava numa ermida daquela ilha retirado, e que vivia com grande santidade e verdadeira fé católica, sem concupiscência, sem afeto, sem vício, em inocência, amando ao próximo como a si mesmo e a Deus sobre todas as coisas; donde fazia vários belos milagres. Com a nossa partida de Chothu, eu vi um retrato mirífico de um pajem buscando seu senhor, pintado tempos atrás por Charles Charmois de Orléans". Charles Chamois é mencionado no *Quarto livro*, cap. 2, como pintor de Francisco I. Panigão (*Panigon*, "comilão") aparece no *Quarto livro*, cap. 10.

Capítulo 26

Como passamos pela ilha dos Tamancos
e da ordem dos irmãos múrmures

Capítulo não numerado no manuscrito, com uma ideia tirada do Discípulo de
Pantagruel, *cap. 28. O termo* múrmures *traduz* fredons, *em francês, que designa seus
murmúrios nas falas e cantorias (portanto dando maior importância à forma do que
ao conteúdo da fé); porém nosso autor também joga com o eco entre* fredon *e* breton *("bretão"), fazendo assim uma sátira com a Igreja da Bretanha e sua fidelidade
a Roma, com membros que tinham fama de brigões e beberrões. Há ainda algumas
piadas praticamente incompreensíveis que retomam os conflitos internos da ordem
franciscana na época, como bem atenta Hormaechea. O resultado é mais uma dia-
tribe contra a instituição monástica em geral, com ecos de* Apocalipse, *16:15, e 1 Pe-*
dro, *4:8. O capítulo está também salpicado de termos com equívoco musical:* breve,
mínima, quinta, acorde, afinar *etc.*

*Os frades menores são da ordem fundada por São Francisco de Assis; os fra-
des mínimos da ordem fundada por São Francisco de Paula, o que gera a sequência
cada vez mais ínfima. A deusa Fortuna é vinculada ao acaso e à ocasião: era representada calva por trás, com uma mecha comprida de cabelo à frente, dotada de pés
alados e usando uma navalha, representando a agudeza (cf. Alciato,* Emblemas,
*121); já os monges aqui a usam na cintura, indicando talvez hipocrisia e sugerindo
uma alusão sexual. Os servos da senhora são os católicos criticados no seu culto pelos protestantes. Lúcifer é a Estrela da Tarde, sem qualquer vínculo demoníaco.*

*Pontanesca é referente a Giovanni Pontano, humanista italiano do séc. XV que
criticava o uso dos sinos, e ecoa também* Gargântua, *cap. 18. Marcial não fala do
que é relatado (cf.* Epigramas, *13.14).* Pathelinês *é mais uma referência à* Farsa do
mestre Pathelin, *onde a figura homônima fala de modo macarronesco para deliberadamente confundir quem ele deseja enganar. A cena final é referência a Horácio,*
Sátiras, *1.8 (cf. nota introdutória ao cap. 2). No fim do poema temos clara alusão
aos embates da Reforma na Alemanha.*

———

Depois passamos pela ilha dos Tamancos, que vivem só de sopa de mer-
luza, mas fomos bem recebidos e tratados pelo rei da ilha, chamado Benius,
terceiro com esse nome, que depois de beber nos levou para ver um monas-

tério novo, erigido e construído por invenção dele para os irmãos múrmures, assim ele chamava os seus religiosos, por dizer que na terra firme habitavam os fradezinhos servidores e amigos da doce senhora. *Item*, os gloriosos e bons irmãos menores, que são semibreves de bulas, os irmãos mínimos, arenqueiros, defumados, também os irmãos mínimos encurvados, cujo nome só dava para diminuir como múrmures. Segundo o estatuto e bula patente obtida na Quinta, correta em cada acorde, todos se vestiam como incendiários de casas, exceto que, tal como os telhadores de Anjou têm os joelhos acolchoados, eles tinham barrigas soladas, e os soladores de barriga tinham muita reputação entre eles. Tinham a braguilha das calças na forma de uma pantufa, e cada um usava duas, uma costurada à frente e outra atrás, garantindo nessa duplicidade braguilhesca que estariam devidamente representados certos horríficos mistérios. Eles usavam sapatos redondos que nem penicos, imitando os moradores do mar arenoso; no mais, usavam barba raspada e pés ferrados. E para demonstrar que não se preocupavam com a fortuna, ele os mandava raspar e depilar que nem uns porcos a parte posterior da cabeça, do cocuruto até as escápulas. O cabelo da frente a partir dos ossos bregmáticos cruzavam com liberdade. Assim contrafortunavam como pessoas que não se preocupavam nadinha com os bens deste mundo. Em maior desafio à fortuna variável, traziam não na mão, que nem ela, mas sim na cintura, que nem um terço cada um, uma navalha afiada, que eles amolavam duas vezes por dia e afiavam três vezes por noite. Embaixo dos pés, cada um usava uma bola redonda, porque dizem que a Fortuna usa uma sob os pés. A borla dos capuchos era presa pela frente, não por trás, desse jeito ficavam com a vista tampada e caçoavam livremente tanto da fortuna quanto dos afortunados, nem mais, nem menos do que fazem as nossas senhoritas, usando um tapa-baranga, que vocês chamam de máscara, os antigos chamavam de caridade, porque nelas cobre um monte de pecados. Deixavam patente também a parte posterior da cabeça, que nem fazemos com o rosto; a causa é que assim podiam andar de barriga ou de bunda, como preferissem. Se andassem de bunda, vocês achariam que é o porte natural, tanto por causa dos sapatos redondos, quanto da braguilha anterior. A cara também raspada e pintada toscamente, com dois olhos e uma boca, que nem vemos nos cocos. Se andassem de barriga, vocês diriam que era alguém brincando de cabra-cega. Coisa linda de ver!

O modo de vida era assim. Quando lúcifer vinha clara aparecendo sobre a terra, eles se botavam botas e esporões uns nos outros por caridade. Assim botados e esporonados dormiam, ou roncavam pelo menos, e dormindo usavam lentes no nariz, ou na pior das hipóteses óculos.

A gente estava achando aquele jeito de agir bem esquisito, mas eles nos contentaram com a resposta, mostrando que quando o Juízo Final acontecer, vai pegar os humanos entre folga e soneca, e para deixar bem claro que não se recusavam a comparecer ao programa, coisa que fazem os afortunados, eles se mantinham botados, esporonados e prontos para montar a cavalo, assim que soasse a trombeta.

Soando o meio-dia (reparem que os sinos deles, tanto do relógio quanto do campanário da igreja e do refeitório, feitos segundo a divisa pontanesca, a saber, com plumas basteadas e o balado com rabo de raposa), então soando o meio-dia, eles despertavam e se desbotavam, mijavam se quisessem e bosteavam se quisessem e espirravam se quisessem. Mas todos por obrigação, estatuto rigoroso, vasta e copiosamente bocejavam, e o café da manhã era bocejo. O espetáculo me parecia bem massa, porque, botando as botas e esporões na prateleira, eles desciam aos claustros, ali lavavam minuciosamente as mãos e a boca, depois se sentavam num longo banco e limpavam os dentes até que o preboste desse sinal, assobiando com os dedos; aí cada um abria a bocarra o quanto conseguisse e bocejavam às vezes até meia hora, às vezes mais, às vezes menos, segundo o prior considerasse o desjejum proporcional à festa do dia; depois disso faziam uma linda procissão, onde carregavam duas bandeiras, uma delas com um belo retrato em pintura da virtude, e outra com a fortuna. Um múrmure primeiro levava a bandeira da fortuna, depois dele marchava outro com a da virtude, na mão trazendo um aspersório imerso em água mercurial, tal como é descrito por Ovídio em seus *Fastos*, com que acertava o múrmure à frente levando a fortuna. "Essa ordem, disse Panurgo, vai contra a sentença de Cícero e dos acadêmicos, que querem a virtude à frente e a fortuna atrás." Porém nos mostraram que era assim o certo a fazer, porque a intenção era de fustigar a fortuna. Durante a procissão eles murmuravam entre dentes melodiosamente nem sei que antífonas, porque eu não conseguia entender aquele pathelinês, e ouvindo com a maior atenção percebi que só cantavam de orelha. Ah, que linda harmonia, toda consoante com o som dos sinos; nunca discordavam na dissonância. Pantagruel soltou uma memorável e maravilhosa sobre essa procissão. E disse: "Vocês já viram e repararam na finesse desses múrmures aqui? Para cumprirem a procissão, saem por uma porta da igreja e entram por outra. Tomam cuidado para não entrar por onde saíram. Juro pela minha honra que esses aí são finos, quer dizer, finos para dourar, finos feito adaga de chumbo, finos não só afinados, mas afinantes, passados em fina peneira!

— Essa finesse, disse frei João, foi extraída da oculta filosofia, e pelo diabo eu não entendo bulhufas!

— Tanto mais temerária, respondeu Pantagruel, quanto mais nada se entende. Porque finesse entendida, finesse prevista, finesse descoberta perde a finesse e a essência e o nome; nós a chamamos de grosseria. Aposto a minha honra que eles conhecem muitas outras dessas!" Terminada a procissão, como passeio e exercício salutar, eles se retiravam para o refeitório e debaixo das mesas se botavam de joelhos, apoiando o peito e o estômago, cada um sobre um facho. Nesse estado, entrava um enorme tamanco, com um forcado na mão e os tratava no forcado, de jeito que começavam a refeição

Quinto livro

com queijo e terminavam com mostarda e alface, tal como testemunha Marcial que era a prática dos antigos. No fim, se apresentava a cada um deles uma pratada de mostarda, e eram servidos com mostarda depois do almoço. A dieta deles era assim: no domingo, comiam chouriços, linguiças, salsichões, fricandós, fígado, abomaso, fora o queijo de sempre na entrada e a mostarda na sobremesa. Na segunda, umas belas ervilhas com toicinho, com amplo comentário e glosa interlinear. Na terça, muito pão bento, fouaces, bolos, biscoitos. Na quarta, rural, quer dizer, cabeça de carneiro, cabeça de vitela, cabeça de texugo, que abundam naquelas bandas. Na quinta, guisados de sete tipos e no meio mostarda eterna. Na sexta, apenas sorva, e nem estava bem madura, pelo que pude avaliar da cor. No sábado roíam os ossos. Porém não eram pobres nem indigentes, porque cada um deles tinha um belo benefício de pança. A bebida era um antifortunal, que assim chamavam sei lá qual bebida do país. Quando queriam beber ou comer, batiam as borlas dos capuchos pela frente, que serviam de babador. Terminado o almoço, rezavam muito bem a Deus, e tudo entre murmúrios; o resto do dia, esperando o Juízo Final, se dedicavam a obras de caridade. No domingo, penteiam uns aos outros. Na segunda, se entrestapeiam. Na terça, se entrecoçam. Na quarta, se entreassoam. Na quinta, se entretiram vermes do nariz. Na sexta, se entrecocegam. No sábado se entreaçoitam. Assim é a dieta deles, quando residiam no convento. Se por ordem do prior claustral eles saíssem, estavam rigorosamente proibidos, com horrenda punição, de tocarem ou comerem peixe, se estiverem em mar ou rio; nem qualquer tipo de carne, se estiverem em terra firme; a fim de que ficasse claro para todos que, gozando do objeto, não gozaria do poder e concupiscência, mas permaneceriam inquebrantáveis que nem a rocha Marpésia; e tudo faziam com antífonas adequadas e convenientes, sempre cantando de orelha, como já dissemos. Quando o sol deita no oceano, eles botavam e esporonavam uns aos outros, como antes, e com lentes nos olhos se aninhavam para dormir. À meia-noite o tamanco entrava e o pessoal ficava de pé; ali esmerilhavam e afiavam as navalhas; e feita a procissão, enfiavam as mesas por cima deles e comiam como antes. Frei João do Picadinho, ao ver esses alegres irmãos múrmures e compreender o conteúdo dos seus estatutos, perdeu toda a compostura e aos berros disse: "Ah, essa ratazana rapada à mesa, vou quebrar esse aí e, por Deus, depois eu vazo. Que falta que faz Priapo aqui, que nem nos rituais noturnos de Canídia, para vê-lo peidar em alto e bom som e murmurar seu contrapeido! Agora eu saquei de vez que estamos em terra antictone e antípoda. Na Alemanha geral demole monastérios e despe os monges, aqui os erigem ao avesso e a contrapelo!".

François Rabelais

Capítulo 27

Como Panurgo,
ao interrogar um irmão múrmure,
só recebeu resposta em monossílabos

Capítulo não numerado no manuscrito. Hormaechea nos lembra que este capítulo faz uma paródia dos manuais de confissão da época, com seu modelo de interrogatório. David Jardim Júnior diz que seria impossível traduzir esta sequência de 116 respostas só com monossílabos, dada a estrutura da língua portuguesa, por isso apela aos dissílabos, tal como Hormaechea. Fiz aqui meu tour de force para manter apenas monossílabos (tal como Screech, no inglês), parte fundamental da piada, recriando uma série de jogos, porém mantendo o espírito do riso; também busquei manter os octossílabos que regem quase toda a conversa, com pequenas variantes, coisa que mais nenhum tradutor tentou, que eu saiba.

A piada do calcanhar que cai (é como mantenho o monossílabo para courts, "curtos") retoma o capítulo 20, indicando que a mulher assim cai para trás fácil e portanto aceita o sexo. No Terceiro livro, cap. 27, lemos sobre a erva louvada por Teofrasto, que faria um homem aguentar o sexo mais de setenta vezes.

Panurgo, desde a nossa chegada, não tinha feito outra coisa senão contemplar profundamente as fuças daqueles régios múrmures, até que pegou um deles pela manga, magro que nem um diabo defumado, e sapecou: "Irmão múrmure, múrmure, murmurinho, cadê as minas?".

O múrmure respondeu: "Lá.

PAN. Tem muitas delas aqui? MÚR. Nhé.

PAN. E quantas são pra valer? MÚR. Dez.

PAN. Quantas queria você? MÚR. Cem.

PAN. Mas onde que as escondem? MÚR. Aí.

PAN. Suponho que não são todas da mesma idade, mas como é o corpitcho? MÚR. Nó.

PAN. E a pele? MÚR. Tons.

PAN. Cabelos? MÚR. Mil.

PAN. Os olhos? MÚR. Dois.

Quinto livro

PAN. Peitinhos? MÚR. Ó.

PAN. A cara? MÚR. Tez.

PAN. Os cílios? MÚR. Têm.

PAN. Charminho? MÚR. Dão.

PAN. O olhar é? MÚR. São.

PAN. Os pés, são? MÚR. Sim.

PAN. Calcanhar? MÚR. Cai.

PAN. Os baixos? MÚR. Ui.

PAN. E os braços? MÚR. Vêm.

PAN. Mas o que levam ali? MÚR. Mãos.

PAN. Os vários anéis valem? MÚR. Cash.

PAN. O que pegam pra vestir? MÚR. Linh.

PAN. Mas que tipo de linho? MÚR. Bom.

PAN. Qual é a cor do pano? MÚR. Chã.

PAN. A chapeleira, qual é? MÚR. Blau.

PAN. O seu sapato, qual é? MÚR. Brim.

PAN. E a panaiada toda? MÚR. Top.

PAN. O que é que tem na sola? MÚR. Chão.

PAN. Como costumam ficar? MÚR. Vis.

PAN. Como passam na rua? MÚR. Zum!

PAN. Vamos até a cozinha, quer dizer, até as minas, e catar tudo nos detalhes sem pressa. O que tem na cozinha? MÚR. Ai!

PAN. Esse fogo, quem sopra? MÚR. Ar.

PAN. Essa lenha, como faz? MÚR. Crack.

PAN. E de que árvore cortam? MÚR. Pé.

PAN. Como faz com graveto? MÚR. Põe.

PAN. Qual a lenha dos quartos? MÚR. Pau.

PAN. E tem outras árvores? MÚR. Tais.

PAN. E essas minas aí, faço meio a meio, como é que as alimentam? MÚR. Bem.

PAN. Comem quê? MÚR. Pão.

PAN. Pão de sal? MÚR. Yep.

PAN. O que mais? MÚR. Grãos.

PAN. Como faz? MÚR. Mó.

PAN. Não comem sopa nunca? MÚR. Nem...

PAN. E pastas? MÚR. Nó!

PAN. Seguindo: e acaso comem peixe? MÚR. Sim.

PAN. Como, o que mais? MÚR. Chá.

PAN. Como faz? MÚR. Só.

PAN. Como assim só, sem nada? MÚR. Sem.

PAN. E nisso acaba o rango? MÚR. Não.

PAN. Me conta: o que mais rola? MÚR. Boi.

PAN. E o que mais? MÚR. Rã.

PAN. E o que mais? MÚR. Gnu.

PAN. Além disso? MÚR. Rim.

PAN. *Item*? MÚR. Cor.

PAN. O que vai no tempero? MÚR. Sal.

PAN. E as guloseimas? MÚR. Faz.

PAN. No acompanhamento? MÚR. Roz.

PAN. E o que mais? MÚR. Flor.

PAN. E o que mais? MÚR. Chó.

PAN. Mas vocês têm chó aqui? MÚR. Ô...

PAN. E para a sobremesa? MÚR. Flã.

PAN. E frutos? MÚR. Ah!

PAN. Hein? MÚR. Crus.

PAN. Mais? MÚR. Noz.

PAN. Mas como é que elas bebem? MÚR. Grau.

PAN. Quê? MÚR. Vinh.

PAN. Qual? MÚR. Quer.

PAN. No frio? MÚR. Tem.

PAN. Nas flores? MÚR. Gim.

PAN. No verão? MÚR. Drink.

PAN. Na colheita de outono? MÚR. Mé.

— Pela barra do meu hábito, gritou frei João, como deviam ser gordas essas vacas murmurescas, e como devem sair no trote, comendo com tanta fartura!

— Deixe, disse Panurgo, eu terminar. E quando é que vão dormir? MÚR. Breu.

PAN. E quando devem acordar? MÚR. Luz.

— Aí está, disse Panurgo, o mais gentil múrmure que eu cavalguei este ano, benza Deus, ao bendito São Múrmur e à bendita e virgem Santa Múrmura, que esse deve ter sido o primeiro presidente de Paris. Arre égua, queridão, que promotor de causas, que abreviador de processos, que esvaziador de debates, que depenador de sacos, que folheador de papéis, que redator de escrituras é esse? Ora, agora bora aos outros alimentos, conversando com tranquilidade e calma, sobre essas por assim dizer irmãs em caridade. Como é o formulário? MÚR. Nu!

PAN. Na entrada? MÚR. Cru.

Quinto livro

PAN. No fundo? MÚR. Vão.

PAN. O que nunca bate ali? MÚR. Sol.

PAN. Na borda nasce? MÚR. Lã.

PAN. Cor? MÚR. Mel.

PAN. E como é nas mais velhas? MÚR. Gris.

PAN. Como é seu remelexo? MÚR. Show.

PAN. O gingado da raba? MÚR. Fiu!

PAN. Todas são do babado? MÚR. Uou!

PAN. Os instrumentos machos? MÚR. Créu.

PAN. E como são nas pontas? MÚR. Fel.

PAN. Na base? MÚR. Maus.

PAN. Quando terminam, como é? MÚR. Fim.

PAN. E os seus penduricalhos? MÚR. Três.

PAN. Mas onde ficam presos? MÚR. Cá.

PAN. Como são no furdunço? MÚR. Paus.

PAN. Ah, pelo juramento aqui feito, quando vocês querem morar junto, como é que põe pra fora? MÚR. Foi!

PAN. Falam no rala e rola? MÚR. Psiu!

PAN. Elas dão comilança para vocês mas pensam na bacurinha? MÚR. Bah!

PAN. Elas concebem filhos? MÚR. Xô!

PAN. Como vocês se deitam? MÚR. Nus.

PAN. Pelo mesmo juramento, quantas vezes vocês dão por dia mais ou menos? MÚR. Seis.

PAN. E à noite? MÚR. Dez.

— Que cancro, disse frei João, esse paspalho nem consegue passar de dezesseis! Que vergonha!

PAN. Você daria um outro tanto, frei João? Por Deus, esse aí é um leproso verde! E o mesmo dão os outros? MÚR. É.

PAN. Quem é gostosão aqui? MÚR. Eu.

PAN. E nunca há falhadinha? MÚR. Nope.

PAN. Estou perdendo os sentidos aqui, depois de esvaziar e esgotar no dia anterior todos os vasos espermáticos, no dia seguinte, consegue o mesmo tanto? MÚR. Mais.

PAN. Ou eu estou sonhando, ou eles devem ter a erva da Índia celebrada por Teofrasto. Mas se por algum impedimento legítimo, ou coisa do tipo, na hora do calamengau acontecer um encolhimento do membro, como é que você fica? MÚR. Ruim.

PAN. E as minas o que fazem? MÚR. Aaaah!

620

François Rabelais

PAN. E se acabar um dia? MÚR. Pior.

PAN. Vai dar o que pra elas? MÚR. Pou!

PAN. E aí, o que elas fazem? MÚR. Mer.

PAN. Mas o quê? MÚR. Puns.

PAN. Com que som? MÚR. Fuin.

PAN. Como se dão os castigos? MÚR. Dói.

PAN. E assim o sangue delas? MÚR. Sai.

PAN. E assim a pele delas? MÚR. Cai.

PAN. O que faz para melhorar? MÚR. Pó.

PAN. Com esse medo elas botam? MÚR. Véus.

PAN. E creem que vocês são? MÚR. Deus.

PAN. E pelo mesmo juramento, como é o fuque-fuque agosto? MÚR. Flou.

PAN. E como fica em março? MÚR. Zás!

PAN. E no resto do ano? MÚR. Vai.

— Então, disse Panurgo sorrindo, eis aqui o pobre murmúrio do mundo, vocês ouviram como ele é resolvido, sumário e compendioso em suas respostas, não solta mais que monossílabos. Acho que até divide uma cereja em três bocados!

— Zizus, disse frei João, duvido que fala assim com as minas; aí deve ser bem polissílabo! Você fala de três bocados para uma cereja, por São Gris, eu juraria que de um pernil de cordeiro só faria dois pedaços, e de um quartilho de vinho faria uma golada! Veja como o bicho está avacalhado!

— Essa, disse Epistemão, sucata acabada dos monges vai pelo mundo inteiro assim, na fissura por alimentos, depois vêm nos dizer que só têm as próprias vidas neste mundo! E que diabos têm os reis e grandes príncipes?"[6]

---

[6] O manuscrito ainda acrescenta: "Juro que isto aqui está um tédio; bora cada um de nós (disse Panurgo) agir de acordo com a própria afeição; mas depois que eu for casado, quero fazer do meu gosto uma nova monjarada. Não estou falando de monges monjados: são monges monjantes. E vou alimentar com frades *tenps* ou frades *narjorie*. Nem vão tão rápido quanto esses charmosos múrmures aqui". O que está em itálico me parece incompreensível (bem como a Screech).

Quinto livro

Capítulo 28

Como a instituição da Quaresma
incomoda Epistemão

Capítulo sem número no manuscrito. Na sequência de críticas e piadas, agora a Quaresma entra na mira, segundo critérios morais, medicinais e até teológicos; nisso retoma o que já tínhamos visto no Quarto livro, *caps. 29 a 33. Agora Epistemão julga a supressão da Quaresma algo iminente, como resultado da pressão dos reformistas contra as instituições humanas da Igreja; era um projeto almejado para o Concílio de Trento, que não se realizou.*

"Cada um esteja inteiramente seguro em sua própria mente" é citação de Romanos, *14:5, também citado no* Terceiro livro, *cap. 7. O cura de Saint-Christophe--du-Jambet, em Mans, é ninguém mais, ninguém menos que o próprio Rabelais, que ocupou o cargo entre 1545 e 1553. Os perdões na lista que agrada aos santões são as indulgências dos católicos. Nos mitos antigos, os arimáspios combatiam os grifos, e não os nefelibatas (em grego "os que andam nas nuvens"), cf. Heródoto,* Histórias, *4.27; isso já foi citado no* Quarto livro, *cap. 56.*

Promecundo é uma palavra presente na Breve declaração, *com o sentido de "despenseiro, celeireiro, guardião". Tmese é uma figura de linguagem que corta a palavra ao meio; na tradução o bobo se torna um bo(m)botador na futura esposa de Panurgo.*

"Você notou, disse Epistemão, como o cabaço desse múrmure cretino sugeriu que março é o mês da putaria?

— Claro, respondeu Pantagruel, porém cai sempre na Quaresma, que foi instituída para macerar a carne, mortificar os apetites sensuais e restringir as fúrias venéreas.

— Nisso, disse Epistemão, você pode avaliar qual o bom senso daquele papa que primeiro a instituiu, que o patife safado desse múrmure confessa que nunca chafurda mais na sacanagem do que no período da Quaresma; e também pelos evidentes argumentos de todos os bons e eruditos médicos, quando afirmam que, durante todo o curso do ano, os alimentos digeridos que mais excitam a pessoa à esbórnia dão bem nessa época: favas, ervilhas, feijões, grãos-de-bico, cebolas, nozes, ostras, arenques, salgas, garum, todas as saladas compostas com plantas afrodisíacas, que nem rúcula, agrião, estragão, agrião-dos-jardins, salsinha, rapunzel, papoula com chifre, lúpulo, figos, arroz, uvas.

— Vocês, disse Pantagruel, ficariam de queixo caído se vissem que o bom papa instituidor da santa Quaresma (sendo essa a estação em que o calor natural sai do centro do corpo, que antes era contido durante a friaca do inverno, e desperta pela circunferência dos membros, que nem a seiva nas árvores) prescreveu precisamente esses alimentos que vocês mencionaram para auxiliar na multiplicação da estirpe humana. O que me faz pensar isso é o fato de que no registro batismal de Thouars há um maior número de crianças nascidas entre outubro e novembro do que nos outros dez meses do ano; então, por suputação retroativa, todas foram feitas, concebidas e engendradas na Quaresma.

— Eu, disse frei João, escuto esse lero-lero, e curto, mas não pouco; só que o cura de Jambet atribuía essa farta gravidez das mulheres não às comidas da Quaresma, mas sim aos mendiguinhos encurvados, aos pregadorezinhos embotados, aos confessorezinhos enlameados, que nesse período do seu império condenam os maridos tesudos a três toesas embaixo das garras de Lúcifer. Apavorados, os maridos param de molhar biscoito nas camareiras e voltam às esposas. Esteja dito.

— Interpretem, disse Epistemão, a instituição da Quaresma segundo a fantasia de vocês. Cada um esteja inteiramente seguro em sua própria mente; mas à supressão dela, que me parece incontornável, todos os médicos se opõem: eu sei, eu ouvi dizer. Porque, sem a Quaresma, a arte deles cairia no desprezo, não ganhariam necas, ninguém ficaria doente. Na Quaresma são semeadas todas as doenças, ela é a verdadeira cama, o natural viveiro e promecundo de todos os males; isso sem levar em conta que, se a Quaresma faz o corpo apodrecer, também faz a alma enlouquecer. Os diabos então lavram seu quinhão, carolas então surgem do nada, santões vivem seus grandes dias; são pencas de reuniões, estações, perdões, confissões, flagelações, anatematizações. Não quero com isso inferir que os arimáspios sejam nisso melhores que a gente, mas falo com tino.

— Venha cá, disse Panurgo, meu colhão cultinho e murmurante, o que você acha deste aqui? Não lhe parece herege? MÚR. Xiii.

PAN. E merece se queimar? MÚR. Já.

PAN. Há um jeito de apressar? MÚR. Há.

PAN. Mas sem ferver inteiro? MÚR. Sem.

PAN. Me diga de que jeito? MÚR. Cru.

Quinto livro

PAN. E como ele termina? MÚR. Tchau.
PAN. Ele pisou num calo? MÚR. Meu.
PAN. Qual era a cara dele? MÚR. Cu.
PAN. Mais cu na mão ou cuzão? MÚR. Mais.
PAN. Queria que ele fosse? MÚR. Pó.
PAN. Você queimou mais gente? MÚR. Dó...
PAN. Todos eram hereges? MÚR. Blé.
PAN. Pretende queimar outros? MÚR. Hé!
PAN. E alguém sai redimido? MÚR. Ué...
PAN. Precisa queimar todos? MÚR. Sim.

— Não faço ideia, disse Epistemão, do prazer que você tem em discutir com o cretino arrombado desse monge; se eu não o conhecesse de outros carnavais, você estaria me criando nos botões a opinião de ser um cabra pouco digno de honra.

— Bora, por Deus!, disse Panurgo. Eu o levaria até Gargântua com gosto, de tanto que eu curti; quando eu for casado, vai servir à minha esposa de bobo-...

— -tador, você quer dizer?, disse Epistemão pela figura da tmese.

— Agora, disse frei João, você está feito, meu pobre Panurgo; não vai nunca escapar de ser corno até o cu!"

Capítulo 29

Como visitamos o país de Cetim

Capítulo sem número no manuscrito. O país de Cetim parece ser baseado também na Hypnerotomachia Poliphili, *atribuída a Francesco Colonna, onde a flora é toda de seda; porém muitos animais fantástico vêm de Plínio,* História natural, *e de Aristóteles,* História dos animais, *Pausânias,* Descrição da Grécia, *e Filóstrato,* Vida de Apolônio de Tiana. *O gosto da narrativa lembra muito Luciano em* História verdadeira, *aqui criando um mundo de tapeçaria, que flerta sempre com a invenção e a perda da realidade. Julgo desnecessário dar notas a todos, pois os mais estranhos são descritos pelo narrador e praticamente todos são encontráveis numa pesquisa sem dificuldades. Pavaneiro é quem dança a pavana.*

Johannes Kleberger (aqui grafado como Henri/Hans Clerberg) foi um mercador alemão que morava em Lyon, cidade onde Rabelais foi médico. Charles Marais assumiu o cargo em Hôtel-Dieu, em Lyon, quando Rabelais saiu de lá.

À moda cesarina retoma informação de Plutarco, Júlio César, *46, de que o político teria sido morto com vinte e três punhaladas em 44 a.C. O rétor cristão Lactâncio escreveu um poema sobre a Fênix, no séc. IV. Apuleio escreveu o romance* O asno de ouro, *peça hilária mas de tom místico.*

Periandro foi tirano de Corinto no séc. VI a.C., e era considerado um dos sete sábios da Grécia. A história a partir de Caio Licínio Muciano (séc. I a.C.) é contada por Plínio, mas informando que teria travado por causa de múrices, e não rêmoras. Os peixes de abril são os que mentem, como em 1º de abril; em francês são os maquereaux, "cavalinhas", que também significam "proxenetas", por isso optei por traduzir como "tubarões", criando um pouco a imagem predatória por outro caminho; já as rêmoras, como logo antes fica claro, emperram todos os processos tal como esses peixes de fato prendem os barcos.

Mais uma vez temos a piada rabelaisiana de chamar os protonotários de crotonotários, jogando com o pelicano (onocrótalo), como faz desde o Prólogo do Pantagruel. O animal de duas costas também é figura recorrente, representa duas pessoas fazendo sexo.

Alegres por termos visto a nova religião dos irmãos múrmures, navegamos por dois dias; no terceiro, nosso piloto descobriu uma ilha linda e deliciosa, mais que todas as outras: era chamada ilha de Frisa, porque os caminhos eram de frisa. Nela ficava o país de Cetim, tão renomado entre os pajens da corte, cujas árvores e plantas nunca perdem flor ou folhas, e são de damasco e veludo recamados; os bichos e aves eram de tapeçaria. Ali vimos muitos bicos, aves e árvores, que nem temos aqui na imagem, tamanho, amplidão e cor; exceto que não comiam nada e necas cantavam, necas mordiam, que nem os nossos; muitos também ali vimos que nunca tínhamos visto, entre outros ali vimos vários elefantes de cara variada, sobretudo ali atentei aos seis machos e seis fêmeas apresentados no teatro em Roma pelo organizador do espaço no tempo de Germânico, sobrinho do imperador Tibério: elefantes amestrados, músicos, filósofos, dançarinos, pavaneiros, bailarinos, e estavam sentados à mesa numa bela composição, bebendo e comendo em silêncio, que nem beatos padres no refeitório. Têm a tromba longa de dois côvados, que chamamos de probóscide, com a qual chupam água para beber, pegam palmeiras, ameixas, todo quanto é tipo de comida, e se defendem e ofendem como se fosse uma mão; e no combate jogam as pessoas lá para o alto, e na queda as fazem rasgar de tanto rir. Têm juntas e articulações nas pernas; os que escreveram o contrário, só viram em pintura; entre os dentes, têm dois grandes chifres, assim os chamava Juba, e diz Pausânias que são chifres, não dentes; Filóstrato sustenta que são dentes, e não chifres; para mim dá no mesmo, desde que vocês entendam que é marfim de verdade e que têm o cumprimento de três ou quatro côvados e que ficam na mandíbula superior, e não inferior. Se acreditarem nos que dizem o contrário, vão entender tudo errado; mesmo que seja Eliano, esse terço da mentirada. Foi ali, e não alhures, que Plínio os viu dançando com sinetas sobre as cordas, que nem funâmbulos, também passando sobre as mesas em pleno banquete, sem acertar os beberrões que bebiam.

Ali vi um rinoceronte igualzinho àquele que Johannes Kleberger um dia me mostrou, pouco diferente de um porco rufião que eu tinha visto em Limoges, a não ser por um chifre na fuça, com um côvado de comprimento e pontudo, com o qual ele tinha coragem de enfrentar um elefante na luta, e apontando-o contra a barriga (que é a parte mais macia e frágil do elefante) o prostrava morto por terra. Ali vi trinta e dois unicórnios, é um bicho brabo às maravilhas, igualzinho a um bom corcel, a não ser por ter cabeça de cervo, pés de elefante, rabo de javali e na testa um chifre afiado, preto e com seis ou sete pés de comprimento, que costuma ficar pendurado que nem a crista de um peru; quando ele quer lutar, ou dar alguma ajuda, aí o ergue reto e rijo. Um deles eu vi acompanhado por vários animais selvagens, limpando uma fonte com seu chifre; aí, me disse Panurgo que o quartão dele pa-

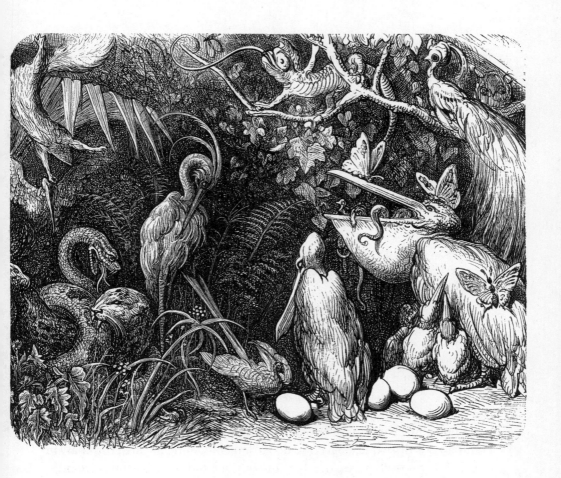

recia esse unicórnio, não no comprimento, mas pela força e qualidade, pois tal como este purificava a água dos mares e fontes contra a imundície da peçonha que ali estivesse, e logo trás esses vários animais com segurança vinham beber, também seguramente a gente podia logo atrás do quartão remexer sem perigo de cancro, bexiga, gonorreia, pústulas ou tretas menores, porque se algum tivesse no buraco mefítico, ele limpava tudo com seu chifre nervudo.

"Quando, disse frei João, você estiver casado, vamos fazer esse teste com a sua mulher, por todo amor de Deus, já que você nos deu uma dica tão salutar.

— Certo, respondeu Panurgo, e em seguida no estômago uma boa pilulinha agregadora a Deus, composta por vinte e dois toques de punhal, à moda cesarina.

Quinto livro 627

— Vale mais a pena, disse frei João, uma taça de um bom vinho fresco." Ali vi o tosão de ouro conquistado por Jasão; quem disse que não era tosão, e sim uma maçã de ouro, porque μῆλα significa maçã e carneiro, não visitou direito o país de Cetim. Ali vi um camaleão que nem descrito por Aristóteles e que nem tinha me mostrado Charles Marais, célebre médico na nobre cidade de Lyon, sobre o Ródano, que vivia só de ar, e nada mais.

Ali vi três hidras, que nem as que tinha visto outro dia. São cobras, cada uma com sete cabeças diferentes. Ali vi catorze fênix. Eu tinha lido em vários autores que só existia uma no mundo inteiro a cada era; mas segundo meu parco juízo, os que escreveram isso nunca viram uma fora do país de Tapeçaria, inclusive Lactâncio Firmiano. Ali vi a pele do asno de ouro de Apuleio. Ali vi trezentos e nove pelicanos. Seis mil e dezesseis pássaros selêucidas, andando em linha e devorando gafanhotos no trigal; cinomolgos, argatilos, caprimulgos, tinúnculos, crotonotários, quer dizer, onocrótalos com sua grã-gorja, estinfálidas harpias, panteras, dórcades, antílopes, cinocéfalos, sátiros, cartazanas, tarandos, uros, monopes, pégasos, cefos, néades, esteres, cercopitecos, bisões, musmões, bituros, órfiros, estriges, grifos.

Ali vi meia-Quaresma a cavalo, meio-agosto e meio-março seguravam o estribo; lobisomens, centauros, tigres, leopardos, hienas, camelopárdales, origos. Ali vi uma rêmora, peixinho chamado *echeneis* pelos gregos, perto de um grande navio que não se movia, mesmo a toda vela em alto-mar, acho que era o do tirano Periandro, que um peixe dos mares tão pequeno prendia contra o vento. Nesse país de Cetim, e não alhures, foi que Muciano a viu. Frei João nos disse que, pela corte do Parlamento, antigamente costumavam reinar dois tipos de peixe, que faziam com que todos os litigantes (nobres, plebeus, pobres, ricos, grandes e pequenos) apodrecessem seus corpos e surtassem suas almas. Os primeiros eram peixes de abril, os tubarões, os segundos as venenosas rêmoras, uma eternidade de processos sem fim no julgamento. Ali vi esfinges, chacais, linces, cefos (que têm os pés da frente que nem mãos e os de trás que nem os pés de um homem), crocutas e eales, que são grandes que nem hipopótamo, têm rabo de elefante, mandíbula de javali, chifres móveis que nem as orelhas de um burro; as cucrocutas, bichos ligeiríssimos, grandes que nem burros de Mirebalais, têm o pescoço, o rabo e o peito de leão, as pernas de cervo, a boca fendida até as orelhas e só têm um dente em cima e um embaixo, falam com voz humana, mas não emitem palavras. Vocês dizem que nunca se viu um ninho de sacre; pois bem, ali vi onze, e guardem bem! Ali vi alabardas canhotas, que nunca vi em outro lugar. Ali vi mantícoras, bichos estranhíssimos, têm corpo de leão, pelo vermelho, fuça e orelhas de homem, três fileiras de dentes entrando uns nos outros,

que nem se vocês entrelaçassem os dedos das duas mãos, uns dentro dos outros, no rabo têm um ferrão com que picam, que nem os escorpiões, e têm uma voz melodiosa. Ali vi catóblepas, bichos selvagens, pequeninos, mas com cabeças grandes e desproporcionais, que mal conseguem levantar do chão, têm olhos tão venenosos, que qualquer um que os vê morre na hora, que nem quem vê um basilisco. Ali vi bichos de duas costas, que me parecem de uma alegria maravilhosa e fartos no rebolado, mais do que a lavandisca, num eterno movimento das alcatras. Ali vi lagostins mamíferos, que nunca tinha visto alhures, e andavam numa organização caprichada, que era uma onda de ver.

Capítulo 30

Como no país de Cetim vimos Ouvidizer, diretor da escola de testemunhos

Continuando com o prazer da narrativa inverossímil, vemos uma sátira contra o modelo historiográfico dos testemunhos, que invadiam a Europa com as narrativas das viagens pelos novos mundos. Ele parte de Êxodo, 14: 15-31, passando por divindades marinhas greco-romanas, a história de São Cristóvão gigante carregando o menino Jesus, os eruditos da Antiguidade, chegando até figuras do presente, como Pedro Álvares Cabral! Interessante pensar que o discurso rabelaisiano parece buscar um corte entre a ficção e os métodos historiográficos que vão imperar na Modernidade. Mais uma vez, muitos pontos são tirados de Plínio, tal como a informação, aqui silenciada, de que os anacampseros seriam plantas afrodisíacas; julgo que seria excessivo anotar passo a passo, pois não estão em jogo os detalhes, mas sim o prazer da compilação desenfreada, e mais uma vez todos os nomes são de fácil acesso numa pesquisa rápida.

Heliogábalo foi imperador romano entre 218 e 222 até ser assassinado, ficou famoso por uma série de práticas estranhas, desagradáveis ou mesmo cruéis. O moinho de Bazacle já foi tema em Pantagruel, *cap. 14. Pedro Gílio, ou Pierre Gilles (1490-1555), foi um humanista francês, amigo de Erasmo, que publicou em Lyon em 1533 um dicionário de peixes, que Rabelais com certeza conheceu.*

A folha de menta ecoa "mentir" também em francês, daí a piada se manter razoavelmente em português. Os habitantes de Le Mans tinham fama de serem falsas testemunhas profissionais, assim o capítulo se encerra com um retorno ao tema da justiça.

Passando um pouco adiante nesse país de Tapeçaria, vimos o mar Mediterrâneo, aberto e descoberto até os abismos, todinho que nem no golfo Arábico se abriu o mar Eritreu para dar caminho aos judeus que saíam do Egito. Lá eu reconheci Tritão soprando a imensa concha, Glauco, Proteu, Nereu e mil outros deuses e monstros marinhos. Vimos também um número infinito de peixes de espécies diversas, dançando, voando, revoando, lutando, rangando, respirando, transando, cassando, organizando escaramu-

ças, plantando emboscadas, armando tréguas, negociando, jurando e zoando. Num canto ali perto, vimos Aristóteles segurando um facho, tinha a cara parecida com aquela que pintam para ermitão perto de São Cristóvão, espiando, matutando, anotando tudo por escrito. Por trás dele estavam, feito assistentes de justiça, vários outros filósofos: Apiano, Heliodoro, Ateneu, Porfírio, Pancrátes, Arcadiano, Numênio, Possidônio, Ovídio, Opiano, Olímpio, Seleuco, Leônidas, Agátocles, Teofrasto, Damóstrato, Muciano, Ninfodoro, Eliano, quinhentos outros, também à toa que nem Crisipo, ou Aristômaco de Solos, que ficou cinquenta e oito anos contemplando o estado das abelhas, sem fazer mais nada. Entre eles, achei Pedro Gílio, que carregava um penico na mão, matutando na mais profunda contemplação o mijo desses belos peixes. Depois de observar um tempão esse país de Cetim, disse Pantagruel: "Já fartei demais os meus olhos aqui, mas não consigo me sentir saciado: o estômago me ladra uma fome do cão!

— Bora comer, bora comer, eu disse, e provar esses anacampseros pendurados ali em cima!

— Eca, não é nada que preste." Peguei então uns mirobálanos pendurados na ponta da tapeçaria, mas não conseguia mastigar nem engolir; ao prová-los vocês diriam com propriedade e jurado de pés juntos que era uma seda torcida, com gosto de nada. Daria para pensar que foi dali que Heliogábalo teria tomado, numa transcrição de bula papal, o seu modelo para festejar aqueles que ordenara jejuar por um tempão, prometendo por fim um banquete suntuoso, farto, imperial, só para depois lhes dar comidas de cera, de mármore, de argila, de pintura, de panos bordados. Então revirando o tal país para saber se alguma comida encontraríamos, ouvimos um barulho estridente e diferentão, como se mulheres lavando roupa, ou as taramelas dos moinhos de Bazacle, perto de Toulouse; e sem demora corremos ao local donde vinha e vimos um velhinho, corcunda, grotesco e monstruoso, que se chamava Ouvidizer; ele tinha a boca fendida até as orelhas e dentro da boca sete línguas, e a língua fendida em sete partes; seja lá como for, com todas as sete ao mesmo tempo falava diversos assuntos e línguas diversas, tinha também entre a cabeça e o resto do corpo tantas orelhas quanto antes Argo tinha olhos; de resto era cego e paralítico das pernas; em torno dele vi um número inumerável de homens e mulheres escutando bem atentos e até reconheci alguns no meio da multidão fazendo boa cara, entre eles um tinha um mapa-múndi e o explicava sumariamente com pequenos aforismos, e assim viravam clérigos sábios e especialistas num instantinho e já davam palestras sobre coisas prodigiosas com a maior elegância e boa memória, que, para conhecer um centésimo delas, não bastaria uma vida de humano, das pirâmides, do Nilo, da Babilônia, dos trogloditas, dos himatópodes, dos blêmios, dos pigmeus, dos canibais, dos montes Hiperbóreos, dos egipãs, de todos os diabos: e tudo só de Ouvidizer. Lá eu vi, ou assim acho, Heródoto, Plínio, Solino, Beroso, Filóstrato, Mela, Estrabão e vários outros antigos, mais Alberto Magno, Pedro Mártir, papa Pio II, Rafael Volaterrano, o valente Paulo Jóvio, Jacques Cartier, Hetum de Córico, Marco Polo de Veneza, Ludovico de Varthema, Pedro Álvares e nem sei quantos outros modernos historiadores mocozados por trás de uma peça de tapeçaria em tapeação escrevendo umas belas mentiras, e tudo só de Ouvidizer.

Por trás de uma peça de veludo bordada com folha de menta, perto de Ouvidizer, vi uma galera de Perche e Le Mans, bons estudantes e bem jovens, e ao perguntarmos em que faculdade realizavam seus estudos, ouvimos que lá, desde a juventude, aprendiam a ser testemunhas e que nessa arte tiravam tanto proveito, que ao partirem do lugar e retornarem à sua província, viviam com folga no ofício da testemunharia, dando fiel testemunho de todas as coisas a quem mais pagasse por dia, e tudo só de Ouvidizer. Podem falar o que quiserem, mas eles nos deram do pão e bebemos dos seus barris à farta. Depois nos aconselharam de coração que seria bom economizar na verdade tanto quanto possível, se quiséssemos chegar à corte dos grandes senhores.

Capítulo 31

Como descobriu-se-nos o país de Facho

Este capítulo curtíssimo, não numerado no manuscrito, tem claros ecos dos quatro livros anteriores, bem como do Discípulo de Pantagruel. *Aqui vemos finalmente Facho, mencionado no* Terceiro livro, *cap. 47, e lá Panurgo já dizia querer conhecer o local para levar um facho/fachana na viagem; também tinha aparecido no* Quarto livro, *cap. 5 (cf. nota introdutória para implicações sexuais), ao encontrarem outros viajantes, em alusão ao Concílio de Trento. Contrariando toda a geografia dos livros anteriores, Facho agora parece estar na região de Poitou, na França.*

Lampíridas são animais dotados de órgãos luminosos, portanto de fachos; o nome é de origem grega.

———

Maltratados e malcomidos no país de Cetim, navegamos por três dias; no quarto, na melhor hora, chegamos a Facho. Quando íamos nos achegando, vimos no mar uns foguinhos voando; da minha parte, pensei que fossem não fachos, mas peixes que, com língua flamejante, fizessem fogo fora do mar, ou então lampíridas, que vocês chamam de cicindelas, ali brilhando, que nem fazem à noitinha em minha pátria, quando a cevada está madura. Porém o piloto nos avisou que eram fachos sentinelas, cumprindo rondas de reconhecimento nos arredores do país, que faziam uma escolta para fachos estrangeiros que, como bons franciscanos e jacobinos, iam comparecer ao capítulo provincial; no entanto, por recearmos qualquer sinal de tempestade, nos garantiu que era isso mesmo.

Quinto livro

Capítulo 32

Como desembarcamos no porto dos fachanos e entramos em Facho

O número e a indicação de capítulo estão ausentes no manuscrito. Seguem aqui os empréstimos de Luciano, História verdadeira *e* Contra um ignorante que comprava muitos livros, *e do Discípulo de Pantagruel. No manuscrito este capítulo está junto ao anterior. Licnóbios são tema de Erasmo, Adágios, 4.4.51, ao tratar dos que vivem com luz artificial. Erasmo é também a fonte dos fachos de Aristófanes Gramático e Cleantes em 1.7.72, que também cita o facho de Epicteto. Interessante notar a amarração com* Pantagruel, *cap. 9, e* Terceiro livro, *cap. 47, onde já vemos Panurgo falar fachanês.*

"Obeliscolícnio" é palavra já presente no Quarto livro, *e dicionarizada em português. O capítulo é aberto por uma série de faróis famosos na Antiguidade e no presente de Rabelais; La Rochelle, criado no séc. XV, reforça a ideia de que Facho ficaria mesmo em Poitou. Esfengítidas, como descrito na* Breve declaração, *tem o sentido de "transparente como vidro".*

A história relativa a Marcial está em seus Epigramas, 14.41. *A história de Calístion, filha de Crísias (o autor confunde e escreve Tísias e entende que o nome dela é Canope, quando na verdade é uma oferenda a Serápis, deus do Canopo, ideia que corrijo na tradução), aparece em Calímaco, epigrama 55: icosimixo é decalque do grego e quer dizer "com vinte mechas", assim como polimixo quer dizer "com muitas mechas". Bártolo (1313-1357), célebre jurisconsulto medieval, conhecido como luz do direito, fora já satirizado desde* Pantagruel, *cap. 10, como uma figura que obscurece a lei (a ironia aqui é perfeita). As duas luminárias são piadas com duas obras farmacêuticas da época, usadas pelos boticários:* Luminare maius (*Luminária maior*) e Luminare apothecariorum (*Luminária dos boticários*), ambas do séc. XV. Em Mirebalais, famosa por seus burros, havia um mosteiro franciscano.*

Sem demora entramos no porto de Facho. Aí sobre uma alta torre Pantagruel reconheceu o facho de La Rochelle, que nos deu um farol dos bons. Vimos também o facho de Faros, de Náuplio, da Acrópolis em Atenas, consagrado a Palas. Perto do porto, tem uma aldeiota habitada pelos licnóbios, que são pessoas que vivem de fachos, tal como em nossos países irmãos lei-

gos vivem de freiras. Foi ali que Demóstenes acendeu seu facho. Daquele lugar até o palácio fomos conduzidos por três obeliscolícnios, guardas militares do cais com altos chapéus, que nem albaneses, aos quais explicamos as causas da nossa viagem e projeto, que era de impetrar à rainha dos fachanos um facho aceso para nos aclarar e conduzir na viagem que fazíamos até o oráculo da Garrafa. Coisa que prometeram nos conceder de bom grado, acrescentando que foi bom o momento e oportunidade da nossa chegada, e que teríamos uma boa escolha de fachos, porque estavam no capítulo provincial. Chegando ao palácio real, fomos por dois fachos de honra (a saber, o facho de Aristófanes e o facho de Cleantes) apresentados à rainha, à qual

Panurgo em língua fachanesa expôs brevemente as causas da nossa viagem. Tivemos uma boa acolhida e ordem de participar da ceia, para escolhermos mais fácil o facho que quiséssemos por guia. Coisa que nos agradou imenso, nem fomos negligentes ao observar bem tudo, e considerar bem tudo, tanto nos gestos, roupas e aparência, quanto na ordem do serviço. A rainha estava vestida de cristal virgem, de damasquinado, trabalhado com grandes diamantes. Os fachos de sangue estavam vestidos, uns com strass, outros com pedras esfengítidas, o resto com chifre, papel, tela encerada. Os faróis também, segundo os estados da antiguidade de suas casas. Só vi um de barro, que nem um pote, no nível dos mais elegantes; pasmo com isso, ouvi que era o facho de Epicteto, pelo qual um dia ele recusou três mil dracmas. Aí matutei em detalhe sobre a moda e o estilo do facho polimixo de Marcial, ainda mais icosimixo, que outrora consagrara ao deus do Canopo a filha de Crísias. Reparei bem no facho pênsil outrora pendurado em Tebas no templo de Apolo Palatino e depois transportado à cidade de Cime, na Eólia, por Alexandre, o Conquistador. Reparei num outro insigne, por causa de um pompom lindo de seda carmesim que tinha na cabeça. E me dissera que era Bártolo, facho do direito. Reparei também em dois outros insignes por causa das bolsas de clister que traziam na cintura; e me disseram que um era a grande, e outro a pequena luminária dos boticários. Chegada a hora da ceia, a rainha se sentou no primeiro lugar, e em seguida o resto, segundo o grau e a dignidade. De entrada, todos foram servidos com uma grossa e dura flama flamejante de cera branca, um pouco vermelha na ponta; nisso os fachos de sangue foram diferenciados, o facho provincial de Mirebalais se serviu com uma vela de noz, e o provincial de Bas-Poitou eu vi se servir por uma vela armorial. E só Deus sabe que luz depois soltavam, com suas mechas. Fora um número de jovens fachos do governo de um grande facho.[7] Não reluziam que nem os outros, mas me pareciam ter cores de palha e aço.[8] Depois da ceia, nos retiramos para descansar. No dia seguinte, a rainha nos fez escolher um facho para nos conduzir, dos mais insignes. E assim pedimos licença.

---

[7] No manuscrito, em vez da frase subsequente, lê-se: "e me fez lembrar de Matheline, que nunca deixava que a gente metesse óleo ou vela no corpo, nem reluzia que nem os outros, [...]".

[8] Depois desta palavra, no manuscrito, começa o capítulo intitulado "Como as senhoras fachanas foram servidas na ceia", traduzido em anexo.

Capítulo 33

Como chegamos ao oráculo da Garrafa

A meta anunciada desde o final do Terceiro livro *finalmente é alcançada neste capítulo (sem número no manuscrito), mesmo que agora a ilha esteja em Touraine, em plena França, abraçando a terra natal que Rabelais expressa desde o* Gargântua. *Aqui o livro também começa a ganhar o tom de uma iniciação nos cultos de mistérios báquicos e tece muitos ecos com a descida ao Orco narrada por Virgílio,* Eneida, *livro 6, quando Eneias é guiado pela Sibila de Cumas (ali por exemplo o herói deve levar um ramo de ouro, aqui levam o sarmento da videira); na sequência dos capítulos, outros ritos báquicos aparecem, como cobrir a cabeça com hera, carregar o tirso (donde o nome de tirsíferos, portadores do tirso, o cajado com vide e hera usado por Baco), que simbolicamente com sua frieza esfriaria o calor do vinho.*

A lista de cepas é completamente séria e vai de nomes antigos até a modernidade dos contemporâneos de Rabelais, sobretudo entre Itália e França. Segundo Plutarco, Questões romanas, *112, o pontífice consagrado a Júpiter era proibido de se embebedar, com a mesma justificativa dada pelo facho aqui.*

No fim do capítulo, frei João faz referência a Apocalipse, *12:1, porém traduzindo o nome do livro, dando sinal de erudição, ou, mais provavelmente, de pendor protestante. Rondíbilis, no* Terceiro livro, *caps. 32 e 33, compara a mulher à lua, misoginamente sugerindo que seja lunática. Guillaume Bigot (1502-1550) já foi mencionado* en passant *no cap. 18 deste livro; era membro do círculo dos irmãos Du Bellay, tal como Rabelais.*

Nosso nobre facho nos alumiava e conduzia com a maior alegria, quando chegamos à ilha desejada, onde estava o oráculo da Garrafa. Ao desembarcar por terra, Panurgo fez com o pé um pinote no ar todo empolgadinho e disse a Pantagruel: "Hoje temos o que buscamos com tanto cansaço e labuta". Depois se encomendou gentilmente ao nosso facho, que nos informou que esperássemos todos bem e que, qualquer coisa que aparecesse, não devíamos ter medo algum. Chegando ao templo da Divina Garrafa, a gente tinha que passar por um enorme vinhedo feito de todas as espécies de videiras,

Quinto livro

637

tais como falerno, malvasia, muscadet, tabbia, beaune, mireval, orleans, arbois, coussy, anjou, grave, corse, verron, nérac e outras. O tal vinhedo foi plantado antigamente pelo bom Baco, com uma bênção tamanha, que o tempo todo dava folha, flor e fruto, que nem as laranjeiras de Cirene. Nosso facho magnífico mandou comer três uvas cada homem, botar pâmpano nas solas e pegar um sarmento verde na mão esquerda. No fundo do vinhedo, passamos por um arco antigo, onde estava o troféu de um manguaceiro esculpido delicadamente, a saber: por um lado, um longa fileira de frascos, odres, garrafas, botelhas, barris, tonéis, potes, pintas, ânforas antigas, pendurados numa treliça sombreada; por outro, uma grande quantidade de alhos, cebolas, chalotas, presuntos, butargas, tortas de queijo, línguas de boi defumadas, queijos curados e confeitos do tipo, entrelaçado com pâmpano e com grande engenho ajuntados por cepas; de outro, cem formas de copos, tais como copos de pé e copos a cavalo, cubas, copas, cálices, jarras, tigelas, taças, canecas e uma artilharia báquica dessa ordem. Na frente do arco, sob o zoóforo, havia dois versos inscritos:

Nessa poterna onde me acho
É bom levar lanterna ou facho.

Passant icy ceste poterne
Garny toy de bonne lanterne.

"Isso, disse Pantagruel, a gente já providenciou, porque em toda a região de Facho, não tem facho melhor e mais divino do que o nosso!" Esse arco terminava num lindo e vasto caramanchão, todo feito com cepas de videiras, adornados com uvas de quinhentas cores diferentes e quinhentas diferentes formas, não naturais, mas assim feitas por arte da agricultura: amarelas, azuis, brônzeas, ciâneas, brancas, pretas, verdes, violeta, variegadas, furta-cores, longas, redondas, triangulares, colhonadas, coroadas, barbudas, narebudas, ervudas. No fim, pertinho ficavam três heras antigas, bem verdejantes, todas carregadas de bagas. Lá nos ordenou nosso ilustríssimo facho a fazermos cada um um chapéu albanês de hera e a cobrirmos a cabeça inteirinha, o que fizemos sem enrolação. "Debaixo, disse então Pantagruel, desta treliça, nunca passaria o pontífice de Júpiter.

— O motivo, disse nosso preclaro facho, era místico. Porque ao passar, teria vinho, ou seja, as uvas, acima da cabeça, e assim pareceria estar como que subjugado e dominado pelo vinho, para indicar que os pontífices e todos os personagens que se entregam e se dedicam à contemplação de coisas di-

vinas devem manter os espíritos na tranquilidade, longe de qualquer perturbação dos sentidos, que é mais manifesta na bebedeira do que em qualquer outra paixão que seja.

Vocês também não seriam recebidos no templo da Divina Garrafa, se passassem aqui debaixo, a não ser que a nobre pontífice Bacbuc visse as solas de vocês cheias de pâmpanos, que é um ato completa e diametralmente oposto ao primeiro, com significado evidente de que o vinho é por vocês desprezado, pisado e subjugado.

— Eu, disse frei João, não sou clérigo especialista, o que muito me entristece; mas encontrei no meu breviário que, na *Revelação*, se viu como coisa admirável uma mulher que tinha a lua sob os pés; era, pelo que me explicou Bigot, para indicar que ela não era da mesma raça e natureza que as outras, que têm todas avessamente a lua na cabeça e, por isso, o cérebro sempre lunático; isso me induziu facinho a acreditar no que você nos diz, senhora fachana, amiga minha."

Capítulo 34

Como entramos debaixo da terra
para entrar no templo da Garrafa
e como Chinon é a primeira cidade do mundo

O capítulo, sem número no manuscrito, abre uma digressão sobre Chinon e presta seu louvor. A Cave Pintada da terra natal de Rabelais, mencionada rapidamente no Quarto livro, *cap. 20, eram túneis subterrâneos embaixo do castelo da região e transformados numa espécie de cave no séc. XV; hoje conhecida como* Caves Painctes, *é um local que costuma fazer cerimônias do universo do vinho frequentemente associadas ao nome de Rabelais. O nome* Cainon *é forma erudita, e a origem aqui sugerida era corrente na região (cf. Gregório de Tours,* História dos francos, *5.17), com referência a Caim como criador de cidades (cf. Gênesis, 4:17, onde faz uma cidade e a nomeia a partir de seu filho Enoque).*

Os versos aqui citados retomam de fato a divisa, que aparece, segundo Huchon, pela primeira vez em 1498 e é retomada num poema do rei Francisco I dedicado a Chinon. Seguindo os ritos báquicos, vamos ver aqui sátiros e silenos, figuras representadas nesse imaginário do mundo grego. O espaço da cave como Flox é termo derivado do grego φλόξ *("chama").*

Assim entramos debaixo da terra por uma arcada incrustada com gesso, pintada por fora toscamente com uma dança de mulheres e sátiros, acompanhando o velho Sileno, que ria montado no seu burro. Lá eu dizia a Pantagruel: "Essa entrada me traz à lembrança a Cave Pintada da primeira cidade do mundo, pois lá existem pinturas parecidas com parecido frescor ao daqui.

— Onde fica, perguntou Pantagruel, essa primeira cidade que você falou?

— Chinon, eu disse, ou Cainon, em Touraine.

— Conheço, respondeu Pantagruel, onde fica Chinon e a Cave Pintada também; já tomei muitas taças de vinho fresco por lá, e não tenho a menor dúvida de que Chinon é uma cidade antiga; o seu brasão atesta, quando diz:

Quinto livro

duas ou três vezes Chinon,
pequena em grande nome bom,
se assenta na pedra perene,
em cima o bosque, embaixo o Vienne.

deux, ou trois fois, Chinon,
petite ville grande renom,
assise sus pierre ancienne,
au haut le bois, au pied Vienne.

Mas como seria ela a cidade primeira do mundo, onde foi que você viu isso por escrito, que conjetura é essa?

— Eu, disse, vi na Sagrada Escritura que Caim foi o primeiro construtor de cidades, então é bem possível que a primeira ele nomeou com o seu nome Cainon, tal como depois imitaram todos os outros fundadores e instauradores de cidades e impuseram os seus nomes: Atena, o nome grego de Minerva, a Atenas; Alexandre a Alexandria; Constantino a Constantinopla; Pompeu a Pompeiópolis, na Cilícia; Adriano a Adrianópolis; Canaã aos cananeus; Sabá aos sabeus; Assur aos assírios; Ptolemaida; Cesareia; Tiberiópolis; Heródio, na Judeia." Enquanto a gente trocava essa conversa fiada, saiu o grande frasco (nosso facho o chamava de Flox), regente da Divina Garrafa, acompanhado pela guarda do templo, composta por três garrafões franceses. Ao ver-nos tirsíferos, como já disse, e coroados de hera, e reconhecer nosso insigne facho, nos fez entrar em segurança e ordenou que nos levassem direito até a princesa Bacbuc, dama de honra da Garrafa e pontífice de todos os mistérios. Dito e feito.

Capítulo 35

Como descemos os degraus tetrádicos
e do medo que sentiu Panurgo

Mais uma vez temos um capítulo (sem número no manuscrito) contrapondo as figuras de Panurgo e frei João ante a adversidade ou o desconhecido (cf. Quarto livro, caps. 24 e 57), porém foge ao modelo do que lemos no entorno do Quinto livro. Aqui também temos uma série de jogos numéricos ligados à tradição mística e que funcionam como graus/degraus da iniciação, representados como degraus de uma escada: 1 + 2 + 3 + 4 (o quadrado de 2) + 9 (o quadrado de 3) + 8 (o cubo de 2) + 27 (o cubo de 3) = 54. Este número por sua vez é a metade de 108, que por sua vez é a soma da tétrade triangular pitagórica (1 + 2 + 3 + 4 = 10) elevada ao quadrado e somada ao cubo de 2 (ou seja, 100 + 8 = 108). Assim é disposta a tétrade num triângulo equilátero:

*

* *

* * *

* * * *

Como atenta Hormaechea ao fazer a conta, tudo isso dialoga com a psicogonia (geração da alma) que Platão apresenta no diálogo Timeu, 1016a, certamente a partir de Plutarco, Comentário sobre a psicogonia. Uma fonte para as piadas vem de Erasmo, Adágios, 3.6.22, que versa sobre ser mais obscuro que os números de Platão. Um ponto curioso é a aparição do número 78, um favorito de Rabelais desde o Terceiro livro.

O buraco de São Patrício, que verti por "racha" para manter a ambiguidade sexual, ficava em Derg, uma ilha da Irlanda, e era tido como possível entrada ao Purgatório. O antro de Trofônio era um ponto oracular na Lebadia, na Beócia, onde o herói profetizava. Foi no Tênaro que, segundo o mito, Hércules/Héracles teria descido para capturar o cão Cérbero, que protegia o mundo inferior. Lêmures eram as almas dos mortos, em seu lado maligno, segundo o pensamento romano antigo. As Fosses Mariannes são as fossas criadas pelo romano Mário (Plutarco, Mário, 15) e designam a cidade de Aigues-Mortes; a chuva de seixos em La Crau teria acontecido durante o combate de Hércules contra Dercino e Albião, graças à ajuda de Júpiter/Zeus. Guilherme sem Medo é um herói de canções de gesta, já mencionado no Quarto livro, cap. 23, por Panurgo; essa última frase não aparece no manuscrito.

Quinto livro

Então descemos um degrau marmóreo terra abaixo, ali tinha um patamar; virando à esquerda, descemos dois outros, ali tinha outro patamar; depois três girando e outro patamar; e quatro outros, e a mesma coisa. Aí perguntou Panurgo: "É aqui?

— Quantos degraus, disse o nosso magnífico facho, você contou?

— Um, respondeu Pantagruel, dois, três, quatro.

— Quanto dá?, perguntou ele.

— Dez, respondeu Pantagruel.

— Pela, disse a fachana, mesma tétrade pitagórica multiplique isso, e qual é o resultado?

— Cem, respondeu Pantagruel.

— Acrescente, disse ele, o primeiro cubo, que é oito, ao fim desse número fatal, e vamos encontrar a porta do templo. Note com prudência que é a verdadeira psicogonia de Platão, tão celebrada pelos acadêmicos e tão pouco compreendida; cuja metade é composta pela unidade, pelos dois primeiros números inteiros, com seus quadrados e seus cubos. Para descer esses degraus numerosos terra abaixo, precisamos primeiro das pernas, porque sem elas só daria para descer rolando, que nem barris em cava baixa; em segundo lugar, do nosso preclaro facho, porque essa descida não nos dava nenhuma outra luz, que nem se estivéssemos na racha de São Patrício, na Hibérnia, ou no antro de Trofônio, na Beócia. Descidos cerca de setenta e oito degraus, gritou Panurgo, dirigindo sua fala ao nosso lúcido facho: "Senhora mirífica, eu lhe imploro de coração contrito, vamos de marcha a ré, pela morte de beus, eu estou morrendo de pavor! Aceito nunca me casar, você já sofreu e labutou demais por mim; Deus há de lhe pagar a boa paga, e eu não vou ser ingrato quando sair desta caverna dos trogloditas! Por favor, bora voltar! Começo a desconfiar que aqui é o Tênaro, por onde se desce ao Inferno; e acho que ouvi Cérbero latindo! Escutem só: é ele, ou as orelhas me pregaram uma peça: não tenho devoção nenhuma por ele, porque não existe dor de dente pior do que quando um cachorro nos morde na perna! Se é aqui o antro de Trofônio, os lêmures e capetas vão nos comer vivinhos, que nem já comeram uns alabardeiros de Demétrio por falta de migalhas. Você está aí, frei João? Eu suplico, minha tripa: fique aqui perto de mim, estou morrendo de medo! Está com o bracamarte em mãos? Estou sem arma alguma, seja ofensiva ou defensiva. Bora voltar!

— Estou, disse frei João, estou; não precisa ter medo, que eu o pego pelo cangote; nem dezoito diabos vão conseguir lhe tirar da minha mão, mesmo se eu estiver sem arma! Armas na hora da precisão nunca faltam, quando um bom coração é sócio de um bom braço; antes vão chover armas do

céu, que nem no campo de La Crau, perto das Fosses Mariannes, em Provença, no passado choveram seixos (ainda estão lá), para ajudar Hércules, que não tinha mais com que combater os dois filhos de Netuno. Mas quê? Estamos descendo aqui até os limbos dos bebês? Por Deus, eles vão se cagar na gente! Ou então até o Inferno de todos os diabos? Coração de Deus, vou dar um safanão neles agorinha com este pâmpano na sola! Vou dar uma coça com força! Cadê? Onde é que estão? Só tenho medo dos chifres deles! Os dois chifres que Panurgo vai levar casado vão me proteger bonito! Consigo até ver, num espírito profético, um outro Acteão cornando, cornudo, cornocu.

— Cuidado, *frater*, disse Panurgo, não espere que vamos casar monges, para daí desposar a febre quartã! Porque, se eu conseguir voltar são e salvo deste hipogeu, vamos ver se não vou carcar nela só para fazer de você um cornígero, cornipeidante; sem falar que acho a febre quartã um xibiu do brabo! Me faz lembrar que Garrabichano quer lhe dar essa aí em matrimônio, mas você o chamou de herege."

Aqui a conversa foi interrompida pelo nosso esplêndido facho, que nos mostrou que aquele ali era o lugar onde devíamos respeitar por supressão da fala e taciturnidade da língua; no mais, deu uma resposta peremptória de que não precisávamos ter receio do voltar sem uma palavra da Garrafa, porque já tínhamos forrado as solas com pâmpanos.

"Bora então, disse Panurgo, partir de cabeça para todos os diabos! Só se morre uma vez! Se bem que eu estava me reservando a vida para alguma batalha. Rumbora, rumbora que bora além! Tenho coragem que dá e sobra; verdade que o coração me tremelica, mas é só por causa do frio e do relento deste submundo, bora mandar, marcar, mijar! Eu me chamo Guilherme sem Medo!"

Capítulo 36

Como as portas do templo
se abriram incrivelmente sozinhas

Temos neste capítulo (sem número no manuscrito) outra digressão suspensiva, dessa vez sobre o mecanismo automático de uma porta (mais uma vez, aparentemente tirada da Hypnerotomachia Poliphili*) a partir do uso de ímãs, o que é típico do interesse mecânico, cada vez maior no Renascimento. Uma das alegorias de interpretação da passagem é que a porta simboliza a verdade, e se abre sozinha para quem de fato a busca.*

É interessante juntar as três expressões citadas ao longo do texto, como uma espécie de ideograma: a) A expressão grega Ἐν οἴνῳ ἀλήθεια, *mais conhecida em sua versão latina* In uino ueritas, *é tema de um longo adágio de Erasmo, 1.7.17; essa tópica ecoa um verso de Alceu de Mitilene, frag. 366; b) A frase latina é do estoico grego Cleantes, citada por Sêneca numa das* Cartas a Lucílio, *107, na forma de um verso típico do teatro antigo, o senário jâmbico; ela é tema de Erasmo em 2.3.41; c) A última frase aparece na primeira edição apenas escrita em francês (*Toutes choses se meuvent à leur fin*), que traduzi mas incorporei o texto grego em maiúsculas tal como aparece apenas no manuscrito, sem indicação de autoria; no manuscrito também se diz que seria um verso adônio, uma informação errada do ponto de vista métrico. A união delas forma "A verdade está no vinho, o destino é inescapável e tudo segue para a morte", como se essas fossem as verdades incontornáveis do humano.*

Adriano Júnio, em seus Adágios, *fala do bronze coríntio. A planta chamada etíope aparece no* Quarto livro, *cap. 62, e é mencionada por Plínio,* História natural, *26. O diamante índico é o ímã.*

Ao fim dos degraus, encontramos um portal de fino jaspe, todo compassado e construído em obra e forma dóricas; na frente dele estava, com letras jônicas, com ouro puríssimo escrita a seguinte sentença: Ἐν οἴνῳ ἀλήθεια. Quer dizer, "no vinho, verdade". As duas partes eram de bronze, tipo coríntio, maciças, feitas com pequenas vinhetas em relevo e esmaltadas delicadamente segundo a exigência da escultura, e estavam juntas e presas

Quinto livro

por igual num malhete, sem qualquer amarra ou ligação. Só tinha ali pendurado um diamante índico do tamanho de uma fava egípcia, incrustado de ouro refinado com duas pontas, numa figura hexagonal e em linha reta; de cada lado, no rumo da parede, estava pendurado um punhado de alho.

Ali nos pediu nosso nobre facho para aceitarmos como legítima a sua desculpa, se desistia de nos conduzir adiante; mas que deveríamos seguir as instruções da pontífice Bacbuc, pois não lhe era permitido adentrar ali, por causas determinadas que aos seres vivos de vida mortal era melhor calar do que expor. Porém em todo esse acontecimento nos mandou ficar de cérebro ligado, sem ter qualquer tipo de medo, e confiar nela para a volta; depois pegou o diamante pendurado na comissura das duas portas e à direita o jogou dentro de uma caixa de prata ali colocada para isso; tirou também da dobradiça de cada porta um cordão de seda carmim, com uma toesa e meia de comprimento, onde estava pendurado o alho, e o prendeu aos aros de ouro, postos de lado para isso, e se retirou.

Num supetão as duas portas, sem que ninguém as tocasse, sozinhas se abriram, e ao se abrirem fizeram não um barulho estridente, não um fremido horrível, que nem costumam fazer as portas de bronze, toscas e pesadas, mas um doce e gracioso murmúrio, ressoando pela abóbada do templo, cuja causa Pantagruel sacou na hora, ao ver sob a extremidade de uma e outra porta um cilindrinho, que por cima da dobradiça juntava a porta e, à medida que ela girava para a parede, por cima de uma dura pedra de pórfiro, bem tersa e também polida, na roçada fazia um doce e harmonioso murmúrio.

Eu fiquei de cara como essas duas portas, que, cada uma sozinha, sem pressão de ninguém, tinham ficado assim abertas; para entender esse caso incrível, depois que entramos, eu projetei a vista entre as portas e a parede, ansioso para saber com que força e com que instrumento elas ficavam assim fechadas, desconfiando que nosso amável facho na fechadura delas tivesse colocado a erva chamada de *Ethiopis*, com que se abre todas as coisas fechadas; mas percebi que a parte onde as duas portas se fechavam, no malhete interior, tinha uma lâmina de aço fino encravada no bronze coríntio.

Percebi, além disso, duas placas de ímã índico, amplas e espessas de meio palmo, com uma cor cerúlea, bem lisas e polidas; toda a espessura delas estava dentro da parede do templo incrustada, na parte onde as portas bem abertas tinham a parede como fim da abertura.

Então, pela rapacidade violenta do ímã, as lâminas de aço, graças a uma oculta e admirável instituição da natureza, cederam àquele movimento; na sequência, as portas eram lentamente arrebatadas e portadas, porém não sempre, mas só com o tal ímã removido, pela próxima seção do aço, era a obediência que liberou e dispensou naturalmente ao ímã, tirados assim os dois punhados de alho, como fez o nosso alegre facho com cordão carmim, distantes e suspensos porque ele mortifica o ímã e dele toma aquela força atrativa. Numa das placas mencionadas à direita, estava refinadamente insculpido em letras latinas antigas este verso senário jâmbico:

Ducunt uolentem fata, nolentem trahunt.

"Destino traz quem quer e arrasta quem resiste." E mais: eu vi à esquerda em letras maiúsculas elegantemente insculpida esta sentença:

ΠΡΟΣ ΤΕΛΟΣ ΑΥΤΩΝ ΠΑΝΤΑ ΚΙΝΕΙΤΑΙ.

"Todas as coisas seguem ao seu fim."

Quinto livro

Capítulo 37

Como o pavimento do templo
era feito com um mosaico admirável

Neste capítulo (sem número no manuscrito) temos outro momento em que a rica descrição arquitetônica tem levado estudiosos a comparar este livro com a Hypnerotomachia Poliphili, *mantendo o interesse contínuo por Baco. Os dados históricos e míticos são tirados de Plínio,* História natural, *de onde saem os nomes das pedras em jogo.*

A obra é construída a partir do termo latino tessera, *que indica as peças de um mosaico. Ofite é a pedra da serpente. Lúcio Cornélio Sula (138-78 a.C.) foi um general e político romano que chegou a ser ditador, e o santuário em questão é o de Fortuna Primigênia, erigido no fim do séc. II a.C. Soso de Pérgamo foi um mosaísta grego do séc. II a.C., e é o único artista dessa técnica com nome registrado na literatura antiga (a primeira edição do* Quinto livro *confunde seu nome com Sosístrato, que aqui corrijo segundo o manuscrito). O pintor grego Zêuxis tinha fama de fazer obras tão realistas que de fato enganavam os pássaros, e estes tentavam comer as uvas pintadas.*

———

Lidas essas inscrições, lancei meus olhos à contemplação do magnífico templo e já matutava em cima da incrível elaboração do pavimento, que, com razão, não pode ser comparado a nenhuma outra obra que esteja ou tenha estado sob o firmamento, nem mesmo o litostroto do templo da Fortuna em Preneste, no tempo de Sula, ou o pavimento que os gregos chamavam de *asseratum*, que Soso fez em Pérgamo. Porque a obra era tesserada na forma de quadradinhos, todas pedras finas e polidas, cada uma na sua cor natural: uma de jaspe vermelho, agradavelmente tingida com diversas manchas; outra de ofite; outra de pórfiro; outra de licoftalmo, semeada de centelhas de ouro miúdas que nem átomos; outra de ágata, com ondas de chaminhas misturadas e sem ordem, de cor leitosa; outra de calcedônia caríssima; outra de jaspe verde, com uns veios vermelhos e amarelos; e sua disposição estava repartida na diagonal.

François Rabelais

Por cima do pórtico, a estrutura do pavimento era um mosaico com pedrinhas reunidas, cada uma com sua nativa cor, servindo ao desenho das figuras; e era como se por cima do tal pavimento tivessem semeado um juncado de pâmpano, sem uma arrumação muito esmerada; porque num lugar parecia largamente expandido, no outro menos; e era essa enramada insigne por todos os lados, mas sobretudo a meia-luz apareciam uns caracóis num lugar subindo nas uvas, em outro lagartinhos correndo pelo pâmpano, em outro apareciam as uvas pela metade e uvas completamente maduras; foi com tal arte e engenho do arquiteto compostas e formadas, que facilmente enganariam os estorninhos e outros passarinhos, que nem fazia a pintura de Zêuxis de Heracleia. E seja como for, nos iludiram direitinho, pois no lugar onde o arquiteto tinha espalhado bem o pâmpano, com medo de machucar os pés, nós andamos levantando bem os pés, que nem quando passamos por um lugar desigual e pedregoso. Depois lancei os olhos a contemplar a abóbada do templo, com as paredes, que eram todas incrustadas de mármore e pórfiro na forma de um mirífico mosaico, de uma à outra ponta, onde, começando pela parte esquerda da entrada e com uma elegância inacreditável, estava representada a batalha que o bom Baco venceu contra os indianos, como segue.

Quinto livro

Capítulo 38

Como no mosaico do templo
estava representada a batalha
que Baco venceu contra os indianos

Este capítulo e o próximo (não numerados no manuscrito) tomam pequeno empréstimo das Bacantes *de Eurípides, mas sobretudo de Luciano de Samósata,* Dioniso, *texto curto porém de grande importância para o mundo báquico; é daí que vem toda a descrição do séquito de Baco. Outro autor que tem influência nas discussões sobre vinho e hera é Plutarco,* Banquete, 3, *questão 2. A relação entre menta e sangue é tirada de Aristóteles,* Problemas, 20.2. *A descrição de Baco vermelho como um querubim sai do modelo de Luciano de Samósata e sugere uma leitura alquímica e alegórica para toda a viagem e vitória de Baco como perseguição da pedra filosofal e o rubedo (repare-se que os viajantes aqui passaram pelo nigredo do escuro e caminham para a luminosidade). O número de 79.227 bacantes, 85.133 sátiros e 78.114 pãs não aparece no texto de Luciano. Sobre Sêmele, cf. nota ao cap. 15.*

———

No começo estavam figuradas diversas cidades, vilas, castelos, fortalezas, campos e florestas, todos queimando no fogo. Figuradas estavam também mulheres diversas despirocadas e desorientadas, que esquartejavam furiosamente vitelos, carneiros e ovelhas ainda vivinhos e com sua carne se alimentavam. Isso nos indicava como Baco, ao entrar na Índia, lançava tudo a fogo e sangue.

Apesar disso, foi tão desprezado pelos indianos, que nem se dignaram a ir vê-lo, depois de receberem o aviso dos seus espiões de que no exército dele não tinha nenhum homem de guerra, mas apenas um velhinho de boa, afeminado, pelado, sempre dançando e saltitando, com rabo e chifre que nem os cabritos novos, e um bando de mulheres chapadas. Aí decidiram deixá-los passar adiante, sem resistir com armas, como se fosse uma vergonha, e não uma glória, como se fosse desonra e ignomínia, e não honra e façanha, obter vitória contra um povo desses. Assim desprezado, Baco a cada dia ganhava o país e lançava tudo ao fogo, porque fogo e raio são de Baco as armas paternas, e, antes de nascer no mundo, foi saudado pelo raio de Júpiter;

sua mãe Sêmele e sua casa materna igualmente queimadas e destruídas por fogo e sangue; pois por natureza é o que ele faz nos tempos de paz e derrama nos tempos de guerra. São testemunhas os campos na ilha de Samos, chamados *panema*, quer dizer, ensanguentados, onde Baco bateu as amazonas, que fugiam da região dos efésios, e as matou todas por flebotomia, de jeito que o tal campo ficou todo encharcado e coberto de sangue. Daí vocês podem a partir de agora compreender melhor do que escreveu Aristóteles em seus *Problemas* por que era o velho ditado popular "Em tempo de guerra não coma nem plante menta"; a razão é que, nos tempos de guerra costumam ser distribuídos golpes sem respeito, então para o homem ferido, se tiver manipulado ou comido menta, é impossível, ou bem difícil, de estancar o sangue. Na sequência, o tal mosaico figurava como Baco marchava para a batalha sobre um carro magnífico, puxado por três pares de jovens leopardos conjugados; seu rosto parecia de criança, para ensinar que todos os bons manguaceiros nunca envelhecem, vermelho que nem um querubim, sem um fio de barba na cara; na cabeça trazia chifres pontiagudos, e por cima deles uma linda coroa feita de pâmpano e cachos de uvas, com uma mitra de vermelho carmesim, e calçado com borzeguins dourados.

Na sua companhia não tinha um só homem: toda a guarda e todas as forças eram de bassárides, evantes, evíades, edônides, trietérides, ogígias, mimalones, mênades, tíades e báquides, mulheres despirocadas, desembestadas, enfurecidas, cingidas com dragões e cobras vivas em vez de cintas, os cabelos voando no ar, com diademas de vinhas, vestidas com peles de cervos e cabras, trazendo na mão machadinhas, tirsos, bisarmas e alabardas, na forma de uma noz de pinhões e uns escudinhos ligeiros, ressoando e estalando quando eram tocados, mesmo que de levinho, e que elas usavam quando tinham necessidade, junto com tímpanos e címbalos. O número delas era de setenta e nove mil duzentas e vinte e sete. A vanguarda era regida por Sileno, homem em quem ele tinha total confiança, cuja virtude e magnanimidade de coragem e prudência foram no passado reconhecidas em vários lugares. Era um velhote tremebundo, encurvado, roliço, pançudo até não mais poder, que tinha orelhas grandes e retas, nariz pontudo e aquilino e sobrancelhas toscas e enormes; vinha montado num burro bagudo, no punho trazia um cajado para se apoiar e para elegantemente guerrear, se carecesse desmontar a pé, e estava vestido com uma túnica amarela, dessas que as mulheres usam. Sua companhia era de jovens campestres, cornudos que nem cabritos e cruéis que nem leões, todos pelados, sempre cantando e dançando cordacismos, eram chamados títiros e sátiros. O número era de oitenta e cinco mil cento e trinta e três.

Quinto livro

Pã conduzia a retaguarda, homem horrendo e monstruoso. Porque nas partes inferiores do corpo ele parecia um bode, as coxas eram peludas, tinha chifres na cabeça retos e apontados para o céu; a cara era vermelha e inflamada, e a barba bem longa; homem audaz, corajoso, intrépido e fácil de ficar em cólera; na mão canhota trazia uma flauta e na direita um cajado recurvado; seus bandos eram igualmente compostos por sátiros, hemipãs, egipãs, silvanos, faunos, lêmures, lares, duendes e trasgos, no número de setenta e oito mil cento e catorze. A senha comum a todos era a palavra *Evoé*.

François Rabelais

Capítulo 39

Como o mosaico figurava
o embate e o assalto
que fez o bom Baco contra os indianos

Continuamos a descrição do mosaico, baseado sobretudo no Dioniso *de Luciano de Samósata. Apeles e Aristides são dois renomados pintores gregos do séc. IV a.C. A história da ninfa Lótis é contada por Ovídio,* Fastos, *1.415 ss.; na história Priapo não consegue estuprar a ninfa, porque um dos burros de Sileno a desperta com seus zurros; assim ela foi transformada no lótus. Quem conta que a hera nascia apenas no monte Meru, em Nisa, é Teofrasto,* História das plantas, *4.4, depois citado por Plínio,* História natural, *16.62. Um detalhe importante para o fim do capítulo é lembrar que Plutarco, em* Ísis e Osíris, *19.362c, conta que Zeus/Júpiter teria adotado Osíris e o chamado de Dioniso, e que este teria introduzido os bois no Egito, trazendo-os da Índia, com os nomes mencionados aqui.*

———

Na sequência estava representado o embate e o assalto que fez o bom Baco contra os indianos. Ali eu pude observar que Sileno, chefe da vanguarda, suava em bicas e amargosamente atormentava seu burro; o burro, do mesmo modo, abria a boca horrenda e mosqueava e marchava e escaramuçava de um jeito impressionante, parecia que tinha um vespão no cu.

Os sátiros capitães, sargentos das tropas, cabos de esquadra e furriéis, com cornetas em toques marciais, davam voltas furiosas em torno do exército, com saltos de cabras, entre botes, peidos, coices e pinotes, dando coragem aos companheiros para combaterem com bravura; todos na figura gritavam *Evoé*. As mênades faziam a primeira incursão contra os indianos com gritos terríveis e sons assustadores de címbalos e escudos; e o céu inteiro ressoava, na representação do mosaico. Por isso, não vão lá vocês se admirar com a arte de Apeles, Aristides de Tebas e outros que pintaram trovões, coriscos, raios, ventos, verbos,[9] costumes e mentes.

---

[9] No manuscrito, em vez de "verbos", lê-se "ecos".

Quinto livro

Na sequência, estava a hoste dos indianos, meio que avisados de que Baco lançava seu país na devastação. Na frente estavam os elefantes carregados de torres com homens de guerra num número infinito; mas todo o exército estava em debandada, e contra eles e sobre eles se voltavam e marchavam os elefantes, por causa do tumulto horrendo das báquides e do terror pânico que lhes tinha tomado os sentidos. Ali vocês veriam Sileno a esporear amargosamente o seu burro e a esgrimir o seu cajado à moda antiga, o burro a cercar os elefantes com a bocarra escancarada como se zurrasse, e num zurro marcial (com a mesma valentia com que outrora despertou a ninfa Lótis em pleno bacanal, quando Priapo em pleno priapismo queria priapizá-la a dormir, sem prezá-la) ressoou o assalto.

Ali vocês veriam Pã saltitar com suas pernas tortas em volta das mênades e com sua flauta rústica excitá-las a combater com bravura. Ali veriam também logo atrás um jovem sátiro levando como prisioneiros dezessete reis, uma báquide arrastando com suas serpentes quarenta e dois capitães, um fauninho trazendo doze insígnias tomadas dos inimigos e o bom Baco em seu carro desfilando em segurança pelo campo, rindo, curtindo e entornando todas com cada um. Por fim, estava representado no mosaico o troféu da vitória e o triunfo do bom Baco.

Seu carro triunfante estava todo coberto de hera, colhida e recolhida no monte Meru, graças à sua escassez, que aumenta o preço de tudo, sobretudo dessas plantas na Índia. Nisso depois o imitou Alexandre, o Grande, em seu triunfo índico, pois o carro era puxado por elefantes conjugados. Nisso depois o imitou Pompeu Magno em Roma em seu triunfo africano, pois por cima estava o nobre Baco bebendo num cântaro. Nisso depois o imitou Caio Mário após a vitória contra os cimbros, que obteve perto de Aix-en-Provence. Todo o seu exército estava coroado de hera, os tirsos, escudos e címbalos estavam todos cobertos. Até o burro de Sileno vinha caparazonado com ela.

Dos lados do carro estavam os reis indianos, presos e atados com grossas correntes de ouro; toda a brigada marchava com pompas divinas em alegria e júbilo indizíveis, carregando infinitos troféus, férculos e despojos dos inimigos, com animados epinícios e cançõezinhas rurais e sonoros ditirambos. No fundo estava representado o país do Egito com o Nilo e seus crocodilos, cercopitecos, íbis, macacos, tarambolas, icnêumones, hipopótamos e outros bichos típicos. E Baco marchava naquela região conduzido por dois bois; sobre um deles estava escrito com letras de ouro *Ápis*, sobre o outro *Osíris*, porque no Egito, antes da chegada de Baco, nunca se tinha visto boi ou vaca.

Quinto livro

Capítulo 40

Como o templo era iluminado
por uma lâmpada admirável

Este capítulo (sem numeração no manuscrito) que se volta para uma lâmpada incrível é baseado naquela descrita em Hypnerotomachia Poliphili, *atribuída a Francesco Colonna, já com uma possível leitura hermética, onde aparece comparada à de Calímaco (aquela já mencionada no cap. 32) e à do templo de Júpiter Amon, no Egito. Sobre o linho asbestino, nosso autor se baseia em Plínio, que considera o asbesto um tipo de linho capaz de resistir ao fogo, como já vimos no* Terceiro livro, *cap. 52.*

Lícnio vem do grego λυχνίον, *"lâmpada". Carpásia era uma cidade na península de Carpas, a nordeste da ilha de Chipre.*

———

Antes de entrar na apresentação da Garrafa, eu queria descrever para vocês a figura admirável de uma lâmpada com a qual se difundia luz por todo o templo, tão farta, que mesmo no subterrâneo dava para ver que nem em pleno meio-dia nós vemos o sol claro e sereno luzindo sobre a terra. No meio da abóbada tinha um anel de ouro maciço, com a grossura de um punho cerrado, onde estavam penduradas a dois pés e meio no ar três correntes um pouco menos grossas, feitas com todo artifício, formando um triângulo que compreendia uma lâmina redonda de fino ouro, tão grande que o diâmetro passava de dois côvados e meio palmo. Nela estavam quatro bucles ou anéis, e em cada um deles ficava fixada uma bola vazia, escavada por dentro, aberta por cima, que nem uma pequena lâmpada, com uma circunferência de cerca de dois palmos, e todas repletas de pedras preciosíssimas: uma de ametista, outra de rubi líbio, a terceira de opala, a quarta de granada. Cada uma estava cheia de aguardente cinco vezes destilada em serpentina de alambique, inconsumível feito o óleo que outrora pôs Calímaco na lâmpada de ouro de Palas, na Acrópole de Atenas, com um ardente lícnio feito em parte de linho asbestino como o que havia outrora no templo de Júpiter na Amônia, visto por Cleômbroto, filósofo estudiosíssimo, e em parte de linho de Carpásia, e que são antes renovadas do que consumidas pelo fogo.

Cerca de dois pés e meio abaixo dessa lâmina, as três correntes em sua primeira disposição estavam aneladas com três asas, que saíam de uma grande lâmpada redonda de cristal puríssimo, com o diâmetro de um côvado e meio; esta por cima estava aberta coisa de dois palmos, no meio dessa abertura estava um vaso de cristal, com a forma de uma cabaça ou de um penico, e ele descia até o fundo da grande lâmpada, com uma tamanha quantidade da tal aguardente, que a chama do linho asbestino estava direto no centro da enorme lâmpada. Com isso, parecia então todo o corpo esférico dela queimar e flamejar, porque o fogo estava no centro, bem no ponto médio.

E era difícil fixar um olhar firme e constante ali, tal como não dá para encarar o corpo do sol, por ser uma matéria de maravilhosa perspicuidade e uma obra tão diáfana e sutil, que o reflexo de várias cores, naturais nas pedras preciosas, das quatro pequenas lâmpadas superiores passava à grande inferior, e dessas quatro o resplendor vacilava inconstante em todos os pontos do templo. Além disso, quando essa vaga luz tocava sobre a polidez do mármore, que estava incrustado em todo o interior do templo, surgiam todas as cores que vemos no arco-íris quando o sol claro toca as nuvens chuvosas.

A invenção já era admirável, só que ainda mais admirável me parecia porque o escultor tinha gravado em torno da corpulência daquela lâmpada cristalina, numa obra catáglifa, uma batalha viva e animada com criancinhas peladas, montadas sobre cavalinhos de madeira, com cata-ventos como lanças e paveses feitos na maior sutileza com ramos de vinhas entrelaçados com pâmpano, com festos e esforços pueris, tão engenhosamente expressos pela arte, que nem a natureza superaria. E não pareciam gravados na matéria, mas salientes, ou pelo menos em grutesco pareciam totalmente em relevo, graças à luz diversa e agradável, que, contida ali dentro, saía pela escultura.

Capítulo 41

Como a pontífice Bacbuc
nos mostrou dentro do templo
uma fonte fantástica

Este capítulo curtíssimo aparece de modo muito mais longo e elaborado no manuscrito, por isso está traduzido em apêndice. É provável que essa versão da primeira edição seja resultado de problemas no manuseio das folhas soltas do manuscrito que o editor tinha em mãos.

———

Enquanto a gente observava em êxtase esse templo mirífico e a lâmpada memorável, veio até nós a venerável pontífice Bacbuc com sua companhia, com cara alegre e sorridente, e ao nos ver vestidos como já foi dito, sem dificuldade, nos introduziu no centro do templo, onde, embaixo da tal lâmpada, estava a bela fonte fantástica.

Capítulo 42

Como a água da fonte tinha o gosto
do vinho que os bebedores imaginavam

Este capítulo (não numerado no manuscrito), que descreve a fonte seguindo o modelo da Hypnerotomachia Poliphili *atribuída a* Colonna, *é de uma erudição impressionante na descrição arquitetônica e nos detalhes geológicos, históricos e mitológicos, de modo que anotar tudo seria exaustivo e, no limite, pouco produtivo; assim anoto apenas o que me parece fundamental. Muito do que aqui lemos é retirado da* História natural *de* Plínio, *porém também bebe na* Bíblia, *em* Ovídio, Plutarco, Pausânias etc. A cena final remonta a* Luciano, Dioniso. *O que vemos aqui, em termos arquitetônicos, respeita a geografia da época, valorizando o heptágono a partir do triângulo equilátero, e a sua relação com a esfera. Hormaechea sugere que a água que adquire o sabor da imaginação poderia ser uma alegoria da verdade, que deve ser construída individualmente, sobretudo na teologia reformista.*

Portri é uma palavra até hoje sem explicação para os estudiosos; no manuscrito se lê potyre, igualmente incompreensível. A pedra jacinto é o zircão amarelo, de origem indiana; sua representação com as letras alfa e iota em grego remetem à morte de Ájax pois, segundo Ovídio, Metamorfoses, *12.2 ss., as duas primeiras letras do herói AI se tornaram inversamente as duas primeiras da flor jacinto, IA (ambos os nomes em latim). Outra história também narrada por Ovídio, 13.394 ss., conta como o jovem Jacinto, amado por Apolo, teria morrido e se tornado essa planta. O diamante anaquita é mencionado por Plínio,* História natural, *37.15, como protetor contra terrores noturnos. Os antigos julgavam que pedras masculinas brilhariam mais que as femininas, daí o caso deste rubi. A estátua de Serápis num labirinto egípcio é descrita como colossal por Plínio, 37.19; as referências a Hérmias e a Pirro vêm do mesmíssimo livro; bem como a referência à selenita (aqui grafada por equívoco sienita, que corrigi seguindo o manuscrito).*

Minerva aqui designa, por metonímia, os intelectos; crassa Minerva é expressão típica em latim. O chumbo eliciano era branco e muito puro, segundo Plínio, História natural, *34.47. As imagens dos planetas são tiradas de Agrippa,* De occulta philosophia, *2.38-44. O estanho iouetanum é tirado de Plínio, 34.49, como um tipo de chumbo preto.*

Aristônides teria misturado o ferro com o cobre para exprimir a vergonha, segundo Plínio, 34.40. Atamente, rei beócio, foi enlouquecido pela deusa Hera/Juno e acabou matando o próprio filho Learco, ao arremessá-lo contra as rochas (Ovídio, Metamorfoses, *4.512-9). O* Cânone *do escultor e escritor grego Policleto (séc. V a.C.) é uma reunião de textos em busca de perfeição técnica e moral por meio de*

Quinto livro

proporções que ele aplicou à estátua de Doríforo; Plínio é quem dá a descrição de fazer arte por meio de arte, História natural, 34.11. Nequepso foi um faraó egípcio do séc. VII; e Petosíris foi sumo sacerdote do deus egípcio Tot, na segunda metade do séc. IV a.C., já mencionado no Quarto livro, cap. 64. Pantarbe é uma pedra preciosa mencionada por Filóstrato, Vida de Apolônio de Tiana, 3.46, por vezes associada ao rubi; ela também poderia funcionar como um ímã para o ouro; é Filóstrato quem também menciona Iarcas.

A história de Cleópatra é contada por Plínio, História natural, 9.58; Lólia Paulina, uma rica matrona romana do séc. I d.C., é citada por Plínio, na mesma parte em que fala de Cleópatra. Pitilo foi um degustador mencionado por Ateneu, Banquete dos sofistas, 1.6, que afirma como aquele untava a língua com um material que guardava os sabores, mas o raspava para poder comer. O capitão judeu é Moisés, e a cena é tirada da leitura do Livro da sabedoria, 16:20-1. A referência a Filoxeno parece derivada de Adriano Júnio, Adágios, Cubitis adolescere ("Crescer por cúbitos"); enquanto a Melântio temos sobretudo dois: Collaria cadauera ("Corpos--pescoços") e Delcatior Melanthio ("Mais delicado que Melântio); os dois são mencionados por Ateneu, 1.5-6. O reconhecimento do poder divino, que ecoa Lucas, 1:37, e Gênesis, 8, remete a Pantagruel, cap. 11, e ao Terceiro livro, cap. 15. Nonácris era uma fonte na Arcádia, e a de Dirce ficava perto de Tebas; a fonte de Contoporeia é mencionada por Ateneu, 2.19.

———

Depois mandou que nos apresentassem copos, taças e cálices de ouro, de prata, de cristal, de porcelana, e fomos graciosamente convidados a beber do licor que brotava daquela fonte; o que fizemos com o maior gosto do mundo, porque, mesmo que perigosa, era uma fonte fantástica, com o estofo e o labor mais precioso, mais raro e mirífico que jamais sonhou Plutão no seu limbo. A base dela era de puríssimo e limpidíssimo alabastro, tinha altura de três palmos, um pouco mais, na forma heptagonal externamente regular, com estilóbatas, alaques, cimalhas e ondulações dóricas em volta. Por dentro era perfeitamente redonda. No ponto central de cada ângulo e margem se assentava uma coluna canelada na forma de um círculo de marfim ou alabastro, que os arquitetos modernos chamam de *portri*, e eram sete no total, a partir dos sete ângulos. O comprimento delas, da base até as arquitraves, era de sete palmos, um pouco menos, na mais justa dimensão de um diâmetro, passando pelo centro da circunferência e rotundidade interior.

E o assento tinha uma tal composição, que ao projetar a vista por trás de uma qualquer delas em sua curva para ver as outras opostas, encontrávamos o cone piramidal da nossa linha visual a terminar naquele centro e ali,

a partir das duas opostas, formar um triângulo equilátero, do qual duas linhas dividiam por igual a coluna que queríamos medir, e passando de um lado para o outro, duas colunas paralelas à primeira, com uma terça parte do intervalo, encontravam sua linha básica e fundamental, que por linha projetada se alongava até o centro universal, igualmente semipartida, produzia com justeza a distância das colunas opostas em linha reta, a começar pelo ângulo obtuso da margem; tal como vocês sabem que em toda figura angular ímpar, um ângulo sempre fica no meio de dois outros entre os quais se intercala. Nisso era tacitamente revelado que sete meios diâmetros equivalem, em proporção geométrica, amplitude e distância, ou um pouco menos, à circunferência da figura circular donde seriam extraídos, a saber, três inteiros com um oitavo e meio, ou um pouco mais, ou então um sétimo e meio, ou um pouco menos, segundo o conselho antigo de Euclides, Aristóteles, Arquimedes e outros. A primeira coluna, a saber, aquela que se opunha à nossa vista na entrada do templo, sendo de safira azul e celeste. A segunda de jacinto natural, a cor com letras gregas A I em várias partes, representando em que foi convertido o sangue colérico de Ájax. A terceira de diamante anaquita, brilhante e resplendente que nem um corisco. A quarta de rubi rosado, masculino e ametistizante, de modo que sua chama e luar terminava entre púrpura e violeta, que nem a ametista. A quinta de esmeralda, quinhentas vezes mais magnífica do que jamais foi aquela de Serápis no labirinto dos egípcios, mais florida e mais luzidia do que aqueles que ficavam no lugar dos olhos do leão marmóreo aposto junto ao túmulo do rei Hérmias. A sexta de ágata, mais alegre e variada em diversas marcas e cores do que aquela tão querida por Pirro, rei dos epirotes. A sétima de selenita transparente com a brancura de um berilo, com o resplendor do mel himétio, e que, por dentro, aparecia a Lua com aparência e movimento iguais aos que tem no céu, cheia, nova, crescente, ou minguante.

Todas essas são pedras que os antigos caldeus atribuíam aos sete planetas do céu. Para deixar claro até para a mais crassa Minerva, digo que sobre a primeira, de safira, ficava por cima do capitel em viva e cêntrica linha perpendicular, num relevo de chumbo eliciano preciosíssimo, a imagem de

Saturno trazendo sua foice, e nos pés uma grua de ouro artificiosamente esmaltada segundo a conveniência das cores naturais devidas ao pássaro saturnino. Sobre a segunda, de jacinto, pelo lado esquerdo estava Júpiter em estanho *iouetanum*; sobre o peito uma águia de ouro esmaltado ao natural. Sobre a terceira, Febo em ouro refinado; na mão direita um galo branco. Sobre a quarta, em bronze coríntio, Marte; a seus pés um leão. Sobre a quinta, Vênus em couro; matéria similar àquela com que Aristônides fez a estátua de Atamante, exprimindo numa brancura rubente a vergonha que sentia ao contemplar Learco, seu filho, morto numa queda a seus pés. Sobre a sexta, Mercúrio em hidrágiro, fixo, maleável e imóvel; a seus pés uma cegonha. Sobre a sétima, Lua de prata; a seus pés um lebréu. E as estátuas tinham uma altura igual a um terço das colunas abaixo, um pouco mais, tão engenhosamente representadas, segundo o projeto dos matemáticos, que o *Cânone* de Policleto (em cuja construção dizem que fez arte por meio de arte) mal seria comparável.

As bases das colunas, os capitéis, as arquitraves, zoóforos e cornijas eram de estilo frígio com ouro maciço, puro e mais fino do que aquele que arrasta o rio Lez perto de Montpellier, o Ganges na Índia, o Pó na Itália, o Hebro na Trácia, o Tejo na Espanha, ou o Pactolo na Lídia. Os arcos surgindo entre as colunas eram da mesma pedra que elas até a próxima, por ordem, a saber: da safira até o jacinto, do jacinto até o diamante, e assim por diante. Sobre os arcos e capitéis da coluna, na face interior havia uma cúpula erigida como cobertura da fonte, que por traz do assento dos planetas começava na forma heptagonal e lentamente terminava em forma esférica; e era de um cristal tão límpido, tão diáfano e tão polido, interior e uniforme em todas as suas partes, sem veios, sem manchas nebulosas, sem riscos, sem filamentos, que nunca vira Xenócrates algo paragonável. Dentro de tal corpulência, se via por ordem de figura e caracteres requintados, artificiosamente insculpidos, os doze signos do zodíaco, os doze meses do ano, com suas propriedades, os dois solstícios, os dois equinócios, a linha eclíptica, com algumas estrelas fixas mais insignes em volta do polo Antártico e alhures, com tanta arte e expressão, que eu até pensei que seria obra do rei Nequepso, ou do antigo matemático Petosíris.

No cume da cúpula supracitada, correspondente ao centro da fonte, ficavam três pérolas periformes, uniformes, de forma pionesca, com total perfeição lacrimal, todas coerentemente unidas na forma de uma flor-de-lis, tão grandes, que a flor passava de um palmo. Do cálice delas saía um carbúnculo enorme que nem um ovo de avestruz, talhado de forma heptagonal (é um número mui amado pela natureza), tão prodigioso e admirável, que ao er-

guermos os olhos para contemplá-lo, faltou pouco para que perdêssemos a vista. Pois nem mais flamejante, nem mais crescente o fogo do sol, nem do relâmpago então nos parecia, de modo que entre justos avaliadores facilmente se julgaria que nessa fonte e nas lâmpadas acima descritas havia mais riquezas e singularidades do que aquelas contidas na Ásia, África e Europa juntas. E também facilmente ofuscaria a pantarbe de Iarcas, o mago indiano, tal como as estrelas se ofuscam sob o sol do meio-dia.

Que venha agora se vangloriar Cleópatra, rainha do Egito, com suas duas pérolas penduradas nas orelhas, das quais uma, presente do triúnviro Antônio, ela dissolveu na água com ajuda de vinagre, que tinha um valor estimado de dez milhões de sestércios!

Quinto livro

Que venha Lólia Paulina com seu manto todo coberto de esmeraldas e pérolas, num tecido alternado, que ganhava a admiração de todo o povo da cidade de Roma, conhecida então como fossa e vendinha dos ladrões conquistadores do mundo inteiro!

O fluxo e curso da fonte passava por três tubos e canais feitos de pérolas finas, assentados nos três ângulos equiláteros promarginais supramencionados, e eram os canais produzidos em linha helicoidal bipartida. Depois de observarmos tudo isso, já voltávamos a vista para outros pontos, quando Bacbuc nos mandou escutar a exitura da água, e então ouvimos um som harmonioso às mil maravilhas, porém obtuso e quebrado, como se viesse de longe, subterrâneo. Nisso nos pareceu ainda mais delicioso que se fosse aberto ou de perto ouvido. De sorte que, tal como pelas janelas dos olhos os nossos espíritos se deleitaram com a contemplação de tais coisas, também se deleitavam os ouvidos com a audição dessa harmonia. Então disse Bacbuc: "Os filósofos de vocês negam que o movimento se produza por força de figuras; ouçam e vejam aqui o contrário. Pela mera figura helicoidal que vocês aqui veem bipartida, junto com uma quíntupla incrustação móvel a cada florão interior, tal como na veia cava, no lugar em que ela adentra o ventrículo direito do coração, esta sagrada fonte também é filtrada, e dela emana uma harmonia tal que ascende ao mar do mundo de vocês". Depois ordenou que nos dessem de beber.[10]

Sejamos claros aqui: nós não somos do calibre de um bando de bezerros que, assim como os passarinhos só comem se tomam uns tapinhas no rabo, do mesmo modo, só bebem e comem se tomarem umas boas pauladas; nunca declinamos quando alguém nos convida com tanta educação para beber. Depois nos interrogou Bacbuc, perguntando o que achamos. Respondemos que parecia água boa e fresca de uma fonte límpida e prateada, mais do que Argirondes na Etólia, Peneu na Tessália, Áxio na Migdônia, Cidno na Cilícia, que, quando Alexandre, o Grande, viu tão linda, tão clara e tão fria no coração do verão, ponderou a volúpia de se banhar ali dentro contra o mal que previa decorrer desse transitório prazer. "Ah, disse Bacbuc, isso é que não dá considerar em si, nem compreender os movimentos feitos pela língua musculosa, quando a bebida escorre em cima dela para descer até o estômago. Vocês, peregrinos, têm as gargantas tão engessadas, pavimentadas e esmaltadas quanto outrora tinha Pitilo, chamado Tentes, para não reco-

---

[10] A partir deste ponto o manuscrito quebra para outro capítulo, igualmente sem numeração, que segue o esquema como lemos aqui.

nhecerem o célebre gosto e o sabor deste licor deífico? Tragam aqui, disse às suas jovens, meus raspadores, aqueles que vocês conhecem, para arrancar, lavar e limpar esses palatos!"

Trouxeram então uns lindos, imensos e alegres presuntos, lindas, imensas e alegres línguas de boi defumadas, salgas lindas e boas, cervelats, butargas, boas e lindas salsichas de caça, e outros varredores de garganta; por ordem dela, nós comemos daquilo até o ponto de confessarmos que os nossos estômagos estavam muito bem esfregados de sede, que então nos importunava aborrecidamente. Então ela disse: "Outrora um capitão judeu, culto e cavalheiresco, ao conduzir seu povo pelos desertos numa fome extrema, impetrou aos céus o maná que tinha o gosto segundo a imaginação, tal como realmente eram antes os sabores dos alimentos. Aqui também, ao beberem deste licor mirífico, vocês vão sentir o gosto do vinho que tiverem imaginado. Ora, imaginem e bebam!". E foi o que fizemos; aí gritou Panurgo dizendo: "Deus do céu, isso aqui é vinho de Beaune, melhor do que jamais bebi, ou então eu me entrego a noventa diabos e mais dezesseis! Ah, quem dera para degustá-lo mais tempo alguém tivesse um pescoço longo de três côvados, como desejava Filoxeno, ou que nem o de uma grua, como ansiava Melântio!

— Palavra de fachano, gritou frei João, este é vinho de Grave, elegante e vivo! Ah, por Deus, minha amiga, me ensine como é que vocês fazem isso!

— Para mim, disse Pantagruel, parecem vinhos de Mireveaux, porque antes de beber foi o que imaginei. O único defeito é que está fresco, mas digo fresco, mais que o gelo, que as águas em Nonácris e Dirce, mais que a fonte de Contoporeia em Corinto, que congelava o estômago e as partes nutritivas de quem ali bebia!

— Bebam, disse Bacbuc, uma, duas, três vezes! Depois mudem a imaginação, e assim vai ser o gosto e o sabor ou o licor que vão encontrar, tal como imaginado. E de agora em diante podem dizer que nada é impossível para Deus!

— Nunca, eu respondi, ninguém aqui disse uma coisa dessas; e insistimos que ele é todo-poderoso!"

Quinto livro

Capítulo 43

Como Bacbuc paramentou Panurgo
para ouvir a palavra da Garrafa

Capítulo não numerado no manuscrito. Panurgo segue sua jornada iniciática com vestimentas e cerimônias de mistério; ao mesmo tempo, o local aqui descrito é baseado no templo da Fortuna dedicado por Nero, tal como o apresenta Plínio, História natural, 36.46. A aparição da Garrafa semi-imersa pode aludir a alguns ritos judaicos de purificação, em que uns recipientes ficam dentro dos outros. Ao mesmo tempo, Huchon aproxima o que vemos de agora em diante com o Sefér habaqbuc, o Livro da Garrafa, uma paródia judia provençal atribuída ao filósofo Levi ben Gerson (Gersonides), no séc. XIV (o livro faz um trocadilho entre Habakuk, *o livro bíblico, e* ha-baqbuc, *a garrafa, e funciona como uma visão místico-carnavalesca).*

*Vinho monorelha (*vin à une aureille) *indica melhor qualidade; Huchon afirma que estes seriam servidos em garrafas de uma só asa; Screech supõe que a expressão deriva da inclinação da cabeça, como gesto de aprovação pelo gosto do vinho. Essa expressão aparece em* Gargântua, cap. 4.

Numa Pompílio é o segundo rei mítico de Roma; cerites eram habitantes de Cere, cidade etrusca, atual Cerveteri; o capitão judeu é Moisés, que guiou seu povo para longe da escravidão no Egito; os sacerdotes de Mênfis, consagrados ao deus Ápis, atraíam muitos peregrinos; Ramnúsia é o epíteto da deusa Nêmesis (patrona da vingança e do castigo), tal como era adorada em Ramnunte, cidade ao norte de Maratona; Júpiter Amon era celebrado no Egito, em fusão com Amon, e representado com chifres de carneiro; Ferônia é a deusa etrusca ligada a madeiras e colheitas, bem como da fertilidade em geral. O templo de Ravena era consagrado a Apolo; e Quêmis é o nome grego dado à ilha do Egito, segundo Heródoto, em Histórias, 2.91.

Terminadas as palavras e goladas, Bacbuc perguntou: "Quem de vocês quer ouvir a palavra da Garrafa?

— Eu, disse Panurgo, vosso humilde e modesto funil.

— Amigo meu, disse ela, só tenho uma instrução a lhe fazer: é que, ao se aproximar do oráculo, é necessário escutar com apenas uma orelha.

— É, disse frei João, vinho monorelha!" Depois o vestiu com um blusão; o encapuchou com um belo e branco chapéu de beguino; o calçou com um filtro de hipocrasso, e no fundo dele, em vez de borla, botou três brochinhos; o enluvou com duas braguilhas antigas; o cingiu com três cornamusas ligadas; o banhou a cara três vezes dentro da fonte supracitada; por fim jogou na fuça dele um punhado de farinha, botou três penas de galo do lado direito da calça hipocrática, o fez caminhar nove vezes em volta da fonte, o fez dar três lindos saltinhos, o fez bater sete vezes o toba contra a terra, sempre dizendo sei lá que conjurações em língua etrusca, por vezes lendo um livro ritual, que junto dela trazia uma das suas mistagogas.

Em suma, acho que nem Numa Pompílio, segundo rei dos romanos, nem os ceritas de Túscia, nem o santo capitão judeu jamais instituiram tantas cerimônias quanto vi ali; nem os vaticinadores menfíticos para Ápis no Egito, nem os eubeus na cidade de Ramnunte para Ramnúsia, nem para Júpiter Amon, nem para Ferônia os antigos praticaram observâncias tão religiosas quanto as que pude contemplar.

Assim paramentado, ela o separou do nosso grupo e o levou pela mão direita por uma porta de ouro, fora do templo, numa capela redonda feita de pedras esfengíticas e especulares; e pela sólida especulância delas, sem janela ou qualquer outra abertura, era recebida a luz do sol, ali luzindo pelo precipício da rocha, cobrindo o templo maior, tão fácil e com uma tal abundância, que a luz parecia nascer ali dentro, e não vir de fora. A obra não era menos admirável que o antigo templo sagrado de Ravena, ou no Egito aquele da ilha de Quêmis. E não posso omitir que a obra dessa capela redonda tinha uma simetria tão compassada, que o diâmetro do projeto tinha a altura da abóbada.

No meio dela tinha uma fonte de fino alabastro, com forma heptagonal, com obra incrustada, cheia de água tão clara, que poderia ser um elemento na sua pureza; dentro dela estava imersa pela metade a sagrada Garrafa, toda revestida de puro cristal, de forma oval, exceto que a ponta era um pouco larga, mais do que a forma permitia.

Capítulo 44

Como a pontífice Bacbuc apresentou Panurgo perante a Garrafa

Este capítulo produz uma espécie de ápice em que o riso começa a retornar, primeiro com Panurgo de cu no chão, e logo em seguida com o poema visual (carmen figuratum em relação com a tekhnopaígnia *dos gregos do período helenístico e algumas práticas medievais) na forma de um caligrama da garrafa, técnica já utilizada em* Pantagruel, *cap. 27.*

Pode ser interessante considerar em conjunto o Quarto livro, *cap. 65, e os emblemas sobre o vinho. Cito alguns aqui:* uinum acuit ingenium *("o vinho afia a inteligência");* uinum ingenii fomes *("o vinho é fomento da inteligência");* uino prudentiam augeri *("com vinho cresce a prudência"), todos citados a partir de Screech. A tópica do vinho como verdade, além do que já mencionei em notas anteriores, também pode ecoar o adágio de Gilbert Cousin de que a embriaguez e o amor produzem segredos, e que cita Platão,* Alcibíades, *com a frase de que a verdade seria filha do vinho. Hormaechea, por exemplo, vê aqui a produção de um cristianismo báquico, ou então de um Baco cristão na forma de uma epifania. Outro ponto relevante para a compreensão do poema é saber que, segundo a lenda, Noé teria inventado o vinho depois do dilúvio (também é o primeiro ébrio, visto nu pelas filhas); além disso ele representa a purificação regeneradora que repovoa o mundo.*

Itimbo é decalque do grego ἴθυμβος, *um tipo de dança báquica. Epilênia vem do grego* ἐπιλήνια, *os festivais da vindima, que também tinham cantos celebratórios. Em Chinon ficava a abadia beneditina de Saint-Pierre de Bourgueil, célebre na época por suas videiras. Sobre Aristeu e o nascimento das abelhas, cf. nota introdutória ao cap. 3. Trinch é palavra derivada do alemão para dizer "beba", uma associação que pode ser feita com a fama de beberrões dos mercenários suíços; ao mesmo tempo, pode ser lida como um convite à ação equivalente ao "faz o que tu queres", lema que rege a abadia de Telema, em* Gargântua, *cap. 57, e o imperativo conciso de Agostinho, "ama".*

Aí a nobre pontífice Bacbuc mandou Panurgo se abaixar e beijar a margem da fonte, depois mandou se levantar e dançar em torno três itimbos. Feito isso, ordenou que se sentasse entre dois bancos ali preparados, de cu no chão. Depois despregou o livro ritual e, soprando sua orelha esquerda, mandou ele cantar uma epilênia, como segue:

Quinto livro

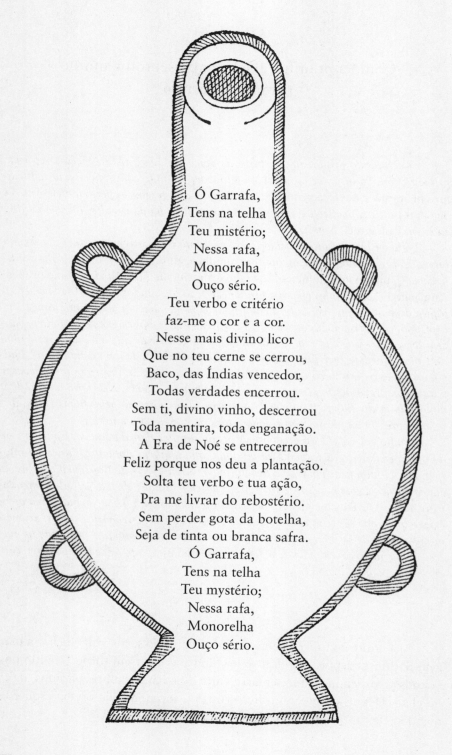

Ó Garrafa,
Tens na telha
Teu mistério;
Nessa rafa,
Monorelha
Ouço sério.
Teu verbo e critério
faz-me o cor e a cor.
Nesse mais divino licor
Que no teu cerne se cerrou,
Baco, das Índias vencedor,
Todas verdades encerrou.
Sem ti, divino vinho, descerrou
Toda mentira, toda enganação.
A Era de Noé se entrecerrou
Feliz porque nos deu a plantação.
Solta teu verbo e tua ação,
Pra me livrar do rebostério.
Sem perder gota da botelha,
Seja de tinta ou branca safra.
Ó Garrafa,
Tens na telha
Teu mystério;
Nessa rafa,
Monorelha
Ouço sério.

François Rabelais

Quinto livro

Terminada essa canção, Bacbuc jogou sei lá o quê dentro da fonte e num supetão começou a água a borbulhar com força, que nem o grande caldeirão de Bourgueil, quando fazem a festa dos bastões. Panurgo escutava com a monorelha em silêncio, Bacbuc estava perto dele ajoelhada, quando da sagrada Garrafa saiu um barulho, que nem fazem as abelhas ao nascerem da carne de um jovem touro morto e preparado segundo a arte e invenção de Aristeu, ou que nem faz um disparo de balestra, ou no verão um pé-d'água que cai de súbito. Então se ouviu a palavra: "*Trinch!*

— Força de Deus, gritou Panurgo, ela trincou, ou rachou; e não estou mentindo! Assim falam as garrafas cristalinas do nosso país, quando estalam junto ao fogo!"

Então Bacbuc se levantou e pegou Panurgo pelo braço docemente, dizendo: "Meu amigo, dê graças aos céus, pois a razão assim o obriga: você recebeu prontamente a palavra da Divina Garrafa; e digo a palavra mais alegre, mais divina, mais certeira que dela eu já ouvi desde que me tornei ministra deste sacratíssimo oráculo. Levante-se, vamos ao capítulo, em cuja glosa essa bela palavra é interpretada.

— Bora, disse Panurgo, por Deus! Estou com a mesma sabedoria de antes. Me esclareça onde fica esse livro, folheie onde fica esse capítulo, bora ver essa gozosa glosa!"

Capítulo 45

Como Bacbuc interpreta
a palavra da Garrafa

Eis um capítulo (sem número no manuscrito) que não deixa claro se estamos diante de um pastiche satírico, ou de uma discussão a ser levada a sério, coisa que se desdobrará até o fim do livro em sua faceta iniciática. Percebo que essa instabilidade, longe de ser uma falha do texto ou justificativa para reconhecê-lo como espúrio, parece ser seu ponto forte, como uma provocação incontornável para todos que o leem.

"Um quarto de sentenças" é uma piada com o livro do teólogo Pierre Lombard (séc. XII), conhecido como Quarto livro de sentenças. *Em Ezequiel, 3:2-3, vemos que Deus concede ao profeta um livro para ele comer. Hermes Trismegisto, que passa a ser figura importante para o pensamento de Bacbuc, é uma figura lendária que aparece como pai do pensamento hermético e autor da* Tábua de Esmeralda; *"trismegisto" vem do grego e significa "três vezes grande". "Panonfeia" é um decalque do grego* πανομφαῖος *("autor de toda adivinhação"), que é também o epíteto de Zeus.*

O tema do riso como o próprio do homem, de base aristotélica, aparece no poema preliminar do Gargântua, *bem como no* Terceiro livro, *caps. 7 e 10. Saco é de fato uma raiz vocabular bastante difundida nas línguas de origem europeia, passando pelo inglês, hebraico, grego, latim e derivados, pelas línguas germanas, pelo celta, russo etc.; esse assunto tinha sido abordado por Guillaume Postel em* De originibus *(Das origens). A etimologia de vinho como fusão entre* uis *(latim, "força") e* οἶνος *(grego, "vinho") é registrada pelo lexicógrafo Calepino em seu dicionário de 1502.*

A fábula de Esopo já foi apresentada no Terceiro livro, *cap. 15. A fala de Pantagruel aos camaradas aparece em* Terceiro livro, *caps. 9 e 29, porém o contexto é bastante diverso. "Ió Peã" era o grito ritual grego em honra a Apolo, geralmente realizado após uma vitória.*

Bacbuc, jogando sei lá o quê dentro da dorna, onde na hora se fez uma ebulição da água estanque, levou Panurgo ao templo maior, ao lugar central

onde ficava a vivífica fonte. Ali tirou um enorme livro de prata na forma de meio barril, ou de um quarto de sentenças, o colocou dentro da fonte e disse: "Os filósofos, pregadores e doutores do seu mundo lhes passam belas palavras pelas orelhas, aqui nós realmente incorporamos nossos preceitos pela boca. Por isso, não digo: leia este capítulo, veja esta glosa. Eu digo: prove deste capítulo, devore esta bela glosa. No passado um antigo profeta da nação judaica comeu um livro e ficou clérigo especialista até os dentes; hoje você vai beber um e ficar clérigo até o fígado. Tome, abra as mandíbulas!".

Abrindo Panurgo a bocarra, Bacbuc pegou o livro de prata; a gente pensava que era mesmo um livro, por causa da forma que tinha que nem um breviário, mas era um breviário de verdade e um frasco cheinho de vinho, que ela fez Panurgo engolir inteirinho.

"Eis aí, disse Panurgo, um notável capítulo e glosa mui autêntica: é tudo que queria comunicar a palavra da Garrafa trismegista? Me fez um bem danado.

— Nada mais, respondeu Bacbuc, porque *trinch* é uma palavra panonfeia celebrada e ouvida em todas as nações e significa 'beba'. Vocês dizem, no mundo de vocês, que saco é um vocábulo comum em qualquer língua e por direito e com justiça recebido em todas as nações, porque, como diz o apólogo de Esopo, todos os humanos nascem com um saco no pescoço, indigentes por natureza e mendigos uns dos outros. Não existe rei tão poderoso sob o céu que possa se passar sem os outros. Nem pobre tão arrogante que possa passar sem o rico, mesmo que seja o filósofo Hípias, que fazia tudo. Ainda menos podemos passar sem beber do que sem saco. E agora defendemos que não rir, mas beber é o próprio do homem. Não falo beber pura e simplesmente, porque assim também bebem os bichos: estou falando de beber vinho bom e fresco. Reparem, meus amigos, que de vinho devimos divinos; e não existe argumento mais seguro, nem arte de divinação menos falaz. Os seus acadêmicos afirmam, ao dar a etimologia de vinho, que em grego οἶνος é o mesmo que *uis*, força, potência. Porque poder ele tem de encher a alma com toda verdade, todo saber e filosofia. Se tiverem reparado no que está escrito em letras jônicas sobre a porta do templo, já devem ter entendido que no vinho está a verdade oculta. A Divina Garrafa os envia para lá; sejam vocês mesmos intérpretes da própria empresa!

— Não é possível, disse Pantagruel, dizer melhor do que essa venerável pontífice; eu lhes disse a mesma coisa quando vocês vieram falar comigo pela primeira vez. *Trinch*, então, é o que lhes diz o coração arrebatado pelo entusiasmo báquico.

    — Tim-tim, disse Panurgo, num *trinch* báquico,
    Ha, ha, ho, ho, já vejo o cu
    Num instantinho recheado
    Por bagos, embutido e inchado
    Por minha humilde humanidade.
    Mas hein? É que a Paternidade
    Do coração seguramente
    Me diz que logo não somente

Serei casado neste posto,
Mas que também virá com gosto
Minha mulher para o combate
Venéreo: Deus, baita debate
Eu antevejo! Vou trampar
Ainda mais, vou rechear
À beça, pois que bem nutrido
Estou. Eu sou o bom marido,
O bom dos bons. Ió Peã!
Ió Peã! Ió Peã!
Três vezes ao casório, Ió!
Meu frei João, lhe mando só
Um papo sério, inteligível:
Este Oráculo é infalível,
Certeiro sem tirar nem pôr.

Trinquons, dist Panurge, de par le bon Bacchus.
Ha, ho, ho, je voiray bas culs
De bref bien à poinct sabourez
Par couilles, et bien embourez,
De ma petite humanité.
Qu'est-ce cy? la paternité
De mon coeur me dit seurement,
Que je seray non seulement
Tost marié en nos quartiers:
Mais aussi, que bien volontiers
Ma femme viendra au combat
Venerien: dieu quel debat
J'y prevoy. Je laboureray
Tant et plus, et saboureray
À guoguo puis que bien nourry,
Je suis. C'est moy le bon mary,
Le bon des bons. Io pean.
Io pean. Io pean.
Io mariage trois fois.
Cà, çà, Frere Jean, je te fais
Serment vray et intelligible
Que cest Oracle est infallible:
Il est seur, il est fatidique."

François Rabelais

Capítulo 46

Como Panurgo e os outros
rimam num furor poético

Este capítulo (sem número no manuscrito) continua o anterior em resposta ao ímpeto versificatório de Panurgo após beber do livro da Garrafa, fazendo com que Pantagruel e frei João também comecem a fazer rimas. O furor ou frenesi poético é uma tópica da Antiguidade (junto com o furor produzido por Apolo nos vaticínios, Afrodite no desejo e Dioniso no mistério), e parte do que aqui aparece, inclusive sobre o desaparecimento dos oráculos (um tema de Plutarco), pode ser contrastado com o Quarto livro, caps. 26 a 28. O texto assim volta a dar vazão ao riso, como se este fosse de fato um companheiro da sabedoria, que seria inimiga dos pedantes e pomposos.

Havia a crença de que o pelo de um animal que tivesse mordido uma pessoa poderia curar a mesma ferida.

O primeiro poema de frei João comete um deslize atípico: atribui a deus pai o que é narrado nos Evangelhos *como um milagre do filho.*

A sacerdotisa pítia, no templo de Delfos consagrado ao deus Apolo e aos vaticínios, costumava fazer seus rituais ao lado da trípode (que traduzi, como em francês, ao pé da letra por "tripé", aproveitando os equívocos sexuais); assim ela podia sofrer o "entusiasmo", quer dizer, a tomada de seu corpo pelo deus, que então daria a profecia. Amorabaquino, ou Amorabaquim, é um personagem teatral que representa o sultão turco em farsas medievais; é comumente representado com o rosto cheio de farinha branca.

"Ficou, disse frei João, doido, ou enfeitiçado? Estão vendo como ele espuma, estão ouvindo que danou a rimar? Que diabo foi esse que ele comeu? Está virando os olhos na cabeça que nem uma cabra estrebuchando; será que vai sair de banda? Vai cagar mais longe? Vai comer mato com os cães para aliviar o estrombo? Ou no costume monacal vai enfiar na goela o punho até o cotovelo, para ver se cura os hipocôndrios? Vai pegar o pelo desse cachorro que o mordeu?" Pantagruel repreende frei João e diz:

Quinto livro

É um furor poético na cor
Do bom pai Baco: o vinho multicor
Eclipsa o senso e o torna cantoreiro.
        Pra ver qualé,
        Ficou lelé
        No capilé
        Que é seu licor.
        De cré em lé
        Delega até
        Moleque em pé,
        Fez do seu cor
        Retoricor
        Rei sem rancor
        De riso e fé.
Com cérebro em fanático frescor,
Seria agora muito arruaceiro
Tirar sarro de um nobre manguaceiro.

Croyez que c'est la fureur poëtique
Du bon Bacchus: ce bon vin eclyptique
Ainsi ses sens, et le faict cantiqueur.
        Car sans mespris
        À ses esprits
        Du tout esprits
        Par sa liqueur.
        De cris en ris,
        De ris en pris,
        En ce pourpris,
        Faict son gent coeur
        Rhetoriqueur,
        Roy et vaincueur
        De nos souris.
Et veu qu'il est de cerveau phanatique
Ce me seroit acte de trop piqueur
Penser moquer un si noble trinqueur.

— Como pode, disse frei João, você também danou a rimar? Pela força de Deus, estamos na pimenta forte! Queira Deus que Gargântua nos visse nessa situação! Por Deus, nem sei o que fazer: rimar que nem vocês, ou não.

Nem sei fazer isso; se bem que entramos nessa rimação. Por São João, eu vou rimar que nem os outros, já vi; esperem, e me desculpem se não rimo no melhor carmesim:

Deus pai de bom despacho,
Que fazes d'água um vinho,
Faz do meu cu um facho
Luzindo ao meu vizinho.

O *dieu pere Paterne*,
Qui muas l'eau en vin,
Fais de mon cul lanterne,
Pour luire à mon voisin.

Panurgo continua a sua conversa e diz:

Jamais o pítico tripé
Nos concedeu em cume ou pé
Resposta certa e mais segura.
Eu acho que esta fonte augura
Com sua fala aqui trazida
De lá de Delfos conduzida.
Se aqui Plutarco manguaçasse
Que nem a gente, aposto um asse:
Não duvidava que os oráculos
Em Delfos estão mudos, máculos
E já não dão augúrio algum.
Mas o motivo é bem comum:
Não fica em Delfos, fica aqui;
Tripé fatal só vem daqui,
E toda coisa pressagia
Que nem Ateneu redigia
Que esse tripé era botelha
Cheia de vinho monorelha.
De vino, eu digo, de verdade.
Pois não há tal sinceridade
Nas artes da adivinhação
Como a da insinuação
Dos verbos que vêm da botelha.

Quinto livro

681

João, o amigo lhe aconselha
Ao partilharmos esta lavra:
Ouça também toda a palavra
Desta garrafa trismegista
Pra ver se nada há que resista
E o impeça de se casar.
Fique aqui, o medo a abrasar,
Com pose de Amorabaquino;
Do meu capucho de beguino
Só jogue um pouco de farinha.

Onq' de Pythias le treteau
Ne rendit, par son chapiteau,
Response plus seure, et certaine.
Et croirois qu'en ceste fontaine
Y soit nommément colporté
Et de Delphes cy transporté.
Si Plustarque eust icy trinqué
Comme nous, il n'eust revoqué
En doute, pourquoy les oracles
Sont en Delphes plus muts, que macles,
Plus ne rendent response aucune.
La raison est assez commune:
En Delphes n'est, il est icy
Le treteau fatal, le voicy:
Qui presagist de toutes choses.
Car Atheneus nous expose,
Que ce treteau estoit bouteille
Pleine de vin à un aureille.
De vin, je dis, de verité.
Il n'est telle syncerité
En l'art de divination,
Comme est l'insinuation
Du mot sortant de la bouteille.
Çà, frere Jean, je te conseille
Cependant que sommes icy
Que tu ayes le mot aussi
De la bouteille trimegiste:
Pour entendre se rien obsiste

François Rabelais

Que ne te doives marier.
Tien cy, de peur de varier,
Et jouë l'amourabaquin.
De ma chausse et de mon beguyn
Jectez luy un peu de farine.

Frei João respondeu no furor e disse:

Me casar? Ó santa botinha,
Botina de São Benedito!
Quem sabe tudo que hoje eu dito,
Confirma que eu prefiro e cito
Ser degradado e ser aflito
Antes de um dia ser caçado
Na dura vida de casado.
Assim seria espoliado
Da liberdade, um aliado
À vida inteira de mulher.
Pela força de Deus! Jamé
Com Alexandre eu me uniria
Com César eu jamais iria,
Nem com o maior barão do mundo!

Marier, par la grand Bottine,
Par le houseau de sainct Benoist,
Tout homme, qui bien me congnoist,
Jurera, que feray le chois,
D'estre desgradé ras, ainçois
Qu'estre jamais engarié
Jusques là, que sois marié:
Cela, que fusse spolié
De liberté, fusse lié
À une femme désormais.
Vertu dieu, à peine jamais
Me liroit on à Alexandre,
Ny à Caesar, ny à son gendre,
Ne au plus chevaleureux du monde.

Panurgo, tirando seu blusão e toda a parafernália mística, respondeu:

François Rabelais

Assim, seu animal imundo,
Será danado igual serpente,
E eu qual harpista, de repente,
Serei alçado ao paraíso.
Sei que de lá, putão sem siso,
Vou sempre lhe mijar na tora.
Escute bem, lá vem a hora
De se entregar para o diabo;
Se acontecer de dar um cabo
Para Prosérpina rainha,
Desespinhando aquela espinha
Que na braguilha está guardada,
E se ela ficar toda dada
À Sua tal Paternidade
E lhe der a oportunidade
Para fazer um corpo a corpo
E lhe montar por sobre o corpo,
Você não pede um belisquete
De vinho para tal banquete
Dos botequins mais infernais
Do velho e doido Satanás?
Rebola e nunca é rebelosa
Aos bons irmãos essa gostosa!

Aussi seras tu beste immonde,
Damné, comme une malle serpe.
Et je seray, comme une herse
Sauvé, en paradis gaillard.
Lors bien sus toy, pauvre paillard,
Pisseray-je, je t'en asseure.
Mais escoutez, advenant l'heure
Qu'à bas seras au vieux grand diable
Si par cas, assez bien croyable,
Advient que dame Proserpine
Fust espinée de l'espine,
Qui est en ta brague cachée,
Et fust de fait amourachée
De tadite Paternité,
Survenant l'oportunité

Quinto livro

Que vou feriez les doux accords
Et luy montasses sus le corps:
Par ta foy envoyeras tu pas
Au vin, pour fournir le repas,
Du meilleur cabaret d'Enfer,
Le viel ravasseur Lucifer?
Elle ne fut onques rebelle
Au bons freres, et si fut belle.

— Vá lá, velho maluco, disse frei João, ao diabo! Não consigo mais rimar, a rima me entalou pela garganta! Falemos sobre dar satisfação aqui."

Capítulo 47

Como, depois de pedir licença a Bacbuc, eles deixam o oráculo da Garrafa

Chegamos ao fim da aventura iniciática num capítulo de despedida e reflexão teológica, com uma visão de Deus como esfera intelectual, que remonta ao pensamento de Hermes Trismegisto, tal como já vimos no Terceiro livro, cap. 13, também associado a Empédocles e aos platônicos renascentistas. Igualmente vemos a primazia da caridade como virtude, associada ao cuidado de si e à necessidade do esforço pessoal e do apoio entre amigos; tudo isso num pensamento transcendental que desconfia do mundo fenomênico. Importante notar também como o texto rabelaisiano postula uma leitura crítica dos clássicos, sem qualquer pendor dogmático.

A história do rapto de Prosérpina, filha da deusa Ceres (patrona da agricultura), conta que ela foi tomada pelo deus do mundo subterrâneo para ser sua esposa; assim, Ceres passa metade do ano chorando (outono e inverno) a ausência da filha, que volta e a alegra nas produções de primavera e verão. No mito grego, Prometeu roubou o fogo dos deuses, especificamente de Zeus/Júpiter, o deus do trovão, e o levou aos homens; creio que é relevante atentar para o fato de que a divindade do raio também estava associada à justiça. Plutão é o nome grego do deus subterrâneo; no Crátilo, 403a, Platão sugere que sua etimologia estaria ligada a πλοῦτος, a riqueza; algo similar acontece com o nome Dite (Dis), para o deus romano dos mortos, e a riqueza em latim (dis. -tis).

O principal deus do panteão egípcio é conhecido como Amon, ou Amun, que significa de fato "O Oculto".

"De cá, respondeu Bacbuc, sem treta; tudo está satisfeito, se estiverem contentes conosco. Aqui embaixo, nestas regiões circuncentrais, nós estabelecemos que o bem soberano não é tomar e receber, e sim dar e partilhar, e consideramos feliz não se tomamos e recebemos muito de outros, tal como porventura decretam as seitas do mundo de vocês, e sim aos outros sempre partilharmos e darmos muito. Só peço a vocês que deixem seus nomes e país por escrito neste livro ritual." Então abriu um lindo, imenso livro, onde, seguindo o nosso ditado, uma das suas mistagogas anotava, e foram com os

Quinto livro

traços de um estilete de ouro alguns traços inscritos, como se estivesse escrito, mas da escrita não aparecia nadinha de nada.

Feito isso, encheu três odres de água fantástica e manualmente nos entregando disse: "Podem ir, meus amigos, com a proteção desta esfera intelectual que em todos os lugares é o centro e não tem em lugar algum circunferência, que nós chamamos Deus. E ao chegarem ao seu mundo, levem o testemunho de que sob a terra estão os grandes tesouros e coisas admiráveis, e não à toa. Ceres, tão reverenciada em todo o universo pelo que mostrou e ensinou na arte da agricultura e pela invenção do trigo, assim abolindo entre os humanos o bestial alimento da glande, tanto e tanto lamentou que sua filha fora arrebatada nestas regiões subterrâneas, na certa prevendo que sob a terra a filha mais encontraria bens e excelências do que ela fora capaz de produzir em cima. O que se deu da arte de evocar os deuses do raio e o fogo celeste, outrora inventada pelo sábio Prometeu? Certeza que vocês a perderam, ela partiu do hemisfério de vocês: aqui ela ainda é praticada. E tem vez que vocês ficam pasmos de verem cidades em chamas ardendo pelo raio e o fogo etéreo, sem saber de quem, por quem e de que parte vinha esse escândalo terrível aos olhos de vocês, porém para nós familiar e útil. Os filósofos de vocês que reclamam que todas as coisas foram já escritas pelos antigos, e nada restou de novo por inventar, erram feio demais! O que do céu aparece, e que vocês chamam de fenômenos, o que a terra lhes exibe, o que o mar e outros rios contêm, isso nem se compara ao que está oculto dentro da terra. Por isso justamente o regente subterrâneo em quase todas as línguas é nomeado pelo epíteto de Riquezas. Mas quando é que esses aí vão consagrar seus estudos e empenhos a bem procurar por imploração àquele Deus soberano, que outrora os egípcios chamavam em sua língua de o Abscôndito, o Oculto, o Velado, e com esse nome o invocavam e suplicavam para que se manifestasse e desvelasse, para assim partilhar conhecimento de si e de suas criaturas, nisso também conduzidos por bom facho? Pois todos os filósofos e sábios antigos, para perfazerem com segurança e prazer o caminho do conhecimento divino e a caça da sabedoria, acreditaram que duas coisas eram necessárias: a guia de Deus e a companhia do homem.[11] Assim, entre os filósofos, Zoroastro tomou Arimaspo como companheiro de suas peregrinações; Esculápio a Mercúrio; Orfeu a Museu; Pitágoras a Aglaofemo; entre

---

[11] O manuscrito, onde o último capítulo não é numerado, começa a variar o texto a partir daqui e é muito mais longo do que a primeira edição. Está traduzido, portanto, em anexo.

os príncipes e povos belicosos, Hércules nas empreitadas mais difíceis teve como singular amigo Teseu; Ulisses a Diomedes; Eneias a Acates. Vocês fizeram a mesma coisa ao tomarem por guia aquela ilustre dama de Facho. Agora podem partir, e que Deus os guie!"

FIM DO QUINTO LIVRO
DE FEITOS E DITOS HEROICOS
DO NOBRE PANTAGRUEL

Epigrama

Este epigrama, publicado na edição de 1564, não se encontra no manuscrito, nem na Ilha Sonante, e não apresenta nenhuma assinatura; no entanto, há consenso entre os estudiosos de que a expressão "Nature quite" funciona como anagrama de "Jean Turquet", nome poético de Jean de Mayerne, médico do senhor de Liébault, contemporâneo e amigo de Rabelais, porém de quem sabemos basicamente nada, exceto que a família tinha vínculos com o protestantismo, e que ele assim assinara alguns poemas na coleção L'agriculture et maison rustique, também uma obra póstuma do ano de 1564, dessa vez de Charles Estienne. Alguns estudiosos anteriores cogitaram os nomes de André Tiraqueau e de Jean Quentin, que parecem hoje estar descartados.

Convém lembrar que epigrama aqui tem o sentido etimológico de "inscrição", como se fosse um texto inscrito numa estátua ou monumento.

———

E Rabelais? Morreu? Vem livro do seu crivo:
A melhor parte aqui recria seu esp'rito,
Pra nos presentear com seu mais novo escrito
Que entre todos o faz mais imortal e vivo.

NATURE QUITE

Rabelais est-il mort, Voicy encor un livre:
Non, sa meilleure part a repris ses esprits,
Pour nous faire present de l'un de ses escrits
Qui le rend entre tous Immortel et fait vivre.

NATURE QUITE

Capítulos ausentes no *Quinto livro*

Seguem três capítulos que ficaram ausentes das edições do Quinto livro, *porém aparecem em outras publicações. O primeiro consta apenas na edição da* Ilha Sonante, *como décimo sexto e derradeiro capítulo; os outros dois constam no manuscrito, sem qualquer numeração. Como é praticamente impossível determinar os limites de autoria, faço como Michael Screech e os traduzo em anexo, com as devidas notas, para que cada leitor avalie a seu modo.*

[Capítulo 16 bis]

Como Pantagruel chegou à ilha dos Apedeutas de dedos longos e mãos curvadas e as terríveis aventuras e monstros que ali encontrou

Este capítulo é tradicionalmente editado como 16 bis e por vezes colocado logo depois do cap. 16 do Quinto livro. Aqui termina a edição da Ilha Sonante, e ele de fato funciona como uma espécie de conclusão abertíssima para a única cópia que conhecemos, datada de 1562, com várias gralhas que indicam dificuldades de leitura do manuscrito de base. Vemos nessa peça muito mais longa do que os capítulos precedentes uma sátira contra o Tesouro Real Francês, isto é, a Cour de Comptes, ou Corte de Contas.

Apedeutas significa em grego "pessoa sem estudo", ou seja, "os incultos" ou "ignorantes"; hoje é dicionarizado em português. A prensa de vinho por vezes representa os instrumentos de tortura e opressão. Ganhabeça é minha tradução para o nome transparente Gaignebeaucoup. Pítias parece ser uma invenção a partir do termo grego πίθος, que quer dizer "barril". As taxas extraordinárias eram pagas em geral para custear gastos de guerra; Huchon vê nesta passagem uma possível alusão a Jean Poncher, tesoureiro do extraordinário, que foi condenado à forca (pendurado) em 1535. O imposto sobre poupança foi criado em 1531, todos os outros são também historicamente aplicáveis à França da época.

Há trocadilhos no francês entre sarment *("sarmento") e* serment *("juramento") que recriei de modo livre em jogos com vergonha/vergôntea e sermão/sarmento. Oditores é um trocadilho entre auditor e a palavra ódio, tal como no original* courracteurs. *Lamballe faz referência aos pergaminhos famosos produzidos ali e já mencionados no* Quarto livro, cap. 52. *Portanotário é trocadilho com protonotário, tal como em francês* portenotaire. *Papa-larda é trocadilho a partir de* papelarde, *que envolve "papa", "lardo" ou "toicinho" e também "papelada".*

Assim que as âncoras foram lançadas e o barco ficou seguro, desembarcamos o esquife; depois que o bom Pantagruel fez as preces e agradeceu ao Senhor por tê-lo salvado de um perigo tão grande, entrou com toda a sua companhia no esquife para alcançar terra, o que foi moleza, porque, com o mar calmo e os ventos baixos, em pouco tempo chegaram aos rochedos. Depois de alcançarem terra, Epistemão, que admirava a sede do local e a estranheza dos rochedos, avistou alguns habitantes da região. O primeiro a quem se dirigiu estava vestido com um manto meio curto de cor régia, tinha um gibão de meia sarja, manguitos de seda e mangas de camurça, o chapéu de cocarda; um homem de ótimo talhe e, como depois ficamos sabendo, ele tinha o nome de Ganhabeça. Epistemão perguntou como se chamavam aqueles rochedos e vales estranhíssimos. Ganhabeça disse que o país dos rochedos era uma colônia destacada do país de Procuração, chamada Registro, que para além dos rochedos, passando um caisinho, nós encontraríamos a ilha dos Apedeutas. "Pela força das *Extravagantes*, disse frei João, e vocês, homens de bem, vivem do que aqui? Será que a gente pode beber em algum copo de vocês? É que não estou vendo nenhum utensílio além de pergaminhos, tinteiros e penas.

— Nós vivemos, respondeu Ganhabeça, só disso mesmo; porque todos que têm negócios na ilha precisam passar na nossa mão.

— Por quê?, disse Panurgo, vocês são barbeiros, e eles precisam ser tosados?

— É, disse Ganhabeça; passamos um pente fino nos tostões que trazem dentro da bolsa.

— Meu Deus, disse Panurgo, você não vai me tirar nenhuma grana nem cascalho; mas lhe peço, bom senhor, que nos leve a esses apedeutas, porque estamos vindo do país dos eruditos, onde eu não ganhei nem um tostão furado." Nesse lero, eles chegaram à ilha dos Apedeutas, porque a água passou rapidinho. Pantagruel fico admiradíssimo com a estrutura da morada e habitação das pessoas do país, porque moram numa enorme prensa, onde se sobe com cinquenta degraus, e isso antes de entrar na prensa principal; porque lá dentro existem pequenas, grandes, secretas, médias, de tudo quanto é tipo; você passa por um imenso peristilo, onde dá para ver na paisagem as ruínas de quase todo o mundo, tanto das potências, dos grandes ladrões, quanto de forcas, de questões, que chega a dar um cagaço. Quando Ganhabeça sacou que Pantagruel se enrolava por aí: "Senhor, disse ele, vamos seguir adiante, que isso aí não é nada.

— Como, disse frei João, não é nada? Pela alma da minha braguilha aquecida, Panurgo e eu estamos tremendo de uma baita fome! Eu preferia mil vezes beber em vez de ver essas ruínas aqui.

— Venham!", disse Ganhabeça. Então nos levou até uma prensinha que estava escondida ali por trás; na língua da ilha eles chamavam de pítias. Nem me perguntem se o mestre João tomou cuidado ali, ou Panurgo, porque salsichões de Milão, perus, capões, abetardas, malvasia e todos pratos bons estavam preparados e bem servidos. Um garçonzinho, quando viu que frei João tinha jogado um olhar amoroso para uma garrafa perto de um bufê, separada da tropa garráfica, disse para Pantagruel: "Senhor, estou vendo que um dos seus garrou de amor por esta garrafa; só imploro que ela não seja tocada, porque é para os meus senhores.

— Como é?, disse Panurgo, e tem senhor de vinha aqui? Suponho que a vindima esteja rolando." Então Ganhabeça nos mandou subir um degrauzinho oculto numa câmara, pela qual nos mostrou os senhores que estavam dentro da grande prensa, onde ele disse que não era lícito a ninguém entrar sem a licença deles, mas que a gente poderia ver bem por aquela fresta sem que nos vissem. Quando fomos ali, notamos dentro de uma imensa prensa vinte ou vinte e cinco balofos rastaqueras em volta de um grande carrasco todo vestido de verde, que entreolhavam, com as mãos longas que nem uma perna de grua e as unhas com dois pés, no mínimo, porque é proibido apará-las, de jeito que ficavam curvas que nem foices ou ganchos; e na hora trouxeram um grosso cacho de uva que se vindima por aquelas bandas, das taxas extraordinárias, que costumam ficar penduradas nas estacas. Assim que o cacho chegou ali, o meteram na prensa, e não ficou nem uma semente de que não extraíssem um sumo de ouro, tanto que o pobre cacho foi levado embora tão seco e esbagaçado, que não tinha mais nem um suquinho neste mundo. Aí nos contava Ganhabeça que eles não costumam ter uns cachos grandes desses por lá, mas que sempre têm outros na prensa. "Mas, ô compadre meu, disse Panurgo, eles têm muitas dessas plantas?

— Sim, disse Ganhabeça, veja bem aquela ali pequenininha que vai ser jogada de volta na prensa; ela é da taxa dos dízimos: outro dia tiraram até a última gota, mas o sumo exalava a cofre de padre, e os senhores não tiveram lá grande renda.

— Por que, então, disse Pantagruel, vão jogar de volta na prensa?

— Para ver, disse Ganhabeça, se não resta alguma omissão de suco ou receita no bagaço.

— Pela força de Deus, disse frei João, vocês chamam esse pessoal aí de ignorante? Pelo diabo: eles conseguiriam tiram sumo até de um muro!

— E tiram mesmo, disse Ganhabeça, porque muitas vezes metem na prensa castelos, domínios, florestas, e de tudo tiram ouro potável.

— Você quis dizer portável, disse Epistemão.

— Potável mesmo, disse Ganhabeça, porque aqui se bebe muita garrafa que não daria para beber. Tem tanta planta que a gente nem sabe o nome. Venham até aqui e vejam esse quartinho, eis aí mais de mil que só esperam

Quinto livro (anexos)

697

a hora de serem espremidas, essa é da taxa geral, essa é particular: de fortificações, de empréstimos, de doações, de cargos, de heranças, de prazeres miúdos, de postos, de ofertas, da casa real.

— E qual é aquela grandalhona ali, com um bando de pequenas em volta?

— É, disse Ganhabeça, a poupança, a melhor planta de todo o país, quando a gente espreme dessa taxa, nenhum dos meus senhores fica sem a exalar por seis meses." Quando esses senhores se levantaram, Pantagruel pediu a Ganhabeça que nos levasse até essa prensa grande, o que ele fez com o maior prazer. Assim que entramos, Epistemão que compreendia todas as línguas, começou a mostrar a Pantagruel as divisas da prensa, que era grande e linda e, segundo Ganhabeça, feita com pau da cruz, pois sobre cada utensílio estavam escritos os nomes de cada coisa na língua da região. Lá eu vi que a prensa se chamava receita; a mesa, despesa; a porca, estado; a alavanca, dinheiro contado e não recebido; os fustes, adiamentos; as ripas, *radiatur*; as vigas, *recuperetur*; as dornas, mais-valia; as cubas, registros; as pisadeiras, pagas; os cestos, validação; os baldes, ordens coagidas; as vindimas, poder; o funil, quitação. "Pela rainha das linguiças, disse Panurgo, todos os hieróglifos do Egito nunca chegaram nem perto desse jargão aí! Mas que diabo, essas palavras são mais balelas que bosta de cabra! Mas por que, compadre meu, meu peixe, vocês chamam esse pessoal aqui de ignorantes?

— Porque, disse Ganhabeça, não são e não podem de jeito nenhum ser clérigos especialistas, e aqui por ordem deles tudo deve ser feito com ignorância, e não pode ter qualquer razão, a não ser: os senhores assim disseram, o senhores assim o querem, os senhores assim mandaram.

— Pelo Deus verdadeiro, disse Pantagruel, ganhando assim com os cachos, nem precisam ter vergôntea para valer mais o sermão do sarmento!

— Vocês tinham alguma dúvida? disse Ganhabeça. Não tem mês sem recibo aqui! Não é como no país de vocês em que o sarmento só brota uma vez por ano." Dali partiu para nos levar entre mil prensas; ao sairmos percebemos outro carrasquinho, em volta do qual havia cinco ou seis desses ignorantes, crassos; coléricos que nem burros em quem prenderam um rojão no traseiro, que numa prensinha ali repassavam mais uma vez o bagaço dos cachos depois dos outros, e na língua da região eram chamados oditores: "Esses aí são os mais rebarbativos patifes, disse frei João, que eu já vi na vida!". Dessa prensona nós passamos por infinitas prensinhas, todas cheias de vindimadores, que esmagam os grãos com ferramentas que eles chamam de itens de conta; e por fim chegamos numa sala baixa onde vimos um grande dog com duas cabeças de cachorro, barriga de lobo, com garras de diabo de

Lamballe, ali sendo nutrido com leite de amêndoas, assim delicadamente alimentado por ordem dos senhores, porque para nenhum deles ele valia menos do que a renda de uma boa quinta, e eles o chamavam na língua da ignorância de Duplo. A mãe dele estava ali perto, com o mesmo pelo e aparência, fora o fato de que tinha quatro cabeças, duas de macho e duas de fêmea, e tinha o nome de Quádrupla, que era o bicho mais bruto dali e o mais perigoso depois da própria avó, que vimos fechada numa jaula, e que chamavam de Omissão-de-Receita. Frei João, que ainda tinha umas vinte varas de tripas vazias ansiosas para devorar um ensopado de advogados, já ficando emputecido, pediu a Pantagruel para pensar no almoço e para levar consigo Ganhabeça. Aí, ao injetar a saída dali pela porta dos fundos, nós encontramos um velho acorrentado, semi-ignorante, semierudito, que nem um andrógino dos diabos, que estava caparazonado com óculos, que nem uma tartaruga de escamas, e só vivia de um prato que eles chamam na gíria deles de apelações. Ao vê-lo, Pantagruel perguntou a Ganhabeça de que raça era esse portanotário e como é que se chamava. Ganhabeça contou como desde os tempos mais primórdios ele já estava ali, para imenso desprazer dos senhores, acorrentado, que o faziam quase morrer de fome, e que ele se chamava Reuisit. "Pelos santos colhões do papa, disse frei João, eis aí um pé-de-valsa de primeira, e nem vou ficar de cara se os senhores ignorantes daqui fizerem um grande caso dessa papa-larda aí!

— Deus do Céu, tenho cá para mim, meu chapa Panurgo, que se você olhar bem, ele tem a cara do Garrabichano; esses aí, ignorantões que são, vão saber sobre ele o mesmo que os outros. Eu bem que o mandaria de volta à terra dele com umas boas lapadas de enguia!

— Pelos meus óculos orientais, disse Panurgo, meu parça frei João, você tem razão! Porque, a julgar pela fuça desse falso patife Reuisit, ele é ainda mais ignorante e perverso que esses pobres ignorantes aí, que fazem o mínimo mal possível ajuntando o bagaço: sem longo processo e, em três palavrinhas, vindimam toda a fazenda sem tantos adiamentos e escovões. E isso deixa os escritugatos peludos fulos da vida!"

FIM DA VIAGEM
DA ILHA SONANTE

Quinto livro (anexos)

[Capítulo 32 bis]

Como as damas fachanas foram servidas na ceia

Este capítulo, presente apenas no manuscrito, fica localizado depois do que lemos como cap. 32 no Quinto livro, porém não é numerado; por vezes é editado como 32 bis. O trecho entre colchetes está à margem do manuscrito, e não parece caber no livro, porém traduzo assim mesmo; a primeira frase, em latim, pode ser traduzida como "Guarde para o quarto livro de Panurgo, no casamento"; o texto tem vários problemas que optei por não resolver.

É importante observar que essa pequena lista é de imensa erudição em mitos e na história greco-romana, de modo que anotar tudo seria demasiado extenso, sem grande lucro para quem lê; basta saber que os animais aqui aparentemente servidos no casamento são todos lendários e grandiosos, agora virando meros pratos para Panurgo.

Ante cibum é latim e designa as pílulas que podiam ser tomadas antes de uma refeição, e faz-se o trocadilho sonoro com "sentem se é bom" (sentent si bon). Peidisana é deformação flatulenta para tisana, tal como no francês lê-se petisane em vez de ptisane.

A lista dos pratos servidos para os fachos, que tem base no Discípulo de Pantagruel, cap. 14, traz um pouco de tudo: pratos reais, absurdos, neologismos indecodificáveis, puro nonsense etc.; tentei recriar de modo a fazer o riso surgir em português. Eleode é decalque do grego ἐλαιώδης ("óleo"). A fala da velha fachana está num latim da Vulgata, em Mateus, 25:8, com o sentido de "as nossas lâmpadas se apagam", e é representada como o grito das virgens tolas.

A longa lista de danças, em grande parte devedora do Discípulo de Pantagruel, (por sua vez debitário do macarrônico de Antônio de Arena, Ad suas compagniones studiantes bassas dansas, várias vezes reeditado no séc. XVI), é uma mistura heterogênea e exagerada, muito ao gosto rabelaisiano, com peças reais, nomes inventados e outros que podem ter existido mas não estão hoje catalogados. Para recriar seu efeito, deixei termos técnicos conviverem com invencionices tradutórias e muitas citações de títulos ou trechos de canções brasileiras.

Pierre Amy foi monge franciscano junto com Rabelais no convento de Fontenay-le-Comte e foi com o nosso autor punido por se dedicar às letras gregas, então proibidas pelos católicos; ao fim, os dois pediram para abandonar a ordem; é figura do Terceiro livro, cap. 10. Hílica traduz o termo hilique, de sentido desconhecido. Diana é a deusa romana que muitas vezes representa a lua. O dilúvio de Ogiges era

François Rabelais

um dos cinco dilúvios narrados pelos mitógrafos, considerado o mais arcaico na cronologia grega.

Ao fim do capítulo, temos uma dupla referência mítica. Por um lado, Júpiter/ Zeus, que se disfarça do humano Anfitrião para ter os prazeres da cama com sua esposa Alcmena, donde nascerá Hércules; para aproveitar ainda mais o sexo, o deus faz com que a noite se duplique. Segundo o nosso narrador, isso se daria por medo de que o Sol desvelasse seus amores, como teria feito com Marte/Ares e Vênus/Afrodite, que foram pegos como amantes, quando o marido traído, o deus Vulcano/Hefesto, preparou uma armadilha para os dois.

———

Gaitas de foles, buzinas e cornamusas soaram harmoniosamente e lhes trouxeram os pratos. Na entrada da primeira rodada, a rainha pegou umas pílulas que sentem se é bom, quer dizer, *ante cibum*, e para desgrassar o estômago uma colherada de peidisana. Depois serviram:

[*Servato in 4. libr. Panorgum ad nuptias.*
Os quatro quartilhos da ovelha que levou Hele e Frixo ao estreito de Propôntida.
Os dois cabritos da célebre cabra Amalteia, ama de Júpiter.
Os gamos da corça Eéria, conselheira de Numa Pompílio.
Seis gansinhos chocados pela digna gansa Ilmática, que com seu canto salvou a rocha Tarpeia, em Roma.
Os leitões da porca.
O bezerro da vaca Ino, outrora mal vigiada por Argo.
O pulmão da raposa de Netuno e Júlio Pólux em *Canibus*.
O cisne no qual se transformou Júpiter pelo amor de Leda.
O boi Ápis de Mênfis no Egito, que recusou a pitança pela mão de César Germânico.
E seis bois roubados por Caco recuperados por Hércules.
Os dois cabritos que Córidon recuperou para Aléxis.
O javali de Erimanto, olímpico e calidônio.
Os cremásteres do touro tão amado por Pasífae.
O cervo em que se Actéon foi transformado.
O fígado da ursa Calixto.]
    biscoitinhos saborosos,
    tretas,
    beiçolas,

Quinto livro (anexos)

coquemares no vinagrete,
galicegruas,
estangores,
patês de lenga-lenga,
finos toletes à narebina,
aucbares do mar,
godivôs de lebréu, dos bons,
promérdis, prato de primeira,
burbeletas,
primerróis,
bregizolões,
lansporgotts,
preleginingas,
bistroia,
migalhas mortificadas,
genabins de alto fuste,
estarabilades,
cornoabades,
cornacus revestidos de bisa,
pretoguerreiros,
jerangueses,
trismarmalha,
ardisopiratas,
mopsopigas,
brebasenas,
restolhos,
cacetadas,
bubagodos,
volepupingas,
cardos,
bostenetas,
mirelardina,
engancha-pega.

Na segunda rodada, serviram:
hondrepondres lansquenetes,
entreducados,
quitute virotesco,
bagatelas,

pega-a-lebre,
dandielivagas, prato raro,
bocudos do levante,
ladainhas do poente,
peidaradina,
notrodilhas,
bufa golada,
feira em zurro,
sebo de asinão,
cagão com pelo,
monaqueiros,
cacarecos,
apopondriloches,
me-deixe-em-paz,
some-daqui,
empurre-você,
palmas,
São Balerão,
epiboches,
manguaquentes,
patíbulos de março,
lorotas,
bandalha,
esmubrelotes,
juro-por-minha-vida,
hurtalys,
almofarinha,
ancrastabotes,
babilebabus,
marabiras,
sangredebeus,
baticuns,
cocoricós,
maralipos,
brocharrabadas,
opaí,
marmelada com mijo bravo,
merdinhão,
garrapeidanças,

Quinto livro (anexos)

703

tintaleses,
pés-na-bola,
chinfrenós,
fuça de ás de paus na pasta,
santa-páscoa,
laceradas,
pescoção.

Na última rodada, apresentaram:
calmantes purgantes,
balangandãs,
dejetos juncados,
patatis-patatás,
ragu na sandalinha,
bingolins-bingolões,
zoacoquetes,
huquenasche,
trenzinho,
neves d'antanho, que tem em fartura lá em Facho,
magricelas,
sujismundos,
tudibomeubem,
mizenas,
gresaminas, fruta deliciosa,
marioletas,
chouricitos,
piedebilórias,
moscacurrada,
sopremeutoba,
mutreta,
tritrepolido,
befaibemis,
sabichanos,
rancapeidorrários,
galotes,
conchas bestonadas,
croquinológios,
tintaomar.

François Rabelais

Para a sobremesa, trouxeram um prato cheio de merda, coberto de to-letes floridos. Era um prato cheio de mel branco, coberto com um véu de se-da carmim.

A bebida delas foi de canecos rodalaringes, lindos e antigos, e nada be-beram ali além de eleodes, um trago bem desagradável para o meu gosto, mas que em Facho é uma bebida divinal, e chaparam o coco que nem gente, tan-to que até vi uma velha fachana desdentada coberta de pergaminho, facho caporal das outras jovens fachanas, que gritava para os garçons, *Lampades nossae extinguuntur*; estava tão cozida com aquele goró, que num só instan-te perdeu a vida e a luz. E disseram a Pantagruel que era comum em Facho assim perecerem as fachanas fachadas, sobretudo quando capitulavam.

Terminada a ceia, retiraram as mesas. Então os menestréis mais do que antes melodiosamente soaram, quando a rainha fez começar um duplo baile em que todos, tochas e fachos, dançavam juntos. Depois se retirou a rainha para sua sede, os outros ao divino som das buzinas dançaram variadamente, que vocês devem conhecer:

Encoxe Martinho,
Que linda franciscana,
Nos degraus de Arras,
Bastiana,
O trihori da Bretanha,
Aiai porém tão linda,
A sete faces,
A galharda,
A revergasse,
Os sapos e as gruas,
A marquisa,
Se perdi meu belo tempo,
O espinho,
Errou rude,
A fogosa,
Eu sou neguinha?,
Meu triste luto,
Ainda lembro,
A animada,
A gota,
Causado pela esposa,
A alegrinha,
Malmaridada,

Quinto livro (anexos)

A pamina,
Catarina,
São Roque,
Sancerre,
Nevers,
Picárdia bela,
A dolorosa,
Sem ele já não posso,
Cura venha cá,
Sigo sozinha,
O mouro de Biscaia,
A entrada do bobo,
Chegando o Natal,
A péronnelle,
O leme,
À banida,
Foix,
Verdura,
Princesa de amores,
O peito é meu,
O peito é bom,
Gozo,
Châteaubriant,
Manteiga fresca,
Ela se foi,
O ducado,
Livre da coita,
Jacqueline,
O grande ai,
Que dor eu sinto,
Meu peito será,
La signora,
Belolhar,
Perrichon,
Mesmo no risco,
Os grandes remorsos,
À sombra de um arbusto,
A dor que dói no peito,
A florida,

Frei Pedro,
Saia remorso,
Toda nobre cidade,
Não confie jamais,
Os remorso do cordeiro,
O baile de Espanha,
É fácil dar licença,
A minha xana come mal,
Espere um pouco ou pauco,
O renome do desgarrado,
O que se deu com meu pitéu,
Ao esperar a graça,
Nela não fio mais,
Em pena e pranto peço licença,
Chispa daqui Guillot,
Amores me desprazem,
A paciência do mouro,
Suspiros de um bagual,
Não sei por quê,
Façamos, vamos amar,
Morena jambo,
A linda francesa,
Até pensei,
Ah leal esperança,
Prazer é meu,
Fortuna,
A alemoa,
Ideias do meu bem,
Pensem no medo,
Bonitinha mas ordinária,
Ai você maltrata o coração,
Ela é uma jararaca meu Deus,
Explode coração,
Noutras palavras sou muito romântico,
Bom mesmo cá para mim,
Nasceu na hora certa,
A dor do escudeiro,
A dor da carta,
Por dar desejo ao meu amigo,

Quinto livro (anexos)

A faixa amarela,
O mosto da videira,
Igual que nem,
Cremona,
A vendedora,
A linguiceira,
Esses moços,
Falso brilhante,
A valentinoise,
Fortuna errou,
Testimonium,
Calábria,
L'estrac,
Amores,
Esperança,
Robinet,
Por um triste prazer,
Rigoron pirouy,
Sabiá,
Biscaia,
A dolorosa,
Você bem sabe,
Tá delícia tá gostoso,
Seus ais seus uis e ãos,
Vou voltar,
Não vou mais,
Guerreiro menino,
O ceifeiro,
Não brinca comigo,
Beleza,
Rainha do meu coração,
Paciência,
Navarra,
Jacques Bourdain,
Rouhault o Forte,
Nobreza,
Pelo avesso,
Repolhos,
Meu mal,

Dulcis amica,
Tempo de estio,
Os castelos,
O cravo,
Chega mais,
Jura,
A noite do meu bem,
Adeus,
Bom governo,
Meu soneto,
Pamplona,
Pra que mentir,
Minha alegria,
Minha prima,
Ela voltou,
Metade de mim,
O que há de bom,
Você vai gostar,
Jurado pra morrer de amor,
Verdura,
Todas as cores,
Na hora certa,
Como é bom te amar,
Cio da terra,
Meu doce coração,
Ruim da cabeça ou doente do pé,
Linda pastora,
A tecedeira,
A pavana,
Ai, mas é tão linda,
A margarida,
Isso aqui tá bom demais,
A lã,
Mudam-se os tempos,
A fuloresta,
Chegou a hora,
Sofrência,
Pegue a velheira dele,
As cercas.

Quinto livro (anexos)

Ainda vi dançaram ao som de canções de Poitou, cantadas por uma tocha de Saint-Maixent ou por um grande bocejador de Parthenay-le-Veil.

Reparem, meus caros manguaceiros, que tudo estava um fervo e que aquelas nobres tochas mostravam suas pernas de pau; no fim trouxeram vinho de saideira com uma bela moscacurrada, e a rainha mostrou sua generosidade com um trago de peidisana. Então a rainha nos outorgou a escolha de um facho para ser a nossa guia, como achássemos melhor. Elegemos e escolhemos a amiga de mestre Pierre Amy, que um dia eu pude conhecer; com boas insígnias ela também me reconheceu e nos pareceu mais divina, mais hílica, mais culta, mais sábia, mais diserta, mais humana, mais generosa e mais idônea que qualquer outra da companhia para a nossa guia. Agradecendo humilissimamente à senhora rainha, fomos acompanhados até a nossa nau por sete jovens tochas. Tochas com pé-de-valsa, ao luz da clara Diana; ao partir do palácio, escutei a voz de uma baita tocha de perna torta, dizendo que um *boa-noite* vale mais do que todos os *bons-dias* que já tinha recebido de castanhas usadas para preencher gansos desde o dilúvio de Ogiges; com isso, dava a entender que só existe uma boa farra à noite, quando os fachos estão a postos acompanhados por nobres tochas. Essa farra o Sol não consegue ver com olho bom, como bem testemunha Júpiter, porque se deitou com Alcmena, mãe de Hércules, e fez o Sol se deitar por dois dias, porque tinha acabado de descobrir o caso de Marte e Vênus.

[Capítulo 47 bis]

Como, depois de pedir licença a Bacbuc, deixamos o oráculo da Garrafa

No manuscrito, o capítulo sem número dá continuidade ao que lemos no cap. 47 do Quinto livro, por isso traduzo apenas a partir do ponto em que os textos divergem mais significativamente, pois o final do manuscrito é maior e mais completo, a ponto de não caber numa nota de rodapé como as outras variantes importantes. Lembre-se de que estamos no meio da fala de Bacbuc. Como o manuscrito apresenta muitos problemas textuais, opto por incorporar as correções sugeridas em nota por Huchon.

A discussão sobre o tempo e as revelações é tirada de Erasmo, Adágios, 3.5.17, e tem base no nome grego de Saturno, que é Kronos, muito similar ao termo khronos, que designa o tempo, o que fez com que os próprios gregos já aventassem um vínculo entre os dois.

Logo adiante, o provérbio popular é tirado do latim novamente em Erasmo, Adágios, 1.9.34, "leonem ex unguibus aestimare" ("avaliar o leão pelas unhas"). Há ainda um eco de Salmos, 42:7, "Um abismo chama outro abismo".

Alfestas vem do grego ἀλφηστής, "aquele que labuta para comer", mas também "laborioso" ou "empreendedor".

Assim, entre os persas, Zoroastro tomou Arimaspo como companheiro de toda sua misteriosa filosofia; Hermes Trismegisto entre os egípcios teve Esculápio; Orfeu na Trácia teve Museu. Para além disso também Aglaofemo teve Pitágoras; entre os atenienses Platão teve primeiro Dião de Siracusa na Sicília e, depois que este morreu, tomou Xenócrates; e Apolônio teve Dâmis. Quando então os filósofos de vocês, guiados por Deus e acompanhados por algum claro facho, se entregarem a buscar e investigar cuidadosamente (como é o natural dos humanos, e por tal característica são Heródoto e Homero chamados alfestas, quer dizer, pesquisadores e inventores), descobrirão que é verdadeira a resposta dada pelo sábio Tales a Amásis, o rei dos egíp-

Quinto livro (anexos)   711 cios, quando foi por este interrogado sobre em que coisa mais estaria a prudência e respondeu: 'No tempo'; porque no tempo foram e no tempo serão todas as coisas latentes desveladas; e essa é a causa por que os antigos chamaram Saturno de tempo e pai da verdade e de verdade a filha do tempo. Infalivelmente também descobrirão que todo o saber tanto deles quanto de seus predecessores mal dá a mínima parte do que é e eles não sabem. Desses três odres que agora entrego vocês tomarão juízo, conhecimento, tal como diz o provérbio: *Pelas unhas, o leão*; pela rarefação da nossa água aqui cercada, intervindo o calor dos corpos superiores e o fervor do mar salgado, segundo a natural transmutação dos elementos, por dentro um ar salubérrimo se lhes engendrará, que claro, sereno, delicioso há de lhes servir. Porque o vento não passa de ar flutuante e ondulante, e por meio desse vento vocês irão em linha reta sem parar em terra, se quiserem, até o porto de Les Sables d'Olonne, em Talmondais, ao deixá-lo soprar a plenas velas (por esta pequena subespiral de ouro que aqui vocês estão vendo aposta que nem numa flauta) tanto quanto julgarem necessário para lentamente navegarem, sempre com prazer e segurança, sem perigo ou tempestade. Nem hesitem quanto a isso, nem pensem que a tempestade vá sair e proceder do vento. O vento vem da tempestade excitada do baixo do abismo; também não pensem que a chuva venha por impotência das forças retentivas dos céus e da gravidade das nuvens suspensas: ela vem por evocação das subterrâneas regiões, tal como que por evocação dos corpos superiores ela de baixo ao alto era imperceptivelmente levada, e bem lhes testemunha o rei poeta, ao cantar e contar que um abismo chama outro abismo; dos três odres, dois estão cheios dessa água, o terceiro tem água tirada do poço dos sábios indianos que chamamos de Tonel dos Brâmanes.

Além disso, vocês vão encontrar suas naus devidamente bem providas de tudo que possa ser útil e necessário para o resto da tripulação. Enquanto vocês pernoitavam aqui, eu tomei conta de tudo direitinho; podem ir, meus amigos, com alegria de espírito, e levem esta carta ao seu rei Gargântua. Cumprimentem-no da nossa parte junto com os príncipes e oficiais da nossa nobre corte." Dito isso, nos entregou uma carta fechada e selada e, depois de fazermos uma ação de graças imortais, nos mandou sair por uma porta adjacente à capela diáfana onde a Bacbuc nos convidava a propor questões duas vezes mais excelsas do que o monte Olimpo. Por uma terra plena de todas as delícias, agradável, mais temperada que Tempe na Tessália, mais salubre que aquela parte do Egito voltada para a Líbia, mais irrigada e verdejante que a Temiscira, mais fértil que aquela parte do monte Tauro voltada para o Aquilão, mais que a ilha Hiperbórea no mar Índico, mais que Talge no mar Cáspio, mais perfumada, serena e graciosa do que o país de Touraine, por fim encontramos nossos navios no porto.

FIM

Sobre o autor

François Rabelais (1483-1553) foi um intelectual e verdadeiro polímata francês do Renascimento, e é considerado um dos maiores escritores de todos os tempos. De sua vida, sabemos até hoje poucas coisas com precisão, embora tenhamos alguns dados esparsos que podem nos apresentar um retrato intelectual aproximado. Apesar de ser conhecido quase só por suas obras ficcionais em torno dos hilários Gargântua e Pantagruel (com os dois livros homônimos de cada personagem e mais três volumes voltados para as aventuras de Pantagruel), temos dele ainda uma obra curiosíssima entre cartas, prognosticações e almanaques de época, prefácios de edições gregas e latinas, poemas em francês, latim e grego, e até mesmo uma súplica em latim ao papa.

Nascido numa data incerta (1483?), Rabelais veio de uma burguesia de vínculos rurais e se alçou até o alto escalão da nobreza francesa: teve primeiro uma formação em direito, foi em seguida monge franciscano, depois beneditino, abraçou a apostasia, teve três filhos, chegou a ser médico e secretário da família Du Bellay, atuou em embaixadas diplomáticas e foi talvez até espião internacional a serviço da Coroa francesa, tudo isso enquanto traduzia do grego ao latim, estudava hebraico, um pouco de árabe e pesquisava outras línguas vivas e mortas.

Sua obra é marcada pela contínua experimentação do período, a inovação impressionante da língua francesa, e uma erudição típica dos maiores nomes do Renascimento europeu. Rabelais uniu o mais alto conhecimento do século XVI a um riso desbragado e único que até hoje nos espanta. Faleceu, não sabemos por que motivo, em 1553, porém mesmo depois de sua morte continuaram aparecendo alguns livros atribuídos ao seu nome, já prestigiado em vida.

Sobre o tradutor

Guilherme Gontijo Flores nasceu em Brasília, em 1984. É poeta, tradutor e professor de latim na Universidade Federal do Paraná. Publicou os livros de poesia *brasa enganosa* (Patuá, 2013), *Tróiades* (Patuá, 2015, site <www.troiades.com.br>), *l'azur Blasé* (Kotter/Ateliê, 2016), *ADUMBRA* (Contravento, 2016), *Naharia* (Kotter, 2017), *carvão : : capim* (Editora 34, 2018), *avessa: áporo-antígona* (Cultura e Barbárie/quaseditora, 2020), *Todos os nomes que talvez tivéssemos* (Kotter/Patuá, 2020), *Arcano 13* (Quelônio, 2021, em parceria com Marcelo Ariel), *Potlatch* (Todavia, 2022) e *Entre costas duplicadas desce um rio* (Ars et Vita, 2022, em parceria com François Andes), além do romance *História de Joia* (Todavia, 2019).

Como tradutor, publicou, entre outros: *A anatomia da melancolia*, de Robert Burton (4 vols., Editora UFPR, 2011-2013, vencedor dos prêmios APCA e Jabuti de tradução), *Elegias de Sexto Propércio* (Autêntica, 2014, vencedor do Prêmio Paulo Rónai de tradução, da Fundação Biblioteca Nacional), *Fragmentos completos de Safo* (Editora 34, 2017, vencedor do Prêmio APCA de tradução), *Epigramas de Calímaco* (Autêntica, 2019) e *Ar--reverso*, de Paul Celan (Editora 34, 2021).

É autor dos ensaios *Algo infiel: corpo performance tradução* (Cultura e Barbárie/n-1 edições, 2017, em parceria com Rodrigo Gonçalves) e *A mulher ventriloquada: o limite da linguagem em Arquíloco* (Zazie, 2018). Foi um dos organizadores da antologia *Por que calar nossos amores? Poesia homerótica latina* (Autêntica, 2017). É coeditor do blog e revista *escamandro: poesia tradução crítica* (<www.escamandro.wordpress.com>). Nos últimos anos vem trabalhando com tradução e performance de poesia antiga e participa do grupo Pecora Loca.

Sobre o ilustrador

Pintor, gravador, escultor e desenhista, Gustave Doré nasceu em Estrasburgo, na França, em 1833. Em 1847 muda-se com o pai para Paris e, nesse mesmo ano, ainda adolescente, publica seu primeiro álbum, *Os trabalhos de Hércules*, precursor das histórias em quadrinhos. Jovem prodígio, dedica-se então a ilustrar os clássicos da literatura, como *Gargântua e Pantagruel* de Rabelais (1854 e 1873), *A Divina Comédia* de Dante (1857), *A tempestade* de Shakespeare (1860), *Contos de Perrault* (1862), *D. Quixote* de Cervantes (1863), *Paraíso perdido* de Milton (1866), *O conto do velho marinheiro* de Coleridge (1870) e *Orlando furioso* de Ariosto (1877), criando, com o auxílio de uma bem treinada equipe de gravadores, imagens que se tornaram emblemáticas dessas obras. Consagrado como um dos maiores ilustradores do século XIX, Gustave Doré morreu em Paris, em 1883.

Este livro foi composto em Sabon pela Franciosi & Malta, com CTP e impressão da Edições Loyola em papel Pólen Natural 70 g/m² da Cia. Suzano de Papel e Celulose para a Editora 34, em setembro de 2022.